似锦

冬天的柳叶 —— 著

重庆出版社

图书在版编目（CIP）数据

似锦 / 冬天的柳叶著. -- 重庆 ：重庆出版社，2025. 6. -- ISBN 978-7-229-20122-7

I . I247.5

中国国家版本馆CIP数据核字第2025BR0193号

似锦
SIJIN

冬天的柳叶 著

选题策划：李　子　李　梅
责任编辑：何　晶　项宁静
责任校对：李小君　杨　婧
封面绘图：清　茗
封面设计：九一设计

▲重庆出版社 出版
重庆市南岸区南滨路162号1幢　邮政编码：400061　http://www.cqph.com
重庆市国丰印务有限责任公司印刷
重庆出版社有限责任公司发行
邮购电话：023-61520656
全国新华书店经销

开本：710mm×1000mm　1/16　印张：30.75　字数：646千
2025年6月第1版　2025年6月第1次印刷
ISBN 978-7-229-20122-7
定价：75.00元

如有印装质量问题，请向重庆出版社有限责任公司调换：023-61520678

版权所有　侵权必究

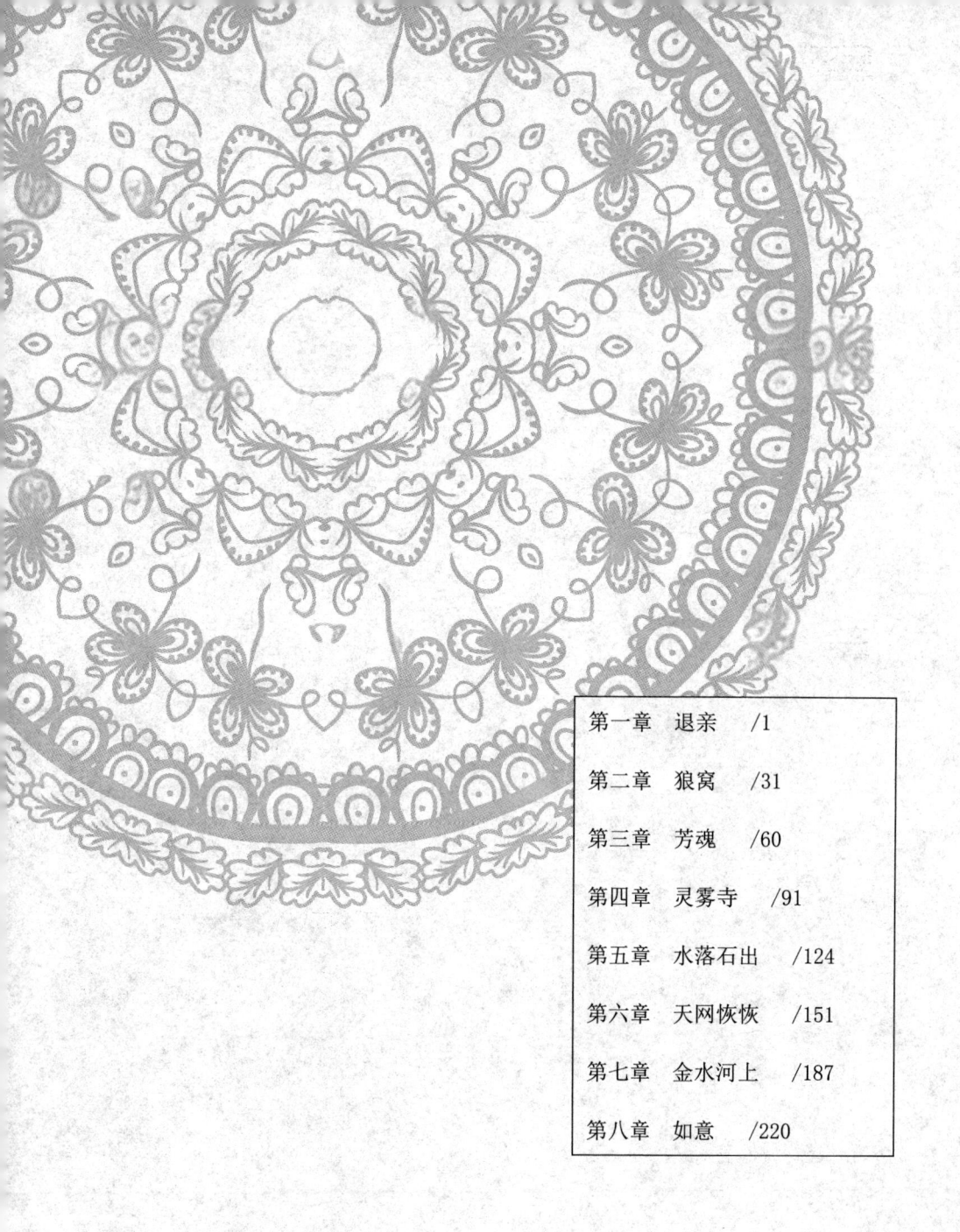

第一章	退亲	/1
第二章	狼窝	/31
第三章	芳魂	/60
第四章	灵雾寺	/91
第五章	水落石出	/124
第六章	天网恢恢	/151
第七章	金水河上	/187
第八章	如意	/220

目录
CONTENTS

第一章　退亲

"姑娘，已到戌正时分了。"婢女阿蛮走进里室，掀起挂在架子床上雨过天青色的纱帐，对着床榻上侧卧的少女轻声喊道。

此时已是初夏，外面的天色方才彻底暗下来，浅淡的夜色笼罩着少女的面庞，借着案上烛光，依稀能看清帐内少女的模样。

少女眉若远山，琼鼻樱唇，桃腮雪肤，竟是个顶出挑的美人儿。

少女乃是东平伯府姜家排行第四的姑娘，单名一个"似"字。

阿蛮见了姜似的样子，心头便升腾起一股怒火，为自家姑娘打抱不平起来。

那安国公府的三公子莫非瞎了眼不成？凭姑娘的模样进宫当娘娘都足够了，他却对这门亲事不甚热衷，莫不是觉得姑娘配不上他？

阿蛮的怒火源于春日的一场诗会。

这诗会是京中几位名门公子举办的，无非就是一些年轻人凑在一起喝酒吟诗取乐，等到酒意微醺，便有人和安国公府的三公子季崇易开起玩笑来，言语间颇羡慕他将要与京中出名的美人儿成婚了。

谁知季崇易带着酒意自嘲一笑，说了句："生得再如何好也不过是一副皮囊罢了，女子当以品性温良柔善为重。"

原本是年轻人的醉话，听听也就过去了，酒醒之后自然如风过无痕。谁知这话不知怎么就传了出去，姜家的四姑娘顿时成了人们茶余饭后的笑谈。

东平伯府本来就根基浅薄，爵位只能承袭三世，到了姜似的父亲东平伯这一代已经是第三世了，是以姜似的兄长连世子之位都无法请封。

也就是说，等东平伯百年之后，东平伯府便会从勋贵圈子中退出去，成为普通人家。

就是这样人家的姑娘，居然与安国公府定了亲，先不谈其中机缘，这就足以令许多人看高攀上安国公府的姜似不顺眼了。

安国公府的三公子季崇易说女子美貌不重要，他更看重脾气秉性，这言下之意，不就是嫌弃姜四姑娘秉性不佳么？

无论季崇易说这话是有心还是无意，这话一传出来立刻让姜似大失颜面，再出门参加贵女们的聚会，便听了一肚子闲言碎语。

姜似是个气性大的，回来便病了，这一病就是半个月。

躺在床榻上闭目养神的姜似突然睁开了眼睛，她的眼睛弧度极美，眼尾处微微上翘，勾勒出难以言说的秾丽风流。

此时，这双极美的眸子与阿蛮的对上，露出浅淡笑意来："做出一副要吃人的样子干什么？"

"想到某人有眼无珠，婢子就替姑娘生气。"

姜似眼底笑意飞快散去，嘴角弧度却加深，淡淡道："那人又没见过我，谈不上有眼无珠。"

"姑娘，您还替他说话呀！"瞧着短短半个月便瘦了一圈的姑娘，阿蛮一阵心疼，不服气道。

"不是替他说话，一句醉话而已。"姜似眼眸一转，看向立在屏风旁的另一名婢女阿巧，吩咐道，"阿巧，去把前几日让你做的两套衣裳拿来吧。"

不多时，阿巧捧来两套衣裳，其中一套给了阿蛮，另一套则伺候姜似穿上。

阿蛮一边往身上套衣裳一边愤愤道："一句醉话害得姑娘被人笑话哩。"

姜似眼底的冷意更深了，干脆闭上了眸子，轻声道："这算得了什么？"

季崇易有心上人，是一位寻常民女，她机缘巧合下救了出门游玩而遇险的季崇易，二人生出情愫。

只是姜似自负美貌与出身，不认为会输给这样一个女子，从没有过退亲的念头。

可是，生病的这些日子，她做了一个漫长的噩梦。

梦里，就在今晚，这位不流于俗的名门贵公子竟与心上人一起跑到莫忧湖畔，跳湖殉情。后来，季崇易被救起，他的心上人却香消玉殒。

为了遮掩这件事，他们原本定在初冬的婚事生生提前了数月，她满心欢喜嫁过去，但直到季崇易意外身亡，将近一年的时间里，这个心里住着白月光的男人从不理她。

再然后，便生出更多变故，她甚至落得惨死的结局。再睁开眼，才发现是一场梦。

她原是不信的，可同样的噩梦一连做了十余日，快把她逼疯，她必须去验证一下。

姜似带着阿蛮悄悄出了她的住处海棠居，借着繁花茂树的掩映穿过花园与重重洞门，来到二门处。

阿蛮从腰间荷包中摸出一把钥匙，轻手轻脚走上前去开锁。

随着钥匙轻轻转动，门锁发出轻微的咔嚓声，门随之而开。

主仆二人顺着墙角往前去，走了约莫一盏茶的工夫，姜似忽然停了下来。

阿蛮环顾四周，有些茫然："姑娘，咱们怎么出去呀？"

她能设法弄到开二门的钥匙，大门可就不成了。

"跟我来。"姜似绕过一丛花木，弯腰拨开茂盛青草，墙角赫然露出一个洞口。

阿蛮猛然睁大了眼睛："姑娘，这里怎么有个洞？"

姜似并没有回答，而是俯身从洞口钻了出去，府外夜风阵阵，姜似仰望着夜空有片刻出神。

兄长姜湛在她眼里是个不学无术的，她对他一直爱搭不理，有一次偶然瞧见他从这个洞里爬进府中，显然是偷溜出去玩了。

她当时不过冷笑一声，对他越发瞧不上眼，甚至连通知管事把这个洞堵上的心思都没有。

在她看来，她的兄长已是扶不上墙的烂泥，没有任何挽救的必要，还不如自己躲远些图个清静。

可是，梦里的姜湛死在了她出阁后的那个秋天，她得闻噩耗，才发觉她原来也会为他伤心。

主仆二人匆匆赶到莫忧湖，借着皎洁月色，遥遥看到了伫立在湖边的一双身影。

阿蛮一惊，压低声音道："姑娘，真的有人！"

主仆二人悄悄躲在一块半丈多高的顽石后，很快有啜泣声顺着湖边的风吹过来，姜似忍不住探头望去。

月光皎洁，清晰照出二人的样子。

男子身形偏瘦，比女子高了一头，正是姜似的未婚夫季崇易。

姜似死死咬住了唇，眼中满是恐惧。

季崇易和他的心上人真的在这里！

"易郎，你快回府吧，已经很晚了，要是被发现了就麻烦了。"女子低着头，声音带着哽咽。

季崇易伸出手扶住女子双肩，语气激动："我不走。巧娘，你难道不知道我马上要成亲了？家中本来盯得就严，我这一走，恐怕在成亲前再也见不着你……"

巧娘哀婉一笑："现在不走又怎么样？易郎，你总是要回家的，早一时、晚一时，对我们来说有什么区别呢？至于以后……既然你成亲了便应好好对你的妻子，把我忘了吧，我，我也会把你忘了的——"

季崇易猛然掩住巧娘的嘴，声音扬起："我不许！"

"易郎——"巧娘别开脸，泪水簌簌而下。

· 3 ·

"巧娘，要不我们私奔吧！"季崇易情绪激动起来，握住巧娘的手便往外走。

巧娘挣扎着摇头："易郎，你冷静一下，私奔肯定行不通的——"

季崇易猛然转身，低头以唇堵住了对方的嘴。

二人吻到动情处，十分投入，一步步往后退，紧跟着传来扑通一声巨响。

姜似不由瞠目结舌。咦？这和梦里的不一样啊！

季崇易与巧娘落水，霎时打破了湖面的平静，连湖边垂柳上栖息的鸟儿都被惊得飞往高空，落下几根羽毛。

季崇易显然不会水，随着水面起伏，一边挣扎一边喊道："救命……救命……"

姜似紧紧盯着在水中挣扎的二人，推了推阿蛮："按着先前的计划行事！"

阿蛮如梦初醒，飞快解开包袱，拿出藏在里面的一面小铜锣，把包袱塞给姜似，扭身便跑。

姜似也不敢耽搁，拎着包袱跑到不远处的茅草伞亭前，取出水囊打开塞子便往伞盖上泼去。她往后退了退，引燃火折子往伞盖上一丢，浸了菜油的茅草立刻被点燃，很快，整个茅草伞亭就被火舌吞没。

姜似点燃第二个茅草伞亭时锣声响了起来，伴随着慌乱的喊声："走水啦，走水啦——"

很快，离湖边不远的民宅陆续亮起了灯，男女老幼纷纷拿着盛水的物件跑了出来。

见事情发展如她所料，姜似松了口气，她不敢点燃太多茅草伞亭，不然真的引发大火的话就是罪过了。

水中的挣扎声渐渐弱了，姜似捏紧拳头望向那里。

季崇易只是不喜她，却罪不至死，况且他要是就这么死了，她就要背上克夫的名声。

所以，不但季崇易不能死，巧娘她也要救。

这两个人活着，她就有了光明正大退亲的理由。

就在这时，一阵强风刮来，带起一股气流，很快刮到湖面上。

借着皎皎月色，姜似看到季崇易与巧娘之间出现一个漩涡，紧接着巧娘便沉了下去，再也没有浮起来。

姜似心中一紧，跑到大石后迅速脱下外衫，露出银灰色的紧身内衫。

少女如一尾美人鱼悄然入水，快速游过去抓住巧娘脚踝，拖着她往湖边游去。

那些来救火的人已经赶到湖边忙着打水救火，隐藏在人群中的阿蛮捏着嗓子喊道："你们快看，湖里有人！"

很快就有精通水性的人跳入湖中，游去救人。

姜似用力把昏迷不醒的巧娘往岸上一推，悄无声息潜入水中往旁处游去。

没过多久，季崇易与巧娘都被救了起来。

姜似从另一侧游到湖边悄悄上岸，躲在树后张望着，见人们对季崇易与巧娘展开了施救。

季崇易与巧娘很快接连吐出几口水，睁开了眼睛。

早就得到姜似叮嘱的阿蛮躲在人后，粗着嗓子喊道："咦，这少年是安国公府的三公子啊，咱们把人送去讨赏钱！"

"真的是安国公府的三公子？"一听有赏钱可讨，人们不由来了精神。

虽然救人时没图什么回报，但能有赏钱拿的话，谁会往外推呢？

"我不是什么安国公府的三公子！"季崇易劫后余生，好一会儿才缓过劲来，听闻此言不由面色大变。

亲个嘴掉湖里去了，丢人啊！

人们又犹豫了："到底是不是啊？"

有机灵的人仔细打量着季崇易："这公子身上穿的可是好料子，就算不是安国公府的公子，也是富贵人家出来的。"

有性子急的则喊道："想要知道是不是安国公府的公子还不简单，咱们派个人去安国公府问问不就得了。"

很快就有几人响应，与提议的人一道前往安国公府探听消息去了。

安国公府此时早已乱成了一锅粥，派出好几拨人去寻找季崇易，一听来人说三公子在莫忧湖溺水了，安国公夫人立时昏倒在地。

季崇易的大哥季崇礼令前来报信的人带路，领着家丁直奔莫忧湖而去。

这番动静自然瞒不过四邻八舍，同住一坊的各个府上都派出下人打探情况。

那些下人也是机灵的，知道直接问安国公府的人问不出话来，便悄悄跟在对方身后到了莫忧湖畔，随便拉过一个站在湖边看热闹的百姓一问，再看到浑身湿漉漉的季崇易与紧挨着他的女子，哪里还有不明白的。

天啦，安国公府的三公子居然和一个姑娘殉情了！

安国公世子季崇礼大步走到季崇易面前，看着本就瘦弱的三弟浑身湿透后脸色苍白的模样，又是心疼又是气愤，跺脚道："三弟，你真是糊涂啊，你这样做对得起父母吗？"

季崇易抿唇不语，反而握住巧娘的手。

众目睽睽之下，季崇礼不好斥责他，冷脸道："罢了，先回府再说！"

"我要带巧娘一起回府。"季崇易开口,声音沙哑。

季崇礼狠狠瞪了季崇易一眼,吩咐管事善后,匆忙带着季崇易与巧娘走了。

而此时,姜似已经带着阿蛮悄然离去。

墙角的洞依然被挡在草木后,阿蛮拨开青草,小声道:"姑娘,您先进吧。"

姜似俯身从洞口爬了进去,待直起身来,表情不由一滞。

离她不足一丈远之处,有人正往前走,显然也是刚从洞口爬进来的。

这个时候阿蛮也爬进来了,一看前面有人不由惊了,发出了一声轻响。她赶忙捂住了嘴巴。

前面的人身体一僵,停下脚步,猛然转身:"谁——"

姜似眼疾手快捡起洞口旁散落的土砖,对着那张熟悉的脸就拍了过去。

没错,这人就是她那不学无术的兄长姜湛。

姜湛一声惨叫,仰头倒下。

阿蛮看清了姜湛的脸,声音都抖了:"姑、姑娘,您怎么把二公子拍死了?"

"他没事,快走!"

姜似对自己的力气还是有数的,知道这一下顶多让姜湛昏迷片刻,不会有大碍,且姜湛那声惨叫无疑会把人引来,这样就不怕他昏迷太久躺在地上着凉了。

果不其然,很快,不远处就亮起了灯,有人出来查看动静了。

姜似带着阿蛮飞快沿着原路返回,推开虚掩的侧门,再从内把门锁上,确定没有留下破绽,这才悄悄回到海棠居。

院中的海棠正艳,娇红浅白,月光如霜落在花瓣上,美得惊心动魄。

姜似的院中只栽了海棠树。

人们都遗憾海棠无香,她却恰恰喜爱这一点。

她的嗅觉天生较常人更为敏锐,一直嗅到浓烈的花香会让她不适。

"阿巧,我们回来了。"阿蛮轻轻叩门。

阿巧拉开门,把姜似与阿蛮迎进来,见二人无恙,不由露出欢喜的笑容:"姑娘,婢子早已准备好了热水,请您沐浴吧。"

一边帮姜似擦着头发,阿蛮问出了好奇许久的话:"姑娘,您怎么知道季三公子与那个女人今晚会在莫忧湖约会啊?"

阿巧握着梳子的手一顿,显然也是好奇的。

姜似无法解释,只能随意寻个借口。

铜镜中的少女眨了眨眼:"前不久,我参加永昌伯府的赏花宴,季三公子托人告诉我的。"

"他与别的姑娘约会,告诉您干吗呀?"阿蛮越发不解。

姜似不紧不慢道:"大概是觉得我亲眼所见,就会死心吧。"

阿蛮猛然一拍梳妆台,咬牙切齿道:"真无耻!"

早知道她就晚一会儿敲锣,淹死那王八蛋好了。

姜似笑眯眯地点头:"是呀,我也觉得真无耻。"

姜似绞干了头发,又喝过阿巧奉上的姜糖水,顿觉浑身暖和起来,躺倒在床榻上,没过多久便沉沉睡去。

东平伯府笼罩在一片静谧的黑暗中,两条街之外的安国公府却人影攒动,灯火通明。

安国公夫人卫氏扑到季崇易身上,哭道:"三郎,你这是怎么了?快让娘看看有没有事!"

"娘,我没事。"季崇易露出一抹虚弱的笑容。

"怎么会没事呢?"卫氏抚摸着季崇易的脸颊,泪珠簌簌而落,"头发都是湿的,好端端的,怎么会落水啊!"

安国公的视线却落在季崇易身后。

一位娇小女子立在季崇易半丈远处,此时正低着头摸着衣摆,难掩不安。

卫氏的脸色当即就变了,声音不由扬起:"她是谁?"

季崇易见状,伸手把巧娘拉到身边,直视着卫氏的眼睛:"娘,她就是儿子心悦之人,叫巧娘。"

卫氏不由脸色一僵,盯着巧娘的眼神饱含深意:"原来你就是巧娘啊,先前听说你救了我们三郎,我还没向你道谢呢。"

巧娘惊讶地抬头看了卫氏一眼,旋即低下头去,紧张道:"不,不敢当夫人的谢——"

"含芳,带巧娘姑娘下去好好歇息。"卫氏淡淡地打断了巧娘的话。

卫氏身边的大丫鬟含芳走到巧娘身旁,笑道:"巧娘姑娘请随婢子来。"

巧娘不由看了季崇易一眼。

季崇易想了想,冲巧娘轻轻点头:"你去歇息吧,明日我就去看你。"

巧娘这才放下心来,跟着丫鬟出去了。

卫氏眼底闪过冷光,吩咐丫鬟给季崇易上姜茶。

安国公冷眼看着小儿子把姜茶喝完,这才发问:"到底怎么回事?"

这话却是对着安国公世子季崇礼问的。

季崇礼飞快瞥了季崇易一眼,知道这事瞒也瞒不住,硬着头皮道:"三弟……三弟与那名女子跳湖了……"

"混账!"安国公抬脚踹翻了一把椅子。

季崇易扑通一声跪下,对着父母磕头:"父亲,母亲,您二老就成全儿子吧。"

安国公暴跳如雷:"休想,只要我活着,你就给我死了这条心,老老实实把东平伯府的四姑娘娶进门来!"

卫氏也不劝了,脸色同样难看。

她原本是瞧不上东平伯府的,当初安国公为了报答东平伯兄弟的救命之恩,执意要与他家定下亲事,她还闹了几次。

可是东平伯府再差,也比平头百姓强啊。

季崇易直挺挺地跪着,语气坚决:"父亲,儿子只喜欢巧娘,不喜欢东平伯府的四姑娘。儿子连见都没见过她,实在没法与她做夫妻!"

"三郎,为父都打听过了,东平伯府的四姑娘是京城贵女中出名的美人儿。"安国公耐着性子劝道。

"在儿子眼里,巧娘就是最美的!"

安国公气得直打哆嗦,转头对着站在门口的婆子吼道:"带人去把那个巧娘乱棍打出去!"

"不行!"见那婆子要往外走,季崇易抬脚去追。

安国公大喊一声:"大郎,拦着你三弟!"

季崇礼抓住季崇易的胳膊,劝道:"三弟,你就不要惹父亲生气了。"

"大哥,你让开!"季崇易想要推开季崇礼却挣扎不开,眼见婆子就要出门了,又急又怒之下,噗的一声喷出一口血来,随后栽倒在季崇礼身上。

卫氏骇得花容失色,尖声喊道:"快请大夫——"

很快,就有大夫来替季崇易诊治,断言其吐血昏迷乃是因为急火攻心,加之寒气入体,此后要好好调养,切忌大喜大悲。

待大夫出去开药方,卫氏不由埋怨起安国公来:"老爷脾气这么急,莫不是要把三郎逼死么?"

"我把他逼死?他这么不懂事,还不是你惯出来的!"安国公虽这么说,想到季崇易吐血的情形,不由也有些后怕。

卫氏捏着帕子拭泪:"现在说这些有什么用?难道你和大郎就不疼三郎?要我说,还是想想怎么办才是正经事。"

"无论如何,与东平伯府的亲事不许退!"

"可是，老爷要是硬生生分开三郎与巧娘，三郎恐怕真的会活不下去的。"

见安国公冷笑，卫氏哭道："老爷，你想想，三郎与巧娘都殉过一次情了，有第一次就会有第二次啊，要是三郎真有个好歹，咱们后悔就来不及了。"

"那你说怎么办？"

卫氏停止抽泣，瞄了里室一眼，斟酌道："要不这样，咱们与东平伯府的亲事不变，至于巧娘，就让三郎纳她为良妾吧。"

"新妇还没娶过门，就有了良妾，这话怎么和东平伯府说？"安国公一脸不快。

卫氏冷笑："等过了东平伯这一代，东平伯府的爵位就没了，与平头百姓无异，他家女儿又自幼丧母，能嫁到咱们国公府已是幸运，难道还要拿乔？"

安国公听了越发不满："话不是这么说的——"

"老爷，难道你还看不出来吗，三郎大了，有自己的主意了，不是靠棍棒管得住的。咱们要是不许他和巧娘在一块，他真有可能再做傻事。"卫氏说到这里，抬手拭泪，"要是三郎有个三长两短，我也活不下去了——"

见安国公依然犹豫，卫氏嗔道："老爷，不过是一个妾室，有什么打紧的，内宅的事你就不要操心了，交给我去办吧。"

安国公叹了口气："那好，明日一早你就去东平伯府走一遭，好好和人家说说。"

"老爷放心吧，这件事我会处理好的，咱们先进去看看三郎吧。"

夜里，季崇易发起了烧，急得卫氏一晚上没睡安稳。翌日一早，安国公世子夫人郭氏前来请安时，卫氏便对郭氏道："昨晚上发生的事想来你也听说了，东平伯府那边，你就代我走一遭吧。"

郭氏听了卫氏的交代，心下虽有几分为难却不敢推托，忙去安排。

一声惨叫打破了东平伯府清晨的平静。

阿蛮匆匆进屋："姑娘，老爷正在打二公子呢。"

姜似从梳妆台前站了起来，抬脚便往外走。

"姑娘，这不是去慈心堂的路——"阿巧提醒道。

慈心堂是东平伯府老夫人的住处，每日一早，各房都会去请安。

"先去二公子那里看看。"姜似加快了脚步。

东平伯府共有四位公子，除了四公子年纪尚小，依然住在后院，其他三位公子在前院都有单独的院子，姜湛便住在听竹居中。

姜似才走到院门口，就听到中气十足的呵斥声传来："小畜生，我说你最近怎么消停了，原来是偷着从狗洞爬出去胡作非为。你不是喜欢钻狗洞吗？今天老子就把你打得比大街上的野狗还惨！"

"野狗不惨啊。"一个弱弱的声音紧跟着传来，那声音随即变成惨叫，"父亲，您轻点啊，别打脸，别打脸——咦，四妹来了。"

追着姜湛打的男子背影高大，闻言一脚踹过去："你四妹怎么会来？小畜生到现在还想糊弄我！"

姜似见状开了口："父亲——"

那高大的背影一僵，缓缓转过身来。

东平伯姜安诚在见到小女儿的一瞬间神情变得柔和，甚至带了几分讨好："似儿怎么来了？"

"听闻父亲在教育二哥，女儿来瞧瞧是怎么回事。"姜似回了姜安诚的话，看向姜湛。

姜湛与姜似一样，相貌都随了母亲。

十六七岁的少年正是长个子的时候，挺拔如一竿新竹，哪怕此时被追打得形容狼狈，但依然俊美逼人。

姜似对着姜湛微微屈膝："二哥，你还好吧？"

姜湛蓦地瞪大了眼睛，对上姜似的视线，耳根腾地红了，连连摆手道："妹妹放心，我跑得快着呢。"

"小畜生，你跑得快是不是还挺骄傲的？"姜安诚好不容易才平息下来的怒火又被姜湛这句话点燃了。

姜湛下意识要跑，想到妹妹就在一旁看着，他可不能失了志气，便硬生生停下来，挺直腰板道："父亲，您消消火。儿子皮糙肉厚，就算您打着不手疼，当心吓着妹妹。"

妹妹今日竟然对他笑了，就算被父亲揍得比狗还惨也值了。

想到这里，姜湛鼻尖竟有些发酸，忙移开眼睛，唯恐被姜似看出来。

"小畜生，你乐意钻狗洞也就罢了，有没有想过万一有贼人从狗洞进来怎么办？"

姜湛抬手摸了摸额头。

父亲担心得真有道理，昨夜他就被贼人拿砖头袭击了呀，然而此事万万不能说！

"那狗洞已经堵上哩，儿子保证以后不从那里走了。"

姜安诚用鼻孔哼了一声，转而问姜似："似儿用早饭了么？"

"还没有，准备给祖母请过安后再回去用。父亲要不要与女儿一道去慈心堂请安？"

见姜似一脸期待地望着他，姜安诚不假思索道："走，一起去。"

小女儿从小就与他不甚亲近，他还是第一次被女儿用这般期待的目光看着。

姜似莞尔一笑。她以前多不懂事，嫌弃父亲没有本事，害她受人轻视，却忘了父亲对她的疼爱是无价的。

"父亲，四妹，等等我啊，我也去。"

姜安诚瞪了姜湛一眼："你这个样子，是去丢人现眼？"

姜湛摸了摸头。头发不乱啊，哪里丢人了？

姜似便对姜湛笑道："二哥，我想吃蔡记灌汤包了。"

蔡记灌汤包是百年老字号，与东平伯府隔着两条街，与安国公府同在康德坊附近。

经过昨夜那一闹，眼下季崇易的事还没传到东平伯府来，但康德坊那边定然传开了，这时候二哥去蔡记买汤包，肯定会听到风声。

"四妹想吃灌汤包？正好我也想吃了，你等着，我这就去买。"姜湛也不提去慈心堂请安的事了，掸了掸身上灰尘，忙往外走，才走几步又返回来，对着姜安诚讪笑。

姜安诚眉头顿时拧成了"川"字："怎么？"

姜湛伸出手来："儿子最近手头不宽裕，父亲先给垫着呗。"

"滚！"姜安诚从腰间荷包中摸出一块碎银子丢到姜湛怀中，咬牙切齿道。

姜湛一溜烟跑了，跑到院门处回头喊了一声："四妹等我。"

姜似与姜安诚一道去了慈心堂。

慈心堂的大丫鬟阿福对着二人一福："大老爷，四姑娘，老夫人正在会客，请容婢子通禀一声。"

这么早会客？姜安诚脸上闪过诧异。

不多时，阿福折返，对姜安诚道："大老爷，老夫人请您进去。"

她目光转而落在姜似身上，带着几分复杂："四姑娘，您可以先在耳房中喝杯热茶。"

"父亲，那我先在外面等着。"姜似对着姜安诚屈膝行礼。

姜安诚跟着阿福走了进去，一眼便看到与老夫人冯氏相对而坐的一名女子。

那女子三十左右的年纪，容貌颇佳，一双细长的眼显出几分精明。

姜安诚越发奇怪。母亲既然招待的是女客，怎么叫他进来了？

"这就是伯爷吧？"女子站了起来。

冯老夫人点头："正是四丫头的父亲。老大，这位是安国公世子夫人，今日是来商量婚事的。"

"日子不是已经定好了吗？"

冯老夫人看了郭氏一眼。

郭氏面带羞惭："昨夜出了些变故，公公与婆婆的意思是，想早些把四姑娘娶过门……"

"这是为何？"姜安诚脸色微沉。

一般而言，定好的亲事临时提前，总会惹来风言风语，这对男方没什么影响，对女方却不利。

郭氏虽觉尴尬，却也知道昨夜那番动静瞒不住，便尴尬道："小叔不懂事，昨晚上去莫忧湖玩，不小心失足落水——"

不管外面传言如何，国公府是绝不能承认三公子与一名女子殉情跳湖的，这实在太丢人了。

姜安诚黑着脸打断了郭氏的话："贵府三公子失足落水与婚事提前有什么关系？莫不是只剩下一口气，想让我女儿嫁过去冲喜？"

"伯爷误会了，小叔虽然受了些惊吓，但并无大碍。"

"那为何把婚事提前？"姜安诚不依不饶地问道。

姜安诚咄咄逼人的语气令习惯了被众人追捧的郭氏心生不快，但她面上却丝毫不露："小叔虽然没有大碍，但昨夜与他一同落水的还有一名女子……为免旁人胡言乱语，公婆商量了一下，想让四姑娘提前过门……"

"还有一名女子？"姜安诚脸色冷得仿佛结了一层冰，"那女子是何人？"

郭氏被姜安诚的态度惹恼了，想着刚刚东平伯老夫人已表达默许，便干脆道："实不相瞒，小叔先前就结识了那名女子。当然，伯爷大可放心，小叔只是年轻不懂事，公婆以后会好好管束他的，那名女子——"

"退亲！"姜安诚已经不想再听下去，冷冷吐出两个字。

郭氏一愣。她是不是听错了？东平伯刚刚说了什么？

退亲？

郭氏只觉荒谬无比。东平伯府能与安国公府定亲，是打着灯笼都找不到的好事，东平伯就这么轻飘飘地说要退亲？

"伯爷，您先别急，等我把话说完——"

"退亲！"姜安诚干脆利落道。

他等什么啊，这女人的狗嘴里还能吐出象牙来？

"老夫人，您看？"郭氏无奈看向冯老夫人。

敢情东平伯是个愣头青，这种人只是机缘巧合救了公爹一命，不然哪有这门亲事？

好在东平伯老夫人是个拎得清的，退不退亲，东平伯总要听老夫人的。

"老大，你总要听世子夫人说完。两家结亲是大事，岂能说退就退？"冯老夫人沉声道。

"正是因为婚姻是大事，我才不能把女儿往火坑里推！"

"伯爷这话就过了，那女子顶多做妾，半点不会动摇四姑娘三少奶奶的地位——"

"退亲！"姜安诚还是用两个字把郭氏后面的话噎了回去。

郭氏淡淡道："伯爷，此事还需要问问老夫人的意思吧？"

姜安诚冷笑："世子夫人出身好，想来教养不差。那么我问你，婚姻大事讲究的是什么？"

"自是父母之命，媒妁之言。"郭氏脱口而出。

"这就是了，我是亲爹，要退亲有问题么？"

郭氏压下心头憋闷，对着东平伯老夫人笑了笑："老夫人，这结亲呢，是结两姓之好，当然不能草率了。不如您与伯爷先商量一下，我在花厅等您的信儿。"

见郭氏暂时避开，冯老夫人心下微松。

在她看来，亲事是绝对不能退的，但如果能趁机讨些好处，不是皆大欢喜？

当然，她还要说服大儿子才行。

瞅着长子那张铁青的脸，冯老夫人就忍不住皱眉。

长子资质平平，去年又因为在山崩中救安国公而废了一只手，别说是想办法延续伯府的荣光，能维持住目前的局面就不错了。

老大不小的人，一点都不懂事！

"母亲，这事没商量，这亲非退不可，安国公府欺人太甚！"

"非退不可？老大，你想过没有，退亲对女子的伤害有多大？就算是男方的错，可一个退了亲的女孩子，还能再结什么好的亲事不成？"

姜安诚冷笑："哪怕把似儿嫁给一个平头百姓，也比嫁给一个成亲前还与别的女人私会的男人强！"

"平头百姓？"冯老夫人看着姜安诚的眼神满是失望，"你可知道四丫头一个月的胭脂水粉钱，都顶得上五口之家的平头百姓一年的嚼用了？"

姜安诚被冯老夫人问得一怔。

冯老夫人语气更冷："有情饮水饱，不过是笑话罢了。安国公世子夫人对我说了，那女子小门小户出身，连大字都不识几个，季三公子不过图一时新鲜，等把那女子收入房中，用不了多久就会丢到一边去了。"

姜安诚用鼻孔重重哼了一声，不忿道："母亲错了，这不是那混账对别的女子是否在意的问题，而是他对似儿没有半分尊重，这种人不是良配！"

"那你问过似儿的意思没？"冯老夫人忽然问了一句。

姜安诚神情一滞。

冯老夫人嘴角微勾："你又没问过似儿，焉知她是否愿意退亲？就算婚姻大事是父母之命，你就不怕拿错了主意，让似儿怪你一辈子？"

冯老夫人一番话说得姜安诚面色发白。

亡妻留给他两女一子，三个孩子中他最疼的便是似儿。

可是小女儿从小就与他不亲近，今日好不容易缓和态度，他可不想再和女儿疏远了。

冯老夫人暗暗冷笑。她就知道把四丫头拎出来劝老大绝对有用。

"请四姑娘进来。"冯老夫人吩咐大丫鬟阿福。

阿福立刻前往耳房去请姜似。姜似面色平静，随着阿福走进内室。

"四丫头，等久了吧？"冯老夫人语气温和，心中却一阵硌硬。

姜似的母亲苏氏出身宜宁侯府，是当年京城出名的美人儿，自幼就定了亲。

苏氏与未婚夫青梅竹马，感情深厚，所以，苏氏原本不可能嫁给姜安诚，谁知到了她快成亲那年，苏氏的未婚夫崔绪竟被荥阳公主看中了。

一番曲折之后，崔绪成了荥阳公主的驸马。

崔家与苏家的亲事黄了，于苏氏的影响本来不大，谁知没过多久忽然传出流言，说苏氏与崔绪从小到大常在一起，耳鬓厮磨早已没了清白。

这流言彻底毁了苏氏。

无论苏氏的父母对女儿如何疼爱，与宜宁侯府门第相当的人家再无人愿意娶苏氏为妇。

苏氏就这么在闺中又待了两年，直到一次出门上香偶然遇到了姜安诚，姜安诚惊为天人，不顾冯老夫人的激烈反对，执意要去宜宁侯府提亲。

当时，宜宁侯夫妇为了苏氏的婚事已经操碎了心，东平伯府遣媒人上门，他们立刻就悄悄打听男方，结果一打听，姜安诚无论人品样貌当女婿都够了，唯一的缺憾是东平伯府的爵位只世袭三世，然而女儿名声有损，宜宁侯府早没了挑剔的余地。

宜宁侯夫妇担心女儿受委屈，为苏氏准备了丰厚的嫁妆。

这丰厚的嫁妆让冯老夫人捏着鼻子不再吭声，心底却认定流言有几分真实，宜宁侯府是自觉理亏才给女儿这么丰厚的嫁妆。

如此一来，冯老夫人对苏氏能有好感就奇怪了，厌屋及乌，她对苏氏的女儿自然不喜。

姜似给冯老夫人见过礼，笑道："祖母正在会客，孙女等上一会儿是应该的。"

"还是四丫头明理。"冯老夫人眯着眼，眼角皱纹加深，唤姜似上前来，"似儿可知道客人是谁？"

"孙女不知。"

"是安国公世子夫人。"冯老夫人见姜似神色没有变化，接着道，"国公府想让你早点进门，不知你可愿意？"

"母亲！"姜安诚气得脸色发黑。

母亲连情况都不跟似儿说一声就问这个，这不是哄骗人么？

冯老夫人才不理会姜安诚，目光灼灼盯着姜似。

她比大儿子更了解这个孙女。心比天高命比纸薄，说的就是这丫头，她不信她舍得放弃这样一门好亲事。

姜似神情依然没有变化，平静问道："莫非是季三公子要死了，需要我提前过门冲喜？"

冯老夫人一愣。

姜安诚嘴角忍不住翘起来。

不知怎，听女儿这么一说，他似乎可以放心了。

"季三公子好好的，四丫头你想到哪里去了。"姜似不按常理出牌，让冯老夫人好一会儿才缓过神来。

"莫非是安国公或安国公夫人病入膏肓，需要我提前过门冲喜？"姜似再问。

"咳咳咳。"姜安诚以咳嗽掩饰笑意。

冯老夫人开始头疼。

幸亏安国公世子夫人没在这里，不然，听了这丫头的话还不气死。

"安国公府上没有人生病。"

姜似一脸严肃："既然这样，孙女就想不明白他们要把亲事提前的理由了。"

冯老夫人太阳穴突突直跳，只得解释道："是这样的，昨日季三公子与一名民家女游湖，不小心落水了。这事传出去两家都面上无光，所以才想让你们早日完婚……"

冯老夫人一边说一边打量姜似神色："似儿怎么想呢？"

姜安诚不由紧张起来。

"不知安国公府打算如何安置那名女子？"

"已经闹出了这种事，当然只能纳女子做妾了。四丫头你是个聪明的，应当知道一个妾算不得什么，就是个会喘气的物件而已。"

姜似抿了抿唇，垂眸把腕上一对水头极好的玉镯褪下来，塞到姜安诚手中。

这对玉镯乃是安国公府下聘时送来的，当时她一眼就喜欢上了，便没收起来，一直戴着。

冯老夫人面色微变。

姜似抬眸，对着冯老夫人甜甜一笑："婚姻大事，讲究父母之命、媒妁之言，我听父亲的。父亲觉得我该继续戴着这对玉镯我就戴，父亲若认为该退回去，我也不留恋。"

冯老夫人心底吃了一惊，仿佛不认识般盯着姜似直瞧。

姜似神色坦然，任由冯老夫人打量。

姜安诚神色舒展："既然似儿这么说，那为父就做主了，退亲！"

"不行！"冯老夫人声色俱厉地喊道。

本来指望孙女拿捏住长子，谁知姜似一反常态，冯老夫人的打算落了空，于是毫不犹豫撕开了温情的面纱，声音冷硬如刀："我绝不同意退亲！"

"母亲！"

"你不要说了！你可知道有多少人羡慕能与安国公府定亲？别说大丫头、二丫头在婆家被高看一眼，这一年来上门给三丫头提亲的门第都比以前强了不少。说白了，还不是瞧中了能与安国公府沾亲。老大，你就算不为四丫头着想，也要为咱们伯府考虑一下！"

"母亲，您的意思是，为了伯府，就可以牺牲似儿的终身幸福了？"姜安诚反问。

"混账，这样诛心的话你也说！"冯老夫人身子一晃，扶着额头往后倒去，身边的大丫鬟阿福眼疾手快扶住她。

"母亲，您没事吧？"姜安诚虽不满冯老夫人的做法，可看到她这样还是紧张起来。

冯老夫人冷冷瞪着姜安诚："你这个不肖子，竟认为我为了伯府不顾四丫头的死活！难道她不是我孙女？四丫头嫁去安国公府，明明对她与伯府都是极好的事，你却为了一时意气要退亲！"

"我不是因为意气——"

"住嘴！婚姻大事是父母之命，似儿自幼没了母亲，难道我这当祖母的还做不得主？今天我就把话说明白了，安国公府理亏在先，你大可以为了似儿提些要求，但是退亲，我不答应！"

冯老夫人一番话说得姜安诚心都是凉的，正要再劝，冯老夫人身边另一位大丫鬟阿喜匆匆跑了进来，气喘吁吁道："老夫人，不好了，二公子把停在咱们府外的安国公府的马车给砸了，现在正往花厅里闯呢！"

"什么？"冯老夫人头也不晕了，腾地站了起来往花厅赶去。

"二公子，您不能进去啊，里面有贵客呢。"

姜湛一蹦三尺高："我呸，什么贵客？侮辱我妹妹的人家算哪门子贵客？给我让开！"

姜湛一脚踹开拦在他身前的丫鬟，半点没有怜香惜玉的觉悟。

安国公世子夫人郭氏已经惊呆了，怒道："我乃安国公世子夫人，你是何人？怎能如此无礼？"

姜湛一听，来人还是个重量级的，而且是在自己家里逮到的，不揍白不揍啊，抡起脚边小几就砸了过去。

郭氏尖叫一声，白眼一翻就要昏过去。

门口丫鬟喊了一声："世子夫人，您不能昏啊，我们二公子闹起来拦不住的——"

郭氏一听，打了个激灵，当下头也不昏了，腿也不打战了，抬脚就跑。

姜湛拎着小几追了上去："站住，欺负了我妹妹还想跑？"

"小畜生，你做什么？"冯老夫人匆匆赶来，见到姜湛追在郭氏后面跑的情景，气得一阵眩晕。

郭氏缓了口气。

总算等到东平伯老夫人来了。

轻柔的少女声音传来："世子夫人，您还是赶紧回府吧，二公子疯起来老夫人也管不了，就算过后挨罚，当时造成的伤害也无法挽回呀。"

郭氏一听觉得是这个理，连提醒她的少女长什么样子都没顾上看，在丫鬟的护卫下提着裙摆往外逃去。

姜湛追上去。

"老大，还不拦住你那个孽子！"

"母亲千万不要动气，儿子这就去把那混账拦住。"姜安诚慢条斯理地安慰道。

"那你可去啊！"冯老夫人跺脚。

姜安诚这才往外走去。

姜湛一直追到府门外，把小几往门前狠狠一砸，小几登时四分五裂。

"以后安国公府的人再登伯府的门，就是这个下场！"

赶来的姜安诚强摆出一副冷脸，对姜湛喝道："别胡闹了，还不快回去领罚！"

姜湛一回到院中便扑通跪了下来，脸上却是满不在乎的神情："父亲要打要罚，随便好了。"

"请家法，必须请家法！"冯老夫人气得浑身发抖。

这番热闹惊动了各院的人。

姜似越众而出："祖母，孙女觉得二哥不但不该罚，还当奖。"

冯老夫人只觉姜似的话滑天下之大稽，目光沉沉地盯着她。

姜似不为所动，平静地迎上冯老夫人阴沉的目光："祖母，不知您要罚二哥的理由是什么？"

"这混账竟对着安国公世子夫人喊打喊杀，还追到府门外让那么多人瞧见了，到时候安国公府岂能与伯府罢休？"冯老夫人气得直打哆嗦。

姜似轻笑一声："祖母莫非忘了？此事原是安国公府理亏在先。"

"让这混账一闹，伯府有理也变没理了。"冯老夫人怒道。

"孙女认为有理就是有理，没理就是没理，正是因为安国公府行事不端，二哥才会为我出气。二哥维护亲人，怎么会是胡闹呢？难道别人打了咱们一耳光，为了表示大度，我们还要把另一边脸送上去吗？"

姜似的直白让冯老夫人有些难堪。

"如果我们真的这么做了，别人可不会觉得伯府大度，反而会认为伯府为了攀高枝而弯了腰，成了趋炎附势之徒！"姜似此话一出，众人纷纷色变。

"胡说！"冯老夫人只觉脸上火辣辣的，冷喝一声。

姜似神色越发严肃："祖母，咱们伯府是清清白白的人家，难道能让人背后笑话咱们是没骨头的？要是那样，伯府的人走出去才会抬不起头来。"

说到这里，姜似眸光微转，扫了姜湛一眼："幸亏二哥反应快，在外人没有胡乱揣测之前就表明了伯府的态度。祖母若是不信，可以派人出去打听一下，四邻八舍定然认为咱们做的应当呢。所以孙女才说二哥不但不该罚，还当赏。"

姜似一番话有理有据，冯老夫人有心反驳，却一时找不出理由来，当着满府人的面又拉不下脸摆祖母的架子，竟急得脸色发白。

"说得好！"姜安诚一拍大腿，见冯老夫人脸色不对，也不去宽慰她，只说，

"母亲别着急，儿子这就带上退婚书、抬上聘礼，去安国公府退亲！"

冯老夫人一口气堵在喉咙里，噎得她说不出话来。

姜安诚顺势踹了姜湛一脚："小畜生还跪着做什么？赶紧起来给你老子帮忙！"

"嗳！"姜湛响亮地应了一声，冲姜似挤挤眼，追在姜安诚屁股后面跑了。

姜似眨眨眼，眸中漾起水雾，对着冯老夫人一屈膝："祖母，虽然孙女觉得能与那样没规矩的人家退亲的确大快人心，但女孩子退亲毕竟不是什么光彩事，孙女有些不好受，就回房去了。"

只一眨眼的工夫姜似也不见了，留下冯老夫人在风中凌乱。

"老夫人，这亲真的退啦？"说话的是姜似的二婶肖氏。

姜似的母亲早就过世了，姜安诚一直没有续弦，这伯府的管家权就落在肖氏手里。

肖氏自身也硬气，虽然娘家只是寻常人家，但姜二老爷很争气，正儿八经考上了进士，如今官拜太仆寺少卿，长子姜沧继承了父亲会读书的天赋，在京城同龄人中已经小有才名。

相较起来，大房就势弱了，唯一拿得出手的就是姜似的婚事。

现在，这点优势也没了。

冯老夫人回过神来，吩咐管事："快去衙门把二老爷叫回来！"

海棠居里，姜似才得了片刻清净，阿巧就进来禀报道："姑娘，老夫人派人去请二老爷了。"

姜似并不意外，吩咐阿蛮："去把二公子请来。"

不多时，姜湛蹑手蹑脚地溜了进来。

姜似不由蹙眉："二哥怎么和做贼似的？"

迎上妹妹秋水般的眸子，姜湛忽然不知道手脚该往哪里搁了，耳根微红，道："祖母正恨我呢，要是知道我来见你，说不准会连累妹妹……"

"没有的事，祖母赏罚分明，心胸宽阔。"

"你说真的？"姜湛面色古怪。

姜似莞尔一笑："二哥听听就算了。"

"我就说嘛，祖母哪有这么好。对了，四妹找我有什么事？"

姜似捧着温热的茶盏，笑盈盈问道："二哥经常去碧春楼吧？"

"噗——"姜湛一口茶全喷了出去，一张俊脸紧绷道，"没有的事儿，我连碧春楼大门开在哪里都不晓得！是谁在四妹耳边嚼舌呢？让我知道，定会剥了他的皮！"

　　姜似把茶盏往桌面上一放，叹了口气："本想着二哥轻车熟路，可以帮妹妹一个忙。既然如此，那妹妹再想办法吧。"

　　姜湛猛然瞪大了眼睛。

　　四妹这是什么意思？天哪，莫非想女扮男装混进青楼里玩？

　　似是知道他心中所想，姜似为难道："实在不成，只有妹妹亲自走一趟了——"

　　"别呀，我去！"

　　"二哥不是连碧春楼大门往哪边开都不晓得吗？"

　　"不，不，我轻车熟路。咳咳，不对，我的意思是，我虽然不是轻车熟路，但偶尔路过——"姜湛忽然觉得自己越描越黑，脸颊阵阵发热。

　　"既然如此，我想请二哥跑一趟碧春楼。"姜似从袖中取出一物，递了过去。

　　"这是什么？"姜湛伸手接过姜似递来的物件，仔细打量着。

　　那是一小截竹管，竹筒口被封住，凭直觉，姜湛认为里面应该装了东西。

　　他不由倒抽一口冷气，神色紧张地盯着姜似。

　　妹妹该不会瞧上了爱逛青楼的某个家伙吧？这可不行！

　　姜似细声解释："碧春楼背后有一条暗巷，请二哥带着竹管去暗巷里仔细找一下，那里应该设有蔽竹。"

　　所谓蔽竹，是长约一尺的圆筒，一般设在偏僻的巷子中，若是有人想要检举某官员的恶行，就可以悄悄投进信笺，设立蔽竹的御史自会定时来取。

　　眼下，虽然安国公府的闹剧传开了，但都察院的御史们天还黑着就上朝去了，此时还没听到风声。等再过几日风头过了，即便有御史耳闻，也不见得愿意找安国公府的麻烦。

　　姜似请兄长帮忙，便是想在最短的时间内让御史狠狠咬安国公府一口。

　　只要季崇易与女子殉情的事被皇上知道，季三公子想要再娶名门闺秀就是奢望，到最后，说不定会与巧娘有情人终成眷属，那就别祸害别人家姑娘了。

　　"二哥快些去吧，不然没等御史弹劾安国公府，祖母就把二叔叫回来了。府中大事，向来是祖母与二叔两个人拿主意，我想二叔定然不乐意我退亲。"

　　"妹妹放心，我这就去，绝不误了你的事！"

　　姜湛怀揣着竹筒，片刻不敢耽误，赶去碧春楼，按着姜似所言钻进那条暗巷，果然在青砖斑驳处寻到了蔽竹。

　　他刚把竹筒塞进去，忽然听到轻微的脚步声，忙跃上一棵树。

　　一个眉眼清秀的年轻人左右四顾，贴着墙根溜进来，来到蔽竹前，一边拿下蔽竹一边回头张望，等取下蔽竹抱在怀中，立刻撒丫子飞奔。

姜湛摸着下巴喃喃自语："还真有人这个时候来取蔽竹啊。"

四妹是怎么知道的？不过，妹妹从小就聪明，比他知道得多也不奇怪吧。嗯，就是这样。

姜湛正准备跳下来，忽然又有脚步声响起。

他吃了一惊，忙缩回身形。

脚步声比先前之人的更轻，动作更加灵巧，很快，一个身影如游龙般来到原本放着蔽竹的位置，盯着留下的孔洞，眼神闪烁。

怎么又有人？这又是哪一路的？

姜湛暗暗琢磨着。

忽然，那人猛一抬头，目光如刀穿过枝叶的遮蔽，对上姜湛的眼睛。

浓浓的杀机瞬间传来，姜湛出于本能头皮一麻，猛然从树上跳下来，拔腿就跑。

那人动作快如闪电，伸手按住姜湛肩膀，把他抓了回来。

眼见逃跑无望，姜湛扭身迎击，却几乎瞬间就被人困住手脚，然后眼前寒光一闪。姜湛正闭上眼睛等死，忽然听到咚的一声响，紧接着就听见刀子刺入某物的声音。

他大叫一声，捂着腹部靠在墙上。

暗巷背阴，哪怕是夏日依然冰冷阴凉。

姜湛闭着眼摸到墙壁，滑腻腻的触感传来，让他脸色一白。

完了完了，他的血流了一墙面，他是不是已经死了？

这时，有什么东西在扯姜湛的衣摆。

姜湛脑袋嗡了一声。这么快，牛头马面就来勾魂了？

不行，他不能死，妹妹还在家里等他回话呢！

姜湛陡然睁开眼睛，与扯他衣摆的"牛头马面"对上。

竖起的耳朵，长长的脸，突出的鼻头，还有浓密灰黄的毛发……

嗯，这长相与"牛头"差着十万八千里，应该是"马面"！

姜湛端详许久，谨慎地下了结论。

"马兄，我还不能死啊，我上有残疾老父，下有娇弱幼妹，他们还要靠我养活呢。求您行行好，放我还阳吧！"

"马面"龇了龇牙："汪——"

姜湛像是被人掐住了脖子，一个字都说不出来了，瞪大眼睛看着对他汪汪叫的"马面"。

好像哪里不对的样子。

"二牛，回来！"淡淡的声音传来。

姜湛骇了一跳，猛然扭头，便见一丈开外处站着一名少年。

那少年约莫十七八岁，竟比他还高出两寸，眉峰挺拔，乌眸湛湛，冰雕般的脸上几乎没有表情，如一把名刀藏于刀鞘，令人不敢小觑。

"你是谁？"姜湛惊了。

"人。"少年回道。

"那它是——"姜湛艰难低头，指着一瘸一拐跑到少年身边的"马面"，神色复杂。

少年深深看了姜湛一眼，吐出一个字："狗。"

那一瞬间，姜湛竟从少年深邃的眸光中瞧出几分笑意。

"咳咳咳。"姜湛只能以咳嗽来掩饰尴尬。

少年揉了揉大狗的头顶，提醒道："再不走，这人就要醒来了。"

姜湛低头，这才发觉先前袭击他的人就倒在脚边。

"他死了？"

"不，只是晕过去了。"

姜湛看了看自己的手，指尖染上一层墨绿，喃喃道："这是什么？"

"苔藓。"少年淡淡的声音传来，还体贴地伸手指了指，"墙上的。"

姜湛顺着他手指望去，这才知道方才滑腻腻的触感从何而来。

原来不是他的血，而是苔藓！

这个认知让姜湛瞬间红了脸，讪讪道："那咱们赶紧跑吧。"

"嗯，一起跑。"少年认真点头。

一个古怪的念头从姜湛心头浮现。

不知为何，这少年给他的感觉明明是生人勿近，为何对他却格外友善呢。人长得俊了莫非还有这点好处？

不对啊，这少年明明比他生得还好看一点儿。

或许这就是惺惺相惜吧。姜湛想。

二人一狗跑出阴暗狭长的巷子，一口气跑到繁华热闹的街头。

阳光下，姜湛有种劫后余生的感觉，长长吐出一口浊气，对少年抱拳笑道："多谢兄台救命之恩，不知兄台如何称呼？"

少年顿了一下，道："你可以叫我余七。"

说完还不忘介绍身边的大狗："它叫二牛。"

看少年比自己大上一两岁的样子，姜湛喊了声"余七哥"，而后又对大狗摆摆手："二牛，你好。"

大狗鄙夷地看了姜湛一眼，扭过头去。

居然被一条狗给鄙视了，不就是误把它认成"马面"了嘛，小畜生还记着！

姜湛哼了一声，问余七："不知道余七哥家住何处，改日小弟定然登门致谢。"

"我家住雀子胡同，门口有一棵歪脖枣树的人家就是了。"

"真是巧了，雀子胡同离我家不远。小弟姓姜名湛，就住在离雀子胡同不远的榆钱胡同里，东平伯府上孙辈中排行第二。"

"姜湛。"余七笑着重复道。

"对，对，就是姜湛。"姜湛听着少年用清冽的声音吐出他的名字，头皮一麻。这人是从哪儿冒出来的妖孽啊？声音也忒好听了，他是个男人听着都心肝乱跳。

"汪——"

姜湛黑着脸与大狗对视，嘴角一抽。煞风景的小畜生。

大狗不屑地扭过头去。

"余七哥，我还有事要赶紧回去了，等把事情忙完就去找你啊。"

"好。"余七颔首，言简意赅。

"余七哥一般什么时候在家？"

余七唇角微弯："随时恭候。"

海棠居中花木成荫，不知藏在何处的蝉不住鸣叫。

姜似拿着一本书靠着海棠树翻看，却心不在焉。

二哥怎么还不回来？莫非遇到了什么变故？

"姑娘，二公子来了。"阿巧拉开院门，领着姜湛走过来。

"四妹——"

姜似摇摇头，止住了姜湛后面的话："进屋再说。"

才一进屋，姜湛便一屁股坐下来，毫不客气地对阿巧道："快给我端杯茶来压压惊。"

阿巧看了姜似一眼。

姜似略一颔首，阿巧这才去了，很快捧了茶来。

姜似示意阿巧到外面候着，耐心等着姜湛一口气喝了半杯茶，才问道："二哥遇到什么事了？"

姜湛把茶杯往桌上一放，拿出帕子随意擦拭了一下嘴角，叹道："四妹，还真让你说中了，果然有人去暗巷中取蔽竹。"

"那后来呢？"

"那人把蔽竹取走了。可我还没来得及走呢，又来人了！"

"又来了人？他可瞧见了二哥？"

"哪能呢！"姜湛原来不假思索否认，迎上姜似探究的目光，只好老实坦白，"瞧见了。不但瞧见了，那人还想杀了我呢。"

"二哥如何逃掉的？"姜似听得心惊胆战。

姜湛把剩下的茶水饮尽，压下吹牛的冲动："说时迟那时快，又来人了！"

姜似又好气又好笑，更多的却是后怕："这么说，是第三个人救了二哥？"

"是呀，那可是我的救命恩人！本来应该请人家上京城最好的酒楼喝酒的，想着妹妹还在家中等我，只能改日再登门拜谢。"姜湛又放下茶杯，一脸遗憾，"怪失礼的。"

"二哥说要登门拜谢，这么说，你知道救命恩人的姓名和住处？"

"是呀，他叫余七，说来也巧，就住在离咱家不远的雀子胡同——"

后面的话姜似一个字都没听进去，她一把抓住姜湛衣袖，因为过于用力，手背青筋凸起："他真的叫余七？"

姜湛讶异地看着神色大变的姜似，困惑道："四妹怎么了？"

姜似回神，松开姜湛的衣袖，借着抬手把碎发挽至耳后的动作掩饰失态，可再怎么掩饰，她的脸色还是苍白的，一时难以恢复。

姜湛狐疑地打量着姜似："莫非妹妹认识余七？"

姜似勉强笑笑，可"余七"两个字就在她心头晃，晃得她心神不宁。

"那余七长什么模样？"

"啊？"姜湛眨眨眼。

奇怪，妹妹问一个男人的长相做什么？

见姜湛不说话，姜似再问："是不是相貌极好，是个罕见的美男子？"

姜湛更不想说话了。

难怪妹妹对余七哥这么好奇呢，原来是见过的。余七哥长得那么妖孽，妹妹难以忘怀，太正常了。

妹妹要是知道自己认识了美男子，岂不是有了接触的机会？

这可不行，余七哥出现在青楼附近，可见是个风流的，这样的人当朋友固然志趣相投，当妹夫他可不满意。

"没有哩，余七哥是个五大三粗的汉子，不然怎么救你二哥于水火之中呢？"

姜湛暗暗为自己的机智竖起大拇指。

姜似松了口气，笑容轻松多了："那二哥可要记得请人家喝酒，滴水之恩当涌泉相报，何况救命之恩呢。"

看来是她太敏感了，这世上姓余排行第七的男子不知凡几，何况她梦中的那个余七只是化名。

"四妹也认识叫余七的人？"姜湛不放心追问一句。

"有一次出门，无意中碰到一位叫余七的，当时还闹了些不愉快，所以有些印象。"

"那人貌比潘安？"

姜似口不对心道："没有，那人一脸横肉，凶神恶煞，不是个好人。"

"那咱们见的肯定不是同一人了。余七哥虽然五大三粗，但一瞧就是好人呢。"

"先不提这个了，二哥以后少出门，出门的话务必多加小心。"

"姑娘——"门外传来阿蛮的唤声。

姜似收回思绪，喊阿蛮进来。

阿蛮快步走至姜似身边："姑娘，二老爷回来了，此时正拦着大老爷清点聘礼呢。"

"二叔果然要坏事！"姜湛恨声道。

"去看看。"姜似起身往外走去。

安国公府送来的聘礼存放在华明堂的小库房中，库房前，姜安诚正在发火："二弟，你赶紧给我让开，别耽误我去安国公府退亲！"

温和的声音传来："大哥，你先听我说。事情我都知道了，不就是安国公府的那小子年少无知做了糊涂事么？好好解决就是了。"

"怎么解决？"

"一个平民女子，给些银钱打发了就是，等似儿嫁过去，凭似儿的才貌还不能让那浑小子本本分分的？大哥，退亲确实不是明智之举，现在图一时痛快，似儿将来可怎么办呢？"

姜似静静站在不远处，听了姜二老爷一番话，险些忍不住为他拍手。

二叔可真能言善辩！

姜湛刚要开口，姜似轻轻拉了他一下，走上前去。

"似儿来了。"姜二老爷见姜似走过来，露出温和的笑容。

姜似屈了屈膝，直截了当道："二叔不必替侄女操心。在我看来，能远离季三公子这样的男人，哪怕当一辈子老姑娘都该偷笑。"

· 25 ·

"似儿，你还小，哪里明白当老姑娘的难处？"

姜似冲姜安诚甜甜一笑："父亲，女儿要是想当一辈子老姑娘，您乐意养着不？"

"当然乐意！"姜安诚毫不犹豫道。

姜湛紧跟着拍拍胸脯："四妹放心，你要真不愿意嫁人，还有哥哥呢。谁敢说些闲言碎语我就揍谁！"

"二叔您看，父亲与二哥都不嫌弃我呢。还是说您觉得侄女嫁不出去给您丢人了？"

"似儿怎么这么说？二叔不是这个意思。"

姜安诚抬腿踹了姜湛一脚："让你给老子帮忙，你又去哪儿浪了？还不抓紧干活！"

姜二老爷被姜似一番挤对弄得不好开口，沉着脸杵在原地看姜安诚父子指挥着下人搬运聘礼。

姜似嘴角掠过一抹淡笑。

另一边，郭氏回到安国公府，直奔安国公夫人卫氏的院落。

"怎么样，谈好了么？"卫氏神情疲惫，问道。

听卫氏这么一问，郭氏险些哭出来："婆婆有所不知，东平伯府的二公子是个混不吝，一回府就把咱家马车给砸了，儿媳还是雇了辆马车才能回府……"

"竟还有这样的小辈？"卫氏吃了一惊。

"是啊，儿媳也万万没想到。"

"东平伯府究竟是个什么态度？"

郭氏苦笑不已："东平伯说要退亲，他们老夫人则表露出修好的意思，儿媳见此便去花厅等着，好让东平伯老夫人开解东平伯一番，谁知还没等到准信呢，那位二公子就冲进来要打杀儿媳。儿媳若不是逃得及时，说不准就要缺胳膊少腿了……"

"岂有此理！"卫氏重重一拍桌几，"东平伯府是什么样的门第，按礼法说给国公府提鞋都不配，国公府派了你去赔礼已经给足了他们脸面，东平伯居然还说要退亲，简直不知所谓！"

"儿媳也是这么想。这样的人家本来就与咱们家门不当户不对，不然怎么会养出那样张狂的子孙来。"郭氏一想到灰头土脸从东平伯府逃回来的情形，就恨得不行。

卫氏却忽然笑了："东平伯的想法无关紧要，谁不知道东平伯管不了事？他们府上冯老夫人主内，姜少卿主外。既然冯老夫人舍不得退亲，这门亲事就退不了。"

看着吧，用不了多久东平伯府就会主动派人来商量了。"

果然，没过多久大丫鬟含芳匆匆走进来："夫人，东平伯来了！"

"婆婆说得果然不错，东平伯府的人来得真快。"郭氏恭维道。

"夫人，东平伯是来退亲的。"

卫氏一怔，笑意僵在嘴角："你刚刚说什么？"

大丫鬟含芳半低着头，道："东平伯把聘礼直接带来了，都在咱们府门外摆着呢，已经引来许多人围观了。"

卫氏脑袋嗡的一声响，她捏了郭氏一把："快派人去跟大郎说一声，让他赶紧请东平伯进来说话。"

季崇礼几乎是飞奔至大门口，一脚迈出门槛，险些被外头黑压压的人群吓回去。

"伯爷前来，小子有失远迎，还请伯爷进府说话。"

姜安诚看着客客气气见礼的季崇礼，神色没有半点松动，大手一挥喊道："还愣着做什么？把聘礼给安国公府抬回去！"

眼见姜安诚带来的人抬起聘礼就要往内走，季崇礼忙拦住："伯爷这是做什么？有什么事，先进去好好商量。"

"这事没得商量！我是来退亲的，又不是来拜年的。喏，这是礼单，世子可要仔细核对清楚，我们伯府不会贪你们一金一银！"姜安诚把一份礼单丢进季崇礼怀中。

季崇礼哪里敢让这些人抬着聘礼进门，忙不迭地要把礼单还回去。

"别还回来，我这里还有一打！"姜安诚又从怀中掏出一摞纸，都是礼单，"退婚书已经写好了，叫你老子出来利落按个手印，两家亲事就此作罢！"

季崇礼可算找到了拖延的理由："伯爷，家父今日有事出去了，此时还未回来。婚姻大事，我们小辈可做不得主，您要是着急就先进府等着，或者先回去消消火，如何？"

"姜老弟，你这是？"季崇礼身后传来熟悉的声音。

季崇礼闻声回头一看，正是安国公，当下嘴角一抽。

父亲大人是对方派来的卧底吧？回来得可真是时候！

安国公大步走了过来，见到地上堆成小山的聘礼，眉心拧成"川"字。

"国公爷，咱们都是直脾气，说话就不绕弯子了，我是来退亲的！"

安国公长长一揖："姜老弟，千错万错都是我的错。你心中有气，打你老哥哥两个耳光都可以，万万不能退亲啊。"

姜安诚面对安国公的谦卑，半点没有心软："国公爷还记得两家结亲的缘由吧?"

"当然记得,是因为姜老弟兄弟二人救了老哥哥一条命。"

当初在山崩中救了安国公,还有姜三老爷的一份功劳。

"既然如此,国公爷就不能痛快退亲么?想恩将仇报还是怎么的?"

安国公讪笑:"姜老弟这话怎么说的?"

姜安诚冷哼:"国公爷非要你那混账儿子娶我女儿,在我看来,就是恩将仇报!"

安国公打量姜安诚许久,见他态度坚决,最终长叹一声:"罢了,就依姜老弟所言。"

等安国公在两份退婚书上按了手印,姜安诚收起其中一份,这才满意点头。

"没想到事情弄成这个样子。一想到姜老弟当初对我的救命之恩,我这心里实在惭愧啊。"安国公尴尬道。

姜安诚不以为意地摆手:"国公爷别往心里去,你就当那日雨太大,我脑子进水了吧。"

安国公无言。

京城地处北方,初夏不冷不热,正是最舒服的时候,但对上早朝的官员们来说还是凉了些,他们赶到乾清门时天还未大亮,袍角、袖口已经被露水沾湿。

很快便开始了例行的早朝。

"有事启奏,无事退朝——"

景明帝神色困倦地看着众臣,想着若无人说话便回去把剩下的话本子看完,谁知一位御史上前一步道:"臣有本奏。"

"哦?牛爱卿有什么事?"景明帝心情瞬间微妙起来。

不知哪位大臣又要倒霉了!

"臣弹劾安国公治家不严!"

牛御史弹劾别人时轻车熟路,三言两语就把事情说清楚了。

景明帝来了兴趣:"这么说,安国公府的季三与那位姑娘是两情相悦了?"

他竟愿意同一位平民女子殉情,这事比话本子上的故事还新鲜啊。

牛御史脸色一黑。

皇上到底会不会抓重点?这是问题的关键吗?

"季三与那位姑娘有没有事?"景明帝又问。

似乎没听说安国公白发人送黑发人的消息呢。

"二人都被救上来了。"牛御史没好气地道。

"这样啊……"

要是殉情而亡，写进话本子还算一段佳话。

众臣无言，为什么从皇上的语气里听到了遗憾之意？一定是错觉！

牛御史瞪着景明帝，就差撸起袖子对着皇上开喷了。

景明帝忙道："到底是少年人，也算是真性情了。不过，安国公府与东平伯府已经定亲，这事对女方伤害不小。牛御史先退下吧，朕稍后就宣安国公进宫，狠狠训斥他一番！"

牛御史不为所动："只是训斥，不足以震慑世人！皇上有没有想过，倘若人人都效仿安国公府那位三公子，岂不是乱了套？大周哪里还有规矩可言？"

牛御史一番长篇大论，景明帝听得脑仁儿隐隐作痛，忙安抚道："牛爱卿所言有理，安国公治家不严，朕当然不能只是训斥，该有的惩罚定不会少！"

牛御史这才勉强接受。

下朝后，安国公便被传进宫中，挨了一顿数落，黑着脸回到安国公府，抬脚去了卫氏那里。

昨日夫妻二人闹得不愉快，卫氏还以为安国公是来服软的，正要拿乔，忽然发现安国公脸色不对，赶忙打消了念头。

"老爷怎么了？"

"准备准备，让三郎与巧娘成亲吧。"

"老爷说什么？"卫氏面色大变。

"我说，让三郎与巧娘赶紧成亲！"

"老爷，我是不是听错了？"

安国公脸色铁青："你没听错，我说让三郎与巧娘成亲！"

"老爷，你莫不是疯了？"

"我疯了？夫人知不知道今早我去了何处？"这么丢人的事，安国公不想提，此时还不知道多少人在看笑话呢，但也不得不说。

"牛御史在朝会上弹劾我治家不严，一大早我就被皇上叫进宫里挨骂去了！"

卫氏一听，气得浑身发抖："岂有此理，咱们这是家事，一个小小的御史放着国家大事不谈，盯着这么一点小事干什么？莫不是吃饱了撑的！"

"住嘴！"安国公越发恼火，"御史风闻奏事是天子给的权力，御史上奏时连皇上都要认真听着，你知不知道这话传出去会给国公府招祸的！"

"即便如此，也不能让三郎娶巧娘啊！一个平民女子，还做出私奔殉情的丑事来，让她当妾都是照顾三郎的心情。"

"照顾三郎的心情？三郎就是从小被你溺爱才敢做出这么荒唐的事来！你以为我乐意有一个私奔殉情的儿媳妇？"安国公缓了缓情绪，知道一味发火于事无补，只好耐着性子解释道，"你知道皇上怎么评价三郎么？"

"皇上评价了三郎？"卫氏再糊涂也知道这种时候被皇上评价不是好事。

"皇上说，三郎也算是真性情……"安国公重重一叹，"今日上朝的大臣们都听到了。这话一出，谁家还会把女儿嫁给三郎？"

卫氏傻了眼，狠狠掐了自己一把才回过神，抓着安国公的衣袖哭道："老爷，难道非得娶巧娘不可么？再等等，再等等行不行？一年不成就两年，哪怕等上个三五年呢，那时候三郎不过二十出头，再成亲都不算晚！"

"夫人，不要天真了。这个时候若咱们正儿八经把巧娘娶进门来，坐实了皇上对三郎真性情的评价，这场风波就算过去了。如若不然，国公府这几年都会让人家背地里笑话，难道你以后出门受得了别人的指指点点？"

卫氏用帕子捂住嘴啜泣道："就算被人指点我也认了，大不了，等过两年从外地给三郎娶一位大家闺秀来。"

安国公冷笑："外地的望族也不是聋子！"

"可是我实在无法接受巧娘当我儿媳妇！"

"不接受也得接受，谁让三郎混账呢！其实，以咱们家如今的地位，不需要儿媳的出身锦上添花了，皇上对三郎与巧娘的婚事乐见其成。"安国公深深看着卫氏，强调一句，"这是圣意！"

卫氏失魂落魄地点点头。

安国公被御史弹劾的消息很快传遍了京城各府，闲得发慌的人们精神一振，准备看这场大戏何时落幕。谁知没等多久，又一条惊人消息传来：安国公府的三公子要与一道私奔的那名女子完婚了！

姜湛几乎是飞奔到海棠居，眼睛发亮地盯着姜似："四妹，季三要与那个一起跳湖的女子成亲了！哈哈哈，笑死我了。"

姜似等姜湛笑够了，才轻笑道："这可真是有情人终成眷属了。"

第二章　狼窝

这日，慈心堂传姜似过去，说二姑娘回来了。

东平伯府共有三房，姜似的父亲姜安诚是长子，二姑娘则是姜二老爷所出。

目前伯府已出嫁的姑娘有两位，大姑娘姜依嫁去了大理寺少卿朱家，二姑娘姜倩嫁给长兴侯世子为妻。

二姑娘姜倩貌美伶俐，是伯府六位姑娘中最得冯老夫人喜爱的一个，姜似以前也愿意亲近这位样样出挑的堂姐，此时听了阿蛮禀报，心中却一阵腻烦。

姜似带着阿蛮去了慈心堂，才走进门口，就听到冯老夫人的笑声传来。

"祖母就该多笑笑才是，什么事都没您的身体重要。"年轻女子的声音传来。

"就你嘴甜。"冯老夫人的嗔怪中满是疼爱。

"四姑娘来了。"阿福喊了一声，屋内顿时一静，几道目光投过来。

"孙女见过祖母。"姜似向冯老夫人见礼。

冯老夫人掀了掀眼皮，语气冷淡："过来坐吧，你二姐特意回来看你。"

姜似定定心神，视线投向紧挨着冯老夫人而坐的女子。

姜倩绾了一个松松的堕马髻，柳叶眉，鹅蛋脸，气质可亲，红宝石的耳坠与发间嵌红宝的金钗交相辉映，显出年轻贵妇的明丽来。

从海棠居到慈心堂，姜似这一路走来都在做心理准备，可与姜倩那双含笑的眼睛对上，她的心还是猛地一抽。

梦里，她守寡后，姜倩派人来说身体不舒服想见她，她毫不犹豫去探望。结果，就在与姜倩会面的内室隔间里，早等在那里的长兴侯世子，也就是她的二姐夫，如见到猎物一般向她走来。

而那时，她的好二姐竟不着痕迹地挡住了她的去路。

梦里是怎么逃出去的，姜似已经记忆模糊，虽然保住了清白，可是那种屈辱与恐惧却挥之不去。

见证了季崇易与巧娘夜会莫忧湖，姜似已经对噩梦中的事深信不疑。

姜倩伸出手握住姜似的手："四妹，你受委屈了。"

姜似猛然抽回手。

姜倩讶然："四妹？"

姜似淡淡道:"我不觉得委屈,二姐不需要同情我。"

"姜似,跟你二姐道歉!"冯老夫人斥道。

姜倩瞬间就恢复了温柔笑容,道:"祖母别生四妹的气,四妹被退了婚,心里不好受呢。"

"不啊,我觉得挺好受的。"姜似勾起嘴角笑笑,"反倒是二姐翻来覆去提起此事,我才不好受呢。"

姜倩身体轻颤,脸上的笑意快维持不住了。

"姜似,你是不是疯了?你二姐一听说了你的事就赶忙回来看你,结果你呢?竟一点感念之心都没有!你立刻给你二姐道歉!"冯老夫人猛然一拍茶几,茶几上的茶盏晃了晃,茶水洒了出来。

姜似一脸无辜:"祖母这是怎么了?我与二姐既没打架也没拌嘴,说的都是掏心窝子的话,好端端的,我为何要向二姐道歉?"

她说完,偏头看姜倩:"二姐,妹妹得罪你了?"

"没得罪……"姜倩勉强笑笑,盯着姜似的侧颜,有些出神。

她这个妹妹的容貌可真是出众,昨日听闻安国公府与东平伯府退亲后,她的夫君长兴侯世子满脸唏嘘,道:"如斯美人,季三无福啊!"

"四妹是不是见了我就想到大姐了,所以心里才不舒服?"姜倩并不愿意与姜似撕破脸,很快扬起唇角,"四妹别急,说不准大姐很快就到了。"

姜似心中冷笑。

可怜她以前被屎糊住了眼,竟没察觉姜倩挑拨离间得这么炉火纯青。

大姐性情懦弱,出嫁数年只有一女,在婆家日子并不好过。她被退亲又不是什么光彩事,这种情况下,大姐想回来看她也是有心无力。

"我想大姐了自会去看她,二姐想得真多。"

"四妹……"这一下,姜倩再也笑不出来了。

冯老夫人大怒:"姜似,你今天是不是魔怔了?处处与你二姐针锋相对!"

姜倩忙打圆场:"祖母消消气,时候不早,孙女该回去了,就让四妹送送我吧。"

这一次姜似却痛快点头:"好。"

姜倩暗暗松了口气。

她这一次回娘家,是带着"任务"来的,要是就这么走了可不成。

二人沿着熟悉的小径往外走,丫鬟婆子不远不近地跟着。

眼见快要走到门口了,姜倩脚步微顿,温声细语道:"一些日子没见,怎么觉得四妹与我生分了？"

姜似眼皮也不抬，面无表情道："二姐一定是错觉。"

"那就好。"姜倩拉住姜似的手，"四妹没与我生分就好。我知道四妹近来心情不佳，不如这样，回头二姐给你下帖子，你来二姐家小住两日如何？"

姜似望着姜倩，眼神意味深长。

"四妹怎么这样看我？莫非我脸上有东西？"姜倩不由抬手摸了摸脸颊，绣着精致花草的袖口滑落至肘部，露出一小截白皙手臂。

姜倩忙把手放了下去。

姜似眼尖，分明看到姜倩手臂内侧有一抹紫青。

"好。"

"四妹说什么？"姜倩似乎没有反应过来。

"我说可以，就是给二姐添麻烦了。"

姜倩没想到姜似答应得如此痛快，忙道："不麻烦，四妹愿意来，二姐高兴还来不及呢。"

仿佛放下了一桩心事，姜倩连走路都轻快起来。

姜似停下脚步："二姐慢走。"

她面色平静地看着姜倩，一字一顿道："我等二姐的帖子。"

长兴侯世子如果真是梦中那样的畜生，她定要把他的人皮扯下来，省得他再祸害人。

从慈心堂离开后，姜似派阿巧向姜安诚禀报一声，带着阿蛮出了门。

她要去柳堤边采药。

梦里，她逃离了长兴侯府那个狼窝，意外流落到乌苗族，因容貌与族中过世的圣女阿桑酷似，她便用这个身份生活下来，后来有幸从乌苗长老那里学到一些神奇药方，需要的药材千奇百怪。

她出来采药，就是要试试梦中的药方是否有效。

此时正是初夏，柳堤边散步赏景的人并不少，男女老幼皆有，偶有顽童从姜似一行人身边旋风般跑过，洒下一串串银铃般的笑声。

姜似采了药，准备回府，忽然柳堤上的人群如潮水般往一个方向涌去，惊呼声此起彼伏："不好啦，有人投河啦——"

"姑娘？"阿蛮看向姜似。

"去看看。"

河边已经站满了人，阿蛮凭着灵巧身形挤进去，好一会儿才钻出来向姜似禀报。

"姑娘，跳河的是个妇人，刚刚被救上来了，现在正坐在河边哭呢。"

妇人的号哭声飘进姜似的耳朵："寻不到我的妞妞，我不要活了啊——"

"听旁边的人说，投河的妇人是卖豆腐的，别人都叫她豆腐西施，早年守寡，拉扯一个女儿长大，谁知她女儿前两日不见了，真是可怜……"

妇人的哭声更大了："可怜我女儿才十四岁，别人家孩子玩耍的时候从不出去，整日跟着我磨豆腐，一天轻快日子都没享过啊。妞妞，你在哪儿？你回来啊——"

"四姑娘，咱们回去吧。"阿蛮听了那哭声，心里仿佛压了块石头，堵得厉害。

妇人被人扶着从人群中走了出来，整个身子往下坠，湿透的鞋在地上拖出长长的水痕，可尽管这般狼狈，那张绝望的脸上依然残留着年轻时的秀丽。

忽然，妇人呆滞的眼睛焕发出惊人光彩，用力挣脱了扶着她的人，向某处跑去。

"妞妞，妞妞——"妇人跑得极快，拽住一名蓝衣少女的衣袖。

丫鬟婆子们的尖叫声传来："你这疯婆子，快放开我们姑娘！"

"你们让开，把我的妞妞还给我！"妇人发疯般任由几个丫鬟婆子拳打脚踢，只死死拽着那少女的衣袖不放，"妞妞，是娘啊，你看娘一眼啊——"

少女回头，轻轻皱眉："大娘请放手吧，你认错人了。"

妇人看清了少女的脸，怔怔地松开手。

姜似清楚地看到妇人眼中的光彩迅速熄灭了，转为冷灰色的绝望。

"秀娘子，还是回去吧，说不准妞妞已经回家了。"旁边的人见妇人冲撞了贵人，好心劝道。

"妞妞，我要回家找我的妞妞！"妇人疯疯癫癫地往前跑去。

少女抿了抿唇，头一偏，恰好对上了姜似的眼。

"你是……姜四姑娘？"

姜似扬眉。真是巧，她来采个"药"都能遇到安国公府的姑娘！

少女是安国公府二房的姑娘，闺名芳华。因安国公府只有这么一位姑娘，季芳华很受府中长辈喜爱，养成了活泼开朗的性子。

尽管对安国公府深恶痛绝，姜似对季芳华却没有恶感，便含笑回道："正是。"

季芳华心中怯怯："不知道姜姐姐还记不记得我？咱们在去年夏日的赏荷宴上见过的。"

"自然是记得的。"

季芳华扫了一眼四周："这里说话多有不便，姜姐姐陪小妹去那边走走可好？"

姜似有些诧异，却不动声色地应下来。

二人沿着柳堤往前边走去。

河边绿柳婆娑，烟雾含愁，季芳华走到一株柳树旁停下来，姜似随之停下脚步。

她想不明白，两家已经退了亲，季芳华还有什么话对她说？

季芳华揉了揉帕子，忽然对姜似施了一礼。

"季姑娘为何如此？"姜似侧开身子避过。

"三哥的事……我觉得应该向姜姐姐说声对不起。"季芳华面颊泛红，唯恐提起季崇易会引得姜似恼怒，有些紧张地看着她。

姜似嫣然一笑："季姑娘不必向我道歉，我并不介意。"

她即便介意，也不会怪罪到季芳华头上来。

她甚至都懒得听季崇易的道歉，对她来说，让那对有情人离她远点儿比什么都强。

"我知道一声道歉没有什么用，就是、就是想跟姜姐姐说一声。其实我三哥挺好的……"

姜似笑着打断了季芳华的话："季姑娘的歉意我心领了，至于别人，就请季姑娘不必提了，我真的丝毫没有放在心上。"

姜似的回答很出乎季芳华意料。

她本以为姜似满腹怨气，所以已经做好了被怪罪的准备，却没想到对方如此反应。

凝视着少女美丽的面庞上平静淡然的神色，季芳华忽然在心中叹了口气。

三哥他……实在糊涂呢。

"季姑娘，我出来有一阵子了，再不回去的话家里人要怪了，恕我失礼先走一步。"

"姜姐姐慢走。"季芳华望着姜似远去，她自己立在柳树下没有动。

国公府中向来长辈慈爱，兄弟姐妹和睦，可自从三哥的事闹出来就变了模样。

她住在二房都隐约听到过大伯父与大伯娘的争执，连带着阖府上下气氛压抑无比，让人仿佛呼吸都不顺畅。

她这才带着丫鬟婆子跑出来散心，没想到遇到了姜四姑娘。

一遇到姜似，季芳华不但没有散成心，反而更加堵心了。

越是对比，她越觉得三哥眼睛被屎糊了。

"姑娘，咱们也该回去了。"婆子提醒道。

"嗯。"季芳华点点头，被丫鬟婆子们簇拥着上了停在不远处的青帷马车。

季芳华回到国公府中，却久久难以平静，抬脚去了季崇易那里。

季崇易落水着凉，到现在身体都还没有完全恢复，季芳华一进屋子就能闻到一股浓郁的药味。

"妹妹来了。"一见季芳华进来，季崇易便露出个笑脸。

"三哥好些了么？"

"好多了。"季崇易把桌上摆的葵花攒盘推到季芳华面前，"妹妹吃蜜饯吧，里面的青梅味道不错。"

季芳华拈起一颗梅子吃起来，显出几分心不在焉。

"妹妹是不是有心事？"季崇易觉出季芳华的反常，关切地问道。

季芳华睇了季崇易一眼，心中挣扎几下，还是忍不住问道："三哥真的要娶巧娘为妻？"

季崇易一怔，而后眉头轻蹙："我与巧娘两情相悦，如今父母也点头了，妹妹为什么这么问？"

"可是三哥不觉得，巧娘与咱们家门不当户不对的……"

"妹妹，巧娘是个好姑娘，出身低微不是她的错。她很快就是你的三嫂了，三哥希望你能与她和睦相处，而不是瞧不起她的出身。"

季芳华委屈抿唇："三哥，你怎么这样说我？门不当户不对是不可改变的事实，难道我不说，这个问题就不存在吗？这与我瞧不瞧得起人有什么相干？"

"好了，妹妹，这件事我不想与你讨论。"季崇易心头一阵烦躁。

为了争取与巧娘在一起，他已经承受了太多来自长辈的压力，实在没有心思再应付别人了。

"可是我今天见到了姜四姑娘……"

季崇易眉头皱得更紧了，道："妹妹听姜四姑娘说了闲话？"

季芳华把拈起的梅子往攒盒中一丢，站了起来："三哥不要胡乱揣测，姜四姑娘什么都没说，我觉得姜四姑娘是个很好的人。"

"妹妹在什么地方遇到姜四姑娘？"季崇易不悦地问道。

"柳堤边散步时偶遇的。"

季崇易嗤笑："妹妹真是天真，你好好想想，世上哪有这般巧合的事！"

季芳华也恼了，冷笑道："三哥莫不是病糊涂了吧，你与姜四姑娘已经退了亲，莫非咱家有皇位等着你继承，能让人家处心积虑与你堂妹相遇！"

"芳华，你疯了，这种话也敢说！"季崇易一急，咳嗽起来。

季芳华见此，也消了与季崇易争执的心思，跺脚道："罢了，三哥鬼迷心窍，一时半会儿是清醒不了的，只希望三哥以后莫要后悔！"

她说完，提着裙摆飞奔而去，季崇易咳着嗽，用力捶了捶桌面。

他不过是想与心爱的人在一起，怎么就这么难！

姜似回到海棠居，一头埋进采的药材里。

姜湛抱着一堆东西走了进来，见阿蛮二人在院子里，笑着问道："你们姑娘呢？"

阿巧忙放下手头活计："姑娘在屋子里呢，婢子这就去禀报一声。"

姜湛看了一眼怀中物件，忙拦下她："不用了，等我装好了这个再叫你们姑娘出来。"

阿蛮与阿巧好奇地围上来。

"呀，秋千！"阿巧脸上带了兴奋之色。

姜湛环视一番，选定了两株距离适当的海棠树，只用了一盏茶的工夫就装好了一架秋千，还在绳索上缠上密密的彩带，边缠边笑道："缠上这彩带不但好看，还不磨手。好了，你们谁来试试？"

阿蛮与阿巧大为意外，强忍住心头的跃跃欲试，推辞道："姑娘还没坐呢，婢子怎么能先试？"

"让你们试就试，哪儿这么多话？"姜湛有些不耐烦，心道当然要试试牢不牢靠才能给妹妹玩呀。

"那婢子就先替姑娘试试啦。"阿蛮踩上踏板，脚下微微用力，很快就高高荡了起来。

"阿蛮，你小心点。"阿巧看着阿蛮越荡越高，荡到最高处时，竟远远超出了墙头，不由心惊胆战。

姜似听到动静走了出来，站在廊下往院中看。

"姑娘，荡秋千真有趣。"阿蛮从秋千上跳下来，兴奋得小脸通红。

姜湛却有些脸色发白，踮脚去解才系好的绳索："忽然想起来这秋千是找人借的，我还是还回去吧。"

姜似提着裙摆快步走过来："二哥唬我呢，没听说一架秋千还需要找人借的。"

"四妹身体弱，打秋千吹了风着凉怎么办？还是解下来吧。"

哎呀，四妹的丫鬟太野了，荡个秋千差不多要上天，教坏了妹妹怎么办？

一想到姜似万一从秋千上掉下来，姜湛不由加快了手上动作。

姜似拉住绑在绳索上的彩带，笑道："二哥，我喜欢这架秋千呢。"

姜湛手一顿，迎上少女含笑的眼睛，只犹豫了一下就飞快妥协了："既然四妹喜欢，那就留下吧。不过先说好了，可不能像阿蛮那样打秋千，万一摔着了可不得了。"

四妹刚退了亲，心里定然难过，有个秋千玩也算解闷了。

"知道了，二哥放心就是。"

"那我就走了，等会儿还要出门。"

"二哥要出去啊，正好我也要出去买点东西，咱们一道吧。"姜似正好还差了一味药，随口提议道。

姜湛自然不会拒绝，耐心等着姜似换好外出衣裳，兄妹二人一同出了门。

一出了榆钱胡同就是大街，街上人流如织，货郎的叫卖声不绝于耳。

"四妹要买什么？"姜湛顺手招来小贩买了几串糖葫芦，选了一串果形最好的递给姜似，剩下的则塞给小厮阿吉。

阿吉很有眼色地分给阿蛮一串，讨好地问姜湛："公子，您不吃啊？"

"大男人吃什么糖葫芦？"姜湛瞪了阿吉一眼，见姜似只拿着，并不吃，又问，"四妹不喜欢吃吗？"

姜似指指头上戴的帷帽："不方便。"

"那倒也是。"姜湛遗憾叹口气，语气一转，"但还是戴着吧。"

妹妹这么好看，可不能让那些纨绔子弟瞧见。

不一会儿，到了京城最大的药房，姜似便带着阿蛮进去买药，姜湛嫌里面药味大，留在外面候着。

"给我一串！"姜湛把手一伸。

"公子，您刚才不是说大男人不吃糖葫芦吗？"

姜湛一巴掌拍在阿吉肩头："在妹妹面前我是大男人，在你小子面前我是大爷！大爷想吃个糖葫芦，你有意见？"

阿吉吐了吐舌头，忙递了一串糖葫芦给姜湛。

姜湛咬下一个红果，眯眼扫视熙攘人群。

少年生得俊，哪怕随意站在墙角也不住吸引着过往行人的视线，迎面走来数人，一眼就瞧见了正啃糖葫芦的姜湛。

"哟，这不是姜二嘛。"当前一人锦袍玉冠，手持折扇，脸上露出阴狠的笑容，"上一次算你跑得快，这一回可没那么容易了。"

姜湛脸色微变。

眼前打扮得如锦鸡一样的人，是荣阳长公主与大将军崔绪之子崔逸，从他们第一次见面起,这只锦鸡就处处与他过不去。

他不怕打架,可是四妹还在药房里呢,要是她被这些人撞见就糟了。

看着围上来的人,姜湛冷笑一声:"崔公子,这里人来人往的,要是打起来用不了一会儿官差就要来了,我想你也打不痛快吧?想打架我奉陪,你挑个地方!"

崔逸冲着姜湛一挑大拇指:"算你有种,那就跟我来吧。"

姜湛暗暗松了口气:"走。"

身后传来少女轻柔的声音:"二哥要去哪里?"

一听到姜似的声音,姜湛一张俊脸腾地黑了,大步走回去挡在她身前,压低声音气急败坏道:"你怎么出来了?"

"我买完了呀。"姜似仿佛不知道外面发生了什么,老实回答兄长的话。

"哟,这是谁呀?相好的?"戏谑的声音传来。

姜似隔着皂纱看向说话的人,眼神一片冰冷。

梦中二哥之死,这些人统统都是帮凶!

"你不要胡说!"姜湛把姜似往身后一拉,像只炸了毛的猫一样紧盯着慢慢靠近的崔逸,"想打架改天再说,只要不是现在,我随时奉陪。"

崔逸摇着描金折扇,呵呵笑了:"怎么,怕吓着这小美人儿啊?没想到姜二公子还是怜香惜玉的人。"

"你嘴里少说些不干不净的!"姜湛气得额角青筋突突直跳,却顾忌着姜似就在一旁,不敢发作。

他太知道这些人有多混账了,调戏良家女子的事他们真做得出来。

"不是说要打架吗?"少女轻柔的声音再次响起。

话音一落,双方都愣住了,不少人甚至开始掏耳朵。

他们是不是听错了?这小娘子说什么?

"四妹,你给我住口!"姜湛罕见地对姜似说了重话。

"哈哈,姜二,你听见没,你这妹子还等着看打架呢!"崔逸的目光不离身姿窈窕的少女,敲着扇柄大笑道。

那些跟班也纷纷笑起来。

"姜二,到底还打不打了?怎么跟个娘们似的磨磨叽叽!"

"快别这么说,人家身边的小娘子还等着看。"

"对,对,姜二连个娘们都不如,什么时候学会装孙子了,哈哈哈!"

姜湛深深吸了一口气,用力握紧拳头,死死克制住扇烂这些臭嘴的冲动:"随你们怎么说,总之今天我不想打了,你们让开!"

"别呀，姜二，你想走，你这妹子还不想走呢。"崔逸摇晃着折扇，对姜似露出一个自以为风流倜傥的笑容，"小娘子，你说是不是？"

"当然不是啊。"姜似凉凉道。

崔逸笑容一滞，连折扇都忘了摇晃。什么情况？这姑娘变得够快的！

阿蛮斜睨着崔逸，鄙视地撇撇嘴角。

这人是不是傻？她们姑娘当然向着二公子啊。

"我们还急着回家，如果你们不与我二哥打架了，那我们这就走了。"姜似轻轻拉了一下姜湛的衣袖。

姜湛如梦初醒，道："对，我们先走了。"

崔逸摸着下巴琢磨了一下。似乎有哪里不对！

"等等！"他把合拢的扇子往前伸，拦住兄妹二人，冷笑道，"差点让你们忽悠过去了，我什么时候说你们想走就能走的？"

"那能不能快点打架，我们确实很急。"姜似松开姜湛衣袖，催促道。

"呵，我今天还真是长见识了！"崔逸盯着姜似，忽然露出一抹笑，呵道，"还愣着干什么，给我狠狠揍姜二！揍完了，这小娘子就归咱了！"

"阿吉，阿蛮，护着姑娘快走！"姜湛猛地把姜似往后一推，抡起拳头迎了上去。

姜似一动不动，心中默默数数：一，二，三……

当她默默数到"十"，忽然，有犬吠声从四面八方传来。

看热闹的人群不由左右张望，有人惊呼道："怎么来了这么多狗？"

七八条或大或小的狗不知从何处冲了过来，引起人群中阵阵尖叫声。

崔逸正站在路牙子上悠闲观战，忽然，一条大狗向他蹿了过去，对着他屁股蛋咬了一口。

"啊——"崔逸惨叫一声，条件反射用扇柄狠狠砸了大狗的脑袋一下。

大狗瞅瞅他，嗷呜叫着，咬得更狠了。

说来也怪，那几条狗对旁人视而不见，竟全奔着崔逸而来，只一眨眼的工夫，崔逸就被围在了正中间。

"你们还打什么，快把这些畜生赶走啊！"崔逸声嘶力竭地喊道。

姜湛踹出去的一脚落了空，险些闪着腰，再一看，身边呼啦啦一个人都没了，不由茫然四顾。

"二哥，打完了咱们就回家吧。"

"这是怎么回事？"看着被几条狗追得狼狈不堪的崔逸，姜湛一脸呆滞。

"不知道呀，没想到街上这么多野狗。"

姜湛乐了："看来，连狗都看不过去他的嚣张劲了。等等，里面有一只狗很面熟——"

姜湛这么一说，姜似不由把目光投在围攻崔逸的几只狗身上。

这些狗是她用药粉吸引过来的。

姜似盯着其中一只灰黄大狗，嘴唇发白。

在梦里，她见过这只大狗！

"那是余七哥的狗啊！"姜湛恍然大悟，忙拉了姜似一下，"四妹，咱们先离开这里。"

姜似心中思绪万千，可此刻显然不是深究的时候，只好跟着姜湛匆匆离去。

眼看快到东平伯府了，姜湛停在一棵树下休息，长长地松了口气。

姜似冷脸瞅着姜湛，眼神微凉。

姜湛以为姜似为了刚才的麻烦生气，忙哄道："都是二哥不好，连累妹妹了，以后四妹别和二哥一起出门了。"

"二哥认识的余七哥究竟长什么模样？"姜似忽然问道。

姜湛被问得一怔，结结巴巴道："就，就那样呗，两只眼睛一张嘴，个子倒是高，看着跟竹竿似的……"

这么违心的话姜湛实在编不下去了，干笑道："四妹怎么突然问这个？"

姜似险些被蠢哥哥气笑了："上次二哥不是说余七哥长得五大三粗么？五大三粗与竹竿，差别还是挺大的。"

"有吗？"姜湛装糊涂，忽然一拍脑袋，"差点忘了，今天和余七哥约好了喝酒，四妹先回去吧。"

姜似牵唇笑笑："其实我也想见见余七哥，感谢他对二哥的救命之恩。"

"不用了，该谢的二哥已经谢过了，四妹是姑娘家，不合适，不合适。"姜湛忙拒绝。

"既然这样，那二哥去吧，我就先回了。"姜似不动声色地应了，心中却打定了主意，等会儿她就悄悄跟上去，非要确认一番不可。

姜湛暗暗松了口气。他的妹妹还是很乖巧的。

这时，一只大狗跑来，口中叼着一个做工精致的宝蓝色荷包。

"二牛，今日多谢了！"姜湛一看是余七那条瘸腿大狗，抱拳道谢。

这狗平日虽然总与他过不去，关键时刻还是很仗义的。

大狗横了姜湛一眼，视若无物般从他身边走过，来到姜似面前，一条大尾巴摇得欢快极了，叼着荷包往姜似手中一塞。

姜似捏着荷包，看着巴巴瞅着她的大狗，心中波澜起伏。

她知道这只大狗叫"二牛"，还知道它的腿是因为在战场上救那个人的命瘸的。

在梦里，二牛是她见过最通人性的狗了，二牛寻到好东西就喜欢塞给她邀功。

可是……姜似低头，看着一脸邀功的大狗，有种不知今夕何夕的茫然。

事实上她与二牛从未有过接触，二牛眼中的亲昵是何与梦中是一样的？

"呜——"大狗从喉咙里发出含含糊糊的声音，催促之意明显。

姜似在大狗期待的眼神下打开了宝蓝色荷包，荷包里有几片金叶子，外加十来颗滚圆的珍珠。

姜湛语气难掩嫉恨："崔逸那个王八羔子，手头够宽裕的！"

姜似把金叶子与珍珠一股脑塞给姜湛："二哥留着用吧。"

姜湛美滋滋地把金叶子与珍珠塞进自己荷包。

姜似把宝蓝色荷包丢给阿蛮："回府丢进火盆烧了。"

大狗见姜似处理好荷包，呜呜叫了两声，张嘴轻轻咬住她的裙摆往外扯。

姜湛直接就炸了："小畜生，赶紧松口！"

大狗不屑地看了姜湛一眼，张开了嘴。

姜湛心里一抖。这么大一张嘴，这么尖厉的一口白牙，要是这畜生一发疯，还不得把四妹的腿咬断啊！

"你，你冷静点。"姜湛额头开始冒汗。

姜似却神色轻松："你要带我去什么地方吗？"

大狗动了动脑袋，两条前腿蹬在地上，把姜似往外拉。

"我该回家了。"姜似轻叹道。

阳光透过繁茂的枝叶倾洒下来，如碎金般散落在大狗身上，把它灰黄的毛发染成了暗金色。

姜似垂眸看着大狗，眼中涌动温柔之色，却坚定地抽出了裙摆。

大狗疑惑地看着姜似，忽然掉头就跑。

姜湛吃惊的声音响起："余七哥，你怎么来了？"

不远处，玉兰树下，青衫少年一只手落在大狗头上轻轻抚摸，深远的目光越过姜湛，落在白衫红裙的少女身上。

姜似仿佛被仙人施了定身术，丝毫无法动作。

"二牛不知怎么发了狂，我来寻它。"余七笑着对姜湛解释一句，看向姜似，"这是？"

这个时候姜湛已经无法装糊涂了，介绍道："这是舍妹。四妹，这便是二哥的救命恩人余七哥。"

看着头戴帷帽的姜似，姜湛不由暗暗庆幸：还好四妹戴着帷帽呢，不怕。

大狗歪歪头，忽然跳起来把姜似的帷帽扯了下来。

姜似只觉面上一凉，突如其来的目光令她不自觉眯起眼，一时看不清对面少年的模样。

"呜——"大狗摇晃着尾巴冲余七邀功。

姜湛大怒，他要杀了这只贱狗！

白绫衫、红罗裙的少女立在枝叶繁茂的大树下，绚烂的阳光虽然被枝叶遮蔽，只是疏疏透过来，却依然给少女周身笼罩上一层淡淡光晕。

佳人如梦，对面的少年忘了眨眼，仿佛一个呼吸间，近在咫尺的人就会不见了。

姜湛重重咳嗽一声。他还活着呢，这两个人在干吗？

余七看了姜湛一眼，眼底跳跃的火焰被浓郁的墨色掩去，让他的眼睛犹如上好的墨玉，乌黑明亮。

姜湛忍不住叹息，这家伙生得这么好，吸引不谙世事的小姑娘太方便了！

余七对姜似颔首致意："姜姑娘，你好。"

姜似垂眸掩住情绪，微微欠身算是见过礼，语气淡淡地对姜湛道："既然二哥的朋友来了，妹妹就不打扰你们相聚了，我先回去了。"

"好，四妹先回去吧。"见姜似态度冷淡，姜湛又有些不好意思了，眼瞅着姜似向东平伯府走去，侧头对余七道，"余七哥别介意，我四妹在生人面前比较文静。"

"姑娘家应该如此……"

余七话音未落，大狗就蹿了出去，如一阵风般瞬间刮到姜似身边，咬住她裙摆不松口。

姜似拽着裙摆有些无奈，斥道："松口！"

大狗委屈松开口，扭头冲余七叫了一声。

"二牛，回来！"余七显然没想到大狗的举动，皱眉喊道。

姜似睃了余七一眼，脸色陡然冷了下来。

"姜姑娘，对不住，是我教导无方。"余七语气恳切，而后加重了语气，"二牛，快回来！"

"汪——"大狗拖长了声音冲着余七叫，眼神竟透出几分恨铁不成钢之意。

姜湛恨不得捶死这条贱狗，咬牙道："别叫了，再不老实就让余七哥把你炖了吃肉！"

大狗白了姜湛一眼，那意思是：你能把我怎么样？

姜湛立刻找余七告状："余七哥，你快管管你家二牛，别吓着我妹妹。"

"二牛！"余七面上笼罩起寒霜。

大狗立刻察觉出主人真的生气了，琢磨了一下，忽然跃起咬下姜似系在腰间的荷包，掉头就跑。

一时之间，几人都愣了。

好一会儿，一阵风吹过，把飘落下来的玉兰花吹到姜湛脸上。

姜湛如梦初醒，大步走到姜似身边，急声问道："没咬着你吧？"

姜似摇摇头，冷冷扫了余七一眼："养的狗这般没规矩，可见主人也好不到哪里去，二哥以后交友还是慎重点。"

她说完，转身便走，心中深深叹了口气。

她很喜欢二牛，却不想和余七有什么牵扯。

梦里，她从姜倩夫妇的魔爪中逃离，却没能回到安国公府去，而是意外流落到了南疆，顶替已逝的乌苗族圣女阿桑，以乌苗族长老的孙女的身份生活下来。

余七就是在那个时候出现的。

他与乌苗族长老是旧识，一次又一次出现在她面前。

她不知道什么时候就悄悄动了心。

那一日阳光正好，大片大片的葵花田把天地都映成了金色，少年问她："嫁我可好？"

她便点了头。

谁知这混蛋居然骗婚！

他哪里是什么"余七"，而是七皇子郁谨！

她知道对方真实身份的时候，犹如被一盆冷水当头泼下来，第一反应就是扬手给了那混蛋一耳光。

那一刻她感受到的没有欢喜，只有被愚弄之后的愤怒。

因为真的动了心，那份愤怒就越发磅礴，她一直把自己的手打疼了才停下来。

被打成猪头的某人郑重地告诉她，她既然点了头就不许反悔了，他会明媒正娶，让她当他的妻子。

她只是冷笑，让他搬来赐婚圣旨再说，不然就别再出现在她面前。她已经什么都没有了，至少不能丢了最后一点骨气去给人当妾！

没想到乌苗族协助大周抗击南兰有功，天子赐婚七皇子娶乌苗族圣女为妻。

她还在发蒙时就鸾袍加身，成了七皇子妃。

只是后来她才知道，郁七心悦的从来都是乌苗族圣女阿桑，而不是姜似。

因为她们容貌相似，才有了后来那些处心积虑的相处。

而今，梦中人出现在眼前，姜似只想说：远离郁七，远离混蛋！

眼见少女盛怒转身而去，青衫少年无措地看向姜湛。

姜湛不好意思地对郁七笑笑："抱歉啦，余七哥，我妹妹可能心情不好，她平时不是这样的。我先去看看啊，咱们改日再聚。"

郁七对着向他匆忙挥手的姜湛轻轻颔首，目光却追逐着远去少女的背影，一眨不眨。

她好像生气了……

姜湛大步追上姜似，很是不解："四妹，你怎么啦？"

"没什么。"姜似微微仰着头，掩去眼角水光。

"你误会余七哥了，虽然我们是在青楼边上遇见的——"

姜似猛然止步。

姜湛自知失言，忙道："余七哥不是去逛青楼的。"

"别解释！"

"可是——"

"解释就是掩饰，总之我觉得他不是良友，二哥以后还是少与之来往。"

"可是他救了二哥的命啊，四妹总不能让二哥当忘恩负义的人吧？"姜湛到底还是顶着压力把话说了出来。

姜似一下子泄了气。

兄长最大的优点就是重情义，她即便阻拦，恐怕也挡不住。

罢了，二哥是男子，那混蛋就算和他亲近，总不能哄了二哥当媳妇去。

至于她自己，姜似仔细回忆了一下刚刚的情景。

郁七见到她时虽然多看了几眼，但也没有什么特别的表情，她今日又故意说了狠话，想来以他尊贵的身份，之后是不会有什么交集了。

姜似长长舒了一口气，对姜湛笑笑："是妹妹过于激动了，就是荷包被那人的狗抢了去，忍不住迁怒主人。"

姜湛露出同仇敌忾的神情："四妹你不知道，那只狗真的很欠揍，我早就想收拾它一顿了。"

不就是一时糊涂把它认成了"马面"嘛，每次见面都用那种鄙视的眼神看着他，简直让人忍无可忍。

姜似笑问："二哥确定打得过它？"

姜湛脑海中立刻闪过大狗向他扑来的情景。

"呵呵。"姜二公子以一声干笑回答了妹妹的话。

二人已经走到了东平伯府的门口。

姜似停下来："二哥帮我把那只荷包要回来吧，不然被人捡了去也不好。"

"行，我这就去找余七哥。四妹放心，二哥定然把荷包给你找回来。"

姜似点点头，带着阿蛮进了府。

东平伯府所在的榆钱胡同离雀子胡同很近，姜似兄妹说完话分开时，郁七已经回到了一座门前有一棵歪脖子枣树的宅子里。

"二牛，出来！"郁七站在空荡荡的院子里喊。

院中高大挺拔的合欢树被微风吹过，枝叶发出沙沙的声响。

郁七面无表情地扬了扬眉梢，又吐出两个字："冷影。"

立刻有一人不知从何处跳了出来，竟好似凭空出现一般。

那人单膝跪地，道："主子有何吩咐？"

"起来说话。"

那人立刻站了起来，这是个二十岁左右的年轻人，五官端正，面上带着恭敬。

"二牛没有回来？"

"没有。"

郁七眸色越发深沉。

"主子，小的去找二牛！"又一个人从树上跳了下来。

这人生了一张娃娃脸，看着与郁七年纪相当，与严肃恭敬的冷影不同，娃娃脸的少年哪怕面对郁七依然笑嘻嘻的。

郁七颔首："去吧，龙旦。"

娃娃脸少年一个趔趄，险些栽倒。

他站稳后，哀怨地瞪了面无表情的冷影一眼。

凭什么？到底是凭什么！都是主子的暗卫，凭什么这家伙就叫冷影，而他叫龙旦！

龙旦变着脸从墙头跳了出去，不久后一人一狗从门口跑了进来。

一见到大狗，郁七立刻沉下脸："过来！"

二牛一脸无辜地看着龙旦。

龙旦翻了个白眼："别装傻，主子喊的是你！"

这狗成精了啊，居然还知道打马虎眼。

二牛耳朵耷拉下来，磨磨蹭蹭地来到郁七面前。

郁七伸出手："东西呢？"

大狗立刻有了精神，掉头跑了出去，不多时叼着个荷包返回来，冲着郁七猛摇尾巴邀功。

郁七把荷包接过来，见做工精致的丁香色荷包边角湿漉漉的，显然是被二牛的口水打湿，忍不住屈起手指轻轻敲了敲大狗脑门。

大狗委屈地叫了一声，随后又开始猛摇尾巴，一边摇一边冲着荷包发出低低的呜咽声。

"以后不许这么干了，吓到人家姑娘怎么办？"郁七绷着脸训斥它。

大狗仿佛听得懂人言，见抢来了荷包不但没有得到主人夸奖，反而遭了训斥，一下子没了精神，没精打采地用大尾巴扫了扫地面。

"注意方式。"郁七摸了摸大狗的头，把荷包揣进了怀中。

"余七哥，你在家吗？"门口传来姜湛的喊声。

话音刚落，冷影与龙旦同时一跃而起，悄无声息地跳到了树上。

二牛跟着跳起，跳到一半才想起它不用躲，又安稳地趴回地上。

"去把客人领进来吧。"郁七拍了拍二牛的背。

不多时，二牛把姜湛带了过来。

一见郁七，姜湛脸上带了些尴尬："余七哥，兄弟给你赔不是了，今日舍妹说话过了些。"

郁七笑着打断姜湛的话："姜二弟别这么说，应该是我向你们赔不是才对。二牛平时被我惯坏了，越来越无法无天。"

姜湛没好气地看了大狗一眼，连连点头："余七哥是该管管二牛了，姑娘家的荷包又不是肉骨头，怎么能抢了就跑呢？"

二牛不屑地扯开嘴角，露出白牙。

"姜二弟说得对，是该好好管管了。"

又瞪了一眼二牛，姜湛开始说正事："余七哥，二牛把我妹妹的荷包叼到哪里去了？你知道的，姑娘家的荷包不能落在外头……"

"确实不该，都是二牛惹的祸。"郁七一脸惭愧。

"那荷包究竟在何处？"

"二牛，你究竟把荷包藏到哪里去了？"

"呜——"二牛拉长声音叫了一声。

荷包去哪了，您心里难道没数嘛。

"怎么，弄丢了？"郁七声音微扬。

二牛又叫了一声，趴在地上用尾巴拍打着地面，很快，尘土就扬了姜湛一身。

姜湛忍耐地咬了咬牙。

郁七语气饱含歉意："姜二弟，看来荷包真的被二牛给弄丢了，要不然你狠狠打它一顿出气吧，我绝不拦着。"

姜湛怒瞪着二牛，二牛毫不示弱，露出尖厉的白牙。

姜湛的拳头握紧又松开，叹道："算了，和一只畜生没法计较。余七哥，那我就先回去了，四妹还等着我回话呢。"

郁七起身送姜湛往外走，清泉般的声音传到姜湛耳边："麻烦姜二弟好生同令妹解释一下，如若不然，改日我亲自向令妹道歉也可。"

"不必了，舍妹不是那么小心眼的人，回去我好好和她解释一下就是了。"

郁七把姜湛送到歪脖子枣树旁，才转身回去。

姜似回到海棠居，阿巧把两样东西呈上来。

"姑娘，这是大姑娘托人送来的。"阿巧先把一个青布包袱递给姜似。

包袱外观平平无奇，却打了个精致的结，姜似一看便知道是长姐姜依亲自收拾的。

拆开看，里面有一双做工精美的绣鞋，两双鞋垫，数双罗袜，一对如意结，除了这些女红，还有一个红木匣子。

姜似的目光在红木匣子上停了停，伸手打开，里面放着一支赤金点翠花簪，一支八宝攒珠白玉钗，并数朵精美绢花。

这些首饰下面压着一张素笺。

姜似把素笺拿起来，清秀的字迹跃入眼帘。

她仿佛看到长姐嘴角含着温柔笑意劝她放开心怀，不必为了不值得的人伤心气恼，将来定会嫁个更好的，最后带着几分小心与愧疚解释不能前来，望她莫要介意。

姜似的眼泪簌簌而落。

她女红出众的长姐，她温柔善良的长姐，她谦卑柔弱的长姐，在她的梦中死去的时候不过双十年华。

梦里，长姐因与人私通被休，回了娘家后没过多久便悬梁自缢了。

她不信，却无能为力。

"姑娘。"姜似的反应让阿蛮与阿巧有些无措，阿蛮小心翼翼地喊了一声，阿巧便拿了温热的帕子来。

姜似接过湿帕子擦了擦眼睛，吩咐阿巧把长姐送来的东西收拾妥当，这才拿起另一张帖子。

这张帖子是二姑娘姜倩送来的，邀请她去长兴侯府小住两日散心，并提议叫上伯府其他姐妹。

姜倩的请帖来得果然够快。姜似指尖不自觉用力，把帖子边都揉皱了。

姜似略一沉吟，抬脚去了西次间写了两封回信。

翌日，长兴侯府就来了马车接几位姑娘前去小住。

伯府未出阁的姑娘除了姜似还有三姑娘姜俏、五姑娘姜俪，以及六姑娘姜佩。

五姑娘与六姑娘皆是二房庶女，与姜似来往不多；三姑娘姜俏是三房嫡女，早先与姜似闹僵了，正是因为安国公府那桩亲事。

当初山崩，安国公是被姜安诚与姜三老爷一同救下来的，转头安国公府求娶东平伯府的姑娘，亲事却落到了姜似头上。

姜俏比姜似还大了几个月，心里自然不舒坦，偏偏那时姜似嘴上不饶人，有一次拌嘴便来了一句：谁让你父亲不是伯爷呢。

就是这一句话，姜俏彻底和姜似翻了脸，以后见了她连表面的和睦都懒得维持了。

可是在梦里，她嫁到安国公府不足一年就守了寡，听了不知多少闲言碎语，从来对她没好脸色的姜俏却给了她一个拥抱。

想到这些，姜似对姜俏粲然一笑。

姜俏愣住了。平日里眼高于顶的姜似居然对她笑了？

这时，车窗外忽然传来一声怒吼："这是那天咬我的畜生，快给我打死它！"

姜似听这声音有几分耳熟，忙挑开车窗帘往外看。

几个打手模样的人把一只大狗团团围住，小心翼翼地向它靠近，每个人手中都握着一根粗木棍。

不远处，并肩站着两个人，一人穿锦袍、持折扇，另一人穿着月白色直裰。

这两个人姜似都认识。

穿锦袍的是荥阳长公主与大将军崔绪之子崔逸，前不久才在街头被二牛追着咬，另一个是礼部尚书的孙子杨盛才。梦里，二哥就是被这些人害死的。

被包围的大狗正是二牛。

一名打手嘴里发出一声吼，抡起棍子向二牛打去。二牛灵活避开，而后跳起来，张口咬在了那人的手腕上。那人一声惨叫，手中棍子掉到了地上。

其他人见此情形，立刻乱棍打去。

二牛咬着那人不松口，两条后腿用力一蹬，蹬在了正靠近它的一人脸上，紧接着才松口跳跃，灵活穿梭在几名打手之间。

等看热闹的人反应过来时，几名打手已经倒在地上，捂着伤口惨叫连连。

人们忍不住揉揉眼。

这狗神了啊！

大狗仰头叫了一声，一步步走向崔逸与杨盛才，从一名倒地的打手脸上踩过去，都没低头瞧一眼。

围观者皆心中惴惴，这狗不但神，还很拽，这到底是谁家的狗啊？

"你别过来啊，别过来！"面对步步逼近的二牛，崔逸显然心有余悸，白着脸步步后退。

"崔逸，你的人不怎么样啊，好几个人还打不过一条狗。"杨盛才摸着下巴嘲笑道。

"崔成、崔功，你们都是死人啊？还不赶紧出来！"崔逸大喊了一声。

两道人影几乎同时出现，挡在崔逸面前。

崔逸神色一松，摇了摇折扇。

姜似神色凝重起来。

她从这两个人身上嗅到了久经沙场的味道。

对两个中年汉子的气息，二牛显得很敏感，当下毛都竖了起来，口中发出低低的叫声。

二人一狗很快打在了一起。

围观的众人屏住了呼吸，竟从这二人一狗的混战中看到了金戈铁马般的惨烈情形。

其中一个人的小腿被二牛咬下一块肉来，往下淌着血，而二牛也没有了先前对付几个打手的从容，张嘴吐舌，大口喘着气。

那条瘸腿在关键时候到底还是减慢了大狗的速度。

"畜生，看你还嚣张！"许是被一只瘸腿狗弄得如此狼狈而感到烦躁，其中一人突然从绑腿中抽出了一把寒光闪闪的匕首，向二牛刺去。

"宰了它，今天就吃狗肉了！"崔逸兴奋大喊道。

明晃晃的匕首在阳光下反射着冷光，围观的众人不由往后退去。

姜似抓起茶杯从窗口扔了出去。

天青色的茶杯在空中划出一道弧线，准确地砸在崔逸脑门上。

崔逸一声惨叫，直挺挺往后倒去。

正与二牛混战的二人迅速往崔逸所在的方向赶去。

谁知一道灰黄身影毫不示弱，先他们一步赶到了那里。半人高的大狗一只前爪按住额头血流如注的崔逸，悠悠摇着尾巴看着逼近的二人。

崔逸吓得都察觉不出额头疼了，结巴着喊道："快、快救我——"

"畜生，赶紧滚开！"一名中年汉子呵道。

二牛扫了他一眼。

那人一怔，瞬间有种眼花的感觉。为何他从这只狗的眼神里居然看出了鄙视的意思？

一定是看错了。

而后，这人就看到大狗抬了抬狗爪，慢条斯理地按在了崔逸咽喉上。

四周顿时安静下来。

这狗一定成精了！

"你、你别冲动，千万别冲动。"被大狗按在地上完全不敢动弹的崔逸哆嗦着说道。

狗比人可怕啊，他好歹能对着人威逼利诱，但狗完全不能讲道理啊，一旦对着他喉咙来一爪，他可就英年早逝了！

崔逸越想越怕，又清晰感觉到大狗的气息喷在他脸上，偶尔还落下几滴口水来。

"呜呜呜——"从小娇生惯养的公子哥儿再也承受不住这种压力，放声哭起来。

两名中年汉子眼中深藏鄙夷，他们效忠的居然是这么个玩意儿。

不过，无论心中如何想，崔逸要是在他们眼皮底下出了事，他们都没好果子吃，于是，其中一人悄悄拿出袖弩。

姜似一眼瞥见弩箭再无法淡定，刚想跳出马车，就听一个熟悉的声音传来："你们要对我的狗做什么？"

这声音清脆如流水，不带一丝烟火气，顿时吸引了人们的注意力，就连崔逸都下意识微微扬头寻找声音来源。

二牛一爪子按在崔逸脸上，冲着来人亲昵叫了一声。

郁七大步走了过来，目光冷然："你们要对我的狗做什么？"

狗爪子之下的崔逸都要捶地了，咬牙切齿道："你看清楚，到底是谁对谁做什么！"

"汪！"二牛警告似的冲崔逸叫了一声。

崔逸登时吓得一动不敢动了，拼命冲同来的小伙伴杨盛才使眼色。

杨盛才此刻心情同样微妙。这狗够凶的啊，他可是长见识了，怎么他养的狗像小绵羊一样呢？

别人家的狗……

杨盛才用嫉妒的小眼神看向狗主人，看清对方容貌后，立刻眼前一亮。

这人生得好俊！

"这是你的狗？"原本该是趾高气扬的质问，杨盛才现在的语气不觉软了几分。

被狗爪摧残的崔逸恨不得跳起来踹杨盛才一脚。

这王八蛋，一见到长得好看的男人又犯老毛病了。

"你……你快让你的狗走开。"崔逸知道小伙伴是指望不上了，又不敢刺激大狗，只好放软语气喊道。

郁七已经走到崔逸面前，居高临下地看着他。

以崔逸的角度，能清晰看到对方墨玉一般的眸子里凝聚着冷意与漠然。

"向我的狗道歉。"

"什么？"崔逸以为自己听错了。

一旁的杨盛才也从最初的惊艳中回过神来，帮腔道："兄台你没搞错吧，明明是你没管好这小畜生，让它袭击了我朋友，现在我朋友还被它按着呢，你居然让我朋友对它道歉？"

郁七诧异地看着杨盛才："管教你不应该是你老子的责任么？与我何干？"

"管教我？你这话怎么有点莫名其妙啊？"

围观群众中有人反应过来，不由笑出声来。

随着笑声响起，杨盛才终于回过味来。这小子骂他是畜生！

"混账，你敢羞辱我！"杨盛才登时恼羞成怒。

杨盛才是什么人？他的祖父是当朝礼部尚书，姐姐是太子妃，他可是镀了金边的京城纨绔子，如今居然被人当街讥讽为小畜生？

是可忍孰不可忍！

杨盛才抽出缠在腰间的钢鞭就向郁七打去。

二牛见主人被袭击倒是十分镇定，低头在崔逸脸上舔了几口。

崔逸眼前阵阵发黑，此刻心头恨的居然不是郁七与大狗，反而是杨盛才。

这王八羔子是要坑死他啊！

杨盛才那长鞭子带着凌厉的气势往郁七身上招呼过去。

郁七笑笑，反手抓住了长鞭。

"你给我放手！"杨盛才气急败坏地喊道。

"都干什么呢？"一队官兵终于姗姗来迟。

看热闹的人自动退至两旁，对郁七暗生同情。

这么俊的小哥儿，要是被官兵抓去吃牢饭那就可惜了。

杨盛才顿时有了底气，含怒道："你们五城兵马司是吃闲饭的吗？大街上恶犬伤人，歹人行凶，你们就是这么管理京城治安的？"

领头的官差举刀对着郁七喝道："放手！"

郁七冲杨盛才露出一抹鄙夷的笑，手上加重了力道。

杨盛才更冒火了。这厮当着官差的面居然还挑衅！

他下意识把鞭子往后一拽，没想到对方居然松了手。

因为惯性，杨盛才往后跌了数步，正好撞到了那名手持袖弩的老亲兵身上。

老亲兵暗叫不好，可还没来得及把袖弩收回去，一道灰黄色旋风般的身影就冲了过来，一口咬在他手腕上。

吃痛之下，老亲兵手一松，袖弩往下落。

二牛叼住袖弩飞奔到郁七面前，见主人轻描淡写地看了领头官差一眼，这狗居然瞬间明白了主人的意思，叼着袖弩来到领头官差面前，把袖弩往他脚边一放。

领头官差登时傻了眼。

私藏弩箭，这可是不小的罪名！

"还愣着干什么，快把这一人一狗抓起来啊！"崔逸爬起来喊道。

领头官差嘴角动了动，为难地盯着那刺眼的弩箭。

被这么多人盯着，他想徇私似乎不是那么容易的事。

崔逸顺着领头官差的视线看去，不以为意道："这是我的护卫用来保护我的武器，有什么好看的？你怎么还不抓人？"

"是啊，官爷怎么还不抓人？"郁七悠然盯着地上的弩箭，"大周应该没有哪条律法允许官员子弟的仆从私藏弩箭吧？"

一滴冷汗从领头官差的额头上滑下来。

这要是匕首等物还好说，偏偏是要了命的弩箭！

众目睽睽之下，领头官差悄悄冲崔逸递了个安抚的眼色："崔公子，对不住了，这两个人我要带走。"

他说完转向郁七，冷冷道："纵狗行凶乃扰民之罪，把这人给我带走，他的狗当街打死！"

姜似躲在车中看着街头的清贵少年。

因为一些特殊原因，郁七从小住在宫外，后来又去了南地，而今才回京城，五城兵马司的官差定然不晓得他真实身份。但他是从来不让自己吃亏的人，别人想当着他的面伤害二牛可没那么容易。

这么一想，姜似越发气定神闲，反而有兴致看郁七如何脱身了。

少年仿佛感应到了什么，抬头往马车方向看了一眼。

惊鸿一瞥间，少年只觉心跳如鼓，寒玉一般的面庞有了一丝动容。

"带走！"感受不到波澜暗涌，领头官差大手一挥，立刻有许多官差手持刀枪将郁七与大狗围住。

"纵狗行凶？"郁七神色恢复如常，微挑的凤目带着漫不经心的笑意，"差爷才刚来，哪只眼睛看到我纵狗行凶了？"

领头官差冷笑道："我们可不瞎，刚刚亲眼看到你的狗把崔公子扑倒在地，这难道不是恶犬伤人？为了保障百姓安全，这样的恶犬定然要打死的！"

郁七轻轻抚摸着大狗头顶，淡淡笑道："官爷搞错了，我的狗可不会无缘无故咬人，它是被迫自卫。"

说到这里，郁七神色一凛，冷然道："这两个恶仆意图伤害朝廷命官，差爷说说这该是什么罪名？"

"朝廷命官？"领头官差不由正了神色，语气客气起来，"敢问您是？"

郁七没有理会领头官差，转而理了理二牛后颈的浓密毛发。

二牛起身，抖了抖毛上沾的尘土，两只前腿忽然抬起搭在了领头官差肩头。

领头官差大骇。

"官爷莫慌，看看它颈上铜牌。"郁七轻声提醒道。

领头官差白着脸，将目光下移落在大狗颈间，这才发现大狗竟戴着一只颈环，只是因为大狗的毛发太茂密，那与毛发同色的颈环很容易被人忽视。

见领头官差没反应，二牛不耐烦地猛摇头，顿时漫天狗毛飞舞，颈环上系着的小小铜牌掉了出来。

领头官差伸出手把铜牌一翻，只见上面写着：皇帝御赐五品啸天将军。

领头官差手一抖，铜牌落了回去。

二牛鄙夷地"汪"了一声。

领头官差用难以言喻的眼神看大狗，好一会儿没说出话来。

这狗的品级比他还高！

被狗口水糊了一脸的崔逸快要气炸了："到底怎么回事儿？还抓不抓人了？"

领头官差从极度震惊中回过神来，大手一挥："抓，把这两个私藏利器的人带走！"

"啥？"崔逸愣住了。

见几名官差真的开始抓人，崔逸一把抓住领头官差的衣袖，压低了声音斥道："我说你今天吃错药了，我的人你也抓？"

领头官差苦笑："崔公子，这么多百姓瞧着呢，总要走个过场，不然，我的差事难保不说，那些御史恐怕还要找大将军的麻烦。"

"那行，我的人你可以带走，但这条狗必须弄死！"

"这不成啊。"

"怎么不成？就算这小子是什么朝廷命官，难道他的狗也能鸡犬升天，让你这么装孙子？"

领头官差也有些火了，淡淡道："崔公子就别为难下官了，朝廷命官正是这位狗大人。"

"啥？"崔逸一脸蒙。

为免节外生枝，领头官差上前一步凑到崔逸耳边低语几句。

崔逸蓦地瞪大了眼，看的不是大狗，而是郁七。

他知道全天下只有一个人的狗是五品官，眼前人的身份已经呼之欲出。

身为一个横行霸道、但至今活得滋润的纨绔，什么最重要？当然是灵通的消息啊！

崔逸抖了抖唇，忽然对大狗挤出一个笑脸："那个，今天多有得罪，对不住啦。"

"崔逸，你智障啦？"杨盛才险些惊掉了下巴。

崔逸抹了抹脸上干涸的狗口水，拽着杨盛才就走："你们忙，你们忙，我先把这智障带走了。"

闹事的一走，看热闹的人群很快散开，马车正要开动，少年却大步走向马车，对姜似含笑拱手："请姑娘借一步说话。"

姜似略一犹豫，迎上对方眼中的坚持，只好在姐妹异样的目光中下了马车。

"余公子有什么事？"

郁谨望着近在咫尺的少女，展颜一笑："今日多谢姜姑娘对二牛的搭救之恩。"

姜似不冷不热道："余公子说笑了，我并没有做什么。"

"汪汪——"二牛突然对着姜似叫起来。

郁七嘴角噙笑："姜姑娘你看，二牛都承认了。"

大狗忙哼唧着点头。

· 55 ·

姜似可不管这一人一狗一唱一和，坚决不承认："我真的不知道余公子在说什么。时候已不早，我还要赶路。"

"汪！"二牛叫了一声，很快就叼着一物返回来，来到姜似面前，把那物放到地上。

竟是那只茶杯。

说起来，这茶杯倒还结实，砸完了崔逸后又飞落到路边的地上，除了杯身上有些许裂纹，大体上竟毫无破损。

二牛冲着姜似叫了一声，意思很明确：狗证、物证俱全，你还不承认吗？

姜似嘴角不由一抽。

"二牛遇到危机的时候，姜姑娘就是用这只茶杯'围魏救赵'的。"郁谨含笑看着面带懊恼的少女，眼神温柔。

他的小姑娘已经长成了风华绝代的少女，只可惜她早已忘了那次萍水相逢，还对他很没有好感呢。

郁谨想着，眼底一片黯然。

如何讨一个女孩子欢心，他没有经验。

如何讨一个对他没有好感的女孩子欢心，他更没有经验。

不管了，先厚着脸皮缠上再说。

姜似别开眼，淡淡道："就算如此，余公子也不必客气，可能是我与二牛比较投缘，举手之劳而已。"

郁谨正色道："姜姑娘不了解我与二牛之间的感情，在你看来是举手之劳，于我而言却是救命之恩。"

姜似拧眉，总觉得这混蛋还会说出什么不要脸的话来。

"咳咳。"芝兰玉树般的清俊少年双颊染上红晕，似乎有些不敢看少女的眼睛，"都说救命之恩无以为报，姜姑娘但有所求，谨定全力以赴。"

姜似唇角紧绷："我别无所求，余公子忘了今日之事便好。"

郁谨心头涩然。

少女看似柔弱如柳，在他面前却好似竖起了铜墙铁壁，任他如何钻营都不能从她心房上凿出一个孔来。

"呜——"二牛用尾巴扫着郁谨的鞋背，嫌弃地叫了一声。

"滴水之恩当涌泉相报，何况救命之恩？谨若是忘了，岂不成了忘恩负义之人？"郁谨面上笑得从容，心中却紧张不已。

话都说到这分上了，只差没说他"当以身相许"了，她总不会还拒人于千里之外吧？

听侍卫们说，他这模样在姑娘眼中还算俊朗，或许、大概还是能博得她一丝欢喜的吧？

姜似暗暗吸了一口气，云淡风轻地笑笑，道："既然这样，那就给钱吧。"

"嗯？"郁谨神情瞬间扭曲了一下，抬手摸了摸鼻尖。

他似乎幻听了。

"既然余公子觉得过意不去，非要报答，那就给钱吧，这样余公子就可以安心了。"姜似淡淡道。

她表现出这么一副贪财惫懒的样子，对方总该远着点了吧？

"姜姑娘觉得应该给多少？"郁谨很快回过神来，轻笑着问道。

那笑声如埋藏多年的醇酒骤然启封，散发出醉人的味道。

姜似脸上莫名一热，在心中啐了自己一声，随后又为自己默默开脱。

不是她定力不够，实在是这混蛋生得太过出挑了些。

爱美之心，本就人皆有之。

姜似伸出一根手指："余公子对二牛这么看重，想来要少了你会觉得过意不去，那就一千两好啦。"

"一千两，不多。"郁七笑道。

"嗯。"姜似等着对方掏钱。

"但我没钱，看来只能卖身还债了。"

"啥？"

姜似知道自己不是顶聪明的人，可是她从来没有一刻这么蒙过。

事情是怎么变成他要卖身还债的？刚刚不只是说知恩图报的事吗？

少女的纠结让郁谨唇角微牵，露出一抹笑意，表情却依旧一本正经："实在是惭愧，谨身无长物，只有一把力气，不如以后就替姜姑娘跑腿吧。姜姑娘随便给些跑腿费记在账上就好，什么时候账上记够了一千两银子，什么时候便算还清了。"

说到这里，郁谨语气格外认真："请姜姑娘千万不要顾及姜二弟的面子而多给跑腿费，那样的话谨就失去了报恩本心，会更过意不去的。"

姜似一双好看的眼睛都瞪圆了。

卖身还债，而且他又不是青楼当红花魁能歌善舞，只是跑腿而已，还要求商市价，他这是打算一辈子赖上她了？

堂堂皇子骗她说没钱，非要给她当跑腿的，一想就没安好心。

这个不要脸的混蛋！

姜似冷笑："余公子不要说这些不切实际的话了，这一千两银子你有钱就还，没钱就罢了。你我非亲非故，男女有别，以后还是注意保持距离为好。"

"姜姑娘说得有道理。"郁谨垂眸，浓密纤长的睫毛在眼下投下一圈暗影，显出无边落寞来，"既然这样，那我就努力攒钱了，一有钱就还给姜姑娘。"

说罢，不等姜似回答，郁谨抱拳一礼，拍了拍二牛："二牛，走了。"

见好就收，下次再来，这是硬道理。

郁谨带着大狗走得利落，留下姜似好一会儿才回过味来。

好像又被那混蛋坑了，"一有钱就还"是啥意思？

直到上了马车，姜似一颗心还波澜起伏。

姜俏神色莫名，道："四妹，那人你认识？"

姜似回过神，淡淡道："不认识，他看到我帮他的狗，特来道谢的。"

见姜似语气冷淡，姜俏三人压下好奇，不再追问。

马车在一片沉默中停下。

"姑娘们到啦，世子夫人一早就命奴婢候着呢。"一名青衣婢女立在垂花门前，对下了马车的姜似等人行礼。

长兴侯府的布局与东平伯府差不多，只是更宽阔些，房屋也更气派，不过也并无极为出彩之处，唯有花园把东平伯府远远比了下去。

长兴侯府的花园中堆了一座三层楼高的假山，山上有凉亭，从山脚可以拾阶而上，到山顶凉亭里享受高处清凉，望尽满园美景。

假山之下，满园葱郁花木，尤以东边墙角处一片芍药花开得最艳。

姐妹四人不由多望了那片芍药花两眼。

这个时节，芍药花期已到尾声，其他地方见到的芍药花总有那么几分没精打采，此处却花开如霞，实属难得美景。

青衣婢女显然也很为府中这片芍药花自得，一边引着姜似等人往前走，一边笑道："姑娘们来得正好，若是再晚上一些日子芍药花就该谢了。"

青衣婢女很快带着四人来到姜倩住处。

姜倩站在院门处，一见姜似等人便快步迎上来："妹妹们总算到了。"

她目光在姜似身上多留了片刻，仿佛卸下一桩心事般，露出欣喜的微笑。

"我在花厅备了饭菜，妹妹们陪我吃几口吧。"

花厅里已经摆好饭桌，很快丫鬟们端着瓜果糕点鱼贯而入。

"妹妹们坐。"姜倩言笑晏晏地招待大家。

脚步声响起，一个年轻男子笑着走进来："饭好了没？我可饿坏了！"

话说到一半，他仿佛才看到姜似等人，后面的话戛然而止。

姜佩第一个站起来："姐夫。"

姜似随着姜俏她们一同向男子问好。

这个身材偏瘦、面色有几分苍白的年轻男子，正是长兴侯世子曹兴昱。

姜似几人低头请安，曹兴昱却没吭声，趁着这个机会眼神直勾勾地落在姜似身上。

他对这个美貌出众的小姨子，从与姜倩大婚见第一面起就念念不忘。

那时候，这小丫头正值豆蔻之年，与姐妹们站在一起，面无表情地看着他，就如雪山上的花骨朵，那种冷清的美丽恰好挠到了他的心头痒。

姜倩看着曹兴昱这个样子，气得七窍生烟。

她完全不在乎这个男人惦记什么样的女人，可这不代表她能容忍曹兴昱在众目睽睽之下犯傻。她把几个妹妹请来，倘若真出了什么事，祖母会生吃了她。

"忘了打发人去跟你说一声妹妹们过来了。"姜倩快步走到曹兴昱身边，借着衣袖的遮挡悄悄拧了他一下。

曹兴昱这才回神，一脸神清气爽："不知道妹妹们这时候过来，是我唐突了。倩儿，你好好招待妹妹们，我去前边吃。"

姜倩松了一口气："世子慢走。"

随着曹兴昱这一来一去，气氛反而活络起来。

"二姐，姐夫每天陪你一起用饭啊？"

"是啊。"姜倩扬唇笑笑。

"姐夫与二姐真恩爱。"姜佩笑起来。

姜倩捏着筷子的手一紧，指节隐隐泛白，面上却带着笑意："不许拿二姐打趣。"

一顿饭在还算融洽的气氛中用完，姜倩捧着茶杯喝了几口，提议道："侯府花园景色甚美，妹妹们不要拘束，去玩吧。"

"二姐不去么？"姜俪问道。

姜倩微微一笑："去，我当然要陪着妹妹们逛逛。"

"这假山之石是从南湖运来的，山上凉亭叫八音亭，这个季节最适合上去坐坐了……"姜倩温声说着，一副好姐姐的模样。

姜俏伸手一指："二姐，那片芍药花开得真好，咱们先去赏花吧。"

姜倩愣了愣，随后笑道："我有些闻不惯芍药的香气。这样吧，我去亭子里歇着，你们随意就好。"

"二姐，我也想去亭子里坐坐。"姜佩立刻道。

姜俪抱着多一事不如少一事的想法跟着点头。

姜俏很眼热那片芍药花，见几人都不去，拉着姜似道："赏花么？"

"赏。"姜似痛快点头。

姜倩平静地看着姜似与姜俏向那片芍药花走去，眼神愈冷。

"也是稀奇，都这个时候了侯府的芍药花开得还这么好。"站在花丛中，姜俏深深吸了一口气，随后叹道，"这么一大片芍药花，就是香味太浓郁了一些。"

深红浅绿中，姜似脸色骤然苍白如雪。

她在浓郁的甜香中嗅到了死亡的味道。

姜似的嗅觉天生敏感，哪怕芍药芬芳馥郁，依然挡不住丝丝缕缕的臭味往她鼻尖中钻。

那种味道是尸臭。

第三章　芳魂

姜似下意识地用脚尖碾着泥土。

那尸臭浸润着泥土，甚至已经浸润到了芍药花那层层叠叠的花瓣中去。

这种味道十分浓郁，非两三日可以形成，可又透着诡异的新鲜，仿佛一具尸体才埋下不久，从尸身上开出绚丽的芍药花来。

姜似的脸色又白了几分。

"四妹，你不舒服？"姜俏发现了姜似的异样，目光从美丽得有些妖异的芍药花上收回来。

虽然姜俏与姜似在伯府说不上三句话就会吵，可到了外面自然拉近了距离。

一个府上的姐妹，到了外头当然要互相照应。

姜俏开朗爽直，却并不笨，早就从姜倩对姜似反常的态度中察觉出几分古怪。

"四妹，我问你，你与二姐之间究竟是怎么回事儿？"姜俏遥遥望了登上假山的姜倩三人一眼，压低声音问道。

见姜似不语，姜俏冷笑："她对你比对六妹还好，这太奇怪了，不要告诉我二姐待你比待亲姐妹还亲，我不是傻瓜。"

姜似沉默良久，注视着灼灼绽放的芍药花轻叹道："是呀，我也奇怪呢。三姐可知道？二姐先前来伯府时，就开口邀请我来侯府做客了。"

姜俏一怔，越发好奇起来。

她们都是一同收到的帖子，却不知道姜倩早就邀请过姜似了。

这是不是说明，二姐想请的人本来是姜似？

这个念头在姜俏心中一转，她用探究的眼神打量姜似。

姜似微微一笑："所以我就想试试，二姐对我的诚意到底有几分呢，没想到——"

"没想到二姐诚意十足。"姜俏接口道。

"是呀，诚意十足。"姜似嘴角挂着讥笑。

姜倩夫妇那见不得人的勾当，她是一定要揪出来的，所以她不介意让姜俏先窥得一部分真相。

"那到底是为什么呢？"姜俏有一下没一下地踢着脚边掉落的花瓣草叶，表情越发凝重，"我总觉得不是什么好事。四妹，在侯府中你与我常在一起吧，住上两日咱们就赶紧回去了。"

姜似虽知道姜俏是个刀子嘴豆腐心的性子，却也没料到姜俏能这么快就不计前嫌替她打算，感动之余，却仍推托道："这倒不必了，我堂堂正正来侯府做客，二姐难不成还会为难我？"

她要做的事太危险，此时让姜俏察觉出几分不对劲，是为了揭发真相后有个帮她说话的，她并不想现在就把姜俏扯进危险中。

姜俏显然被姜似这话气着了，郁闷地踢了一下脚边草叶。

"咦，这是什么？"姜俏弯腰从地上捡起一物。

姜俏手中拿的是一支簪，阳光下泛着古朴的色泽。

"这簪子是什么材质的？看着非金非银……"姜俏纳闷地打量着手中簪子。

姜似眼神陡然冷厉起来。

这是一支铜簪！

铜簪很常见，平民百姓家的女子同样爱美，但不是每家都有条件置办金簪、银簪，那么铜簪、木簪，甚至是竹簪就成了退而求其次的选择。

可是这是什么地方？

这是长兴侯府，别说主子们，就算有头有脸的丫鬟婆子，戴的都是主子赏的金簪，资历不够的则会戴银簪。

那些干着最苦、最累的差事的丫鬟婆子，如果没有银簪戴也看不上这种铜簪，宁愿选择鲜亮精致的珠花、绢花。

姜似的心急促地跳了几下，冒出一个大胆的猜测：如果这片芍药花下埋藏的是人的尸骨，那么这支铜簪会不会是受害者的？

"这好像是铜簪呢。"姜俏又打量片刻，终于认了出来。

这时，一道带着凉凉笑意的声音响起："二位妹妹做什么呢？"

姜似吃了一惊，以迅雷不及掩耳之势从姜俏手中夺过铜簪，塞入袖中。

不远处，一身月白色长衫的长兴侯世子曹兴昱面带笑意望着二人。

曹兴昱站在不远处，嘴角挂着浅笑，眼神幽幽。芍药明艳，花香馥郁，姜似立在其中，只觉一股寒气从心底升腾而起。

姜俏几乎是凭着本能上前半步把姜似挡在身后，道："原来是姐夫，我与四妹在赏花。"

曹兴昱轻笑起来，阳光下眼中碎金点点，显得异常和善："这片芍药花确实比旁处开得更好，二位妹妹慢慢赏。"

他一步步往前走来。

袖中的铜簪坚硬冰冷，抵着少女柔软的肌肤。

姜似握着铜簪的手紧了紧，冷眼看曹兴昱走近。

曹兴昱身形偏瘦，在月白长衫衬托下有种令人心怜的文弱之美。

这样的一个人，谁能想到会做出那等天理不容的事来呢？

但姜似知道，他就是个衣冠禽兽。她一定要把这畜生的皮扒下来，不让他再祸害无辜女子！

曹兴昱还是没走到二人面前，而是停在离芍药花丛尚有一段距离处，便往另一个方向去了。

姜俏望着那道月白色的背影沉思片刻，撇了撇嘴，转头对姜似道："刚刚你抢簪子干吗呀？"

姜似神色早已恢复如常，笑道："世子忽然出现把我骇了一跳，下意识就把簪子给扔了。"

"扔了吗？"姜俏扫视四周，"扔哪儿去了？"

姜似随手一指："好像就是那边吧。"

她指着一丛灌木，姜俏一看没了兴致："算了，别说是一支铜簪，就算是金簪银簪,这种捡来的东西也不能要。"

曹兴昱的突然出现显然扫了姜俏赏花的兴致:"走吧,去假山上的亭子找二姐她们去。"

"好。"这个时候,姜似也不可能刨开芍药花下的土看看,只得按捺住一探究竟的冲动,对姜俏点头。

假山上的八音亭中有石桌石凳,是个夏日乘凉的好去处,且因为站得高,能把侯府园中美景尽收眼底。

刚刚曹兴昱在花园中偶遇姜似二人的情景亦被姜倩看得清楚。

对此,姜倩连眼皮都没抬,捧着一盏清茗慢慢品尝。

她没有什么好内疚的,曹兴昱本来就是个渣男,而姜似生得太招人,偏偏又没了安国公府的亲事让曹兴昱有所忌惮。

姜倩带着几人回到住处,安排丫鬟领姐妹们去休息。

白日里风平浪静,很快就到了掌灯的时候,姜似洗漱后,穿戴齐整歪在榻上看书,却听见一阵脚步声由远及近,最终在门帘外停下来。

姜似身体紧绷,片刻后,神色又放松下来。

虽然隔着一道绣有牡丹花开的门帘,且有着一段距离,可那熟悉的香味告诉她,门帘背后的人是姜俏。

门帘很快就被掀起,姜俏抱着薄被走进来,身后跟着两个面色尴尬的丫鬟。

"四妹,我真的睡不着,就让我跟你睡一晚吧。"姜俏三两步来到姜似面前,软语求道。

姜似拧眉。

"四妹,难道你忍心看我一整夜睡不着么?"

姜似还在犹豫,姜俏已经毫不客气地脱了鞋子往床榻上一坐,看样子是打定主意不走了。

姜似叹气:"就一晚,明天三姐还是回去睡。"

"明天再说好啦。"姜俏露出得逞的笑容,随后睇了跟过来的两个丫鬟一眼,"行了,你们去外头歇着吧。"

退下去的丫鬟轻手轻脚地熄了灯。

烛火熄灭后,屋内先是一阵看不清五指的黑,慢慢又看到窗外洒进的月光给一切镀上一层朦胧银光。

"四妹。"

"嗯?"

黑暗中一阵沉默，姜俏翻了一个身，脸朝外，道："没什么，睡吧。"

不久后，均匀的呼吸声响起，在这片陌生的朦胧黑暗中很是清晰。

姜似凝视着帐顶银钩，默默叹了口气。

她不惜以身涉险，自然有自保之力，却没想到素来与她不对付的姜俏莫名缠上了她。

姜倩夫妇的目标是她，姜俏与她形影不离，无疑会让姜俏多出许多危险。

只此一晚，明晚绝对不能同意姜俏与她一起睡了。

夜渐渐深了，姜似闭上眼睛，睡意渐浓。

轻微的脚步声响了起来，姜似睁眼，随即又闭上。

她确实低估了长兴侯世子的无耻与大胆，这才是第一晚，他竟然迫不及待就来了！

他就这么毫无顾忌打算硬来？

这个念头一闪而过，姜似在心中默默否定。

长兴侯世子毕竟不是疯子，三更半夜闯入小姨子的住处企图非礼至少是流放之罪。

脚步声近了，随后停下来，垂下的纱帐一角被轻轻掀起来。

姜似依然闭着眼睛，静静等着对方下一步动作。

没有下一步动作，长兴侯世子就那么站在原处一动不动，只有呼吸声渐渐急促起来。

这呼吸声在姜似听来犹如惊雷，事实上却不足以惊醒熟睡的人。

耳边传来姜俏均匀悠长的呼吸声，让姜似稍稍心安。

她无法想象姜俏若是突然睁眼发现床边站着一个男人，会是什么反应。

曹兴昱站了许久，眼睛早已适应了黑暗，几乎是贪婪地盯着少女的睡颜。

他等这一日真的太久了，久到以往那些令他兴奋的人和事已经无法激起他的冲动。

曹兴昱咽了咽口水，死死攥拳，克制着伸出手去触碰她一下的欲望。

他收回目光，落在姜俏身上。

若没有这个碍事的丫头睡在这里，他今晚或许能摸一摸那张脸。

睡在外边的姜俏忽然翻了一个身，口中喃喃呓语几句。

曹兴昱收回手，眼中的兴奋渐渐被浓雾般的神色遮掩。

现在还不是时候！

他会耐心等着，等姜似嫁了人，甚至生了子，不会像小姑娘那样没了清白便寻死觅活时才好下手。

高门大户的姑娘就是这么麻烦，哪像寻常百姓家的女孩，若是瞧中了，悄悄弄进侯府就是了。

曹兴昱烦躁地挑了挑眉，留恋地看了少女精致无瑕的面庞一眼，轻轻退了出去。

姜似缓缓睁开了眼睛，望着微微晃动的门帘，眼底一片冷然。

既然对方如此心急，那她也不准备再等下去了，打算今夜就去花园一探究竟。

就在这时，本来熟睡的姜俏突然坐了起来。

姜似能感到姜俏转过头，视线落在她身上。

这一刻，姜似有些犹豫，不知道是该继续装睡，还是与姜俏挑明事实。

她正犹豫着，姜俏低语道："四妹，长兴侯世子果然在打你的主意！"

姜似一听这话，立刻睁开了眼睛。

姜俏骇了一跳，愣愣地看着姜似。

姜似干脆坐了起来。

好一会儿，姜俏回神，喃喃道："四妹，你怎么醒了？"

借着窗棂透进来的朦胧月光，姜似能看清近在咫尺的少女那张毫无血色的面庞，还有手中紧紧攥着的一支金簪。

"三姐，我早就醒了。"姜似心头感慨万千，不准备让姜俏再蒙在鼓里。

一听姜似这么说，姜俏松开手中金簪，猛然拥住了她："四妹，长兴侯世子是个畜生！"

"三姐执意要与我睡在一起，是为了保护我吧？"姜似轻声问。

姜俏脸一红，赧然道："四妹生得好看，我估摸着长兴侯世子若是打歪主意也是打到你头上，就想着若是咱们一直在一块他总不能再僭越。谁知畜生就是畜生，他竟然——四妹，咱们明天就回去！"

姜似叹息："二姐定会苦苦挽留。"

"难不成她还能硬拦着不许人走？"姜俏说完忽然一愣，似是想到了什么，神色大变，连唇都颤抖起来，"四妹，二姐她——"

是她想的那样吗？如果是真的，那太可怕、也太荒谬了。

姜似神色平静如水："二姐请我过来，诚意十足。"

姜俏再次愣了愣，难以置信地看着姜似："四妹，你早就猜到了？"

见姜似轻轻颔首，姜俏手一扬，最后无力地落下来，气道："你是不是傻？既然猜到了为什么还要来？这不是自投罗网？"

姜似垂眸不语。

她无话可说。在别人看来，她是自投罗网，可在她看来，这一趟龙潭虎穴非闯不可。

现在长兴侯世子顾忌着她是未嫁之身，暂且会忍耐，但以后呢？难道要她把希望寄托于对方会大发善心放过她？

与其等着将来担惊受怕，她选择现在主动解决这个衣冠禽兽。

"真不知道你是怎么想的！"姜俏用手指戳了戳姜似额头，气呼呼道。

"三姐别恼了，我就是想，只有千日做贼的，没有千日防贼的，干脆上门看看他们究竟想怎么样。"

"可是吃亏的还是你呀！"

姜似微微一笑："二姐下帖子请咱们来的，至少现在她不会让我真的吃亏。"

"那你打算怎么办？今夜那畜生敢偷偷溜进来，明夜他就敢更进一步。到时候这哑巴亏你只能吃下去，难不成还能闹起来？"姜俏用力握住姜似的手，"四妹，明天咱们就离开，好不好？"

姜似坚定摇头："不成。"

现在，姜俏在姜倩夫妇眼中是局外人，可明日姜俏若死活闹着要走，而今夜她们是住一起的，他们很可能会怀疑姜俏发现了什么。

若是那样，姜俏就有被灭口的危险。

她尚有自保之力，可姜俏哪怕心思再细腻，也只是个手无缚鸡之力的小姑娘。她敢踏入长兴侯府就是抱着彻底解决麻烦的打算，而不是留下无穷后患。

"那你想怎么样？"姜俏气极。

"三姐，给我一点时间，我会解决他。"

"你可不要乱来！"

姜似安抚地对她笑笑："三姐放心就是，没有金刚钻不揽瓷器活的道理，我还是懂的。很晚了，咱们睡吧。"

姜俏忽然觉得眼皮沉重起来，含含糊糊应了一声，不多时就睡沉了。

姜似深深看了姜俏一眼，绕过她下床，穿好软底绣鞋往外走去。

长兴侯府的月洞门直通后花园，姜似脚步轻盈，穿梭而过，来到园中那片芍药花丛前。

明月当空，月华如霜。芍药花瓣微拢，仿佛白日里明艳照人的娇憨少女褪去盛装，陷入了沉睡。

姜似先去墙根处把花匠放了不知多久的花铲拿过来，绕着芍药花丛缓缓走动，很快在一处停下，蹲下来借着月光打量。

这处的土看起来比较松软，不久前应该被翻动过。

姜似握着花铲的手紧了紧，挖起一抔土。

她继续挖，两边的土渐渐堆高，又一铲子下去，铲尖忽然触到一物。

姜似心头狂跳，立刻停下铲子，向那里望去。

那是一只人手！

姜似猛然往后退了退，心跳如雷。

暂时不能打草惊蛇！

姜似脑海中闪过这个念头，顾不上心头恶心恐惧，赶紧用花铲把挖开的土重新填起来。

明月躲进乌云中，夜色似乎更浓了。

就在最后一铲子土刚刚填回去时，姜似忽然全身僵住了。

她闻到了新鲜的血腥气味！

姜似死死攥着花铲，快速矮下身子，借着芍药花丛勉强遮挡住身形，透过花枝往血气传来的方向望去。

有两个人一前一后抬着什么，往她所在的方向走来。

此时，月亮恰好从云层中钻出来，姜似借着月光看清了。那是两个小厮打扮的年轻男子。

两个小厮抬着的，是被床单裹着的一具尸体！

这种时候，这种地点，还有那刺鼻的血腥味，她当然不会天真地认为被裹在床单中的人还活着。

他们这是来埋尸的？

两个小厮在芍药花丛不远处停了下来，把尸首往地上一放，其中一人低声道："干活吧，早点干完早点回去。"

另一人嘟囔了一句："还以为这小娘子能多活几日，谁想到今天就被世子折腾没了。真是晦气，我今天本来早早睡了……"

姜似透过花木缝隙仔细打量着两个小厮，发现二人脚上皆包着软布，讲话的时候，脸上丝毫不见紧张之色。

寒气从姜似心底冒了出来。

知道脚底裹着软布以减轻声响，又不见紧张，这说明夜半埋尸这种事，工人已经干得相当熟练了。

而这种熟练，则意味着不知有多少尸体被这么埋了下去。

"少埋怨两句吧。世子夜里出去了，回来时脸色就不大对，估计是有什么事不顺心才找上了这小娘子，那只能怪这小娘子命短，就该死在今日。"

"路子哥，我这心里吧，不知怎么总有些不安，你说咱们这种事做多了是不是会遭报应啊？"

躲在花丛后面的姜似咬唇冷笑。

她保证，一定要他们遭报应！

不用再验证便可知道，长兴侯世子从她那里离开后无处发泄恶念，便找上了眼前已经死去的女孩。

"报应？你还真信这些啊？这两年，咱们替世子埋下去的尸首没有十具也有八具了，你看哪一个化作厉鬼索命来了？"另一个小厮不以为然，"再说了，人是世子弄死的，咱们只是帮着埋尸，这是让她们入土为安，说起来还是做了善事，怎么会遭报应？"

"说得也对。得嘞，干活吧。"先前有些担忧的小厮往姜似所在方向走来。

姜似轻轻转动着金镯，心中快速思量用什么药物对付这二人最合适。

就在这时，那名叫路子的小厮喊道："换个地方。那边不是前不久才埋了一位吗？对了，那小娘子家好像是卖豆腐的。"

另一名小厮叹了口气："其实那小娘子有些可怜，我看到过她跟着她娘卖豆腐……"

路子嗤地一笑："我说安子，你今天是怎么了，婆婆妈妈的。"

"干活，干活。"任由裹着床单的尸首孤零零躺在地上，二人往墙角走去。

"咦，花铲怎么少了一把？"

姜似低头看着手中花铲，这才恍然大悟。

原来这不是花匠偷懒放在墙根的花铲，而是方便两个小厮半夜埋尸用的！

难怪花铲如此结实……姜似脑海中闪过这个念头，知道不能再干等下去了。

谁都不是傻子，这两个小厮干的是伤天害理的事，再怎么样都会紧绷神经，平白少了一把花铲必然引起他们的警觉。

而她的藏身之处别说隐蔽，连完全遮掩住身形都做不到，她还未被发现，不过是仗着夜色的便利罢了。

两个小厮折回来随便一找就会发现她，那时她再有动作一定免不了打草惊蛇。

千钧一发之际，姜似右手向上翻转，掌心处浮现淡淡光芒，很快，那凝而不散的光芒脱离掌心迅疾地向两个小厮飞去。

乍然一看，飞掠而去的淡淡光芒就如常见的流萤，但又比流萤的光芒暗淡许多。

此物名幻萤，以人的鲜血喂养之后便蛰伏于此人体内，受其驱使。

幻萤没有杀伤力，却能在接触他人后使人产生幻觉，不过，幻萤很难在一个人心平气和的时候乘虚而入。

姜似丝毫不担心现在这种情形，如果一个人在杀人放火的时候，心思都没有丝毫破绽，那么这就不是人，而是恶鬼。

幻萤飞到两个小厮那里，从他们的左耳钻入、右耳钻出，最后又回到姜似掌心，淡淡光芒消散无形。

这个过程非常迅速，可以说是瞬息之内便悄然完成。

"是不是上次用的时候忘了放回来，落在花丛里了？"安子纳闷道。

路子拎着花铲皱眉："不对，我清清楚楚记得是放好了的，不可能落在花丛里。"

"那是怎么回事啊？"

"难道被人动了？"路子的语气陡然紧张起来。

"不会啊，最开始的时候花匠收拾过一次被咱们骂了，他后来就再没敢动过。"

"万一是别人呢？"路子幽幽道。

安子骇了一跳："路子哥，你可别吓我。"

他们月黑风高埋尸体而不紧张，是因为一回生二回熟，可这不代表被人发现了他们也不紧张。

路子不知道想到了什么，猛然转身。

安子下意识地跟着转过身去。

二人面前站着一名女子。

女子披头散发，脸色发青，月光下能清清楚楚看到她支离破碎的衣衫下有道道血痕，她手中则拎着一只花铲。

二人脖子僵硬，缓缓转头对视一眼，皆从对方眼中看到了令人窒息的恐惧。

"鬼，鬼啊——"安子惨叫一声，实则被吓得说不出话，这一声叫憋在了喉咙里，只发出呜呜的声音，拔腿就跑。

路子的表现比安子好不到哪里去，跑了没几步就狠狠摔了一个跟头，慌忙爬起来，拼命追赶着安子，头都不敢回。

眼看二人都跑没了影子，姜似走了出来。

她不知道二人看到了什么，但猜也猜得出来，他们看到的应该是这具女尸的幻影。

这其实很好猜测，幻萤能使人产生幻觉，但是产生的幻觉不是随机的，而是与这个人当下最激烈的情绪有关，或是大喜，或是大悲，或是惊惧等等。

两个小厮正议论消失的那只花铲，其实潜意识中已经在怀疑是女尸有异变，幻萤的作用不过是在这样的情景下把这个最无稽的猜测无限放大罢了。

所以当他们转身后，便看到了女尸拎着花铲的幻影。

他们走后，姜似带着花铲走到真正的女尸身边蹲下来。

哪怕芍药香气馥郁，依然遮掩不住刺鼻的血腥味。

姜似深深吸了一口气，掀开蒙着女尸的床单。

上一个埋在这里的人应该是她在柳堤偶遇的寻死妇人的女儿，或许，从这具女尸身上她能找到与其身份有关的线索。

血迹斑驳的床单被掀开，露出女尸的脸。

女尸的脸上倒是干干净净，只是一双眼睛大大睁着，死不瞑目的样子。

那是一张很娟秀美丽的面庞，也非常年轻，姜似只觉心中一痛，几乎把下唇咬出血来。

明明只是个孩子，那个畜生怎么下得去手！

她顾不得心口的熊熊怒火，迅速查找着女尸身上的线索。

女尸露出锁骨的脖颈上挂着一个小小的锦囊。

姜似毫不犹豫地把锦囊扯了下来，塞入随身荷包里，继续检查。

女尸的上衣支离破碎，身下只有空荡荡一条裙子。

姜似不忍再看，没有别的收获后，便把花铲放到女尸右手掌。

那两个小厮一定还会回来，那就再吓吓他们好了，等他们看到静静躺着的女尸手中果然拿着花铲，也无法再自我安慰那是错觉了。

疑心生暗鬼，这一夜后，两个小厮恐怕要夜夜睡不安稳了。

姜似替女尸把床单拉上，目光无意间掠过女尸的左手处，姜似动作一顿。

女尸的右手无力地摊开，可左手却握得紧紧的，仿佛抓着什么东西。

姜似心中一动，忙把女尸左手抓起来。

这可怜的女孩显然殒命不久，此刻的手没有僵，姜似没费力气就把她紧握的手打开，看到了女孩握在手心里的东西。

那是一颗翡翠蝙蝠纹纽扣，小巧精致，看着价值不菲。

姜似忍着激动忙把女尸左手重新合拢。

她知道，人死后用不了多久尸体就会变得僵硬，到那时想要再毫无损伤地掰开女尸的左手就不可能了。

这枚无比重要的翡翠蝙蝠纹纽扣需要留在女尸手中，作为不久后指认凶手的证据。

做完了这些，姜似把床单拉上来，当血迹斑驳的床单快要遮住女孩俏丽却苍白发青的面庞时，姜似轻轻叹了口气，伸出手覆在女孩眼睛上，喃喃道："妹妹，你放心去吧，你的仇我会替你报了。到那时你再睁眼看，这世间总有公道在的。"

如果没有，她就跟老天硬生生讨一个公道来！

女孩圆睁的双眼合上了，姜似收回手。

姜似替女尸盖好床单，直起身最后看了一眼孤零零躺在地上的女尸，踏着月光往回走去。

暗影重重，姜似正走到一株树前，一道黑影扑过来。

那黑影动作迅捷，搭在姜似手臂上。

姜似伸手揉了揉黑影的脑袋，叹道："二牛，你怎么来了？"

这黑影正是有一两日没见的二牛。

见二牛亲昵地耸动着鼻子，姜似好气又好笑。

也就是她早早闻到了熟悉的味道，换了别的女孩子，三更半夜走在花园里突然被黑影扑住，恐怕早就吓个半死了。

"呜呜——"二牛讨好地叫了一声。

"先跟我走。"姜似抚了抚二牛的脑袋，知道此地不宜久留，继续往前走去。

一人一狗很快进了东跨院。

有她秘制的迷魂散，姜似并不担心两个丫鬟和姜俏会突然醒来，她进屋后先去净手，然后带着二牛去了无人的东次间。

东次间比西次间略宽敞些，其余布局并无二致。

姜似坐下来，并未点灯，借着窗外透进来的月光看着二牛。

"汪——"二牛叫了一声。

大狗似乎非常明白眼下的情况，讨好叫唤时居然知道压低声音。

"二牛，你怎么会在这里？"

二牛上前一步，两只前腿忽然扬了起来，变成站立的姿势。

除了本就有的铜牌，姜似一眼看到二牛脖子间还多了一个小小的锦囊。

二牛再聪明也不可能自己把锦囊挂上去，也就是说，这锦囊是郁七的。

姜似想到此处，一时没有动作。

"汪汪。"二牛猛摇着尾巴，把大嘴凑上去，显然在催促姜似赶紧把锦囊拿下来。

姜似取下锦囊，心中自嘲一笑：今夜倒是稀奇，先后得了两个锦囊，一个从女尸身上得来，一个从二牛这里得来，竟没一个正常来处。

锦囊里是一张折叠得方方正正的纸笺，上面简简单单写着一句话：长兴侯世子非善人，尽快离去。

最后的落款，是一个"谨"字。

姜似本来下了决心远离郁谨，可是看着纸上这一句话，忽然间就生了好奇。

郁七怎么知道长兴侯世子不是善人？难道说他撞见过长兴侯世子私掳民女？

这么一想，姜似生出了见一见郁谨的心思。

"锦囊我收下了，你回去吧。"

二牛看了姜似一眼，一屁股坐下来。

姜似愣了愣，随后笑了："放心吧，你主人看到锦囊不见了，就知道我收到了。"

二牛干脆趴在地上，懒懒地扫着尾巴。

姜似打量着二牛，琢磨着它的意思。

二牛似乎嫌弃姜似没有及时猜出来，不满地扫了扫尾巴，随后将狗头往前腿上一放，闭上了眼睛。

姜似不可置信道："二牛，你要住下？"

二牛汪汪叫了两声。

"这可不行，你留在这里的话很快就会被发现的。"姜似不由皱眉，心中对郁七的不满又增了几分。

肯定是那混蛋吩咐的！

二牛慢条斯理地踱步到窗边，纵身一跃，从窗口跳了出去。

片刻后，大狗两条前腿搭在外窗沿上，毛茸茸的脑袋探出来。

这意思已经很明显了，它要在窗沿下安家落户，姜似什么时候离开它才会离开。

放弃了劝走二牛的打算，姜似关好窗子回到西次间。

床榻上，姜俏依然在熟睡，迷魂散应该能助她安睡到天明。

姜似坐在椅子上，取出了从女尸身上得来的锦囊。

锦囊的用料说不上好，但也不差，能戴这样锦囊的女孩应该不是贫苦出身。

姜似打开锦囊，里面掉出一枚小小的平安符。

姜似拿起平安符，翻来覆去地看。

平安符正面写有"平安吉祥"，背面则写着"灵雾寺"三个小字。

姜似没有听说过灵雾寺这个地方。

正是因为没有听说过，她反而生出几分希望来。

寺庙小，没有名气，这说明去寺庙求平安符的人往往就住在附近，这样的话，就缩小了寻人范围。

就如豆腐西施秀娘子一样，好好一个女儿莫名其妙找不到了，丢女儿的人家不可能没有一点动静。

从两个小厮的对话中可以知道，这两年来，埋在芍药花丛下的女孩至少有七八个，但随着时间流逝，红颜化为枯骨，她们的身上很难再保留什么线索，所以秀娘子的女儿和今晚死去的女孩就是告发长兴侯世子的关键。

她需要尽快找出今晚死去女孩的身份，并查到豆腐西施秀娘子的住处。

这样的话，长兴侯府确实没必要再住下去了。

盘算好这些，姜似重新换了衣裳，在姜俏身侧躺下来，不多时便沉沉睡去。

月隐入云层，雀子胡同中，门前有一棵歪脖子枣树的宅子里，郁谨坐在院中树下的石桌旁，手里捏着一只白玉酒杯，怔怔出神。

好端端的，她怎么跑去长兴侯府了？

也不知她见到二牛带去的锦囊，会不会听劝早点离开那里。

想到少女每次见到他时眼底明显的戒备与疏离，郁谨深深叹了口气。

大概是不会听的。

还好他早就想到这一点，吩咐二牛赖在那里不走了。

二牛这点好，脸皮比他还厚。

思及此处，郁谨嘴角终于有了笑意。

姜俏是在清脆的虫鸣声中醒来的。

她坐起身，揉了揉眼睛，忽然表情呆滞。

昨夜发生了那样的事，她竟然睡得这么死？

"四妹，"姜俏忙往身边看了看，发现姜似还在睡，才大大松了口气，想了想，伸手推了姜似一下，"四妹，你醒醒。"

姜似缓缓睁开眼睛，眼波流动："三姐？"

"看天色，时候不早了，起来吧。"

姜似爬起来，一边整理衣裳一边道："后半夜才迷迷糊糊睡着，醒晚了。"

姜俏闻言有些尴尬："我不知怎的就睡得死死的……"

"这也不奇怪，有人大惊大惧之后睡不着，也有人精神透支反而睡得更沉。"

是这样吗？

姜俏总觉得自己不是这么没心没肺的人，想起昨夜的事，依然有一团阴影盘踞心头，挥之不去："四妹，咱们真要继续住在这里？"

"不，咱们今天回去。"

"昨夜你不是说留下？"

"此一时，彼一时。"姜似靠近姜俏，在她耳边低语，"我找到对付那畜生的法子了，不需要再留在侯府。"

姜俏眼睛一亮，想要说什么，眼尾余光扫了一下房门口，又咽了下去，重重地握了握姜似的手："那就好，等会儿见了姜倩咱们就和她辞行！"

姜似与姜俏携手去了姜倩处，五姑娘姜俪与六姑娘姜佩已经早一步到了。

一见二人并肩进来，姜佩便道："二位姐姐来得真晚，我都忍不住要去寻你们了。"

姜俏弯唇笑笑："二姐给安排的住处太舒服，睡得不想起了。"

姜佩忍不住撇嘴。

三姐真是个脸皮厚的，居然能把睡懒觉说得如此光明正大。

姜倩却轻笑起来："妹妹们住得舒服我就安心了，你们难得过来，这次定然要多陪二姐住些日子。"

"二姐，今日我们是不是该向侯夫人问声好了？"

听姜似这么说，姜俏附和道："是呀，昨日刚来也就罢了，今早咱们要是还不露面，侯夫人该怪伯府的姑娘不懂规矩了。"

姜倩笑道："正等着你们来了一起过去。"

"呀，那我们岂不是迟了？"姜俏皱眉。

"并不迟，侯夫人宽和，侯府的规矩一直都是各房用过早饭再过去。"

"那就好。"姜俏看起来松了一口气的样子。

姜倩扫量四人几眼，笑道："用饭吧。"

很快，丫鬟们鱼贯而入，摆好了早饭。姐妹几人默默用过早饭，随姜倩去了长兴侯夫人那里。

此时，长兴侯夫人刚刚用过早饭，听了丫鬟禀报，请几人进来。

姜倩规规矩矩地请安："昨日妹妹们刚来，没敢打扰了母亲清净，今早儿媳过来请安就带她们来了。"

一道温和的声音传来："早就说了随意就好，不用讲这些虚礼。"

接下来，长兴侯夫人轻声细语地问了姐妹四人叫什么名字、多大年纪等等问题，最后将目光落在姜似身上："早就听说姜四姑娘是个难得的美人儿，如今一见，才知道传闻抵不上姜四姑娘万一。"

姜似大大方方一笑："侯夫人谬赞了，样貌是父母所赐，与自身努力无关，晚辈倒是觉得不值一提。"

长兴侯夫人一怔，而后笑起来："没想到姜四姑娘小小年纪如此通透，我真是打心眼里喜欢。"

姜倩扬了扬眉，很快又笑盈盈道："母亲要是不嫌弃妹妹们扰了您的清净，就让她们多陪您几日。"

长兴侯夫人笑起来："那敢情好，不知你们几个孩子住得可还习惯？"

"二姐最疼我们了，夫人您又如此和善，我觉得比家中住着还舒心呢。"姜佩掩口笑着。

姜俪素来不爱出风头，这种场合只是乖巧沉默着。

姜俏却忽然道："夫人喜欢我们，是我们的福气，不过晚辈恐怕不能在贵府住了。"

此话一出，屋子里顿时安静下来。

把大半注意力都放在姜似身上的长兴侯夫人讶然看着姜俏，而姜倩则目含警告。

姜俏仿佛感觉不到任何压力，把衣袖往上轻轻一撩。

当众撸袖子，哪怕在场的都是女人，这举动也有些不雅。

姜俏却不以为意，大大方方露出手臂给众人瞧。

少女皓腕如雪，上面却有十数颗红点。

长兴侯夫人笑容一滞。

"夫人，晚辈天生肌肤敏感，乍一换了环境就容易起疹子。昨夜我就有这个担心，没想到今早一看，果然就成了这样子。"姜俏苦恼皱眉，"所以侯府虽好，晚辈却没办法再住了，不然很快就会浑身发痒，无法安睡。"

长兴侯夫人回过神来，依然柔声细语："若是这样，确实不好勉强。"

她看了姜倩一眼。

姜倩会意，立刻道："三妹怎么不早说呢？等一会儿，二姐就安排马车送你回去。"

"多谢二姐啦。"姜俏扬唇一笑，伸手挽住姜似手臂，"等会儿我和四妹一道回去。"

姜倩神色一僵，缓了缓才道："你们昨日才来，三妹因为不适应只能先回去，可四妹才住了一日，我还想留她住些日子呢，好多陪陪我。"

"不是还有五妹、六妹陪着二姐吗。"姜俏笑盈盈地把姜似的手臂挽得更紧，一副不准备松手的样子，"我才来了一日就回去了，知情的明白我是生了疹子，不知情的还以为我惹二姐不高兴了呢。所以就让四妹陪我一起回去吧，这样就不会有人乱嚼舌了。"

姜俏快言快语，说的却有几分道理。

姜倩不好反驳，瞄了姜佩一眼。

姜佩几乎瞬间就明白了姜倩的意思，二姐这是想让她陪着三姐回去。

凭什么是她？就因为她是庶女？姜似明明对二姐没有好脸色，二姐却还好生哄着，这到底是为什么？

姜佩想着这些，就没有及时出声。

姜倩压下不满，只得开口道："既然这样，不如让六妹陪你回去吧。"

姜俏笑着摆手："一事不烦二主，我都和四妹说好了，四妹也答应了，而六妹又很喜欢侯府，怎么好让六妹陪我回去呢？"

"四妹难得来一趟，而六妹以后随时能来。"姜倩恨不得拿抹布把姜俏的嘴堵上。

三叔是庶出，虽然姜俏泼辣善言，她却没在意过姜俏这个人，没想到现在居然要坏她的事！

姜倩不用想都知道，一旦姜似就这么走了，曹兴昱会如何暴怒。

姜俏毫不客气地打断姜倩的话："二姐这话我就不爱听了。难不成二姐觉得咱们是堂姐妹，六妹与你是亲姐妹，所以对我和四妹才这么见外？"

姜俏这么一说，姜倩顿时噎住了。

姜俏趁热打铁，对着长兴侯夫人一福："夫人，晚辈与四妹现在就向您道别了，等以后有机会再来看您。"

"那好，你们路上慢些。姜氏，你赶紧去安排吧。"长兴侯夫人温声道，又吩咐了丫鬟两句。

不多时，退出去的丫鬟返回来，捧着两个礼盒。

长兴侯夫人笑道："不是什么值钱的玩意儿，你们姐妹一人一盒，拿回去玩吧。"

姜似与姜俏齐齐施礼："多谢夫人相赠。"

姜倩强撑着笑容领着几人退出去，长兴侯夫人盯着犹在晃动的珠帘，轻叹了口气。

一离开长兴侯夫人住处，姜倩脸色微沉："三妹，当着侯夫人的面，你不该说太多的。"

姜俏眨眨眼，一脸无辜："我没多说呀，就是告诉侯夫人我要回去啦。二姐难道怪我拉着四妹陪我一起回去？"

姜倩抿唇看着姜俏。

姜俏扑哧一笑："二姐，你好奇怪呀，四妹陪我与六妹陪我不是一样么？都是妹妹，难不成四妹生得好看，你就偏疼些？"

姜倩被噎个半死，躺着中枪的姜佩同样气得七窍生烟。

她什么都没做，凭什么说她丑！

迎上姜俏笑意盈盈的眼睛，姜倩心头一凛。

难道姜俏昨夜发现了什么？

自己的男人觊觎娘家妹妹总不是件愉快的事，为了眼不见心不烦，昨夜她并没理会东跨院的动静，甚至还约束着丫鬟婆子们早早歇了。

可即便不理会，凭她对曹兴昱的了解也能猜到，他定然没放过夜探香闺的好机会。

姜倩定定地看着姜俏，心中无数念头翻涌。

"二姐？"

姜倩回神，牵起嘴角笑笑："三妹说笑了，你们都是我妹妹，我待你们的心是一样的。"

她留姜似小住的心思不能表现得太明显了，几个妹妹都大了，有心眼了。

"那就好，看来是我想多了，我给二姐赔不是。对了，马车什么时候准备好啊？"

姜倩心情沉重地送姜似与姜俏上了马车，看着神色轻快的姜佩与低眉顺眼的姜俪气不打一处来。

该走的没走，该留的没留，真是糟心！

"这是要去哪儿？"长兴侯世子曹兴昱正从外面回来，见到停在门口的马车，温声问道。

未等姜倩回答，车窗帘突然被掀起，露出姜俏笑意盈盈的俏丽面庞："妹妹身体不适，要回伯府啦。"

见是姜俏，曹兴昱牵了牵嘴角："那三妹回府后及时看诊，回头把情况告诉你二姐，好让我和你二姐放心。"

"二姐夫放心吧，我一回伯府就好了。"姜俏笑笑，暗骂一声"人面兽心"。

曹兴昱笑意微滞。这话听着为何这么别扭？

"二姐夫快陪二姐回去吧，以后再见啦。"姜俏放下了帘子。

车夫扬起马鞭，马车缓缓动了。

曹兴昱收回目光，在人前做出一副温润如玉的模样，上前握住姜倩的手道："三妹怎么了？"

"没有大碍。"姜倩含糊道。

"哦。"曹兴昱扫了一眼姜倩身边的姜俪与姜佩，眸光转深，"怎么不见四妹？"

顶着这样的目光，姜倩强笑道："四妹陪三妹一道回去了。"

曹兴昱猛然转头，看向远去的马车。

挂有长兴侯府标记的马车恰好转过墙角，不见了踪影。

曹兴昱转过头来，定定地看着姜倩，好一会儿，才露出个温柔的笑容："回屋吧。"

姜倩浑身一颤，缓缓点头。

马车上，姜俏长舒口气："可算离开了那肮脏地儿。"

姜似却突然扶额。糟糕，她把二牛落下了。

见姜似神色有异，姜俏忙问："怎么了？"

姜似恢复了平静："没事。"

二牛那般机灵，既然能悄悄混进长兴侯府，想来离开也没有问题。

"三姐，你手臂上的红疹是怎么回事？"

她可不相信真有那么多巧合。

姜俏抬手，任由衣袖滑落至肘部，笑嘻嘻道："你说这个呀？今儿早上不是有虾仁粥嘛，我多吃了几口，一吃虾我手臂上就起这个。"

姜似一下子想了起来，早上放在姜俏面前的那碗虾仁粥被吃得干干净净，甚至又续了一碗。

姜似不由握住姜俏的手："三姐，多谢你。"

"谢什么。"姜俏把衣袖放下去，"不严重，等明天就退了。一想到昨晚上的事，在那里多待一刻我都觉得难受，早早离开是正经事。"

二人正聊着，马车忽然停下来。

"怎么回事？"姜俏扬声问了一句。

门帘外传来车夫的回话："正赶上迎亲呢，看热闹的人太多，前边堵住了。"

"迎亲？"姜俏是个爱热闹的性子，闻言立刻掀起车窗帘。

车外人头攒动，热闹非凡。

很快，鞭炮声从远处传来，人群中响起孩童快乐的尖叫。看这场面，应该是哪家高门大户的公子成亲。

见前边走不通，马车一时又不好掉头，车夫干脆把马车赶到了路边，等着迎亲队伍与看热闹的人群过去。

姜俏托腮趴在车窗边，好奇道："不知是谁家在办喜事啊？"

姜似漫不经心地往窗外扫了两眼。

迎亲的队伍缓缓走近，喜庆的唢呐声带动街头气氛更加热烈。

队伍最前方，系着红绸的骏马上端坐着新郎官，随着队伍越来越近，姐妹二人皆听到了四周响起的惊叹声。

"啧啧，没想到安国公府三公子如此俊秀！"

"这有什么奇怪的，若不俊秀，怎么能让未嫁人的小娘子随着殉情呢……"

"你这话就错了，一个普通人家的小娘子能与国公府的公子私定终身，哪怕这公子生了一脸麻子，也有可能一起殉情呢。"

姜俏脸色一变，不由看向姜似，见姜似面无表情，甚至连视线都收了回去，这才放下心来。

放下心的姜三姑娘干脆把头探了出去，伸长脖子看。

"三姐，有什么好看的？"姜似无奈道。

"别打扰我，我看看那有眼无珠的男人长什么样。"

姜俏口中"有眼无珠的男人"正簪花披红，嘴角噙笑，端坐于马上，身姿挺拔清瘦，面色亦有几分苍白，以当今大周人的审美，正是百里挑一的美男子。

姜俏偏着头盯了好一会儿，从样貌上实在挑不出毛病来，只得愤愤道："我就知道是这种没有担当的绣花枕头。"

姜似被逗笑了："三姐这话可说错了，现在很多人都在称颂季三公子与民女之间可歌可泣的爱情故事，据说还有人根据此事编了话本子，非常畅销呢。"

姜俏面色古怪，忍了又忍，道："我看过了，写这话本子的人脑袋简直进了水，四妹无须理会。"

不知是哪个穷酸书生胡乱写的，竟然把他们东平伯府写成了阻碍有情人终成眷属的恶人，甚至还写，哪怕退了亲，四妹对那劳什子安国公府三公子依然念念不忘。

虽说话本子里的人物姓名都改了，可任谁一看都能对上号。

简直气煞人也。

说起来，她也是因为四妹摊上了这么一件糟心事，再见到四妹便觉得她有些可怜，就提不起劲与她如以前那般针尖对麦芒了。

"我看过那话本子了，写得还算曲折。"姜似此刻想到季崇易，心中已经掀不起丝毫波澜。

・79・

"四妹你真的不介意？"姜俏的目光随着队伍的走近流转。

"与我无关之人，我有什么好介意的？"姜似见姜俏看得起劲，而马车等在路边她亦无事可做，干脆凑过来一起看。

姜俏不是什么多愁善感的性子，见姜似如此便放下心，竟与她讨论起来："四妹，你说如安国公府三公子这种长相的男子，是不是都表里不一啊？"

"为何这么说？"

姜俏冷笑："长兴侯世子不也是这一款嘛。"

姜似认真看了行到近前、身穿大红喜袍的季崇易一眼，评价很是公允："长兴侯世子偏于阴柔，季三公子的眼神要比他清正许多。"

姜俏诧异地看了姜似一眼，喃喃道："四妹，你可真是……"

一时间，姜俏竟不知说什么才好。

许是巧合，坐在高头大马上的季崇易，眼神恰好往这边扫来。

街两侧看热闹的人摩肩接踵，因为拥堵而等在路边的车马不少，可偏偏季崇易无意间的一瞥，视线就落在了这辆青帷马车上。

马车窗帘被一只玉手掀起，车厢内的少女正漫不经心地望着窗外，目光冷清，颜若桃李。

一身大红喜服的季崇易晃了一下神，骏马带着他往前而去。

刚才的姑娘生得真好看，竟是他生平仅见。

作为一名正常男子，季崇易脑海中不能免俗地闪过这个念头，当然，除了这句感慨他心中再无其他，很快又被即将与心上人拜堂的喜悦填满。

这和绝大多数人的想法一致，路边风景再美，终不属于自己，看过也就看过了。

可就在这时，变故突生。

一道灰黄色的旋风从人群中刮过，在众人还没反应过来之时，一口咬在了高头大马的屁股上。

迎亲用的马，自然挑选脾气温顺的，可再温顺的马屁股上挨了这么一口也受不住啊。那骏马立刻狠狠往上一掀后蹄，可怜季崇易正春风得意，变故之下猝不及防，如一颗耀眼流星般飞了出去。

顿时，惊叫声此起彼伏。

好在迎亲队伍人多，看热闹的人更多，飞出去的季崇易直接被看热闹的人群给接住了。

姜俏已是目瞪口呆："四妹，有抢亲的！"

姜似同样表情呆滞，缓了缓地道："不是抢亲，应该是……闹事……"

二牛这是在干什么？

正被姜似揣测动机的大狗仿佛感应到了姜似所思，往马车所在的方向看了一眼，得意地抖了抖皮毛。

人们这才看清，这场变故的罪魁祸首居然是一只大狗。

"快把这条疯狗打死！"迎亲队伍中的护卫大声喝道。

又有懂规矩的喊道："不能打死，大喜之日不宜见血，把这畜生赶走就是！"

正疼得直尥蹶子的大马嘶鸣一声，它屁股上流的不是血吗？

数名护卫立刻向大狗围去。

"算了……"季崇易站稳身子，黑着脸道。

迎亲时因为一条狗从马上摔了下来，这也太丢人了，这种情况下当然是赶紧离开最好，难不成还要与这条狗来一场大战吗？

新郎官愿意息事宁人，可惜大狗却不这么想。

只见大狗一个飞跃，从包围圈空隙脱身，顺势叼住新郎官的礼帽，撒丫子就跑。

看热闹的人被这胆大包天的狗给惊住了，竟无一人出手阻拦，好一阵子，瞧着新郎官光秃秃的头顶，哄堂大笑。

季崇易的脸已经黑成锅底，心头愤怒之余又生出几分茫然。

这些日子，他耳边除了父亲的训斥就是母亲的叹息，兄弟姐妹们虽然没有明说，但看他的眼神已经不满。

明明还是他的家，可在他眼中却一点点变得陌生了，那种陌生之下如影随形的压抑几乎逼得他发疯。

他一直在心中安慰自己，只要撑到成亲就好了，将来他好好读书干出一番成就，谁还会对他娶民女一事指指点点？

可是万万没想到，他心心念念的喜事却因为一条狗有了瑕疵。

他恐怕是最丢人的新郎官！

"三公子，还是上马吧。"管事重新牵来一匹马，压低声音劝道。

季崇易勉强点头，默默上马，队伍重新热闹起来，喜钱与喜糖漫天撒，喜庆的唢呐声在他耳中却没了劲头。

姜俏趴在窗口，缓过神来后，叹了一声："谁家养的狗这么胡来啊。"

干得真漂亮！

姜似却没有接话，目光越过人群，落在一人身上，心中疑惑不解。

郁七怎么会事不关己般站在人群中看热闹？

郁谨乃贤妃所出，而贤妃是季崇易的亲姑母。今日季崇易大婚，于情于理，郁

· 81 ·

谨都该出现在安国公府的婚礼现场。

姜似一时心乱如麻,理不出头绪。

人群那头,郁谨迎上姜似的视线,冲她微微一笑。

姜似条件反射般地放下了车窗帘。绣着雅致竹纹的薄帘轻轻晃动,犹如少女晃动的心事。

郁谨见了姜似的反应,微微一怔,眼底流露出几分失落,随后无奈笑笑,在人海中默默转身离去。

姜似咬了咬唇,鬼使神差之下又把窗帘掀了起来。

窗外依然人头攒动,却不见了那人身影。

姜似放下窗帘,靠着车壁沉默。

"四妹,你被刚才的大狗吓到啦?"姜俏察觉姜似神色有异,一只手搭上对方肩头。

去了一趟长兴侯府,姐妹二人自然而然亲近起来。

"没有。"姜似笑笑。

二牛可是一只不甘寂寞的狗,戏弄一下新郎官算什么?没有从长兴侯府的花园里拖一具尸体出来在大街上溜达,她就该谢天谢地了。

姜似想到这里,忽然觉得郁谨也不容易。

身为主人,他应该没少收拾烂摊子吧?

被姜似同情的郁谨回到雀子胡同的宅子里,对着空荡荡的院子喊了一声:"二牛,出来!"

不多时,二牛甩着尾巴出来,颠颠地跑到郁谨面前,把新郎官的礼帽放下来。

郁谨看着礼帽上的花翎,默了默。

他养的狗可能成了精……

暗卫龙旦不知从何处冒了出来,跑过来告状:"主子,二牛真的太过分了,怎么能在表公子的大喜日捣乱呢!"

这只狗在主子面前居然比他还得宠,他等这个落井下石的机会已经很久了!

"捣乱?"郁谨扬眉,随后揉了揉二牛的脑袋,"不啊,我觉得二牛做得甚合吾意。"

龙旦眨眨眼,一脸认真:"主子,您一定是骗我的吧?"

郁谨睇了龙旦一眼。

龙旦挠头。没道理啊,新郎官是主子的表弟,二牛这么捣乱,为什么还会得到嘉许?

难道说，表公子得罪了主子？

龙旦心念急转，却死活想不出安国公府的三公子到底如何得罪自家主子的。

主子才从南边回来不久，就算与表兄弟之间没什么感情，按理说也不该如此啊。

二牛得意地冲龙旦叫了一声。

龙旦气结。心好痛，主子与二牛一定有什么共同的秘密他却不知道！

龙旦正在自怨自艾，门房过来禀报："宫里来人了。"

"请进来。"郁谨淡淡道。

不多时，门房领着一个面白无须的太监走过来。

"见过殿下。"

"公公过来有事？"郁谨依旧坐在石凳上，没有起身。

前来的太监弯腰笑道："娘娘派奴婢来问一声，殿下今日为何没有与王爷一同前往国公府贺喜？"

太监口中的"王爷"是郁谨一母同胞的兄长，当今圣上第四子，已经被封了齐王。

说起来，郁谨这位七皇子的处境有些尴尬。

他出生那日，才登基不久的景明帝忽然一病不起，众御医束手无策，太后无奈之下，命人张贴皇榜求医，最后揭榜的却是一名道士。

道士说，景明帝突然病倒与才出生的七皇子有关，父子二人八字相冲，不能安然共处，想要让皇上的病好起来，七皇子就必须移居宫外，满了十八岁后才能与父亲相见。

太后将信将疑，眼见景明帝迟迟不好，只得抱着试试看的态度让七皇子迁居宫外，谁知景明帝真的慢慢好了起来。

从此之后，郁谨就再也没回过皇宫。

按大周礼制，皇子年满十六应离宫封王，而郁谨十六时正在南边，无人张罗之，这茬就被含糊过去了。

而今郁谨回到京城，因还未满十八岁，见不到景明帝，宗人令摸不准皇上对这位皇子的态度，自然也不会没事找事提封王的事。

这样一来，局面十分尴尬，比郁谨还要小的八皇子已经封了湘王，而七皇子还是七皇子……

郁谨却对此半点不在意。

他只是一个无关紧要的皇子，这个身份想得到心中所求才更容易些。

别的不说，如果太子想要一个退过亲的姑娘，那是难如登天。

想到这，郁谨嘴角微翘，傻傻笑起来。

前来的太监呆了呆。

虽然七皇子笑起来比宫中那些美人儿还好看，可是这位殿下究竟在笑什么？该不会从小受到不公的对待，性格扭曲了吧？

仿佛印证太监心中所想，郁谨收回思绪，淡淡道："我懒得去。"

太监无言。

等了一会儿，郁谨问："公公还有事么？"

太监差点抹眼泪。殿下您给的理由这么直接，让他怎么办？

"就、就这样吗？国公府是您的外家……"

郁谨冷冷看了太监一眼，似乎嫌他多嘴，道："不熟。"

说到这里，郁谨心中冷笑。

他岂止与外祖家不熟，就是皇宫里那些与他血脉相连的人，对他来说又与陌生人有什么两样呢？

父皇是一国之君，万金之躯，听信道士之言怕他冲撞龙体，他勉强能理解；然而，他的母妃在他被送出皇宫后这么多年里，别说想法子见他一面，连一件衣裳、一双鞋都没给他送过。

幼年时的郁谨委屈过，怨恨过，而现在的他对此只剩下了漠然。

确实是不熟。

"公公要留下用饭吗？"

"多谢殿下，不过娘娘还等着奴婢回去复命呢。"太监特意在"复命"二字上加重了语气，算是给郁谨改口的机会。

郁谨剑眉微扬："送客。"

一只威风凛凛、不可一世的大狗甩着尾巴跑了过来。

太监几乎飞奔而去。

郁谨看了看二牛，叹气："我说让龙旦送客。"

二牛抬头望天。

什么？它一个字都听不懂。

姜似与姜俏好不容易回到东平伯府，自是要去慈心堂解释一番这么快回来的理由。

三太太郭氏一听女儿起了疹子，心疼不已，拉着姜俏一边走一边低声数落着。

姜似立在青石小径上，看着渐渐远去的母女二人，心头涌上淡淡的羡慕。

她没有母亲，也不知道被母亲数落是什么感觉。

羡慕归羡慕，她却没有多愁善感的时间。

姜似连海棠居都没回，直接去书房找姜安诚。

"是不是打扰父亲了？"

"没有，为父看书正好看累了。"

姜似瞄了一眼姜安诚左侧脸颊被书本压出来的印子，一本正经道："父亲看书注意休息，仔细伤着眼睛。"

姜安诚以拳抵唇，轻咳一声："为父会注意劳逸结合的。似儿不是去了长兴侯府吗，怎么今日就回来了？"

"三姐身体不适，我就陪着她回来了。"

姜安诚又问了问姜俏的情况，听说没有大碍，才放下心来。

"父亲，女儿想找您打听点事。"

从女尸身上得来的锦囊中有写着"灵雾寺"的平安符，然而她没听说过灵雾寺，思来想去，不如直接找父亲打听一下。

"似儿要问什么？"

"父亲可听说过灵雾寺？"

"灵雾寺？"姜安诚皱眉思索起来，片刻后摇头，"为父素来不信这些，也不大清楚。似儿打听这个，莫非想去拜佛？"

姜似心下有些失望，却在意料之中。

倘若父亲真的知道，那才是运气好。

"回来的途中，偶然听路边一个小娘子说什么灵雾寺的香火很灵验，去那里拜佛能心想事成，女儿就好奇打听一下。"

姜安诚笑起来："你三叔跑的地方多，等他回来我问问，说不定他知道呢。要是不知道，为父就派人出去打听打听。"

不管灵不灵验，女儿高兴就好。

"父亲要是派人打听，可不要弄得尽人皆知。"

姜安诚愣了愣，而后大笑："似儿放心，为父悄悄派人出去打听。"

女儿这么害羞，莫不是想求姻缘？

见姜安诚笑成这个样子，姜似知道他误会了，却没解释。

"那女儿就不打扰父亲继续看书了。"姜似屈膝行礼，离开书房回到海棠居，重新换过一身衣裳，带着阿蛮出了门。

既然郁七通过二牛给她传了信，那她就去问个清楚好了。

主仆二人离开东平伯府，没有直接去雀子胡同，反而往相反的方向走。

离榆钱胡同不远的地方是一片民居，其中一处不起眼的宅子恰好空置着，姜似前些日子就通过牙人赁了下来，方便她行事。

主仆二人进去打了个晃，再出来时，就成了俊秀少年带着清秀小厮的模样。

雀子胡同离东平伯府所在的榆钱胡同并不远，主仆二人步行了一阵就到那里了，按着姜湛透露的讯息，寻到门前有一棵歪脖子枣树的民宅前。

"姑娘，是这里吧？"

"应该是了，去叫门吧，就说姜二公子来访。"

"咱们这是来拜访谁呀？"阿蛮有些拿不准主意。

姑娘穿成这个样子，还顶着二公子的身份，莫非来见的是男人？

阿蛮走到门前，迟疑地叩了叩门。

"谁？"门内传来询问，随后门开了半边，露出一张饱经沧桑的脸。

门人看起来四十来岁，一只眼睛竟然是瞎的，仅剩的那只眼睛看起来有些凶恶。

阿蛮不由绷紧了脸："姜二公子前来拜访贵府主人。"

门人往后看了一眼，独眼陡然冒出精光。

"干吗呀？"阿蛮头皮一麻，下意识后退半步。

"姜二公子在何处？"

阿蛮往旁边侧身，把姜似露了出来："这是我们公子。"

门人扫了姜似一眼，皮笑肉不笑道："稍等。"

话音落，门砰的一声关上了。

阿蛮摸摸鼻子，抱怨道："这家的门人脾气还挺大。"

门人关好了门就往里跑："主子，有人冒充姜二公子上门打秋风来了。"

闻言，未等郁谨有所反应，龙旦就冷笑一声："居然有人敢糊弄主子？开门，放二牛！"

二牛斜了龙旦一眼，稳稳坐着一动不动。

那意思很明显：凭什么放我不放你？

让一人一狗没想到的是，他们的主子却突然大步流星地往外走去。

一人一狗赶忙追了上去。

郁谨兴冲冲走到门前，在绿漆木门前停了下来，待脸上恢复了平静，才猛然拉开了门。

二牛直接从郁谨身边蹿了出去。

"哎呀！"阿蛮骇了一跳，忍不住尖叫一声。

大狗来到姜似面前,大嘴叼住她衣摆往内扯,一条毛茸茸的大尾巴摇得欢快。

"快些松开,不然衣裳都要被你咬破了。"

她与阿蛮天生清朗的声音不同,这一开口,娇柔的少女声就瞒不住了。

二牛叼着衣摆想了想,扭头去看郁谨。

"姜……公子,里边请。"

姜似不愿在门口停留太久,冲郁谨略一颔首,往内走去。

门人悄悄拉了龙旦一下:"这明明不是姜二公子……"

龙旦一脸兴奋,啪的一下把门人的手打开:"别耽误事儿。"

天哪,有个小娘子上门来找主子了,他要搬马扎来围观。

姜似随着郁谨往内走,在院中停下。

"今日过来,是有事问问余公子。"

"不知姜姑娘找我有何事?"

一旁的龙旦猛然瞪大了眼睛。原来主子早就知道这位是姜姑娘啊!

等等,姜姑娘与姜二公子是什么关系?

姜似手一翻,露出一只锦囊:"余公子为何送了这个给我?"

龙旦的下巴都要掉下来了。

主子连定情信物都送了?

阿蛮同样惊掉了下巴,气鼓鼓地瞪着郁谨。

这登徒子什么时候绕过她给姑娘乱送东西的?简直不要脸!

"我收到此物后十分惊讶,所以忍不住来找余公子问个究竟,还望余公子不要怪我唐突。"

"不怪,"郁谨猛然反应过来,轻咳一声,一本正经地问道,"姜姑娘想了解什么?"

"我想知道余公子写这张纸条的缘由。"

"担心你吃亏,忍不住提醒一声。"

谁问他是怎么想的了,这人偏偏还若无其事地说出来,果然是个惯会哄人的。

姜似脸颊微热,咬唇道:"我是说,你为何会那样评价长兴侯世子,莫非觉得他为人处事有什么不妥?"

"长兴侯世子双目无神,唇色无华,走路时脚步虚浮无力……"

听着郁谨的形容,龙旦已经不能用震惊来形容自己此刻的心情。

主子言下之意,长兴侯世子就是纵欲过度啊,主子对人家大姑娘说这个做什么?

"所以我断定长兴侯世子是个好色之徒。君子不立危墙之下,姜姑娘应该远离这样的人。"

姜似嘴角微抽："余公子就是看面相？"

郁谨郑重点头："相由心生！"

五年前，他将要去遥远的南方，恰逢东平伯府嫁女，为了见她一面，他悄悄混了进去。

尽管那时候他还不大懂，却非常反感长兴侯世子看她的眼神，反感到想把那双眼睛挖出来。

不过这些话，他无法对她言明。

总不能说五年前他就因长兴侯世子看她的眼神而生气，一直生气到现在吧？

他是这么爱吃醋的人吗？

"我还以为长兴侯世子的行为有何不妥，本打算提醒我二姐一声。既然只是面相不对，就没什么好说了。今日多有打扰，告辞了。"姜似盈盈施礼。

正在这时，门人匆匆来报："姜二公子来了！"

二哥来了？

姜似呆了呆，不由看向郁谨。

郁谨显然也没料到会出现这种意外，稍一愣神后，立刻指着柴房，道："先躲到那里去！"

姜似还没琢磨过来，就被阿蛮一阵风般拉进了柴房里。

"总算安全了。"阿蛮抚了抚扑通直跳的心口。

姜似终于回过味来，看着低矮昏暗的柴房，哭笑不得："来这里作甚？"

外面，姜湛提着熟牛肉走了进来："余七哥，我今天是特意来犒赏二牛的！"

"犒赏二牛？"

姜湛直接把熟牛肉抛过去，二牛跳起来接住，走到树根处，卧下来开吃，牛肉的香味立刻窜了出来。

龙旦不由咂咂嘴。

乖乖，这可是醉霄楼的酱牛肉，贼贵的，味道却极好，他平时都舍不得吃！

姜湛大马金刀地坐下："今天二牛干了一件大好事，当然该赏！余七哥，今天二牛那么做，该不会是你吩咐的吧？"

郁谨眼角余光瞥了微掩的柴门一眼，一本正经道："怎么会呢？季三公子可是我表弟。"

"哦，那小子是你表弟啊，"姜湛忽然瞪大了眼，"等等，余七哥，你与安国公府有亲？"

郁谨表情一滞。

糟了，在她面前一分神，说漏嘴了。

郁谨很快恢复了平静，叹道："是啊，哪家高门大户没有几户穷亲戚呢？"

姜湛一听，立刻面露同情之色："余七哥，你不容易啊，以后离那狗眼看人低的人家远着点，有需要时找我就是。"

郁谨颇为感动，笑容却有几分意味深长："将来定然有用得着姜二弟的地方，我先谢过了。"

"谢什么，咱们兄弟谁跟谁呢。"姜湛豪爽摆摆手，颇不以为意。

这时，柴房突然响起女子的尖叫声，紧跟着木门一开，阿蛮就抱头冲了出来："有老鼠啊！"

留在柴房中的姜似目瞪口呆。

就在这千钧一发之际，树根处正吃着牛肉的大狗后退两步助跑，猛然凌空跳起。

姜湛正要看看是什么情况，只见眼前一黑，直接被大狗扑倒在地。

大狗两只前爪踩在姜湛身上，伸出的舌头就在他脸上方垂着，吓得姜湛一动不敢动，心中直骂娘：这一嘴的牛肉味，熏死他了！

阿蛮呆立在院中，冷静下来之后不由捂住了嘴巴。

糟了，闯祸了。

郁谨轻咳一声，伸手一指大门。

阿蛮还算机灵，瞬间领悟了郁谨的意思，拔腿跑了。

见阿蛮跑没了影子，二牛终于大发善心松开爪子，慢条斯理地走到树根处接着吃牛肉去了。

姜湛一个鲤鱼打挺跳起来，杀气腾腾地往树根那边冲："二牛，我要宰了你吃狗肉！"

郁谨忙把姜湛拉住，一脸诚恳道："姜二弟，你误会了。"

"误会什么？"

"二牛吃得高兴，刚才是对你表达心中感激呢。"

"啥？这是表示感激？"

郁谨苦笑："狗和人的想法哪能一样呢？二牛是我养的，我知道，它一激动就爱和人这样亲近。"

姜湛狐疑地瞪着二牛，最终嘀咕一声："我要养了这样的狗，早打死了。"

"汪！"

郁谨安抚地看了二牛一眼，二牛这才安静下来。

"对了，余七哥，刚刚从柴房里跑出来的女人是谁啊？"

姜湛刚才什么都没看清就被二牛扑倒了，正是因为如此，阿蛮虽然穿着男装，那声尖叫却让他确定了跑出来的是个女子。

余七哥这里他来过好多次了，可没见过有丫鬟婆子，难道说那女子是余七哥相好的？

郁谨愣了愣，很快沉着脸对一旁看热闹的龙旦斥道："以后不许带女子回来胡闹！"

龙旦无言，他有一种以下犯上的冲动怎么办？

姜湛鄙夷地看了龙旦一眼。

龙旦心想，他真的要以下犯上了！

好不容易打发走了姜湛，郁谨抬手轻揉着太阳穴，微微松了口气。

姜似从柴房中走了出来。

"我送你回去吧。"

"不用劳烦余公子。"姜似果断拒绝，见郁谨一脸受伤的样子，她却半点没受那张俊脸迷惑，淡淡道，"被人看见也不好说。"

郁谨看着拒人于千里之外的女孩，忽然微微一笑："别人经常看到我与姜二公子一同喝酒，无妨的。"

姜似个子高挑，兄妹二人的样貌皆随了亡母，不熟悉的人远远瞧一眼，确实难以分辨出来。

"遇到我二哥呢？"姜似反问。

郁谨摸摸鼻子，放软语气："那就让二牛送你吧。你来找我，现在一个人回去，若是遇到什么事，我无法对姜二弟交代。"

姜似不愿再争，点头应了。

郁谨站在门口，已经看不到少女与大狗的影子了，却迟迟没有回身。

龙旦凑上来，一脸八卦地问道："主子，刚才来的姑娘是您相好的啊？"

郁谨抬手打了龙旦脑袋一下，皱眉道："少胡说！"

不过，以后总会相好的。

第四章　灵雾寺

姜似从郁谨那里没有得到有用的讯息，找出灵雾寺与豆腐西施秀娘子，就成了当务之急。

灵雾寺一边暂时等着姜安诚的消息，至于豆腐西施，柳堤巧遇时有不少人都认识她，想要打听应该容易些。

姜似把这个任务交给了阿蛮。

还没到吃晚饭的时候，阿蛮就带回来了豆腐西施秀娘子的消息。

"很好打听呢，婢子随便找了个小孩一问就问到了。豆腐西施就住在离柳堤不远的王家庄，村尾最靠近河边的那户就是……"阿蛮叽叽喳喳地说着，颇有些将功补过的意思。

险些害姑娘被二公子抓包，想想真是不好意思。

"不过啊，那孩子跟我说，豆腐西施成了疯婆子，豆腐都不卖了，整日躲在家中哭号。"说到最后，阿蛮同情地叹了口气。

"收拾一下，今晚我们去王家庄。"

"姑娘？"阿蛮微微惊讶，迎上姜似平静的眼神，点点头不再多问，心中反倒生出小小的兴奋。

到了晚饭的时候，姜安诚同样带来了好消息："也是巧了，你三叔真的听说过灵雾寺。"

姜似早已预料到能打探出豆腐西施秀娘子的消息，而灵雾寺的消息却是意外之喜。

"灵雾寺在何处？"

"在京郊青牛镇上，虽然比不上京中那些有名的寺院，但在当地真是香火还不错。"说到这里，姜安诚呵呵一笑，"尤其求姻缘、求子，最为灵验了。"

"这样啊。"姜似略一沉吟，趁机向姜安诚求道，"女儿想去灵雾寺上香，并小住几日。"

听了女儿的小小要求，姜安诚没有丝毫犹豫就点头答应了："去吧，这时候还不算太热，郊外又比京城里敞亮，住着会更舒服。回头我跟你二哥说一声，让他陪你去。"

"多谢父亲。"

很快入了夜。仲夏夜月朗星稀，花影浮动，阿巧把姜似与阿蛮送到门口，低声道："姑娘小心。"

"放心吧，有我在呢。"阿蛮拍着胸脯保证。

第二次夜里行动，主仆二人轻车熟路地离开了东平伯府，往金水河的方向而去。

此时的金水河，正是热闹的时候。

"没想到白日里瞧着安安静静的金水河，夜里这般热闹。"阿蛮感叹一声，看到姜似驻足，问道，"姑娘，怎么不走了？"

虽然王家庄只是离着柳堤不远，但二人并不需要靠近金水河。

姜似遥望着柳堤金水河，心中隐隐作痛。

梦中，二哥就是在这金水河中溺水身亡的。

深吸一口气，姜似对阿蛮笑笑："走吧。"

在阿蛮的带领下，主仆二人来到王家庄。

"姑娘，豆腐西施家在那头，咱们是从村子里穿过去，还是从禁外绕过去？"

看着灯火熄灭的黑黢黢的村庄，姜似下了决定："绕吧。"

寻常百姓家心疼油钱，早早就会熄灯睡觉，然而，从村子中穿过还是会增加许多未知的风险。

夜风习习，蛙鸣虫语声不绝于耳，主仆二人没有提灯笼，只能借着月光和星光，走在不熟悉的村边泥路上。

"姑娘，就是那家！"

"阿蛮，你先进去，然后从里边给我开门。"

阿蛮点点头，双手抓着墙头用力一撑，整个身子就腾空而起，悄无声息地落到了围墙另一端。

很快，院门就被轻轻打开，早就等在门口的姜似灵巧地闪了进去。

恰在这时，低矮昏暗的屋子里，带着哭腔的声音含糊响起："妞妞——"

炕上的妇人猛然坐了起来，迷迷瞪瞪往外走，口中不停喊着："妞妞，妞妞你回来了吗？"

她好像在半梦半醒之间，完全没有留意到近在咫尺的姜似，就这么直直走过去，一脚踩到姜似刚刚放在地上的物件。

轻微的声响传来。

秀娘子停下来，弯腰捡起那物。

昏暗光线下，秀娘子只能依稀辨出手中之物的轮廓。

那是一支簪。

姜似并不确定那支簪子是不是秀娘子的女儿落下的,只是有这种可能。

姜似便是用这支铜簪来试探一下秀娘子的反应。

秀娘子愣愣地看了看手中铜簪,片刻后突然爆发出一声惊叫:"妞妞,妞妞你回来了!"

秀娘子仿佛一下子清醒了,旋风般冲了出去,在空荡荡的院子里来回张望。

"妞妞,你快出来啊!我的妞妞,娘好想你,真的好想你……"

姜似手心翻转,点点萤光从手心钻出,带着微弱的光芒,贴着地面向秀娘子飞去。

幻萤从秀娘子左耳钻入,又从右耳钻出,最后回到姜似手心。

除了幻萤的主人,整个过程无人察觉。

秀娘子耳中,一道声音幽幽响起:"娘——"

秀娘子猛然抬头,怔怔望着站在不远处的少女。

少女秀发及腰,因为没掌灯,在黑暗中露出一张朦胧而白净的小脸。

"妞妞——"

少女声音平静无波:"娘,您别靠近我,不然我该走了。"

秀娘子猛然停下,语无伦次道:"不靠近,娘不靠近,妞妞你别走……"

缓了一会儿,秀娘子痴痴地望着女儿:"妞妞,这些日子你去哪了啊?娘想你,想得好苦……"

少女幽幽叹了口气:"娘,女儿其实已经死了。"

秀娘子猛然捂住了嘴,浑身抖若筛糠。

她看起来很想扑上去抱住朝思暮想的女儿,可牢记着女儿的话,一动也不敢动。

"娘,您仔细听着。"

秀娘子边哭边点头。

姜似瞧着,心生不忍,却知道这场戏必须演下去。

她相信,这也是秀娘子的女儿想对母亲说的话。

"娘,女儿是被长兴侯世子害死的。长兴侯世子见女儿生得美貌,把女儿抓到了长兴侯府,凌辱之后杀了女儿,埋在他们花园中的芍药花下。女儿长眠地下,夜夜听到娘对女儿的呼唤,所以才能前来见娘最后一面……"

秀娘子咬着唇,发出呜呜的声音。

一滴泪从少女眼角滚落:"娘,女儿死得惨,您要替女儿报仇啊!"

"报仇?"秀娘子的眼珠缓缓转动,陡然射出凌厉的寒光,"娘一定会杀了那个畜生，杀了那个畜生，替我儿报仇！"

叹息声响起："娘，您不可直接去找长兴侯世子报仇。长兴侯府不是咱们寻常百姓能惹的，您若是被长兴侯世子害了，女儿死不瞑目……"

秀娘子一愣，喃喃道："娘该如何报仇？"

"五月十九日，将要接任顺天府尹的青天大老爷甄大人会在京城外三十里处的驿站歇脚，您若能见到甄大人，向他禀明女儿的遭遇，他会为您做主的。"

顺天府尹的级别比一般知府高，听起来显赫，实则十分烫手，多任顺天府尹都没干上几年，甚至还有只干两三个月就干不下去的。

任命为顺天府尹的官员们来来去去如流水，到了景明十八年夏，按察使甄世成进京调任顺天府尹，才算把这个位置坐稳。

未进京时，甄世成是有名的青天大老爷，离开时当地百姓还有万民伞相赠，这个人在大周是出了名的刚正不阿，为民做主。

"娘记下了么？"

秀娘子连连点头："娘记着了。"

姜似还有些不放心，操纵秀娘女儿的幻影，再次叮嘱道："娘一定不要冲动行事，不然，若连您也折了去，就再无人能替女儿申冤了。"

"娘明白，妞妞你放心，娘一定会为你讨回公道。"

一阵风吹进堂屋，把半截破布帘子吹得来回晃动，屋内的光线更暗了些。

少女轻轻往后退了一步。

秀娘子大惊："妞妞！"

"娘，女儿该去了，您好好睡一觉吧，千万记得保重自己……"

"妞妞，妞妞你还会回来吗？"秀娘子急得几乎哭出声，却死死咬着唇，连眼睛都不敢眨，唯恐一眨眼女儿就消失了。

可是难以抵挡的困倦袭来，渐渐使她的眼皮仿佛重达千斤，她终于再也支撑不住闭上了眼睛。

姜似眼疾手快地扶住了睡过去的秀娘子。

"阿蛮，扶她进去。"

阿蛮还在呆若木鸡中。

"阿蛮。"姜似无奈，加重了语气。

"在！"阿蛮这才如梦初醒，晕乎乎地走过来，一只手扶住秀娘子。

安顿好了秀娘子，姜似把从地上捡起来的铜簪放在她枕边。

最后看了一眼熟睡的妇人，姜似低不可闻地叹口气："走吧。"

主仆二人离开王家庄，村庄越来越远，姜似却突然停了下来。

"你要跟到什么时候？"

"谁？"一听姜似这么说，阿蛮骇了一跳，立刻紧张地左右张望。

姜似定定望着一个方向，朱唇紧抿。

一道挺拔修长的身影慢慢从黑暗中走出来。

"怎么是你？"阿蛮吃惊不已。

"阿蛮，你等在这里。余公子，请跟我来。"姜似往前方走去。

郁谨硬着头皮跟上，尽管面上不显，心中却疑惑极了。

他藏得这么好，究竟是怎么被发现的？她以后该不会把他当成变态跟踪狂吧？

二人往前走了十余丈便停下来。

姜似霍然转身，沉着脸问："余公子为何跟踪我？"

郁谨轻轻摸了摸鼻子。

既然她问得这么直接，那他只能把厚脸皮的天赋发扬光大了。

"姜姑娘误会了，我不是跟踪你，而是在保护你。"

"保护我？"姜似扬眉，"余公子莫不是把我当孩子哄？你我非亲非故，我更没有开口请托，余公子这个时候出现在这里，是保护我？"

郁谨轻轻一叹。

他的声音有着少年的清朗与青年的低沉，这声叹息仿佛晨间的风，从人心田上拂过。

郁谨轻咳一声，好心提醒道："姜姑娘莫非忘了，你已经给过保护费了。"

"什么保护费？"

"我不是还欠姜姑娘一千两银子嘛，姜姑娘又不许我卖身还债。"郁谨一脸委屈，"可是我这人呢，欠别人钱的话心里就不舒坦，就当姜姑娘那一千两银子是交的保护费，以后姜姑娘的安全就由我负责了。"

姜似越听，眼睛睁得越大。

还能这样算？

"余公子也看到了，我的丫鬟身手不错，不需要余公子来保护我，那一千两银子你暂且欠着吧。"姜似说完，冷冷看了郁谨一眼，"我不希望以后再发生被余公子跟踪的事，不然，我会把余公子当登徒子看待的。"

郁谨诧异地看着姜似。

她现在居然还没把他当登徒子看待吗？

真是个善良心软的好姑娘。

"余公子，告辞了。"姜似冲郁谨微微欠身，招手示意阿蛮跟上来。

"姜姑娘就这么走了？"郁谨笑问。

姜似脚步一顿，认真看了郁谨一眼："余公子这是什么意思？"

郁谨上前一步，他身上独有的气息瞬间把她包围："我会告诉姜二弟的。"

姜似心想，她要杀人灭口！

"告诉姜二弟，他眼中弱不禁风的妹妹会在月黑风高夜跑来金水河边的村子装女鬼……"说到后面，郁谨险些忍不住笑出来。

这么多年，他心悦的姑娘一直是这样与众不同。

"你到底要怎么样？"姜似彻底怒了。

郁谨低声笑起来："姜姑娘还看不出来吗？我在威胁你啊。"

姜似气得咬唇。

他居然真的光明正大威胁她！

"余公子，不要以为你是我二哥的朋友，我就不敢对你怎样。"这一刻，姜似真的生出让这个混蛋吃一些苦头的念头。

"姜姑娘要杀人灭口吗？"郁谨摸出一把匕首，塞入姜似手中，夜色中，星眸笑意满满，"我保证不抵抗。"

姜似捏紧了匕首。

匕柄的冰凉触感让她冷静下来，她捏着匕首迟迟未动。

"姜姑娘要是下不了手……"

姜似抬眼瞧着面前谈笑自若的男子，心道他莫非还要说出"她要是下不了手他就自己动手"这样虚伪的话来？

只听眼前男子笑吟吟道："那我就继续威胁你了。"

姜似闭眼，深呼吸，压下杀人灭口的冲动。

"我们好好谈谈吧。"

郁谨低笑："正合吾意，姜姑娘跟我走吧。"

一路向西，穿过寂静无人的街巷，郁谨停下来。

"姑娘，他怎么把咱们带到这来了？"

三人停下的地方正是雀子胡同口。

"既然要好好谈谈，还是家中最方便。姜姑娘若是觉得不合适，去你家也行。"郁谨十分体贴地提议道。

"你、你这登徒子！"阿蛮指着郁谨，说不出话来。

她们姑娘是见了美男子就发昏的人吗?

姜似睇了郁谨一眼,率先往胡同里走去:"去你家。"

阿蛮无言。

昏暗的巷子被轻微的脚步声打破了宁静。

郁谨走上前,有节奏地敲了几下门。

很快,门就打开了,门人恭敬地避至一旁。

郁谨却没有立刻进来,微微侧身,伸手做出"请"的姿势。

姜似略停了一瞬,无视门人震惊的眼神,飘然而过。

直到大门迅速关上,门人还是一副梦游般的神情。

厢房里,龙旦正扒着窗口往外看。冷影仰面躺着,鼻息清浅。

"别装睡了,快来看,主子带了个姑娘回来!"龙旦打了鸡血般招呼着小伙伴。

冷影动了动眼皮。

龙旦兴奋地嘀咕着:"我说今天主子出去怎么不带我呢,原来有情况啊。等等,主子带回来的姑娘就是白天来过的姑娘!"

冷影面无表情地睁眼,而后又闭上眼睛,翻了个身。

和这么爱八卦的人睡一个屋,真是够了。

不过,主子这是有相好的了吗?

"奇怪,二牛怎么没动静?"龙旦纳闷起来。

有这种热闹看,按理说二牛比他积极啊。

卧在阴影中的二牛慢条斯理地摇晃着尾巴,狗嘴朝天。

愚蠢的人类,这是该出去打扰的时候吗?

郁谨把姜似领进门,站在堂屋中犹豫了一下。

虽然很想把人带到卧房里,咳咳,来日方长,把人吓跑了就得不偿失了。

郁谨道:"我们去书房吧。"

姜似颔首。

阿蛮快步跟上。她要拼死捍卫姑娘的清白!

"阿蛮,你在外面等着吧。"姜似淡淡道。

阿蛮无言。

郁谨呵呵笑起来,心情大好。

尽管不知道她每次见到他的那种嫌弃与戒备从何而来,但这傻丫头恐怕不明白,深更半夜愿意与一个男人共处一室,足以说明她对这个男人品性的认可。

没想到他在她心中的评价还是很高的嘛。

郁谨忽然对未来信心高涨。

"你先坐，我去倒水。"

"不用了。"

话音未落，郁谨已经走了出去。

姜似抿了抿唇，随意拣了张书椅坐下来。

不多时，郁谨返回来，把茶壶、茶杯放到桌上，倒出来的却是白水。

"这个时候不宜喝茶，喝些温水吧。"

姜似接过茶杯道谢。

"姜姑娘喜欢喝什么？等下次我会准备好。"

"蜜水"两个字险些脱口而出，被姜似硬生生咽了下去。

"不用麻烦了，以后我应该不会再叨扰余公子，咱们还是谈谈今天的事好了。"

"姜姑娘要怎么谈？"郁谨身体微微前倾，显出很配合的样子。

他有一双很漂亮的凤眼，瞳仁黑亮如宝石，随着眼波流转而璀璨生辉，流泻出惑人的魅力。

姜似往后挪，拉开了一段距离，不满地拧眉。

面对只见过寥寥几次的女孩子却如此轻浮，实在不是个好东西。

"余公子是从什么时候开始跟踪我的？"

郁谨听了微微扬眉，没有回话。

"余公子不想回答？"

郁谨忽然笑了："姜姑娘，你这可不是好好谈谈的态度。别忘了，现在是我在威胁你，不是你在威胁我。"

这丫头，现在就要压着他作威作福，这还了得？总要等嫁过来后他才能心甘情愿被压迫。

姜似闭目，深呼吸，压下杀人灭口的冲动。

"余公子说说怎么谈。"

郁谨笑了一声，似乎笃定了对面的少女不会反对："姜姑娘先提一个问题，我回答，然后我提一个问题，你回答，这样有来有回才公平，姜姑娘觉得如何？"

姜似轻轻咬唇："就这样。"

"那么姜姑娘先问吧。"郁谨把玩着茶杯，目光从少女白净的俏脸上轻轻扫过。

好像生气了。

生气的样子也很招人稀罕，好想亲一下，怎么办？

少年的眼神突然晦暗不明，落在少女精致的唇上。

不得不说，少女的模样可谓极为标致，唇不点而朱，是最诱人的粉红色，水润润的，连一丝唇纹都无。

郁谨的目光更低沉了些。

姜似没由来地觉得屋内闷热起来。

二人的剪影投在纱窗上，此刻，仿佛时间静止了。

蹲在院子中的龙旦目不转睛地盯着窗户，心里十分紧张。

主子大半夜把人家姑娘带回来，就为了纯聊天吗？

"那好，还是刚才的问题，余公子从什么时候开始跟踪我的？"

"不是跟踪，是保护。"郁谨强调了一下，眼见对面少女要翻脸，这才不紧不慢道，"姜姑娘从我这里离开后。"

"为什么？"

郁谨轻笑："这是第二个问题了。"

姜似暗暗吸口气，冷冷道："你问吧。"

"姜姑娘是如何发现长兴侯世子在祸害女子的？"

姜似装成秀娘子女儿的亡魂对秀娘子说的那些话，被躲在暗处的郁谨听了个清清楚楚。

那时候，他想到姜似去长兴侯府住了一晚，然后就发现了长兴侯世子如此骇人的秘密，心中惊惧，她一个小姑娘怎么会知道这些？

只要想到这里，他就恨不得把长兴侯世子碎尸万段。

姜似心中叹了口气。

就知道他要问这个。

"夜里去侯府花园，我无意中撞见长兴侯世子的小厮埋尸，听到了他们的话才知道的。"

郁谨霍然起身。

姜似一急，不由站起来拦在他身前："你去哪儿？"

二人瞬间靠得极近。

她能听到他骤然急促的呼吸，窗户纸上，两个人的身影重叠到一起。

龙旦吃惊地张大了嘴巴。

屋内，姜似察觉到失态，往后退了一步，却依然堵住对方的去路。

郁谨不由笑了："姜姑娘以为我要去哪儿？我只是想去一趟净房而已。"

姜似面上一热。

一个大男人在姑娘面前张口就说去净房，他脸皮为什么这么厚？

郁谨重新坐下来。

"你不是要去净房？"姜似恢复了从容，蹙眉问。

"既然姜姑娘舍不得我走，那就不去了。"郁谨一脸认真，"我可以忍。"

她要弄死这混蛋！

郁谨忽然身体前倾，一张俊脸陡然在她眼里放大："咱们还要不要继续聊？"

姜似闭眼，深呼吸，压下杀人灭口的冲动。

姜似嘴角挂着僵笑："无聊！"

"那么该我问了。"郁谨坐直了身体，笑吟吟道。

姜似挑眉："刚刚余公子问了我是如何发现长兴侯世子祸害女子的，现在该轮到我问了。"

对面少年无辜眨眼："姜姑娘问过了。"

姜似微怔。

郁谨笑起来："刚刚姜姑娘问我要去哪儿。"

姜似沉默。

眼见少女真的要炸毛了，郁谨伸手在少女头顶揉了揉，语气难掩宠溺："好了，你想问就问，我知无不言、言无不尽，还不成吗？"

这个傻丫头，他明明都愿意卖身还债了，整个人都可以是她的，她还要跟他计较谁多问一个问题这种小事。

姜似的头往旁边一偏："余公子请自重！"

落在头顶的手一顿，郁谨垂眸，叹了口气："我觉得我还是要出去一趟。姜姑娘可能不知道，我这人有个毛病。"

"什么毛病？"

"我嫉恶如仇，听到这种事就忍不住想管一管，而且长兴侯世子不是个好东西，今晚我去把他宰了，二牛这几天的狗粮就不愁了。"

卧在龙旦身边甩着尾巴的大狗不屑仰头。

它很挑食的！

姜似直直瞪着郁谨，好一会儿才问："我可不可以理解成你又在威胁我？"

郁谨呵呵笑起来，清朗的笑声穿过窗户传到外面。

龙旦挠挠头，好奇得抓心挠肺。

"余公子如此行为，非君子所为。"

郁谨点点头："我知道啊。"

当君子就能娶到心悦的姑娘吗？

呵呵，之前装成谦谦君子与她都说不上几句话，耍了一回"流氓"就把人半夜带回家里来了。

孰优孰劣，不用想便知。

"你这样——"姜似本想说"你这样会讨不到媳妇的"，可想想对方的身份，默默把这话咽了下去。

堂堂七皇子，怎么也不可能愁这个。

"姜姑娘莫非还怜惜长兴侯世子性命？"

姜似冷笑："有些人，只付出性命的话，根本偿还不清他造的孽！"

一条命怎么够呢？

那些大好年华就被害死的女孩子怎么办？那些痛失爱女的亲人怎么办？

曹兴昱如今在人前的光鲜，他也不配有！

听了姜似的话，郁谨一怔，而后笑了。

他就说嘛，这么有主见的姑娘怎么会对一个畜生心软呢。

在他看来，此时的心软不是善良，而是愚蠢。

"所以请余公子不要多管闲事，坏了我的事。"

郁谨一脸为难："但是听说这么骇人的事，我深感焦虑，也许这几天都睡不好。姜姑娘让我做出这么大的牺牲，不准备给一些补偿吗？"

姜似愕然。

他到底牺牲什么了？

"你要什么补偿？"姜似冷冰冰地问。

豆腐西施秀娘子这边暂时安排好了，但她还在追查灵雾寺的线索，她可没有时间耗在这里。

郁谨忽然身体前倾，在少女光洁白皙的额头上轻啄一下。

姜似恍若被雷劈中了，好一会儿没有反应。

"好了。"郁谨露出心满意足的笑容。

居然没挨刀子，真是惊喜啊，果然撑死胆大的、饿死胆小的。

姜似这才反应过来，扬手打了郁谨一巴掌。

清脆的巴掌声传出来，连院中的一人一狗都听得清清楚楚。

守在堂屋的阿蛮抬眼望天。姑娘不吃亏就好。

二牛抬起一只爪子遮住眼睛。

主人这是挨揍了吗？真是没眼看啊。

龙旦下意识地咽了口唾沫。

万万没想到，主子竟反手被人家姑娘揍了！
"没想到主子带来的姑娘身手这么好！"
"那是因为主子没有躲。"冷影不知何时走过来，冷冷道。
"你怎么来了？"
"你再蹲下去，明天会被主子打死的。"
龙旦垂头丧气地站起来，一步三回头往厢房走去。
二牛抖了抖皮毛。
这个时候狗的优势就体现出来了，它想看多久就能看多久，一边看一边抖。
看着面前笑意浅浅的少年，姜似气得手抖。
他居然轻薄她，而且还这么理直气壮、若无其事！
郁谨顶着鲜红巴掌印，懒懒靠着椅背，道："姜姑娘，咱们还是谈正事吧，我现在心情恢复了。"
"你不觉得刚才的行为很无耻吗？"
郁谨双手一摊，死猪不怕开水烫，道："可这就是我想要的补偿啊，不然我就去宰了他。"
说到这，他眼波一转，笑意撩人："姜姑娘，咱们非亲非故，难不成你随便提个条件我就要答应？道理可不是这样讲的，我们是在做交易，等价交换才是正理。"
姜似气结。他哪来这些歪理？
郁谨语气一转："当然，我虽然不是君子，却是个男人。我亲了姜姑娘，是愿意负责的，你愿不愿意嫁给我？"
他说得随意，垂在身侧的手却用力握紧，暴露出内心的紧张。
如果她愿意，他会披荆斩棘，排除拦在他们成亲路上的一切障碍。
如果她不愿意，他自然会等到她愿意。
郁谨轻飘飘地问出这句话，姜似震惊过后，气得脸都白了。
"我不愿意，这种玩笑请余公子不要再开了。"
那一瞬间，她仿佛看到对面少年眼中的光芒骤然黯淡下去，可又好像只是她眼花看错了，再定神，对方依然是云淡风轻的样子。
"强扭的瓜不甜，既然姜姑娘不愿意我负责就算了，咱们还是继续刚才的话题好了。"郁谨若无其事道。
"痛快说吧，余公子撞见了我今夜的事，究竟想怎么样？"刚才那突如其来的一吻让姜似心乱了，总觉得眼前的人从头发丝到脚底都散发着危险。
"我想知道姜姑娘接下来的打算。"

这丫头胆大包天，敢三更半夜跑到陌生的地方装神弄鬼，谁知道接下来还会干出什么惊人的事来。

"我会去寺庙上香，为那些无辜惨死的女子祈福。"

"只是这样？"

"只是这样。到时候我二哥也会陪我去，所以余公子就不要操心了。"

"姜姑娘就料定那位甄大人会替秀娘子申冤？"

姜似笑笑："有句话叫尽人事听天命，我已经做了我能做的。"

"甄大人是读圣贤书的人，或许不会相信鬼神之说。"

"真正为民做主的好官，遇到这种事，宁可信其有。"

所以她才要去灵雾寺一趟，找到另一名受害女子的家人。

接连有人来告长兴侯世子，告的还是同一件事，再不信鬼神之说的人也会动摇的。

"我该回去了，还望余公子言而有信，不要对我二哥提起今晚的事。"

郁谨跟出去。

姜似脚步微顿："余公子不必送了。"

郁谨笑着指了指卧在院子里的大狗："让二牛送你们回去吧。"

二牛走过来，讨好地嗅着姜似的手。

姜似沉默了一下，点头。

眼巴巴地看着姜似在二牛的陪伴下走远了，郁谨依然立在院子里一动不动。

夜深了，二牛才返回来，见郁谨还站在院子中，带着惊喜凑上去围着他打转。

郁谨伸手拽了拽二牛的两只耳朵，叹道："怎么还不如你讨人喜欢呢？"

真是人不如狗！

明媚阳光给万物镀上一层金色，天空中一丝阴云都没有，抬头望就是湛蓝的天，正是出门的好天气。

姜湛身姿笔挺地坐在马上，一身月白色锦袍衬得他越发丰神俊朗，吸引着无数小娘子的目光。

赶车的车夫戴着遮阳的斗笠，从城中到郊外，一路上把马车赶得四平八稳。

车夫旁边坐着姜湛的小厮阿吉。

阿吉已经偷偷打量身边的车夫很久了，心中一直纳闷：伯府的车夫什么时候换人了？

车夫面不改色地注视着前方，丝毫不理会阿吉好奇的眼神。

这车夫叫老秦，一个曾上过战场的老兵，被姜似偶然救下，为了报恩，愿意受其差使。

"四妹，你怎么想着去一个小镇子上的寺庙呢，咱京城里大大小小的寺庙很多啊。"

"据说那家寺庙很灵验。"姜似拿了帕子递出去，"二哥擦擦汗吧。"

姜湛没有接："不用，反正还会出汗的，四妹给我拿个梨子吧。"

咬了一口圆滚滚的梨子，汁水四溢，姜湛舒适地呼了口气。

有个妹妹就是好，没事出门上个香，他就能光明正大逃学好几天。

青牛镇离京城算不上远，天将黑时，一行人就赶到了小镇。

小镇上只有两家客栈，在见惯了京城繁华的姜二公子眼中，这种地方简直无法住人。

"四妹，咱们直接去灵雾寺吧。"

"已经这个时候了，也许人家不招待香客了，还是明日一早过去吧。"

"那好吧，就是委屈妹妹了。"姜湛定了较大的那家客栈，忙前忙后好一阵子才歇下来。

乡野客栈正好掩人耳目，到了夜深人静时，一个年轻人偷偷溜了进来，与早就等着的姜似碰了面。

"姑娘，我粗略打听了一圈，没听说镇子上有谁家丢了闺女的。"

年轻人叫阿飞，原是在街头混的地痞，前些日子认识了姜似，就专门在外替她跑腿办事。

在姜似的吩咐下，阿飞提前一日赶过来，住在另一家客栈中。

阿飞的一无所获让姜似心情微沉。

这样的小镇，别说谁家丢了女儿，就算没了两只鸡，恐怕都要被人议论一阵子。

阿飞没打听到消息，只能说明一点：那个女孩子并不是青牛镇的人。

灵雾寺就在青牛镇，如果那个女孩子不是本镇的人，需要她搜索的范围就大了很多。

"这样吧，明天你继续在镇上打听，等我去了灵雾寺，如果有什么消息会让老秦传给你。"

阿飞点点头，很识趣地没有多问，悄悄离去。

第二日依然是好天气。

一行人来到灵雾寺，意外发现小小的寺庙居然香火旺盛，许多香客都在排队上香。

姜湛添了不少香火钱，知客僧很痛快地安排了三间客房。

给几人带路的是个七八岁的小沙弥，姜似便向他打听："小师父，香客中，哪里人比较多呀？"

小沙弥得了窝丝糖，看姜似极为亲近，口齿伶俐道："很多呀，除了青牛镇的，四邻八乡的人都会来呢。"

"有没有哪家乡绅富户的女眷经常来呀？若是碰上了，正好能做个伴呢。"

"有的，闫庄村闫员外的女儿，大羊镇李老爷家的女眷……"小沙弥掰着指头数了一串名字，冲着姜似甜甜一笑，"这些人家的女眷一年来好些回呢。"

姜似默默记下这些名字。

小沙弥停下来："几位施主，客房到了。"

姜湛一指靠里面那间客房："那间客房窗外风景最好，又最幽静，可否让我妹妹住那里？"

小沙弥摇头："那间房已经有施主入住了。"

姜湛不由皱眉。

这么个小寺庙，客房没几间也就罢了，居然还挺抢手。

哪个不长眼的把最好的客房给抢了啊？

姜二公子正寻思着，那间客房的门突然开了。

姜湛吃惊地喊道："余七哥。"

郁谨仿佛才发现姜湛等人，露出意外的表情："姜二弟怎么来了？"

姜湛一指身边的姜似："我陪妹妹来上香。余七哥怎么会在这里？"

"嗯，我也是来上香的。"郁谨笑着扫了姜似一眼，没有停留多久就收回目光，一副规矩守礼的模样。

"余七哥怎么会跑到这里来上香？"

郁谨笑道："听说这里很灵验，所以就来求一求。"

"小师父，你们这里求什么最灵验啊？"姜湛后知后觉地问道。

小沙弥甜甜一笑，缺了门牙的洞直漏风："姻缘呀，当然是姻缘。"

这么俊的施主怎么总问这种傻问题呢？

姜湛一怔，忽然看了姜似一眼，又看郁谨。

求姻缘？四妹叫他陪着出门上香居然是为了求姻缘？

这一瞬间，姜二公子不但没觉得有趣，反而有些心塞。

亏他还屁颠屁颠跟出来，搞半天还不知道他妹妹看上了哪个王八蛋。

"余七哥居然还信这个。"舍不得对妹妹发脾气，姜湛嘲笑起郁谨来，"你比我大不了多少，就心急娶媳妇了？"

郁谨含笑看了姜似一眼，笑意深深："是挺急的，再晚一步好姑娘就被别人定下来了，所以我来求一求。心诚则灵嘛。"

他远赴南疆多年，好不容易闯出点名堂，有了资格回到京城争取自己想要的，结果却等到了她已经定亲的消息。

那时候，他差点就要提刀去找他那劳什子表弟，可是别人说姜四姑娘相当满意这桩婚事。

他暂且留下了表弟的狗头。

还好，最后他们的亲事没有成，听说他们退亲的那一刻，他有一种活过来的感觉。

那时候他就发誓，这辈子都不会再放手，无论用什么手段，他非要姜似不可。

他不相信别的男人会像他一样用生命爱着那个姑娘。

既然婚姻是父母之命、媒妁之言，她本来也没有机会接触原本与她定亲的季三公子，更谈不上心悦，那他为什么不能成为她的心上人？

他会耐心等到她点头，然后求父皇赐婚，而不是用圣旨压着她与他拜堂。

女子一生最重要的时刻，他希望她心甘情愿，欢喜以待。

姜湛来了兴趣："这么说，余七哥有心上人了？"

"嗯。"郁谨轻轻应了一声。

"余七哥不是才来京城吗，居然就有心上人了？快说说那姑娘是谁家的，说不定我还能帮忙呢。"姜湛追问。

总觉得余七哥出现在这里太过巧合，这家伙该不会是打四妹的主意吧？

郁谨笑笑："早就认识了。"

姜湛一听，松了口气："原来是青梅竹马啊，那我就帮不上忙了，余七哥你要努力啊。"

郁谨郑重点头："嗯，我会的。"

"二哥，余公子，你们慢聊，我先逛逛。"

郁谨张口想要说什么，被姜湛一把拉住："难得巧遇。余七哥，咱们喝茶去。"

姜似目不斜视，与郁谨擦肩而过。

无视他？郁谨脸不红气不喘，指尖轻轻一弹。

姜似跟跄了一下。

"姑娘！"

阿蛮没来得及动作，郁谨快一步扶住了姜似，而后很快松开手，后退一步，一副正人君子的模样："姜姑娘小心。"

姜似无言。

"四妹，你是不是累了？要不先进房间休息一下再逛吧。"

"不用了，二哥还是好好陪着余公子喝茶吧。"姜似连眼风都没扫郁谨一下，快步离去。

"姜姑娘是不是对我有误会？"郁谨轻轻叹了口气，"姜二弟是伯府公子，也许，姜姑娘觉得姜二弟与我这样的人做朋友不合适。"

姜湛一听，忙替姜似解释："我四妹不是这样的人，她就是性子冷，余七哥别和她计较啊。"

看来，他回头要好好劝劝四妹，总要给余七哥几分面子，对他的救命恩人客气点儿。

又得了一包雪花糖的小沙弥很机灵地走在姜似身边，向她介绍寺中情况。

"小师父，何处可以求平安符？"

"女施主请随小僧来。"

小沙弥很快把姜似领到一间偏殿。

殿中香客进进出出，络绎不绝，最里面一排架子上挂满了形状各异的平安符，旁边，一个僧人正解下一枚平安符递给排在最前边的香客。

"平日里也这般热闹吗？"姜似没有急着上前，而是不动声色地从小沙弥口中打听消息。

"平日里没有这么多人，逢五才会有平安符，女施主正好赶上了呢。"小沙弥吃了糖，连笑容都甜丝丝的，"女施主想求什么平安符？小僧可以替你排队。"

"平安符还分种类吗？"

"当然啊，有求身体平安的，也有求姻缘顺遂的，有好几种呢。"

"那我可不可以都求呢？"

小沙弥犹豫了一下，看在两包糖的分上点了头："女施主要多舍些香油钱，佛祖就不计较你贪心啦。"

很快，几枚平安符拿到手，姜似目光落在写有"平安吉祥"四个字的平安符上，迟迟没有移开。

从女尸身上找到的平安符就是这一种！

"这枚平安符，主要是保什么？"

小沙弥扫了一眼，笑道："求这种平安符的施主很少呢。女施主您看到了'平安吉祥'几个字底下这行梵文吗？这是我们佛家驱邪的真言，一般经历过意外的人才会求这种符来保平安的。"

姜似心头一跳。

她是出身富户乡绅之家,且曾遇到过意外的十三四岁的小娘子,为此这个范围就缩小了。

姜似冲阿蛮递了个眼色。

阿蛮笑嘻嘻道:"小师父不是说这里求姻缘最灵验嘛,我看像我们姑娘这样的小娘子是不会求这种平安符的。"

"没有呀,大羊镇李老爷家的姑娘上个月求过呢,不过,那位女施主有一阵子没来了。"

又与小沙弥套了些话,最终没有再问出多少有用的讯息,姜似打发阿蛮去把老秦叫来。

"姑娘有什么吩咐?"因为多年郁郁,老秦眼角处有着深深的纹路,一看就是饱经沧桑的人,但他的腰板比二十来岁的年轻人挺得还直,给人厚重如山的安全感。

"老秦,你告诉阿飞,这几个地方他都要跑一趟,好好打听……"姜似把小沙弥口中常来的富户乡绅家女眷所在村镇说了一遍,最后强调道,"先去大羊镇看看。"

老秦抱拳,掉头离去。

"姑娘,真的还有很多姑娘失踪了吗?"陪着姜似回客房的路上,阿蛮忍不住低声问。

秀娘子的女儿居然是被长兴侯世子害死的,可没想到还有别的受害女子,长兴侯世子真是丧心病狂!

"回去说。"姜似淡淡道。

等到了晌午,姜湛便来叫人:"四妹,有师父送来了斋饭,你过来一道吃吧。"

姜似随着姜湛去了隔壁房间,却发现郁谨也在。

她不由看向姜湛。

姜湛笑笑:"出门在外也没那么多讲究,这斋饭还是余七哥订的呢,据说灵雾寺的头等素斋很出名,咱们正好尝尝。"

"我其实还不大饿,二哥与余公子慢慢吃吧。"

姜似转身要走,被姜湛一把拉住衣袖。

"四妹,不好好吃饭会胃痛的。"

见姜湛挤眉弄眼、可怜巴巴地哀求她的样子,姜似到底心软点了头。

姜湛大喜,拉着姜似在身边坐下来,殷勤递过碗筷,还把一小碗汤羹放到她面前："四妹，尝尝这道菜羹。据说这菜本是野菜，因为做成菜羹后味道实在好，寺庙专门在后山开辟了一片地来种植呢，一般来灵雾寺小住的香客必会吃这道菜羹。"

郁谨一手放在饭桌上，眉头微锁。

殷勤都让姜湛献了，他还干什么？

大舅哥这样疼妹妹，完全是在给他增加难度啊。

"二哥不必管我，我又不是小孩子了。"姜似擦了手，接过筷子。

"来来来，咱们先以茶代酒喝一杯。"姜湛见姜似很给面子，愿意与郁谨缓和关系，心情大悦，冲郁谨眨了眨眼。

他就说，四妹只是性子冷，对他的救命恩人肯定会爱屋及乌嘛。

郁谨端起茶杯，笑着冲姜湛示意。

"这泡茶的水是山泉水，据说也是灵雾寺中出名的待客之物，姜姑娘尝尝看。"

姜似轻轻抿了一口茶，放下杯子，看在姜湛的面子上，淡淡道："味道不错。"

"看来灵雾寺来对了。不过这地方小了些，明天咱们去周围逛逛吧。"姜湛提议道。

郁谨笑眯眯点头："好。"

姜似放在桌下的脚狠狠踹了姜湛一下。

这还是亲哥吗？是不是卖了妹妹还帮人家数钱？

姜湛咧了咧嘴，不好意思让郁谨发现挨踹了，干笑道："茶还挺烫嘴的。"

郁谨轻笑："是啊，有些烫嘴。姜姑娘，还是先喝菜羹暖暖胃，出门在外到底比不上家里舒服，饮食上更要注意。"

"多谢余公子提点。"姜似漫不经心应了一句，用汤匙搅了搅菜羹，舀起一勺递到唇边，却并不喝下。

姜湛连喝了好几口，见姜似迟迟不动，不解道："四妹怎么不吃啊？这菜羹的味道确实极好。"

姜似干脆把汤匙放下来。

"怎么了？"姜湛越发不解，又舀了一勺子吃下，"很好吃啊，清香四溢，口感爽滑。"

四妹还没吃，怎么就嫌弃了？

姜似又舀了一勺菜羹放到唇边，迟迟不动。

这一来，姜湛也吃不下去了："四妹，要是不喜欢就吃别的吧，别勉强。"

姜似盯着色泽翠绿的菜羹，黛眉越蹙越紧，再一次把汤匙放回碗中，肯定道："这味道有些不对。"

"哪里不对？四妹你还没尝呢。"姜湛被姜似说得一头雾水。

姜似笑了笑："味道用闻就够了，不用尝。"

"到底怎么不对了？"姜湛放下了筷子，对眼前佳肴没了兴趣。

总觉得四妹不像在开玩笑的样子，莫非有人在饭菜里下药了？

"这菜羹有一种臭味，"姜似同情地看了姜湛一眼，还是把后面的话说了出来，"像是动物尸体腐烂后溶于水中的气味……"

姜湛脸一白，见姜似表情不像开玩笑，起身就冲了出去，很快，外面就传来干呕声。

一时间，屋子里只剩下了郁谨与姜似。

"真的有臭味？"郁谨舀起一勺菜羹，放到鼻端嗅了嗅，却闻不出丝毫异味。

"该不会是姜姑娘戏弄姜二弟吧？"郁谨忽然想到这种可能。

姜湛只是无意中帮了他一下，就成这丫头的出气筒了？

姜似的视线在郁谨唇边的汤匙上停了停，点头："嗯，我就是戏弄二哥呢。"

郁谨笑起来，唇微张，想要把菜羹吃下。

姜似眯眼看着，却见他又把汤匙放下来。

迎上少女微微惊讶的眼神，少年微微一笑："我觉得你在骗我。"

姜似不由咬唇。

敌人很狡猾，比二哥机灵多了。

姜湛返回来，扶着门框直喘气，好一会儿才平复心情，走过来。

"四妹，你该不会是逗我吧？这种玩笑你都开，二哥要生气了。"

看着可怜兮兮的兄长，姜似苦恼皱眉。

她也很想说这只是她的玩笑，可是那气味她太熟悉了，前不久才闻过啊。

看着姜似的反应，姜湛心一凉，一拳捶在饭桌上："上等的素斋居然闹出这种幺蛾子，我去找那些秃驴算账去！"

"姜二弟，少安毋躁。"

姜湛额角青筋直跳："余七哥拦我做什么？他们的饭菜居然能吃出腐肉的气味，这也太恶心人了，我非要狠狠收拾一顿那些秃驴才解气。"

只要想到那味道，他胃里又开始翻腾。

郁谨看了姜似一眼，似笑非笑地问姜湛："姜二弟能确定饭菜中的腐肉气味是来源于动物尸体呢，还是，人呢？"

姜湛浑身一僵，好一会儿，一张俊脸成了惨白色："余七哥，乱开玩笑会死人的！"

"是呀，也许真的死人了。"郁谨往后一靠，懒洋洋地道。

"等等，让我缓缓。"姜湛闭了闭眼，突然起身快步走到门口，把敞开的房门关上，靠着木门冷汗淋漓。

"四妹，我真的什么都闻不出来。"姜湛揉了揉鼻子，看向郁谨，"余七哥，你呢？"

郁谨摇头："我也闻不出来。"

他说完，深深看了姜似一眼，毫不犹豫道："但我相信姜姑娘说的话。"

姜湛眨眨眼，就差痛哭流涕了。

真是的，那他也相信！

"所以说，我吃了人的尸体泡过的水做的饭菜？"姜湛用一副快崩溃的表情看着一脸淡定的宝贝妹妹。

"只是一种可能。"姜似不忍地说。

姜湛眼一亮，饱含希冀："还有别的可能？"

"或许是猫猫狗狗的尸体……"

姜湛捂着嘴蹲在地上。让他死了吧！

"别的饭菜呢？"郁谨突然问。

比起纠结吃了这些饭菜让自己感到恶心，他更想知道是怎么回事。

当然，关键是他没吃，咳咳，这种不厚道的想法，自然是不能流露出来的。

姜似夹起离她最近的一块烧豆腐闻了闻，随后又一一嗅过其他饭菜，最后肯定道："别的饭菜都没问题，只有菜羹有异味。"

郁谨舒了口气："那咱们先吃饭吧，吃饱了再说。"

姜湛一张脸皱成苦瓜："别提'吃饭'这两个字，我只想吐。"

姜似却点头："嗯，先吃饭。"

吃饱了才有力气干其他的。

二人同时拿起筷子，默默吃起来。

姜湛爬起来，一脸生无可恋："你们慢慢吃，我出去静静。"

片刻后，屋子里又只剩下二人。

郁谨放下筷子："打算在灵雾寺住多久？"

"不确定。"

"还是去客栈吧。"

姜似凉凉看了郁谨一眼，毫不客气道："余公子这些话，交浅言深了。"

"交浅言深？"郁谨突然身子前倾，低声道，"那天晚上……"

"闭嘴！"姜似气得满脸通红，"余公子，你这样与登徒子有什么区别？不顾人家姑娘的心意，想怎么样就怎么样，如果是你妹妹被其他男子这样轻薄，你会如何？"

郁谨定定地望着姜似，忽然伸手握住她的手，认真问："你的心意是怎样？"

姜似因为他的认真，心情一时恍惚。

姜湛推门而入："吃完了吗？"

姜似浑身紧绷，忙道："吃完了。"说完才发现忘了把手抽回来。

桌面下，少女用力往回抽手，那只大手反而握得更紧了些。

"还没吃完。"郁谨一副若无其事的样子。

可他心里却欢喜无比。

她的心意，他在那晚亲了她的额头后就隐约懂了。

他不认为，面对没好感的男子与她亲近，她这样有主见的姑娘真会如现在这样忍气吞声。

这丫头口不对心啊，承认对他有感觉会怎么样？

"余七哥，我真服了你，都这样了你还能吃得下去。"

郁谨这才放开姜似的手，冲姜湛露出个灿烂的笑容："那就不吃了。"

姜湛呆了呆。

好好的，笑这么撩人干什么？他妹妹还在这呢！

"我刚才想了想，既然别的饭菜没问题，只有菜羹有异味，要么就是熬煮菜羹的水有问题，要么就是浇灌野菜的水有问题。"姜湛认真分析着，"你们说呢？"

郁谨点头："姜二弟说得有道理，不过，这关咱们何事？依我说，既然饭菜不合口味，早早离开这里才是正经。"

姜似难得附和郁谨的话："是啊，二哥，既然这里的水不干净，咱们还是去住客栈吧。"

她来这里的目的很明确，并不愿节外生枝。

姜湛皱眉："你们就不好奇吗？万一真有人死了呢？"

二人齐齐摇头。

"那行吧，四妹你睡个午觉，到了下午咱们就走。"见无人赞同，姜湛只得妥协。

姜似起身："那我回去歇息了。"

郁谨亦起身："我也不打扰姜二弟了，你刚才吐成那样，喝些热水休息一下吧。"

"别和我提'水'……"

姜湛没心情叫小厮阿吉过来收拾一桌子狼藉，待二人一走，他直接躺倒在床榻上，郁闷地闭上了眼睛。

有动静传来，姜湛睁开眼。

眼前站着一个披头散发的女子，浑身湿漉漉的，还在往下淌水。

"你是谁？"姜湛吃了一惊。

女子抬起苍白的手，撩开挡住面部的长发，露出惨白浮肿的一张脸，对着姜湛狰狞一笑："你喝了我的洗澡水，要对我负责的……"

姜湛从梦中醒来，猛然坐起，大口大口喘着气。

窗外阳光明媚，正是一天中最明亮的时候，可是他却仿佛是在腊月天掉进了冰窟窿里，从内到外冒着寒气。

纠结了许久，姜湛翻身下床。

不行，他得去探个究竟，不然以后别想睡安稳觉了。

走出屋子，看着周围静静关拢的房门，姜二公子抹了一把泪。

他们又没喝女鬼的洗澡水，当然能心安理得走人啊！

此时，寺庙中依然很热闹，姜湛往外走着，正好看到提着食盒给别的香客送斋饭的僧人。

姜湛迎上去，对菜羹赞不绝口，哄得僧人眉开眼笑，他便趁机问道："除了野菜本身好吃，莫非熬汤的水也有讲究？"

僧人矜持一笑："就如咱们寺中招待贵客的茶水用的山泉水，为了浇灌熬煮菜羹的野菜，甚至专门在后山挖了一口水井以取井水，所以野菜口味才这般好。"

姜湛心中骂了一句：今天的野菜肯定没洗！

正是大晌午，灵雾寺的后山见不到僧人的影子，只有一畦绿油油的青菜没精打采地晒着太阳。

姜湛站在空旷的山野中，四处张望，很快就看到菜地不远处有一口水井。

他快步走过去，扶着冰凉的井壁，鼓足了勇气，探头往内望去。

井内深而黑，看不清其中情形。

姜湛忽然跳起来，转过身去，身后不远处站着一个年轻僧人。

姜湛脊背发凉，面上却扯出讨喜的笑容："师父站在我背后，吓了我一跳。"

年轻僧人双手合十冲姜湛一揖，问道："施主怎么会在这里？我们后山不对香客开放的。"

"呃，是吗？"姜湛不着痕迹地往一侧走了几步，拉开了与年轻僧人的距离，

"中午吃了贵寺最有名的菜羹,实在是太好吃了,便问了一位师父,师父说熬煮菜羹的野菜非要种在贵寺后山,且用水井的水浇灌,才能做出那种味道来。"

姜湛满心戒备,面上表情却很自然:"师父不知道,我这人没有别的爱好,就是好吃。被那位师父一说啊,这心里就痒痒,这才忍不住跑到这里来想看看那野菜生得什么样子,井水喝着是什么滋味。这样的话,等我回去,说不定也能做出来呢。"

年轻僧人笑了:"这野菜是我们师叔多年前从深山中找到植株并移植到此处的,其他地方并没有卖,施主恐怕要失望了。"

姜湛果然大失所望的样子:"这样啊,看来以后想吃上这一口,只能再来贵寺了。"

年轻僧人更是自得:"很多施主隔些日子就来上香,除了许愿灵验,也是为了这道菜羹。"

姜湛悬着的心悄悄放下一半。

假如井中真有什么见不得人的东西,并且与眼前的僧人有关联,此人应该顾不上得意。

这就好,至少此刻不会有被灭口的危险。

想到这些,姜湛越发放松,干脆与年轻僧人说起闲话来:"正是大中午,师父怎么不好好歇着,跑到这里来了?"

俊秀非凡的少年脸上挂着讨喜的笑容,无疑很得人好感,年轻僧人忍不住抱怨道:"这野菜最娇贵,到了这个时候就要浇水。施主早些离去吧,小僧要做事了。"

年轻僧人走向水井,熟练地摇着手柄。

咯吱咯吱的响声传来,不多时,一桶水被打了上来。

姜湛不由伸长脖子瞧。

"施主?"

"师父,这大热的天,你一个人打水多累啊,我闲着也是闲着,帮你一起浇水吧。"

"这怎么成?"年轻僧人提起水桶走向菜地。

姜湛锲而不舍追上:"师父可别拒绝,这可是我对佛祖的一片诚心,说不定佛祖看在我诚心的分上,今日许下的心愿很快就能灵验呢。"

一听这个,年轻僧人不好拦着了,遂点了点头。

一畦菜地浇了八九成,累成狗的姜二公子毫无形象地坐在地上喘气。

"今日多谢施主了,施主快些回去休息吧。"

姜湛掸掸身上的尘土，站起来："那我就回去了。对了，还不知道师父如何称呼？"

年轻僧人冲姜湛双手合十："阿弥陀佛，小僧四空。"

"四空师父，咱们有缘再见。"姜湛对年轻僧人颇有好感，笑着拱手道别。

"再会。"年轻僧人目送姜湛离开，坐在地头休息了一阵，又向水井走去。

他今日来得比往日要早许多，又有热心施主帮忙，看来很快就可以回去休息了。

经过休息恢复了力气，年轻僧人很快又打了一桶水，可是这一次他却没有立刻提着水往回走，反而盯着水桶，目露震惊之色。

"四空，你在看什么？"一道熟悉的声音从背后传来，落在年轻僧人耳中却令他毛骨悚然。

姜湛悄悄离开后山，却发现姜似等在不远处，身边还站着郁谨。

姜湛笑着迎上去："咦，四妹这就午休好了？"

"二哥去哪儿了？"姜似沉着脸问。

"随便转转啊。"姜湛抬眼望天，转移话题，"你们怎么会在一起？"

"凑巧遇到的，发现姜二弟在做好事，就没打扰。"

姜湛大为尴尬："你们都看到了啊？"

"离开这里再说吧。晌午过了，很快往这边来的人就多了。"姜似板着脸道。

三人才回客房不久，寺庙的钟声突然响起。

悠扬的钟声在灵雾寺中回荡，惊得飞鸟展翅离开树枝。

香客们惊疑不定，纷纷出门张望。

一位僧人快步走来，到了姜似三人近前，双手合十一礼："阿弥陀佛，寺中突发状况，请几位施主暂且不要四处走动。"

姜湛趁机问道："不知道发生了什么事？"

僧人正迟疑时，姜湛吃惊道："莫不是不好对外人言？"

僧人只好道："有位师弟圆寂了。"

姜似与郁谨对视一眼。

姜湛"咦"了一声："圆寂？师父看起来十分年轻，你的师弟应该比你还年轻吧？这样年轻就功德圆满啦？"

僧人嘴角一抽，解释道："师弟是因意外丧生的。"

"意外？什么意外？"姜湛一副受惊吓的样子，"贵寺看起来一片祥和，莫非还有什么危险？那诸位师父应该早些提醒我们这些香客啊。"

"阿弥陀佛，施主多虑了，寺中并无任何危险，师弟是打水时出了意外。"

姜湛收起了夸张的表情，沉默片刻，才问："不知那位师父法号是什么？"

僧人虽诧异，但还是回答了姜湛的话："师弟法号四空。"

姜湛往后退了半步。

僧人总算得了机会脱身，再念一声"阿弥陀佛"，快步往另一排客房走去。

姜湛呆呆站着，郁谨伸手在他肩头拍了拍。

姜湛一个激灵，回过神来，看一眼远去的僧人，压低声音道："你们知道么，晌午在后山浇水的那位僧人，法号就叫四空！"

"二哥怀疑那位僧人不是死于意外？"

"这是当然啊，哪有这么巧的事！"说到这里，姜湛皱眉，"不过晌午的时候明明什么都没有发现，他怎么会死了呢？"

"这也不难猜测，说明那口井中确实有什么，然后在姜二弟走后被那位僧人发现了，所以，"郁谨露出淡淡的笑，"就被灭口了。"

看了一眼天色，郁谨以征求的语气对姜似道："时候不早了，咱们还是离开吧。"

一听几人要离开，僧人求之不得，赶忙送客。

一行人赶回客栈，客栈外的大树下已经聚着不少乘凉的人，正议论着灵雾寺中发生的事。

"听说那僧人打水时不小心滑倒了，一头磕到了井沿上，当时就磕得头破血流，真是可怜啊。"

"要不怎么说命由天定呢……"

太阳快落山的时候，阿蛮寻了个机会悄悄禀报："姑娘，阿飞通过老秦传信来了，说您让他第一个去打听的大羊镇李老爷家，他家姑娘今日来灵雾寺上香，眼下还没回去呢……"

姜似听了，心中莫名有些不安，沉吟片刻后，吩咐阿蛮把阿飞叫来。

"姑娘，您有什么吩咐？"阿飞悄悄溜进了客栈。

"你今天去打听了几个地方？"

"一共打听了两个镇子、五个村子……"阿飞把跑过的地方禀报给姜似，"都没听说谁家出了什么大事。"

"大羊镇离这里远不远？"

"不远呢，只有几里路。"

姜似抬头看了一眼天色。

太阳将坠未坠，把西方天际染成温暖的橘红色，整个天空依然是亮堂的，离掌灯的时间还早。

"李老爷家是做什么的？"

"李老爷是大羊镇有名的富户，据说还是位秀才老爷……"阿飞口齿伶俐地说着打听来的情况。

"现在，灵雾寺僧人意外身亡的事有没有传到大羊镇？"

"我往回赶时，路上就听人在议论了。"

去灵雾寺上香的香客来自四邻八乡，消息会以惊人的速度传播。

姜似凝眉思索着。

阿飞打量着姜似的神情，非常有眼色地沉默着。

约莫过了一盏茶的时间，姜似终于下了决心："阿飞，你雇些闲汉去大羊镇李老爷家报信，就说李姑娘被人推进灵雾寺后山的水井里淹死了，他们若不赶紧去打捞，就别想替李姑娘申冤。"

阿飞听得发愣："姑娘，这有什么证据啊？"

姜似抿唇："这种人心惶惶的时候，假若李老爷真心疼爱女儿，有这种风声就足够了。"

阿飞罕见地犹豫了一下："姑娘，咱毕竟是外地人，怎么知道那些闲汉可不可靠？"

姜似笑笑："给足了银钱就可靠了，倘若还是觉得不可靠，那是钱不够。"

阿飞一拍脑门："姑娘说得有道理！"

阿飞抱拳离去，姜似准备回屋，却发现郁谨走了过来。

"你认为那位李姑娘在水井里？"

姜似沉着脸看他："你就这么喜欢偷听别人讲话吗？"

"我没有偷听，只是耳力比较好。"郁谨无奈一笑，"姜姑娘，这个时候我们就不要争论这个了，还是说正事吧。"

"余公子，这是我的事。"姜似面无表情道。

这狗皮膏药到底怎么才能甩脱？

郁谨目不转睛地看着姜似，忽然一笑："你说了不算，这是咱们的事。别忘了那天晚上……"

姜似暗暗吸了口气，决定不与对方逞口舌之快，将话题转到正事上："时间对不上。"

· 117 ·

郁谨略一琢磨便明白了:"李姑娘是今日来上香的,如果是她,那井水不会这么快产生异味,也就是说即使真有人死在井中,也不大可能是李姑娘。既然如此,你又何必吩咐那小子去传话?"

"我只是认为使井水产生异味的原因应该与李姑娘关系不大,但这并不代表迟迟没有归家的李姑娘没有出事。"

郁谨笑着点头:"这倒是。"

姜似抬头望着绚烂晚霞,声音放轻:"再说,二哥不是很想知道水井里有没有尸体吗?正好让他心安。"

郁谨摸了摸鼻子。

他最讨厌兄妹情深了!

"这个给你。"郁谨把折叠成方形的纸笺递给姜似。

姜似看着纸笺,没有立刻接过来:"这是什么?"

该不是写的些乱七八糟的话吧?

"要是不敢看,我就收起来了。"

姜似睇了他一眼,淡淡道:"确实不想看,我走了。"

郁谨拉住她手腕,叹道:"怎么就像个刺猬似的时刻准备着扎人,一点不配合呢?"

"放手!"

"好吧,既然你没兴趣知道四邻八乡有没有丢失女孩,那我就把这张纸烧了。"

姜似霍然转头,盯着那张折叠整齐的纸笺,一时拉不下脸来。

郁谨笑着把纸笺塞入她手中:"好了,是我求你看的,快看吧。"

在对方温柔宠溺的笑声中,姜似忽然觉得脸发烫,并不敢看他的眼睛,匆匆把纸笺打开。

纸上密密麻麻记录着许多信息,好几个村镇的名字,姜似都从小沙弥口中听说过。

她不由看向眼前的少年。

郁谨没有卖关子,笑吟吟道:"我比你们先来一步,趁着捐香油钱时借阅了登记捐赠香客的名册,然后派人去查了查册子中经常出现的那些名字。不过从结果来看,方圆三十里内的村镇并没有姜姑娘想要的讯息。"

捏着纸笺沉默了片刻,姜似还是开口道:"多谢了。"

少年露出如清风朗月般的笑容:"谢什么,我说了,这是咱们的事。"

"我先把纸上的讯息再研究一下。"姜似握着纸笺匆匆走了。

郁谨独自站了一会儿，眼底笑意愈深。

青牛镇的人依然三五成群地凑在外面议论着灵雾寺中发生的意外，而这时，大羊镇的一群人浩浩荡荡往灵雾寺而去。

姜湛兴冲冲地来找姜似："四妹，外头有情况，快出去看看。"

"什么情况啊？"

"还不知道呢，来了一群外镇的人，我有一种预感，这群人很可能与灵雾寺有关！"

姜似道："二哥说得是，那咱们就去瞧瞧吧。"

几人混入人群中，跟着那群人直奔灵雾寺而去。

灵雾寺就在镇子上，一路走来，越来越多看热闹的人加入人群，等到了寺门口，队伍已经颇为壮观。

看门的僧人大吃一惊："阿弥陀佛，今日寺中不再待客，诸位施主请回吧。"

领头的男子二十多岁，长相俊秀，穿戴体面，眼神却透着凶光，闻言扬声道："我们是来寻人的，我妹子来灵雾寺上香，迟迟未归，家父放心不下，命我把妹妹带回去。"

"阿弥陀佛，今日寺中出了些变故，这两日入住的香客今日都陆续退房离去了，施主的妹妹并不在寺中。"

"我妹子就是来灵雾寺上香的，现在人没回去，难道我们不该来寺中寻一寻？平日里来上香捐香油钱，没见有谁拦着，现在人不见了来找人，却拦着不让进，这是什么意思？莫非我妹子真在你们这里出了什么事？"

守门僧人一时被领头男子问愣了。

领头男子趁机绕过守门僧人闯进去，振臂一呼："快些跟上！"

才一眨眼的工夫，守门僧人就被挤到一旁，一群人呼啦啦地闯了进去。

灵雾寺背靠青山，后山虽不对香客开放，布局却很简单，大羊镇这些人动作迅速，没等寺中僧人反应过来，就已经闯到后山去了。

等示警的钟声响起，僧人们跑出来，却已经太晚，连看热闹的人都跟去后山了。

一时间，原本幽静的后山黑压压地站满了人。

"就是这里！"领头男子直奔菜地旁的水井。

水井旁的地面上暗红一片，显然，出意外而死的僧人留下的血迹还没被彻底清理。

"给我捞！"领头男子一指井口，立刻有人摇起井架上的手柄。

一名中年僧人越众而出："施主在佛门圣地不讲规矩，不怕被佛祖降罪吗？"

正在打水的人手一顿。

领头男子冷笑道："我妹子丢了，佛祖菩萨们大慈大悲，定然不会因为我寻妹妹而怪罪我们。我妹妹也是时常来灵雾寺捐香油钱的信女，现在人在这里丢了，师父们不行方便，反而横加阻拦，莫非是心虚？"

"阿弥陀佛，施主这话过分了！"

"我们来后山寻人可没损坏一草一木，只是想看看这口井中有没有东西而已，还请师父们行个方便吧。"领头男子口才了得，几句话说完便一挥手，"还愣着干什么？快点啊！"

人群中的姜湛拉了拉姜似，压低的声音难掩激动："我就说井里有女鬼吧，你们还总不信！"

女鬼都来找他聊天了，忒吓人了！

看热闹的人群中响起嗡嗡议论声。

打了一桶水上来，人们不由伸长了脖子瞧。

什么都没有！

又一桶水打了上来。

绳索摩擦的吱呀声落在人们耳中，枯燥又无聊。

已经有人用不善的眼神打量着大羊镇一行人。

领头的年轻人见状不妙，当机立断吩咐跟来的一名男子："去下面看看。"

脱去外衣的男子将绳子缠到腰间，慢慢进入井中，不知过了多久，被其他人合力攥在手中的绳索忽然动了。

随着绳索一点点往上提起，下井的男子露出了头，他用双手撑住井沿爬了上来，翻身坐到旁边地上，坐下来大口大口喘着气。

"有、有人——"爬上来的男子终于缓过来，一张口就震惊众人。

男子此话一出，中年僧人顿时变了脸色，看热闹的人群中陡然爆发出激烈的议论声。

领头年轻人的脸色同样好不到哪里去，大声道："有人你怎么没带上来！"

男子苦笑："带不动啊，也怕绳索承受不住啊。"

人们看了一眼缠绕在男子腰间的绳索，一时沉默了。

这绳索看起来结实，谁知能不能拉得住两个人？万一中途断了，那可要命了。

领头年轻人倒是有些急智，略一琢磨，便命人把另一根绳子准备好："你们拽着这条绳子，你下去用这绳子把井下的……人绑好了，然后就摇晃一下你腰间的绳子。到时候先拉你上来，再拉井下的人上来。"

这番安排还算妥当，男子很快重新下井，众目睽睽之下，绳索动了。

"拉人上来！"

很快男子被拉了上来，浑身湿漉漉的白着一张脸坐在地面上休息，一副脱力的模样。

大家开始拉另一条绳子，在众人无声的注视下，绳子末端挂着一团黑影冒了出来，紧接着看到了人的身体……

扑通一声，拉上来的尸体摔在地上，这声响仿佛一时间鸦雀无声。

领头年轻人跟跄着往前几步，闭眼哭喊道："妹妹——"

人们看看年轻人，又壮着胆子看看地上横放的尸首。

跟来的家丁终于忍不住道："少爷，这是一具男尸！"

"呜呜呜——啊？"领头年轻人险些岔了气，哭声戛然而止。

他睁大眼睛看着地上的尸首，哪怕那人散乱的头发遮挡住面部，从身形与衣饰来看是一名男子无疑。

而这时，人群中响起了骚动，有人惊呼道："你们看，那人身上绑着石头！"

"这、这是杀人啊！"人群中又有人惊叫起来。

而此时，寺中众僧人的面色已经极为难看。

如果说，只是从井中打捞出尸体，还能说是失足落水，寺院顶多落个防护不力的恶名，可眼前是一具绑着石头沉入井中的尸体，只能说明一点：这是毫无疑问的谋杀！

香火旺盛的灵雾寺居然有香客被谋杀，最重要的是，尸体是在众目睽睽之下被捞上来的，这对寺庙是极为沉重的打击！

这个时候，看热闹的人神色明显发生了变化。

"这是命案啊，要报官吧？"

"肯定要报官啊，哎哟，可真吓人！"

人们议论纷纷，却没人舍得在这个时候离开。

终于有人提议道："这应该是个年轻小伙子吧，大家看看认不认识啊？"

领头年轻人干脆闲事管到底，对下井的男子使了个眼色。

男子蹲在尸体旁，轻轻拨开了挡住男尸面部的头发，露出一张浮肿骇人的脸。

众人忍不住伸长脖子去看。

尽管因为被井水泡胀而显得有些可怕，却依然可以看出那张脸很年轻，最多二十来岁的模样。

看热闹的人群中突然有人"咦"了一声："你们看，这好像是镇东头刘家布店的少爷吧？"

人群一静，围观者都睁大眼辨认着男尸的身份。

这时，带着哭腔的一道惊呼声响起，在这个时刻显得极为突兀，人们纷纷看去。

发出惊叫的是一名女子。

女子十六七岁的模样，双眼圆睁，紧捂着嘴，泪水簌簌而落，却依然能看出清秀的脸庞。

大羊镇的领头年轻人看清女子的瞬间便大喜过望，急忙上前几步拉住女子的手臂："妹妹，你没事真是太好了！"

女子似乎仍处在惊吓中，浑身颤抖着，任由年轻人揽住她的肩膀，眼睛却直勾勾地盯着男尸瞧。

"别怕，大哥这就带你回去。"年轻人安抚着女子。

女子显然没有恢复平静，任由年轻人拽着却不动弹。

"他、他怎么会死了？"女子喃喃道。

年轻人从妹妹的反应中意识到几分不同寻常，伸手把女子拉到怀中，遮挡住周围人投来的目光："舍妹受了惊吓，我们就不打扰这里查案了，走！"

"施主且留步。"中年僧人高喊一声，阻止了年轻人离去。

"师父这是何意？"

中年僧人念了一声佛号："阿弥陀佛，眼下寺中出了命案，施主身为关键之人却急着离去，这样可不合适。"

"你这师父讲不讲道理？尸体是我派人捞出来的，要是命案与我有关，我何必多此一举？我来这里就是为了找妹妹，现在妹妹找到了当然要带她回去，难不成还要留下来帮你们找凶手？"

"若是与施主无关，为何施主会带人来我寺后山的水井捞尸？"中年僧人颇有几分咄咄逼人，显然不准备就这么放年轻人离去。

"这不是捞错了嘛！"年轻人有些恼火，见看热闹的人神色异样，忙解释道，"有人给我家报信，说我妹妹被人害死，丢进灵雾寺后山的水井里了。"

"可事实上令妹还活着。"

"所以才说弄错了啊，我给师父们赔个不是。还不成么？"

"不知给公子报信的是何人？"人群中突然有一人越众而出，温声问年轻人。

出声询问的是名中年男子，此人面色微黄，蓄着长须，他身后跟着两三个下人。

年轻人皱眉看着多管闲事的中年人，旁人的视线也被吸引到此人身上。

中年男子微微一笑："鄙人富兴县县尉，恰好路过青牛镇，听说有人意外身亡，故前来一看。"

围观众人一听眼前站着的是县尉大人，一时有些无措。

县尉大人怎么会在这里？到底是不是真的啊？

中年人拿出腰牌给年轻人与寺中僧人过目。

"见过县尉大人。"年轻人显然有几分见识，见过腰牌立刻行了一礼。

中年人笑道："不必多礼，公子还应说明给你报信的是何人。"

"那些人自称来自青牛镇，我们并不认识，不过，"年轻人想了想，补充道，"那些人一看就是闲汉。"

"既然是闲汉，公子为何会听信那些人的话？"

年轻人露出了无奈的笑容："我本来不怎么信，但家母一听说妹妹出事就慌了，让我速速赶来确认，家父也说无风不起浪，那些闲汉不会无缘无故跑来胡说。倘若舍妹真在这里出了事，总不能让她不明不白被害了。若是搞错了，我们也愿意赔不是。"

说到这里，年轻人看了那些僧人一眼，意有所指道："万万没想到，舍妹虽然无事，井中却真的捞出了尸体上来。"

那意思很明显，他们只是误打误撞，且捞上尸体还算做了好事，无论灵雾寺还是官府都不该为难他们。

中年人抬头望了一下天，客气道："无论如何，尸首是公子的人发现的，事关人命，不可轻视，眼下天色已晚，公子与令妹等人就暂且住在灵雾寺吧，鄙人会再探查情况，待到衙役仵作赶来仔细查验，相信真相会水落石出的。"

年轻人很是不满，还待说什么，中年人忽然压低声音，问道："令妹认识死者吧？"

年轻人揽着女子的手一紧，面露骇然。

大庭广众之下，妹妹要是被县尉大人盘问一番，那就太丢人了，周围都是些没事还要闲嚼舌的人，到时候还不知道之后会传出什么谣言来。

见年轻人服了软，中年人冲着围观众人拱手："诸位乡亲，有熟悉死者的暂时留下来，其他人请回去吧。若是对本案感兴趣，可以明日再过来。"

县尉话音才落，黑压压的人群瞬间往后退了一大片，竟是全准备拍屁股走人。

这个时候，围观者全都想到了一处去：明天再来看热闹是正经，现在谁留下来谁是傻帽！

这么一来，姜似一行人突兀地留在原地，瞬间引来不少目光。

眼见中年人看过来，姜湛立刻挡住姜似，笑道："我们是外地来上香的，可不认识死者。"

这时，突然有一位僧人高念一声佛号，大声道："贫僧认得这人，这人今天白日来过后山！"

众目睽睽之下，僧人清清楚楚指着一人，正是尚未来得及离去的姜湛。

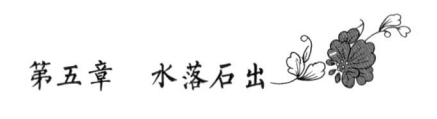

第五章　水落石出

姜湛一时蒙了。

"师叔，今日晌午弟子看到此人鬼鬼祟祟去了后山！"指认姜湛的僧人对中年僧人禀报道。

中年僧人法号玄慈，因灵雾寺住持年岁已高，暂代住持一职。

玄慈闻言立刻质问："后山并不对外开放，既然那时候就发现有香客混进去，为何不及时阻止？"

被斥责的僧人面露惭色："弟子见这位施主热心帮着四空师弟打水，就没有出面逐人。后来，四空师弟丧命，我亦以为只是场意外，谁能想到现在又从井中打捞出身绑石块的尸体！"

僧人如怒目金刚看向姜湛："弟子一见此人才想到晌午的事。师叔，弟子觉得凶手定然是此人无疑。他先是杀害了这位年轻施主，又怕四空师弟打水时发现端倪，于是装成热心人去帮四空师弟浇水，趁机杀害四空师弟，伪装成意外！"

随着僧人指控，众僧默默把姜似一行人围住。

姜湛冷笑："简直胡说八道，我要是凶手，听说一群人来灵雾寺水井里捞尸，不赶紧跑，还会跟过来看热闹？"

这时，跟在县尉身边的一人忽然开口："那可不一定，据说，不少凶手杀过人后都喜欢返回现场看热闹。"

县尉打量姜湛一番，从他面上瞧不出任何端倪："这样吧，既然这位公子有嫌疑，那么今夜也留宿灵雾寺吧。对了，这两日入住的香客，还望贵寺提供一下名册。若是香客就在此处也请留下，大家放心，只是问个话而已，本官可以向诸位保证绝不会冤枉无辜之人。"

县尉说完，人群静悄悄，并无一人走出来。

县尉摸着胡须，一脸严肃道："入住灵雾寺的香客离开也无妨，反正有名册在，明日衙门官差到了，也是可以请人过来的。"

这话一下子让隐在人群中打算蒙混过关的香客泄了气，几人越众而出。

"不知青牛镇的里正可在？"

很快，一名头发花白的老者走出来，冲着县尉深深一揖："见过大人，老朽在。"

"里正也留下来吧，再留两个机灵的年轻人。"县尉淡淡道。

县尉发话后，看热闹的人依依不舍地离去，灵雾寺的后山一下子变得空荡荡的。

县尉的目光从留下的众人面上一一扫过，最后看向玄慈。

玄慈念了一声佛号："阿弥陀佛，大人请移步群房吧。"

县尉并未推辞，指出几人："各位也随本官来吧。"

从空旷黑暗的后山回到灯火通明的厅堂，气氛一时有些微妙。

县尉率先打破了沉默："不知这位师父如何称呼？"

方才被斥责的僧人忙道："贫僧四海。"

"这位公子呢？"

姜湛看了姜似一眼，心情郁郁道："大人叫我姜二就行。"

他念"姜"字时特意变了一下音调，落在旁人耳中，便成了"蒋"。

县尉点点头，问四海："四海师父是什么时候发现蒋二去了后山，又是什么时候见他离开的？"

四海想了想，道："寺中都是定时用午饭，贫僧记得是吃过午饭后不久，也就是正午左右发现蒋二的。至于什么时候离开的……贫僧只见蒋二帮四空师弟来回打了几趟水，并没留意他是何时离开的。"

他说到这里，死死瞪着姜湛："但是他是唯一进入过后山的外人，四空师弟一定是被他灭口的！他就是害死井中男尸的凶手！"

姜湛气得跳脚："胡说八道！你这秃驴哪只眼睛看到我杀人的？"

郁谨轻轻拍了拍姜湛肩膀，示意他少安毋躁，待姜湛冷静下来后，郁谨轻笑一声："四海师父这话有失公正，唯一进入后山的外人就一定是凶手吗？相比而言，可以随意出入的寺中人杀人更容易些吧？县尉大人，您说是不是？"

"阿弥陀佛，施主不要侮辱我佛门中人，佛门弟子讲究众生平等，连牲畜蝼蚁都不会伤害，怎么会杀人？"四海义愤填膺道。

姜似适时开口："其实，我兄长有没有出现在灵雾寺后山，根本是无关紧要的事。"

众人顿时看向姜似，神色各异。

四海虽然是出家人，也是个暴脾气的，一听姜似轻描淡写的语气，立刻不满道："现在议论的是命案，女施主还请慎言！"

姜似挑眉："师父是让我闭嘴的意思吗？"

四海一言不发，显然默认了姜似的反问。

姜似轻轻一笑："这倒是有趣了，刚刚师父还大谈众生平等，现在就因为我是女子便让我闭嘴，可见师父对自己的内心还不够了解嘛。"

姜似一番话噎得四海满脸通红，就连暂代住持一职的中年僧人玄慈都深深看了她一眼。

姜似丝毫不在意投向她的各色目光，正色对县尉道："我们今早才来到灵雾寺，有知客僧等人为证，而根据井中男尸的肿胀程度来判断，最晚也是昨日落水身亡，所以四海师父说我兄长为了灭口杀害四空师父根本不成立。男尸又不是我兄长杀的，他又怎么可能为了灭口再杀人呢？"

"那他为何会出现在后山帮着四空师弟浇水？四空师弟的死绝不是意外！"四海怒道。

姜似呵呵一笑："出家人不是讲究慈悲为怀、人心向善嘛，我兄长帮四空师父浇水就不能是一片热心？都说心中有佛眼中才有佛，四海师父总以最大的恶意揣测别人，也不知是如何修行的！"

"女施主真是牙尖嘴利！"四海气得脸色发青。

姜似毫不客气地反击："高僧真是无理取闹！"

"不知这几位施主以前可曾来过灵雾寺？"县尉突然开口问。

玄慈看向知客僧。

知客僧回道："这几位施主是第一次来。"

县尉认真看了姜湛一眼，语气平静道："既然是第一次来，蒋二与四空师父没有宿怨，而且四海师父确实看到蒋二在帮四空师父打水，从常理推断，蒋二没有害四空师父的道理。"

说到这里，他语气微顿，接着道："当然，这种推断的前提是井中男尸并非蒋二所杀。"

这种推断虽然简单，却最符合情理。

姜湛如果没有杀井中男尸，就没有杀害四空的动机，于是事情又回到了原点，井中男尸到底是谁杀的？

四空若不是死于意外，找出杀害井中男尸的凶手之后，自然也就能找到杀害四空的人。

这本就是一条线索。

"那么，姑娘是怎么知道井中男尸不是今早死的？"县尉直直看着姜似。

姜似镇定道："眼下还不到盛夏，山中井水凉意沁人，一块猪肉在井中冰镇之后，一日之内尚有冷冻的效果，假如男尸是今日落入井水中，依小女子看，不会是现在捞上来的样子。当然，这只是我的推测，大人可以等仵作验尸的结果。"

县尉点头，侧身吩咐道："去看看仵作到了么。"

"既然要等仵作验尸结果，蒋二的嫌疑暂且搁置。"县尉看向青牛镇里正，"刚才本官听到有人认出了井中男尸的身份，里正知道么？"

里正连连点头。

"那么请里正仔细讲讲吧。"

"死者是镇东头刘家布店的少爷，名叫刘胜，今年刚十九。刘胜的爹早就过世了，只有刘胜这么一根独苗被他娘拉扯大，现在刘胜他娘还不知道儿子没了，唉，真是可怜啊。"

"既然被称为少爷，刘家布店生意不错吧？"

"这倒没有，镇子就这么大，离县城也近，好些讲究的人家都跑到县城去买布，而寻常人家又不太舍得穿那么好的衣裳，也就逢年过节扯几块布头。"里正说着也有些纳闷，"虽然刘家布店生意一般，但刘胜穿戴挺体面的，出手也阔绰，所以人们都叫他刘少爷。"

"一个妇人既要拉扯儿子，又要顾着布店，岂不是很辛苦？"

里正连连点头："辛苦是辛苦啊，好在刘胜的二叔非常疼这个侄子，常年帮衬着母子二人。"

"既然刘胜的二叔很疼侄子，就先把这位二叔叫来吧。"

"大人，刘胜的二叔两年前去世了。"

县尉怔了怔，而后问道："刘胜二叔一家还有何人？"

"没有了，刘胜二叔一辈子没娶媳妇，现在除了远亲，刘家就只剩刘胜的老娘了。"

"据本官了解，男子不娶媳妇通常是因为家贫，刘家既然开着布店，为何刘胜二叔会打光棍？"

里正道："刘家布店不是祖传生意，是刘胜出生那年开的，那时候刘胜二叔已经三十好几的人了。"

"那么刘家以前光景如何？"

里正摇头一叹："穷着呢。"

县尉若有所思。

郁谨突然问道："刘胜的父亲也是很晚娶妻吗？"

见里正看过来，他笑笑："刚才听说刘胜出生时他二叔已经三十好几了，既然刘胜是独子，上面没有兄姐，那他父亲岂不是很大年纪才有了孩子？莫非也是年轻时娶不上媳妇的缘故？"

"这倒没有，刘胜他爹二十来岁就娶妻了，不过……"说到别人家私事似乎有些尴尬，里正停下来。

县尉语气温和道："里正有什么话但说无妨，本官现在要尽可能了解死者的家中情况。"

里正点点头，接着道："刘胜爹娘成亲后十多年无子，所以刘胜出生时，他爹的年纪就不小了。"

"原来如此。"县尉摸了摸长须。

跟在里正身边的一个年轻人突然兴奋道："对了，我想起我娘说过的一件事！"

见众人看过来，年轻人兴奋之余突然紧张起来。

"小伙子说说看。"县尉笑道。

年轻人不由看向里正。

里正狠狠瞪了他一眼："大人让你说你就说！"

"我娘曾经说过，刘大娘十多年来都生不出孩子，之所以生出了刘胜，就是因为来了灵雾寺上香求子呢！"

明明说着死者的情况，却突然扯上灵雾寺，哪怕是好事，玄慈等僧人的脸色也有些难看。

在县尉鼓励的目光下，年轻人有种被重视的兴奋："我娘见刘大娘生了刘胜，也来灵雾寺上香求子，后来没过多久就怀了我。呵呵，灵雾寺香火真的很灵验。"

"这么说，灵雾寺从二十来年前就香火旺盛了？"

玄慈冲县尉念了一声佛号，算是默认。

这时县尉的跟班走进来："大人，仵作到了，属下直接带他去了停放尸体的地方。"

县尉点点头，看向李姑娘。

众人注视之下，李姑娘不由往她哥李公子身后躲了躲。

李公子有些不悦："大人，无论凶手是谁，绝对与我们兄妹无关。我妹妹胆小，还是不要吓到她了。"

县尉定定看着李公子，忽然一笑："本官办案多年，倒是有一个经验。一桩命案发生，但凡与此案有失联的人和事，绝不会全然无用，还望李公子与李姑娘好好配合。"

"都说了是有人乱传信，不然我们怎么会卷进来！"

"可是，来灵雾寺上香的善男信女这么多，为何就往李家乱传信呢？"县尉不再理会李公子，反而目光灼灼地盯着躲在后面的李姑娘，"李姑娘，你认识死者刘胜吧？"

李姑娘浑身一哆嗦，脸色惨白。

"大人，您这话是什么意思？舍妹怎么会认识死者呢！"李公子加重了语气，表达不满。

县尉对李公子的态度不以为意，微微一笑："李姑娘，本官想听听你怎么说。"

李姑娘死死咬着唇，面色惨白，干裂的唇不停颤抖着，似乎非常挣扎。

"大人，我妹妹一个姑娘家，撞见这种事已经很害怕了，您就不要再逼问她了！"

县尉终于冷下脸来，抬手一指姜似："这位小娘子也是位姑娘家，为何如此平静？"

他这话本是反问，借此堵住李公子的嘴，没想到被指的少女柔柔一笑，语气平静道："因为问心无愧呀。日间不做亏心事，夜半不怕鬼敲门。小女子又不心虚，撞见这种事只觉得受害者可怜，怎么会觉得害怕呢？"

"说得好！"姜湛只觉妹妹说得痛快，抚掌道。

郁谨弯唇忍笑，目光落在少女面上，迟迟不舍移去。

县尉也愣了，认认真真看了姜似一眼，赞道："姑娘确实说得好。"

李姑娘脸色变化，终于开了口："小女子……确实认识刘少爷……"

见县尉认真聆听，她咬了咬唇，解释道："只是认识……"

"不知李姑娘如何认识的？"县尉深谙不能操之过急的道理，语气一直平静。

"我常来灵雾寺小住，有时候会在寺中遇到刘家少爷，慢慢就认识了，"李姑娘惊慌地看了县尉一眼，忙道，"我们不熟的！"

县尉看向玄慈等僧人："刘胜时常来灵雾寺吗？"

知客僧道："时而会来小住几日。"

"既然刘胜是青牛镇的人，为何还会在寺中小住呢？"

知客僧不由看向玄慈。

玄慈解释道："有些香客喜欢寺中清净，也有的喜欢品尝寺中菜羹，所以本镇人也有来此小住的。"

一听到"菜羹"两个字，不只姜湛脸色发白，几名住宿的香客表情更加难看。

"大人，忤作已经初步检验过了。"

"叫进来。"

不多时，忤作走进来："见过大人。"

县尉点点头，示意忤作可以说了。

忤作显然熟悉这种场面，也不看其他人，言简意赅道："死者眼睛外凸，颈部有明显掐痕，石块缠在背后，初步断定是被人掐死后绑上石头沉下水井的，凶手应该是一名男子。"

"如何确定是男子？"

忤作答道："死者指甲断裂，明显激烈挣扎过。凶手将死者这般不算瘦弱的年轻男子活活掐死，还绑石头沉尸，应该不是女子。"

"死亡时间呢？"

"大概在昨日午时到酉时之间。"

"好的，你且再去仔细检查。"

忤作退了下去。

县尉视线一一扫过众人，面上看不出任何端倪："既然大致确定了死亡时间，那么暂且可以排除蒋二的嫌疑。"

四海忍不住打断了县尉的话："也许蒋二昨日就来过呢？每日来灵雾寺的香客那么多，他若是混入其中，很难被发现。"

姜湛冷笑："胡说，我们是昨日才来的青牛镇，有客栈的掌柜与伙计为证。对了，昨日来青牛镇的路上，青牛镇约莫十来里外的田间有个瓜棚，我们找瓜农买了几个瓜。大人若是怀疑，这些都可以去查。"

县尉点点头，看着众僧道："他们几人同行，一路而来定然会留下痕迹，这些一查便知。本官暂且排除蒋二嫌疑，最重要的是暂时寻不到他的动机，而动机才是命案发生的关键。况且，本官观察过，寺中客房通往后山的路极为隐蔽，若是没有住宿的香客，很难前去后山而不被寺中人留意到。"

"那么凶手会是谁呢？"玄慈神色凝重地问道。

"按照目前掌握的线索，凶手对后山定然是熟悉的，那么，"县尉顿了一下，"寺中僧人或者留宿香客的嫌疑最大。"

"阿弥陀佛，还望大人仔细查探，还我寺僧人一个清白。"玄慈双手合十道。

"这是自然，本官现在打算单独问询，还请玄慈师父安排个房间。"县尉说完，对姜湛等人笑笑，"几位可以先去休息了，若是有事，本官会派人叫你们。"

单独的房间很快就腾了出来，姜似一行人站在长廊上，都没有丝毫困意。

"四妹，余七哥，你们看，第一个被问话的居然是留宿香客。"摆脱嫌疑的姜湛一身轻松，看起热闹来。

郁谨笑笑："我们这些人都被问了一遍，也该问问香客了。不过，这位大人确实有意思，先让众人了解基本情况，再单独问询细节，说不定会有收获呢。"

他说着，轻轻摸了摸下巴，看向姜似："我有个问题准备同里正身边的年轻人打听一下，一起吗？"

姜似摇头拒绝，语气还算温和："不了，我随便走走透口气。你要找人打听事情，我跟着不方便。"

"那好，不要走太远，多加小心。"

二人对着彼此点点头，各向一个方向而去。

"姑娘，您准备去哪儿啊？"阿蛮问。

黑灯瞎火出了命案，姑娘还到处走，胆子真大！

"我听到有人在哭。"

"有人哭？"阿蛮仔细听了听，"没有呀。"

姜似没有理会阿蛮，穿过月洞门，脚步微顿。

"姑娘，真的有哭声！"

姜似左右看看，提着裙摆往一个方向走去。

离月洞门不远处的树底下蹲着个小沙弥，小光头在月光下显得锃亮。

发出哭声的正是小沙弥，小沙弥捂着嘴，哭声非常轻。

姜似在他身边蹲下来："小师父怎么了？"

小沙弥松开手，一副被吓呆了的样子。

姜似微微一笑："是我呀，小师父不记得了吗？"

小沙弥含泪点头："记得，窝丝糖。"

姜似示意阿蛮把荷包拿过来，从里面又摸出一包窝丝糖递给小沙弥："还有糖呢，小师父能不能告诉我为什么哭呀？"

小沙弥正是天真无邪的年纪，又身在佛门心无杂念，当然最重要的是长得好看的人总是更容易让人放下戒心，听姜似这么问，他低下头道："四空师兄特别好，小僧好伤心。"

姜似叹了口气，抬手想要摸摸小沙弥头顶，看着小光头又觉得不合适，转而拍了拍他的后背，安慰道："小师父别太难过了，四空师父肯定到天上去了。"

"真的？"小沙弥抬头，眼神亮晶晶的。

"当然啊，四空师父渡过劫难就功德圆满了。"姜似见小沙弥脸上伤心之色稍减，语气一转，"不过井中男尸就很可怜了，我听说含冤而死的人会成为孤魂野鬼，在人间徘徊。"

小沙弥捂住了嘴巴。

"小师父愿不愿意帮帮他呢？"

小沙弥忙点头，随后苦恼皱起脸："小僧怎么帮他呢？"

"小师父先说说，你认不认识那个人。"

"认识，他常来寺中小住。"

"那么，他有熟悉的人吗？"

小沙弥歪头想了想，问姜似："寺中的人还是香客？"

姜似笑道："只要是熟悉的，小师父不妨都说说看。"

"嗯，寺中的话，因为那位施主常来，与很多师叔师兄都认识的。"

"他连小师父的师叔们都认识？"

"对呀，因为常来嘛，有一次，小僧还看到他与玄慈师伯说话呢。"

"不知他从什么时候开始常来灵雾寺的？"

小沙弥想了想，道："两年前。"

姜似心中一动，隐隐抓到了什么思绪，可又好似雾里看花，一时不知从何处拨开迷雾看到关键。

"那他与哪些香客熟识？"姜似暂且把此刻的异样记在心里，接着问道。

"寺中香客来来去去，小僧也没注意嘞，不过小僧看到过他与李姑娘在一起……"

姜似没想到从小沙弥口中还能听到这些，不动声色问道："他们在一起干什么呢？"

"当时天有些晚啦，他好像给了李姑娘什么东西吧，因为离得远小僧没看清。"

到这时，姜似差不多可以确定刘胜与李姑娘之间的关系了。

"李姑娘最近一次来寺中小住是什么时候？"

"嗯……大概半个月前。"小沙弥想了想道。

"死去的刘施主呢？最近来寺中小住是什么时候？"

这一次，小沙弥立刻道："也是半个月前，就是那时小僧看到他给李姑娘东西。"

姜似沉吟了一下，问道："半个月前他们都来寺中小住，那时有没有发生什么特别的事呢？"

小沙弥一脸茫然。

姜似换了一种问法："或者让小师父印象深刻的事？"

小沙弥终于点头："有的，当时来了位施主小住，那位施主女扮男装，被安排住宿的师兄认了出来，就安排她住到李姑娘隔壁了。"

说到这里，小沙弥猛然想到了什么："对了，那位女施主与李姑娘一同求了平安符嘞，求的是同一种。"

姜似心头一跳，忙问："小师父还记得那位施主多大年纪，样貌如何吗？"

小沙弥显然对那名女子印象深刻："看着比女施主小一些，长得很好看呀。"

"她如何称呼？是本地人吗？"

"她自称姓迟，小僧以前从没见过她呢。"

"那位施主是什么时候离开的？"

小沙弥摇头："不记得了。"

又闲聊了几句，见从小沙弥口中问不出更多讯息，姜似笑道："多谢小师父了，现在很晚了，小师父要早些睡觉才能长高，我让阿蛮送你回去好不好？"

小沙弥摆手："小僧自己回去便是，师兄们看到女施主乱跑要骂你的。"

眼见小沙弥跑远了，姜似这才返回去，正好撞见郁谨与姜湛走过来。

三人凑在一起，低声交换着情报。

"我问了那年轻人，他说，听他娘讲，以前灵雾寺就是个破败的山庙，自从刘胜的娘生下刘胜后，人们见这里香火灵验，于是全都跑来烧香拜佛，灵雾寺的香火渐渐旺盛起来，"郁谨顿了一下，"也就是说，灵雾寺的香火是在刘胜娘生子后才开始旺盛的。"

"我从小沙弥那里打听到另一件事，刘胜是从两年前起常来灵雾寺的。"

姜湛插话道："我找另一个年轻人也打听了，他说刘胜以前就是个混日子的，经常赌钱，他家布店因为他歇业了一阵子，两年前不知怎么弄来资金才连续经营的。"

"两年前……"姜似喃喃念着。

这个时间点一定有什么被忽略的关键!

郁谨突然看向姜似："县尉问案时,里正是不是说刘胜的二叔也是两年前死的?"

"对,里正是这么说的,这个我记得很清楚。"姜湛道。

"这倒是有意思了。"郁谨笑道。

姜似想得却更远了些。

小沙弥说,半个月前有个女扮男装的人入住灵雾寺,还是生面孔,那名女子与长兴侯府花园女尸的年龄相符,且同样求了一枚那样的平安符。如此,她是不是可以猜测,那名姓迟的女子很可能就是花园女尸?

不过,这件事就要找李姑娘求证了。

三人低声交流时,县尉已经分别盘问了几名香客,又依次叫里正与青牛镇的两名年轻人进去问话。

李公子正在数落李姑娘："你既然没事,我带着人在水井中捞人时怎么不吭一声呢,居然还站在一旁看热闹!这下好了,丢了这么大的人,咱们家还不知道要被人笑话多久。"

李姑娘又委屈又难过："我听到风声赶来时,大哥已经命人下井捞人了,那种情况下我怎么站出来?"

"既然这样,后来你又跑出来干什么?"李公子显然没有这么容易被忽悠。

"我,"李姑娘咬咬唇,"我发现认识那人,一时吓坏了……"

李公子狐疑地盯着李姑娘："妹妹,你与那人真的只是认识?"

李姑娘慌忙看了左右一眼,恼道："大哥,你胡说什么呀,被别人听到怎么办?"

李公子沉下脸："好,等回家再说。"

李姑娘微微松了口气。

这时,一人过来喊李姑娘进去接受问询,李公子本想拦着,但又从敞开的房门里看到端坐其中的县尉高深莫测的表情,默默让开了路。

李姑娘怯怯走了进去,刚一进去,房门就关上了,把她骇得脸色发白。

"李姑娘不必慌张,现在本官要问你一些问题,请你放心,你在此说的话不会有其他人知道。"

李姑娘略略屈膝："大人请问吧。"

县尉沉默了一下,开门见山地问道："李姑娘与死者刘胜有什么关系?"

"就、就只是认识……"

县尉冷笑："刚才本官已经盘问过数人，他们可不是这么说的。"

李姑娘骇然抬头，望着县尉。

"若想人不知除非己莫为，李姑娘频繁来灵雾寺小住，难道以为从未被人撞见？"

"大人在说什么，小女子听不懂。"

"李姑娘，不瞒你说，有人看到你与刘胜晚上私会了，"眼见李姑娘面无血色，一副摇摇欲坠的模样，县尉语气转为温和，"本官刚刚说过，你在这里说的话不会有第三个人知道。本官现在要调查的是刘胜之死，不管男女之事。但李姑娘要是不配合，那么本官只能认为你与刘胜之死有很大关系，说不定等明日就要再多问一些人了。"

李姑娘身子晃了晃，下意识扶住墙壁，冰凉的触感使她恢复了几分冷静，她脑海中疯狂思索着县尉的话。

不知过了多久，她终于支撑不住，掩面痛哭道："是，我与刘胜已经私定了终身！"

县尉嘴角微松。

总算撬开了这丫头的嘴。

"我们是在灵雾寺认识的，因为总能碰到，时间久了，就两情相悦……"

"李姑娘不必详细说这些，就说说你这次来上香，有没有与刘胜相约？"

李姑娘含泪点点头："我们约好了今日见面。因为怕总是同一天来而被人瞧出来，他会提前一天到。可是这次，我来了后怎么也等不到他，就去镇上他可能去的地方转了转，谁知就听人说我哥哥带人来灵雾寺寻我了，等我赶到……"

县尉等李姑娘缓解了情绪，问道："李姑娘有没有察觉刘胜有何异常？"

李姑娘迟疑着摇头。

"令尊是有功名的人，李家在大羊镇是有头有脸的人家。刘胜家虽然开着布店，但想要得到令尊令慈的认可很困难吧？"

李姑娘沉默了一下，点头。

"既然你们二人两情相悦，就没有为未来打算一下吗？"

听了县尉的话，李姑娘好像突然想到了什么，猛然瞪大了眼睛。

县尉叹道："本官可以替李姑娘保守秘密，但李姑娘就不想为心悦的人找出凶手吗？"

李姑娘用力咬着手背，好一会儿才放下手，道："他前不久说过，会拿出一大笔银钱当做聘礼。"

"令尊也不会见到聘礼单子就松口吧？"

李姑娘的脸色有些难堪："他说那是很大一笔钱，会让我爹松口的。"

"那你们这次约会是为了此事？"

"准备妥当后肯定要再见面商量一下。大人，我现在想想，能让我爹松口，那笔钱一定数目惊人，他的死会不会与这笔钱有关？！"

"好了，本官大致了解了，李姑娘先出去吧。"

李姑娘退了出去，县尉轻轻敲打椅子扶手，喃喃道："现在似乎只剩下了最关键的人物……"

与此同时，郁谨轻声道："现在似乎只剩下了最关键的人物……"

他与姜似对视一眼，二人异口同声道："刘胜的母亲！"

姜湛抬眼望天。

他最讨厌他们这样心有灵犀，显得他很笨的样子。

院门处传来一阵喧哗声，很快几名衙役快步走了进来，后面追着几位僧人，似乎为他们突然闯入很是不满。

衙役禀告道："大人，属下到了。"

夜色中，县尉从屋中走了出来，灯笼的光照在他脸上，显出几分急切："人带到了么？"

捕头抱拳："属下带人去了刘胜家，没有见到刘胜的母亲，却发现一人被绑在椅子上，属下把那人带来了。"

捕头说完手一抬，立刻有一名捕快拖着一个头罩黑布袋的人上来。

"取下布袋。"

捕快立刻取下黑布袋子。

众人屏住呼吸，待看清那人模样，纷纷变了脸色。

那人身上穿的衣裳丝毫不起眼，但一颗光头跟能发光似的，瞬间闪得旁人目瞪口呆。

四海失声道："四戒师兄！"

捕头带来的人竟然是一个和尚！

气氛瞬间古怪起来。

四海快步走过去，打算把人扶起来："四戒师兄，怎么会是你？这到底是怎么回事？"

被称作"四戒"的僧人坐在地上，任由别人拖着，一言不发。

"你们快把人放开，这肯定是误会！"四海大声道。

捕头并不理会四海，对县尉道："大人，属下带人过去时，刘胜家中有轻微的打斗痕迹，且有血迹。"

"除了此人，并无其他人在场？"

"是。"

里正身边，一名年轻人忍不住插话道："刘胜家里应该还有个使唤丫鬟。"

"属下没有发现使唤丫鬟，便让两个兄弟去镇子上寻找刘胜母亲的下落，属下带着此人先回来复命。"

县尉看向僧人："四戒师父为何会出现在死者家中？"

"阿弥陀佛。"未等四戒开口，玄慈高念一声佛号，吸引众人视线，"四戒是贫僧派去的。"

"师叔！"众僧纷纷变色。

玄慈依然面不改色："贫僧见刘施主横死在寺中，担忧其母会被歹人所害，便派四戒去把她请过来。阿弥陀佛，没想到果然出了事，若不是几位官爷赶到，连四戒都险些遭了毒手。"

脾气最急的四海明显松了口气。

寺中谁都知道四戒是玄慈师叔最亲近的弟子，刚才真把他吓了一跳。

"是这样么？"听了玄慈的话，县尉淡淡问四戒。

这时候，四戒终于抬起头来，竟然泪流满面："师父，弟子有负您所托……"

姜似静静看着这一切，眉头微蹙。

而县尉显然因为未寻到刘胜母亲而陷入了某种困境，一言不发，负手而立。

场面突然安静下来。

"赵捕头，你带上所有吏役去找人，无论是刘胜的母亲还是使唤丫鬟，找到哪个便立刻带回来。"

"是。"赵捕头立刻带着数人离开，可没过多久，竟又返了回来，人还未走近便激动喊道，"大人，人找到了！"

县尉忍不住上前数步，声音也难掩激动："快带过来！"

赵捕头走在前边，后面跟着两名抬架子的捕快，架子上躺着一位头发花白的妇人，旁边还跟着个面色惊恐的小丫鬟。

"受伤了？"县尉快步走到妇人面前。

妇人双目紧闭，面如白纸，一副进气多、出气少的样子。

· 137 ·

四戒盯着妇人眼睛都不眨，嘴角悄悄翘了起来。

"伤在哪里了？怎么这么快就找到了人？"县尉问。

赵捕头回道："伤在心口左侧不到一寸处。属下刚走出寺院门口，就见一些镇子上的人抬着这位大娘往这边走。听他们说，这位大娘被一个生面孔送去医馆，对方留下不少银钱，交代他们把人抬到这里来。"

县尉端详着妇人。

一看妇人伤势便知危及性命，即便不抬过来，留在镇上医馆也难以活下来。

可最关键的人不能开口，后面怎么办呢？

郁谨突然走了过来，赵捕头见状伸手去拦。

郁谨停下来，把一个白瓷瓶递给县尉。

"这是？"

郁谨几人风度气质卓绝，明显不是寻常人，县尉心中有数，因案子要紧也没多问。

但这不代表他对郁谨几人的话不重视。

"这是可以吊着命的药，能让重伤的人清醒一阵子。"

"那之后又会如何？"

"不会有副作用，如果伤者本来就……还是要死的。"

县尉沉默了。

面对垂危的妇人，郁谨面上没有多少表情，只是把玩着手中瓷瓶，问县尉："大人需要么？若是不需要，那我收起来了。"

县尉纠结良久，心一横："好，就给她服用吧。"

"大人，给人服用这种来历不明的药若是出了事，就是罪过了。"玄慈双手合十，提醒道。

郁谨干脆利落地把瓷瓶往回一收："大人可要想好了，本就是与我无关的事，反正我不会承担任何责任。"

县尉皱眉思索，最后毅然点头："给她服药！这样的伤势本来就回天乏术，本官救不了她，至少不能让她连儿子被谁害死都不知道，就稀里糊涂地走了。"

一名手下接过瓷瓶，取出药丸喂妇人服下。

县尉趁机问跟来的丫鬟："你的主人是怎么受伤的？"

小丫鬟惊魂未定："婢子正在里边小屋子烧水呢，突然有人闯进来对着大娘就是一刀，随后又来了一个人把那人打倒绑到椅子上，当时婢子躲在里边大气不敢出，后来的人还是发现了婢子，让婢子领路带大娘去医馆了……"

众人的视线立刻落在四戒身上。

四戒的脸色非常难看。

他被打倒后昏迷了一阵子，竟不知道一切都被个小丫鬟看在眼里。

"大娘醒了！"

县尉上前一步喊道："大嫂，醒一醒。"

妇人缓缓睁开了眼睛。

县尉斟酌了一下，唯恐妇人很快支撑不住，还是决定实话实说："大嫂，鄙人富兴县县尉，这里是灵雾寺。"

妇人突然激动起来："是不是胜子惹祸了？"

一提到灵雾寺就认为儿子惹祸，妇人的反应越发印证了县尉的某个推论。

"刘胜他……今天被人从灵雾寺后山水井里捞了出来，他被人害死了！"县尉语气极快，生怕妇人听了一半就昏死过去，"大嫂，你可要挺住，现在只有你能指出害死你儿子的凶手了！"

妇人听了县尉的话如遭雷击，眼珠飞快转动着，落到一个方向后停了停又移开，茫然、震惊、痛苦等种种情绪一闪而过，最终在一处停住视线。

众人顺着她的视线看去。

玄慈站在那里，面无表情。

得知儿子的噩耗，妇人情绪激动起来，却一口气堵在喉咙里说不出话，转瞬之间一张惨白的脸就涨得通红，仿佛被人掐住了脖子。

"大嫂，你怎么样了？"县尉暗叹一声，可眼下妇人将死，他想徐徐图之根本不现实，只能心存歉意地追问。

妇人双目圆睁，面部僵硬，浑身颤抖着，吃力伸出手指向玄慈。

众人看着玄慈的眼神越发异样。

这种情况下，玄慈依然保持高僧风范，竟上前一步对着妇人双手合十，念了一声佛号："阿弥陀佛，女施主可是有话要对贫僧说？女施主放心，只要害死您儿子的凶手是寺里人，贫僧暂代住持，定然严惩不贷！"

妇人嘴唇颤了颤，似乎要说什么，忽然浑身一僵，伸出的手无力地放了下来。

"大嫂！"

妇人睁眼躺在床上，已是断了气。

县尉等人看着咽气的妇人沉默不语，众僧则念起了佛号："阿弥陀佛——"

"大娘，大娘您醒醒呀！"小丫鬟扑在妇人身边痛哭起来。

妇人没有亲口说出与凶手有关的讯息，似乎让案子一时陷入了困境。

县尉目光深沉地看着玄慈。

"阿弥陀佛，大人若有什么需要帮助的，贫僧定然率全寺僧人配合。"玄慈面色平静道。显然，刚才妇人虽然手指着他，却没让他觉得惶恐。

这也不奇怪，玄慈是暂代住持，若没有确凿证据能认定他是凶手，县尉这些人别想把他带出灵雾寺的门。

"去把寺门外的百姓请进来，本官还要再问话。"县尉看起来很沉得住气，吩咐赵捕头。

很快，一群百姓就涌了进来，瞬间把正在问案的院落填满。

"请乡亲们进来，是因为刘胜的母亲也重伤身亡。两条人命事关重大，本官要再问乡亲们一些事。"县尉说完，对着手下耳语几句，负手走入房中。

很快，手下就从人群中指着一个人叫他进去。

那人很是莫名："官爷，小民住镇西头，与刘胜就是点头的交情，什么都不知道啊。"

"叫你进去你就进去，哪这么多废话！"

衙门里的人如此强硬，小老百姓自然老实起来，忐忑不安地走进房中。

又接连叫了数人进去，姜湛纳闷道："我怎么觉得他们是胡乱叫人进去的？"

"要的就是胡乱啊。"姜似盯着房门口，轻声道。

因为刚才妇人那一指，玄慈就有很大嫌疑，可他是暂代住持的身份，仅凭妇人那么一指不足以定罪，这时候，县尉就需要更多的讯息，最后一击致命。

然而，对付这种在青牛镇地位颇高的人物，想从百姓口中问出什么来并不容易，胡乱叫人进去没有规律可循，为的就是让被问话的百姓安心。

夜渐深，廊檐下一串串灯笼散发着柔和光芒，微凉的夏夜比白日还舒服些，只是蚊虫恼人，时不时就从人群中传来"啪啪"拍打蚊子的声音。

房门终于被推开，县尉大步走了出来。

他眉宇间带着疲惫，眼神却一片清明。

立刻有衙役搬了椅子放在院中，县尉坐下来，缓缓环视众人一眼，对着玄慈沉声一呵："玄慈，你还不认罪？"

玄慈不急不慌道："阿弥陀佛，贫僧何罪之有？"

人群一阵骚乱。

县尉扬声道："刘胜之母咽气前曾指向你，莫非玄慈师父要否认？"

"贫僧不否认。"

"你莫非忘了，本官是让刘胜的母亲指出害她儿子的凶手，她才伸手指向了你，刚才大家都看到的。"

玄慈淡淡一笑："她指向贫僧是因为不知道凶手是谁，自然要向身为暂代住持的贫僧讨个说法。"

"那么你说是派去保护刘胜母亲的僧人，为何会对她下手？"

玄慈看向四戒。

因为先前刘家小丫鬟的话，四戒已经被几名衙役悄悄围了起来，此时面如土色，直直望着玄慈。

玄慈长叹一声："四戒，你太让为师失望了！为师命你去把刘胜母亲请来，你为何会伤人呢？"

四戒浑身一震，嘴唇抖了半天，方跪倒在地："刘胜……刘胜是弟子杀的，师父派弟子去请刘胜的母亲，弟子唯恐事情暴露，就一不做二不休！"

围观人群中顿时响起阵阵惊呼，亲耳听到寺中僧人杀人的事，太超出他们的想象。

"你为何杀了刘胜？"

"我，"四戒眼珠直转，左手飞快转动着佛珠，"他跑进后山鬼鬼祟祟，贫僧认为他在偷东西就赶他走，谁知他却打骂贫僧，贫僧一时冲动错手杀了他，又觉得已经铸成大错就把他推入井中……"

"啪啪啪。"清脆的掌声响起，县尉脸色微沉，"没想到出家人说起谎来竟也不打草稿。"

他忽然看向四海："四戒用哪只手用饭？"

"左手啊。"紧张之下，四海脱口而出，说完才懊恼地摸了摸光头。

"本官看到四戒一直用左手转动佛珠，加上四海的话，足以证明四戒是个左撇子吧？"

"是又如何？"四戒看向玄慈求助，玄慈却无动于衷。

"仵作！"

很快，仵作上前来仔细察看，回话道："凶手从背后卡住死者脖子，死者颈间指痕右深左浅，证明凶手惯用右手。"

"凶手惯用右手，而四戒是个左撇子，这说明凶手另有其人。而让四戒宁可自认是凶手也要维护的人到底是谁，想必已经很清楚了吧？"县尉盯着玄慈，一字一顿问道。

大概是僧人的习惯，玄慈同样摩挲着佛珠，面色平静地反问："动机呢？大人先前说蒋二没有动机便暂且排除他的嫌疑，那么，请问贫僧身为暂代住持去害一名普通香客的动机是什么？"

"动机？你有！"

县尉说得斩钉截铁，众人倒抽了口凉气，玄慈却依然面带微笑："贫僧洗耳恭听。"

"本官已经询问过许多人，二十年前的灵雾寺可不是现在的样子，那时候灵雾寺只是一座寻常山庙，寥寥几个僧人靠着化缘度日，而玄慈师父半途出家时已经快三十岁了，与从小修行的僧人比起来，在住持心中毫无地位……"县尉的声音在繁星满天的夜色响起，清晰传入在场之人耳中。

朦胧夜色下，玄慈面色深沉，彻夜燃着的灯随风摇晃，映着他的脸时明时暗，令人瞧不出情绪。

县尉目光不离玄慈："依照本官的经验，绝大部分的命案受害者与凶手之间都存在着某种联系，问出了你出家前是本镇人，线索就渐渐明了了，你与受害者刘胜的二叔曾是关系尚可的朋友！"

"阿弥陀佛，青牛镇家家户户年龄相仿的年轻人都可以是关系尚可的朋友，这就是大人找到的联系么？"

"足够了。"县尉冷笑，"你出家数年，一直是最底层的僧侣，脏活、重活都交给你做，住持对此冷眼旁观。于是你忍无可忍，告诉住持，你有使灵雾寺香火旺盛、远近闻名的能力……"

玄慈终于变了脸色，高声呵斥道："阿弥陀佛，无论大人如何非议贫僧，贫僧都能忍耐，请大人不要侮辱我寺住持！"

听着玄慈的话，寺中僧人个个对县尉怒目而视。

县尉微微一笑："玄慈师父慌什么？本官只是说，你曾告诉住持你有使灵雾寺香火旺盛的办法，并没说住持卷入此事。"

"大人莫非是神仙，还能知道二十年前贫僧说过什么？"

"这并不需要神仙手段，多找人问问就够了。"县尉看向某个方向，"玄安师父，本官所说可有差错？"

一名老僧走了出来："阿弥陀佛，当年玄慈确实对住持这么说过，贫僧与几名师兄弟都听到了。"

"玄安！"

老僧对玄慈双手合十，声音淡漠："没想到师弟还能认出我这个扫了十年地的师兄。"

老僧的出现使看热闹的百姓纷纷好奇地瞪大了眼睛，而寺中僧人则开始不安，一部分僧人看向玄慈的眼神已经带了异样。

"不出一年,灵雾寺声名远扬,而最开始令四邻八乡趋之若鹜,便是因为多年没有子嗣的刘胜爹娘突然生下了刘胜——一个人见人爱的大胖小子!"

随着县尉挑明线索,议论声嗡嗡响起,姜湛猛然扶额,做惊恐状:"天呐,难道刘胜是玄慈的儿子?"

此话一出,众僧杀气腾腾的目光顿时投来,脾气火暴的四海更是忍不住,大喝一声便向姜湛扑过去。

姜湛干脆利落地往郁谨身后一闪,见四海被拦住,委屈地看了姜似一眼。

姜似一脸无奈:"二哥说话过过脑子。"

"咳咳。"县尉咳嗽两声,拉回了人们的注意力,"刘胜的爹娘为何成亲十多年而无子?因为刘胜的爹无法生育!玄慈或是机缘巧合下得知,或是与刘胜二叔的关系本就比外人所见更为亲密,这一点因时间久远难以确定。总之,你所谓使灵雾寺扬名的法子,关键就是刘胜爹娘。

"那时候刘家很穷,刘胜二叔连媳妇都娶不上,你找上刘胜二叔,怂恿他对嫂子下手,得手后,女方最终选择了忍气吞声,刘胜的娘很快就有了身孕,然后在刘胜二叔的指使下来到灵雾寺上香。"

县尉轻叹一声:"刘胜的娘有孕在先,上香在后,岂有不灵验的道理?"

玄慈一言不发,看着县尉。

县尉接着道:"这也解释了刘家为什么突然有了银钱开布店。刘胜二叔帮你做事,定然得了不少好处,且刘家有钱后他也没有娶妻,这是什么原因呢?"

县尉抛出这个问题,拈须不言。

人群中不知是谁喊道:"肯定是有了大胖儿子,不需要娶妻了呗。"

话糙理不糙,在场之人皆有恍然大悟的感觉。

一个三十多的男人,有了女人和儿子,还正儿八经娶个媳妇来管束自己干什么?

"这又与刘胜有什么关系?"玄慈淡淡问。

"当然有关!刘胜是刘家唯一的孩子,长辈溺爱之下成了一个败家子,花钱大手大脚。两年前,刘胜的二叔重病,自知时日无多,担心自己死后刘胜败光家产下场凄惨,于是吐露了这个秘密。"县尉定定看着玄慈,"刘胜二叔本以为替刘胜找了个源源不断的财路,却没想到把他推上了绝路!"

玄慈飞快转动着佛珠,面无表情。

"与得些好处就安稳过日子的二叔不同,刘胜好赌,这就陷入了无底洞,他一次又一次来灵雾寺找你要钱,用当年的秘密威胁你,想必你早就动了杀机吧?直到这一次，刘胜索要的金额超出了你的承受能力，终于促使你杀人灭口！"

听到这里，李姑娘情不自禁晃了晃身子，脸色无比难看。

"刘胜沉入井中后，你最担心的就是负责浇水的四空，想必如果不是四空发现了什么，负责浇水的僧人应该很快就会换成你的心腹吧？可惜换人需要一个合理的理由，而四空太不走运了，你只能杀人灭口，并伪造成他意外跌倒撞破了脑袋……"

"阿弥陀佛，这些只是大人根据问询的话做出的推论，证据呢？"

玄慈的淡定在县尉看来不过是硬撑而已，县尉淡淡一笑："玄慈师父不要急，本官这就先把人证传来。"

他说完，冲属下略一颔首，很快一名老妇被领了过来。

人群中顿时传来惊呼声："这不是王大娘嘛！"

"大嫂，说说你与刘家的关系，还有你知道的事情吧。"

在这么多人的注视下，老妇人有些局促，不由看向县尉。

县尉鼓励地对她笑笑。

在老百姓心中，有官老爷做主就有底气多了，老妇人开口道："老婆子与刘家做了几十年的邻居，是看着刘胜他娘进门的。他爹娘成亲十多年没有孩子，多少次吵架都看在眼里……"

老妇人陷入了回忆中："没想到刘胜他娘三十多了竟然生了刘胜，那时候老婆子还挺替他们高兴的，可后来就发现不对了。"

"怎么不对？"县尉适时问道。

老妇人有些唏嘘："刚生了刘胜那半年，夫妻俩蜜里调油似的，可有一天刘胜他爹打他娘打得很厉害，再后来刘胜他娘挨打就成了常事，结果有一次被老婆子撞见刘胜他娘和他二叔……"

老妇人摇摇头："后来，刘胜他爹没了，他娘不再挨打，脸上也有了笑。老婆子看刘胜二叔对刘胜这么好就明白了，不过想着这事如果闹出来，刘胜他娘就没活路了，所以从没跟人提过。"

说到这，老妇人叹了口气："现在人都没了，还不得善终，老婆子就觉得不能再藏着了，总不能让人当个糊涂鬼不是？"

"原来刘胜真是他二叔的种啊！"看热闹的人啧啧出声。

县尉脸色沉沉地看着玄慈。

玄慈依然保持着平静神色："即便刘胜是他二叔之子，贫僧与他二叔有旧，当年亦说过会振兴灵雾寺的话，大人也不能说刘胜就是贫僧杀的。"

"呵呵，玄慈师父还真是不见棺材不落泪啊。"县尉忽然上前一步，靠近玄慈。

玄慈的神色终于多了几分戒备。

县尉几乎是以迅雷不及掩耳之势伸出手，抓住玄慈右手衣袖撩了起来。

"你干什么！"四海怒吼，目光不经意间落到玄慈手臂上，不由一怔。

院中灯火通明，玄慈手臂处数道深深血痕分外显眼。

"有什么啊？"围观者因为离得远瞧不分明，好奇张望。

"本官留意到玄慈师父一直用左手转动佛珠。"县尉的声音在夜色中听着有些冷，"四戒是左撇子，玄慈师父也是左撇子，这种巧合固然存在，却极少，本官更相信自己的推测，刘胜拼命挣扎时抓伤了你的右臂！"

"阿弥陀佛，大人误会了，贫僧的手是被野猫抓伤的。"

"玄慈师父好沉得住气！"县尉伸出手，冷笑着问道，"那么这个呢？"

他手上是一颗佛珠，小小的佛珠却让玄慈瞬间变了脸色。

县尉微微笑着："这种紫檀佛珠可不是寻常僧人用的，本官观察许久，在场僧人中只有玄慈师父的佛珠是紫檀佛珠。"

听了县尉的话，众人不由看向玄慈身上所挂佛珠，果然是上好的紫檀佛珠。

县尉把手中佛珠高高举起，扬声道："这枚佛珠是衙役在水井附近发现的，绝不是会去水井打水的寻常僧人所有。玄慈师父，据说佛珠的数目是有讲究的，你身上这串佛珠应该是一百零八颗！"

玄慈沉着脸一言不发，左手转动佛珠的速度更快了。

"来人，取下玄慈师父的佛珠，清点数目！"

"阿弥陀佛，贫僧乃暂代住持，大人只凭一粒佛珠就如此侮辱贫僧是何用意？莫非对我灵雾寺心存成见？不然大人怎么会恰好出现在此地呢？"

"不许侮辱玄慈师叔！"数名僧人高声喝道，尤以四海嗓门最大，却也有部分僧人沉默了。

"本官与贵寺无冤无仇，还曾来贵寺上过香，何来有意侮辱？现在种种证据都指向玄慈师父，倘若玄慈师父问心无愧，正是证明清白的好机会，为何百般阻拦？"县尉手一挥，"还愣着干什么，取下玄慈的佛珠！"

很快，一名太阳穴鼓鼓的属下按住玄慈取下佛珠，交到县尉手中，这一次众僧没有出声。

县尉端详摩挲了佛珠片刻，把它交给里正："里正，就由你来数一数佛珠有多少颗吧。"

里正老脸通红："小老儿不识数……"

"咳咳……"沉稳淡定的县尉大人一下子噎住了。

"大人，让二蛋子来吧，这小子可机灵了。"里正一指身边年轻人。

县尉还能说什么？自是点头。

身负重任的年轻人很是兴奋，小心翼翼地接过佛珠，每数一颗就大声念出来："一，二，……，一百零七。"

当他数完念出"一百零七"，刹那间院中针落可闻。

"还有识数的吗？换人再数一遍。"

立刻有人自告奋勇站出来，最后依然数出一百零七颗。

"玄慈师父还有何话说？"

"佛珠是早先丢的，至于为何出现在水井旁，贫僧毫不知情。"玄慈说着，看了扫地僧人一眼，意有所指道，"或许是有同门陷害呢？贫僧由当年最不起眼的弟子到如今的暂代住持，有师兄弟嫉妒也不一定。"

十多年的扫地生涯让玄安很是平和，闻言只是念了一声佛号。

县尉大笑："本官真是大开眼界，到了此时你竟然还不认罪！那么你怎么解释串佛珠的素绳上有血迹呢？"

县尉拨开佛珠，露出素绳："这些血迹还是暗红色，可见染上鲜血不久。有遗落现场的佛珠，有往年见不得人的勾当，有心腹弟子出现在刘胜家对刘胜的母亲痛下杀手……玄慈，你认罪吧，不要把世人当傻瓜！"

玄慈踉跄后退，终于承认了罪行。

令众人钦佩的是，县尉的推测竟与玄慈的说辞一般无二。

已是后半夜了，玄慈被押到柴房看守，看热闹的人也在一片唏嘘气愤中离去，想必明日消息传遍镇上，定会热闹非凡。

僧人们知道以后的日子定然要难过了，没精打采地散去。

进屋休息前，县尉找到姜似，竟对她一拱手："多谢姑娘相助了。"

姜似身体微侧还礼："大人客气，小女子遇上凶案，略尽绵薄之力，如此来水落石出也是应该的。"

"无论如何，多亏了姑娘，本官才能找出指认玄慈的关键证据。"县尉笑道，"时间已经很晚了，三位早些休息吧，等明日我把凶手带回衙门，想在富兴县的酒楼宴请三位，不知三位可有时间？"

郁谨看向姜似。

姜似微不可察地摇头。

"大人不必麻烦了，我们还有别的事，明日就要离开此地。"

"既然如此，那我就祝三位小友一路顺风了。"县尉似是想说什么，最终没有多言。

县尉一走，姜湛就迫不及待地问道："四妹，你究竟帮了县尉什么忙？"

"佛珠。"姜似吐出这两个字，见姜湛依然疑惑不解，解释道，"玄慈的佛珠有血腥味。"

"原来如此。"姜湛恍悟，随后眯起一双好看的眼睛，"四妹，你这是什么鼻子啊？我怎么觉得比二牛还灵？"

郁谨一手按着姜湛肩膀，对姜似微微一笑："晚了，早点睡，明天不用起太早，我们也去休息了。"

入夜后忽然下起了大雨，一直到天明还不见停。

早饭后，县尉派人来请几人去喝茶，郁谨与姜湛对这位明察秋毫的县尉很有好感，这种雨天闲着也是闲着，便没有推拒。

姜似却寻了个借口留下，等二人一走，她来到李姑娘门前轻轻敲了敲门。

"谁？"屋内传来李姑娘的声音，沙哑的声音难掩紧张。

"我是蒋二的妹妹。"姜似言简意赅回了一句。

门吱呀一声开了，李姑娘神色戒备："什么事？"

姜似尽量让自己看起来温和无害："兄长与朋友去喝茶了，想着寺中只有咱们两个姑娘，便来与李姑娘说说话。"

"抱歉，我身体不舒服。"李姑娘脸上一丝笑容也无，就要关门。

门外少女伸手一推，大大方方地走了进去，留下李姑娘在原地愣了好一阵，才慌忙把门关好。

"你干什么？"

姜似干脆在桌边坐下来，伸手拿起茶壶给自己倒了一杯茶。

"你再不出去，我要喊人了！"姜似的年纪让李姑娘少了几分畏惧，看起来有些气急败坏。

"李姑娘何必这么火大，我只是想找你聊聊而已。"

"我不认识你！"

姜似面色平静，抬眸轻轻瞥了李姑娘一眼，问道："那么你认识迟姑娘吗？"

李姑娘瞳孔猛然一缩，很快否认道："不认识，你立刻出去！"

姜似轻轻一笑，转动着手中茶杯："李姑娘也算出身书香门第，有客上门却这般态度，只会让我觉得做了什么心虚事呢。"

李姑娘脸色一白，气得浑身直抖："你休要胡说八道！我与你萍水相逢，全无交情，你这么闯进来，还不许我气恼？"

"是该气恼，不过李姑娘如果不想聊迟姑娘，那咱们或许可以聊聊刘胜？"

李姑娘花容失色，连连后退，气势已经弱了下去："你出去！"

姜似托腮，气定神闲："李姑娘不会以为只有县尉大人猜到了你与刘胜的关系吧？"

"你、你这样说人长短，究竟是什么意思？"李姑娘仿佛想到了什么，用力把手上金镯子往下一撸，"你是不是想要好处？你说，要多少！"

姜似笑起来："李姑娘，你真的太紧张了。我不是大羊镇人，等雨停了就要离开，对说人长短毫无兴趣。我只是对你知道的一些事有兴趣，了解后绝对不会再打扰你。"

李姑娘紧紧盯着姜似，面上神色不停变换，许久后咬唇问："当真不会再打扰我？"

姜似微松口气，露出真挚笑容："我会对李姑娘的事守口如瓶。"

"好，你问吧。"李姑娘在离姜似稍远处坐了下来，给自己斟了一杯茶，手依然轻轻抖着。

"我想知道你上一次来灵雾寺，是不是遇到了一位姓迟的姑娘？"

"嗯。"李姑娘捏紧了茶杯。

"李姑娘尽量详细讲讲迟姑娘的事吧，凡是你知道的都说一说。"

李姑娘凝眉思索片刻，开口道："当时迟姑娘来寺里时是女扮男装，我一眼就看出来了，安排住宿的僧人也看出来了，于是把她安排在我隔壁住下。迟姑娘很爱说笑，年纪又小，我挺喜欢的，没过多久我们就熟悉了。她跟我说她父亲行商，经常出远门，她就悄悄溜出来玩……"

"迟姑娘有没有和你说她家住何处？"

李姑娘很快道："说了。当时我们聊得投机，就约好有机会再见，她便告诉了我住处。迟姑娘是北河城宝泉县人，家住宝泉县下燕子镇。每年春夏她父亲会出远门行商，到了冬日才回家团聚。我记得清楚，她说整个冬日她都会老实在家待着，让我若是去找她玩，便那个时节去。"

姜似笑着站起来："多谢李姑娘了。"

"不必。"

姜似走到门口，忽然转身，把李姑娘吓得浑身紧绷，颤声问："还有事？"

姜似对着李姑娘郑重施了一礼："刚才多有得罪，我给李姑娘赔个不是，希望你别放在心上。灵雾寺的事——"

她看着脸色憔悴的少女，真心实意道："都忘了吧。"

李姑娘神色一震，眼角竟不由湿了。

她慌忙擦了一下眼，却不知该对姜似说些什么。

姜似再次欠身，推门走了出去。

到了下午，大雨总算停下来，金乌拨开云层，洒下万丈光芒，很快，地面上的水洼就变浅了。

虽然路面还有泥泞，姜似却不愿再等下去，便在这个时候上路。

许是寺中发生了凶案，不只是他们一行人，雨停之后所有留宿之人都陆续离去，走得最快的就是李家兄妹。

离开灵雾寺之后，姜似一行人与县尉同行一段路。

"三位小友准备去何处？若是今日有暇可以到县城一聚。"

姜湛打心眼里喜欢这位断案如神的县尉，险些就要答应下来，幸亏姜似十分清楚兄长的性子，没等他开口就悄悄拧了他一下。

姜湛咧了咧嘴："等我们办完了事再去拜访大人吧，反正大人就在富兴县，我们回来也顺路。"

县尉神色微动，最终却什么都没说，拱手笑道："三位小友，那就后会有期了。"

辞别县尉，姜似一行人很快就出了青牛镇。

雨后初晴，路两旁的树木格外精神，绿意浓郁。

"咦，那不是李氏兄妹么？"姜湛勒住缰绳，抬手指了指。

不远处的大树下有一群人，为首的正是李氏兄妹。

李公子对着姜湛拱手："蒋兄，我妹妹想与令妹话别。"

"停车。"

赶车的是老秦，听到姜似的吩咐，立刻一勒缰绳停下了马车。

姜似走过去时，李姑娘提着裙摆迎上来，先一步开口："蒋姑娘，咱们去那边聊聊吧。"

李姑娘在一棵柳树旁停下来，余光扫了阿蛮一眼。

"阿蛮是我的心腹，李姑娘有话但说无妨。"

李姑娘迟疑着开口："我刚刚想到了有关迟姑娘的一件事。"

"什么事？"

"我想先问蒋姑娘一件事。"

· 149 ·

"李姑娘请说。"

李姑娘嘴唇翕动，手握紧了又松开，显然有些紧张。

姜似耐心等着。

"迟姑娘是不是出事了？"李姑娘终于鼓起勇气，问了盘旋在心头的疑惑。

姜似沉默了一下，轻轻点了点头。

李姑娘脸色更白："她——"

"她怎么样"，到底没问出来。

经历了情人的惨死，这个少女对生死之事变得格外敏感，更怕这种不幸落在认识的人头上，哪怕只是萍水相逢的人。

"我是来帮她的。"最后姜似只说了这么一句，信与不信全看对方了。

李姑娘长久沉默着。

"李姑娘想说什么事？"还是姜似打破了僵局。

李姑娘凝视着姜似的眼睛，斟酌着措辞："或许是我记岔了，毕竟我与迟姑娘相处的时间并不长，我总觉得她……她与蒋姑娘有几分相似……"

"什么？"姜似心中一沉，不由自主地回忆着女尸的样子。

当时夜太黑，她又忙着寻找线索，并没有多看那张犹带稚嫩的脸。

那种惨状，谁又忍心多看呢？

她们相似吗？姜似在心中打了个问号。

"也不是说样貌很相似，怎么说呢，就是眉眼有些像。这样吧，我把迟姑娘的样子画下来给你看看。"

姜似心头一喜："李姑娘能画出迟姑娘的画像？"

李姑娘道："从小家中给请了先生，别的没学好，丹青还过得去，只是现在没有纸笔……"

"我车上有。"

姜似干脆邀请李姑娘上了马车。

李姑娘在丹青上确实颇有造诣，没用多久就勾勒出豆蔻少女的形象来。

姜似不由咬住了唇。

看到这幅画像她已经可以确定，画中人正是那具花园女尸！

与女尸瞪大的那双绝望的眸子不同，画中少女眉目精致，一双眸子顾盼生辉，竟真与她有一丝神似。

一股寒气从姜似心底升起，随之便是排山倒海的怒火。

她一定会让长兴侯世子恶有恶报。

姜似把画留下来，送走了李姑娘。

行到官路，马车好走了许多，眼看就要走到岔路口了，姜湛侧头对并肩骑行的郁谨道："余七哥，难得出一趟门，我还要带四妹去别处逛逛，你打算回京吗？"

阳光下，少年笑得人畜无害："回京也无事，我想与姜二弟一起逛逛。"

车窗帘突然掀起，露出少女秀美的面庞。

郁谨与姜湛不由同时看去。

郁谨不由心中打鼓：阿似该不会直接拒绝吧？

姜湛也在忐忑：四妹要是不想余七哥跟着，他该怎么不伤颜面地把余七哥甩下呢？

"我有些好奇，是谁救了刘胜的母亲。"

听姜似提起，姜湛猛点头："对啊，不知道哪位好汉做的好事啊？要没有刘胜母亲临终前伸手一指，恐怕县尉也不会怀疑玄慈呢。"

郁谨在一旁只是弯唇笑着。

姜似看向他。二人视线相撞，心思各异，那一瞬间倒没人在意姜湛在说些什么了。

姜似在少年淡淡的笑意中验证了那个猜测，放下了车窗帘。

姜湛对着车窗喊："四妹，咱们接下来去哪儿啊？"

"北河城宝泉县。"姜似笑盈盈道。

宝泉县之行不必细说，姜似故技重施，假借迟姑娘芳魂归来向其父托梦，进京报官的苦主又多了一人。

事情办妥，一行人终于回了京城。

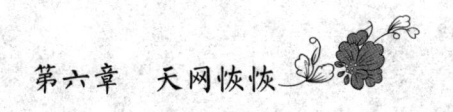

第六章　天网恢恢

五月十九转眼就到了。

那日日头有些毒辣，官道两旁的高大树木为过往行人提供了阴凉，树叶却被晒得蔫巴巴，没精打采的。

官道上，一个衣着朴素却收拾得干干净净的妇人神情麻木地往前走着。

前方来了一行人，打头的中年男子骑着一头毛驴，面色微黄，蓄着长须，身后跟着几个下人。

见到这一行人，秀娘子直勾勾地盯着毛驴上的人瞧。

恰在这时，走在毛驴一侧的人问道："大人，要不要停下来歇歇脚？"

毛驴上的中年男子摇头："不必了，等到驿站再歇吧。"

这就是她要找的人！

秀娘子眼神一亮，飞扑过去："大人，民妇冤枉啊——"

跟在毛驴一侧的人立刻亮出了佩刀，厉声喝道："哪来的野妇！"

秀娘子已在毛驴前跪下来，砰砰磕头："民妇冤枉啊，求青天大老爷做主，求青天大老爷做主啊！"

持佩刀的护卫要去赶人，毛驴上的中年男子淡淡道："不得无礼。"

他说着，从毛驴上翻身而下，对秀娘子和颜悦色道："大嫂，有什么事去那边说吧。"

一行人走到大树下，中年男子负手而立："大嫂半路相拦，这是何故？"

秀娘子欲要跪下，被中年男子拦住："大嫂还是就这样说话吧，人来人往的，跪着惹人注意。"

听秀娘子说完，中年男子语气温和："这样吧，大嫂，你先随本官进京，本官会仔细查证，倘若你所言属实，定会还你一个公道。"

"多谢青天大老爷！"

之后，中年男子带上了秀娘子，没在驿站停留，直奔京城而去。

听姜似吩咐跟着秀娘子的老秦忙回去禀报。

听到甄大人带走了秀娘子，姜似心下微松。

老秦却说出一件令她惊讶的事："姑娘，那位甄大人就是灵雾寺那位县尉。"

甄大人就是灵雾寺中断案如神的那位县尉？

姜似着实吃了一惊，可很快又想通了。

她本来就奇怪，一个小县城的县尉如何会有这番本事？如果他是甄青天，那就不奇怪了。

甄大人应该恰好路过那里，见出了命案便假称本县县尉。对百姓们来说，遥不可及的青天大老爷远不如掌管一县刑名的县尉管用。

甄世成进了京，才到顺天府报到就接下一桩大案：今上宠妃的兄长在驿站暴毙，皇上大怒，命三法司长官及顺天府尹共查此案。

甄世成不愧是百姓拥护的青天大老爷，刚刚上任就遇到这么棘手的案子，焦头烂额中，还记着好生安顿豆腐西施秀娘子，又在查案的间隙找秀娘子仔细了解其女失踪一事。

"大嫂说女儿托梦，这事实在过于离奇。"甄世成斟酌道。

秀娘子状告的是长兴侯世子，无凭无据跑去长兴侯府掘土寻尸，根本不可行。

"大人，民妇有证据！"

甄世成眸光一闪："大嫂有何证据？"

秀娘子摊开手，手心赫然有一支铜簪。

"大人您看，这支铜簪是妞妞一直戴着的，妞妞给民妇托梦后，簪子便出现在家中地面上。大人，民妇不是患了失心疯，妞妞真的被人害死给我托梦了，求您相信民妇吧。"秀娘子不顾人拦，跪了下来，砰砰给甄世成磕头。

甄世成叹了口气，亲手扶秀娘子起来："大嫂，本官已经差不多了解情况了，你暂且安心住下，待本官掌握了线索，定会为你做主。"

待秀娘子被人带下去，甄世成立刻吩咐属下去打探长兴侯世子风评。

转日，属下就把打探来的情况向甄世成禀报："人们都说长兴侯世子温润如玉，是个风评不错的贵公子。长兴侯夫妇对下人宽厚，亦没有恶名。"

"长兴侯世子夫妇关系如何？"

"亦很恩爱。"

甄世成暗暗摇头。

看来，靠简单的打听很难有突破，可眼下他把很大一部分精力投入到了"国舅暴毙案"中，一时半会儿难以寻到秀娘子一案的突破口。

"继续去打探，若有异常速速禀报。"

这日下午，未等属下有回复，又有人击鼓鸣冤。

甄世成接到状纸一看，腾地站了起来。

苦主状告的竟是长兴侯世子！

甄世成立刻传苦主进来。

苦主是个略微发福的中年男子，与秀娘子不同，来人穿戴体面，一看就出身富裕。

"大人，小民乃是北河城宝泉县燕子镇人氏，膝下有一女，二十多天前离家游玩迟迟不归，小民寻找无果，两日前才知道小女已经遭人害死！"

状纸上只写了状告长兴侯世子害死其女，具体缘由却没写明，甄世成忙问："你如何得知令爱是被长兴侯世子所害?"

迟老爷抬袖抹泪:"小民本来出门经商,可是突然噩梦连连,梦到小女向我求救。小民左思右想放心不下,干脆早早回家,没想到小女果然失踪了……"

"令爱既然时常出门游玩,何以断定是失踪?"

"小女虽然时常出门游玩,却没有一次这么长时间不回来,且她离家超过五日必会与家中传信,可是这一次没有只言片语。知女莫若父,小民可以肯定,小女一定是遇到了什么事被困住了。"

"那又是如何确认她遇害,甚至连凶手都知道了?"

迟老爷干裂的嘴唇抖了抖:"因为小女给小民托梦了,是小女亲口说出的凶手!"

这一刻,甄世成心情格外复杂。

竟然又是鬼魂托梦!

见甄世成不语,迟老爷万分焦急:"大人,小民没有疯,所说句句属实!是小女告诉小民害死他的凶手是何人,还说只有找新任顺天府尹才能替她申冤!"

"你也是走南闯北之人,真相信鬼魂托梦这种事?"

"那是小民的女儿啊!"迟老爷泪如雨下,"父女连心,若小女平安无恙,小民为何会连续梦到她?大人,求您相信小民吧。小女虽不是大家闺秀,也是小民如珠似宝捧在手心养大的,不能连个尸首都寻不着啊!"

甄世成不由抓紧了状纸。

暂且不说鬼魂托梦是真是假,秀娘子与迟员外两个不相干的人都状告长兴侯世子,若说长兴侯世子一点问题没有,他是不信的。

如何去长兴侯府一探究竟呢?

甄世成心念一转,有了主意。

姜似派阿飞盯着顺天府那边的动静,很快就得到消息:迟老爷来击鼓鸣冤了。

到了第二日,阿飞又来禀报:"甄大人去长兴侯府了。"

姜似顿感诧异。

通过灵雾寺之事可以看出,甄大人不是有勇无谋之辈,他贸然登门,就不怕打草惊蛇?

不对,甄大人此时登门,定然有合理的理由。

回到海棠居,姜似把请帖翻了出来。

这是她才回到京城的第二日姜情派人送来的帖子,长兴侯府举办的赏花宴正在今日。

谋划了这么久，姜似当然要亲自盯着才放心，倘若甄大人没有发现端倪，她还能想办法提个醒。

接到请帖的还有三姑娘姜俏、五姑娘姜俪以及六姑娘姜佩。

天已经热起来，赏花宴就设在侯府花园中，姜似姐妹赶到时，已经有不少贵女三三两两聚在一起赏花。

她们赏的当然是芍药花。

芍药花期已经过了，别处的芍药花早已凋零，可是长兴侯府的芍药花依然盛开着，好像要攒足力气绽放出最后的绚烂。

姜似立在原处，只觉寒气从脚底升了起来，连姜倩挂着温柔的笑对她打招呼，她都没反应。

那片芍药花换了地方！

她记得再清楚不过，原先那片芍药花在现在的东面移一丈左右，而现在那一处却被别的花草栽满了。

别小看这一丈的距离。

差之毫厘失之千里，甄大人在现在的芍药花下挖土，那可挖不到尸首。

更令姜似心惊的是芍药花丛突然移地方的原因——莫非长兴侯世子察觉到她知道了真相？

姜似心念急转，很快否定了这个猜测。

不大可能，倘若长兴侯世子认为她知道了真相，即便他再色胆包天，这个时候也不会为了让她来侯府而举办这场赏花宴。

是了，赏花宴！

姜似一下子想明白了。

侯府花园中最出名的就是这片芍药花，办赏花宴时，贵女们全都奔着这里来。

做贼心虚，长兴侯世子担心人多眼杂，万一暴露了什么闹出大事，所以悄悄移了芍药花的位置。

不行，她要想办法知会甄大人！

而这时，长兴侯正在前厅招待甄世成。

"甄大人光临寒舍，令寒舍蓬荜生辉。"长兴侯态度很是热络，心中却不得劲。

甄世成是顺天府尹，朝廷重臣，他自然要给足面子，可是二人素无往来，一个查案的跑到他府上来做什么？

甄世成笑起来："侯爷客气了，我才进京就遇到了杨妃兄长暴毙一案，因为想了解一些情况，才冒昧前来拜访侯爷。"

"不知甄大人要了解什么情况？"

甄世成把茶杯往桌几上一放，站起身来："屋中闷热，这样吧，侯爷，咱们随便在外头走走，边走边说。"

"甄大人请。"

二人走出门去，耀眼的阳光使甄世成抬手遮了遮眼，笑道："今天真是个好天气，我听闻贵府的芍药花最出名，到此时犹在盛放，不知下官能否一观？"

长兴侯一头雾水。

堂堂顺天府尹跑到他府上就是来赏花的？

见长兴侯不语，甄世成放低声音道："侯爷也知道，杨妃兄长暴毙一案这几日在京城闹得沸沸扬扬，三法司与顺天府的官员觉都没睡好。我之所以登门，是因为得了一个情报。"

"什么情报？"长兴侯不自觉地顺着甄世成想。

甄世成声音更低："有人说，杨妃兄长暴毙前一日，曾与长兴侯世子接触过。"

"什么！"长兴侯神色大变。

甄世成不再说话，捋着胡须故作高深。

"甄大人，犬子秉性温良，可不会与杨妃兄长一案有什么牵连！"

甄世成笑笑："侯爷莫慌，本官听说了，令公子一表人才，定不会是那穷凶极恶之徒。只是既然有这样的线索，本官又不愿大动干戈传令公子去衙门问话，所以才来贵府，找侯爷与令公子了解一下情况。"

"是，是，多谢甄大人了。"长兴侯松了一口气。

"侯爷，咱们边走边聊。"

见甄世成往花园走去，长兴侯出声阻止："甄大人，今日真是不巧了，家中办了一场赏花宴，邀请了许多小姑娘在花园中赏花……"

甄世成一愣，随后面露遗憾："那还真是不巧了。无妨，咱们就在这边逛逛，劳烦侯爷把令公子请来吧。"

"甄大人稍等，本侯这就派人叫犬子过来。只是犬子胆子小，还望甄大人体谅一二。"

花园中，姜似却被姜倩缠住了。

"三妹、四妹上次只来了一日就走了，我这心里一直惦记着，这回赏花宴结束后，你们就留下住几日吧。"

"二姐这么惦记我们？"姜俏不自觉握住姜似的手，心中冷笑。

姜似此时哪有心思理会这些交锋，全副心神都放在如何顺其自然地引甄大人发现花园女尸这件事上。

没有比眼下更好的机会了，来了这么多贵女，倘若女尸被发现，长兴侯府是不可能捂住消息的。

姜似突然觉得姜俏扯她衣袖的力度太大了些，不由皱眉："三姐。"

却见姜俏小嘴微张，一副大吃一惊的模样，紧跟着就是贵女们此起彼伏的惊叫声。

姜似转头，便看到一只半人高的大狗正欢快地甩着尾巴。

二牛怎么来了？

"快来人，把这疯狗打死拖出去！"突如其来的变故使姜倩的声音都变了调儿。

二牛不满地用前爪刨了刨土。

把谁打死拖出去呢？这疯女人，吃它一嘴！

大狗腾空而起，扑向姜倩。

"不好啦，恶犬伤人了！"

这个时候，长兴侯世子正与甄世成会面。

"听家父说大人要见我，不知有何贵干？"

甄世成冷眼打量着长兴侯世子。

长兴侯世子今天穿了一件天水碧暗纹袍，九成新的袍子上装饰着翡翠蝙蝠纹纽扣，与衣裳相得益彰。他身形偏瘦，脸色有几分不大健康的苍白，眼神却是深沉的，透着难得的冷静。

甄世成见过的形形色色的人太多了，鲜少看走眼，在瞬间便下了结论。

这是个心有城府的年轻人，在外人面前往往话不多，从而给人一种谦逊有礼的印象。

这个年轻人应该还很在意仪容，天水碧的衣料色泽鲜艳，价值千金，男子穿上了未免给人过于华丽的感觉。

甄世成下意识把目光转向花园的方向，继续思考，或者说，如果长兴侯世子真的以凌辱杀害女子为乐，而这场赏花宴上有他物色的目标，他才收拾得体面一点。

"有关杀人案子的事，想找世子聊聊。"甄世成有意误导道。

一瞬间，果然见长兴侯世子瞳孔一缩，垂在身侧的手不自觉用力抓了一下衣衫，随即松开。

天水碧的衣料没有留下丝毫褶皱。

"我不太明白大人的意思。"长兴侯世子淡淡道。

长兴侯忍不住插口道："就是'杨国舅'暴毙案啊，甄大人听说你曾见过'杨国舅'。"

　　听到长兴侯的话后，长兴侯世子紧绷的身体顿时松弛下来，一脸惊讶道："我不曾见过他啊。"

　　甄世成牵了牵唇角。

　　尽管长兴侯世子作出惊讶困惑的表情，可他整个人的状态是放松的，而且是一种过度的放松。

　　这种情况，往往是侥幸逃过某些不好的事后下意识流露出来的。

　　他提起杀人案子，长兴侯世子想逃避什么？听到是在问"杨国舅"暴毙一案，又为何放松？

　　甄世成心中渐渐明白了。

　　而这时，后院有惊叫声传过来。

　　"这是何事？！"甄世成一听闹出动静的居然是花园方向，一时又惊又喜。

　　惊的是怕那些小姑娘遇到危险，喜的是这样一来，他岂不是可以名正言顺过去瞧瞧？

　　"怎么回事？"长兴侯面上无光，厉声问匆匆路过的下人。

　　下人忙道："侯爷，不好了，花园中闯进来一只恶犬，正在追逐姑娘们！"

　　"什么？"长兴侯面色大变，抬脚便往花园赶去。

　　长兴侯世子的脸色比长兴侯还难看，也匆匆跟上。

　　甄世成摸了摸胡子，暗道一声"天助我也"，招呼远远跟在后边的下属："还不快些跟过去帮忙！"

　　花园这边正是鸡飞狗跳。

　　姜倩早已累得香汗淋漓，偏偏大狗像猫戏老鼠般一直追着她跑。

　　姜似往某个方向望去，就见长兴侯父子匆匆赶来，有人在其后数步，正是才告别过的那位"县尉"无疑。

　　"二牛。"姜似轻轻喊了一声。

　　混乱中，她这声轻喊除了身边的姜倩外并无其他人听到，二牛却瞬间扭头。

　　姜似隐蔽地比画了一个手势。

　　二牛前爪落地，一个急停，突然改变了方向。

　　姜倩惊魂未定，刚露出庆幸的笑容，可很快，笑意就转为惊骇之色。

　　那只大狗奔去的方向正是原本的芍药花丛。

　　同样面色大变的还有长兴侯世子。

"快把那只狗乱棍打死！"长兴侯世子大呵。

二牛瞅了长兴侯世子一眼，身体猛然停住，两只前爪飞快地在地上刨。

一时间尘土飞扬，连原本被吓得四处奔逃的贵女们都悄悄探出头。

长兴侯世子见到二牛的举动，骇得魂飞魄散，厉声道："你们还愣着干什么？快把那只畜生打死啊！"

几个手持棍棒的家丁把努力刨土的二牛围起来。

二牛察觉到危险，前爪还在刨土，后腿用力一蹬，踹翻了第一个冲上来的人，紧接着大尾巴一扫，扬起的尘土迷了另外两人的眼。

这时候，它终于暂停了刨土，对着最后两个手持棍棒的人一龇牙，喉咙中发出低沉的声音。

阳光下，半人高的大狗气势汹汹，露出两排闪着寒芒的尖厉牙齿。

两人不由面面相觑。

二牛却没给二人太多思考的机会，纵身一跃。

"妈呀！"两个家丁吓得把手中棍棒一扔，扭头就跑。

这只狗太吓人了，跟独狼一样！

二牛心满意足地叫了一声，掉头继续刨坑。

"废物！"长兴侯世子对着逃跑的家丁狠狠打了一耳光，抽得家丁转了一个圈，扑通一声摔倒在地上。

另一个家丁冷静下来，一咬牙，转身回去捡起木棍，打算继续对付大狗。

这时，甄世成开口："且慢！"

众人齐齐看过来。

长兴侯一脸尴尬恼怒，这是一府主人闹出笑话后在外人面前该有的反应，但长兴侯世子则不一样。

他根本没有理会甄世成的喊声，竟捡起一根木棍，亲自上前去赶大狗。

"快回来，当心恶犬伤着你！"长兴侯大急。

甄世成对属下使了个眼色："还不去保护世子！"

两名属下会意，迅速跑过去，一人拉住一只胳膊往回拖，口中道："世子不要以身犯险，让我们来！"

"放手！"长兴侯世子的脸涨成了猪肝色，不知道是急的还是气的。

这时，大狗却停了下来。

被刚才大狗的神威所震，它一停，几个家丁下意识也停下动作了。

二牛叼着一只鞋子，看向姜似所在的方向。

作为一只忠于女主人的大狗，它第一反应是挖到宝贝就要赶紧献给主人。

姜似悄悄指了指甄世成。

二牛甩甩尾巴，颠颠地跑到甄世成面前，把鞋子放下来。

这鞋子上满是泥土，早已看不出本来颜色，但甄世成还是一眼分辨出来，这是一只绣花鞋！

"汪汪！"二牛冲着甄世成叫了两声。

与此同时，两个家丁腿一软，瘫在了地上。

那二人正是负责埋尸的小厮路子与安子。

甄世成拎起放在墙根的花铲，向刨出的深坑处走去。

"甄大人！"长兴侯不由喊了一声。

甄世成似笑非笑："侯爷，本官也好奇土里为何会刨出绣花鞋来，本官决定挖挖看。"

甄世成一铲子一铲子地挖土，好在那只异常聪明的大狗已经对准一个地方挖得挺深，他只挖了几下就触到了什么，立刻扬声喊属下过来帮忙。

最上面一层土很松软，明显是才翻过的，没等太久，一具裹着床单的尸体便挖了出来。

异味渐渐弥漫开来。

瞬间的安静后，胆子小的贵女尖叫起来。

天哪，长兴侯府花园里埋着尸体！

"再挖！"甄世成厉声道。

又一具尸体被挖了出来。

甄世成沉默片刻，吩咐一名属下："去衙门叫人来！"

"甄大人……"遇到这种事，长兴侯已经不知道说什么好。

"侯爷，现在出了命案，还是两条人命，您还是配合本官查明真相吧。"甄世成负手而立，淡淡道。

两名挖坑的属下手持花铲，等待甄世成下一步吩咐。

就在这时，大狗突然蹿出来，就着挖出来的深坑继续刨土。

甄世成心中一动，立刻道："继续挖！"

"是！"两名属下拎起花铲继续挖，挖得大汗淋漓。

不多时，又一具尸体挖了出来。

万籁俱静，众人仿佛连呼吸都忘记了，看着一具具尸体被挖出，只觉遍体生寒。

顺天府的衙役已经赶来，接替两名属下继续挖土。

大片芍药花丛早已被挖得支离破碎，异味弥漫着整个花园。

一具，两具，三具……足足十具尸体躺在地上，挖出的白骨已经支离破碎，只有看到带着深深空洞的骷髅头才能知道这曾经是一个活生生的人，或许还是个美艳明媚的女子。

甄世成沉默着。

十具尸体，十个受害者。

如果不是秀娘子与迟员外荒诞离奇的亡魂托梦，如果不是他抱着宁可信其有不可信其无的念头，这些人是不是就会永远不见天日，成了滋养芍药花的肥料？

整个花园中似乎只听到仵作忙碌的声响，所有人都沉默着。

长兴侯坚持不住，终于打破了安静。

"甄大人，本侯真的不知情，你一定要相信我。"

甄世成微微一笑："侯爷不必急，本官办案多年，还没有判过一场冤案。本官一直相信，只要做过的事总会留下痕迹，即便凶手再小心翼翼，受害者也会告诉我们一些讯息。"

"什么？死人会说话？"甄世成新奇的言论使许多人一时忘了恐惧，忍不住议论起来。

"死人当然会说话，但只有真心想替他们申冤的人才能读懂！"甄世成大步走到尸体旁，提醒仵作，"先检查这具最新鲜的尸体！"

姜似站在不远处冷眼旁观，悄悄攥紧了手。

女尸手中那枚翡翠纽扣会被发现吧？

仵作终于检查到女尸的手，见其一只手紧握，出于经验，仵作忙把紧握的手小心翼翼掰开，随后眼睛一亮。

"大人，有发现！"仵作兴奋喊道。

"发现了什么？"

仵作摊开手，掌心处赫然躺着一粒纽扣。

那是一粒翡翠蝙蝠纹纽扣，在阳光下发出昂贵不凡的光芒。

这样一粒纽扣，可不是侯府下人会有的。

甄世成盯着那粒纽扣，忽然牵了牵唇角。

这样的纽扣他刚刚见过的！

甄世成缓缓向长兴侯世子望去，长兴侯世子下意识捂住了衣襟。

甄世成弯了弯唇角，大手一挥："带走！"

"甄大人，求您手下留情啊，本侯只有这么一个儿子！"长兴侯早没了先前的沉稳，死死抓着甄世成的手，就要给他跪下了。

"别人家或许也只有这么一个女儿。"甄世成面无表情地拱手，"稍后或许还要传你们上堂问话，还望侯爷到时候配合。告辞！"

长兴侯踉跄后退，面无血色。

甄世成利落转身，往前走了两步，忽然脚下一顿，又转回身来，目光越过长兴侯落在不远处的花木旁。

那里俏生生立着两个少女，其中一人白衫红裙，端的是人比花娇。

他当然无法视而不见那个小姑娘。

她为何会出现在这里？又与这件凶案有何关系？

甄世成心中转过无数念头，奈何此处不是叙话的场合，只得遥遥瞥了这么一眼，好要那个小姑娘知道他看到她了。

白衫红裙的少女冲他优雅屈膝。

甄世成一怔，不由翘了翘唇角，带着众衙役转身离去。

慈心堂里，冯老夫人从一大早起眼皮就跳得厉害，大丫鬟阿福进来禀报："老夫人，几位姑娘回府了，来给您请安。"

"让她们进来。"

不多时，姜似几人走进来，冯老夫人打眼一瞧，不由坐正了身子。

看几人苍白的脸色，恐怕又出幺蛾子了。

"发生了什么事？"

姜俏率先跪下来："祖母，侯府出事了。"

"什么事？"二太太肖氏腾地站了起来，面色阴沉地盯着姜俏。

这个小蹄子要是敢小题大做，以后有收拾她的时候！

姜俏这个时候可不怕肖氏，快言快语道："顺天府尹从侯府花园里挖出了十具女尸，把长兴侯世子带走了！"

"什么？"肖氏忙扶住椅背才没有跌倒。

冯老夫人失手打翻了茶杯："给我从头到尾仔细道来！"

姜俏口齿伶俐，把事情来龙去脉讲了一遍，最后道："证据确凿，我们离开时，那些尸体还在侯府花园中没有带走呢。"

冯老夫人面沉如水，立刻吩咐下人去把姜安诚三兄弟全叫回家商议大事。

今日注定是顺天府衙门热闹的一天。

甄世成把长兴侯世子及两名小厮带回去后，立刻升堂问案。

长兴侯世子自知大势已去，由始至终一言不发，一副浑浑噩噩的模样，令人又气又无可奈何。

好在两名小厮受不了逼问，很快就招认了那些受害女子的身份。

证据确凿，签字画押，甄世成直接判长兴侯世子与两名小厮斩立决，让看热闹的百姓拍手称快。

当然，所谓的"斩立决"并不是现在判刑后立刻推出去问斩，而是要等到今年秋分后执行。

姜倩与长兴侯世子义绝，被姜二老爷夫妇带回了东平伯府。

东平伯府的花园中，姜似坐在花架下等消息。

尽管相信甄大人的品性与能力，但没有一个准信，她心中总是放不下。

阿蛮匆匆走来，凑在姜似耳边轻声道："姑娘，老秦传话来说案子已经判了，判了长兴侯世子斩立决。"

姜似眼一亮，缓缓笑了。

堂堂侯府世子被判斩立决，长兴侯世子足以遗臭百年了。

"行了，你辛苦了，回去歇着吧。"

阿蛮却没有动。

"怎么？"

"姑娘，外头有一只大狗闲晃，婢子瞧着是二牛。"

姜似略一琢磨，抬脚往外走去。

主仆二人走出府外，姜似环视一番，却并没见到二牛身影。

"你在哪里见到二牛的？"

阿蛮伸手一指："就在那边呢。婢子本来没留意的，突然看到一只狗头从墙角探出来。"

姜似顺着阿蛮手指的方向望去。

不多时，大狗探出一个脑袋来。

姜似示意阿蛮留在原地，独自走了过去。

一见姜似过来，二牛立刻伸出舌头，亲热地在她掌心舔了舔。

姜似抚摸着二牛的脑袋，喃喃道："二牛啊，你为何对我如此亲近呢？"

二牛拱了拱姜似的手，随后仰头露出脖子上挂着的铜牌。

姜似盯了铜牌片刻，伸手一翻，果然见到一个小小的锦囊藏在铜牌后。

郁七给她送了什么？

姜似取下锦囊，从中取出一张纸条，打开来看，上面只写着三个字："没良心！"

姜似默了默。她怎么没良心了？

不错，这次能把长兴侯世子顺利揪出来离不开二牛的功劳，可是尸体是二牛刨出来的，又不是他刨出来的。

姜似仿佛看到那人在眼前厚颜无耻地笑着："连二牛都是我的，二牛的功劳当然要算在我头上。"

姜似低头，再次与大狗对视。

"汪——"大狗讨好地叫着，尾巴摇得欢快。

似乎也有几分道理，那个时候二牛会出现在长兴侯府，应该是他授意的……

"汪——"二牛又轻轻叫了一声，满是讨好。

姜似不由心软了一下。

罢了，看在二牛的分上。她拍了拍二牛的背，返回阿蛮那里："阿蛮，给我一支黛螺。"

姜似又回到二牛那里，在纸条背后用黛螺简单写了个"谢"字，重新塞回锦囊，挂回二牛脖子上，揉了揉它茂密的毛发："去吧。"

大狗不甘心，张嘴咬住姜似裙摆，试探地往后扯了扯。

主人说过了，把女主人带回去的话会赏它两盆肉骨头。

"快走吧，我现在不方便过去。"一个"谢"字已经表明了她的态度，她总不能有事没事就跑去他那里吧？

二牛松开嘴，呆呆望着姜似，一双圆溜溜的眼睛乌黑明亮，显得可怜巴巴。

"真的不行。"姜似叹气，默默叮嘱自己决不能心软。

二牛干脆坐下来，举起一只前爪堵住了一边耳朵。

姜似无言。

"汪汪。"二牛趁热打铁。

姜似没了脾气："好吧，等我方便的时候过去一趟。"

怕二牛听不懂，她摆手解释："不是现在啊。"

二牛已经神清气爽地站起来，抖了抖毛，颠颠跑了。

姜似抿了抿唇。

二牛竟然还学会装可怜了，这是一只狗应该会的吗？

雀子胡同一户人家，门前的歪脖子枣树正开满枣花，一条大狗从旁而过，熟练地抬起前腿拍门。

门打开一条缝，大狗灵活地钻了进去。

郁谨坐在石桌旁端着一杯茶，已经等得不耐烦了。

二牛再不回来就罚掉它的肉骨头。

"汪汪。"二牛两只前爪搭上了石桌。

郁谨伸手捏捏狗脸："看你一脸邀功的样子，给我带回什么了？"

打开锦囊取出纸条，郁谨盯着那个匆匆写成的"谢"字，不由笑了。

二牛心急地扯了扯郁谨衣袖。

郁谨反应过来，吩咐龙旦："给二牛端一盆肉骨头来。"

二牛不满地叫了两声。

嗯？郁谨拧眉。

二牛又叫了两声。

郁谨失笑："你想要两盆肉骨头？"

二牛赶紧点头。

"这可不行，你又没把人请来，只能有一盆肉骨头。"

二牛不满地叫了几声，跑到院门口又跑回来，这么来回跑了几次，郁谨渐渐回过味来，难掩惊喜道："她答应会来？"

"汪！"二牛肯定地叫了一声。

郁谨大喜："龙旦，再给二牛端一盆肉骨头！"

龙旦忙完，见二牛正欢快地吃着肉骨头，主子则摸着下巴，时不时露出令人不忍直视的蠢笑，忍不住道："主子，您与姜姑娘就见了几面，不应该啊？"

"不应该什么？"郁谨挑眉问。

"小的就是觉得，您又不了解姜姑娘，连姜姑娘有什么长处都不知道呢，不至于……"

郁谨淡淡瞥了龙旦一眼："姜姑娘的长处，你不知道？"

"小的不知道啊！"龙旦咧咧嘴。

"长得美。"

"啥？"龙旦揉揉耳朵，怀疑自己听错了。

郁谨皱眉："这么明显的长处，你竟然看不出来？"

龙旦沉默了一下，问："所以您只是因为姜姑娘长得美，才……"

"这还不够吗？"郁谨反问。

难道要他承认，他在年少时因为一次意外曾被当成女孩卖入青楼，幸亏被阿似救了才从此把她放在心上的？

这么丢人的事，别说对别人，就是对阿似打死也不能说啊。

风吹来小扇子一样的合欢花，郁谨眯眼靠着躺椅，只觉心满意足。

他不急，他会慢慢来，早晚要她满心欢喜地嫁给他。

顺天府那边，长兴侯世子虐杀十女案还没彻底了结。寻找、通知苦主要花很多时间，急不得，甄世成趁着这个工夫，派人去打听姜似的情况。

那个小姑娘出现在长兴侯府花园，他总觉得不是巧合。

灵雾寺和长兴侯府都有那个小姑娘的身影，甄世成多年办案养成了敏锐直觉，便无法忽略这一点。

属下回禀道："大人，卑职查过了，当天去长兴侯府赴宴的贵女中并无姓蒋的姑娘。"

甄世成摸了摸胡须。

姓氏是假的么？

这倒不难理解，当时，小姑娘的兄长卷入了灵雾寺杀人案，不愿意说出真实姓名，乃人之常情。

甄世成用看笨蛋的眼神看着属下："哪用这么麻烦？直接问当天赴宴的贵女中最漂亮的一位是什么来历就好。"

属下看向甄世成的眼神顿时无比微妙。

真没想到大人还是这种人！

甄世成气得差点把胡子揪下来一根，抬脚踹了属下一下："还不快去查！"

属下很快有了回复："那位姑娘姓姜，乃东平伯府的姑娘，行四。"

"东平伯府？"甄世成眸光微闪，捋了捋胡子。

长兴侯世子的妻子出身东平伯府，原来，那个小姑娘是长兴侯世子的小姨子。

灵雾寺、长兴侯府赏花宴、容貌出众的姜四姑娘、注重打扮的长兴侯世子⋯⋯

这些讯息就如一颗颗珍珠，只差一条线便能串联起来。

甄世成闭目靠着椅背，手指轻轻敲打着桌面。

不知过了多久，那有节奏的敲击声突然停下，甄世成睁开了眼睛。

"我大致明白了！"

"大人！"

"安排一下，我要见见那位姜四姑娘。"

"啥？"属下张大了嘴巴。

大人，这就过分了啊。

"怎么？"

属下一脸为难："大人，人家毕竟是伯府贵女，咱是以什么理由见面啊？"

于私于公，总得有个理由吧。

甄世成干脆起身："随我去一趟伯府，正好案子没结，伯府与长兴侯府又是姻亲关系，本官需要找几位姑娘了解一下情况。"

东平伯府接到甄世成的拜帖，大感意外。

"长兴侯世子不是已经判了斩立决，好端端的，怎么还要找倩儿问话呢？"肖氏捏紧了帕子一脸不悦。

姜二老爷冷笑："甄世成都敢直接判长兴侯世子斩立决，说出'王子犯法与庶民同罪'的话来，还不能找倩儿问话？别忘了，倩儿曾是长兴侯世子的发妻，就算义绝也改不了这个事实。甄世成想从她这里了解更多情况无可厚非。"

甄世成很快来到伯府，相陪的除了姜二老爷还有姜安诚。

简单寒暄后，甄世成直言道："关于长兴侯世子虐杀十女一案，本官还想找曹姜氏了解一些情况。"

"甄大人，小女已经与长兴侯世子义绝，不是夫妻关系了。"姜二老爷提醒道。

甄世成笑笑："嗯，本官想起来了，那就劳烦二老爷把令爱请出来吧。"

"甄大人，实不相瞒，小女生性柔弱，一直受长兴侯世子虐待，眼下又闹出这种骇人听闻的事来，小女早已承受不住打击一病不起，现在实在无法见人，还请甄大人海涵。"

"这样啊。"甄世成动了动眉梢，这种情况早在预料之中。

别说伯府贵女，就是换成寻常人家，女方嫌丢人不愿出面也是人之常情。

好在甄世成今日的来意，醉翁之意不在酒，并没有坚持，话头一转道："那么伯府其他姑娘呢？案发当日她们都在现场，不会全吓病了吧？"

姜二老爷不由看了姜安诚一眼。

姜安诚是个实在人，对于干脆利落判了长兴侯世子重刑的甄世成瞧着很顺眼，闻言笑道："她们都挺好。"

似儿撞见这种事，把他都吓了一跳，他还专门买了两个酱肘子给似儿压惊呢。

"那本官就找几位姑娘问问情况好了。"

"甄大人问吧，能帮上你的忙最好。"姜安诚不以为意道。

姜二老爷暗暗撇嘴。

大哥这傻子，遇到这种事，别人躲都来不及呢。

甄世成朗声大笑："多谢伯爷了，等我得闲请你吃酒。"

"那我就等着甄大人这顿酒了。"

甄世成以问案需要保密为由,请姜安诚等人暂时避开,第一个见的人是姜俏。

姜俏进去后,约莫一刻钟的时间走了出来,对姜似眨眨眼,低声道:"四妹不必紧张,那位甄大人挺和善。"

姜似颔首,随后走了进去。

甄世成四平八稳地坐着,手捧一杯清茗,见姜似进来,微微一笑:"姜姑娘,又见面了。"

此时厅中没有旁人,姜似大大方方屈膝行礼:"灵雾寺一别,没想到这么快就能再见大人。"

"本官也没想到你是伯府贵女。姜姑娘对长兴侯世子一案有什么看法?"

"长兴侯世子罪有应得,死有余辜,大人的判决令人拍手称快,必将流芳百世。"

甄世成笑了:"不说这些虚的。姜姑娘,你便是长兴侯世子的下一个目标吧?"

姜似放在膝头的手轻轻动了动。不得不承认,眼前这位甄大人有着超凡的敏锐洞察力。

对于这样的人,扯谎不过是自取其辱罢了。

姜似倒也干脆,弯唇笑道:"或许吧。"

甄世成一下一下捋着胡须,越发觉得眼前的小姑娘有意思了。

"本官很好奇,秀娘子与迟员外为何会同时梦到爱女冤魂托梦呢?"这是甄世成的试探,他说完之后,目光紧紧盯着姜似。

眼前的少女神色从容,语气平静:"就像人们常说的,举头三尺有神明,人在做,天在看。"

"好一个'人在做,天在看'!"甄世成的神色越发严肃,"天想惩罚恶人,必将借助人之手。姜姑娘,你说呢?"

姜似微微一笑:"大人不就是那样的人吗?有您这样的青天大老爷在,才能使长兴侯世子绳之以法,令那些被害女子沉冤得雪啊。"

甄世成目光灼灼盯着姜似。

姜似扬起弧度优美的下巴,任由他打量。

她问心无愧,自然不惧任何盘问。

即便确认是她装神弄鬼又如何,甄大人不可能以这个理由把她抓起来吧?

甄世成却突然笑了,对姜似眨眨眼。

姜似一时有些蒙。甄大人一把年纪了,突然做出这种表情怪吓人的。

"小姑娘,你就别把我当成什么顺天府尹了,就当成个有缘的朋友呗,告诉我你是怎么做到的?"

对方突然的转变令姜似不由抽了抽嘴角,装傻道:"大人在说什么?小女子一点都听不懂。"

甄世成沉默了,亏他还拉下一张老脸卖蠢,没想到小姑娘如此无情!

姜似眸中闪动着笑意。

对方如何猜测她不管,反正该装傻时必须装傻。

好在这位甄大人不是那种为了达到目的会强逼一个小姑娘的人。

甄世成长叹一声:"罢了,或许是本官想多了。"

卖蠢是不成了,也不知道混熟了以后会不会跟他说实话呢?

对于习惯在案件中掌控一切的人来说,遇到百思不得其解的事,太挠心挠肺了。

姜似见甄世成难掩兴奋的表情,颇有些无语。

真没想到这位断案如神的甄大人私下里如此……平易近人。

"甄大人,不知道秀娘子怎么样了?"

甄世成收敛心神,恢复了严肃表情:"秀娘子目前被安置在衙门后宅的客房中,姜姑娘很关心秀娘子?"

"我听闻秀娘子十分可怜,早年守寡与女儿相依为命,好不容易把女儿抚养长大,没想到女儿却遭此厄运……"

"是啊。"甄世成跟着叹了口气。

每次破案后最让人唏嘘的便是这些苦主,而秀娘子尤为可怜。

"小女子准备开一间脂粉铺子,恰好需要女工。甄大人若是无处安排秀娘子,就让她来我的脂粉铺子做工吧。"

甄世成眼睛一亮:"若是如此,那再好不过。"

给秀娘子提供一个靠双手养活自己的妥当去处,比给她一笔银钱强多了。

甄世成看眼前少女越发欣赏了。

没想到他来这一趟还有这种意外收获。

"哈哈哈,本官代秀娘子先谢过姜姑娘了。"

姜似忙道:"大人客气了。只是我开脂粉铺子的事不便抛头露面,所以还望大人替我保密,对秀娘子也不必透露东家情况。"

"这是自然,姜姑娘放心就是。"

五月下旬就在长兴侯世子虐杀十女案的风波中过去了。

世人总是健忘的，很快人们的目光又被"杨国舅"暴毙案吸引了，但因为此案没什么进展，京中一时显得风平浪静。

可是郁谨最近的心情颇不平静。

他十八岁的生辰到了。

他生辰都到了，阿似居然还没来过！

心情不佳的某人把目光挪向一个角落。那里卧着一只大狗，正眯眼吐着舌头乘凉。

这时敲门声响了起来，虽然动静不大，郁谨还是瞬间站起身来，大步往院门口走去。

龙旦在他身后喊了一声："主子，小的去开门吧。"

"不用。"

郁谨迫不及待地走到门口，没等守门老王反应过来，就兴冲冲拉开了门，但看清来人后，嘴角笑意顿时凝固。

门外站着个长身玉立的俊秀男子，二十多岁的年纪，身后跟着两名气势不凡的侍卫。

短暂的沉默后，郁谨淡淡喊了一声："四哥。"

来人正是景明帝的第四子齐王，与郁谨皆是贤妃所出。

四皇子笑了："七弟是不是以为来的是别人？"

他这个七弟，对他可从没热情过。

郁谨神色早已恢复如常，淡淡道："四哥怎么来了？"

四皇子指了指门口："七弟难道不请我进去再说？"

郁谨侧开身子请四皇子进去。

四皇子环视着院子。院子不大，收拾得挺齐整，一棵高大的合欢树遮住了一半天空，角落里卧着一条大狗。

悠闲、宁静，但对四皇子来说却太寒酸了。

四皇子叹了一口气："七弟，让你住到我那里去你偏偏不同意，非要一个人住到这里来。"

"怎好打扰四哥与四嫂清净？"郁谨不冷不热道。

"你看你，这是什么话？"四皇子不以为意地笑笑，抬手拍了拍郁谨肩膀，"七弟，你平时不在我那里长住也就算了，但今天必须过去。"

郁谨微微皱眉，不知道四皇子葫芦里卖的什么药。

四皇子愕然："七弟，你该不会忘了今日是你的生辰吧？"

郁谨一愣。他当然没忘，他还惦记着阿似会不会给他个惊喜呢，但四哥惦记着他生辰干什么？

这么多年来，他的生辰都是一个人过的。

四皇子一把拉住郁谨手腕："我已经叫了其他兄弟，现在他们都在我府上，酒席也已经备好了，就等着你去了。"

见郁谨还没反应，四皇子干脆直接拽人："七弟，往年你不在京城，兄弟们想给你庆生也没办法，今年可不能错过了。"

郁谨想了想，不再拒绝。

既然回来了，并且为了娶到阿似决定留下来，他早晚要融入这个圈子。

那么，便从他满十八岁这一日开始吧。

见郁谨不再抗拒，四皇子微微一笑："就说嘛，总是一个人闷着怎么行。"

今天七弟十八岁了，别人可以无视，他身为一母同胞的兄长若是视而不见，难免落下不贤的名声。

张罗着替七弟庆生可是件有利无害的事。

倘若父皇忽然记起七弟来，他此举算是雪中送炭，将来七弟出息了，也会记着他这份情谊，说不准还能成为他的一大助力。

要是父皇彻底忘了七弟这个人，他也能得个友爱兄弟的好名声，左右不会吃亏。

"七弟，怎么不走啊？"见郁谨突然在门前停下来，四皇子催促道。

郁谨笑笑："没事，走吧。"

阿似大概不会来了……

郁谨与四皇子离去约莫半个时辰后，姜似带着阿蛮出现在歪脖子枣树前。

"姑娘，咱们到底要不要进去啊？"阿蛮扶额问道。

您都站了一刻钟了啊，到底想咋样？

"去叫门吧。"姜似轻轻抿唇，终于下了决心。

她可不是因为那人今日生辰才来的，只是一诺千金，前几日答应二牛会来一趟，恰好今日有空罢了。

姜姑娘正纠结着，院门吱呀一声打开了。

面对独眼门人，阿蛮不由打起精神："余公子在家吗？"

"不在！"

"在！"

门人与龙旦一同答道。

阿蛮愣了："到底在不在呀？"

"汪——"一只大狗用狗嘴推开龙旦钻了出来。

阿蛮下意识后退一步。二牛从阿蛮身边走过，叼住姜似裙摆往内拖。

龙旦见主子的心上人居然真被二牛拖进去了，赶紧脚底抹油溜了。

这种事一定要及时通知主子啊，不然等主子回来知道与姜姑娘失之交臂，肯定要收拾他的。

郁谨随着四皇子来到齐王府，宴席就设在王府花园。

景明帝如今膝下一共有八个皇子，郁谨默默数了一下人数，除了太子居然都到了。

"七弟，和你喝一次酒可不容易啊。"大皇子温和地笑着打了招呼。

大皇子封了秦王，说起来处境有些尴尬。

景明帝大婚多年无子，为了讨个好兆头抱来堂兄家的幼子当做养子，没想到还真是灵了，从此一发不可收，陆续生了许多子女。占着长子名分的大皇子便只能低调再低调，以免碍了太子的眼。

多年下来，大皇子养成了老好人的性子。

郁谨认真打量着大皇子，见他看着最老，默默确定了对方的身份，这才开口道："大哥。"

最老的是大哥，一脸便秘的是三哥，看着少根筋的是五哥，眼珠乱转自以为聪明的是六哥，毛都没长齐的是八弟。

嗯，还是很好认的。

"七哥，我早就想找你喝酒了，可你现在没有王府，没地方喝去啊。"八皇子端着酒杯笑吟吟道，一脸纯良。

"喝酒不在地方，在人。"郁谨淡淡道。

八皇子一怔，没想到一个被父皇早忘在脑后的皇子说话居然还绵里藏针。

这家伙哪来的底气？

连他都封了湘王，老七算哪根葱？

八皇子的母妃只是一位舞姬，身份卑贱，八皇子又最年幼，在众兄长面前一直被压着，如今好不容易能在郁谨面前逞逞威风，居然被对方不冷不热地噎了回来，这口气实在难以咽下。

八皇子把酒杯往桌上一放，提过酒坛倒满："既然七哥这么说，今儿咱们兄弟就好好喝一杯。"

他说着，冲几位皇子挤挤眼："哥哥们，七哥可是说了，喝酒不在地方在人呢。咱们今日要是照顾不好七哥，那就是人不对啊，哥哥们说是不是？"

五皇子因母妃受宠养成了大大咧咧的性子，闻言笑道："八弟说得对，今天咱们要好好与七弟喝一场。"

二人这么一闹，其他人自然纷纷举杯凑热闹。

郁谨把酒杯放到长桌上，发出一声轻响。

"七哥怎么不喝？"八皇子唇角含笑，"七哥要是酒量不行，那咱就少喝点，不打紧。"

郁谨把酒坛提过来往面前一放，拍了拍黑黝黝的酒坛子："拿酒杯喝与姑娘家有什么区别？咱们要喝就用这个！"

八皇子嘴角笑意一滞。这是将他的军？

短暂的沉默过后，八皇子拊掌道："还是七哥痛快！来人，撤了酒杯，换酒坛！"

他们这么多人还怕他一个人不成？

一坛酒喝完，郁谨面不改色，八皇子双颊已经烧得似火，其他人同样强不到哪里去。

五皇子一喝多酒，话立刻多了，抱着个酒坛子大着舌头道："跟、跟你们说，我看上了一个姑娘。"

"谁啊？"其他皇子随口问道。

郁谨漫不经心地拍拍空空的酒坛子。

"东平伯府的四姑娘！"

"东平伯府的四姑娘？咦，这姑娘我听说过，不是因为安国公府的季三看上了一个民女退了亲嘛，五哥你怎么看上的？"八皇子好奇问道。

五皇子打了个酒嗝儿："长兴侯世子被抓那天我跑去看热闹，无意间瞧见的，一打听才知道那美人儿是东平伯府的四姑娘。啧啧，没想到安国公府的季三是个傻子啊，放着那样绝色的美人不要去娶一个民女。不过这样也好，不然我就惦记不上了。"

"五哥，你可是有五嫂了啊。"

五皇子嘿嘿乐了："老八，你这就是孩子话了。有五嫂怎么了，我也没打算娶她当正妃啊，给个侧妃名分，他们家还不屁颠屁颠把人送来？"

郁谨猛然站了起来。

众人一愣。

"七弟，怎么了？"四皇子直觉不妙。

"我喝多了。"

众人眨眼：所以呢？

郁谨笑笑，拎起酒坛直接砸在了五皇子头上。

一瞬间，众人呆若木鸡，就连挨砸的五皇子都没反应。

一股血流顺着五皇子额头蜿蜒而下，淌进他因太过震惊而大张的嘴里。

五皇子这才如梦初醒，跳起来大吼一声："你竟敢打我？"

五皇子的母妃乃将门之女，五皇子自幼喜欢拳脚，在诸多皇子中算是身手最好的，反应过来之后立刻回击。

郁谨冷笑一声，伸手抓住五皇子的胳膊用力一扭，把他压在长桌上，抡起拳头就打。

有些人嘴贱，必须先揍了再说！

众皇子一看都愣了。原来兄弟间还能这么直接？

四皇子赶忙上去拉架："七弟，你快住手！"

其他皇子见状，不管真心还是假意，纷纷去劝阻。

郁谨正好打累了，放松了对五皇子的压制。

五皇子双手一时得了自由，立刻一拳打出去。

就听砰的一声，拳头正好打在六皇子脸上，六皇子当下鼻血就蹿了出来。

本就喝得有些多的六皇子摸摸鼻子，一看见了血，登时大怒，抬手就给了五皇子一个耳光。

眨眼间一群皇子就打成了一团。一旁伺候的人已经吓呆了。

艰难脱身的大皇子总算叫来了侍卫把众皇子分开，再看几个弟弟披头散发、衣衫不整，感到一阵心绞痛。

这下子玩大了！

半个时辰后，七位皇子并排跪在了大殿上，景明帝负手而立，气得来回踱步。

太子听到风声赶来看热闹，还没开口，景明帝就伸手一指："你也给我跪着去！"

太子无言，他还什么都没说，他只是来看个热闹而已啊！

景明帝才不管太子的想法，在他看来，儿子们打群架，置身事外的哪个不跟着挨罚，莫非还要奖励一朵大红花吗？

景明帝越想越气，冷冷扫了石阶下众人一眼。

这就是他引以为傲的儿子们！

大周皇室历来子嗣不丰，到了他这足足有七个成人的儿子，他一直觉得可以在列祖列宗面前扬眉吐气了,谁知儿子多也有儿子多的烦恼!

等等!正来回踱步的景明帝忽然愣了一下。

他刚刚说几个儿子来着?

一,二,……,八。

不对呀!景明帝又默默数了一遍,还是八个,没错。

明明他只有七个儿子,怎么多了一个?

"抬起头来!"景明帝默默数了第三遍后,吩咐道。

众皇子老实抬头,郁谨夹在其中相当淡然。

景明帝先从最左边看起。老大、老三、老四、老五、老六、老四、老八、太子……

咦,怎么有两个老四?

景明帝抬手揉了揉太阳穴。儿子太多,有点晕。

他走下石阶以便看得更清楚些,这一下,目光顿时落在了郁谨身上。

"你——"

真正看清楚了,他才发现眼前少年要比老四俊秀多了,五官更加精致,气质更加出众,身姿更加挺拔。像还是像的,任人一瞧就能看出二人的相似之处,但眼前少年看起来就是比老四更出彩些。

"儿臣谨见过父皇。"郁谨任由景明帝打量,垂眸道。

景明帝越发糊涂了,不由看了心腹太监潘海一眼。

潘海立刻低声提醒道:"皇上,这是七皇子。"

景明帝愣了愣,好一会儿才有了反应,目光灼灼地盯着郁谨:"你是老七?"

"正是儿臣。"

景明帝一时沉默,他几乎忘记这个儿子了。

"皇上,今日是七皇子的生辰,七皇子满十八岁了。"潘海心知景明帝的忌讳,忙又低声说了一句。

听到这话,景明帝眉梢动了动,许久后叹道:"时间过得真快啊。"

突然冒出来个十八岁大的儿子,跟白捡的一样。

谁也不知道景明帝这话的意思,大殿内一片静谧。

扫一眼跪成一排的儿子们,景明帝脸一沉:"说说吧,今天到底怎么回事儿?"

景明帝一开口,几位皇子当下把头埋得更低了。

"老四,他们是在你府上打起来的,你来说!"

四皇子暗暗叹了口气。

175

果然,他这个宴会主人怎么都跑不了的。

四皇子只得说:"今日是七弟十八岁的生辰,儿臣想着七弟今年难得在京城,就叫了兄弟们给他庆生。因为七弟目前尚无府邸,所以才把大家叫到了我府上来……"

四皇子的解释令景明帝动了动眉梢。

他想起来了,老七至今尚未封王,所以还没地方住呢。

这么一想,景明帝再看郁谨就有了些愧疚。

因为八字相克他是硌硬见到这个儿子,但归根到底这也不是孩子的错,而是天意弄人,该给老七的还是要给的。儿子再多也是他生的,不是大风刮来的啊。

景明帝默默想着,有些生气。

文武百官、后宫嫔妃,从内到外这么多人竟无一人提醒他这件事!

景明帝当然不会承认自己健忘,而是把突然生出的这点愧疚变成火气,算到别人头上。

"后来我们喝多了,就打了起来……"四皇子脸色泛青,说不下去了。

打架过程太丢人,他没脸提啊。

景明帝面色微沉:"喝多了就可以打架吗?谁先动的手?"

五皇子一下子来了精神,捂着被打破的脑袋喊道:"是老七,他拿酒坛子打儿臣的头!"

"是这样么?"景明帝看向郁谨。

郁谨嗯了一声,言简意赅:"是。"

景明帝火气往上涌:"为什么打你五哥?"

此时别说景明帝,就是跪了一片的皇子们也在想这个问题:为什么啊?当时正听老五吹牛呢,听着怪有意思的,老七怎么就把老五的脑袋给砸了呢?

郁谨摸摸鼻子:"喝多了。"

众皇子绝倒。

"你可以!"景明帝眯起眼睛,看着个个挂彩的儿子们气不打一处来,"那你们呢?老五和老七打架,你们怎么也成了这副德行!"

见景明帝的视线落在自己身上,六皇子顶着满脸血委屈道:"五哥把儿臣的鼻子都打出血了!"

喝多了的人当然不记得谁先动的手,五皇子理直气壮地说道:"他打我耳光!"

六皇子气极:"你先打了我鼻子,我才打你耳光的!"

八皇子帮腔道:"五哥先动的手,五哥还把儿臣一脚踹飞了,所以儿臣才一不小心抓到了三哥命根子！"

"扑哧！"一位把头死死低着的内侍终于忍不住轻笑出声，好在此时贵人们都在气头上，无人关注他，这才侥幸地喘了口大气，不敢再出声了。

三皇子气得嘴唇都是白的。

老八这个王八蛋，这么丢人的事他本来打算吃个哑巴亏，打死都不提的。这下好了，他成了所有人的笑柄。

凭什么他们没脑子要打架，最后是他最丢人？

三皇子心中充满戾气，眼一扫看到了四皇子，立刻道："儿臣也有错，儿臣不该一不小心把四弟的裤子连小衣都扯了下来，害他光屁股的！"

四皇子心道，他招谁惹谁了！

景明帝的胡子都气歪了："混账东西们！"

众皇子立刻低头："儿臣有罪！"

"知道有罪就好！"景明帝脸色黑如锅底，"全都给我去宗人府面壁思过，三日内不得食五谷荤腥，朕看你们就是吃饱了撑的才打群架！"

真是出息啊，这些混账怎么不光着屁股玩泥巴呢！

景明帝越想越气，目光一扫事不关己的太子，眉头一皱："太子在东宫面壁一日！"

太子一愣。

他跟着罚跪已经没道理了，为什么还要跟着面壁？

景明帝正在气头上，一见太子流露出不服之色，冷笑道："你们兄弟八人，他们六个都聚在一起给老七庆生，唯独没有你，这是为何？"

究竟是太子自觉高人一等，不屑与其他兄弟打交道，还是人缘太差被自家兄弟们撇下了？

在景明帝看来，无论哪个原因，都不是什么好事。

"儿臣……错了……"太子脸上青一阵白一阵，郁闷地低下了头。

此刻的太子半点没有体会到景明帝的心意，只有不甘与委屈。

父皇实在太偏心了，不过就是因为他母后早逝，他与现在的继后又不亲近，宫中无人替他说话罢了。

"都给朕滚！"景明帝大手一挥，立刻有多名侍卫上前，一眨眼就把皇子们带了出去。

大殿内顿时变得空荡荡的。

很快，后宫的嫔妃们就听到了风声。

贤妃乃四皇子与郁谨的母妃，一听说郁谨在齐王府闯了大祸，气得直哆嗦。

"这个孽障，从生下来开始就连累本宫与璋儿，没想到长大了还不消停，可怜璋儿还想着给他庆生！"

此刻屋内没有旁人，只有贤妃的一个心腹嬷嬷。

嬷嬷闻言劝道："娘娘消消气，要老奴说啊，这未尝不是一件好事。"

"好事？"

"是呀。娘娘您想，七皇子已经满十八岁了，本来到了可以与皇上见面的时候，可是皇上不提，谁都不敢提这一茬。然而皇上日理万机，平白无故怎么会记起七皇子来？现在好了，不管是不是闯祸，皇上好歹记起七皇子这个人了。"

贤妃冷笑："记起来又如何？不过是个净会惹祸的东西！"

"娘娘啊，齐王爷的心意是好的，皇上心里清楚着呢，七皇子再闯祸也怪不到王爷头上来。现在皇上记起了七皇子，很有可能按着规矩给七皇子封王，等将来不是还能帮衬着王爷吗？"

经嬷嬷一提醒，贤妃心头一动。

老七闯祸是不是故意的？

贤妃高居四妃之位，育有两位皇子，尽管七皇子出生之后离宫，她在后宫中算是腰杆挺得最直的嫔妃了。别忘了，现在的皇后连一个皇子都没有，只有福清公主一个女儿罢了。

能走到这一步的人，当然不会心无城府，或者说，这种人最爱把事情往复杂了想。

现在贤妃就开始琢磨了：老七因为闯祸见到了皇上，可见这次闯祸很可能是有意为之。那么，她这个十八年没看过一眼、养在民间的儿子是不是挺有心机呢？

身在皇家有心机是好事，可关键要看他是什么态度。

要是老七心里有母妃和兄长，那自然万事大吉，要是有别的心思，那她就要好好盯着，不能让老四吃亏。

贤妃心中无数个念头转过，骤然生出见一见郁谨的心思。

贤妃这边有了见儿子的心思，宁妃那边直接把饭桌给掀了。

宁妃是五皇子的母妃，出身将门，貌美泼辣，多年来圣宠不衰，在景明帝面前都掀过桌子的，何况现在还没外人。

"气死我了，一个野孩子竟然敢打我儿子！"

宁妃一发火，宫婢们个个眼观鼻鼻观心，无人敢劝，只听到掉到地上的汤碗滚动的声音。

"皇上还没来么？"等了一会儿，宁妃问道。

内侍战战兢兢道："皇上正在批阅奏折，说等忙完了就过来。"

"什么？"宁妃腾地站了起来，抬脚便往外走。

批阅奏折？纯粹是借口，明明是怕她找贤妃与那个野孩子算账。

皇上不来，她就过去！

御书房内，景明帝一脸苦恼地翻着话本子。

儿子们不省心，妃子们也不消停啊，这么一会儿工夫，来请他的内侍都有三四个了。

他暂时可不想面对那些哭哭啼啼的妃子，还是躲在御书房看话本子舒坦。

潘海蹑手蹑脚走进来，见皇上看得认真，虽然不忍心打扰，却不得不说："皇上，宁妃娘娘过来了。"

景明帝拿着话本子的手一抖，皱眉道："就说朕在忙。"

话未说完，一身绛红宫装的美人儿就闯了进来。

景明帝忙把话本子往堆满的奏折下一塞，干笑道："爱妃怎么过来了？"

"皇上，璟儿头都被人打破了，臣妾能不过来吗！"

"还好，不算严重。"

宁妃脸一沉："不严重？皇上，那可是脑袋，不是别的地方，就算看着不严重，万一落下病根怎么办？再说，看着也很严重啊，臣妾听说璟儿满脸是血呢！"

"这，满脸血的是老六，他鼻子让老五打出血了。"景明帝见缝插针解释道。

宁妃语气一滞，缓了缓道："不管怎么说，您得好好惩罚罪魁祸首！不管是老五还是老六，或者其他几位王爷，他们受伤还不是因为有人先动手的吗？皇上您怎么不想想，几位王爷以前小聚可从没出现过这种事。"

宁妃快言快语说了一通，见景明帝没反应，伸手抓住了他衣袖："皇上，您可说句话啊！"

"对，对，爱妃说得对，是该罚！"

宁妃嘴角一扬："皇上打算怎么罚？"

景明帝笑道："爱妃放心，朕已经狠狠处罚过了。"

"臣妾没听说啊。"宁妃很是纳闷。莫非消息有误？

"朕让老七去宗人府面壁思过了。"

"什么？"宁妃瞬间瞪大了眼，见景明帝神情认真，她气得樱唇发白，脱口而出道，"这算什么惩罚？臣妾听说几位王爷甚至太子都罚面壁思过了，您让七皇子与他们一起受罚，这哪里是受罚呀，纯粹是抬举他。他也配！"

宁妃说完，忽然发现屋内气氛一片凝滞，再看景明帝，则是面色冰冷，眉头深深拧起。

她已经好些年没见过皇上这般表情了。

沉默了片刻，景明帝开口："爱妃怎么会认为受罚是抬举老七呢？"

宁妃常年受宠，吃准了景明帝的好性子，闻言撇嘴道："不说太子，几位皇子都是什么人？他们都是亲王，除了宫里的几位就数他们最尊贵了。而七皇子呢，庄子上长大的，说起来，与乡野村夫有何不同？皇上您要他与几位王爷一道受罚，可不就是抬举他吗！"

"原来如此。"景明帝缓缓点头。

宁妃抿唇："皇上，七皇子害王爷们受伤，惹了这么大的祸，您可不能就这么算了，定要重重责罚，以免他日后惹出更大的乱子来。"

"潘海！"景明帝喊了一声。

潘海适时探出头来："奴婢在。"

看来七皇子要倒霉了，皇上什么都好，独独扛不住枕边风，而贤妃是绝对不会帮着七皇子求情的。

潘海是穷苦人家出身，家里兄弟姐妹众多，他正好是最不受宠的那个，此时想到自小养在宫外因为闯祸才见到父亲的七皇子，难免生出几分同病相怜来。

"传朕旨意，封七皇子谨为燕王，命宗人府与钦天监尽快选定良辰吉日，准备册封……"

景明帝此话一出，宁妃与潘海皆呆若木鸡。

等了一会儿没动静，景明帝不悦地哼了一声："潘海，你是聋子吗？"

潘海猛然回神，忙道："奴婢领旨。"

潘海还没走出多远，御书房内爆发出一声惊天动地的尖叫："皇上，您这是什么意思？"

景明帝一副好脾气的样子："爱妃莫急，不是你说老七不配受罚吗，朕先让他有了与其他皇子一样的身份，才好罚他。"

宁妃气得浑身哆嗦，哑口无言。

这么有道理，她还能说什么？再说下去，皇帝是不是还要封那野孩子一个太子来当？

贤妃听闻宁妃去御书房告状了，虽然不在意郁谨如何，却唯恐影响了四皇子，急忙赶往御书房，半路上遇到了潘海。

潘海一见贤妃立刻道喜："恭喜贤妃娘娘。"

贤妃听得一愣。

她这正糟心呢，喜从何来？潘海该不会说反话埋汰她吧？

虽然觉得潘海不会做出这么没谱的事来，可贤妃还是气不打一处来，冷冷道："不知本宫喜从何来？"

潘海才被景明帝弄晕过，这个时候自然想让别人也尝尝这种滋味，当下笑着作揖道："贤妃娘娘还不知道吧，刚刚皇上下旨，封七殿下为燕王呢。"

话还未说完，贤妃就惊呼出声："潘公公莫不是拿本宫寻开心？"

"哎哟，贤妃娘娘，给奴婢一百个胆子也不敢拿您寻开心啊，更何况假传圣旨的罪名，奴婢更担不起了。"

"皇上果真封七皇子为燕王？"

"千真万确。"

贤妃后退一步，抬手扶额。有点蒙，她得缓缓。

"贤妃娘娘，奴婢要去传旨了。"

见潘海要走，贤妃顾不得缓和心情了，忙道："潘公公稍等！"

"贤妃娘娘还有吩咐？"

贤妃立刻塞了个金戒指给潘海，低声道："不知御书房中发生了什么事，皇上为何会封七皇子为燕王？"

潘海顺势把金戒指放入袖口内的暗袋里，笑道："贤妃娘娘莫要为难奴婢，奴婢只能给您道个喜，至于御书房中发生了何事，可不是奴婢能随便说的。"

景明帝这道旨意一出，整个后宫叽叽喳喳一片。

"皇上居然封了七皇子为亲王，到底怎么回事啊？"

"不清楚啊。只知道宁妃去了一趟御书房，然后皇上就下旨封七皇子为王了。"

"嘶——没想到宁妃居然是以德报怨的人。"

"以德报怨？我宁可相信七皇子是宁妃生的嘞。"

一时间，宫内谣言满天飞，越说越离谱，宁妃气得险些吐血。

宗人府内，几位皇子被关在一处空房中，气氛剑拔弩张。

"老七，你现在酒醒了吧？"五皇子恶狠狠地瞪着郁谨，一脸凶狠。

郁谨笑道："五哥误会了，我没醉。"

五皇子一下子抓住了郁谨的把柄，大笑道："在父皇面前你说喝多了，现在说没醉。老七，你这是欺君！"

郁谨扬眉，在五皇子的狂躁面前越发显得淡然从容："喝了两大坛子酒难道不多？我是说喝多了，可没说喝醉了。"

"你……"五皇子气个半死，抡起拳头冲过去。

几位皇子忙把五皇子拦住。

"五弟，咱们都被关到这里来了，你要是再打一架，就不是关上三日便能出去了。"

"是呀，五哥，你还是消停点吧。"八皇子劝完五皇子，瞥了一眼郁谨，冷笑道，"和这种人计较，辱没了身份！"

"我倒不知你是什么身份，我是什么身份。"郁谨淡淡道。

八皇子呵呵笑了："五哥，你发现没有，有些人啊，就是没有自知之明，老大不小了还是个光杆皇子，说出去不嫌寒碜么？"

五皇子哈哈一笑："他要是知道寒碜，就不会跑到齐王府丢人现眼了。"

"嗯，我明白了。"郁谨露出恍然大悟的神色。

众人不由看过来。

郁谨往冰冷的墙壁上一靠，笑吟吟道："搞了半天，你们得意的是王爷的身份。不过我就不明白了，这种只要混吃等死活到十六岁就能混上的身份，究竟有什么值得得意的？"

众人被问得一窒。

八皇子当然不愿让郁谨占尽上风，冷笑道："总比你什么都不是要强，你连混吃等死混上的资格还没有呢。"

"老八。"六皇子喊了一声。

就算是要挤对老七也不能把他们都扯进来吧？什么叫"混吃等死混上的资格"？太难听了。

八皇子自知失言，忙冲六皇子笑笑。

郁谨垂眸，懒得再看这些人。他想要的，自会去取！

"怎么，没话说了？"八皇子见郁谨不语，得意地问道。

这时，房门突然打开，数人鱼贯而入，一名主事走在最前，对众皇子见过礼后，来到郁谨面前："七殿下，请您起身，这些人要为您量身裁衣。"

郁谨不动声色地站起来，其他人皆一头雾水。

"量身裁衣做什么？"五皇子忍不住问道。

主事忙道："皇上下旨，命臣等准备七殿下的册封仪式。"

直到那些人离开，众皇子还处在震惊之中。

他们今天撞邪了不成？

在兄弟们的各色目光之下，郁谨面无表情地喝了一口茶水。

打一架还有这种好处吗？他最开始主要是为了阿似出气，见父皇只是顺便而已。

当然，会见到父皇也在他意料之中，可以说，在他这个皇子被人遗忘的时候，这算是置之死地而后生的一步。

不过会封王是他万万想不到的。

郁谨心中转着这些念头，叹了口气。

遗憾的是今日不能回家了，也不知道阿似有没有去找过他……

雀子胡同那门前有着一棵歪脖子枣树的民宅中，姜似莫名眼皮直跳，跳得她心头不安。

这时院门猛然被推开，龙旦白着脸冲进来："不好了！"

姜似的心陡然沉了下去："怎么了？"

她就说不大对劲。今天是郁七的生辰，就他那厚脸皮，定然寻思着她会过来呢，就算有事出门也不会迟迟不归。

龙旦听姜似这么问，反倒不知道怎么说了："主子……"

这话该怎么说啊？主子在姜姑娘面前一直隐瞒身份，总不能告诉她主子因为和王爷们打架而被宫中禁卫带走了吧？

"究竟怎么样了？"姜似见龙旦这番神色，越发觉得情况不妙。

龙旦狠狠叹了口气："主子因为与人起了争执，被抓去坐大牢了！"

"余公子是被顺天府的差爷带走的？"

龙旦闪烁其词："啊，小的也不知道究竟是哪个衙门的官差，京城这块地方能伸手管的衙门太多了。"

"那我让兄长打听一下。"

龙旦忙摆手："不用了，小的托人打听就行。"

姜似默了默。既然这样，龙旦跟她说这么多干什么？

龙旦暗暗观察着姜似的神色，斟酌道："姜姑娘，我们公子在京城无依无靠，小的要忙着跑关系救公子出来，一时没人顾着二牛了，您看……"

门人老王默默躲在墙角假装不存在。

"没人给二牛喂饭，它会饿死的。"

二牛仿佛听懂了，往地上一躺，一副生无可恋的模样。

姜似额角青筋直跳。龙旦心急火燎说了半天，就是为了让她照顾二牛？

等等，这是不是说明郁七根本没有出什么大事？

姜似渐渐恢复了冷静,为刚才情不自禁的担心懊恼起来。

她才懒得管他死活!

"这样吧,让二牛跟着我兄长几天。"

"不行啊,二牛换了地方睡不着觉。"

"汪——"二牛叫唤一声,表示附和。

姜似睇了二牛一眼。

她可从来不知道二牛还有这个毛病。

二牛抬起狗脸,讨好似的冲姜似耸动着鼻子,一双黑溜溜的眼睛水汪汪的,仿佛她要不答应它就能哭出来。

姜似默默叹了口气。

算了,不管怎么说,郁七定然是遇到事了,那她就照顾二牛几天吧。

"那我每天抽空过来一趟,余公子究竟是什么情况,等你打听到了记得和我说一声。"

龙旦连连点头:"姜姑娘放心,小的打听到消息第一个告诉您,免得您担心。"

姜似抿抿唇角。

她才不担心……

"阿蛮,走了。"

三日后,七皇子封王的事终于传遍朝野。

得到消息的姜似心情有些复杂。她这两日觉都没睡好,到底是为了什么?

姜似才出府就遇到了姜湛。

"四妹,你要出去啊?"姜湛微微喘着,双颊泛红。

姜似抬眼看看天色:"这个时候二哥不是应该在上学么?"

姜湛献宝般把一碗凉皮递到姜似面前:"四妹,还记得东大街王五嫂么?她家凉皮最出名了,前些日子因为家中有事闭店一阵子,今天重新开张,你都不知道我排了多久的队才买到的!"

"二哥逃课就是买凉皮去了啊。"

"你不是爱吃么。"姜湛把凉皮往姜似手中一塞,"四妹吃完凉皮再出去玩吧,我先回去上学了,不然被父亲抓住又是一顿好打。"

姜似还没说什么,姜湛就风风火火地跑远了。

"二哥别跑太急,当心中了暑气。"姜似只来得及喊了一声,姜湛的身影已经消失在街角。

"姑娘，这凉皮——"阿蛮默默咽了咽口水。

她吃过王五嫂家的凉皮，太好吃了！

"先带去雀子胡同吧。"

宗人府门口，龙旦与冷影翘首以待。

"出来了！"龙旦眼睛一亮，猛拉冷影衣袖。

数人从宗人府走了出来，这些人个个气质不凡，其中一人介于青年与少年之间，与其他人明显隔了一段距离，自是郁谨无疑。

龙旦与冷影才走了几步，就有人先一步来到郁谨面前，行礼后笑道："殿下，娘娘请您去一趟。"

郁谨笑了笑，轻描淡写道："现在多有不便，我得回去沐浴更衣，吃饭睡觉。"

来请郁谨的内侍正是贤妃宫里出来的。

郁谨只觉格外好笑。

他回京有一阵子了，那位不知长相的母妃可从来没想着要见他，甚至他十八岁生辰那日都不见任何表示，现在他被封王就请他入宫相见，是不是太迫不及待了点？

眼看着郁谨大步向龙旦二人走去，内侍跟在后面追："殿下，娘娘还等着您呢！"

这么一喊，门口的人纷纷侧目。

内侍人矮腿短，眼睁睁看着郁谨带着两名侍卫潇洒离去，只能跺脚叹气，垂头回宫复命去了。

鲁王府的马车上，鲁王妃先是看了看五皇子有无大碍，随后怒道："那个杀千刀的七皇子，怎么偏偏就砸王爷的头呢……"

五皇子又心虚又郁闷，冷冷道："快别提他，提起来就心烦！"

老七像疯狗似的乱咬人，只能自认倒霉，要是他惦记东平伯府四姑娘的事被这母老虎知道，又是一顿闹腾。

鲁王妃识趣不提五皇子的倒霉事了，转而问道："王爷，父皇为何会封七皇子为王啊？"

"我怎么知道！"

各府马车上，有此一问的不止鲁王妃一人，而被问的没有一个能给出答案。

"你不必管七弟为何会被封王，圣心难测，父皇有父皇的想法。我与七弟是一母同胞所出，他马上就会有自己的府邸，到时候，你当嫂子的要多关心一下，等将来他娶了正妃，尽量交好。"外表低调、内里装饰得无比舒坦的马车里，四皇子对齐王妃道。

齐王妃样貌只是中人之姿，胜在气质端庄，闻言点头笑道："王爷放心就是，回头我就吩咐人送些补品到七弟那里。等燕王府修葺好了，再把我库房里那两株半丈高的红珊瑚送过去当贺礼。"

"委屈你了，等以后……什么好物件我都给你寻来……"四皇子握住齐王妃的手，意有所指道。

齐王妃抿唇一笑，柔婉地靠在四皇子肩头："我不在乎什么好物件，王爷有这个心就够了。"

看着齐王妃平庸的侧颜，四皇子心中微微一叹。

王妃确实是他的一大助力，奈何生得太普通了些……

"王爷，您累了？"察觉四皇子心不在焉，齐王妃问道。

四皇子笑笑："没事，先进宫去给母妃请安吧，也好让母妃放心。"

齐王夫妇直接往皇宫去，贤妃宫里的内侍先一步回去复命。

贤妃气得脸色发青："他竟然用回去洗澡睡觉的理由拒绝进宫见我，他眼里究竟还有没有我这个母妃！"

"娘娘息怒，七殿下从未在宫中生活过，难免不太懂规矩。"心腹嬷嬷劝道。

这时，宫婢进来禀报："娘娘，齐王爷与王妃来给您请安了。"

一听四皇子来了，贤妃缓了脸色，忙道："快让他们进来。"

到底还是老四贴心，不枉她一片慈母之心。

回雀子胡同的路上，郁谨问龙旦："我不在的这两日，有没有什么事？"

"没事呀。"接到主子，他心里高兴，龙旦起了开玩笑的心思。

"嗯？"郁谨脸一沉。

这小子是不是欠抽了，明知道他要问什么，还打马虎眼。

龙旦头皮一麻，忙道："姜姑娘每日都来喂二牛呢。"

郁谨脚步一顿。

"主子，怎么了？"

"每日都来？"郁谨几乎是一字一顿地问道。

"是呀。"龙旦点头。

"混账！"郁谨低低骂了一声，大步流星往家赶。

他竟然错过了好几次见阿似的机会，简直想杀人！

匆匆赶到家门口，看着懒洋洋晒着太阳的歪脖子枣树，郁谨停下来："她每日什么时候来？这两日我不在，你是怎么和她说的？"

"这个时候姜姑娘应该已经到了呢。"龙旦嘿嘿一笑,"小的和姜姑娘说您得罪人蹲大牢了,可受罪了。"

郁谨一听,灵光一闪,摸出匕首把衣裳划了几道,又眼睛都不眨地给胳膊来了一刀,流出来的血往脸上、身上一抹,靠着龙旦虚弱道:"扶我进去——"

看着刚刚还生龙活虎的主子瞬间变成一朵娇花,龙旦嘴巴张得能塞下一只鸡蛋:"主、主子……"

"少啰唆!"郁谨低声警告道。

龙旦不敢再问,扶着郁谨喊道:"老王,开门。"

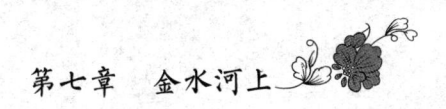

第七章 金水河上

普通的绿漆木门吱呀一声开了,二牛挤开老王蹿了出来,围着郁谨直叫唤。

老王骇了一跳:"您这是怎么了?"

在院中树下坐着的姜似早已站了起来。

她没想到会与郁谨撞个正着。

这个时候,姜姑娘心情有些复杂,一方面好奇郁谨的遭遇,另一方面又觉得自己每日过来,今日还与他碰上,说不准就会引起这人的胡思乱想。

早知道换个时候过来了。

姜似正这般想着,便看到了浑身狼狈、血迹斑斑的郁谨。

这一瞬间,什么纠结顿时忘到了脑后,姜似不由快走几步,问道:"怎么受伤了?"

郁谨嘴角悄悄翘起。

他好像从阿似眼中看到了关心!

呵呵,他就说嘛,施展苦肉计准没错。

"没、没事……"郁谨有气无力,白着脸催促龙旦,"先扶我坐下……"

这个时候龙旦也入戏了,哽咽着道:"主子,您慢点儿,别扯着伤口……"

"究竟怎么回事？"姜似拧眉。

郁七不是封了燕王吗？正是风光得意的时候，怎么会弄得遍体鳞伤回来？

没有皇上的旨意，谁敢对皇子滥用私刑？

郁谨抬起头，冲姜似虚弱地笑笑："没什么大事，就是得罪了有背景的人，那人买通了衙门里的人让我吃了些苦头。不过我皮糙肉厚，这些都是皮外伤，你千万别担心……"

嗯？

姜似眼睛眯了眯。

她听着怎么有些不对劲呢？

郁七不是因为打群架被关进了宗人府吗？宗人府的人会被买通，而让一位马上封王的皇子受皮肉之苦？

姜似当然不傻，一开始见到郁谨惨兮兮的模样，还有几分关心则乱，恢复冷静后略一琢磨，就明白了是怎么回事儿。

这混蛋竟然对她施苦肉计！

姜姑娘面上不动声色，心里已经开始冷笑了：真是出息了啊，对她施展美人计好歹算对方有本钱，施展苦肉计还要不要脸了？

"那些人对你用刑了？"

郁谨艰难地点头："就是挨了几鞭子，对我这种习武之人来说不算什么，咳咳咳——"

"那怎么如此虚弱？"姜姑娘摆出关心的神色。

郁谨心中得意：阿似心软，果然装病弱没有错，好在他脸皮厚，撑得住。

"咳咳咳，本来不打紧的，不过，这三日几乎没吃饭，再受了些风，就有些难受了……"

"竟然还不给饭吃？"龙旦在一旁帮腔道，"太过分了，您本来就有一挨饿就头昏眼花的毛病，这下子可受大罪了！"

姜似嘴角一抽。

这可真是大实话，谁挨饿不头昏眼花啊！这主仆二人合计好了在她面前演戏，她倒要看看接下来还会怎么演。

"龙旦，不要多嘴。"郁谨斥了一声，流露出不欲惹姜似担心的神情。

"可是主子您得吃东西啊，小的去给您熬粥吧。"

郁谨拧眉。

龙旦拍了拍额头："对了，小的手艺太差，您现在身体不好肯定吃不下去。"

他边说边瞄向姜似。

郁谨对龙旦的反应颇满意，不过他虽然很想阿似为他亲手熬一碗粥，可是如果阿似去熬粥了，他就不能与阿似说话了。

比起来，还是多与阿似说说话更好。

"不打紧，你去熬粥吧，我吃两口恢复力气也好。冷影，你去医馆抓一服消肿化瘀的药来。"郁谨打发走了龙旦与冷影，抬手扶额，"日头还怪照人的，姜姑娘能不能扶我进屋歇着？"

"行。"姜似笑笑，伸出手来。

少女皓腕胜雪，才靠近他就闻到沁人心脾的芳香。

郁谨心头狂跳，脚下发飘，感觉跟做梦似的。

屋内窗明几净，郁谨缓缓贴着椅子坐下，露出虚弱的笑容："多谢姜姑娘了。"

"不必。"姜似虽然很想揭穿这混蛋的嘴脸，又觉得一旦揭穿定然惹来纠缠，便道，"余公子好好歇着吧，我出来已久，该回去了。"

郁谨哪里舍得姜似这就离开，忙咳嗽几声，可怜巴巴道："姜姑娘，能不能帮我倒杯水喝？"

姜似的视线往郁谨唇边落了落。

线条优美的薄唇水润光泽，配上刀削般的下颌，莫名给人一种凉薄之感，而这种凉薄似乎格外能引得女子芳心悸动。

她可半点没看出对方有口渴的样子。

饶是如此，姜似还是默默倒了一杯水送过来。

她倒要看看这家伙还要装到什么时候。

郁谨抬手去接，忽然发出一声闷哼，脸上显出痛苦之色。

姜似握着水杯的手一顿。

郁谨笑得无可奈何："手臂上有伤……"

姜似扬眉："是不是要我喂你？"

"真是不好意思，那就劳烦姜姑娘了。"少年耳根慢慢变红，望着姜似温柔一笑。

姜似把茶杯往桌上一放，冷笑道："你还要装到什么时候？"

"什么？"郁谨一脸无辜。

受伤虚弱的人是什么样子他再清楚不过，他不可能露出破绽啊。

姜似紧抿唇角，盯着死不悔改的男人。

任这人装得如何像，却有一点是他怎么都想不到的：她早就知道了他的真实身份。

姜姑娘伸手掀起郁谨衣袖，凉凉道："余公子，你胳膊上的伤口是刚划出来的吧？"

郁谨低头看看手臂，再抬头看看俏脸紧绷的少女，心中只有一个念头：完蛋了！

到底怎么被拆穿的，郁谨死活想不明白，当然，眼下这个不重要了，重要的是如何渡过这一关。

"我竟不知道余公子还会演戏了。"姜似捏着郁谨的衣袖冷冷道。

郁谨眨眨眼："那个……咱们这算是肌肤相亲了么？"

姜似脸一热，慌忙放开郁谨衣袖。

既然装可怜被拆穿了，那么还是恢复本色吧。郁谨微微一笑，厚着脸皮道："还是你主动的。"

"余七！"姜似气结，"你还要不要脸？"

"不要啊。"郁谨笑吟吟地凑近姜似，忽然放轻了声音，"我只要你。"

能得到阿似，要脸干吗？

我只要你……

姜似听到这句呢喃般的言语，忽然心头一跳，竟有种逃无可逃的慌张，一时忘了把靠近的人推开。

看着近在咫尺的少女，郁谨轻轻舔了舔唇，生出一亲芳泽的冲动。

不知道亲一下阿似红彤彤的脸颊，是会挨一个耳光还是两个耳光呢？

不管了，先亲了再说……

郁谨的头垂得更低，却忽然顿住了。

不成，他脸上还有血呢，会让阿似不舒服的。

他虽停住了，姜似却条件反射一个巴掌打过来。

啪的一声响，郁谨轻轻抓住姜似手腕，委屈道："就算姜姑娘觉得我是在演戏，也不能打我脸啊。"

早知道还是应该亲了，白挨打了。

"不要扯演戏的事，你刚才——"

"刚才怎么了？"又没亲下去，他才不会承认。

姜似也被问住了，咬着唇一时说不出话来。

郁谨露出恍悟的神色："姜姑娘，你刚刚该不会误会我要亲你吧？"

姜似沉着脸，更觉尴尬。

这个混蛋，每次在他面前都要吃亏，她还是走人好了。

姜似甩开郁谨的手，一言不发扭头便走，一股大力却把她拽了回去。

猝不及防之下，姜似撞上了对方的身体。

"你放手！"

"嘘——"郁谨突然眨了眨眼，在姜似还没反应过来之前一低头，薄唇印在她娇艳如花的脸颊上。

那个吻如蜻蜓点水，一触即逝，可二人却同时浑身一震，能听到彼此如雷的心跳声。

短暂而微妙的沉默过后，郁谨轻声道："好啦，现在你没有误会我了，想打就打吧。"

他面上若无其事，心中却欢喜无比，仿佛灿烂的春花开了一朵接一朵。

他终于可以确定，阿似心中是有他的。

姜似后退一步，狠狠地挣脱郁谨的怀抱，转身跑了出去。

阿蛮正在合欢树下捡起一朵合欢花别在二牛耳朵上，见姜似匆匆跑出来，忙站起身："姑娘，您——"

"回府！"姜似头也不敢回，只觉身后有只骇人的凶兽，一旦回头就会落入对方腹中，被他生吞活剥，万劫不复。

转眼间，主仆二人就走得不见踪影，二牛汪汪叫了两声，识趣地没有去追。

龙旦听到动静，从厨房跑出来，看看敞开的院门，再看看立在屋门前石阶上的郁谨，一脸蒙："主子，姜姑娘怎么走了？"

郁谨根本没有理会龙旦的话，遥望着院门一直傻笑。

亲了阿似居然没挨打，好高兴。

不过阿似这一走，明天是不是不来了？

想到这，郁谨收起笑容，心情低落。

说到底，还是早早让阿似点头嫁给他才是最重要的，他还要更努力才是。

"余七哥回来了没有？"姜湛站在大门口往内一望，顿时面露惊喜，走了进去，"余七哥，这两天你去哪了？"

"姜二弟来了。"郁谨收拾好心情，走下石阶。

姜湛却吃了一惊："余七哥，你这是怎么弄的？刚跟人打过架？"

郁谨这才想到自己正在伪装伤员呢，只得继续演戏道："嗯，没大事。"

姜湛依然诧异不已："余七哥，你功夫那么好，谁能伤了你啊？你出了这么大的事，龙旦怎么也不说呢，只是说你有事出门了。"

"出了点小意外，刚刚回来还没来得及换衣裳，其实只是一点皮外伤而已。"

"伤哪儿了？"姜湛不放心地问道。

虽然有时候怀疑余七哥打四妹的主意，但姜湛对这个救命恩人兼好友，心里还是十分感激的。

郁谨知道姜湛是个实在人，便掀起袖子让他看："就是这种小伤，出了点血而已。"

"那就好。"姜湛松了口气，遂即更加纳闷，"怎么还弄了一脸血呢？"

郁谨摸摸下巴，笑道："对方的血，胡乱一抹就这样了。"

"原来如此，那你快去洗洗吧，等洗完了咱们去最好的酒楼喝酒，我请客，算是给余七哥去去晦气。"

"好，姜二弟稍等片刻。"郁谨见总算把姜湛忽悠过去了，悄悄松了口气。

老实人也不好糊弄啊。

"等等！"一屁股坐到石凳上的姜湛忽然喊了一声，目光直直盯着石桌上放着的简易食盒。

这食盒很眼熟啊。

盯了片刻，姜湛眼神变了。

能不眼熟嘛，这是东大街王五嫂家的凉皮！

"姜二弟，怎么了？"郁谨返回来，随着姜湛视线看去，眸光一闪。

这是阿似带来给他的东西吗？

不对，阿似不知道他今日回来，这应该是给二牛准备的。

想到这，郁谨心中生出浓浓的危机感。

嗯，把阿似娶过门后还是把二牛卖了吧。

"余七哥，这凉皮哪来的？"

"怎么了？"郁谨直觉不妥，不露声色地套话。

"我瞧着这凉皮怎么像我买的那份呢。"姜湛纳闷道。

姜二弟买的凉皮？

郁谨心念急转，很快想到了最大的可能：姜湛这么疼阿似，这莫非是他买来给阿似吃的？

不能让姜湛知道阿似来过了！

郁谨想明白后，面不改色地笑道："我让龙旦上街买回来的。"

"原来是这样，没想到余七哥也喜欢吃王五嫂家的凉皮，我与四妹也爱吃。"

郁谨扬了扬眉。果然没有猜错，还好瞒过去了。

郁谨心中清楚，姜湛虽然性子好，可一个疼爱妹妹的兄长定然无法忍受妹妹一个人往别的男人家里跑。

"余公子，我们姑娘落下东西了——"这时，阿蛮风风火火跑了进来，话音戛然而止。

阿蛮与姜湛四目相对，皆是一脸震惊。

片刻后，阿蛮先一步反应过来，捂住脸扭头就跑。

姜湛跳了起来："阿蛮，你给我回来！以为捂着脸爷就不认识你了？"

龙旦反应极快，悄悄伸出一只脚来。

姜湛一个趔趄险些栽倒，等站稳了，早已不见了阿蛮踪影。

姜湛黑着脸返回来走到郁谨面前，一言不发地瞪着他。

郁谨："呵呵。"

"别笑！"姜二公子一下子参毛了，伸手一指石桌上的凉皮，一字一顿问道，"这是四妹带来的？"

郁谨摸了摸鼻子，没吭声。

"四妹为什么会来这儿？"姜湛再问。

郁谨依然不吭声。

姜湛急了，伸手一推郁谨："你可吱一声啊！"

"哎哟。"郁谨皱眉，捂着腹部，额头上登时沁出一层汗珠，一张脸白得吓人。

"怎么了？"姜湛一愣。

郁谨一副痛苦难忍的神色："受了点内伤，不打紧……"

姜湛不信："不打紧会疼成这样？"

郁谨坚强地笑笑："真没事。"

"你——"姜湛见郁谨这副模样，也没办法算账了，只得把一口气闷在心里，气得肋骨下方都在疼，顿足道，"回头再说！"

眼见着姜湛风风火火跑远了，郁谨才直起身来恢复了从容，施施然走到石桌旁坐下，打开盒子吃起凉皮来。

嗯，东大街王五嫂家的凉皮果然好吃，他这是沾了阿似的光呢。

二牛仰头看着主人，不满地叫了一声。

主人抢它的凉皮吃，不要脸！

街角树下，姜似正在等阿蛮。

"姑娘，不好啦——"阿蛮跑到姜似面前，扶着腰气喘吁吁道。

"怎么了？"

阿蛮顾不得解释，拉着姜似就向前跑："快走，被二公子抓到就完了。"

黑着脸的姜二公子已经大步流星追了过来。

"二哥。"姜似见姜湛怒容满面，一时不知该从何处说起。

姜湛一把抓住姜似手腕，怒道："跟我来！"

姜似还没见兄长这么生气过，只得老实随他走。

兄妹二人来到街头偏僻一角才停下。

"二哥，怎么了呀？"姜似一脸无辜地问道。

姜湛板着脸控诉道："四妹，你竟然把我给你买的凉皮给余七哥吃！"

姜似忙道："二哥，你误会了，我没有把你买的凉皮给别人吃，是不小心落那里了，所以才让阿蛮回去拿呀。"

姜湛脸色一缓，又觉得这么快消气怪没面子，冷哼道："是么？"

他排了那么久的队，轮到他时只剩下最后一份了，自己都没舍得吃一口就给四妹送了来。

只要一想到他辛苦买的凉皮被四妹送给了别人，尤其是送给了一个和她完全没有关系的男人，他就要气炸了。

"莫非二哥不相信我？"

"相信是相信，不过，"姜湛后知后觉地抓住了重点，"你为什么会去余七哥家？"

该死的余七，当着他的面和四妹眉来眼去也就罢了，竟然还敢背着他拐骗四妹去他家。

"我是去喂二牛的。这两天余公子不在，二牛吃不下东西。"姜似飞快抬眸看了姜湛一眼，却见刚刚还怒气冲冲的兄长安静下来，露出若有所思的神色。

她一时住了口，垂眸盯着鞋尖。

没想到二哥也有这么认真的时候，她不知道他在想些什么。

这时，她听到姜湛低声问了一句："四妹，你是不是……心悦余七哥？"

姜似睫毛一颤。

她看着自己湖绿色的绣鞋，鞋尖露出一点点灰白色，原本绣着洁白栀子花，却因为刚才的跑动而沾染了尘土，一如她此刻晦涩难明的心情。

少女站在比她高了一头的兄长面前，眼帘低垂，踟蹰着、沉默着。

姜湛却把这沉默当成了害羞，扼腕道："我就知道，只有千日做贼没有千日防贼的！"

余七哥那个不要脸的到底还是把四妹的心哄了去，他真是大意了！

"二哥，你说什么呢？"姜似回神否认，"我没有。"

姜湛叹了口气："四妹，你就别骗我啦，你要是对余七哥无意，怎么可能为了照顾一只狗天天往他家里跑？"

"跟我回府。"姜湛抓住姜似手腕，欲要拉她走。

"二哥？"

"回去后我会同父亲禀明此事，让父亲好好考察余七哥，若是，"姜湛十分不情愿，但想到妹妹的心意还是忍着心烦说出来，"若是父亲认可，就让余七哥的长辈早点来提亲吧。"

说到这里，姜湛越发气闷："总不能眼看着你年少无知，哪天被那小子占了便宜去！"

他纯粹是为了四妹考虑，就是便宜余七哥那家伙了。

姜似哭笑不得："二哥，你真的误会了，我才不想这么快嫁人。"

姜湛皱眉："先定亲，当然不能这么快就嫁过去操心受累。"

"二哥，我的意思是，我不愿意嫁给余公子。"

"你没有心悦他？"姜湛一怔。

姜似神色坚决："反正我即便嫁人，也不愿意嫁他。"

见妹妹神色不似作假，姜湛不确定了："真的？"

"真的。"姜似颔首。

姜湛脸色一正："既然如此，你要答应我，以后不许再去余七哥那里了。"

姜湛觉得郁谨是那种不达目的誓不罢休之人，四妹若是心悦他也就罢了，若是四妹没有这个心，还是远离那人为妙。

"嗯。"姜似毫不犹豫地点头。

她这两天行事是不够妥当，说到底，照顾二牛是一方面，管不住自己的心才是首要的。

好端端的人不见了，她情不自禁便会担心……

夜深人静的时候，姜似不知道骂了自己多少次没出息。

"二哥，咱们回去吧。"

姜湛走在半路上，一副期期艾艾的样子。

"二哥还有事？"

姜湛干笑："四妹有钱么？"

姜似嫣然一笑，示意阿蛮把荷包给姜湛。

"这些够么？"

姜湛打开看了一眼，耳根微红："似乎不大够。"

姜似打量着姜湛神情，蹙眉道："二哥该不会去碧春楼一掷千金吧？"

阿蛮随身带的荷包里也有十来两银子，去上好的酒楼吃一顿足够了。

姜湛瞬间涨红了脸，恼道："四妹说什么呢，我是那种人吗！"

要是去碧春楼他还有脸找妹妹借钱吗？那成什么人了。

姜湛很快坦白道："我想去和气堂买一株上好的山参送给余七哥，他不是受伤了么？"

"受伤？"

"对啊，受了很严重的内伤。"

姜似无言，难怪二哥没有与郁七打架，却跑来找她算账，原来那混蛋又睁眼说瞎话了！

占她便宜，还要她背锅，他怎么就那么厚脸皮呢？

"怎么了，四妹？"

姜似勉强笑笑："没事，反正和气堂离此不远，我陪二哥一道去吧。"

兄妹二人一道去了和气堂，挑了一支上好山参包起来，姜湛把荷包还给姜似："四妹，等我攒够了钱就还你啊。"

姜湛拎着昂贵的山参去了雀子胡同。

郁谨把一份凉皮吃得干干净净，连辣椒丝都没舍得剩下，吃完洗漱一番，换上一套雪白中衣往床榻上一躺，想起今日那个吻，心中美滋滋的，一会儿便翻个身。

等下次见到阿似，他就向她求亲。

"主子，姜公子来了。"龙旦跑进来禀报。

郁谨随意披了一件外衫走出去。

院中小扇般的合欢花随风摇摆，姜湛提着礼盒快步走过来："余七哥有伤在身，在屋里等我不就得了？出来干什么？"

"姜二弟这是？"郁谨看到姜湛放在桌几上的红木盒子，扬眉问道。

"买了一支老山参，用这个熬汤补元气最好了。"

"姜二弟太客气了。"郁谨心知一支老山参的价格，颇为感动。

"余七哥，你就收着吧，你是我的救命恩人，在我四妹心里与她的救命恩人是一样的。"

"救命恩人？"郁谨喃喃念叨着这四个字，看向姜湛。

这个说法他一点都不喜欢。

阿似对他明明有意，怎么会只把他当成兄长的救命恩人这么简单？

姜湛扭头对龙旦道："龙旦，你先出去吧，我与余七哥有话讲。"

龙旦看向郁谨，郁谨冲他微微点头。

屋内只剩下二人，姜湛决定把事情讲明白。

"余七哥，今日四妹来你这里被我撞见，回去的路上我问过她了。"

随着姜湛的停顿，郁谨一颗心跟着提起来。

阿似在他面前不好意思承认心意，在兄长面前或许会吐露真言呢？

郁谨的认真令姜湛有些尴尬，抬手挠了挠头："四妹她……她对余七哥没有别的想法……我知道余七哥对四妹的心思，本来要是四妹愿意，那我这当兄长的也不会多说，但她既然无意，我就不能眼看着余七哥这样下去了，对你们都不好呢……"

这话本来难以开口，正是他与郁谨交心，姜湛才不吐不快。

四妹既然不喜欢余七哥，再见到余七哥对四妹眉来眼去，他这当兄长的立场就尴尬了。

与其到时候影响二人交情，还不如敞开了说明白。

余七哥是个骄傲的人，姑娘家无意，他总不会死缠烂打吧。

姜湛心中转过这些念头，却发现郁谨脸色难看得吓人，不由骇了一跳："余七哥，你内伤发作了？"

郁谨苦笑。

他哪里是内伤发作，纯粹是猝不及防被人往心口捅了一刀，一时没缓过来。

"姜姑娘真这么想？"

见郁谨不像死心的样子，姜湛心一横，道："我也不瞒余七哥了，四妹说即便嫁人也不乐意嫁给你，还答应以后不会见你了。"

未等姜湛说完，郁谨已经站了起来。

"余七哥？"

"没事。"郁谨勉强挤出一丝笑容，"姜二弟，我有伤在身不宜久坐，改日再请你喝酒。"

"改日喝酒当然没问题。余七哥，我四妹……"

"姜姑娘既然这么说了，我就明白了，姜二弟放心吧。"

等姜湛一走，郁谨久久枯坐。

二牛晃着尾巴跑进来，见主人坐着一动不动，便往他身边一卧，狗嘴放在主人鞋子上，舒适地眯起了眼。

二牛的安静乖巧让郁谨把目光往它身上落了落，伸手揉了揉它的头，喃喃道：

"她还真是不气死我不罢休……"

他别无所求，只希望与一直放在心里的姑娘相守到老，这心愿实现起来为何这么难呢？

郁谨从来没想过放弃。

他已经给过她一次选择。

当知道她定亲后，他也曾忍下杀人放火的冲动默默祝福她，可是她的亲事没成，他不可能再眼睁睁地看着她嫁给别人。

可她的不情愿到底是为什么？

郁谨很困惑。

他不是从容游走在花丛中的风流浪荡子，并不擅长哄女子欢喜，一次次靠近姜似，靠的不过是一颗锲而不舍的心。

可是现在他尝到了什么叫心痛，他恨不得把一颗心剖出来捧到心上人面前，让她看看他的诚心，并问一声"为什么"。

就算嫁人也不乐意嫁给他？

郁谨只要想到这话由姜似口中说出，就觉得整个人沉在冰窟窿里，除了彻骨的冷意，还感到铺天盖地的窒息感。

以后再也不会见他？

郁谨端起茶杯灌了几口凉茶，饮尽茶水，把茶杯掷到了地上。

茶杯竟然没碎，骨碌碌滚向墙角，被二牛一爪子按住，它还伸出舌头舔了舔残余茶水。

大狗一脸难受的表情。

不好喝，难怪主人不开心。

郁谨站起来，在屋内来回踱步。

伤心归伤心，生气归生气，他还是稀罕阿似。

这日，景明帝在御书房中忙里偷闲看了会儿话本子，被话本子中的某个情节触动，传来六部重臣询问几位皇子的情况。

说起来，景明帝也是被儿子们近来时不时作天作地给气坏了，认为这些小崽子整日无所事事，不是看热闹就是打闲架，干脆把他们派到六部历练，好歹有个正经事做。

景明帝听了六部重臣打官腔的汇报，不耐烦地扬了扬眉。

王爷聪慧睿智，王爷谦逊有礼，王爷……这些废话还用听他们说，就没有一点新鲜的？"

　　刑部尚书是个机灵的，见皇上有点隐晦的不高兴，突然想起一桩事来，忙道："回禀陛下，燕王协助顺天府尹办案，刚刚查办了宜宁侯之孙落水一案。"

　　景明帝一听来了兴致："嗯，什么案子？"

　　刑部尚书忙把案子简单介绍一下，最后赞道："就连顺天府尹都说燕王心细如发，很有天赋。"

　　景明帝高兴了，打发走六部重臣，命大太监潘海传郁谨入宫。

　　郁谨才与姜湛喝过酒，潘海就上了门。

　　"王爷，皇上宣您进宫一趟。"

　　郁谨的眼神恢复了清明："劳烦公公稍等，我换一身衣裳。"

　　不多时，换过衣裳的郁谨随着潘海入了宫。

　　"皇上，燕王到了。"

　　随着郁谨走进来，景明帝就闻到了淡淡酒气。

　　景明帝顿时不高兴了。青天白日居然喝酒？

　　"从哪里来？"

　　郁谨如实道："与朋友喝酒，回去时恰好遇到了潘公公。"

　　"这个时候不是上衙的时候吗？"

　　"儿臣随顺天府尹甄大人查出一桩落水案，有些高兴，就叫朋友小酌了两杯。"

　　看着脸颊微红的儿子，景明帝心中叹了口气。

　　在宫外长大的孩子到底比不上在宫内长大的机灵，这么实在还挺容易吃亏的。

　　不过，说起来，他也有责任。

　　景明帝有了这个想法，看向郁谨的眼神就柔和下来，问道："你回来后交了哪些朋友？"

　　"儿臣只交了一个朋友，就是东平伯府的二公子，不过，他还不知道儿臣的真实身份。"

　　"东平伯府？"景明帝想了许久才有了印象，"朕想起来了，东平伯府本来与安国公府结了亲，结果安国公的小儿子为了个民女殉情，退了与东平伯府的婚事，是有这回事吧？"

　　郁谨一脸茫然："儿臣不知道啊。"

　　"你才刚回到京城，不了解这些也很正常。"

　　看着芝兰玉树般耀眼的儿子，景明帝笑了："对了，安国公的小儿子还是你表弟。老七，你对此事怎么看？"

郁谨一张俊脸瞬间结了冰，冷漠道："儿臣觉得季三是个不负责任的混账，受他连累而退亲的那位姑娘简直是倒了八辈子霉才与他有牵扯。"

景明帝摸了摸下巴。

老七的想法很独特啊。

他当初听了此事只觉得新鲜，还没想过东平伯府那位退亲的姑娘会如何。

这么一想，景明帝又觉得，自己身为明君应该有所表示才对。

嗯，回头找机会赏那位姑娘一点什么吧。

"潘海，送燕王出去吧。"

上位者的一举一动都牵扯着无数人的心，景明帝召集六部重臣问话后独独召了燕王进宫，最后燕王还由大太监潘海亲自送出去，这立刻引来众人的揣测。

燕王这是得了皇上青眼了？

与太子竞争？这倒不会，没人会把一个自幼养在民间的皇子与稳坐东宫的太子相提并论。

但是一个受皇上重视的皇子，与一个皇上都记不住长相的皇子，那绝对是不一样的。

燕王不能与太子竞争，难道还不能帮着别人与太子竞争吗？

比如，帮着四皇子齐王。

要说起来，几位王爷中齐王德才兼备，声望可是最高的。

贤妃得到消息就转起了心思。她本来以为老七是个弃子，如今看来，大有可为。

老四那么出众的孩子，就吃亏在晚生了几年，倘若有个得皇上青眼的亲兄弟帮衬着，将来的路就好走多了。

贤妃是个雷厉风行的，郁谨这边才回到雀子胡同的民宅中，贤妃身边的太监就带着一堆礼品过来了。

二牛拦着门不让进。

太监尖声道："你这畜生，不要挡路！"

二牛一听怒了，飞身而起，把太监扑倒在地，对着他的屁股就咬去。

太监惨叫一声，喊道："你们都是死的吗？还不把这只畜生打走！"

龙旦双手环抱胸前，笑吟吟地提醒道："二牛可是正五品的官，皇上亲封的。"

三年前，大周与南兰有一场恶战，主子受了重伤，是二牛咬死了准备对主子痛下杀手的敌人，并在尸山遍野中把主子拖了出来。

二牛的一条腿就是那时候瘸的。

二牛不仅救了当朝皇子，咬死的那个南兰人还是一位小王爷，战报传到京城，虽然二牛只是一条狗，景明帝还是不顾御史们上蹿下跳，御笔一挥，封了二牛为正五品啸天将军。

龙旦这话一出，那些太监都愣了，一时不知是真是假。

龙旦冷笑："才过了三年就没人记得了？你们要不要看看啸天将军脖子上的铜牌？"

二牛一听，松开口，身子直立起来，露出颈间挂着的铜牌。

大狗威风凛凛，睥睨着呆若木鸡的众太监。

"看到了吧？真要论起来，你们见了二牛还得行礼呢。想打它？这是以下犯上，要吃板子、蹲大牢的！"

众太监越发无措，不由看向地上领头的那位太监。

领头的太监捂着屁股艰难地爬起来，刚要拿出贤妃压人，就见半人高的大狗突然一龇牙。

领头太监吓得打了一个哆嗦，灰头土脸地跑了。

众太监自然跟着一哄而散。

一时间，门口冷清下来，只有地上堆满的礼品琳琅满目。

二牛踩过那些礼品，来到从头至尾不发一言的郁谨身边，讨好地蹭了蹭他的手。

郁谨冰冷如霜的面上露出一丝笑意，轻抚着二牛的头道："干得不错，回头让龙旦给你买酱牛肉。"

"汪汪！"二牛心满意足地叫了两声，从主人身侧挤进院子，继续吃肉骨头了。

树荫下，一盆肉骨头散发着令人垂涎的香味，二牛挑了一根最顺眼的啃着，大尾巴一下一下摇晃着。

嗯，有肉骨头，倘若再有女主人陪伴的话，狗生就十分完美了。

龙旦看了看堆满一地的礼品，再看看郁谨冰冷的模样，试探道："主子，要不小的把这些东西都扔大街上去？"

郁谨冷笑："扔了干什么，都是好东西，留着用！"

他从不干讨厌一个人而拿物件出气的傻事。

好与坏，都是人干出来的，与物件没有半点干系。

二牛这么一闹，很多留意着这边动静的人都知道了。

太子本来已经准备好找机会狠狠打压郁谨一番，免得以后郁谨与四皇子联手让他头疼，如今一听贤妃的人连雀子胡同那宅子的门都没进去，不由乐了。

咦，他似乎不用急着当恶人，老七与其他兄弟不一样啊。

白驹过隙，很快就到了七月。

初秋的天空开阔，云淡而疏，满眼都是大片大片的湛蓝，以及比盛夏还要炽热的阳光，人的心情在这样的时节里莫名就会敞亮些。

姜似的心情却一日比一日沉重。

梦中二哥的死就如一块巨石压在她心头，而那个日子越来越近了，她有些喘不过气来。

今日，就是梦里二哥与礼部尚书之孙杨盛才画舫游河的日子。

"姑娘，姑娘！"阿蛮气喘吁吁地从外边跑进来。

正好阿巧端着蜜水过来，姜似接过蜜水顺手递给了阿蛮。

阿蛮一口气喝完，把空碗塞回阿巧手中，快言快语道："阿吉传来消息，说有人约了二公子去金水河游玩。"

姜似用力咬唇，气得踢了一下脚边的小杌子。

"二公子什么时候去？"

"说是约好了傍晚时分。"

姜似抿了抿唇，有心去找姜湛叮嘱几句，又担心引起变故，只得硬生生压下这种冲动，吩咐阿蛮把老秦找来。

与老秦见面的地方是前院与后宅之间的一处凉亭。

姜似没等多久，阿蛮就领着老秦走了过来。

来到姜似面前，老秦抱拳行礼，一言不发等她吩咐。

"老秦，你尽快熟悉一下金水河的情况，雇一条船在那等着我。"

老秦立刻点头："姑娘放心。"

与老秦分开，姜似回到海棠居开始收拾东西。

金水河畔白日里要冷清许多，最热闹的时候是在晚上。月上柳梢，灯火通明，无数游船画舫漂浮在金水河上，隐隐传来乐声与笑声，脂粉香也被风送到人们鼻端。

姜似与阿蛮皆是一副不起眼的打扮，静静看着河畔，那些停靠在岸边的精美画舫接连亮起大红灯笼，缓缓驶向河中。

"姑娘。"低沉的声音响起，老秦摇着船靠岸。

除了雕龙画凤的画舫，金水河上还有许多灵巧的船只，有些是穿梭于画舫之间贩卖鲜果小吃的小贩，还有的是姿色寻常的花娘，没资格上画舫便乘着小船做些迎来送往的生意。

老秦熟练地划着船，隐在这些船只中丝毫不起眼。

姜似与阿蛮上了船。

"姑娘,接下来该怎么做?"阿蛮跃跃欲试。

姜似目不转睛地盯着前方。

那里停靠着一艘画舫,是姜似目光可及之处最华丽的一艘。此刻,有几个少年郎说笑着走向画舫,其中一人她最熟悉不过,正是二哥姜湛。

阿蛮眼睛微微睁大,猛拉姜似衣袖:"姑娘,二公子来了!"

姜似平静地吩咐道:"老秦,开船,跟在那艘画舫后边。"

画舫上灯火通明,人影攒动,婉转缥缈的丝竹声传入耳中。

姜似侧耳聆听,清晰听到了少年略显轻浮的声调:"只留几个小倌伺候就行了,让花娘通通下船去吧,人多了连个下脚的地方都没有。"

姜湛略带疑惑的声音传来:"小倌?"

先前开口的少年笑道:"反正咱们今日是喝酒,有女子在场喝不痛快,不过姜兄要是喜欢花娘,那就给你留两个。"

"不用,不用,小倌就好。"姜湛急忙道。

开什么玩笑,他是那种花天酒地的人吗?来这里主要是因为上次遇到麻烦杨盛才帮了他一把,所以他才卖杨盛才一个面子与崔逸那小子吃顿和解饭,不然,他才不会跟着他们来金水河呢。

姜似听得嘴角直抽。

什么叫"小倌就好"?二哥这个傻子!

很快,数名打扮得花枝招展的女子陆续从画舫上走下去。

姜似准备了两套衣裳,一套是贴合花娘身份的裙装,她身上穿的则是一身男装。这身装束正是金水河画舫中小倌的常见打扮,适合端茶倒水,并不惹眼。

姜似对镜涂涂抹抹,本来出众的眉眼变得平淡起来。

"老秦,搭把手,把我扔到画舫上去。"

"姑娘,那我呢?"阿蛮急忙问。

站在船沿的姜似回头:"你与老秦留在船上,等会儿准备接应我与二公子。"

老秦划动小船靠近画舫背侧,托起姜似把她送到了画舫上。

姜似混进画舫,轻车熟路地向大堂走去。

这样的画舫她先前来过数次,对船上布局已经了然于心。

大堂内亮如白昼,姜湛等人已经在桌前坐定。

数名眉眼不太出众的小倌端着瓜果酒肉来来往往,另有几名锦衣华服的小倌陪坐在姜湛等人身旁说笑逗趣。

姜湛皱眉:"咱们喝酒要这些人坐一边叽叽歪歪干什么?真扫兴!"

杨盛才今日一身薄纱紫袍，显然心情甚好，对姜湛格外宽容，闻言立刻把那几个打扮冶艳的小倌赶了出去。

姜湛觉得自在许多，原就清俊的眉眼因为有了淡淡笑意，更显得俊朗无双。

杨盛才眼睛一亮，伸手搭在姜湛肩头："姜兄，我还要谢谢你今日给我面子。来，咱们先喝一杯。"

耿直的姜二公子完全没有察觉不妥，端起酒樽，很痛快地与杨盛才碰杯。

二人一饮而尽，杨盛才大笑："我就喜欢姜兄这种痛快人，不像一些人喝个酒还要推三阻四，上不了台面！"

除了姜湛，在场还有四个少年，一个杨盛才，祖父是当朝礼部尚书，胞姐是太子妃；一个崔逸，父亲是当朝名将，母亲是荥阳长公主；另外两个少年一个是礼部侍郎家的公子，一个是丹霞郡主之子。

这四个人凑在一起，算得上京城公子哥儿中的核心人物了，是以杨盛才说出这话十分有底气。

姜湛笑了："我也喜欢痛快人。"

他这一笑，杨盛才越发热情起来。

一旁的崔逸在杨盛才的暗示下也端起酒杯："姜兄，以前是小弟不懂事，还望你莫要见怪，喝了这杯酒，以后咱们就是朋友了。"

姜湛本来就是那种广交朋友的公子哥儿，听了这话，虽然心中对崔逸依然不待见，但看在杨盛才的面子上还是忍了下来，举杯一碰仰头喝了。

其他两名少年拍着桌子纷纷叫好："姜兄真是痛快，兄弟们见了你就觉得投缘，来来，咱们干了这杯。"

姜似看着姜湛左一杯酒右一杯酒喝下肚，气得牙疼。

她的傻二哥，真该早点找个母老虎性格的嫂子好好管教，以后敢跟着这些狐朋狗友厮混，先打个半死再说。

眼见着姜湛眼神迷离，显出醉意，杨盛才亲热地揽住他肩头："姜兄，光喝酒岂不无趣？咱们玩点别的吧。"

姜湛墨玉般的眼睛微微睁大，显出少年的纯真与好奇："玩什么？"

杨盛才忽然起身凑近了姜湛。

因为喝了不少，姜湛有一瞬间完全不明白发生了什么事。等他反应过来后，根本没有经过思考，一拳就打在了杨盛才脸上。

一拳下去杨盛才惨叫一声，鼻血蹿出一尺高，纷纷洒落在姜湛脸上、身上。

姜湛抹了一把脸，想到这是鼻血，心里一阵恶心，张嘴就吐了出来，正好吐杨盛才一身。

杨盛才可没喝多少酒，但正是这份清醒让他无法承受对方的呕吐暴击，杨盛才当即大声道："你们还愣着干什么？给我揍死这个蠢货！"

崔逸把酒杯往地上一扔，一抹嘴冷笑道："早就该这么干了，跟这小子温声细语地说话，真是憋屈！"

几个小倌见到这种情景，立刻低头弯腰逃离大堂，唯恐惹上大麻烦。

姜似站在不惹眼的角落里，没有急于出手救下姜湛。

兄长皮糙肉厚，挨些拳脚算不上什么，她想看看后面会发生何事。

姜湛清醒时收拾两三个人没问题，可他现在醉得不轻，躲开崔逸打过来的一拳后，脚下一滑，上半身扑到桌子上。

杯子盘子落了一地，酒气熏天。

另两名少年一左一右按住了姜湛胳膊，令他动弹不得。

崔逸眼中闪过狠厉之色，抄起椅子就要往姜湛头上砸去。

姜似手心幻萤就要飞出去，就听杨盛才喊了一声："慢着！"

姜似看向杨盛才。莫非他良心发现了？

虽然她早就下定决心不会放过这四个人，但惩罚的程度当然要视他们的行为而定。

崔逸把举起的椅子放下来，纳闷地看着一身狼狈的杨盛才："不是吧，都这个时候了你还想放过这小子？"

"放过他？"杨盛才抹了一把脸，酒气混合着酸臭食物的味道熏得他直翻白眼，对姜湛的恨意就更深了。

他从小到大养尊处优，什么时候这么狼狈过？今天他绝不会放过这小子！

杨盛才的神色越发狰狞："打他干吗？他好歹是伯府的公子，若是出了什么事，带着一身伤回家，咱们都逃不了干系了。"

崔逸撇嘴："这有什么，伯府还敢与咱们硬来不成？"

杨盛才冷笑："能省事当然还是省事好！"

"那咱们怎么收拾这小子？"看着被按在桌子上拼命挣扎的姜湛，崔逸满脸嫌弃。

杨盛才侧头看了一眼窗外。

画舫大堂的窗子皆敞开，窗外就是波光粼粼的河水。

杨盛才冷冷道："把他从这里扔出去，不就一了百了吗？"

崔逸吃惊得瞪大了眼睛，显然没料到杨盛才要的是姜湛的命。

两个按着姜湛的少年同样面露惊讶。

崔逸舔了舔唇："没必要闹出人命吧，给这小子一顿教训就差不多了啊。"

杨盛才看向另外两名少年："你们也这么想？"

两名少年不由点头。

他们虽然出身显赫，平日里没少干欺男霸女的事儿，但其实没干过弄出人命的事情，而姜湛好歹是伯府公子，他们更无措了。

"怕了？"杨盛才扫了三人一眼，撇嘴，"就知道关键时刻你们都尿了！"

这个年纪的纨绔子最经不起激将法，三人当即怒道："谁尿了啊？"

杨盛才推开两个少年，从背后揪住姜湛把他提了起来。

姜湛折腾一番后酒意上涌，早已站不稳身子，甚至都没意识到眼前的危险。

姜似就这么看着杨盛才把姜湛推至窗口，然后推了出去。

扑通落水的声音传来，崔逸三人愣在当场。

他们虽然逞强，可从心底真不相信杨盛才会动手。

"好了，这下子清净了。"杨盛才拍拍手道。

"真的推下去了？"

"怎么，怕了？"

崔逸搓搓手："很多人都看到了姜湛跟咱们一起上船，到时候尸体捞上来，我们怎么说啊？"

杨盛才不以为意地笑笑："有什么不好说的。画舫上层就是露台，就说咱们一道去露台玩，姜湛喝多了，失足掉下去了。咱们顶多就是没有把人救上来，他死了关我们什么事？总不能跳下去救他，把自己的命搭上吧？到时候给东平伯府送些银钱聊表哀思，已经仁至义尽了。"

杨盛才越说眼中光芒越亮，仿佛刚才落入水中的不是一个人，而是一只酒杯，一盘冷炙。

从头到尾，姜似就这么冷冷地看着他。

她并不担心姜湛的安危，因为已经提前嘱咐老秦时刻留意画舫动静，倘若发现兄长落水，会第一时间把他救起来。

她就是要看看人心有多恶。

现在，该知道的都知道了，她自然明白怎么做了。

姜似取出早准备好的油往地上一洒，再把堆着的酒坛往地上摔，油与酒混在一起流了一地。

这个时候，杨盛才等人终于留意到这个没有离去的小倌。

"你要干什么？"

姜似笑笑，把移开灯罩的蜡烛丢到了地上。

火星沾上油与酒，腾地就燃烧起来。

画舫大堂的地面、四壁全都是木质结构，再加上那些帷幔轻纱，几乎瞬间，整个大堂就全是火焰。

火海之中，杨盛才四人甚至连小倌的长相都瞧不真切。

这个时候他们也顾不得这些，更没了推姜湛入水时的镇定，脸上惊慌难掩，声嘶力竭地喊道："走水了，走水了！"

姜似对着惊慌失措的四人笑了笑，纵身从窗口跃了出去。

重物入水的声音传来，仿佛给了四人提示，四人都慌乱转身，从离自己最近的轩窗跳了出去。犹如下饺子一般，扑通入水的声音接连传来。

姜似跳入水中后只感觉到凉。

眼下暑气未消，夜风带着熏人的暖意，正是因为地上与水中的温差，她才觉得河水格外凉。

姜似情不自禁地打了个哆嗦，双腿微蹬，整个头冒出了水面。

"姑娘，快把手给我！"朦胧夜色中，水光与灯火随着流水摇曳，流水中传来阿蛮急切的声音。

姜似握住阿蛮递过来的手，借着对方的力道灵巧地登上了船。

看着浑身湿漉漉的姜似，阿蛮忍不住埋怨："姑娘，您胆子太大了，真的吓死婢子了！"

"怕什么？不是已经和老秦说好了吗。"姜似左右四顾，"二公子没事吧？"

阿蛮一指船舱："二公子在里面呢，现在还没醒，不过老秦说他没事。"

听闻姜湛无事，姜似心下微松。

这时，那艘画舫已经彻底燃烧起来，火光冲天，犹如怒龙，画舫四周的河面被映得通红。

尖叫声、哭喊声不绝于耳，四周的船早已被惊动，缓缓靠近画舫救人。

姜似面无表情地吩咐老秦："走。"

老秦神色几乎没有丝毫变化，立刻加快了划船的速度。

很多船只已经靠过来，却因为画舫的火势太大而无法靠近，只能竭力救助落水的人。

这一切嘈杂与惊慌都被小小的乌篷船抛在后面，小船向岸边驶去。

"快点快点！"一队队官差沿着河边跑过来，火光与灯光下，可以看出这些人神色急切。

金水河是个销金窟，雕梁画栋的华丽画舫里往往坐着的都是达官显贵，一旦出了事可不得了。甄世成自从当上顺天府尹，就专门派出几名衙役在此巡逻，一旦发生大事立刻鸣锣，就会有大批官差赶来。

姜似看着赶来的官差，面色微变，吩咐老秦："先别靠岸，混入那些画舫游船中再说。"

画舫起火，普通人都会留下来瞧热闹，这时候有船悄悄离去，等于告诉别人这船有问题。

这时一只画舫拦住了他们的去路。

老秦手握竹篙，全身戒备。

一个人从画舫上探出头来，无奈道："上来！"

他们所在处光线稍暗，姜似却一眼看清了那人的模样。

阿蛮不由转头："姑娘，是余公子！"

姜似遥望了一眼热闹的岸边与河面，毫不迟疑地对老秦道："把二公子送上画舫！"

很快，老秦就把姜湛抱出来送到画舫上，姜似与阿蛮先后上了画舫。

郁谨对老秦微微颔首："你可以离开了。"

得到姜似示意后，老秦默默摇着船桨，很快离去。

郁谨的这条画舫并不大，亦算不上华丽，在众多画舫中并不起眼。与众不同的是，画舫中没有花娘小倌这些乱七八糟的人，画舫内空荡又清净。

画舫大堂临窗有一方桌子，上面摆着一只酒壶并几碟鲜果，因为只有一只酒杯看着用过，整个画舫瞧起来就越发冷清。

安顿好了姜湛，郁谨看着姜似，叹了口气："先去把脸洗干净、换上干衣裳，再说吧。"

画舫有私密性极好的房间，姜似由阿蛮陪着换好衣裳，回到画舫大堂。

郁谨的视线落在少女湿漉漉的头发上，笑道："好在天热，头发很快就能干了，不过回去后记得好好泡澡，免得寒气入体。"

姜似没说话，静静看着他。

郁谨笑笑："别误会，今日只是凑巧，我可没跟踪你。"

他当然打死都不会承认的，不然阿似又要讨厌他了。

"你都看到了？"姜似终于开口。

郁谨干笑："呵呵，你该不会杀人灭口吧？"

姜似坐下，淡淡道："我没那么闲，也没那个本事。"

"我看到姜二弟被人从窗口推出来了。"

姜似眸光微转，与郁谨对视。

她其实不大相信今晚遇到他只是巧合，不过对方不承认，她自然不会揭穿，以免这混蛋破罐子破摔，又信口胡言。

"所以你做得很好，不要有一点内疚。"

姜似轻轻点了一下头。

金水河上热闹如白昼，随着崔逸三人被陆续救起，很快，人们就知道有几个公子哥儿喝酒时画舫起火，这火还是画舫上的一个小倌放的。

然而，这时赶来的官差根本顾不得追究什么小倌，因为从崔逸三人口中，官差们知道了一件事：礼部尚书之孙杨盛才还没有找到！

距离四人跳水已经过去这么久，人还没找到，情况就有些不妙了。

金水河水急又宽，要在河里找一个落水的人，难如登天。

眼看着到了夜半时分依然全无进展，除了少数好奇心特别重的人舍不得离去，大多数人都准备回去了。

河岸上，守着码头的官差只有十余人，哪里拦得住这些人，看见乘坐画舫的权贵只能老老实实放行，而重点盘查了一下花船、渔船。

即便如此，大部分船只都没有被检查，原因无他，官差人手太少。

老秦混在船只中躲过了抽查，郁谨这艘画舫则畅通无阻地靠了岸。

岸上被夜色笼罩，放眼远处，更是漆黑一片。

"让冷影送你们回去吧。"在朦胧夜色中看着男装打扮的少女，郁谨咽下了亲自送人的话。

"不用，人多反而不好，有老秦就够了。"姜似婉拒，"我二哥就麻烦你照顾了。"

郁谨微微一笑："你放心，我会'好好'照顾他的。"

他刻意在"好好"两个字上加重了语气，因为先前在画舫上二人便已经商量好，让姜湛认为他是被郁谨所救更妥当。而姜似提出了一个要求，就是要好好收拾一下姜湛，好让他长个教训。

面对心上人的嘱托，郁谨当然毫不犹豫就答应下来。

至于与姜湛之间的友情？呵呵，不存在的。

"那就好。"姜似笑笑，带着阿蛮离去。

这一夜，大半个京城都很热闹，将军府、侍郎府、太平伯府接到顺天府的传信，家中上下都被惊动了，忙派人去顺天府接人。

礼部尚书家听闻落水的杨盛才至今还没找到，更是兵荒马乱，把所有能召集到的人手都派到了金水河去寻人。

顺天府尹甄世成当然睡不成了，坐在公堂上询问崔逸三人。

听崔逸讲述完画舫起火的前因后果，甄世成摸了摸胡子，没吭声。

短暂的沉默让三人都有些难受，崔逸喊道："甄大人，你们一定要把那个该死的小倌找出来，千刀万剐！"

"顺天府会尽力的。"甄世成当然不会打包票。

这几个纨绔子不知道从小到大得罪了多少人，想要顺着结仇的线索找出纵火之人，无异于大海捞针。

"你们一起喝酒的不止四个人吧？"

甄世成这话一出，三人顿时变色。

甄世成轻扣手指敲打着桌案，不紧不慢道："本官从画舫上逃生的小倌那里了解到，你们一行喝酒的有五人。"

崔逸突然拍了一下头："对了，还有东平伯府的二公子姜湛，他也落水了！"

甄世成脸色一沉："既然如此，你们为何不早说？"

崔逸撇了撇嘴，不以为意道："我们太紧张了，一时给忘了。"

"一同喝酒的人也能忘了？"凭经验，甄世成已经可以断定其中有见不得人的猫腻。

"我们都不熟嘛，人是杨盛才喊来的，所以遇到起火落水这么吓人的事，一紧张就把他给忘了。"其他两个少年纷纷道。

崔逸满脸不高兴："甄大人，我们是受害者，你们顺天府不赶紧把那个纵火的小倌找出来，却把我们三个当犯人一样审问，这是什么道理？"

甄世成猛然一拍惊堂木，虽然没有衙役站在公堂两侧、手持杀威棒喊"威武"，三人还是吓了一跳。

"你这是什么意思？"三人色厉内荏地喊道。

甄世成慢条斯理地把惊堂木放下来："就是告诉三位公子，这才叫审问。刚刚本官只是找你们了解一下情况，你们却认为自己被当成了犯人审问，莫非你们做了什么亏心事？"

"我们没有！"三人异口同声否认。

"没有就好。三位公子辛苦了，你们可以回府了，不过之后本官若还有需要了解的情况，还会劳烦你们过来的。"甄世成眯眼道。

这些没脑子的小兔崽子还没他儿子难缠呢，也想跟他瞎扯？

待崔逸三人离开，甄世成立刻吩咐人去东平伯府报信。

东平伯府接到消息乱成一团，姜安诚立刻召集家丁赶往金水河，一路上不停地骂："小畜生，等找到你，看老子不剥了你的皮！"

他嘴上骂得凶，眼中却闪着水光，紧握的拳头更是抖得厉害。

姜二老爷与姜三老爷连声安慰，面色皆很沉重，只不过姜二老爷眼底的轻松被夜色遮掩，无人察觉。

海棠居中，阿蛮看着不紧不慢换上干净里衣的姜似，忍不住提醒道："姑娘，前边动静很大呢，大老爷他们都去找二公子了。"

姜似换好衣裳躺下："不用管这些，睡觉去。"

府里闹得厉害更好，也让二哥瞧瞧，他不长心会给家人带来什么样的痛苦！

金水河上，看热闹的人陆续散去，只剩顺天府的官差以及家中派来寻找杨盛才与姜湛的人。

金水河水面辽阔，远方朝阳一点点跃出水平线，把柔和的橘光洒向河面。

随着消息传开，赶往河边帮忙寻人的队伍越来越多了。

杨盛才不只是礼部尚书的孙子，还是当朝太子妃的胞弟，他的落水失踪无疑牵动着无数人心。

甄世成带着一群衙役赶来，立在河岸看着或焦急或疲惫的人，心底叹了口气。

到这个时候尚未寻到人，情况很不乐观。

甄世成把所有实施营救的人手组织起来，分成十数支队伍，在金水河中细细搜索着，等到日头当空，突然有人钻出水面大叫起来："底下有人！"

这话一出，顿时引起轩然大波。

杨盛才的父亲与姜安诚几乎同时奔过去。

甄世成的属下指挥着那一队人下水打捞，过了约莫两刻钟，一名精通水性的汉子单手夹着一个人缓缓浮上来。

很快，有两个人把汉子带上来的人接过去，游向岸边。

岸边围满了人，站在最前的就是杨父与姜安诚。

营救小队很快上了岸，把捞上来的人平放在岸边。

泡了一夜，捞上来的人已经浮肿，披散的头发遮住大半面部，让人一时分辨不出长相来。

甄世成不由看向杨父与姜安诚。

杨父看到捞上来的人身上穿着紫袍，脚一软，栽倒在地上。

杨盛才偏爱紫色，大多数衣裳都是这个颜色。

身旁的人忙把杨父扶住，杨父抱着万分之一的希望，一步一步走向尸体。

甄世成的属下默默把遮挡尸体面部的头发拨至一旁，露出整张脸来。

看清尸体模样的瞬间，杨父心中再无一点侥幸，跟跄着奔过去。

与此同时，姜安诚长舒了一口气，一屁股跌坐到地上。

天知道他刚刚多么恐惧，一颗心几乎提到了嗓子眼。

还好不是那小畜生！

这一刻，姜安诚竟有一种想哭的冲动。

姜三老爷半跪下来，用力拍着兄长的肩膀，低声安慰道："大哥，眼下没有消息就是最好的消息。"

姜二老爷颇觉失望。姜湛若是死了，二房以后的路就更顺当了。

不过也不用急，眼下这种情形，姜湛根本没有生还的希望。

礼部尚书府的人很快带着杨盛才的尸体离去，剩下的人继续寻人。

一大早姜似收拾一番，前往慈心堂请安。

二太太肖氏与三太太郭氏早已到了，正陪着冯老夫人说话，见到姜似进来，房中瞬间一静。

姜似今日穿了一件云纹白衫，下边配着大红石榴裙，衬托着明眸皓齿，清艳无双，比海棠花还要娇艳。

肖氏瞧见了，凉凉道："四姑娘今日穿得真喜庆。"

这蠢丫头还不知道亲哥哥淹死了吧？穿成这样可真是讽刺啊。

不过这样也好，老夫人瞧见了，对这小蹄子定然不满。

姜似低头提了提大红裙摆，嫣然一笑："心情好当然要穿得喜庆些，这样，祖母瞧见了也高兴嘛。"

她已经从阿飞那里接到了消息，画舫上那些小倌、仆役皆已获救。

尽管先前多次观察，姜似对放火烧船后不会牵连无辜之人很有信心，但这种事难免会有意外，接到这个消息她确实很高兴。

至于崔逸三人，姜似轻抿唇角，眼底浮现冷意。

这笔账还没算完！

"心情好？"肖氏长长叹了口气，"四姑娘，你要是知道昨夜发生了什么事，就不会这样说了。"

姜似露出困惑神色。

肖氏心中越发舒坦，面上却露出哀戚之色，捏着帕子擦了擦眼角："唉，这话可怎么和你说呢？"

冯老夫人已是不耐道："回去换一身衣裳吧。"

虽然她对二孙子不怎么看重，但他到底是伯府第三辈的男丁，世家都讲究子孙满堂，男丁越多，一个家族才越兴旺。

再者说，就算姜湛没出息，焉知他将来就没有能光耀门楣的子孙？

是以冯老夫人此刻的心情可不怎么好，瞧着姜似的红裙，格外刺眼。

姜似低头看看，不解道："孙女不知哪里不妥。"

"你二哥昨夜落水，至今下落不明！"冯老夫人不悦道。

姜似微微睁大眸子，把震惊显露得恰到好处，喃喃道："二哥现在有消息了么？为何现在才告诉我？"

肖氏瞧着姜似大受打击的模样，只觉痛快。

她以前从没把姜似看在眼里，可不知从何时起，她每当与这丫头对上总会吃亏，这口气实在难以咽下。

唯一的兄长没了，从此姜似少了一大依靠，她倒要看看这丫头还怎么得意。

肖氏心中这样想着，面上却无比关切："你父亲、叔叔，还有大哥，他们得到消息就赶去金水河边了，目前还没有你二哥的消息。之所以现在才告诉你，是你父亲怕你夜里知道了睡不好。唉，可怜天下父母心啊，你二哥要是有个什么事，你父亲可怎么办啊？"

"二婶很想我二哥出事？"姜似俏脸一沉，淡淡问道。

肖氏的神情瞬间扭曲，不满道："四姑娘，你二哥也算我看着长大的，在我心中与你大哥、三弟他们没有多大区别，我怎么会盼着你二哥出事呢？你这样说，真让婶子太失望了。"

"哦。"姜似嘴里蹦出一个字来。

肖氏一窒，暗暗咬碎银牙。

这丫头简直气死人不偿命！

想到姜湛的下场，肖氏火气消了大半，劝道："四姑娘，听老夫人的话，快去把衣裳换了吧。"

姜似理了理衣裳，不急不缓道："我不换。"

"四丫头！"冯老夫人不悦地喝了一声。

姜似微微抬起下巴："祖母，您想要孙女换什么衣裳呢？莫非要我换条白裙子来？"

冯老夫人被问得一愣。

姜似眸光一转，看向肖氏，冷笑道："我二哥还没有消息传来呢，二婶就撺掇祖母要我换衣裳，不知安的什么心？倘若昨夜是大哥落水，二婶今早看到我穿一身素衣，难道不觉得晦气？"

肖氏一听姜似居然拿大儿子举例，气得脸色发白："四姑娘，你说的这是什么话？还有没有把我这个婶子放在眼里？"

一旁的三太太郭氏忍不住打圆场道："二嫂，你就少说两句吧。二公子出了事，四姑娘也是心里难受。"

肖氏冷笑一声，不再言语。

这个时候，她没必要与这小蹄子逞口舌之快，反正死的是姜湛，到时候看谁哭！

"我今早来给祖母请安，换上这条石榴裙就觉得心情愉悦，仿佛会有好事发生。我相信这是个好兆头，所以不会把裙子换了的。"姜似语气坚决，对着冯老夫人屈膝，"祖母，请您莫要为难孙女。"

"你！"冯老夫人恼怒姜似面对长辈时强硬的态度，这让她有种被冒犯的感觉。

"行，那就等你父亲他们的消息吧！"冯老夫人忍怒道。

她现在不与一个小丫头费口舌，一切等有了二孙子的消息再说。

"倘若你二哥出了事——"倘若传来噩耗，她定会狠狠教训这丫头。

姜似笑笑："祖母放心吧，我二哥是好人，好人会有好报的。"

她说着，眸光漫不经心地扫向肖氏："至于那些恶人，自有天收。"

肖氏心中气得半死。

这不是指桑骂槐吗？小蹄子实在可恶！

不过到底是个不长脑子的，还说什么好人会有好报呢，姜湛都落水这么久了，现在尸首恐怕都泡肿了。

郭氏冷眼旁观，默默叹了口气。

四姑娘不愿相信二公子出事的事实，情愿顶撞老夫人也不去换衣裳，仿佛这样就会没事了。

唉，说起来真是可怜可叹。

冯老夫人懒得再与姜似说一个字，双目微阖，一颗颗转动佛珠。

姜似完全不在意各人心思，她现在只想知道二哥被郁七"照顾"得怎么样了。

姜湛此时已经醒了，宿醉让他头疼欲裂，他看清眼前的人后忍不住揉了揉眼睛："余七哥怎么会出现？我一定还没醒。"

"兄弟，你摊上大事了。"郁谨重重拍了拍姜湛肩膀。

姜湛一怔："余七哥，我摊上什么事了？"

郁谨叹气："昨晚的事你一点也不记得了？"

姜湛愣了愣神，陷入回忆中。

昨晚，他与杨盛才几个一起喝酒来着，后来喝了不少，杨盛才说要玩点别的，居然咬了他耳朵。他一怒之下打了起来，再然后……

姜湛轻轻捶了捶头。

后来发生了什么事，他完全想不起来了啊。

姜湛用求救的眼神看向郁谨。

郁谨面色无比沉重："万万没想到姜二弟会被戏耍，还被人从画舫上扔下来！"

嗯，这是他从姜湛的梦话里知道的。

姜湛整个人都蒙了，说话哆哆嗦嗦："余、余七哥……你说我被人从画舫上扔下来了？"

姜湛犹不敢相信，缓缓低头看向身上。

这一刻，他脑海中全是昨夜和杨盛才他们打斗的场景。

"呕——"姜湛扶着廊柱呕吐起来。

酒鬼隔夜吐出来的东西，味道自然不用多说，酸臭之气立刻弥漫开来。

忍着熏人的味道，郁谨拍拍姜湛后背，满是同情："姜二弟，你要是难受就尽情吐吧，都吐出来就没有那么难受了。"

姜湛的心彻底凉了。

他对余七哥还是有些了解的，平时多爱干净的人啊，现在对他竟然如此宽容，可见他昨夜被戏耍得多惨。

姜湛连酸水都吐不出来了，接过郁谨递过来的帕子擦了擦嘴角，把手帕往地上一掷，转身就往外走。

郁谨快步追了出去："姜二弟，你去哪儿？"

姜湛跳脚："我去宰了那个王八羔子！"

郁谨伸手拽住他："你要去宰了谁？"

"宰了杨盛才！"姜湛被郁谨按住，脱不了身，恨道，"余七哥，你放开我，我今日要不宰了那个家伙非怄死不可！"

郁谨叹口气："姜二弟，你这么冲动可不成，先说说谁是杨盛才吧。"

姜湛稍稍冷静了一点，缓口气道："他是礼部尚书的孙子，当朝太子妃是他亲姐姐。余七哥，你不要怕，我一人做事一人当，不会连累你的。"

姜湛说完，用力想挣脱郁谨的束缚，却挣不开，气得神色扭曲："余七哥，你

· 215 ·

放开我！"

"姜二弟，你说你一人做事一人当，不会连累我。那么你可有想过如果你真的杀了礼部尚书的孙子，会不会连累伯府？"

姜湛突然停止了挣扎，神情呆滞。

是啊，他杀了杨盛才固然出了一口恶气，大不了以命抵命，可是父亲与妹妹怎么办呢？

姜湛还是头一次知道无能为力是什么感觉，呆呆愣愣地在原地一动不动，任由被秋风卷起的合欢花吹到他苍白的面上。

郁谨见打击得差不多了，轻咳一声："有个好消息告诉姜二弟。"

姜湛整个人浑浑噩噩，闻言苦笑道："还能有什么好消息？"

"你说的那个杨盛才死了。"

"什么？"姜湛几乎不敢相信听到的话，一把抓住了郁谨手腕，"余七哥，你说清楚，谁死了？"

"就是礼部尚书的孙子啊，倘若他叫杨盛才的话。"

郁谨把昨夜和今日的情况讲给姜湛听，当然，不该说的事情他只字未提。

姜湛从没体会过心情如此大起大落过，喃喃道："这么说，昨晚我落水后是余七哥救了我，然后画舫起了大火，杨盛才他们全都落水了。"

"不错，我昨晚突然起了兴致去游金水河，正凭栏而望，没想到一个人从对面画舫的窗口掉入了水中。姜二弟也知道我是个热心的人，忙命冷影把人救起，没想到竟然是你。"

姜湛一阵后怕。

他还真是福大命大遇到了热心肠的余七哥，不然恐怕现在尸首都落入鱼腹了。

"余七哥，这是你第二次救我了。"

郁谨露出一个和煦的笑容："姜二弟客气，咱们一家人不说两家话。"

姜湛这个时候脑子乱糟糟的，没听出哪里不对劲来，跟着点了点头。

"今早大半个京城的人都跑去金水河看热闹了，我刚刚得到消息，杨盛才的尸体已经被捞了上来。"

"死得好！"姜湛挥了挥拳头。

郁谨突然想到什么，一拍姜湛肩膀："姜二弟，你赶紧回府吧，令尊现在还在金水河寻你呢。"

姜湛眼前一黑，只觉得生无可恋。

已经日上三竿，金水河几乎被找遍了，依然不见东平伯府二公子的踪影。

那些瞧热闹的人陆续散去，当然，也有离家近的回去填饱了肚子，夹着个小凳子返回来继续围观。

万一再等等就能看到东平伯府二公子的尸体被捞起来呢？到时候就能对人吹嘘自己是第一个见到尸体的人了。

姜安诚睁着遍布血丝的眼睛，沿着河岸深一脚浅一脚地走着。

金水河岸仿佛走不到头，姜安诚几乎感觉不到身体的疲惫，哪怕脚底已经起了血泡，依然无法让他停下来。

这时，一道小心翼翼的声音传来："父亲……"

姜安诚一愣，随后苦笑："真是不中用了，竟然出现了幻觉。"

姜湛看着往日威风凛凛的父亲此刻失魂落魄的模样，只觉眼眶一酸，扑通一声跪了下来，重重叩首道："父亲，您不是看到了幻觉，儿子没死呢！"

姜安诚依然愣愣地望着跪在地上的儿子，没有反应，姜三老爷已然大喜过望，把姜湛拉住："湛儿，你真的没事？"

姜湛直直跪在地上不起来："三叔，侄儿好好的。"

姜二老爷彻底愣住了。

姜湛怎么可能还活着？

冷眼端详一番，见姜湛虽面色苍白，身上衣裳却干干净净，姜二老爷回过神来，一脸欣喜道："没事就好，没事就好。"

老大姜沧笑着去拉姜湛："二弟，你没事真是太好了，可把我们担心坏了。"

姜湛挣开姜沧的手，跪着膝行至姜安诚面前，可怜巴巴地求道："父亲，都是儿子不好，让您担心了，您狠狠打儿子一顿出气吧。"

姜安诚呆呆站了一会儿，突然伸手碰了碰姜湛的脸。

没错，儿子还活着！

这一刻，姜安诚只觉得坠入谷底的心终于升了上来，他从地狱回到了人间。

这个小畜生！

姜安诚想如往常那样打他一顿出气，却发觉没了这个力气，一言不发地转身就走。

姜湛愣了，赶忙起身追了上去："父亲，您等等！"

父子二人一个在前走，一个在后追，留下无数人热烈议论着东平伯府二公子大难不死的奇事。

往日，东平伯府这个时候已经准备用午饭了，然而今日主子们聚在慈心堂，没人提开饭的事。

　　这时，急促的脚步声传来，一个婆子冲进来禀报道："老夫人，伯爷他们都回来了！"

　　冯老夫人不由站起来："二公子呢？"

　　婆子很是激动："二公子也回来了！"

　　在场的人都误会了婆子的激动，以为姜安诚等人把姜湛的尸体带回来了，簇拥着冯老夫人往外走去。

　　肖氏转眸看了姜似一眼，叹道："四姑娘，你父亲找了一夜，现在怕是要撑不住了，你当女儿的可要多费心了。"

　　"多谢二婶操心。"姜似不冷不热地接了一句，快步往外走去。

　　冯老夫人刚带着众人走出院门，就见姜安诚等人迎面走来。

　　跟在冯老夫人身后的大丫鬟阿福算是沉稳的，此刻却也忍不住惊呼："二公子！"

　　那亦步亦趋跟在姜安诚身后的，不是二公子姜湛又是谁？

　　肖氏见了鬼般喃喃道："姜湛还活着？"

　　"是呀，二婶，我早说了好人有好报，恶人自有天收。如今看来，果然不假。"姜似说着，从肖氏身侧走过，快步迎上去。

　　姜安诚来到冯老夫人面前，喊了声"母亲"。

　　冯老夫人点了点头，仔细打量着姜湛，见他安然无恙，而且连身上的衣裳都干干净净，不由心中一动，问道："在哪儿找到的人？"

　　姜安诚眼神如刀剜了姜湛一眼，哑声道："进屋再说吧。"

　　一群人又返回慈心堂。姜似挤到姜湛身边，一开口，眼泪先滚了下来："二哥！"

　　见到妹妹哭了，姜湛有些慌，忙去掏帕子替她擦眼泪，却摸了个空。

　　他这才想起衣裳已经换过了。

　　"四妹，你莫哭啊，我这不是没事么。"姜湛拍拍手臂，"一点事没有，比牛犊子还壮。"

　　姜似狠狠瞪了姜湛一眼，转身便走。

　　哭当然是假的，生气是真的。

　　姜似想想昨夜情景，对兄长既心疼又生气，暗暗发誓，这一回定要让姜湛吃吃苦头，最好让他以后再不敢与那些狐朋狗友厮混。

　　"四妹……"姜湛快步去追，被姜安诚回头扫了一眼，立刻老实下来。

一行人进了堂屋，没等人发话，姜湛就自觉跪下："都是我不好，让各位长辈担心了。"

"湛儿，昨夜到底是怎么回事？"冯老夫人扶着太师椅坐下，问。

姜湛老老实实跪着："昨夜杨盛才几个叫我一起去金水河玩，我喝了不少酒，醒来才发现被人救了，原来画舫起火，大家都落了水……"

经郁谨提醒，他知道不能照实讲。

杨盛才已经死了，他要是说他是被杨盛才害的，那各种麻烦就来了。

"人没事就好。你们回去收拾一下准备吃饭吧。"冯老夫人听了姜湛的讲述，暗道这个孙子倒是个福大命大的，不过，礼部尚书府那边恐怕有些麻烦。

想到莫名得罪了礼部尚书府，冯老夫人对大房越发不待见了。

没过多久，顺天府来了人，请姜湛去衙门一趟。

姜湛是受害者，衙门的人态度颇客气。

姜安诚对官差道："我与犬子同去。"

父子二人一同来到顺天府，却不是在公堂会见甄世成，而是在后院一处凉亭里。

甄世成亲自斟了一杯茶递给姜安诚："姜老弟，世侄安然无恙，实在可喜可贺。"

在外人面前，姜安诚恢复了正常，狠狠瞪了姜湛一眼，气道："小畜生没有一日不惹祸，昨晚要是没去金水河鬼混，何至于闹出这样的事来……"

甄世成耐心听姜安诚数落儿子，心思起伏。

他已经审问过画舫上逃生的所有小倌与仆役，连画舫的主人现在都被拘在衙门里，接受了数次盘问。

问来问去，竟然无人能说出纵火小倌的半点讯息。

甄世成可以肯定，那个小倌是有备而来，目的就是寻仇。

知道了寻仇这样明显的动机，按理说不难查，可是随着对这几个纨绔子的深入了解，甄世成感受到了什么叫棘手。

几个纨绔子这么多年实在是干了不少恶事，能安安稳稳活到现在才出事，纯粹靠着好出身。

"小余已经跟我说了，昨夜是他凑巧救的你。"甄世成语气和煦地对姜湛道。

"小侄运气好。"

沾了妹妹的光，他在人人敬畏的顺天府尹面前也能自称一声"小侄"。

想到这，姜湛骄傲之余又有点难受，暗暗下了决心：总有一日他会让四妹沾他的光，让四妹以他为傲。

"姜世侄讲讲昨夜的事吧。"

"小侄其实到现在还稀里糊涂的，当时喝太多了。"姜湛早得了郁谨的叮嘱，在甄世成这样的老狐狸面前多说多错，为了避免麻烦，把一切推到醉酒上是最好的。

甄世成没有得到什么有用的讯息，语气一转："据说姜世侄与将军府的公子往日里不怎么合得来。"

姜湛坦然点头："是啊，所以杨盛才才把我们叫到一块喝酒，算是把以往那些小过节揭过。"

甄世成又询问了几句，见问不出什么，转而与姜安诚聊起来。

姜湛悄悄松了口气。

余七哥说得对，杨盛才当着崔逸三个人的面把他推入河中，这三人都算共犯。现在杨盛才死了，那三个人只要不傻，是不会把昨晚的真相说出来的。

从顺天府离开，姜安诚脚下一顿，淡淡道："带我去你那个朋友家道个谢。"

第八章　如意

姜湛没想到姜安诚会提起这个，望着父亲眼底遍布的血丝，不由道："父亲，您辛苦了一天，还是先回去休息吧。我与余七哥关系好，他不会计较这些的。"

姜安诚脸一沉，呵斥道："带路！"

姜湛一缩脖子，赶忙带路。

"父亲，余七哥就住在这里。"

姜安诚亲自上前敲了门。

"谁？"门打开半边，露出独眼老王那张颇具特色的脸。

姜湛忙道："老王，这是我父亲，今日来向余七哥道谢的。"

老王立刻扭头喊道："主子，姜公子的父亲来了。"

院中树下，郁谨正在一边喝茶一边替二牛顺毛，闻言惊得跳了起来，一脚踩到了二牛尾巴。

二牛正享受着主人的抚摸，没想到飞来横祸，嗷地叫了一声，拔腿就跑。

姜安诚只见一条大狗向他冲来，不由惊了。这是什么待客之道？

好在大狗从他身边如一阵风般刮过，没有做出不友好的动作。

姜安诚定了定神，大步走到院中对郁谨抱拳："多谢公子救了犬子。"

郁谨此刻还在发蒙，飞快地瞄了姜湛一眼。

阿似的父亲怎么来了？这也太突然了！

不过，郁谨可不是那种见了心上人的父亲就说话结巴的傻小子，他反而觉得这是个赢得未来岳父大人好感的大好机会。

郁谨很快淡定下来，侧开身子回礼："您太客气了，无论是谁落水，小侄见到都会出手相救，而我当时并不知道是姜二弟，所以不敢受您的谢。"

姜安诚一听，顿时对眼前的年轻人好感大增。

他原本对这年轻人的印象实在一般，没办法，谁让这年轻人与儿子交好呢。

在姜安诚看来，与儿子厮混的肯定是同流合污之辈。

现在，姜安诚感到深深的惭愧。

看看人家这品性，多么光风霁月，宅心仁厚。

啧啧，这样的年轻人不多了。

"不知余公子与犬子是如何结识的？"

郁谨忙道："伯父就像甄大人那样叫我小余吧。"

姜安诚不是个拘泥礼法的人，闻言笑了："行，那以后就叫你小余。"

一旁毫无存在感的姜湛唯恐郁谨把二人在青楼附近第一次相遇的情景说出来，忙插口道："儿子当时正与人打架，情况危急，余七哥正好路过，就拔刀相助救了我，从此我们就结识了。"

姜安诚看郁谨越发顺眼起来："这么说，这是小余第二次救你了。"

难怪与混账儿子那些狐朋狗友不一样，原来结识的方式就与那些纨绔子不同。

"小余啊，以后没事常来伯府玩，反正两家离得近。"姜安诚看向郁谨的眼神几乎可以用"慈爱"来形容。

郁谨心中一喜，打蛇随棍上，道："只要伯父不嫌小侄叨扰就好。"

没想到救了姜湛还有这么大的收获，真是意外之喜。

姜安诚脸一板："这是什么话！姜湛结交的若都是你这样的朋友，那我就可以放心了。"

二人完全把姜湛忽略，又聊了许久，姜安诚才提出告辞。

郁谨把姜安诚送到大门外，目送他走远。

留下来的姜湛叹了口气:"余七哥,比起我来,我父亲大概更希望你是他儿子。"

郁谨笑得意味深长。

女婿也是半子嘛,他完全有信心当个好儿子的。

嗯,当然最关键的是要感谢姜湛这个儿子的衬托。郁谨不厚道地想。

二人重新返回院中,姜湛一连灌了两杯茶水。

郁谨笑道:"酒喝多了,改喝茶了?"

姜湛睁大眼睛看了郁谨一眼,认真道:"余七哥,我不想像以前那样混下去了,你帮我参谋参谋吧。"

"你有什么打算?"

姜湛挠了挠头,有些茫然:"我根本不是读书那块料,每日去学堂纯粹是浪费时间,可是又想不出来能干什么。余七哥,你也知道我这脾气,如果去做生意非得弄砸了不可。"

"姜二弟不如去营卫当差?"

姜湛眼睛一亮,很快又丧了气:"寻常营卫的话,家里人不会同意我去,想进禁卫军需要托关系……"

"不如我帮你问问吧。"

"余七哥认识人?"

郁谨笑道:"倒是机缘巧合结识了几个用得上的朋友,总之我先试试再说。"

"多谢余七哥了。"姜湛沉重的心情稍缓。

姜安诚与郁谨一番畅谈,回了伯府,见到姜似在外面立着。

姜安诚露出温和的笑容:"似儿可是在等我?"

姜似颔首,问道:"父亲与二哥同去了顺天府,为何只有父亲回来了?"

姜似十分清楚甄世成的能力,她也对案子进展十分关注。

"我们去了你二哥的救命恩人那里,我离开时你二哥留下了。"

姜似颇有些意外,面上不动声色道:"原来如此。"

姜安诚忽然一叹:"你二哥总算交了个靠谱的朋友,他以后要是多与小余这样的年轻人打交道,我就可以放心了。"

小余?姜似脑海中忽然闪过那人含着浅笑的一双凤目。

他若听到父亲这番评价,还指不定如何得意呢。

不对,会哄人原就是他的专长,父亲要是多上门两次,没准就要把闺女卖了。

顺天府中，甄世成背着手慢慢踱步。

一位属下来报："大人，礼部尚书府来人了。"

甄世成点点头，抬脚往堂厅走去。

礼部尚书府来的是杨盛才的父亲，此时杨父双目赤红，脸略有些浮肿，看起来很憔悴。

白发人送黑发人，放到任何人身上都是难以承受之痛。

甄世成虽然对杨盛才没有半点好感，对杨父却心存同情，语气温和地打招呼："杨兄要注意身体啊。"

杨父冷笑起来："甄大人就不要说这些了，不知纵火的小倌找到了么？"

"尚未找到。"见对方态度不佳，甄世成的语气也冷淡下来。

"都过去一夜了，为何还没找到？"杨父咄咄逼问道。

甄世成不紧不慢地捋了捋胡子："昨夜金水河上至少有数千人，杨兄莫非认为本官是三头六臂的神仙，掐指一算就能知道人在何处？再者说，那小倌也跳了水，说不准就如人们猜测的那样已经淹死了。"

"那你说说，究竟什么时候能把人找到？"

"这个很难说。杨兄这样问，就是在为难本官了。"

"你！"杨父十分想发泄一通怒火，可是面对甄世成那张沉稳淡然的脸，又发作不出来。

"我听说救下东平伯府二公子的人正是甄大人的手下，现在我怀疑那人与犬子的死有关。甄大人把那人叫出来让我见见吧。"

他不能与甄世成闹僵，但至少不能轻饶了那个救下东平伯府的小子却没救他儿子的衙役！

甄世成语气古怪："杨兄要见我的手下？"

杨父并没察觉出甄世成语气中的古怪，冷笑道："甄大人莫非要包庇属下？"

"这个绝对不会。不过，本官要事先提醒杨兄，我那位属下与令公子的不幸离去绝对没有关系。"

"还是先见到人再说吧！"在杨父看来，甄世成这番话纯粹是替属下辩解。

没关系？当时既然能救下东平伯府那小子，凭什么救不了他儿子？

就算没关系，他也会找出关系来！

杨父下定了决心找碴，神色阴沉地等着。

郁谨此刻尚在雀子胡同的民宅里。讨得了未来岳父大人的欢心，郁七皇子心情很不错，起了闲情逸致，拿着小刷子给二牛梳毛。

没过多久，来了衙役，请他去一趟顺天府。

"杨家来人，指名道姓要见我？"

郁谨虽然算不上好脾气，却与这些衙役关系不错，前来的衙役提醒道："杨家那位老爷认为您与杨家公子的死有关系，看样子是来找碴的，您要小心了啊。"

"找碴？"郁谨眼睛一眯，淡淡笑道，"走吧。"

他这样嘴角含笑，走进了顺天府衙门的厅堂里，杨父见了气得半死，冷冷盯着他问："你就是救了东平伯府二公子的衙役？"

郁谨倒也没有捉弄杨父的心思，坦言道："嗯，是我救的，不过我不是衙役，而是甄大人的帮手。莫非这位老爷给我送谢银来了？"

杨父没有理会郁谨的解释，确定了对方的身份，便直接发难："你昨晚为何会出现在金水河？你救起东平伯府二公子时没有注意到别人么？"

郁谨诧异地看向甄世成："甄大人，这位是？"

"这是杨公子的父亲。"

"甄大人请杨老爷来协助查案吗？"

"这倒没有，杨兄身为苦主，是来了解案情的。"

"原来如此。"郁谨抬手摸了摸鼻子，漫不经心道，"我还以为甄大人又多了一个帮手呢。"

"甄大人，你对属下太纵容了吧，一个小小衙役竟然敢用如此态度与你说话！"

郁谨一皱眉，俊俏的脸上顿时笼罩上了一层寒霜："我与甄大人如何相处，与你有什么关系？你既然不是来协助大人查案，而是来了解案情的，那就注意自己的态度！"

"放肆！你一个小衙役这般无礼，可见是个胆大包天的，我有理由怀疑你昨夜出现在金水河另有目的，说不定，你就是那个纵火小倌！"

杨父对这一套把人打落到脚下的把戏十分熟悉。

他当然知道此人不是那个纵火小倌，但以他的身份对一个小小衙役发难，甄世成身为小衙役的上峰，总要卖他几分薄面让这小衙役不好过。

"呵呵。"郁谨轻笑起来。

杨父被他笑得一怔。

郁谨眼角带着笑，看向杨父的目光竟然温和起来。

没办法，对待智障他一向宽容。

"杨老爷，你想怀疑就怀疑啊？难不成这顺天府是尚书府开的？"郁谨懒得与杨父争辩，斜睨着杨父，慢慢道，"都说了我不是衙役，杨老爷竟然不知道甄大人多了个助手，倒是让我有些意外呢。"

从刑部来到顺天府，郁谨虽然没有表明身份，但皇上命几位王爷去六部历练的事本来就有不少人知晓，包括身为礼部尚书之子的杨父，所以他不如痛快言明。

再者说，他爹是皇上又不丢人！

郁谨隐瞒身份只为了一个人，就是姜似。

他怕以皇子身份出现会让心上人难以接受，至于其他人有什么心情，当然不在他考虑之内。

郁谨一番话让杨父愣了愣，不由看向甄世成。

"杨兄，这是燕王。"

杨父的眼睛瞬间睁大，失声道："燕王？"

"是呀，燕王在刑部历练，正好近来顺天府事多，便过来帮本官的忙了，为了行事方便，没有对外言明身份。"

杨父望向郁谨的眼神满是不可思议，很快一张脸白了又红，红了又黑，如调色盘般精彩。

几位王爷去六部历练的事他当然听父亲提起过，只不过燕王鲜少露面，他还没见过真人。

没想到燕王竟然就是这个小衙役？

杨父神色无比复杂，对郁谨尴尬笑笑："原来是王爷，失敬了。"

杨父的女儿是太子妃，他比郁谨还长了一辈，震惊过后当然不至于失态，毕竟与太子比起来，一个燕王又算不了什么。

郁谨笑笑："杨老爷现在不会认为我是纵火小偷了吧？"

杨父咳嗽一声："这自然是个误会，还望王爷勿怪。"

"不敢。"听郁谨如此说，杨父恢复了镇定。

他可是太子的岳父，私下论起来，燕王还要叫他一声"伯父"才对。

郁谨何等敏锐，一见杨父神色就恼了。

这智障莫非觉得当上太子岳父，就能在他面前装大尾巴狼了？简直可笑。

郁谨对甄世成一抱拳，正色道："甄大人，杨老爷对我有误会，正好我这里也有个情况要向你禀明，这却绝对不是误会。"

"不知王爷有何事要说？"甄世成狐狸般的眼睛眯了起来。

凭经验，好戏来了！

郁谨瞥了杨父一眼，眼神冷冷淡淡。

杨父不知为何头皮一麻，心头生出不祥的预感。

"其实昨夜东平伯府二公子落水时的情形，我看到了。"

"看到什么？"甄世成立刻追问。

杨父一颗心莫名提起来。

"看到一双手把东平伯府二公子从窗口推了出去。"郁谨平静道。

杨父一听郁谨这么说，立刻道："不是我儿子干的！"

他实在太了解杨盛才了，一听这话就知道确实是儿子干得出来的事。然而儿子都死了，他绝对不允许这盆脏水泼到儿子身上。

郁谨轻笑起来："杨老爷这么急着否认干什么？我又没说是令公子干的。"

杨父这才反应过来，刚刚郁谨只提到看到一双手，并没指出是何人的手。

"这么说，王爷没有看到那个人？"甄世成只以为昨夜是杨盛才几人狐朋狗友混在一起玩，没想到还有这般内情。

郁谨笑眯眯道："没看到啊，不过当时画舫中的人就那几个嘛，虽然杨公子不幸落水身亡，其他人不是还好好的吗？甄大人问问就能知道那双手的主人是谁了。"

他算是看出来了，礼部尚书府把姜湛恨上了。

还真是好笑，明明害人的是杨盛才，帮凶是崔逸那三个小子，遭恨的却是受害者。

既然如此，他就稍微挑拨一下，看看杨盛才的那三个好兄弟会怎么选择。

其实，那三个人如何选择郁谨心中有数：一个人死了，另外三个人还活着，何况当时本来就是杨盛才动的手，那三人不说实话，难道会把屎盆子往自己头上扣？

而礼部尚书府这种连受害者都要迁怒的人家，以后对待指认杨盛才罪行的另外三人，要是没有怨言才怪。

甄世成立刻命人去传唤崔逸等人。

第一个到的是崔逸。

甄世成对杨父与郁谨道："还请二位在此稍候，本官去问几句话。"

杨父提出旁听，郁谨直接道："这样可不妥，万一他们见到杨老爷，受到影响怎么办？"

杨父坚持："事关犬子，我有权知道情况。"

"这样吧，二位就在屏风后听一听吧。"甄世成提出一个折中的办法。

杨父的目中无人也是分对象的，面前一个是如今简在帝心的顺天府尹，一个是新晋燕王，他当然不可能固执己见，遂勉强答应下来。

甄世成冲郁谨眨了一下眼睛，暗示他把人看好了。

郁谨会意，微不可察地点头。

很快二人就躲在屏风后，听甄世成与崔逸对话。

崔逸并不怕甄世成，在他看来，一个小小的顺天府尹比他的父母差远了。

"甄大人又叫我来有什么事？"

"有个情况需要了解一下。"

崔逸一脸不耐烦："甄大人，你们衙门不赶紧去找纵火的凶手，天天盯着我不放干什么？"

莫非是见他母亲去避暑了，目前不在京城，所以才这么大胆？

崔逸对母亲荣阳长公主的脾气十分了解，母亲若是在府中，知道他夜游金水河落水的事肯定会拿鞭子抽他一顿，但顺天府想叫他过来的话门都没有，不像父亲。

崔逸想到崔将军，嘴角微扯。

崔逸这次过来就是被父亲逼的，用父亲的话说，自己惹的祸自己收拾烂摊子，别惹他心烦。

"东平伯府二公子姜湛是被人推入水中的吧？"甄世成不理崔逸的态度，突然问道。

因为问得太突兀，崔逸一时没有心理准备，陡然变了脸色。

甄世成目不转睛地盯着崔逸的每一分表情，紧跟着又抛出一句惊心动魄的话来："有人看到你把姜湛推了下去！"

"胡说！"崔逸几乎跳了起来，脱口而出，"明明是杨盛才推的，那人眼瞎不成？"

躲在屏风背后的杨父听到这里哪还忍得住，张口就要呵斥崔逸胡言乱语，一旁的郁谨眼疾手快地捂住了他的嘴。

杨父嘴被捂着说不出话来，眼睛冒火，死死瞪着郁谨。

郁谨凑到他耳边，低声道："杨老爷还是耐心听下去吧，不然我就打昏你了。"

杨父的眼睛瞪得更大了，气得面皮直抽搐。

燕王怎么敢如此对他？他可是太子的岳父，就算皇上见了都要给几分薄面！

回头他就找皇上告状去！

屏风外，甄世成慢条斯理地捋着胡子，满意点头。

他就说，这些小崽子比起他儿子还是差远了，他一句话就把大实话诈出来了。

啧啧，还真是心无城府啊。

甄世成对崔逸的表现相当满意，面上不动声色道："看来那人看错了，那么崔公子把先前隐瞒不提的情况仔细说说吧，也好彻底给你洗清嫌疑。"

崔逸一时犹豫了，眼神四处闪烁。

甄世成善解人意道："崔公子放心，这里不是公堂，亦无旁人。再者说，本官已经问过你另外两个朋友了。"

屏风后的郁谨见怪不怪地弯了弯唇角，杨父则气得直翻白眼。

他一定要去找皇上告状，不只告燕王无礼，还要告堂堂顺天府尹信口雌黄。

人的心思就是这么奇怪，本来还在犹豫的事，一听别人已经说了，且没有旁人知晓，一下子就没了坚持守口如瓶的动力。

崔逸很快便道："就是杨盛才想戏弄姜湛，而我与姜湛以前不对付，于是他假借让我们和好的名义把姜湛叫到船上吃酒。我们几个就给姜湛灌酒，等他喝多了方便下手，没想到他还反抗，杨盛才一生气，就把他推进了河里……"

甄世成面无表情听着，眼底闪过怒火。

果然恶劣的人是不分年纪的，甚至年纪越小，越敢把恶毒表现得淋漓尽致。

这样的人被寻仇，简直再正常不过了。送走崔逸后，其他两个少年陆续接受了询问。甄世成用同样的手段哄得两个少年老实交代了，他们所说与崔逸差不多。

至此，杨盛才推姜湛落水再无异议。

甄世成把老奸巨猾发挥到极点，命属下分别送走崔逸三人时还忽悠着他们签字画押，特意避开了杨父。

姜湛是最后一个被叫来的。

他本来在家中睡得天昏地暗，来到顺天府衙时还在发蒙。

面对姜湛，甄世成的态度就和煦多了，先让他喝了一杯茶，才问起昨夜的事来。

"姜公子对昨夜是如何掉入水中的还有印象么？"

甄世成问起这个，心中有些奇怪。

今天上午问询时，崔逸三人隐瞒真相不足为奇，但姜湛什么都没说，就有些不合常理了。

姜湛眨了眨眼。

好端端的为何又问起这个？

姜湛牢牢记着郁谨的提醒，一脸茫然道："没有印象了，我喝太多了，对当时的情况一点都不记得了。大人，莫非有什么情况？"

甄世成仔细观察着姜湛的表情，默默叹了口气。

面对一个喝醉的人，还真是束手无策。

不过从常理来讲，对方没有要替害他的人隐瞒事实的必要。

甄世成最终选择相信姜湛的话，含糊道："又有了一些新线索，所以找姜公子再问问情况。对了,你被小余救起后,小余有没有对你说什么?"

屏风后的郁谨暗暗皱眉。

这个甄世成,还真是谁都不放过,这么快就连他都惦记上了。好在他提前叮嘱过姜湛,不怕现在掉坑里去。

"说了啊。"姜湛虽然心思简单,却不是真傻,听甄世成问到郁谨,心中警惕起来,"余七哥把我骂了一顿,让我以后少跟着人瞎混。"

"没有提到你如何落水的么?"

姜湛心中一跳。

甄大人莫非知道他落水的原因了?

"没提啊,不是因为画舫失火吗?"姜湛脸色一变,"甄大人,莫非还有别的原因?"

甄世成暂且不想把事态弄得更复杂,笑道:"姜公子别多心,本官只是问问。辛苦你又过来一趟,赶紧回去休息吧。"

甄世成命人把姜湛送了出去。

郁谨这才松开杨父的嘴,施施然从屏风后转出来。

杨父得了自由,大口大口喘着气。憋死他了!

甄世成神色复杂地看着杨父:"杨兄,令公子——"

"犬子已经不在了,甄大人莫非还要给他安个罪名打入天牢不成?有这个功夫,顺天府早点把纵火凶手找出来是正经!"杨父化丢脸为恼怒,拂袖而去。

甄世成与郁谨对视一眼,摇摇头:"还真是有恃无恐。"

正如杨父所说,杨盛才已经死了,而姜湛一点事没有,加上死者是礼部尚书的孙子,太子的小舅子,连皇上都不愿意见到他死后落下污名。

"甄大人,我也告辞了,昨夜游河没睡好,现在还没歇过来呢。"郁谨见没热闹可瞧,准备回去补觉。

杨盛才落没落下污名无所谓,杨家与其他三家落下嫌隙就行。

姜湛从顺天府大门走出来,身子微晃。

宿醉加上落水,让他现在还没有缓过劲来。

不远处,姜似安安静静等在那里,见兄长出来便迎上去。

姜湛有些惊讶:"四妹,你怎么来了?"

阳光下,少女微微一笑:"我来接二哥回家。"

姜湛讪讪道:"我这么大的人,哪用四妹来接。"

·229·

果然是他表现太差，这么大了还要妹妹操心。

姜似与姜湛并肩往马车的方向走，边走边道："其实父亲也很担心二哥的身体，我来接二哥也是为了让父亲放心。"

二人上了车，东平伯府的马车刚刚从衙门前的大道拐入一条行人稀少的小路，几块石头就飞了过来。

今日赶车的不是老秦，车夫面对这种突发状况一时反应不过来，其中一块石头就砸在了马肚子上。

马嘶鸣一声，连带着车厢也晃动起来。

姜湛护着姜似，怒问："怎么回事？"

"二公子，有人拦路。"

姜湛掀开车帘跳下马车。

崔逸三人就站在不远处，神情不善地盯着他。

"你们什么意思？"见到崔逸三人，姜湛同样火大。

这三个人真以为他什么都不知道？他没去找他们麻烦，他们反而找上门来，还真把他当软柿子了。

崔逸上前一步："什么意思？姜湛，你有种啊，居然敢跟顺天府尹告状。你以为说出来是杨盛才害你，就能让我们跟着倒霉，或者让杨盛才落个恶名？我呸，别做梦了好吗！"

崔逸越说火气越大。

他离开顺天府时瞧见了两个同伴府上的马车，越想越觉得不对劲，等三人凑在一起对质，才知道被顺天府尹忽悠了。

这样一来，顺天府尹从谁口中得到了讯息，就再清楚不过了。

这个发现让三人气愤极了。

"好狗不挡路，让开！"姜湛有心与三人痛快打一架，可想到姜似在马车里，暗暗把这口恶气忍下。

"昨晚淹死的怎么不是你呢，在小爷们面前还嚣张。兄弟们，揍他！"崔逸一挥手，三人冲了上去。

被崔逸三人围上来的瞬间，姜湛第一反应是转头，他任由拳头落在自己身上，却对着车夫大喊道："快走！"

这一刻，他感到真切的害怕。

他浑身没有多少力气，一旦被这三个混账发现四妹就在马车里，后果不敢想象。

偏偏此时，竹青色的棉布帘子被挑起，露出少女明艳的面庞："二哥，发生了什么事？"

少女轻柔的声音响起的瞬间，崔逸三人动作一顿，而后染上轻浮神色。

"哟，原来车里还有人啊。"

姜湛霍然转身，恶狠狠道："崔逸，你敢靠近我妹妹，我弄死你！"

崔逸其实算不上特别好色的人，哪怕见到姜似这样万里挑一的美人儿也不至于迈不开脚，但他的表情立刻变得不怀好意，因为他平时就常常欺负人，十分清楚干什么会让对方更恐慌。

姜湛不是在意他的宝贝妹妹吗？那就偏偏占占他妹妹的便宜，给他一个终生难忘的教训。

"你们拦着他！"崔逸撂下一句话，另外两个少年非常默契地把姜湛拦住。

放在平时，姜湛对付这两个少年绰绰有余，可他酒后落水，到了白日又遭遇了一连串精神冲击，整个人都处在垮掉的边缘，此刻哪里应付得了。

眼看着两个同伴绊住了姜湛，崔逸邪魅一笑，伸手拽住了缰绳。

老车夫哪里遇到过这种阵仗，竭力催动马车，却无济于事，只能急得团团转。

姜似面色平静地看着欲跳上马车的崔逸，眼底一片冰凉。

还真是送上门来作死。

崔逸正往马车上跳时，姜似拢在袖中的素手悄悄伸出，指甲轻轻一弹，粉末悄无声息地钻入了枣红马的鼻孔中，另有一些飘往崔逸的方向。

枣红老马脾气确实温顺，哪怕被陌生人禁锢着，依然好脾气地甩着尾巴，可它吸入粉末后，老马温柔的眼睛立刻充斥着疯狂，马蹄高高扬起，把崔逸踢飞了。

这番变故太突然，崔逸没有半点心理准备，就横飞出去以狗吃屎的姿势摔到了地上，摔得七荤八素。

这还不算完，老马似乎认定了崔逸，凑上去大张马嘴，啃上了他的屁股。

崔逸惨叫一声，怒喊道："你们还不快来救我！"

郁谨赶过来时，正看到一群人向姜似所在的马车冲过去。

见到这番场景，他怒火中烧，箭步冲过去把姜似拉下马车，护在怀中飞速离去，与此同时，顺势飞起一脚踹到马肚子上。

原本正专心致志啃人的老马吃痛，条件反射往旁边一挪，就听咔嚓一声，崔逸的一条腿被老马给踩断了。

"啊！"这一次的惨叫声可谓惊天动地，崔逸抱着一条腿在地上打起滚来，边滚边喊，"给我弄死他们！"

一群仆役向郁谨围去。

郁谨冷冷道：“给我狠狠收拾他们，弄死了不要紧！”

龙旦不知从何处跳了出来，如矫健的豹子冲进羊群。

郁谨这才放开姜似，问道：“没事吧？”

姜似抬手捋了一下散落的发，淡淡道：“没事。”

可惜了，老马才啃了崔逸几口。

不过，想到崔逸被老马踩折了腿，姜似又气顺了些。

不管怎么说，郁谨救她是出于好心，这个情她是领的。

"多谢余公子相救。"

郁谨刚要开口，姜湛就冲了过来，大口大口喘着气：“余七哥，幸亏你来了。”

郁谨默默翻了个白眼。

这个时候，姜湛就不能安安静静待在一边吗？

一阵急促的脚步声传来：“干什么呢？”

很快，一群捕快就赶了过来，看着满地打滚的一群人有些蒙。

崔逸疼得欲要昏过去，对捕快们喊道："你们都是死人吗？我是荣阳长公主与崔大将军的儿子，被歹人袭击了，你们还不把他们抓起来！"

其中一名捕快很快认出了郁谨，诧异道：“余爷？”

这些顺天府的捕快都知道郁谨，虽不知什么来历，却格外受甄大人重视，总之不是寻常人。

发现歹徒是"自己人"，衙役们一阵犹豫，反倒是郁谨无所谓地笑笑："那就一起去顺天府坐坐吧。"

"都带走，都带走！"捕头一挥手，干脆把这棘手的事交给大人处理。

"余七哥，我四妹……"姜湛本想说先让姜似回府，可才开口，就感到一阵天旋地转，身子一晃倒了下去。

姜似眼疾手快地扶住兄长，对郁谨道：“我先带二哥去医馆。”

"好，让龙旦陪你们去。"

"余爷，这……"

郁谨淡淡瞥了捕头一眼："这些人都是我打的，不是他们动的手。现在人昏倒了，抬去衙门也没用。大人若要问话，到时候再传他们就是了。"

崔逸见这些衙役居然就这么放姜湛走了，连气带疼，竟也昏了过去。

最大的受害者也昏过去了，好吧，先送医馆再说。

离此最近的一家医馆名叫和气堂，算是京中比较有名气的，此时，不少人从医馆中进进出出，瞧起来很热闹。

一个十七八岁的少年从医馆中匆匆走出来，脚步很急，若是仔细瞧，能看出他的神色有些不自然。

少年正是安国公府的三公子季崇易，他前来和气堂是替新婚妻子巧娘抓药的。

安国公府是有小药房的，上至名贵的百年老参，下到寻常草药，虽没有城中的大药堂那么齐全，但该有的都有，按理说安国公府的主子看诊问药不用到外边来。

可是巧娘却有个难言之隐，自打数月前落水之后，每次月事都淋漓不尽，很是恼人。

巧娘自从嫁入安国公府，夫君给她带来的甜蜜与风光并不能抵消府中上下无处不在的鄙视以及随之带来的压力。她发现这个毛病后都不敢对丫鬟提，因为就连丫鬟都是夫人派过来的，她说些什么话转头就会传到夫人耳朵里去。

巧娘信任的人只有季崇易。

季崇易顶着巨大的压力把巧娘娶进门，当然不愿任何人看低了妻子。

不说别的，巧娘进门后的第二日，安国公夫人就专门派了个婆子过来教导她规矩礼仪。

安国公夫人此举无疑往季崇易脸上抽了一耳光，令他又难堪又无奈，可他最终不得不默默忍了。

季崇易提着抓好的药走下台阶，一辆马车就在不远处匆匆停下来。

赶车的车夫是个格外精神的年轻人，马车一停下就利落跳下来，掀起车帘，弯腰从车厢里抱出一个人。

季崇易下意识停下脚步。

看热闹本就是人们的天性，而年轻车夫抱着的那个人正好对着他的方向，看清对方的脸后，他不由睁大了眼。

他认识这个人。

这不就是东平伯府的二公子、先前与他定亲的那位姜四姑娘的亲哥哥吗？

两家退亲后，他曾被这位姜二公子堵在小巷子里大骂一顿，说他是个有眼无珠的混蛋。

很快，紧紧跟在姜湛身边的一道纤细身影引起了他的注意。

少女白衫红裙，哪怕此时行色匆匆依然无法掩饰她的光彩，看见她就好像看见漫山遍野的青翠草木中一抹娇红，蓦然间就会撞到人的眼里、心里去。

季崇易又是一愣，这少女他同样见过的。

几乎不经思索季崇易就想了起来。

那是他大婚当日迎亲的时候，于人山人海中不经意往路边一瞥，正见到停在路边的青帷马车窗帘被掀起一角，露出少女白皙如冰雪的容颜。

当时他在心中感慨少女的美貌，却明白这样的相遇如风中浮萍，以后不会有再见她的机会了。

"姜姑娘，您不要急，姜公子应该是虚脱了，多休息就没事的。"龙旦安慰道。

"嗯。"姜似只淡淡地应了一声，很快三人就进了和气堂。

季崇易彻底愣住了。

刚刚那个年轻车夫喊少女"姜姑娘"，这么说，她就是……

这个突然的发现让季崇易心情格外复杂，脑海中那个与他退过亲的女子完全模糊的形象陡然鲜明起来。

原来她就是姜四姑娘，原来她就是险些成为他妻子的人……

察觉自己的晃神，季崇易猛然摇了摇头，面色有些难看。

他在恼火自己的片刻失神。

不过是一副好皮囊，说到底是老天赏赐的，他与巧娘才是两情相悦，巧娘的好是别的女子比不上的。

无论如何他都不后悔。

季崇易挥去了突兀闯入脑海中的那道倩影，匆匆赶回安国公府。

巧娘颇有些坐立不安，一见季崇易回来忙起身相迎。

身旁的婆子重重咳嗽一声，巧娘立刻止住脚步，回忆着婆子教导的走路姿势，小心翼翼迈着碎步迎上去。

季崇易脑海中突然闪过姜四姑娘哪怕步履匆匆却依然风雅的身姿，再看巧娘笨拙地挪动着步子，眉不自觉敛起。

说起来，他的姐妹们也是那样，而巧娘与她们完全不一样。

季崇易没来由就有些憋闷，对巧娘道："好好走路，看你这样，当心被裙子绊倒。"

"可是……"巧娘不由看了婆子一眼，神情怯怯。

她要是忘了这些，回头婆子又要数落她。

季崇易更加气闷，扭头对一侧的丫鬟婆子道："你们都出去！"

丫鬟婆子很快退下，巧娘这才松了口气，眉眼弯弯地笑道："买回来了？"

季崇易深深看着她，叹了口气："这样不就很好。"

巧娘笑意隐去，低声道："可我要是学不好，出门会被人笑话的。"

季崇易突然有些索然，叹道："那你好好学吧，早点学好。这药你让丫鬟煎了，记得按时吃。"

不学也行，学好也成，至少不要像现在这般不伦不类。

"阿易，你去哪儿？"见季崇易要离去，巧娘一愣。

季崇易扯出个笑容："我去书房看会儿书。"

看着季崇易离开的背影，巧娘怔怔地吐出一个字："好。"

而这一声回应，对方显然没有听到，回答她的只有珠帘的晃动声。

顺天府衙。

甄世成看着衙役带回来的一大串人，顿生一股撂挑子不干的冲动。

他总算知道他的前任们为什么干不长了。

甄世成这边了解情况，三家的仆从已经回到各自府上告了状。

礼部侍郎府与太平伯府一听孩子被甄世成的下属打了，这还了得，立刻前往顺天府衙理论。

东平伯府那边，冯老夫人等人亦从老车夫口中得到了消息。

冯老夫人一听姜湛得罪了崔逸三人，甚至连姜似都被牵扯进去，当即脸色难看到极点，对姜安诚道："先前我说湛儿不像话，你非要护着他，如今好了，似儿一个姑娘家……"

"母亲，我去找似儿他们！"冯老夫人还没数落完，姜安诚撂下一句话就不见了踪影。

冯老夫人一口气险些没上来，抚着心口重重喘气。

上梁不正下梁歪，老太太不像话了，把一双儿女纵得只知道惹祸，再这样下去，伯府的脸早晚让他们丢光。

姜湛也就罢了，等姜似这次回来，她定要好好管教一番，就算老大护着也不成。姜似没了娘，她这个当祖母的管教孙女天经地义。

几家人中，崔将军听了最为淡定，只命管事前往医馆接人。

反而是崔将军的女儿崔明月一听不干了，怒道："父亲，您难道没听清吗，哥哥的腿都被打断了，我们家难道任由哥哥被人这样欺负？"

崔将军淡淡扫了女儿一眼："你哥哥欺负别人的时候更多。"

"可是别人怎么能和哥哥比？"崔明月对父亲的态度越发不满，"要是母亲在，肯定会替哥哥做主的！"

听女儿提起荣阳长公主，崔将军神色一冷，态度越发冷淡了："你哥哥如此胡闹，就是你母亲宠出来的。"

见父亲提起母亲态度冷淡，崔明月并不觉得奇怪。

崔将军与荣阳长公主貌合神离多年，从崔明月有记忆起，父母之间就淡淡的，父亲住在将军府，母亲则长住公主府，甚至见面的时间都少。

想着这些，崔明月更加心烦，赌气道："父亲不管哥哥，那我管！"

崔大姑娘拂袖而去，当然不是去顺天府，而是进宫找太后告状去了。

荣阳长公主是景明帝之妹，却并非同母所出，而是其母病逝后抱到当时的皇后膝下养大的，景明帝也是同样的情况。也因此，在众多公主中荣阳长公主是最有脸面的。

太后疼爱荣阳长公主，爱屋及乌，对崔明月亦很疼爱。

崔明月轻车熟路地进了宫，没等多久就顺利见到了太后。

太后是个看起来慈眉善目的老妇人，见了崔明月笑眯眯地问："月儿想起来看哀家啦？"

"月儿一直想着外祖母呢。"崔明月嘴巴很甜，哄着太后说笑了一会儿，眼睛一眨落下泪来。

太后一瞧，忙问："这是怎么了？"

"太后您不知道，我哥哥昨夜差点溺死了。"崔明月拣着能说的说了，最后说到崔逸现在的惨况，"一个小小的官差都敢这么对我哥哥，据说那位顺天府尹还是个护短的，这分明是瞧着我母亲不在京城欺负人呢。太后，您可要为我哥哥做主。"

太后听了面色微沉："逸儿的腿断了，你父亲都没去医馆看看，或者亲自把逸儿接回府？"

荣阳长公主与大将军崔绪这对怨偶她是清楚的。

当年崔绪与宜宁侯府苏氏本是青梅竹马，荣阳长公主瞧上了崔绪，最后算是仗着身份拆散了二人。

然而强扭的瓜不甜，荣阳长公主与崔绪之间一直不冷不热，等苏氏死后，崔绪对荣阳长公主就更冷淡了。

太后虽然知道当年缘由，可感情上毕竟倾向养女，提起崔将军便颇有微词。

崔明月拭泪："父亲一向不怎么管我和哥哥，我总不能眼睁睁瞧着哥哥受了欺辱没人管，只好求您做主了。"

"月儿放心，哀家回头问问。"

"多谢太后。"崔明月破涕为笑。

太后是个雷厉风行的，很快就给景明帝传了话。

"皇上，朝廷的事哀家不插手，但崔逸可是荣阳唯一的儿子，杨盛才还是太子妃的亲弟弟。顺天府尹是该敲打一下了，总不能让受害者一肚子委屈吧。"

太后虽不是景明帝的亲生母亲，对景明帝却有养育之恩，加上景明帝登基时太后亦有助力，是以景明帝对太后一向敬重。

太后都发话了，当然要给面子。

景明帝想了想，既然闲来无事，干脆就让甄世成把人带进宫来，他亲自问问情况好了，也显示一下帝王对臣子的关心。

顺天府此时无比热闹，甄世成听着众人你一言我一语的控诉，忍着糟心捋了捋胡子，斜睨着没事人般的郁谨。

甄世成万万没想到燕王居然是这种人，好歹是个王爷，居然打群架！

正琢磨着是掩护一下郁谨的身份，还是干脆撂挑子不管，宫里就来人了。

甄世成顿时轻松了，一切交给皇上去苦恼吧。

甄世成发扬"死道友不死贫道"的精神，除了在医馆的姜似兄妹与断了腿的崔逸，剩下这些闹腾的人全都被捎进宫里去了。

景明帝算是好脾气的帝王，颇有耐心地听两家人把甄世成的属下说成嚣张无比的凶恶之徒，这才慢悠悠问道："甄爱卿，你这个属下真的如此大胆？那你是如何处置的呢？"

甄世成淡然行了一礼："陛下，臣认为凡事不能只听一面之词，所以把卷入此事的属下也带来了。"

"哦，让他上前来。"

郁谨本来被人挤在最后面，闻言拨开挡在前边的人，走上前来，朗声道："儿臣见过父皇。"

父皇？礼部侍郎与太平伯忍不住掏掏耳朵，以为听岔了。

这人管皇上叫什么？父皇？

看来这小衙役知道得罪了他们三家，已经被吓得神志不清了。

景明帝盯着郁谨许久，不温不火道："老七，你又打架了？"

一个"又"字出口，景明帝自己先尴尬了一下。

这么说似乎暴露了什么。

礼部侍郎与太平伯一听景明帝开口喊"老七"，一下子就愣了。

说起来，七皇子由一个才从南疆回来的小透明一跃成为燕王，这事无疑令朝廷上下侧目，不少人都在暗暗揣测景明帝对燕王的态度。遗憾的是燕王鲜少露面，又还没有行过册封大典，见过他的人少之又少。

眼前这个小衙役居然是燕王？

礼部侍郎与太平伯齐齐看向甄世成，目露凶光。

甄世成这老匹夫成心坑他们！

"父皇，儿臣不是打架，而是救人。"郁谨从容不迫地开口，"儿臣本是路过，结果看到崔将军之子、礼部侍郎之子、太平伯之子三人召唤着仆从攻击东平伯府的马车，把马车中的姑娘吓得花容失色。"

"朗朗乾坤，天子脚下，就在顺天府衙门外不远处，居然有人明目张胆拦劫良家女子。父皇，见到这般情景，儿臣难道要无动于衷？"

景明帝微不可察地点头。

若真是这样，那当然不能无动于衷。

礼部侍郎与太平伯一见景明帝的神色，心知要糟。

但是，这个时候他们反而不能退让了，若是知道燕王身份后认怂，反而会让皇上觉得他们先前是在仗势欺人。

礼部侍郎立刻给太平伯使了个眼色。

太平伯算是半个天家人，他的妻子是景明帝的堂妹，今天这事可以算是家事，所以由他开口比礼部侍郎方便。

"皇上，犬子当时并没有拦劫良家女子，而是见荣阳长公主的公子崔逸被惊马攻击，召唤仆从急着去救人，谁知就被燕王给打了。还请皇上替犬子做主啊。"

"惊马？"景明帝抓住了关键。

甄世成立刻道："回禀皇上，那匹马臣也带来了，就拴在宫外柳树上，您要是想见一见……"

"不必了。"景明帝嘴角直抽，"那匹马不是受惊了吗，甄爱卿把它带来时没伤着人？"

甄世成下意识去摸胡子："回禀皇上，那是一匹老马，不知先前为何发疯，反正臣看到那匹老马时无比温顺，甚至见了这么多人，吓得两眼泪汪汪的。"

郁谨适时插口道："父皇，一匹老马居然会受惊伤人，足以说明当时崔逸等人如何咄咄逼人。那种情形下，儿臣出手救人难道不该么？"

"皇上，即便燕王误会了当时的情况，也不该把犬子等人伤成这个样子。"礼部侍郎一指鼻青脸肿的儿子，沉痛道，"咱们大周是礼仪之邦，什么事情若都靠武力解决，岂不惹人笑话？"

太平伯跟着道："是啊，犬子等人伤势还算是轻的，崔将军之子断了一条腿，年纪轻轻的以后万一落下残疾，等荣阳长公主回来……"

景明帝一听就不高兴了。

他们的儿子是儿子，他的儿子就是大风刮来的吗？

先是太后把事情闹到了他面前来，然后礼部侍郎与太平伯轮番指责他儿子，现在居然还拿荥阳威胁他！

因为他儿子打架没输，这事就全成他儿子的错了？说到底，还不是因为他们的儿子没本事！

这么一想，景明帝突然又得意起来。

不过，当皇上的就是有这点能耐，无论心中如何想，面上却不露半点喜怒哀乐。

礼部侍郎与太平伯可不知道景明帝心中想法，仍在一唱一和，势必要让燕王得个教训。

郁谨听这二人说得热闹，反而不吭声了，垂眸敛眉默默立在一边。

景明帝瞥了郁谨一眼，心中对礼部侍郎与太平伯越发不满。

这是看着他儿子老实，没人撑腰是吧？

算计着他是皇上就要公正无私地替臣子做主？那谁管他儿子？

景明帝越想越不满，在一片聒噪中，终于忍无可忍地咳嗽了一声。

场面瞬间安静下来。

"在其位，谋其政，这个事既然是甄爱卿接手的，那么还是交给甄爱卿处理吧。朕相信甄爱卿会秉公处理的。"

礼部侍郎与太平伯一听不干了。

甄世成的态度太明显了，交给他处理，他们的儿子岂不是白挨打了？

"皇上！"

景明帝不耐烦地看了太平伯一眼，淡淡道："就这么办吧。孩子们打闹这种小事，难不成还要交给三法司？伯爷不嫌丢人，朕还嫌丢人呢。"

景明帝此话一出，太平伯与礼部侍郎心头一震。

皇上认为燕王给他丢人，从某方面来说，正是因为皇上在乎这个儿子啊！

二人这么想着，冷汗就流了下来。

大意了，他们一直认为皇上对燕王这个儿子的态度是可有可无，没想到父子毕竟是父子。二人意识到这一点，立刻老实了。

"好了，你们都退下吧。"

见郁谨没动，景明帝没好气地问："还不走？"

郁谨对景明帝行了一礼："父皇，儿臣认为应该对今日真正的受害者加以抚慰，才能显示您的圣明，不然，就算天子脚下，以后贵女们都不敢上街了。"

景明帝这才想起这一茬来，问道："那个贵女是东平伯府的？"

"回禀父皇，今日受惊的是东平伯府四姑娘。她兄长昨夜落水，今日又被传到顺天府问话，姜四姑娘不放心兄长，这才乘车前去衙门接人，没想到遇到了这样的事……"

景明帝一听是东平伯府四姑娘，眸光一闪。

咦，他对这倒霉姑娘有印象啊，不就是安国公府三公子要死要活看上个民女，好端端的亲事黄了的那个姑娘嘛。

原先他就想赏赐这姑娘一些东西当做补偿，只是没有找到合适的时机就把这事抛到一旁了，眼下老七提起来，正是一个合适的机会。

就赏赐那倒霉姑娘一柄玉如意吧，以后说不定就转运了。

郁谨厚着脸皮给心上人讨了好处，这才心满意足地走了。

耳根子总算清净了，景明帝疲惫地闭了闭眼，对潘海道："把甄世成临走前塞给你的东西给朕看看吧。"

潘海立刻呈上，景明帝接过来，抖开一看，是三张按有手印的供述。

看完后，景明帝一张脸彻底黑了。

几个屁大点儿的孩子去金水河逍遥就已经很欠收拾了，闹半天，其中还有这样的猫腻。

原先他还同情礼部尚书一把年纪没了孙子，现在看来，这小子纯粹是作死。

景明帝捏着纸张的手有些抖，又是气愤又是羞恼。

甄世成是个铁面无私的，只是私下把供述交给潘海，算是让他这个皇上保住了面子。

再怎么说，杨盛才都是太子妃的弟弟、太子的小舅子，居然一时兴起戏弄一位伯府公子，这要是传出去，岂不是天大的笑话？

这种混账东西死了反而是好事，为了这么个玩意儿折腾得人仰马翻，最后还闹到他这里来，可见这几家人完全不认为自家孩子有什么问题。

景明帝琢磨着这些，原本只打算赏姜似一柄玉如意，现在又决定再赏姜湛文房四宝以示安慰，好叫人知道，哪怕真实情况不便传扬出去，但他这个皇上还没糊涂呢。

至于其他人，必须敲打一番！

"潘海，去把太子叫来。"

潘海前往东宫传口谕，心底默默替太子上了一炷香。

作为皇上的心腹太监，他都想不明白，为什么太子又要倒霉了……

东宫里，气氛一片压抑。

太子妃已经得知胞弟溺亡的消息，哭得眼睛肿如核桃。

太子听着细微的啜泣声很是不耐烦，放在以往早就拔腿走人，去找良娣等人调笑玩乐了，眼下却强忍着没走。

最近流年不利，似乎什么都没做就引来父皇不快，他还是低调一点为好。小舅子刚去世，这时候留下劝慰太子妃才是最妥当的做法。

"人死不能复生，别哭了。"对哭得梨花带雨的太子妃，太子没有多少耐心。

"我只有这么一个亲弟弟。"太子妃流泪道。

太子见太子妃不识趣，冷下脸来不再劝，端着茶盏，边喝边百无聊赖地打量着伺候太子妃的几个宫女。

因为太子妃胞弟没了，宫婢们都不敢穿得太花哨，眼圈俱是红红的，其中一个宫婢引起了太子的兴趣。

那宫婢身量窈窕，有着尖尖的下巴，微红的眼角让她看起来可怜又可爱。

太子放下茶盏，摸了摸下巴。

他以往倒没察觉这宫婢有如此风情，瞧着与父皇近来最宠爱的杨妃竟有几分相似。

想起杨妃的一颦一笑，太子顿觉心头痒痒的，但很快摇了摇头，不敢再想。

很快，潘海就过来传了口谕。

太子跟着潘海前去见景明帝，觉得这一次终于不用挨骂了。

太子妃的弟弟是他小舅子，再怎么说，他都是该被安慰的一方。

"父皇。"太子一脚踏进御书房，喊了一声。

景明帝转过身来，面色微沉地盯着太子。

太子眨眨眼，似乎和他想象的有点差别。

"你从什么地方来？"

太子暗道守着太子妃算是做对了，忙表功道："儿臣就在太子妃那里呢。您可能不知道，太子妃的弟弟昨夜出事了……"

景明帝难看的脸色让太子下意识住了口。

"回去告诉太子妃，让她回娘家时多给弟妹们做个表率，教他们好生惜福，莫要没事折腾出事，反而连累太子妃与你的名声。"景明帝凉凉点了一句，见太子一副呆愣的样子心中就来气，立刻摆起严父的架子狠狠训斥了一顿。

景明帝儿子多，正是因为如此，对太子才格外严厉。太子必须要更优秀一些，不然怎么能服众？

因为期望高，要求自然高，然而太子天资有限，挨训就是家常便饭了。

离开御书房，太子几乎要跳脚。

为什么他小舅子死了，他不但没有得到安慰还挨骂？父皇到底瞧他多不顺眼？

怒气冲冲地回到东宫，太子直接对太子妃发了一通火，又命属官去打听情况。

等属官回了话，太子气得脸皮直抽。

他早就发现了，凡事一沾上老七就要倒霉，他岳父那个老东西居然连老七的身份都没弄清楚，就跑去顺天府告状。

太子因为景明帝一顿训斥恼上了太子妃，这下连样子都懒得装了，一连多日没在太子妃面前露过面。

宫中的一场风波被阻在高高的朱墙之内，姜安诚这边急匆匆赶去和气堂，见姜湛已经转醒，这才放下心来，带着一双儿女回府。

"你们都累了，先各自回房歇着吧。"

姜安诚话音刚落，慈心堂的丫鬟便来传话："老夫人叫您与二公子、四姑娘过去。"

姜安诚不觉敛眉。

"父亲，二哥身体还很虚弱，让阿吉扶他回房休息吧，我与您一同去祖母那里。"

姜安诚有些不满老夫人如此心急，但母命难违，于是带着姜似赶了过去。

姜似才一进门，冯老夫人立刻发难："四丫头，你这是丢人丢到衙门里去了啊。一个姑娘家像什么话！"

"祖母这话让孙女有些不明白，不知道孙女如何丢人了？"

姜似的平淡语气令冯老夫人越发火冒三丈，扬手就把一个茶杯砸到她面前。

姜安诚把姜似往身后一拉，看着飞溅的茶水与碎瓷，眉头拧紧，语气隐含不悦："母亲，有什么话不能好好说？您这样岂不是吓到了小辈？"

"吓到？"冯老夫人不由冷笑，"四丫头一个姑娘家敢往衙门跑，还能被我吓到？"

"母亲，似儿是去接湛儿回府，哪里能说她往衙门跑？"

冯老夫人恨不得拿起拐杖狠狠敲长子的头："你还护着她！府里这么多人，谁去接湛儿都行，怎么就非得是她？她要是不去，何至于与那几个纨绔子扯上关系？现在好了，人人都知道荥阳长公主的公子因为拦她的马车受了伤，还不知背后如何议论伯府……"

望着冯老夫人开开合合的嘴，姜似轻轻攥了攥拳，不带烟火气地问道："祖母不问问我二哥怎么样么？我与二哥才从医馆回来。"

冯老夫人被问得一窒。

在她印象里，二孙子身体结实，精力无处发泄才整日惹祸，所以姜湛哪怕进了医馆，她却打心里觉得不要紧，没想到竟被这死丫头抓住了话柄。

冯老夫人颇有些恼羞成怒，看姜似越发不顺眼起来："你二哥如何我心里有数，还轮不到你来提醒！"

姜似笑笑："祖母您误会了，孙女不是提醒，只是好奇。"

好奇一个人的心能冷硬到什么程度，听闻孙子孙女被人围攻后又被送去了医馆，回来后却不问一声情况而是劈头盖脸一顿指责。

"四丫头，你不必说这些云里雾里的话。你如今也不小了，却丝毫没有规矩，以后就不要随便出门了，好好收收你的性子！"

"母亲，似儿明明很懂事，哪里没规矩了？您说府上这么多人，谁去接湛儿都行，可是想到去接湛儿的不只有似儿吗？儿子不明白似儿坐着马车去接兄长回家，怎么就没规矩了？说起遇到荣阳长公主之子那些人，难不成害人的没有错，受害的反倒错了？就因为她是个姑娘家？"

"不错，就因为她是个姑娘家！"冯老夫人干脆把话挑明了，"老大，你也不要和我说什么如今世道不同，对女子不似以前那般严苛了。我告诉你，任何时候与乱七八糟的人牵扯上而吃亏的都是女子，给家族丢脸的也是女子！"

姜安诚一听也怒了，忍不住把心底话说了出来："我看不见得。那些疼女儿的人家，遇到这种事定会上门去算账的，没道理委屈自家孩子，反而让别人家混账东西逍遥自在。母亲如此怪罪似儿，说到底是见对方门第高，怕得罪人罢了。"

"老大，你！"冯老夫人没想到被儿子如此顶撞，气得嘴唇发白。

一旁，姜二老爷终于忍不住出声："大哥，你怎么能这样对母亲说话？母亲是为了似儿名声着想，才让她安分待在家中省得惹上麻烦。你就是再不想承认，但一个女孩子沾上麻烦也不是什么好事吧？名声有损，终归要比男人吃亏些。"

"名声名声，为了一个名声就委屈自己闺女的事，我可做不出来。母亲与二弟也不必替似儿操心，女孩子有个好名声不就是为了嫁人嘛，似儿可以不嫁，我养着。"

姜安诚这番话可谓石破天惊，震惊了在场之人。

"那三家的小崽子无端找湛儿麻烦，还吓到了似儿，这笔账我还要去算呢！"姜安诚并不知道姜湛落水内幕，但姜似兄妹被一群人围攻，足以激起他的怒火。

对了，后来替湛儿他们解围的，好像还是那个小余。

这么一想，姜安诚对郁谨的印象越发好了。

姜二老爷一听姜安诚还准备去找那三家算账，眼前一黑。

大哥这是不坑死他不罢休啊！

得罪了这三家，再加上一个礼部尚书，等等，应该还要加上太子，大哥一个清闲伯爷当然无所谓，但他在官场上还怎么混？

知道姜安诚是个一根筋，姜二老爷还不敢硬拦着不让他去算账，不然激起逆反心理就更难收场了，只得从姜似身上下手："大哥，你说这话可有为侄女们考虑？似儿可以不嫁人，那其他丫头呢？"

事关女儿，姜安诚可没那么好忽悠，当即冷笑："二弟，你可别把这么大的锅扣在似儿身上。人家南亭伯的大闺女被休回娘家也没碍着下面几个妹妹出阁，似儿不过是差点被几只苍蝇恶心了，怎么就能影响俏儿她们几个嫁人了？"

这种锅还想让他闺女背，门都没有！

姜似垂眸听着，唇角微弯。

冯老夫人终于爆发："老大，你到底还记不记得我是你母亲！"

一阵急促的脚步声传来，一个婆子急匆匆挑开帘子进来，气喘吁吁道："老夫人，宫、宫里来人了！"

一番话顿时让众人愣住。

冯老夫人忍不住再问一遍："说清楚，哪里来人？"

"来了位公公，说是请二公子与四姑娘出去接口谕。"

听闻宫里来人给姜湛与姜似传口谕，冯老夫人吃惊不已，领着一群人浩浩荡荡地赶过去。

前来传口谕的太监正是潘海，姜二老爷忙上前问好。

"姜大人客气，不知道贵府二公子与四姑娘现在何处？"

姜二老爷转头往人群中看了看。

姜似与姜湛越众而出，向潘海见礼。

潘海飞速扫量兄妹二人一眼，暗道一声好相貌，这才道："皇上说了，朗朗乾坤，天子脚下，发生这样的事实在不该，他知道姜二公子与姜四姑娘今日受委屈了，特命奴婢带来玉如意一柄赏给姜四姑娘，文房四宝一套赏给姜二公子。"

姜似与姜湛忙跪下接过赏赐，谢恩后，在众人艳羡的目光中起身。

潘海目光一转："这位是伯爷吧？"

"我是东平伯。"姜安诚面对潘海很是从容。

无欲则刚，就算面对皇上身边的大红人也没有格外奉承。

潘海微微一笑："伯爷放心吧，让令公子与令爱受委屈的那几家，皇上会训斥他们的。只不过皇上说了，都是小孩子不懂事胡闹，这件事还是不要闹大了好。"

潘海话里的意思很明显，皇上不想看到姜安诚去找那三家算账。

姜安诚不知道姜湛落水的内幕，想一想儿女也没有损失什么，遂点了头。

"咱家就先回去了。"潘海目光微转，多看了姜似一眼，心头有几分感慨。

东平伯府这位四姑娘就是当年宜宁侯府苏氏的女儿吧，母女二人生得真像，只可惜苏氏红颜薄命，不知道她女儿的命运又会如何了。

见潘海要走，姜二老爷快步追上去，把一个荷包塞进他手里："潘公公辛苦了，大热的天应该留下喝杯茶的。"

"姜大人客气了。"潘海笑笑，很快带着几个小太监离去。

场面一时安静下来，众人的目光在姜似手捧的玉如意与姜湛抱着的木匣上打转。

姜二老爷眼红得不行。

他为官多年，只随大流在年节上得过皇上的赏赐，可没单独被赏赐过什么。

二太太肖氏就更眼热了。

御赐的文房四宝啊，眼看着就要秋闱了，要是沧儿得到该多么吉利，这可是能传给子孙后代的。还有姜似手里的玉如意……

肖氏盯着那柄系着红绸、一尺多长的玉如意，眼睛放光。

这样一柄玉如意，要是女儿出嫁时往嫁妆里一放，婆家人谁敢看轻了？

姜似抱着通体微凉的玉如意，有些搞不清状况。

只不过是几个纨绔子做了点他们做惯了的事，怎么就传到皇上耳中去了？还给了她与兄长赏赐？

一柄玉如意，一套文房四宝，名贵与否尚在其次，御赐之物本就意义非凡。

就比如现在，她原本打算暂退一步，没必要与祖母硬来，现在有了这柄玉如意，她的处境就完全不同了。

以后谁敢拿今日的事说事，她都可以毫不客气地顶回去。

"母亲，儿子说得没错吧，似儿本来就没有错，连皇上都赏了玉如意，希望她以后能顺心如意呢。"姜安诚喜滋滋道。

冯老夫人抓着拐杖的手紧了紧。

这样的狗屎运怎么就让四丫头撞上了？简直是打她的脸！

冯老夫人这个时候又喜又恼，喜的是皇上居然赏赐了东西下来，天知道伯府多少年都没得到过御赐之物了？

恼的是她刚刚发话让姜似禁足，转眼皇上就赏赐了玉如意，显然那番话等于白说了，这让她身为祖母的威严何在？

心情矛盾的冯老夫人淡淡嗯了一声，转而道："御赐之物马虎不得，送到祠堂供奉起来吧。"

姜安诚立刻道："就把湛儿那套文房四宝供奉起来好了，玉如意让似儿留着吧。"

冯老夫人斜睨着长子，恨不得敲开他的脑袋瞧瞧里面装着什么。

别人都是把好处留给儿子，只有老大一颗心全偏在了女儿身上。

说到底，还是因为姜似长得像她那早死的娘！

想到这里，冯老夫人心里对姜似越发硌硬起来。

潘海离开东平伯府，很快就把另外三家走了一遍，崔将军这才知道女儿进宫找太后告状的事，当即把崔明月叫来训斥了一顿。

崔明月挨了崔将军训斥，憋了一肚子火，离开将军府直奔荥阳长公主府。

荥阳长公主怕热，每年这时候都会去避暑，但没有主人在的公主府却依然热热闹闹的，一切有条不紊。

荥阳长公主讨厌冷清。

"大姑娘。"

崔明月无视纷纷向她行礼的公主府下人，一路奔回皎月居。

此时，皎月居中繁花似锦，崔明月对难得一见的奇花异草视而不见，直接冲到了后院。

后院用栅栏隔出一方小天地，里边卧着两头梅花鹿。

"开门！"

守在那里的婢女立刻把木门打开。

崔明月走了进去。

两头梅花鹿见到崔明月进来，瑟缩着往后退了退。

崔明月抽出缠在腰间的鞭子，甩出凌厉的鞭花，往梅花鹿身上狠狠抽去。

梅花鹿竟然没跑，温顺地承受了这一鞭子，喉咙间发出低低的哀鸣。

崔明月越抽越凶，很快，两头梅花鹿身上就满是鞭痕。

守门的婢女不忍看梅花鹿含泪的大眼，悄悄低下了头。

崔明月继续抽着，直到其中一头梅花鹿倒在地上才罢手，她把鞭子一扔，往外走去。

"收拾一下。"经过婢女时,崔明月淡淡撂下一句话。

婢女忙道:"是。"

崔明月凉凉瞥了婢女一眼:"管好你的嘴。"

"婢子知道。"

崔明月回到闺房喝了一杯花茶,这才觉得气顺了些,抬手看看指尖红痕,轻轻咬了咬唇。

抽鹿毕竟没有抽人痛快。

小时候,她无意间看到母亲用鞭子狠狠抽打婢女,当时竟吓到了,后来见得多了,就觉得当初的害怕简直可笑。

说到底,那些下人与牛马并无区别,甚至还没有一头鹿贵重。只不过人会说话,她还是要名声的。

崔明月想到父亲的训斥,又烦躁起来。

兄长腿都断了,父亲却不闻不问,甚至说兄长早该受些教训,分明就是因为父亲不愿意为难东平伯的儿子罢了。

不,应该说父亲不愿意为难苏氏的儿子。

崔明月隐隐知道一些父母的过往,但她几乎都是从荥阳长公主这边知道的,自然而然地认为姜似的母亲苏氏是该千刀万剐的狐狸精。

"等着好了。"崔明月喃喃道。

礼部尚书之孙金水河溺亡一案闹到了皇上面前,便成了京中上下格外关注的一件事,大家都等着顺天府尹把纵火小倌揪出来,看看这胆大包天的凶手究竟是何方神圣。

只不过这一次人们注定要失望了,断案如神的甄大人竟然迟迟没有破案。

案子一拖就拖到了金秋八月,甄世成在多方势力的施压下禀告景明帝,说案子破不了。

弹劾甄世成办案不力的奏折如雪花般飞到龙案前。

景明帝把一摞奏折往桌上一摔,冷笑:"一个案子破不了就要摘下顺天府尹的乌纱帽?天下悬案数不胜数,要是这样那些官员都该滚蛋了!"

等到翌日上朝,一名御史出列,愤愤指责顺天府尹尸位素餐,一桩简单的纵火案竟弄成了悬案,紧接着又有数人站出来弹劾甄世成。

景明帝不动声色地听完,好脾气地问站出来的数人:"顺天府尹是要职,不能空缺,不知诸卿谁愿意接任此职,接手画舫纵火一案呢?"

景明帝这么一问，站出来的数人顿时傻了眼。

见几人面面相觑谁都不开口，景明帝心中冷笑：就知道这些人只会耍嘴皮子功夫，真正要他们做实事时，一个个都闭嘴了。

景明帝当然不会换掉甄世成。

在他心中，甄世成是能吏，更难得的是他还是孤臣。

在别人看来甄世成寒门出身，没有家族当大树乘凉，可对景明帝来说，寒门出身正是甄世成最大的优点。

只要甄世成始终如一，他就会当这个寒门能吏的最大靠山。

"怎么，诸卿都不愿意？"故意等了好一会儿，景明帝不温不火地问道。

先前站出来的御史忙道："微臣才疏学浅，难以接任顺天府尹一职。"

其他人一听，立刻附和。

景明帝面上依然淡淡的："既然如此，那么甄世成卸任顺天府尹一职后，诸卿心中可有更合适的人选？"

几人又被问傻了。

合适的人选？当然没有啊，谁不知道顺天府尹是个烫手山芋？坐稳了的话称得上一句位高权重，坐不稳的话那就等着得罪人倒霉吧。

他们要是胡乱举荐，那才是想不开。

"诸卿怎么又不说话了？人是你们弹劾的，莫非还要朕绞尽脑汁想接任的人选么？"

"臣等不敢。"

"那就好好想想吧，朕等着呢。"

几人额头沁出冷汗，这才琢磨过味来：皇上这是力保甄世成啊。

景明帝不是个刻薄的，把几个让他糟心的臣子逼得汗流浃背，便决定给个台阶下了："诸卿都想不出来，看来这顺天府尹一职还是甄世成最合适，各位觉得呢？"

几人还能说什么，自然连连称是。

于是，金水河画舫纵火一案最终以悬案了结。

似锦 下

冬天的柳叶——著

重慶出版社

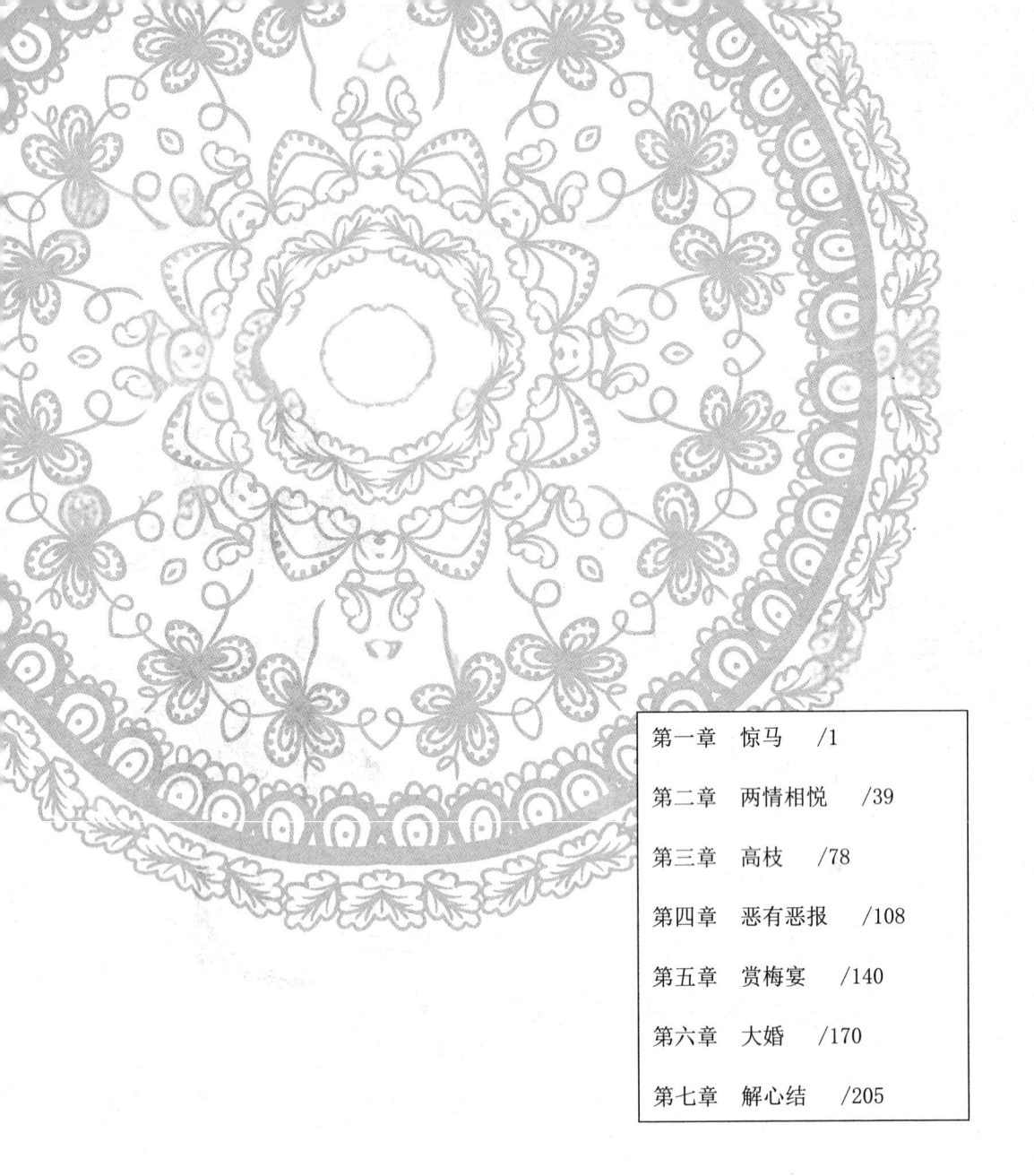

第一章	惊马	/1
第二章	两情相悦	/39
第三章	高枝	/78
第四章	恶有恶报	/108
第五章	赏梅宴	/140
第六章	大婚	/170
第七章	解心结	/205

目录
CONTENTS

第一章　惊马

海棠居中的海棠树已经结了果子，眼看着就要成熟了，缀满枝头煞是喜人。

阿蛮噔噔几声跑进屋子，压低声音道："姑娘，那案子已经当悬案结了。"

姜似眼神微闪，唇角露出轻松的笑意："知道了。"

尽管她反复琢磨过每一个细节，自认万无一失，可是遇到甄世成那样的对手，姜似仍感到压力很大。

案子一日不结，她这颗心终归放不下来。

"阿弥陀佛，总算可以睡个安稳觉了。"阿蛮双手合十，喃喃念着。

姜似目光下移，落在阿蛮胳膊上挎着的小篮子上："这是什么？"

阿蛮这才想起来，忙把盖在小竹篮上的细布掀开，露出饱满的枣子："姑娘，余公子家的枣子。"

"谁？"姜似以为听错了，又问了一句。

"余公子呀，他家门前不是有棵歪脖子枣树嘛，这枣子就是从那棵枣树上摘下来的呢。"

"他是如何给你的？"

"姑娘您还不知道呀，今日余公子来咱们府上找二公子了，这篮枣子就是余公子带来的。二公子尝着甜，就让阿吉给您送过来，路上正好遇到婢子，婢子就直接带回来了。姑娘您尝尝，枣子可甜了呢。"

姜似抬手扶额。

郁七竟然上他们家来了！

"什么乱七八糟的东西你都收。"见小丫鬟美滋滋的，姜似气不过，斥了一句。

阿蛮眨了眨眼，再问："姑娘，那您尝不尝啊？"

一颗颗枣子又大又圆，新鲜喜人，一看就是精心挑选后又清洗过的。

姜似拿起一颗枣子放入口中。

此时，郁谨正在听竹居里与姜湛聊天，思绪却早已飞远了。

也不知道阿似有没有吃到他送来的枣子？那些枣子可是他亲自挑选了洗过的。

"余七哥？"

郁谨回神，想到先前姜湛一见他带来的枣子就一口气吃了七八颗，气不打一处来。

就没见过一个大男人这么爱吃零嘴,尝一颗意思一下不就得了!

姜湛正感动道:"余七哥,从顺天府回来那次幸亏你在,不然我与四妹就要吃亏了。我吃点亏不打紧,万一四妹吃了亏,我可真的罪该万死了。"

郁谨没吭声,心道明白就好,当哥哥的总惹事连累妹妹,可不是罪该万死吗,难道还想减刑?

"余七哥,你不但带了名贵的补品,还带了枣子,实在太客气了。"

"枣子补血。"郁谨淡淡道。

"对了,余七哥,你刚刚说你要搬家了?"

郁谨颔首:"嗯。"

"雀子胡同不是住着好好的么,怎么突然要搬家了?"

"家人给置办的宅子,不好不搬。"

"这么说,余七哥以后不是一个人住了?"

郁谨想了想,点头:"人还不少。"

姜湛颇为遗憾:"那以后就不方便去找余七哥了。"

一大家子人呢,他除了余七哥谁都不认识,上门做客有些尴尬。

郁谨颇为体贴道:"不打紧,姜二弟觉得去我那里不方便,以后我可以常常过来。"

姜湛一听乐了:"余七哥说得是,我父亲特别欣赏你,总说叫你来玩呢。"

郁谨淡淡一笑:"伯父不嫌弃就好。对了,前些日子给你打听的事有眉目了,金吾卫有个空缺,不知道你想不想去?"

"金吾卫?"姜湛都愣了,好一会儿,才指着自己道,"你说我可以去金吾卫?"

在大周,金吾卫与锦麟卫是众亲卫军中最耀眼的两支。

锦麟卫的名头就不必多说了,而金吾卫专司皇室安全,几乎全是从勋贵与武将子弟中挑选出来的。

姜湛在金吾卫选人的时候曾经逃课考过一次,没考上。

那时候他才十三岁,落选后发狠练了两年,结果金吾卫不再考校选人了,就无法顶缺进去。

一个大家族中,除了注定要继承家业的嫡长子以及其他读书有天赋的子孙,剩下的男丁与其在家里厮混当然不如找个正经事做。金吾卫是个锻炼年轻人的好去处,差事清闲、薪俸不菲,偶尔还能在皇上面前露个脸,自然就成了许多人眼里的香饽饽。

　　姜湛不敢相信他有这般好运,再次问道:"余七哥,我真的能去金吾卫?"

　　郁谨笑着点头:"只要你愿意就行。"

　　"我当然愿意啊,傻子才不愿意呢!"姜湛欢喜得险些要跳起来。

　　郁谨提醒道:"我记得姜二弟还在读书吧,改走别的路是大事,姜二弟还是要和令尊商量一下。"

　　"父亲一定会答应的。"

　　"那我等姜二弟的消息。"

　　送走了郁谨,姜湛立刻去书房找姜安诚,很快,书房里就传来惊天动地的吼声:"什么,不读书了?你个小畜生,是不是去逛金水河没挨打,反倒把你的胆子养肥了?"

　　姜湛赶忙挡着脸:"父亲,您听我说完啊,是余七哥帮我找了个差事。"

　　一听姜湛提到郁谨,姜安诚狂揍儿子的动作一顿,皱眉道:"小余给你找了个差事?"

　　姜湛连连点头:"是呀,余七哥找的。"

　　"你不读书还能干什么?难道要去学人家开铺子做生意?本以为小余是个靠谱的,没想到跟着你学坏了。"

　　姜湛听得嘴角直抽。

　　这到底是谁的亲爹啊,一般不都是嫌弃别人带坏了自家孩子吗,怎么到他爹这里反过来了?

　　"父亲,您先听听余七哥给我找了个什么差事再说啊。"

　　"什么差事?"

　　姜湛咧嘴一笑:"金吾卫。"

　　姜安诚一下子愣住,以为听错了:"金吾卫?"

　　"是呀,就是您想的那个金吾卫。"姜湛看着父亲的神情,顿觉神清气爽。

　　没想到他在父亲面前也有扬眉吐气的一天。

　　"金吾卫现在一职难求,小余怎么给你找到这么好的差事?"姜安诚百思不得其解。

　　"余七哥帮过不少人呢,别人承他的情呗。"

　　"这么好的差事,小余应该自己去啊。"

　　姜湛挠了挠头:"父亲,您再这样说,会让儿子怀疑人生的。"

　　姜安诚一巴掌打过去:"怀疑什么人生?回头把小余叫来吃饭!"

"知道了。父亲，学堂那边我就不去了吧，趁着还没去当差，我自己先练练。"

姜安诚板着脸沉吟片刻，这才点头："不去学堂可以，但在没去当差前不许把事情嚷得尽人皆知。"

"儿子铁定不会瞎嚷嚷的，最多告诉四妹。"

姜湛在东平伯府众人眼里是个不成器的，逃课乃家常便饭。于是，直到秋闱临近，府中人才后知后觉地发现一件事：二公子居然不读书了！

冯老夫人对大房一直窝着火，等到府中吃团圆饭的时候，借着这个由头把火发了出来："老大，湛儿不去学堂了，怎么不和我说一声？"

姜安诚有些错愕。

儿子是块什么材料谁都知道啊，不读书的事居然还用说？

"湛儿自从落水后有一阵子没去学堂了，后来说打算找个差事做，我想着他在读书上确实没有天赋，就答应了。之所以没跟母亲提，是觉得一点小事，没必要让您费心。"

冯老夫人的目光凉凉地从姜湛身上扫过，重重一拍桌面："老大，你莫非忘了前不久皇上赐了什么给湛儿？"

"儿子当然记得，皇上赏赐了一套文房四宝给湛儿。"

冯老夫人恨不得举起拐杖把长子的脑袋敲开，看看里边是不是装满了稻草："皇上赐了文房四宝给湛儿，湛儿却连书都不读了，这不是天大的笑话吗？此事一旦传到御史乃至皇上耳中，你让皇上对咱们伯府怎么想？"

"祖母，您想多了吧，皇上日理万机，怎么会记得孙子是谁啊。"姜湛忍不住嘀咕道。

"你给我闭嘴！"冯老夫人板着脸斥了姜湛一句。

二太太肖氏接话道："湛儿，老夫人说得没错，你现在不是小孩子了，凡事作出决定前都该考虑一下咱们伯府，可不能全凭着性子来了。"

"我不读书，怎么就是由着性子来了？我又不是打算从此游手好闲。"

姜似已经从姜湛口中知道了郁谨给他安排进金吾卫的事，虽然相信以郁谨的身份不会出问题，但事无绝对，姜湛没正式入职之前当然低调些才好。

她怕兄长忍不住抖出此事，遂接过了话头："二婶，您想岔了，我二哥不读书，正是为了咱们伯府着想。"

肖氏撇了撇嘴："四姑娘，你说说二公子怎么替咱们伯府着想了？"

她本来想刺几句更难听的，可是想到姜似手里那柄玉如意，只得把话咽了下去。

面对肖氏的追问，姜似嫣然一笑："我二哥读书还要公中出钱呢，找个差事做的话,不论薪俸多少都要交给公中,这一进一出,难道不是替伯府着想吗?"

冯老夫人淡淡道:"伯府供你们读书还是供得起的。再者说,你们小一辈真能赚到钱的话自己留着就是,公中并不差这些。"

"孙女觉得应该让二哥做他擅长的事,而不是在不擅长的路上走下去。"

冯老夫人毫不客气地打断了姜似的话:"他擅长什么?打架吗?"

姜湛耳根通红,用力握拳,忍了愤怒。

他不会再冲动了,等他穿上金吾卫的侍卫服,倒要看看祖母怎么说。

"不要再想些有的没的,明日就回学堂读书!"冯老夫人最终下了命令。

姜湛脾气上来,梗着脖子道:"读书有大哥就够了,反正我不去!"

他说完拔腿便走,气得冯老夫人嘴唇发白,当即吩咐阿福:"去跟管事说一声,从这个月起停了二公子的月银!"

肖氏忍着得意劝慰起冯老夫人来。

二公子被停月银的事传出去,一边是大公子紧张备考,一边是二公子不学无术连书都不读了,二人可谓形成了鲜明对比,府中下人提起此事俱是摇头。

很快,景明十八年的乡试就到了。

姜沧去贡院这一日,天蒙蒙亮时就要动身,阖府上下都出来送行。

姜沧对着冯老夫人深深一揖:"祖母,您赶紧回去吧,孙子这就去考场了。"

冯老夫人强作镇定,连连点头:"去吧,记得你父亲提醒你的话,你没问题的。"

姜沧再次对冯老夫人等人行礼,马车往贡院的方向驶去。

天边,淡淡的夜色渐渐变成浅浅的橘红色,晨曦初露,又是一个好天气。

冯老夫人立在原地,久久注视着姜沧离去的方向,心头激动不已。

长孙今年才十九岁,只要此次考试顺利,明年二月就可以参加春闱了,倘若在春闱高中,立刻就会跃入京城的权贵圈子。

科考的残酷无人不知,弱冠之龄的进士有多抢手更是无人不晓,到时候,何愁长孙没有好前程,没有好姻缘?

第二日,姜湛一大早就出了门,回来时穿着一身蓝黑相间、绣金线的侍卫服,显得格外俊俏。

他连马都没骑,是一路走回来的,却觉得浑身是劲,一点都不累。

原来,被别人艳羡的感觉这么美妙。

姜湛成为金吾卫的事很快就传遍了伯府。

冯老夫人看着因穿上合身侍卫服而显得越发丰神俊朗的孙子，一时心情格外复杂。

她以为这个孙子这辈子就是一摊烂泥了，不给家族惹祸就谢天谢地，没想到竟混进了金吾卫。

姜二老爷不由看向姜安诚："大哥，湛儿能进金吾卫，托了不少关系吧？"

想进金吾卫，托关系找人可是一笔不小的花费，他竟没听到一丝风声，真是奇怪了。

姜安诚笑笑："我可没门路。湛儿朋友多，他自己寻的路子。"

嗯，小余真的很不错，要是似儿满意，他还想留着当女婿呢，可不能暴露给别人。

姜湛从没觉得这么扬眉吐气过："是呀，二叔，我找朋友帮的忙，没花家里一个铜板呢。"

肖氏瞧着姜湛的得意，心里很不舒服，笑道："没想到二公子当上金吾卫了，这样也好，以后你们兄弟一文一武，互相帮衬。"

金吾卫又怎么样，能有举人、进士风光么？

万般皆下品，惟有读书高，至于别的，都是杂鱼。这在大周是连贩夫走卒都深为认可的事情。

眨眼就到了八月十一，乡试首场考试的最后一日，到了黄昏时分，参加第一场考试的考生就会出来了，像姜沧这样离家近的当然不用住客栈，而是回府。

眼看到了下午，伯府上下都又紧张又期待，姜二老爷夫妇更是心中忐忑。

姜二老爷是参加过科考的人，比谁都清楚首场考试的重要性。

拿下这一场，就等于拿下了明年春闱的资格。

急促的脚步声突然响起，好似雷声敲打在人心头，姜二老爷莫名生出一股不祥的预感。

很快，脚步声的主人就冲了进来，是外院管事，一进门就放声喊道："大、大公子回来了！"

姜二老爷心中咯噔一声，一颗心沉了下去。

还没到交卷的时间，沧儿怎么会回来？

"到底怎么回事？"姜二老爷问话间，语气已经带上了急迫。

管事惨白着一张脸道："大公子是昏迷着被抬出来的！"

肖氏先前听说姜沧回来就情不自禁起身，听了这话，腿一软跌坐回椅子上。

"书童呢？"

一个瘦小的身影扑通跪了下去，抹泪道："公子被分到了臭号，抬出来时小的才知道公子硬生生忍了两日，到了今日呕吐不已，实在挺不住，昏倒了被抬出来……"

饶是姜二老爷在官场多年，听到这事，眼前亦不由阵阵眩晕。

他盘算来盘算去，笃定长子中举十拿九稳，独独算漏了长子的运气。

"大公子人呢？"肖氏脚步仓皇地冲了出去。

姜沧确实倒霉透了，成百上千的考生，考场上就那么十来个臭号，却被他给摊上了。

正如姜二老爷所想，分到臭号的考生别说考试了，能活着出来就不错了。

姜沧是个不甘平庸的，自小就认准了科考这条道，自然不缺毅力，所以硬生生忍了两天多，实在受不住才被臭晕了。

此刻，姜沧躺在架子板上被抬着往里走，已经苏醒过来。

"沧儿！"肖氏跌跌撞撞迎上来，看清儿子的模样，脑袋里嗡了一声。

进考场时意气风发的儿子此刻脸色白中透黄，丰润的双颊深深凹陷，瞧着跟病入膏肓的痨病鬼差不多。

她儿子怎么会成了这样子！

"沧儿，你觉得怎么样？"

姜沧费力睁开眼睛看着神情惶然的母亲，惨淡一笑："儿子让您失望了……"

吃力说完这几个字，姜沧白眼一翻，昏了过去。

"沧儿，沧儿——"肖氏撕心裂肺地哭喊着，这一刻觉得天都塌了。

以冯老夫人为首的众人都赶了过来。

姜二老爷怒道："哭有什么用，还不赶紧请大夫来！"

姜沧主要是被考场环境折磨的，请来大夫开了几服药服下，身体就渐渐缓了过来。

人缓过来后，精神却一下子萎靡不振。

对姜沧的遭遇，姜似心里半点波澜都没起，施施然出了门。

她这次出门是要见一见阿飞。

数月前，姜似开了个脂粉铺子，交给豆腐西施秀娘子打理，本来没指望靠这个赚钱，只当多一个靠谱的地方方便行事，没想到因为一款香露的味道格外好，竟然赚了不少银子。

姜似对钱财不甚看重，见脂粉铺子能赚钱了，便毫不犹豫拿出一笔银钱交给阿飞，让他好好经营人脉。

姜似来到租赁的住处，阿飞已经等在那里。

"你的关系网怎么样了？"姜似开门见山地问。

阿飞拍着胸脯道："姑娘放心吧，我那些朋友虽然大事办不了，但如果是打听个消息、盯个梢或者传点话这类事，这是手到擒来，保证不留后患。"

姜似沉吟片刻，道："这件事，人是可以少一点，但必须找信得过的，你能找到几个？"

一听用人不多，阿飞就更有把握了："要说口风紧、能信得过的有三个，不知道姑娘要兄弟们干什么？"

三个么？应该足够了。

姜似便把要阿飞办的事讲出来："你们给我盯一个人。"

"谁？"

"大理寺右少卿朱家的公子朱子玉，在翰林院任庶吉士。"

阿飞一听，险些跪了。

他就知道姜姑娘不是寻常姑娘，听听，一开口就要他盯着大理寺少卿家的公子，关键是对方还不是那种游手好闲的纨绔子，而是在翰林院当庶吉士的。

姜似淡淡道："这人是我大姐夫。"

"咳咳咳。"阿飞猛烈咳嗽起来。

姜似诧异地看阿飞一眼。

阿飞立刻恢复了一脸严肃："没问题，姑娘想重点盯着哪方面？"

莫非那人背着姑娘的大姐养外室了？

"不拘哪方面，只要他不在府中，你们轮流盯着就是。"

阿飞有些为难："可是咱们进不去翰林院啊。"

"守在门外就好，从明天开始每隔三日你就来向我汇报，事无巨细，我要掌握朱子玉的所有行踪。"

加上阿飞一共四个人，盯着朱子玉应该足够了。

"姑娘，要盯到什么时候？"

"一直到入冬。"

在那场噩梦中，长姐就是在冬日出事的。

姜似一直心存芥蒂。

梦里，她隐约听到长姐哭喊了一句："不该救他的！"

长姐救了什么人？又为何说不该救那个人？

姜似回到家中，提笔给姜依写了一封信。

信送到朱家，没过多久，姜似就等到了姜依的回信。

姜似把信看完，揉了揉眼尾，看来又要出门了。

信中，姜依提到后日要去城外白云寺上香，约她在白云寺相见。

转眼就是两日后，姜似早早就赶到了白云寺。

"阿蛮，去打听一下朱府的车子到了么。"

一听姜似吩咐，阿蛮立刻收起了好奇心，跑去找知客僧打探消息，很快回来告诉姜似姜依已经来了。

这个时候，姜依自然不会留在客房里，姜似带着阿蛮直奔大雄宝殿，果然就见到一个熟悉的倩影跪在宝相庄严的佛像前。

令姜似意外的是，姜依身边还跟着一个人，竟是她的大姐夫朱子玉。

这时，姜依站了起来，抬眸对朱子玉浅浅一笑。

姜似站在不远处，看着并肩而立的一对璧人，心中生出几分困惑。

或许大姐夫朱子玉并无问题？

姜似微微调转目光，落在朱子玉面上。

朱子玉今日穿着一件青色直裰，面容俊朗，身姿挺拔，举手投足间显出一股浓浓的书卷气。

似乎察觉到姜似的注视，朱子玉一偏头迎上她的视线，先是一愣，而后露出一个温和的笑容："依娘，是四妹。"

姜依霍然转身，眼中迸出惊喜之色，快步走过来拉住姜似："四妹，你来了。"

姐妹二人说了两句，朱子玉很识趣地道："你们聊，我去前边随便逛逛。"

姜似目光追逐着朱子玉离去的背影，头一次觉得一个人的深浅如此难以看清。

"四妹？"姜依隐隐有些疑惑。

姜似挽住姜依的手："大姐，咱们随便走走吧。"

姜依一指后方："四妹不拜一拜吗？"

姜似想了想，走到蒲团前跪下来诚心叩拜，心中默念：佛祖在上，请保佑我大姐平安和顺，无灾无忧。

姜依笑吟吟地打趣："四妹求了什么，莫不是姻缘？"

"大姐不要乱说。"姜似露出羞恼的样子。

姜依见妹妹害羞，不忍再打趣，便问起伯府情况来。

寺中古树成荫，这个时候已经有几分凉意了，越往后走香客越少。

姜似见时机差不多了，佯作不经意道："早知道大姐夫会陪大姐来上香，我就不凑热闹了。"

"不许乱说。"姜依脸色微红，推了姜似一下，解释道，"本来我打算一个人来的，你大姐夫恰好今日无事，就陪我一起了。"

恰好无事？

姜似挽着姜依的手臂缓缓往前走，目光微闪。

也许是她太敏感，听到"恰好"这类字眼，总忍不住多想。

"今日好像不是休沐日呢。"姜似随口道。

姜依笑容里带了几分掩不住的甜蜜："四妹不知道，他们翰林院很清闲，正好你大姐夫手头上的事做完了，听说我来白云寺上香，就跟上峰告了个假，陪我一道来了。"

"大姐夫对大姐真好。"

"四妹！"姜依不由红了脸。

她这次来上香是为了求子。

姜依嫁到朱家已有四年多，目前只有一个女儿，人人都说有了儿子才算在婆家站稳脚，她心中没有压力是不可能的。

让她觉得幸运的是，婆婆虽然对此颇有微词，夫君却一直维护着她，今日还特意陪着她来上香。

看着姜依眼中自然而然流露出的幸福光芒，姜似一时沉默了。

她能感到长姐切切实实的欢喜心情，而她大概会成为亲手打破这种喜悦的人。

不过，姜似眼底的犹豫很快被坚定取代。

倘若这一切是假象，打破了又何妨？总比长姐背负着那样的屈辱走向绝路要好得多。

一阵风吹过，送来轻微的凉意与青草香气。

姜似决定开门见山，便问："大姐，你可有救过什么人？"

姜依被问得一头雾水："四妹你这是怎么了？问些稀奇古怪的问题。"

"大姐就说有没有嘛。"

姜依好笑道："大姐整日待在家里，难不成还能像戏折子里演的那样行侠仗义？四妹，你怎么想到问这个的？"

姜似拿出早准备好的说辞："我不久前做了个怪梦，梦到大姐冬日里救了一条冻僵的蛇，结果那条蛇暖和过来后狠狠咬了大姐一口，还是有毒的……"

姜似说着变了脸色，用力一握姜依的手："大姐，这个梦实在让我有些害怕。"

姜依笑着揽住姜似，安慰道："果然还是个小丫头，一个梦就让你胡思乱想。"

就在这时，一声巨响震动长空。

秋日里竟然打雷了。

姜依面色微变，抬眸看向风起云涌的天空。

很快，风把草木吹得剧烈摇动。

被姐妹二人打发到远处候着的两个丫鬟跑过来，一个是阿蛮，另一个是姜依的丫鬟阿雅，至于姜依身边的另一个丫鬟阿珠，先前就没有随着过来，而是收拾客房去了。

"姑娘，看样子要下雨了。"阿蛮跑得快，很快来到姜似身边。

姜似一指前边钻出繁茂树木的一角飞檐："我与大姐去那里的亭子里躲一躲，你回去取雨具。"

阿蛮立刻脆生生地应了一声"是"。

"让阿雅一起回去吧，阿珠带来的雨具放在客房了，这里离客房近一些。"

"早去早回。"姜似叮嘱了一声。

眼看两个小丫鬟跑远了，姜似拉着姜依的手，向亭子跑去。

亭子极小，掩在高大树木后，若是不仔细都不会留意，姐妹二人才跑进亭子里，豆大的雨珠就落了下来。

亭外狂风大作，吹得树枝猛烈摇晃，落叶被风卷着漫天飞扬，又随即被雨珠打落到地上。

六角亭很快垂下雨帘。

"这雨可真大。"盯着厚厚的雨幕，姜依喃喃道。

这个时候，夫君正在外边走动，也不知有没有寻到合适的地方避雨？

寒意随着风雨从四面八方涌进亭子里，裸露在外的肌肤泛起层层战栗。

"四妹，冷不冷？"姜依握住姜似的手，发觉少女柔嫩的手心一片冰凉。

姜依立刻担心起来，刚要开口，却被姜似突然掩住嘴。

"大姐，有人来了。"姜似说完，顾不得姜依的反应，立刻拉着她往亭子旁一棵两人都无法合抱的大树后躲去。

大树枝繁叶茂，把大雨几乎全部遮挡住，只有稀疏一点雨珠落在二人身上，一时倒是不怕打湿了衣衫。

随着脚步声近，姜似用力握紧了姜依的手。

很快，就有两人一前一后走进了亭子里。

其中，一人穿着长衫，看起来是个白净的文雅人；另一人一副利落短打，满脸络腮胡子。

这样的两个人凑在一起，颇有几分格格不入。

姜似的目光落在络腮胡子身上，一有股淡淡的血腥味从此人身上传来。

"说下雨居然就下了起来。"络腮胡子打量四周，抱怨了一句。

长衫男子没接这个话头，皱眉问道："怎么样了？"

络腮胡子笑笑："人已经送来了，就在老地方。"

"善后呢？"

络腮胡子眼中闪过寒光："放心，不该开口的人已经不会开口了。"

此话一出，姜依不由浑身一颤，握着姜似的手不自觉一紧。

她们是不是听到了什么不该听的话？

也许是先闻到了那股血腥味，姜似听了这话，心中反而没起多少波澜。

可长衫男子接下来的话恍若一声惊雷，在她脑海中炸响。

"那个人有几分像圣女？"

圣女？

姜似陡然变了脸色，与姜依交握的手抖了抖。

"至少有五分相似。"

"五分？足够了。据打探出的消息，七皇子心慕乌苗圣女，如今乌苗圣女已经久不露面，一个与她有五分相似的女子想要博得七皇子的好感，应该轻而易举。"

姜似用力咬了咬唇，才控制着没有失态。

这两个人想要找人接近郁七，有什么目的？

姜似本想说服自己郁七的事与她无关，可是看到长衫男子阴狠的目光，心中打了个颤。

无论如何，她都希望他能平平安安。

"对了，七皇子那日当街保护了一名女子，女子的身份打听到了吗？"长衫男子突然问道。

"打听到了，那名女子是东平伯府的四姑娘。"

听了这话，姜依猛然后退一步，踩到一截枯枝。

吱呀一声轻响，在这风雨大作的时刻很难引起人注意，但那名络腮胡子的男子却猛然起身，警惕地打量四周。

"谁？"络腮胡子一声喝问，裹挟着狂风骤雨声，当头向姐妹二人罩去。

姜依一张脸变得煞白，紧紧握住了姜似的手。

长衫男子看向络腮胡子："有人？"

络腮胡子面色紧绷，大步向姐妹二人藏身的大树走去。

姜依的身体剧烈颤抖着，下意识把姜似往身后推。

风更猛了，吹打得树枝剧烈摇晃，当络腮胡子走近时，一截树枝恰好被风吹断，摔落在他面前。

络腮胡子一脚踩在落枝上，下意识用脚尖碾了碾，没有丝毫停顿，仍往树后走去。

姜依死死捂着嘴，几乎快要控制不住尖叫的冲动。

这一刻她怕极了。

这样一个男人，哪怕是因为凑巧避雨而聚在一起，她都忍不住心慌，更何况现在听到了那样惊心的话。

怎么办？要是这个人发现了她与四妹，会不会灭口？

不成，无论如何不能让四妹出事。

越来越近的脚步声落在姜依耳中仿佛催命符，但她在绝望之中又生出莫大的勇气来。

姜依伸手用力一推想让姜似快逃，却推了个空，定睛一看，姜似竟不知何时站到了她前边去。

姜似看着出现在树旁的一双黑布鞋，毫不犹豫地把幻萤放了出去。

肉眼难以分辨的幻萤如流星一般，从络腮胡子一侧耳中飞入，又从另一侧耳中飞出。

络腮胡子在姐妹二人面前现身，眼神有瞬间茫然。

络腮胡子显然是习武之人，这种人往往意志坚定，加之此时没有恰当的言语诱导，很难利用幻萤引起他的幻觉。

姜似深知这点，她本来就没指望让此人产生幻觉，而是等他这一瞬间的失神。

几乎就在络腮胡子失神的瞬间，紧握在姜似手中的一根尖刺就刺了出去，扎在了男子手臂上。

络腮胡子浑身一颤，骇然发觉整个人动弹不得，他还没来得及看清眼前情形，一些粉末就飞进了他眼中。

火辣辣的感觉袭来，络腮胡子脸色极为扭曲，却发不出声音。从手臂上传来的麻痹感几乎控制了他身体的每一处，让他连惨叫都发不出来。

"怎么了？"亭中的长衫男子见同伴一动不动地站在树旁，大感诧异。

络腮胡子因为眼睛进了不知名的粉末的痛苦颤抖着，眼泪一串串往外淌。

长衫男子又喊了一声："你发现什么了？怎么不吭声？"

回答长衫男子的只有风雨声。

"搞什么呢？"长衫男子终于忍不住向络腮胡子走去。

此刻，络腮胡子眼睛已经疼得睁不开，听力却格外敏锐，听着同伴的脚步声越来越近，急得要抓狂，可是那种传遍全身的麻痹感依然没有过去，他的喉咙依然发不出丝毫声音。

从亭中到树旁只有数步之遥，长衫男子很快走近了。

这时，一根棍子迎面砸来，直接招呼在他脑门上。

长衫男子眼前一黑，栽了下去，正好倒在络腮胡子身上，二人齐齐往下倒去。

一连串的变故让姜依彻底傻了眼。

长衫男子与络腮胡子倒在地上，发出一声闷响。

姜似没有犹豫又给络腮胡子补了一棍子，随后把手中包着一层铁皮的棍子一扔，抓住姜依的手腕拔腿就跑。

冲出树冠的遮挡，雨帘瞬间把二人笼罩，而此刻姜似却顾不得这么多了，拽着姜依跑得飞快。

雨更大了，泥泞湿滑的路面使二人每迈出一步都好似陷在泥潭里。

"四妹！"姜依一张口，立刻有雨水灌进嘴里去。

姜似用力握住姜依的手，脚下没有片刻停留。

姜似的坚定让姜依把所有疑问与惊慌都暂且抛到了脑后，跟着加快了速度。

姐妹二人互相搀扶着，不知跑了多久，终于看到两把青伞犹如舒展的莲叶飘荡在无边无际的风雨中，离她们越来越近。

"阿蛮！"姜似心中一定。

她最怕的就是与阿蛮走岔了。阿蛮要是去了亭子那边撞见那两个人，事情就不妙了。

阿蛮见到浑身湿透的姐妹二人，大吃一惊，忙把夹在腋下的伞撑开替姜似遮住雨，急急问道："姑娘，不是说好了在亭子那里躲雨等我们吗？"

另一边，阿雅也替姜依撑起了伞，把浑身发软的姜依扶住。

这一刻，姜似却格外冷静，果断道："先回客房再说。"

撑起的伞被风吹得东摇西晃，根本挡不住斜斜吹进来的雨，等主仆四人回到客房，原先打着伞的阿蛮与阿雅身上都湿了大半，而姜似姐妹就更狼狈了。

水珠顺着发梢、衣角淌下，很快在地板上积起了水洼。

阿蛮把伞收好，跺跺脚："姑娘，婢子去要热水给您擦洗。"

姜似抬眸看了一眼外边。

雨珠顺着廊檐织成道道雨帘，没有停下来的架势，偶尔可以见到有人影急匆匆从远处的月亮门前一闪而过。

这样突如其来的一场大雨困住了许多人。

姜似看了一眼浑身湿透、脸色苍白的姜依，点了点头："去吧。"

见阿蛮去打热水，阿雅忙道："大奶奶，婢子随阿蛮姐姐一起去打水。"

姜依胡乱点了点头。

"姑娘，热水来了。"

姜似随即换上浅浅的笑容："大姐，你先擦洗吧。"

姜依浑浑噩噩地擦过身，热水带来的舒适让她渐渐回过神来。

等姜似擦洗过后，姜依立刻把阿蛮与阿雅打发出去，抓着姜似的手颤声问："四妹，为何那两个人会提到你？他们口中的七皇子怎么会与你扯上关系？还有，你是如何制服两个大男人的？"

姜似哭笑不得："大姐，你一口气问这么多问题，让我回答哪一个呢？"

姜依缓了缓神，苦笑："四妹，我现在这颗心七上八下的，好似在油锅里煎，你快些告诉我是怎么回事吧。"

迎着姜依忐忑紧张的眼神，姜似恢复了镇定，拿软巾轻轻擦着头发："大姐别慌，我猜那两个人之所以留意到我，大概是因为七皇子。"

"可是四妹怎么会认识七皇子？"

姜似笑笑："我不认识什么七皇子啊，不过，前不久二哥不是被卷入金水河画舫纵火的案子吗？我去顺天府接二哥回家，路上被几个纨绔子围攻了，二哥的一位朋友救了我。现在想来，那位朋友可能就是燕王吧。"

姜依一听急道："即便四妹被七皇子救了，那两个人为何会盯上四妹？"

想到那两个人悄悄打听妹妹的身份，姜依便不寒而栗。

"大姐莫急，他们打听到我的身份后，想来不会轻举妄动。"

不论伯府有无实权，一位伯府贵女当然不是能够随便控制的，如果有别的选择，姜似不认为长衫男子会打她的主意去接近郁谨。

"四妹，我还是担心。"

"大姐，有的时候担心无用，要是实在躲不过，我会保护好自己的。倒是今日的事，你可要叮嘱丫鬟莫要乱讲。"

姜依点头："这是自然。"

"大姐，今日的事别对姐夫提了吧。"姜似再提醒道。

姜依用力点头，想到两个男子的惨状，不安道："四妹，那两个人会不会被你打死了？"

姜依的担心让姜似不由笑了："大姐，你妹妹才多大力气？那么两下敲不死人的。"

一听死不了人，姜依又开始担心了："那两个人会不会查到我们？"

姜似笑着揽住姜依的手臂："放心吧，大姐，白云寺这么大，今日来上香的香客不少，他们那种人藏着掖着都来不及，难道还会去大张旗鼓地调查？这个哑巴亏他们吃定了。"

这时，门外传来男子温和的声音："依娘，你在里面吗？"

姜似轻轻喊："大姐。"

姜依会意点头："我知道，不会对你姐夫提的。"

姜依理了理衣衫，快步走到门口把门打开，对朱子玉微微一笑："在呢，四妹也在。"

朱子玉立在门外廊下，目光往内一扫。

姜似略略屈膝："大姐夫。"

朱子玉笑着点点头，对姜依道："既然四妹也在，你们好好说说话吧，我去隔壁客房。"

他衣衫湿了小半，发梢、脸颊尽是湿气，姜依瞧了有些心疼。

姜似十分识趣，快步往门口走去："我就不打扰姐姐、姐夫了，等吃饭的时候再与姐姐一起。"

见姜似很快走了出去，姜依白皙的脸上浮起两朵红云，对朱子玉低声道："倒是让四妹看笑话了。"

朱子玉含笑看了少女远去的背影一眼，很快收回目光，打量着姜依问道："淋雨了？"

对待朱子玉向来毫无保留的姜依难得扯了谎："嗯，本来与四妹快要走到了，没想到雨下得这么急，还是打湿了衣裳。"

"我先前吩咐小厮去找阿珠取伞，倒是听说阿雅在他前边来过了。"朱子玉貌似随意道。

姜依压下紧张，笑笑："是呀，小丫鬟腿脚快，风一起就打发她们回来取伞了。不过雨太大，撑着伞，衣裳还是湿了大半。夫君，我来给你更衣吧，穿着湿衣当心着凉。"

屋内一时温情脉脉。

姜似走出去时才发现雨已经小了，凉风夹杂着清新泥土气直往脸上吹，那股气息便格外浓郁了。

回到客房，姜似才放松下来，反复琢磨着两名男子的来历。

想了片刻，她下了决心：有关两名男子的事，等回去后要尽快知会郁谨一声。

晌午过后雨彻底停了，沁凉的风给白云寺吹来一层薄雾，雨后的山寺似乎越发幽静，枝叶带着水珠轻轻摇曳，林间偶尔传来低低的鸟鸣声，却不见飞鸟从空中掠过。

不过，白云寺也很快就热闹起来。

那些因为大雨滞留在寺中的香客走出避雨处，或是继续在寺中流连，或是准备离去，寺中僧人们亦开始活动。

姜依站在廊庑下，听着顺廊檐落下的水珠发出清脆的滴答声，侧头问姜似："四妹还想去哪里走走么？"

姜似眼角余光扫了不远处的朱子玉一眼，笑着摇头："不啦。好不容易天晴了，还是早些回去吧，省得回头再下雨，路就不好走了。"

姜依悄悄松了口气。

她可真是半点都不想在这里待了，妹妹想早些走当然最好。

姜依扭头对朱子玉道："夫君，那咱们与四妹一道回去吧。"

朱子玉目光微转，看向姜似。

姜似大大方方地问："姐夫莫非还有事？"

朱子玉似是没料到姜似问得这么直接，先是一怔，而后笑道："没有事，本来就是陪你大姐来上香的。那就一起回去吧。"

白云寺是香火旺盛的大寺，依山而建，山门外专门开辟了一处宽阔场地供香客们停车。

姜依拉着姜似坐上了朱府马车。

姜似从车窗向外看，见朱子玉骑马走在马车前不远处，背影挺拔中带着几分单薄，她的眼中掠过小小的疑惑。

夫妻一同出游，朱子玉不与大姐同乘一车而是选择骑马，他与大姐的关系真像大姐所认为的那般亲密无间吗？

这时，一声嘶鸣突然响起，骤然打破了车厢内的祥和气氛。

阿蛮在后面姜府的马车里，头一个反应过来，立刻掀起帘子探头往外看，就见本来在前方不远处的朱府马车突然如离弦的箭往远处冲去，引起路上行人一片惊呼。

"姑娘！"阿蛮见状急红了眼，钻出马车就要往下跳。

赶车的老秦率先跳下马车，急声道："阿蛮，你来赶车。"

交代完这句话，老秦快步跑到似乎吓傻了的朱子玉身边，毫不客气地把他拽下来自己跳上马背，向着前方失控的马车追去。

马车失控的瞬间，姜依下意识的反应就是紧紧抱住姜似。姐妹二人齐齐撞向一侧车壁，发出低低的惊呼。

马车颠簸得厉害，根本无法坐稳，姜依忍受着车壁的碰撞，急切地问姜似："四妹，你没事吧？"

被姜依护在怀中的姜似脸色十分苍白。

梦里，她就是坐在马车中，一路驶向了悬崖……

姜依急切的呼唤声以及从窗口灌进来的呼呼风声，使姜似回过神来。

不能慌，她要是慌了，谁来保护大姐？

"大姐，我没事。"姜似伸手抓住车壁的凸起处，吃力地向车门口挪去。

姜依见状大急，声音都变了调："四妹，你干什么？"

"我看看怎么回事……"姜似的声音随着马车剧烈的颠簸而断断续续，但她挪向车门的动作却没有停。

姜依尽力抓住姜似脚腕，急道："四妹，你别胡闹，万一掉下马车怎么办呢？"

车门帘被风吹得高高扬起，姜似已经看清了状况：原本温顺的马像是受到什么刺激一般奔驰着，赶车的车夫早已不见了踪影。想到变故突发时的声响，车夫大概是那时候就被甩了下去。

也就是说，此刻随着马车飞奔的只剩她姐妹二人。

姜似一手撑着马车门框，一手探向腰间，从荷包里摸出一根尖刺来。

这种速度下，无论是蛊虫还是药粉都没办法用到惊马身上，最佳的选择就是利用不久前放倒络腮胡子的淬毒尖刺。

只要尖刺刺破惊马的皮，毒素会使惊马在极短时间内浑身麻痹，马车定然会停下来，到时候是跳车还是采取其他自救方式，她们就有选择余地了。

姜似心一横，往外爬去。

姜依在后边死死抱住她的腿："四妹，你疯了吗？"

"大姐，你抓好车壁不用管我，我有办法让马慢下来。"

说是惊马，但它毕竟拖着一辆载人的车子，又是奔跑在泥泞的路上，速度即便再快也谈不上风驰电掣。

这也是姜似有信心自救的重要原因。

"不行，四妹，我要是放手你会掉下去的。"姜依这个时候也发了狠，抱着姜似的脚踝死活不松手。

姜似颇为无奈。这才叫拖后腿啊!

前方行人纷纷尖叫着避让,马车隐隐有散架的趋势,姜似正准备用蛮力挣脱姜依的束缚,突然一声厉喝传来:"姑娘,抓好了!"

骑马赶上来的老秦腾空而起,跃到受惊的马背上。

惊马受了刺激,扬起马蹄,欲甩脱马背上的人,马车一时东倒西歪,瞧着越发惊险。

听到老秦声音的瞬间,姜似就缩回了马车,紧紧抓住车壁挡在姜依身前:"大姐别慌,老秦一定有办法的,你一定要抓好了,别被甩出去。"

姜依脸色惨白,连一句话都说不出来了,只知道不断点头。

马车又往前冲出十余丈,终于慢慢停下来。

整个马车几乎散了架,狼狈地停在路边,姜依在姜似的搀扶下跟跄钻出车子,弯腰呕吐起来。

"依娘,你没事吧?"朱子玉等人终于赶了过来。

一见朱子玉焦急的神色,姜依顿觉腿脚发软,险些落泪。

朱子玉快步上前,揽住姜依温声细语地安慰。

阿蛮急急冲过来抱住姜似,声音发抖:"姑娘,吓死婢子了!"

姜似拍拍阿蛮示意她松手,一言不发地走到惊马面前。

此时,惊马已经安静下来,老老实实站在树下,全然不似刚才的暴躁模样。

阿蛮急忙拉住姜似:"姑娘!"

"无妨。"姜似绕着惊马走了两步。

老秦走过来。

"老秦,你说这马为何突然受惊?"

老秦上前仔细检查惊马的口鼻等处,皱眉道:"一般来说,驯好的马突然受惊,有可能是吃下的草料里混了令马暴躁的异物,也有可能身体突然不适,或者受到外界的干扰惊吓。"

"先前路上一切正常,可以排除外物干扰。我刚才检查了一下,此马身上没有明显外伤,是否身体不适也未尝可知。至于吃的草料有没有问题,必须要检查吃剩的草料才能知道……"

"检查此马胃里残留的食物也能知道吧?"

老秦舌头打了个结,被问得一愣,沉默了一下,才道:"这就要看情况了,倘若混入草料的异物还未被彻底消化,有经验的医者或许能找出原因,若是已经消化殆尽,那就难了。而想用这种办法查明原因,就要把马开膛剖腹……"

姜似继续问道："检查此马的粪便呢？"

老秦一下子被问住了，好一会儿才道："不好说啊，有些异物并不是有毒性，只是恰好对马起作用，如果这样，马的粪便就检查不出什么。"

"这样啊……"姜似上前一步，抬手在马的臀部四周按了按。

留意到她这个举动的人顿时一脸惊恐。

姜姑娘难道在催这匹马赶紧拉粪？

姜似根本不理会旁人的想法，神情专注地摸着马屁股。

惊马许是从未见过如此无耻之人，竟傻了眼毫无反应，直到这姑娘大有摸到地老天荒的架势，才扬起后蹄来。

阿蛮大吃一惊，拽住姜似急忙往后退去。

惊马尥了几下蹶子，没过多久便安静下来。

朱子玉携着姜依走过来，一脸关切："四妹无事吧？"

姜似看向朱子玉，睫毛微微颤了颤，声音平静，但蕴含着令人猜不透的情绪："无事。"

朱子玉脸上带着温和的笑，仿佛把姜似当成嫡亲的妹妹那般宠溺："这马受了惊，脾气难料，四妹可不要再靠近它了。"

姜依紧跟着道："是呀，四妹，你刚刚靠近惊马实在太危险了。"

姜似笑笑："姐夫说得是，惊马太危险了，方才我与大姐坐在马车里，要不是老秦及时赶到，等马车撞上树或者行人而翻倒，说不准就要出事了。"

姜依想到刚才惊险万分的情景，浑身止不住颤抖。

若是四妹出了事，她如何向父亲交代？若是她出了事，嫣嫣那么小没了娘，又该怎么办？

姜似目光微转，看了一眼静静停靠在一旁的马车，微微扬起下巴，问朱子玉："姐夫，车夫呢？"

朱子玉扫了一眼路边。

一个四十岁上下的汉子走出来，跪倒在朱子玉面前连声求饶："小的该死，事发突然，小的被甩下去了，没有保护好大奶奶和姑娘……"

姜似冷眼看着朱府的车夫请罪，不为所动。

姜依是个心软的，叹道："罢了，这种意外也不是你能料到的……"

朱子玉看向姜似，面带惭愧："车夫虽然是无心之过，却依然是失职。四妹放心，姐夫定会重重罚他的。今日的事都怪姐夫没有安排好，回头姐夫会登门给岳父赔罪……"

姜似面无表情地听朱子玉说完，冲他凉凉一笑："姐夫确实该给父亲赔罪。"

姜似毫不客气的回答令朱子玉一愣，面上浮现出尴尬之色。

谁都知道他刚刚一番话是场面话，没想到这丫头竟当真了。

姜似的回答同样令姜依吃了一惊，不由道："四妹。"

她知道四妹有些小性子，今日受了这么大的委屈与惊吓，要发脾气也正常，可是眼下这么多人，夫君面子上难堪没什么，要是传出四妹刁蛮不饶人的名声就不好了。

"四妹，大姐知道你心里委屈，有什么事咱们回去说吧。"姜依柔声劝道，眼底带着担忧与恳求。

姜似冷下心肠不理会姜依的恳求，把手伸到朱子玉面前，缓缓摊开手心。

少女手心白皙柔软，上面赫然躺着一根长针。

朱子玉的眼神骤然一缩，错愕地望着姜似。

姜依一颗心急促跳动，惊疑不定地问道："四妹，这针是从哪里来的？"

姜似唇角紧绷，语气冷然："这是从惊马臀部的毛发间取出来的，这针深深刺入肉中，只留了一小截在外。我想，这就是马突然受惊的原因。"

姜似不管众人听到这话后的想法，目光沉沉地看着朱子玉："姐夫，朱府的车夫不是无心之过吧？"

姜似一句话把朱子玉问得脸色铁青。

姜依更是花容失色，失声道："四妹，你是说这长针是车夫故意刺入的？"

姜似往前走了两步，淡淡道："正在奔跑中的马被一根长针刺入臀部，这种事大姐不觉得车夫是最容易办到的吗？"

姜依无法反驳，不由去看朱子玉。

今日的事实在出乎她的意料，这一切就像做梦似的。

朱子玉缓过神后，狠狠剜了车夫一眼，勉强对姜似露出笑容："四妹，等回去后姐夫会好好审问车夫，今日的事一定给你一个交代。眼下人多口杂，咱们还是先走吧。"

姜似摇摇头。

朱子玉给姜依递了个眼色。

姜依压下翻涌的思绪，跟着劝道："是啊，四妹，你姐夫说得对，有什么事咱们还是回去再说。"

姜似一动不动地立在原地，叹道："大姐，难道你认为一个小小车夫会特意针对你？"

姜依被问住了。

姜似微微眯眼看向朱子玉，似笑非笑地问："还是说，姐夫这么认为？"

"当然不是……"朱子玉的脸色越发难看了，却发不出脾气来，只正色保证道，"等回去姐夫一定查明真相，不让你与你大姐白受了委屈。"

这丫头太没分寸，眼下当着这么多人的面闹起来，别人知道朱府有一个存心害主子的车夫，回头还不知道会传出什么难听话来。

"姐夫如何保证？"姜似反问，不等朱子玉回答就冷笑道，"能指使车夫害人的，定然不是一般人，说不准就与姐夫有着极亲近的关系，到时候我怎么知道姐夫会不会随便找一个替罪羊来应付我？"

朱子玉的额头已经沁出薄汗，苦笑道："四妹，你这话就让姐夫无地自容了。你可以问问你大姐，姐夫是不是这样的人？"

姜依当然不愿妹妹与夫君闹得这么僵，忙打圆场道："四妹，你姐夫不会这样的……"

姜似摆摆手："姐夫不必扯到我大姐身上。说起来，姐夫也是朱府的主子呢，很能使唤得动府上车夫。瓜田李下，姐夫本该避嫌才是。"

"四妹！"姜依万没想到姜似会说出这种话来，神色陡变。

四妹这是什么意思，莫非怀疑今日的事是夫君指使的？

这个念头从姜依脑海中闪过，她只觉荒唐可笑。

姜依的反应让姜似心中苦笑。

她早就料到，让恩爱不疑的大姐怀疑朱子玉几乎是不可能的事，可是这桩意外让她更倾向于朱子玉有问题。

先前见到大姐乘车而朱子玉骑马而感到奇怪，或许不是她太过敏感，而是朱子玉早就知道马车会失控……

朱子玉轻轻拍了拍姜依，面对姜似的态度依然和煦："那四妹觉得该如何是好？"

姜似微勾唇角："这件事，姐夫要登门对我父亲言明。"

先不管是谁指使的车夫，大姐性命受到威胁，娘家若是毫无反应，要害大姐的那个人以后就会越发肆无忌惮。

"这是当然。"朱子玉立刻答应下来。

小姨子脾气如此大，事情当然不会简单揭过，登门道歉在他意料之中。

姜似略一颔首，白皙的下巴扬起："马车失控，车上只有两个弱女子，这是谋杀，我要报官！"

"不成!"朱子玉一听姜似提到报官,再也维持不住脸上的淡定,断然拒绝。

姜依同样骇了一跳,拉着姜似的手喃喃道:"四妹,这怎么能报官呢?"

家丑不可外扬。报官?这是想都没想过的。

姜似抱歉地笑笑:"可是我已经打发阿蛮去报官啦。"

姜依吃了一惊,四处环顾,果然不见阿蛮的身影。

"四妹,你真的叫阿蛮去报官了?"姜依犹不敢相信姜似如此大胆。

姜似颔首,打破了姜依的希望:"是呀,我听说顺天府尹甄大人屡破奇案,请他来查一查,定然会水落石出的,就不用姐夫费心费力去调查了。姐夫,你觉得呢?"

朱子玉脸色难看得厉害,虽然没说什么,可显然气得不轻,眼神深沉地看向姜依。

在这样的目光下,姜依有些难堪,却还是维护姜似,道:"夫君,四妹还小,不懂事……"

朱子玉沉着脸不吭声。

这篇是朱府的事,没经他同意就闹到官府去,能用一句"不懂事"搪塞过去吗?

姜似眨眨眼,眼神无辜又疑惑:"大姐,今日我们险些丢了性命,请甄大人来查一查不是应该的吗?难道说所谓的脸面比你我的性命重要?姐夫,你不会这样想吧?"

朱子玉扯出一抹僵硬的笑:"当然不会。不过,明明关起门来可以解决的事,何必闹到官府去让人看笑话呢?"

姜似笑道:"姐夫是读书人,应该知道先贤有一句话,闻道有先后,术业有专攻。姐夫想关起门来解决当然好,可万一查不出什么呢?到时候再请官府介入,岂不是错过了最佳时机?姐夫这样关心大姐,该不会愿意看到害大姐的人逍遥法外吧?"

朱子玉被问得只剩下苦笑。

"大姐,坐我的车子回去吧。"姜似轻轻拉了姜依一下。

她又挑起帘子,露出少女明媚的面庞:"老秦,赶车稳当点儿。"

这话意有所指,老秦自然听得明白,大声道:"姑娘放心就是,绝对稳稳当当的。"

眼看着马车缓缓驶动,朱子玉眸色沉沉,在原地停了一会儿,对被甩下的两个丫鬟道:"还不上车!"

阿雅与阿珠一声不敢吭,战战兢兢地爬上停在路边快要散架的那辆朱府马车。

朱子玉翻身上马，不远不近地跟在姜似姐妹所在的马车旁，脸上没有表情，让人看不出在想什么。

姜似明显感觉姜依情绪低落下来，上了马车后好一阵沉默。

"大姐生我气了？"姜似别的都不怕，最怕长姐关键时候选择站在朱子玉那一边，与她离心。

姜依苦笑着叹了口气，抬手摸了摸姜似黑鸦鸦的发："大姐怎么会生你的气？只是四妹今日行事太冲动了，凡事闹到官府就不好收场了。"

姜似用力握了握姜依的手："大姐，有人要害你啊，你想想媽媽。"

姜依陡然打了个激灵。

为母则刚，媽媽无疑是她的软肋，亦是她勇气的来源。

倘若真的有人害她，被婆母责怪，总比她出事后女儿无依无靠要好。

"可官府要是查不出来呢？"

听姜依这么问，姜似松了口气。

大姐这么说，至少不会因为此事与她产生嫌隙了。

"就算查不出来，至少也给想害大姐的人敲响了警钟，让他知道，咱们东平伯府的人不是任人拿捏的软柿子。"

姜依轻轻叹了口气，疲惫地靠在车壁上不再言语。

先是山寺凉亭，再是路上惊马，一连串的意外实在令人心力交瘁。

一直保持这样沉默的气氛，几人进了城。

车外明显热闹起来，行人的说笑声，货郎走街串巷的吆喝声，车马的吱呀声，交织在一起，显出一幅繁华景象。

姜似无心欣赏这些，默默盘算着接下来的事情。

马车突然停了，紧跟着是一阵惊叫声。

"老秦，外面发生了什么事？"

车门帘外传来老秦平淡的声音："有个女子突然冲出来，险些撞到朱公子的马。"

姜依猛然睁开眼，掀起帘子往外望去。

朱子玉已经下了马，温声问："姑娘没事吧？"

女子犹如抓到救命稻草，死死拽住朱子玉衣袖，气喘吁吁道："公子，救救我！"

朱子玉回头看向马车，与姜依对视，脸上尽是尴尬与无奈。

姜依走出马车,来到朱子玉身边,问道:"夫君,发生了什么事?"

这时,一阵喧哗传来:"让开,让开!"

很快,两名大汉推开挡路的人挤过来,上前拖起女子就走,口中骂道:"你还敢跑?真是翻天了!"

女子死死拽着朱子玉衣袖,哀求道:"公子救救我!"

朱子玉皱眉,不为所动。

"还敢求救?我看你是不见棺材不掉泪!"一名大汉抬手打了女子一耳光。

被打翻在地的女子吃力地伸手抱住了姜依的腿,仰头求道:"夫人,求您救救我吧,我愿意当牛做马报答您……"

女子看起来与姜似差不多年纪,一身粗布衣裳掩不住白皙的肌肤,巴掌大的鹅蛋脸虽然称不上美丽,可年轻就是最好的资本,任谁看了都觉得是个可人的小姑娘。

此时,这个可人小姑娘白皙的脸蛋上,一个巴掌印又红又肿,看起来就更加惹人怜惜了。

姜依是个心善的,被少女抱着一哭求,眼中立刻浮现出几分不忍。

姜似面无表情地盯着地上的少女,心中生出尘埃落定的庆幸。

她庆幸苦苦寻觅的线索竟然就在她眼前出现了,这个少女应该就是梦里长姐提到不该救的那个人!

那么,长姐应该很快就会答应少女的请求。

这一刻,姜似有些迟疑。

阻止长姐救少女固然不难,可是梦里长姐落入那样的绝境,其间究竟发生了什么事,她不得而知,长姐提到不该救的那个人在其中起了什么作用亦不得而知。她可以现在把少女驱离长姐身边,但如果又有另外的人以更让人想不到的方式接近长姐呢?

这样的话,不阻止少女被长姐救下似乎更好一些,至少有了明确盯防的目标,此后,无论少女是出于个人目的还是背后有人指使陷害长姐,都有迹可循。

"给我起来!"大汉如拎小鸡般去抓少女。

少女惊慌地往姜依身后躲。

大汉人高马大,一脸横肉,姜依见了亦有些慌。

朱子玉伸手拦住大汉:"有什么事好好说,不要吓到内子。"

大汉眼珠乱转,打量着朱子玉,冷笑道:"我劝你不要多管闲事,这小娘们的哥哥可是欠了我二十两银子呢,亲口说把他妹子拿来抵债了。"

说到这,大汉把少女一把揪出来,推搡着任人观看:"大家伙儿瞧瞧,就这小丫头的姿色，二十两银子我能买三个，同意拿她抵债已经是大发慈悲了……"

少女流着泪拼命挣扎："你放开我，我哥哥欠你钱你找他去，他凭什么拿我抵债？"

大汉又是一巴掌打过去："小娘们，你要怪就怪自己命苦，谁让你老子娘都没了呢。你哥哥拿你抵债，以后你就是我们花船上的人，再想跑就把你丢到河里去喂鱼！"

"我不要，我死也不上花船。夫人，求您救救我吧……"

姜依咬着唇，很是犹豫。

换作平时，遇到这样可怜的女孩子她会毫不犹豫地出手相助，可是今日四妹因为惊马报了官，已经给朱府带来不小的麻烦……

可少女一声声绝望的请求到底让姜依狠不下心来视而不见，她下意识地看向朱子玉。

而这时，姜似同样悄然观察着朱子玉的表情。

先是马车失控，再是少女求救，前者她已经可以肯定是人为，至于后者究竟与朱子玉有没有关联，还需要再看。

朱子玉安慰地握了握姜依的手，柔声道："你做主就好。"

姜似眉梢微扬，心底一声冷笑。

朱子玉这话说得冠冕堂皇，处处尊重长姐的意见，实际上是拿准了长姐心软的性子。

朱子玉不阻止，其实就意味着他对少女被长姐救下乐见其成。

少女喜出望外，砰砰给姜依磕了几个头："多谢夫人，多谢夫人……"

姜依忙把少女拉起来："不必如此，还不知道你的名字。"

"婢子小名晴儿，夫人若是觉得不好，请给婢子赐一个新名字。"少女是个机灵的，很快改了自称。

姜依笑笑："雨后初晴，是个好名字，就不必改了，以后还是叫你晴儿吧。"

不愿久留任人围观，姜依示意阿珠领着晴儿上了跟在后边的马车。

"依娘，你们也上车吧。"见姜依的视线还停留在后边马车上，朱子玉笑笑，"一个小丫头而已，若是合你眼缘就留在咱们院子里，若是不喜欢，随便打发到别的地方当差就好，不必往心里去。"

朱子玉的体贴令姜依柔柔一笑："别的地方人手都已经安排好了的，罢了，还是让她留在院子里当个扫洒丫鬟吧。"

一句话决定了晴儿的去处，也让姜似越发肯定晴儿就是梦中长姐提到的那个人。

等上了马车，姜似眉头紧皱的样子引起了姜依的注意："四妹，你不高兴大姐收留晴儿？"

"大姐还记得在白云寺时我和你说过的话么？"

提到白云寺，姜依脸色不由一白。

"大姐，我不是和你说，我梦到你救了一条蛇，那条蛇却反过来咬了你一口……"

姜依心头一跳："你是说？！"

"事情未免太巧了，我才做了这个梦，晴儿就出现了，我觉得这个梦一定是预警！"

姜依有些难以置信："四妹，那只是个梦而已。"

姜似语气严厉："大姐，你不妨暗暗盯着这个晴儿，多留意她的言行，尤其注意不要被她算计了去。害人之心不可有，防人之心不可无。你要是出了事，最可怜的是嫣嫣。"

姜依点点头："四妹别担心了，大姐会留意的。"

姜似当然不会因为姜依点头而有所放松，心中已另有了计较。

"等等，这是去哪儿？"车外传来朱子玉吃惊的声音。

老秦回道："姑娘说了，回伯府。"

朱子玉勒住缰绳，扬声道："停下！"

马车慢悠悠地从朱子玉身边路过，紧跟着老秦一鞭子落下，拉车的马扬蹄跑了起来，马车眨眼就绝尘而去，留下朱子玉被激起的尘土呛得一阵咳嗽。

马车突然加速令姜依吓了一跳，她扶着车壁探头往外望去，见朱子玉被甩在了后边，急道："四妹，怎么回事儿？"

姜似笑吟吟地劝慰姜依："大姐别急，咱们先回伯府，把今日发生的事对父亲说道说道。"

姜依没想到姜似来真的，神情带了急切："四妹，这是朱府的事，回到府中我与你姐夫会好好调查的，何必闹到伯府去让父亲担心呢？"

姜似不为所动："大姐坐稳了吧。"

"四妹！"

不管姜依如何焦急，马车在老秦的驱赶下，很快就来到了东平伯府大门前。

姜依是个软性子，到了这个时候也只能硬着头皮跟着姜似往内走。

"大姑爷，您也来了。"门人见到姜依已经很奇怪，再看到朱子玉匆匆下马往内走，就更吃惊了。

朱子玉对门人匆忙点了点头，快步追过来："依娘，等一等。"

见长姐停下来，姜似不可能硬拖着人走，干脆等在原地，等朱子玉过来便冷笑一声："姐夫才答应过的话，莫非不算数了？"

伯府下人异样的眼神令朱子玉颇为尴尬，强笑道："自然是作数的……"

"那就好，咱们一道去见父亲吧。"姜似拽着姜依往慈心堂走去。

此刻，姜安诚正在慈心堂里，姜依与朱子玉忙给姜安诚与冯老夫人见礼。

面对朱子玉，冯老夫人语气很温和："阿福，给大姑爷、大姑奶奶上茶。"

阿福奉上茶水，冯老夫人纳闷地问道："依儿，你与姑爷今日怎么一道来了？"

姜依与朱子玉面面相觑，一时不知从何说起。

"因为有件事情要向祖母与父亲禀报。"姜似可不觉得有什么难开口的，一股脑把今日的遭遇全说出来，最后冷着脸道，"朱家有人要害大姐，我放心不下，就把大姐带回来了，好请祖母与父亲替大姐做主。"

冯老夫人听得连连皱眉。

嫁出去的女儿泼出去的水，惊马的事本该回到朱府好好查探，最多是后宅女人之间的钩心斗角，关起门来解决了就是，四丫头把人带到伯府来不是添乱么？总不能让伯府插手朱府的家务事。

姜安诚却一拍桌子："似儿，你做得好！"

姜似微微一笑："女儿还报了官。"

"正该如此！"

"胡闹！"

姜安诚与冯老夫人的声音同时响起，二人截然相反的态度让气氛更尴尬了。

冯老夫人的态度不出姜似所料，她眸光轻转，诧异地看向冯老夫人："祖母觉得孙女做错了？"

冯老夫人着实愤怒了，面上强压着怒火："清清白白的人家，哪有动辄报官的道理？不是惹人笑话吗！"

姜似冷笑："车夫用长针刺入马屁股来害主子，这也算清清白白的人家？"

冯老夫人不以为意。

深宅大院，哪一家没点见不得人的龌龊事？要是都报官，那衙门的人恐怕连吃饭的时间都没了。

"此事，朱府的长辈们会替你大姐做主，你这样冒冒失失，岂不是让你大姐以后难做？"

朱子玉神色微松。

妻子的祖母还算是个明白人，至少没有一味护犊子。

冯老夫人话里话外的意思，显然是认为姜依已经是朱家的人，伯府不该插手朱府的事。

姜似心中悲凉，干脆来了一记重拳："祖母，我不认为这只是朱府的事，相反，这事咱们伯府必须要重视。"

冯老夫人皱眉听姜似往下说。

姜似睨了朱子玉一眼，不急不缓道："今日朱家车夫能害大姐性命，他日谁能保证别人不会使出更无耻的手段？别的不说，若是有人诬陷大姐名节，咱们伯府如何抬得起头来？"

朱子玉脸色骤变："四妹，你这话过分了！"

姜似反唇相讥："不及姐夫家指使车夫做得过分。"

冯老夫人一时沉默了。

倘若真的发生这种事，伯府在京城就没法见人了。

见冯老夫人神色动摇，姜似心中冷笑：果然只有扯上伯府的利益才能使祖母重视起来。

姜安诚狠狠剜了朱子玉一眼，抬脚便走："带我去朱家！"

"父亲。"姜依左右为难。

姜安诚早已大步走了出去。

此刻的朱府比东平伯府还要热闹。

朱夫人是个最规矩的人，平日举止让人挑不出丝毫错处，万万没想到今日竟然要应付一堆不请自来的官差。

大大咧咧在厅中坐着喝茶的年轻人正是郁谨。

与心情极差的朱夫人不同，面上一派高冷的郁七皇子此刻心情却是飞扬的。

阿似居然把朱家给告了，这岂不是说，不用等多久就能见到她？

阿似这么会制造碰面的机会，还真令他有些害羞。

不知想到什么，郁谨眼底浮现出浓浓笑意。

朱夫人看在眼里立刻气恼起来，都说才从南边回来的七皇子是个没规矩的，万万没想到他不只没规矩，还没人品，来朱府办案居然如此幸灾乐祸。

赶又不能赶，骂又不能骂，朱夫人只能生闷气。

"朱公子怎么还没回来呢？"

郁谨的催问让朱夫人越发恼火。

她怎么知道儿子为何现在还没回来？大儿媳去上个香竟然闹出这么大的事来，到现在她都是蒙的。

见朱夫人回答不上来，郁谨倒也不准备为难，有一下没一下地摸着二牛的头。

朱夫人视线下移，落在紧挨着郁谨而坐的大狗身上。

半人高的大狗这么一坐，颇有种令人胆战心惊的压迫感。

察觉到朱夫人视线，二牛默默扭头。

好烦，主人把它带到这里来干什么？既没有女主人，又没有肉骨头。

朱夫人的神情瞬间扭曲了一下。

她是眼花了吗？居然从这只狗眼中看到了满满的嫌弃。

朱夫人对郁谨的不满当即更深了一层：就没见过来查案还带着狗的！

一名青衣丫鬟快步走来："夫人，老爷回来了。"

很快，一阵急促的脚步声传来，一个中年男子走进屋来，冲郁谨抱拳道："让王爷久等了。"

郁谨笑笑："无妨。"

朱少卿看向朱夫人，问道："究竟是怎么回事？"

朱夫人开口道："今日子玉陪着姜氏去白云寺上香，谁知方才王爷带了顺天府的官差来，说姜家四姑娘把咱家给告了，到现在我也不知道是怎么回事。"

朱少卿看向郁谨："王爷？"

郁谨揉了揉二牛的脑袋，笑道："此事还是等苦主到了再细说吧。"

朱少卿嘴角一抽，干笑道："王爷还是把情况给下官讲讲吧，省得下官稀里糊涂的。"

郁谨笑着摇头，一脸高深莫测的模样。

在没见到阿似前他才不会乱说呢，不然到时候和她配合不好怎么办？

朱少卿彻底没了辙。堂堂王爷不愿意开口，他总不能撬开人家的嘴。

厅中陡然沉默下来，郁谨浑不在意，继续给大狗顺毛。

看着掉了一地的狗毛，朱夫人几次欲喊丫鬟来收拾，生生忍下了这股冲动。

终于熬到丫鬟进来禀报朱子玉等人回府了，朱少卿夫妇迫不及待地迎了出去。

遥遥数人走过来，郁谨一眼就看到了那个面如寒霜的少女。

嗯，似乎每次见，阿似都是这般苦大仇深的模样，一个小姑娘哪来这么多心事呢？

郁谨心疼了一下，又看到跟在姜似身边的姜安诚，表情瞬间僵硬。

什么情况，为什么阿似的父亲也来了？

他、他还没有做好准备！

本来郁谨已经成功在姜安诚面前伪装成一个家境普通、独立自强、热心助人的好少年了，都能随时去东平伯府做客了，现在要是突然暴露身份，万一未来的岳父大人无法接受怎么办？

这么一想，郁谨就慌了，冷汗顺着额头滴下来。

朱少卿快步迎上去，虽对姜安诚的出现很意外，但仍是沉住气，笑道："亲家公也来了。"

姜安诚冷哼一声："再不来我女儿说不定就被害死了，不能不来。"

"这话怎么说？"朱少卿快速瞥了朱子玉一眼，见到一张神色沉重的脸。

"让你儿子说吧。"姜安诚没好气道，对大女婿的不满上升到极点。

亏长女一直对他说夫妻和睦，没想到婆家连害人性命的事都能闹出来，这样的夫君要来有什么用？

姜安诚正腹诽，一眼瞥到了郁谨，不由一愣。

小余怎么在这儿？

略一琢磨，姜安诚想明白了：是了，小余在甄老哥手下当差呢，似儿派阿蛮去顺天府报了官，小余领着衙役来朱府，也是应该的。

打量一眼小女儿，再打量一眼打心眼里喜欢的小余，姜安诚忽然觉得这一趟真的来对了。

说不准一对小儿女互相看着顺眼呢？那他就省心了。

姜安诚倒是不担心小余的心思，以似儿的品貌，男方要是看不上那就是眼瞎了，这种瞎子不要也罢。

郁谨被姜安诚这一眼看得头皮发麻，好在这时候朱子玉开了口，把事情经过讲了一番，最后道："那根针是怎么刺入马屁股的，其实也难说，本来不该劳烦顺天府的……"

"怎么不该了？"姜安诚冷笑，"姑爷，我听着你这话多是在袒护车夫，莫非依儿的安危在你心里不及车夫重要？"

朱子玉头大如斗，忙道："岳父大人误会了，小婿就是觉得家丑不可外扬，至于是谁想害依娘，当然要找出来好生处置。"

郁谨重重咳嗽一声："该不该请官府介入的话，现在也没必要多说了，既然已经报官，那就让车夫过来接受问话吧。"

姜安诚立刻觉得多日不见的小余又顺眼了些，比面目可憎的大女婿强多了，刚要开口与郁谨打招呼,就见对方冲他眨眨眼。

姜安诚先是一愣,很快会意:不能让朱家的人察觉出他与小余熟悉,不然就落下话柄了。

自觉反应极快的姜大老爷冲郁谨微不可察地点点头,示意他放心。

郁谨暂且放下一半心来。

"王——"朱少卿一开口,就收到了郁谨递来的眼色。

少年五官精致,尤其一双眸子波光潋滟,这么递来眼色竟与送秋波无异。

朱少卿后面的"爷"字就忘了说,猛然咳嗽起来。

缓过来后,朱少卿心中生出一个念头:看样子东平伯不知道燕王身份,那他何必说出来呢?就东平伯这种性子,说不了几句话就会把燕王得罪了,到时候对朱府自然有利。

朱少卿顺势改口:"忘了给亲家公介绍,这位是顺天府甄大人的属下,此次前来就是为了处理此事。"

姜安诚没好气地嗯了一声。

用两个眼神解决了身份暴露的危机,郁谨悄悄看了姜似一眼。

那一眼带着几分小心与深藏的浓情蜜意,恰好姜似也看过来,二人视线交汇。

这时,一声闷响,紧跟着是此起彼伏的惊叫声。

郁谨皱着眉往前走去,就见一个短衣打扮的中年男子躺在围墙边的地上,额头瘪下去一块,鲜血横流。

一名家丁吓得面如土色,语无伦次地解释道:"小的没拉住……"

郁谨轻飘飘地看了朱少卿等人一眼,面无表情问:"这就是那个车夫?"

很好,本来还需要审问的事,现在已经可以肯定动手之人就是车夫,而车夫背后必然有主使之人了。

一个小小的少卿府,还真是藏污纳垢。

朱少卿面色沉重地点了点头。

对于府上车夫居然敢暗害主人一事,他同样很震惊,可很快就想到其中不妥。

一个车夫能与长媳有什么深仇大恨?何况长媳是个温婉贤淑的性子,不可能凌辱下人,那么车夫必然是受人指使的。

郁谨微微垂眸,盯着地上死相极惨的车夫,平静问道:"你们这么多人,就没一个发现他要寻死?"

下人们纷纷道:"谁能想得到啊,突然就冲出去一头撞在墙上了……"

"那么,他死前什么都没说么?"

最开始回话的家丁道:"他说了今日的事就是他做的,与别人无关,他婆娘就是因为大奶奶才死的,他是替婆娘报仇……小的听着觉得不对劲,还没反应过来他就冲出去了,小的一伸手抓了个空……"

家丁的话使姜依面色陡然一白,似是想到了什么,浑身颤抖起来。

郁谨目光转向朱子玉,准备听听他的解释。

朱子玉叹息道:"车夫婆娘原在我们院子里当差,三年前,内子生嫣嫣的时候因为车夫婆娘的懈怠提前动了胎气。家母震怒,于是罚车夫婆娘去了洗衣房,没想到有一次车夫婆娘去水井打水时竟然失足掉了进去,捞上来后人已经没气了……"

姜依听着这些,摇摇欲坠。

车夫婆娘是个老人,她嫁进来时就在她院子里当差了,或许是见她好说话,奴大欺主,她很难使唤得动。

还记得那日,她在园子里散步突然不舒服,打发车夫婆娘去叫人,结果耽误了许久,把守着她的丫鬟急得直哭,后来才知道车夫婆娘去叫人的路上恰好遇到了在婆母院子里当差的女儿,母女二人说了好一阵子话才分开。

婆母知道来龙去脉后,立刻把车夫婆娘打发到洗衣房当差,车夫的女儿则迅速指了个庄户上的小子嫁了。

车夫以前有个还算体面的差事,也因此受了牵连,去了马房当差。

细究起来,这一家人确实因为一念间的失误而在府中境遇一落千丈,后来闹出人命,她想起来便一阵不舒服。

姜依不认为自己该对车夫婆娘的死负责,但毕竟是一条活生生的人命,因为意外没了,怎么都觉得唏嘘。车夫若是因此迁怒下手害她,似乎也不奇怪。

一只微凉柔软的手握住了姜依的手。

姜依不由侧头,对上姜似的眼睛。

少女明眸如水,可水波是清冷的,泛着明明暗暗的光,令她看不透其中情绪。

姜依怔了一瞬,姜似已经开了口:"姐夫的意思是,车夫害大姐有足够动机?"

朱子玉眼神微闪。

姜似面露不悦:"妻子性命受到威胁,自当不放过任何一种可能,车夫固然有一个勉强说得过去的动机,可谁能保证车夫真是因为此事而害我大姐?说不定这是背后主使早就想好的托词呢。再者说,车夫该迁怒的人难道不该是朱夫人吗?毕竟打发他婆娘去洗衣房的是朱夫人,而不是我大姐。"

"四妹……"听姜似毫不客气地把朱夫人扯进来,姜依不安地拉了她一下。

姜似不为所动,对着面色难看的朱夫人嫣然一笑:"朱夫人,您说呢?"

朱夫人气得手抖。

她还没见过这般伶牙俐齿在长辈面前大放厥词的女孩子。

姜似转眸对朱子玉微微一笑："姐夫你看，连朱夫人都认可了我的说法。"

沉默就是默认，这一点毛病都没有。

涉及母亲，朱子玉生生被噎得说不出话来，而朱夫人碍于脸面更不好与一个小辈争吵，一时竟无人反驳姜似的强词夺理。

而郁谨瞧着姜似对朱子玉露出的如花笑靥，心中泛起酸来。

居然对一个伪君子笑得这么甜，他很不高兴。

不过，郁七皇子很快又高兴起来，他听到姜似居然说："我有话要向这位差爷单独禀报。"

郁谨仔细确认一番，确定姜似指的是自己，瞬间心花怒放，又要强压住喜色摆出一副正经脸，微微颔首："可以，就请朱少卿指一处方便的地方吧，最好是那种没有遮掩的亭子。"

孤男寡女共处一室什么的，他才不想呢。

"这个……"朱少卿迟疑。

这次报官就是姜四姑娘干的，不知道这姑娘还会闹出什么事来。

"怎么，莫非贵府没有合适的地方？"

见郁谨面露不快，朱少卿忙命下人领着二人去了离此处不远的一个凉亭。

朱夫人盯着姜似的背影直摇头。

这样的女孩子可真没规矩！

凉亭四面全无遮掩，但与众人拉开距离，不怕说话被人听了去，二牛往亭外一坐，开始替男主人、女主人把风。

这个时节已经很凉爽了，特别是坐在这样四面开阔的亭子里，可郁谨还是觉得亭中温度似乎比外边要高，便抬手扯了扯衣领。

嗯，要是解开一点透透气，不知道阿似会不会误会他耍流氓……

解衣裳当然是不敢的，难得独处的机会多说两句话也不错，郁谨冥思苦想，挤出一句话来："车夫一死，可能查不出来什么了。"

话一说完，郁谨就恨不得扇自己一下。

说这话，不是给阿似添堵么！

郁谨难得把心思放在正事上没扯些乱七八糟的，姜似松了口气，微微点头道："我知道的。"

车夫选择自杀定然是知道逃不了责罚，干脆把罪责揽在自己身上，期望背后指使之人善待他的家人。

"我想对你说的，不是朱府的事。"

郁谨不由坐直了身子，心怦怦乱跳。

总觉得阿似接下来要说的话很重要，会不会冷了他这段时间，阿似终于想通了？

郁谨心中一阵猜测，已经幻想到与姜似的第一个孩子该起什么名字好了，但面上还是一本正经的样子："姜姑娘要对我说什么？"

姜似不由牵了牵唇角，暗想，郁七若一直能保持这种无关风月的态度，二人还是能好好说话的。

郁谨何等敏锐，立刻察觉到姜似释放的善意，骤然紧张起来。

不是他自作多情，阿似真的对他态度软化了。

怎么办，倘若阿似表明中意他，他要不要坦白身份？

一直瞒着阿似当然是不对的，可万一皇子的身份把阿似吓跑了呢？

郁谨正为难着，就听姜似道："我今日在白云寺无意间遇到两名男子，听他们谈话说要算计你……"

见郁谨表情古怪，姜似停下话头，问道："怎么了？"

郁谨心底长长叹了口气，把铺天盖地几乎把他淹没的失落感压下去，露出个淡淡的笑容："然后呢？"

姜似诧异地看他一眼。

听到有人算计他，他居然如此云淡风轻？

是了，他是皇子，凡是与皇家扯上关系的人，哪一个不是在算计中长大的？听到这些无动于衷亦不奇怪。

姜似决定直截了当："他们打算对你用美人计。"

郁谨突然笑了："美人计？异想天开。"

见郁谨不以为意，姜似不由皱眉。

郁谨见状忙道："你放心，我会好好注意的。"

姜似睐了他一眼，猝不及防撞进了对方仿佛流淌着清澈泉水的眼眸里。

那一刻，亭子安静下来，只听见风吹过花木的轻微沙沙声与大狗均匀的呼吸声。

从远处看，亭中一对璧人相对而坐，大狗卧在亭外悠闲晃动着尾巴，真是一幅动静相宜的画面，美好得令人心头都柔软起来。

姜安诚目不转睛地看着，满是欣慰。

他就说，似儿还是与小余般配呢。

"他们说要找一个与圣女容貌相似的女子靠近你，总之你好生注意吧。"姜似提到圣女，下意识留意着郁谨的反应，果然就见对方在听到"圣女"二字的瞬间眼神深沉起来，清澈的泉水变成深不可测的寒潭。

姜似垂眸起身，默默往亭外走去。

二牛早就得过叮嘱，在外人面前要克制对姜似的亲近，此时见姜似离开，便眼巴巴地去瞧郁谨，却发现主人居然在发呆。

二牛顿时着急了，不满地叫了一声。

郁谨猛然回神，发现姜似已经走出亭子，便急急追了上去。

乍一听到"圣女"二字，由不得他不多想。

那两个人定然熟悉南边的事情，说不定就是南边来的人，可他们想找一个与圣女容貌相似的女子接近他，又有什么目的？

关键是与圣女容貌相似怎么就容易接近他了？简直莫名其妙！

等等！与圣女容貌相似，那岂不是说？

反应过来后，郁谨有种想去撞墙的郁闷。

阿似好不容易对他有了几分好脸色，现在是不是又误会了什么？

不行，他要解释！

亦步亦趋追在姜似身边的郁七皇子有心开口，然而不远处有一群人盯着，纵有千言万语，都找不到机会提起。

"余公子，你再与我走这么近，别人都该知道咱们有问题了。"

郁谨抹了一把脸。

他们之间本来就有问题啊，还是亟待解决的问题！

尽管急得不行，郁谨还是默默拉开了与姜似的距离。

走了数步，郁谨突然停下来，盯着少女的背影，脸色大变。

突然听阿似提起"圣女"，他一时有些蒙，现在才后知后觉地反应过来：阿似怎么能确定那两个人提到的人是他？

他这个"余公子"是化名，纯粹是为了接近姜湛从而接近阿似才弄出来的，先不管那两个人是什么来路，绝不会说把与圣女容貌相似的女子送到"余公子"身边来。他们提到他，只可能说"七皇子"，或者"燕王"。

这岂不是说，阿似已经知道了他的真实身份？

郁谨只觉二人之间亟待解决的问题更多了，恨不得立刻丢下朱府这些破事，把姜似拐到雀子胡同去。

不远处，目光灼灼的姜安诚使他默默寻回了理智。

问题可以一个个解决，在未来岳父大人心里的印象不能搞坏了。

二人一前一后走了回来。

姜似默默站到姜安诚身侧，朱少卿等人不由看向郁谨，有心打听二人谈了什么，又不好直接问。

郁谨绷着脸道："今日陪大少奶奶出门的都有谁？我要一一单独问话。"

不管能不能查出来什么，该吓唬还是要吓唬的，他已经看出来了，阿似今日报官的目的本就不是立刻查个水落石出，而是敲山震虎。

郁谨打眼一扫，对朱子玉露出一个意味深长的笑："朱公子，你先随我来吧。"

朱子玉不知道姜似对郁谨说了什么，沉着脸点点头，随之向亭子走去。

姜安诚小声对姜似道："似儿，你瞧瞧，小余办案还挺有气势，面对官宦之家的公子一点都不胆怯，真是不卑不亢呢。"

他就欣赏这种有骨气的少年人，出身普通点怎么了？只要有本事、有风骨，跟着他的人就受不了委屈。

姜似默默翻了个白眼。

真要说起来，明明是朱子玉不卑不亢才对……

接下来，郁谨陆续询问了阿雅与阿珠两个丫鬟，又盘问了朱府中与车夫走得近的数人，一番折腾下来花了不少功夫，这才道："今日就先到这里吧，朱大人若是有什么发现，可以及时告知我们。"

朱少卿拱拱手："好走。"

瘟神可算要走了，他吃饱了撑的再与顺天府打交道呢。

郁谨笑着问姜安诚："您回去么？"

姜安诚直摆手："不回，还要与朱家人再谈谈。"

"那我等双方谈完了再走吧，万一谈不拢动了手，我作为官府中人，也好维持一下秩序。"

朱少卿无言，燕王是不是有病？

姜安诚默默感动了一下：小余还是向着他，怕他势单力薄才留下来。

无视朱少卿扭曲的表情，郁谨抬手一指凉亭："放心，两家的私事我不会多打听，我就去那里等着好了。"

撂下这句话，郁谨眼角余光迅速扫了姜似一眼，带着数名衙役向凉亭走去。

朱少卿调整了一下心情，对姜安诚叹了口气："亲家公，今日的事确实是我们不对，你有什么要求尽管提出来，咱们就不必让外人看笑话了。"

他说着这话，扫了凉亭的方向一眼，"外人"指的是谁不言而喻。

姜安诚冷笑："谁是外人还不一定。我知道车夫一死，贵府无人承认的话谁都没法子，不过有句丑话说在前头，我大女儿以后要是再受了委屈，我会立刻让她与朱子玉和离，并把这些事拿到外边说道说道。"

姜安诚是个粗人，但不傻，能相信车夫没有受人指使才怪了。

"不至于，不至于。"理亏在先，朱少卿姿态摆得很低，"亲家公，这件事回头我会好好调查的，倘若另有隐情，绝不会包庇那心存歹念之人。"

朱少卿这话令姜安诚气顺了些，喊道："依儿，你过来。"

姜依走到姜安诚面前，喊了一声"父亲"。

"以后受了委屈，不要闷在心里，记住你是有娘家的人。"看着面色苍白的长女，姜安诚十分揪心。

他说这些话是为了表明娘家人的强硬态度，但最终过得如何，还要靠长女自己，他这个女儿性子太柔弱了。真有那一天，长女愿不愿意和离还是个问题……

瞥了一眼身侧面色冷清的次女，姜安诚有些遗憾：依儿要是有她妹妹八成脾气就好了，至少不吃亏。

姜依微微低头："父亲放心吧，女儿明白的。"

"似儿，咱们走。"

见他们谈完了，郁谨走过来，笑道："朱大人，我也告辞了。"

朱少卿干笑着把郁谨送到门口，一瞧外面伸头探脑看热闹的人，脸色一黑。

果不其然，这些官差一往家里来，立刻就引起了四邻八舍的好奇心。

他正要撇清一番，就听郁谨高声道："各位麻烦让让了，官府办案呢。"

朱少卿差点一头栽倒，真想堵上燕王这张破嘴！

姜安诚悄悄点了点头。小余可真善解人意啊。

第二章 两情相悦

这么一番折腾，回到东平伯府时，天色已经擦黑，姜似吩咐阿蛮打水沐浴。

耳边是哗哗的浇水声，姜似充耳不闻，阖目想着心事。

大姐那边暂时应该不会出问题，明日她要见一见阿飞了……

阿蛮用水瓢浇水的动作一停，低声问阿巧："姑娘是不是睡着了？"

阿巧俯身，轻轻喊："姑娘？"

姜似睫毛轻颤，睁开了眼。

"您还是起来，等婢子给您擦干了再睡吧，不然会着凉。"

姜似点点头，站了起来。

水珠顺着少女洁白光滑的肌肤往下淌，齐腰的长发掩盖住整个后背。

这时，窗外传来一阵响动，似乎有人在拍打窗子。

姜似原本漠然的表情陡然变成了惊恐，慌忙躲到最近的屏风后，急声道："阿巧，给我拿衣裳来！"

两个丫鬟也慌了，迅速取来衣裳，七手八脚地伺候姜似穿衣，而拍打窗子的声音一直不停，在这华灯初上的时候显得格外清晰，清晰得令人心惊肉跳。

总算穿好了衣裳，姜似俏脸紧绷，任由湿漉漉的长发披散着，大步向窗边走去。

她倒要看看窗外是谁！

"姑娘！"阿蛮与阿巧急急追上来。

姜似摆了摆手，黑着脸亲自打开了窗子。

窗外，一只大狗的前爪搭在窗沿上，冲姜似耸了耸鼻子。

怒气一触即发的姜四姑娘顿时没了脾气，诧异道："二牛，你怎么来了？"

她下意识侧开身，大狗轻轻松松地跳了进来。

阿蛮欢欢喜喜迎上去，与二牛亲热打着招呼："二牛，你是不是又捡钱了？"

二牛一脸高冷地看了阿蛮一眼，掉头冲姜似努力扬起了脑袋。

冷静下来后，姜似大概猜到了二牛的来意，果然从它脖子上发现了一个小小的锦囊。

姜似皱着眉把锦囊取下来，从中取出一张折好的纸条，看完后走到桌边取下灯罩，把纸条扔了进去。

烛火瞬间蹿高了一寸，把少女紧绷的面庞映得越发雪亮。

阿蛮与阿巧好奇得心痒痒，见主子这般表情又不敢多嘴。

走进书房迅速写好回信塞回锦囊，姜似揉了揉二牛的头："回去吧。"

二牛委屈地摇了摇尾巴。

姜似想了想，吩咐阿巧："去把今日父亲送来的酱肘子端过来。"

二牛埋头吃完酱肘子，这才心满意足地从窗口跃出，转眼消失在夜色里。

姜似默默在窗边立了一会儿，转身走向床榻。

郁七派二牛来送信，是约她明日见上一面，可她该说的话都说了，想不出二人有什么见面的必要。

再者说，明日她还要见阿飞呢。

新落成的燕王府里，郁谨总算把二牛盼了回来。

二牛一靠近，他就闻到了淡淡的肉香味，当即捏了捏二牛的脸皮，语气说不出是嫉妒还是心塞："她对你可比对我好。"

二牛哼哼两声，示意主人赶紧把锦囊拿走。

郁谨从锦囊中取出纸条看过，越发心塞了。

很好，二牛跑一趟腿还有肉吃，他就得了两个干巴巴的字：不见。

但这一次郁谨没有被"不见"这两个字吓住，他觉得必须得见见。

翌日，秋风阵阵凉，姜似照例去慈心堂请安，左耳进右耳出地听过冯老夫人的一通数落，转头就寻了机会带着阿蛮去了租赁的宅子。

阿飞已经等在那里，见到姜似赶忙见礼。

姜似摆手示意无须多礼，开门见山地问："昨日追着少女的那两个闲汉，你有没有跟丢？"

"没跟丢。"听了姜似的询问，阿飞笑嘻嘻道。

"人去了哪里？"

阿飞的神色陡然古怪起来，不过想到他为之跑腿的姜姑娘与寻常的姑娘家十分不一样，倒是没啥不能说的，于是清了清喉咙，道："跟到了金水河。"

见姜似面上没有丝毫变化，阿飞不确定地问："您知道金水河吧？"

老老实实当木头人的阿蛮默默抬眼望天。

太知道了啊，前不久她们姑娘才去过金水河放火呢……

"知道，我二哥喜欢去的地方。"

阿蛮咧了一下嘴，默默同情了二公子一瞬。

"继续说。"

"我见那两个闲汉上了一艘花船，到了晚上，我便特意装作客人上船看了看，原来那两个闲汉是花船上的龟公……"阿飞提到"龟公"，又担心姜似听不明白，然而瞧着对方波澜不惊的表情就知道自己瞎担心了。

"那两个人确定是龟公？"

"没错的，我还特意问了，那两个人在船上都干了好几年了。"

姜似皱眉思索起来，手指无意识地敲打着桌面。

晴儿既然是对方设套送到大姐身边的，她本以为两个闲汉只是演了一场戏，没想到竟真是在花船上做事的。

姜似轻轻闭上眼睛琢磨：倘若她是主导这一切的人，会如何做？

阿飞很乖觉，见姜似闭目不语，识趣地不出声，直到对方睁开眼睛，才问道："姑娘还有什么吩咐？"

"倘若不计较银钱，给你多长时间能和那两个人混熟？或者说，能从他们嘴里问出些东西来？"

阿飞想了想道："不用多了，三日足够了。"

"好，三日后我等你消息。"

阿飞忙不迭应了，走到院门口把门一拉，眼睛瞬间瞪大，条件反射地关门。

木门被一只手抵住。

介于少年与青年之间的男子，手掌还是不如成年男子一般宽大，不过力道却十足。

阿飞用力推了推，推不动。

"滚开。"郁谨直接把阿飞推开，大步走了进去。

姜似意外之余又有种不出所料的感觉，心中无数个念头飞转而过，神色却没有丝毫变化。

郁谨几步就来到了姜似面前，目光灼灼地望着她。

姜似以手撑着石桌站了起来："余公子不请自来，有什么事？"

"进屋说。"

姜似重新坐下去："就在这里说吧。阿飞，你去忙吧。"

阿飞一步三回头地走了。

姜姑娘与那人到底什么关系啊？好奇死了。

眼看着院门重新合拢，阿蛮难得机灵了一把，居然跑过去闩上了门闩。

姜似脸色微黑。

这到底是谁的丫鬟？

· 41 ·

"现在可以说了么？"

此刻姜似坐着，郁谨站着，可坐着的人显然更占上风。郁谨虽然很想不管不顾地把人扛进屋里去，到底没敢下手。

没办法，他稀罕人家，人家还不够稀罕他，他只能妥协。

"阿蛮，你进屋去。"郁谨指指屋门口。

阿蛮颠颠跑了过去，上了台阶才想到这话不是自家姑娘说的，赶忙停下来拿眼瞄着姜似。

姜似不愿再浪费时间，微微点头。

院子里只剩下了二人，连盘旋在院中卷起落叶的风，似乎都因为院中陡然空旷起来而吹得更猛了些。

郁谨坐下来，双手搭在石桌上，神色专注地凝视着隔了一个石桌的少女。

"你到底要说什么？"

"有一件事，我觉得你误会了，所以务必要说清楚。"

姜似等着他继续往下说。

郁谨停了一瞬。

这一瞬间，风声似乎骤然大了起来，吹乱了姜似垂落下来的一缕碎发，日光越过院墙洒下，给她周身镀上一层淡淡的金色。

这个时节的阳光已不似夏日那般热烈，只有恰到好处的温暖。

然后，她听对方一字一字地说："我不喜欢什么圣女，我心悦的，是东平伯府的四姑娘——姜似。"

姜似心头一震。

他说，他心悦的是姜似……

姜似几乎是慌不择路地冲进了屋子，用力关上了房门。

阿蛮骇了一跳："姑娘？"

姜似对阿蛮的喊声充耳不闻，满脑子都是郁谨刚刚说的话：我不喜欢什么圣女，我心悦的是东平伯府的四姑娘——姜似。

她的第一个念头就是不可能。

梦里，她在郁七的书房中一处隐蔽的暗格里发现了圣女阿桑的画像。

那幅画像已经有些年头了，画上的少女还处在十二三岁的豆蔻年华，明眸皓齿，雪肤乌发，眉心一粒红痣尤其鲜艳，给还未长开的小小少女平添几分娇艳。

乍一看来，她与圣女最大的区别就是阿桑眉间有红痣，而她是没有的，更何况有一点,她实在无法自欺欺人:她十二三岁时根本没见过郁七,若她还要说服自己画中少女是她而非阿桑,那就不只可笑,而且可悲。

而他居然对她说,他心悦的是姜似。

姜似抬手,用指腹轻轻触摸眉心。

那里光滑平坦,没有红痣,也就不存在认错的可能。

他的话,她该信还是不信?

姜似背靠着木门,浑身止不住地颤抖。

她大概还是会信的,因为她在梦里就把一颗心给了他啊。

郁谨大步走进来,带上房门。

姜似定定地看着他。

那眼神太过复杂,仿佛千万种情绪融合在一起,盛放在一双精致的明眸里,足以把看着它的人淹没。

郁谨一时有些无措,喃喃道:"我就只是澄清一下误会,没有逼你立即接受我呀,怎么就吓成这样了?"

对面的少女睫毛轻颤,终于有了反应:"你刚刚说的是真的?"

刚刚?

阿似这么问,莫非很在乎他真正心悦的是谁?这岂不是说阿似心里是有他的!

这瞬间,一丝隐秘的欢喜冲击着郁谨的心房,让他的心急速跳动起来。

"是真的么?"姜似再问,仿佛用尽了所有勇气。

对面青竹一样挺拔俊秀的少年抬起手来,轻轻揉了揉她的头,叹道:"傻丫头,我骗你干什么。我若喜欢的是什么劳什子圣女,天天在你面前自讨没趣做什么?"

姜似张了张嘴,说不出话来。

这时,她听郁谨用波澜不惊的语气道:"跟你说个秘密。"

秘密?姜似心头一跳。

郁谨放轻了声音:"不过,这件事你听过就算了,目前除了极少数人,别人都不知道。"

姜似抬眸看着他,从中察觉出几分郑重。

"要是不合适,那就别说了。"

一听姜似这么说,郁谨忙道:"跟你说最合适。"

对郁七皇子来说,什么秘密都没有解开心上人对自己的误会重要。

扫了一眼门口,郁谨低声道:"南疆乌苗族的圣女其实早就不在人世了。"

正是晨光大好的时候,堂屋虽然掩着门阻止了想要溜进来的阳光,可屋子里还是亮亮堂堂的，能清楚看到一个人面上神色的细微变化。

姜似可以肯定，她没有从对面的男人脸上找出一丝一毫的伤心。

那张俊朗的脸上流露出来的神色，最多只是唏嘘。

姜似看着他，心中盘旋着无数个问题，可那些问题像是烧红的炭火堵在她胸腔里，让她撕心裂肺地疼。

她难道能问：既然你不喜欢圣女阿桑，为何珍而重之地藏着阿桑的画像吗？

可那毕竟是梦里的事，为此责怪他太荒唐了。

郁谨恢复了不正经的样子，巴巴地眨了眨眼："总之这世上别人都可以误会我，你却可不能，不然我就太冤枉了。"

姜似别开了眼，欢喜之意却从心底悄然滋生，像是春水流淌，融化了长年累月积压在心头的冰雪。

她要竭力控制自己，才不会让汹涌的泪意溃堤，可是泪珠还是很快凝结在纤长的睫毛上，沉甸甸地坠下。

郁谨有些无措。

阿似为什么哭了？

"我还有个事骗了你……"郁谨硬着头皮开口。

姜似看着他，泪水洗过的眸子黑得发亮："什么？"

"嗯……我其实姓郁……"

"燕王是吧？"姜似淡淡地问。

郁谨一阵庆幸。

还好他没有心存侥幸继续隐瞒下去，不然就完蛋了。

"不是有意瞒着你们，我是怕姜二弟知道了我的身份，相处起来不自在……"

姜似扯扯嘴角："哦。"

她把撑在桌面上的一只手改为托腮，貌似漫不经心地问道："能传出燕王倾心乌苗圣女的话来，想必圣女是个美人吧？"

郁谨满心的紧张顿时烟消云散。

阿似这是吃醋了吧？倘若心中没有他，她又何必在意乌苗圣女是不是美人？

这个发现令他登时大胆起来，或者说，胆大皮厚才是他的本色。

郁谨一脸认真地点头："乌苗圣女确实是个难得一见的美人。"

姜似沉默了。

郁谨倾身，又凑近了些："阿似，你吃醋了？"

姜似抬眸，凉凉地扫他一眼："王爷说笑了。"

她就不该与这个混蛋废话！

姜似站起身，带着一种说不出的轻松舒畅。

她愿意信他，也因为这份信任而再无遗憾与不甘，这便足够了。至于她与他，当然不可能在一起。

她是退过亲且地位普通的伯府姑娘，他则是帝王的第七子燕王，他们怎么可能在一起呢？

她没有什么好怨的，也没有遗憾，知道他心悦她，这便足够了。

郁谨的所有注意力都在姜似身上，几乎是一瞬间便察觉到眼前少女的心境不一样了，先前数次见面时都浸在她眉眼间的郁色好似被秋风吹散，连眼尾翘起的弧度都比以往更加舒展，带着轻盈洒脱的笑意。

可这一抹笑却令他没来由地一阵心慌，见姜似转身欲走，一手拉住她手腕拽了回去。

二人瞬间拉近了距离，冷硬的桌角抵着少女柔软的腰肢，令她不适地皱眉："放开！"

"不放！"这样近的距离，对方身上传来的淡淡芳香萦绕在郁谨鼻端，令他的声音低沉下来。

姜似一只手抵在他肩头，虽然推不动，拒绝的意味却十足："王爷请自重。"

"王爷"这个称呼，使郁谨心头一阵烦躁。

什么王爷，说起来，他那个皇帝老子没生过他也没养过他，添乱倒是有一手。

烦躁之余，郁谨更见不得眼前人比先前更加疏离的态度，他一手箍住她的腰，一手撑在桌子上，使怀中人无法逃脱，一字一顿道："阿似，你不要自欺欺人了，你分明在意我是不是心悦圣女。不然你为什么要确认真伪，为什么哭，又为什么关心圣女是不是个美人？"

郁谨问着这些，几乎咬牙切齿地质问："承认中意我，有那么难么？"

对方的气息铺天盖地笼罩过来，那一声声质问犹如冰雹砸在她心头，使姜似逃无可逃，心慌意乱。

她一低头，狠狠地咬在他手臂上。

整个身体骤然腾空，姜似反应过来时已经被压在了桌面上，还应该被称作少年的郁谨撑着双臂悬在她上方，眼睛好似着了火。

"你还咬我。"郁谨控诉。

"那又怎么样？"明明是这般暧昧的姿势，姜似却从容地问道。

解除了心结，她面对这个男人的心态就完全不一样了。

姜似眯眼打量着上方的少年。

少女的眼神像是长了小钩子，勾得郁谨的心一抽一抽地难受。

她无畏的神情，以及藏在眼底意味深长的笑意，落在他眼里就是十足的挑衅。

是可忍，孰不可忍！

郁谨猛然靠近那张梦里惦记了千百次的娇颜，张嘴咬住了她的耳垂。

没道理只有他挨咬的份儿！

姜似一下子僵住了。

她的反应无疑助长了郁谨的贼胆，他咬了一下耳垂还嫌不够，一手托起她的后脑对着娇艳的唇便啃了下去。

胡乱啃了几下……咦，居然还没事儿？

郁谨有种天上掉馅饼的不真实感。

或许是在做梦吧。

这个念头闪过，他几乎是迫不及待地抛开了最后一点犹豫，撬开那芬芳柔软的唇。

姜似的脑海中瞬间电闪雷鸣，恍惚中不知今夕何夕。

这时，桌上的一只茶杯掉到了地上，发出惊天动地的声响。

这一声响把两个人骤然拉回现实。

有那么一瞬间他们对视着，保持着这个姿势一动不动。

"够了么？"片刻后，姜似问。

郁谨起身，理了理皱起的衣裳坐下，一本正经道："没够……"

姜似费了点力气直起身来，恨恨瞪着眼前的男人。

得寸进尺顺杆爬，说的就是他这样的！

郁谨到底有些心虚，微微调整了一下凌乱的呼吸，辩解道："那个……你先咬了我……"

姜似简直气笑了："所以你就胡作非为？"

郁谨摇头，一脸认真地解释："我只是咬了回去，后面的事不是我干的……"

他打量着姜似的脸色，终于找到人背锅："说不定是被几年后的我附体了……"

嗯，几年后他绝对已经与阿似成亲了，做点夫妻间该做的事又算什么？

姜似看着他，吐出一个字："滚！"

比脸皮厚，这混蛋大概是前无古人后无来者。

"阿似……"

姜似不语。

"姜姑娘！"

姜似这才正眼瞧他。

"你看，咱们都互咬过了，再咬别人也不合适，你就委屈委屈，嫁我算了。"

姜似往一旁移了一步。

距离太近，会干扰她的理智。

嫁给他啊……比起嫁给别的男子，嫁给他当然是一件值得欢喜的事。

可是他们之间根本没有任何可能。

姜似微微后退一步。

"小心。"郁谨手疾眼快地拉住了姜似，避免她的脚踩在碎瓷片上。

姜似垂眸盯了地上的碎瓷一瞬，对郁谨道了一声谢。

郁谨笑着捏了捏她的手："姜姑娘，要不要委屈一下？"

姜似抬起眼来与他对视，缓缓把手抽出来。

那个瞬间，郁谨心里有种空荡荡的难受，可又没有了再抓她手的勇气。这种关键时刻，当然还是要表现得老实一点，以期听到他想要的那个答案。

姜似微微弯了弯唇角。

比起嗔怒，这样的神情让郁谨更紧张。

答应吧，只要答应下来，他会对她好好的，这辈子、下辈子、下下辈子一直对她好。

余生倘若没有阿似，他一点都不快活。

屋外，秋风陡然大了起来，哪怕掩着房门，夹杂着凉意的风还是顺着缝隙钻进来，吹得二人衣衫飘扬，心绪亦起起伏伏。

姜似终于问道："王爷可知道自己的身份？"

"身份？"郁谨一双英挺的眉越蹙越紧，"王爷"两个字尤其刺耳。

原来阿似担心的是这个。

他反而安了心，黑亮的眼睛定定地望着她，带着少年的坚决与自信，一字一字道："如何解决这个问题是我该操心的，不是你操心的事。"

停了一下，他的话带着一点欠揍的意思："再说，你操心也没用。"

只要阿似愿意嫁给他，怎么哄得皇帝老子赐婚，当然是他要解决的问题。

这大实话说得姜似一滞。

确实，这个问题她想解决也解决不了。

"阿似，你只要想好愿不愿意就够了。只要你答应，别的问题我会解决的。"郁谨放柔声音，有那么几分蛊惑的味道。

姜似摇头："王爷，我只是个寻常的伯府姑娘，想过的是平平淡淡的日子，皇家生活对我来说不合适。"

"怎么不合适了？我只是个闲散王爷，咱们不出头、不挑事，关起王府大门过日子，别提有多逍遥自在。"

皇室斗争固然残酷，可他又不打算掺和，那些有想法的人也乐于见他置身事外，难道要把他拉扯进去平白树敌吗？

姜似还是摇头。

郁谨突然伸出双手捧住姜似的脸，恼道："你再不好好想清楚，这么不负责任地随便摇头，我就要咬你了！"

姜似不由翻了个白眼。

而郁谨突然变得严肃起来，手落回桌面，没好气地问道："姜姑娘，你觉得什么日子是平平淡淡的？嫁一个普通男人？我记得你二姐嫁的是长兴侯世子，看你二姐的出身这也算是个普通男人了，可结果呢？"

姜似被问住了。

"那些走街串巷的货郎，刨地的庄稼汉，这更是普通男人了吧？可这样的普通男人，手里有点小钱还想着去金水河逛逛呢，更有喝二两酒就打媳妇出气的……"郁谨的语气越发语重心长，嘴角却带着几分讥诮，"阿似，姜姑娘，人生在世，任何选择都有风险，焉知所谓平淡的日子就一定是好的？或许更不堪，更可怕。"

说到这里，少年变得委屈起来，控诉道："阿似，你不能因为我是皇子，就歧视我。"

姜似一时静默。

郁谨见状，再接再厉道："你看，至少我是个什么样的人你知道的，比起嫁给完全陌生的人，风险还是小多了嘛。"

郁谨觉得自己是个卖菜的小贩，正对着主顾竭力吆喝着：看一看喽，新鲜水灵的白萝卜，个大皮薄滋味好，可比别人家的歪瓜裂枣强多啦。

而姜似在对方这番如有神助的忽悠下，竟觉得有几分道理。

大姐与二姐嫁的都算是门当户对的普通人，而她们的日子过得并不好……

她沉默良久，终于迟疑着道："你不要说了，我要好好想想。"

郁谨大喜。

这还是阿似第一次没有断然拒绝他，而是提出要好好想想。

"你慢慢想，认真想，不带任何歧视地想。"

身为皇子，在阿似心里就先输了一筹，他容易吗？

"我可能要想很久。"

"想多久都无妨。"郁谨长长舒了一口气,笑意从眼底蔓延至唇角。

郁谨离开小巷子时,脚步是从来没有过的轻松。

姜似回到海棠居,往美人榻上一坐,开始为先前的动摇羞耻起来。

太没出息了,太不坚定了,怎么能因为对方几句话就想上贼船呢?

姜四姑娘伸手揉了揉脸。

不能再想下去了,她目前的摇摆有点危险。

阿蛮站在一边,瞧着自家姑娘神色反反复复变幻,发愁地叹了口气。

姑娘到底在想什么呢?拿出那个晚上放火烧船的飒利劲儿不是挺好的。

眨眼就是三日后。

秋风一日比一日凉,空气里开始有了菊花与醉蟹的味道。

姜似在民宅里见到了犹带着酒气的阿飞。

"这两天有收获么?"

阿飞忙道:"也不知道对姑娘有没有用,倒是从那两个汉子口里听到了几句醉话。"

姜似亲手倒了一杯茶递给阿飞,示意他继续说下去。

"小的请他们喝了两顿酒,见差不多了,就问他们如今往花船上卖闺女、卖妹子的事是不是不稀奇啊,您猜他们说了什么?"

姜似用纨扇敲了敲桌面,嗔道:"别卖关子。"

阿飞老实起来:"其中一个汉子说,卖闺女、卖妹子算什么稀奇事?有一个人把一个妹妹卖了两次才叫稀奇呢。"

姜似听得云里雾里,皱眉问:"卖了两次是什么意思?"

"那人说,有个伺候头牌的丫鬟前不久才被人赎了身,结果没多久她兄长因为赌钱欠了债又来卖人了。说来也是搞笑,在花船上干过的女孩子与黄花闺女能一样嘛,那人以为给妹妹换了一个名字,就没人认识了?"

姜似抿唇,继续听阿飞往下讲。

阿飞的语气带着点得意与邀功:"姑娘,那个被卖了两次的丫头,叫晴儿。"

当日阿飞混在人群中是见过晴儿的,后来姜似吩咐他去金水河打探消息,专门叮嘱他留意有关晴儿的一切消息。

打听到这些,阿飞这三日就不算白忙活。

姜似不由站了起来,在屋内踱了几步,停下来问阿飞:"晴儿的兄长是什么人,家住何处，这些打听到了吗？"

这一次阿飞只是摇头："没有，那人说只在赌场与晴儿的兄长接触过，再问就什么都问不出来了，我估摸着他们是真不知道。"

姜似想了想，道："既然晴儿的兄长是赌场常客，你去赌场打听过没有？"

"去问过了，可惜那两个人只知道晴儿的兄长叫杨大，人家赌场哪对得上号呢？"说到这，阿飞替自己辩白一句，"姑娘您有所不知，在赌场里如晴儿兄长那样的人太多了，因为欠赌债而卖房、卖地，甚至卖儿、卖女、卖妻的事不计其数，他为了几两银子卖妹妹再寻常不过了，这样的人都没人多看一眼。"

姜似走到八仙桌旁重新坐了下去，把玩着手中纨扇。

"那汉子说晴儿的兄长给妹妹换了名字，那么晴儿先前叫什么？"

这一次阿飞倒没有犹豫，道："叫雨儿。因为雨儿是伺候头牌的丫头，虽然不起眼却有不少人知道。"

晴儿、雨儿，这还真是有意思。

姜似琢磨着这两个名字，再次肯定如今在朱家的那个晴儿有大问题。

可是，眼下从朱家那边下手是不明智的，想要抽丝剥茧解开其中谜团，还是要从花船着手。

"晴儿先前是被谁赎身的？难不成是她兄长？"

阿飞一声嗤笑："怎么可能，她兄长就算有钱也不会干这种人事啊。"

"有没有找别人打听过？"

阿飞听姜似这么一问，苦笑起来："小的找鸨儿打听过了，要不是仗着姑娘给的丰厚银钱撑腰，差点就要被赶出去了。"

姜似叹口气。

给阿飞的时间还是太短了些，从两个龟公嘴里套点话不难，但要与精明无比的鸨儿打交道，那就不容易了。

可是照目前情况来看，给晴儿赎身之人的身份显然很关键，说不定这个人就与朱家有关。

姜似还有些地方想不通：晴儿只是服侍头牌的一个小丫头，各方面平平无奇，有哪一点值得算计大姐的那个人看重呢？那人给晴儿赎身后，为何又将她送回兄长那里，让她兄长把妹妹再卖一次？

生出这么多曲折，就是为了演那场戏，让晴儿被长姐救下吗？

可若是这样，似乎是多此一举。

这场戏若是由她出手该怎么演？

至少没那么复杂，盯着赌场找一个走投无路准备卖闺女、卖妹妹的赌棍就是了，根本犯不着先把人从青楼赎身，又送回家人身边去。

除非——姜似举着纨扇的手一顿，眼神越发深沉。

除非那人有非用晴儿不可的理由，而这个理由，她坐着空想是想不出来的，她要去晴儿被卖的花船上一探究竟。

姜似把纨扇往桌子上一丢，漫不经心地问道："那花船打着什么旗号？"

阿飞随口道："叫燕春班。"

姜似靠在椅背上，笑道："还真是个应景的名字。"

阿飞抹了一把脸："姑娘，您说这个，我突然有点紧张。"

不可能是他想的那个意思！

少女垂眸，懒懒盯着修剪齐整、饱满粉润的指甲，用说"我打算去脂粉铺子随便逛逛"的语气道："我打算去燕春班逛逛。"

阿飞腿一软，跌坐回椅子上。

"那两个龟公已经认得你了，你就不用跟着我上船了，到时候给我带路就行。"

阿飞声音都变了："姑娘，这不成啊。"

"怎么不成？"姜似敛眉。

阿飞都快跪下了："姑娘，您当是戏折子上的那样啊，女扮男装的大姑娘不只能逛青楼，还能考状元，甚至当驸马？那些都是骗人的！就您这样的一上船，鸨儿瞧一眼就会看出来您是个姑娘家……"

"这个我知道，你带路就是了。"

"这个真不行……"阿飞壮着胆子拒绝。

"嗯？"

阿飞语重心长地劝："姑娘，您万一出点什么事，可怎么收场？到时候小的可担不起责任……"

姜似笑笑："我会带上老秦。"

见阿飞还待再说，姜似脸一沉："难不成在你心里，我是那种做事不计后果、羊入虎口的傻瓜？"

"当然不是……"

"好了，你做好我吩咐的事就好，别的无须操心。"

阿飞叹口气，生无可恋地问道："您打算什么时候去？"

少女嫣然一笑："择日不如撞日，就今晚好了。"

九月初的夜里已经有些凉了，姜似偷偷溜出伯府自然不能提灯，这样摸着黑小心翼翼与老秦会合后，手心却出了薄薄一层汗。
　　外面万家灯火，一片光明。
　　姜似打量了老秦一眼，满意点头："这样不错。"
　　老秦"嗯"了一声，算作回应。
　　"姑娘！"转角处，阿飞向二人挥手。
　　姜似与老秦一前一后走过去。
　　神色复杂地看了一眼男装打扮的姜似，阿飞默默叹口气，侧身道："您上车吧。"
　　入了夜，别看胡同这边安安静静的，等到了金水河那里又是另一番景象。
　　姜似坐着马车，不急不缓地赶到金水河畔，果然是欢声一片，脂艳香浓。
　　那些停靠在岸边的花船上，有许多花枝招展的女子站在外边揽客，浓郁的脂粉香随着她们一抬手、一甩帕，直往姜似鼻尖里钻。
　　姜似下意识皱了皱眉，但很快整理好心情，在阿飞的指引下向一条花船走去。
　　船上彩杆垂下写有"燕春班"三字的大红灯笼正随风摇摆。
　　姜似身量高挑，体形偏瘦，穿上男装再略加掩饰，便看不出女性特有的曲线来，在不甚明亮的岸边匆匆一瞥，恰是一个俊俏无双的少年郎。
　　花娘眼睛一亮，登时凑了过来："公子里面请——"
　　她说着，不知是出于习惯还是见眼前"少年"生得实在俊俏，身形抖了抖，直往姜似胳膊上蹭。
　　躲在暗处还没离去的阿飞一颗心顿时揪了起来，唯恐姜似忍不住。尖叫起来暴露了女子身份。
　　姜似微微抿唇，竟笑了笑，一块碎银子在夜空中划出一道光，准确地落在了花娘手心上。
　　花娘欢欢喜喜迭声道谢，那俊俏的少年郎已带着面无表情的仆从上了船。
　　阿飞看傻了眼，下意识地摸着下巴。
　　乖乖，姑娘这逛青楼的范儿可比他强。
　　姜似步履从容往里走，一边走一边不动声色地打量着四周。
　　燕春班在一艘中等花船上，上下共两层，下层是供客人们歌舞玩乐的宽敞大厅，上层则是一间连一间的香闺。那些乘着夜色兴冲冲而来的客人若是起了兴致，便会沿着大厅四角的木梯拾级而上，搂着瞧中的花娘共度春宵。
　　姜似抬眼瞄了一眼上方。

两层楼上，其实还有一个小小的阁楼，好似被托举着欲乘风而去，听阿飞说那是这艘花船上头牌的住处。

大体来说，燕春班是金水河上很寻常的一艘画舫，燕春班的头牌放到整条金水河上也排不上名号，至于伺候头牌的小丫鬟，就更不起眼了。

姜似寻思着这些往厅内走，很快，一名三十左右的女子迎了上来。

女子体态丰盈，神色轻佻，这个时节还半露香肩，姜似琢磨着这应该就是花船上的鸨儿了。

她所料不错，女子确实是花船上的鸨儿。

鸨儿见了姜似的样貌穿戴，眼睛一亮，声音比之寻常更热情几分："哟，这是哪来的俊俏公子？快快里边请。"

姜似微微颔首，控制着打喷嚏的冲动。

鸨儿身上传来的脂粉香对她来说太浓郁了些。

可很快，原本热情的鸨儿面色一沉，狐疑地盯着姜似不走了。

姜似倒也不怕，干脆停下脚步，对鸨儿微微一笑。

鸨儿的脸更沉了，上前一步靠近了姜似，放低的声音含着愠怒："小娘子要是来闹事的，那就休怪老娘不客气了！"

常在河上混，她什么稀奇事没见过，像眼前小娘子一样混上花船的不是没有过，十之八九都是来捉奸的。

这是什么地方？供男人们风流自在的逍遥窝，要是时不时传出家里婆娘打上船来的笑话，她们燕春班还混不混了？

金水河上花船好几百艘，竞争压力可大了呢。

鸨儿因着这个发现火气直往上冒，又不好立时闹大。

别的不说，这小娘子要是个烈性的，在她这里寻短见太方便了啊，转身就能从花船上跳下去……

鸨儿暗道一声晦气。

姜似从袖口掏出一个小小的荷包，放到鸨儿手上。

鸨儿一愣，感受着手中沉甸甸的荷包，一时动摇了一下，很快坚定了立场："这也不行，燕春班不是你放肆的地方！"

她是眼皮子这么浅的人吗，为了几块银子毁了燕春班的前程？

姜似轻笑一声，声音清淡，因为压得低，竟让人一时辨不出是少年郎还是小姑娘："妈妈误会了，我来燕春班可不是闹事的，而是找人。"

鸨儿老脸一绷，本来风韵犹存的半老徐娘成了母夜叉，冷笑道："找人就是闹事！"

"不呀，我要找的人是你。"姜似再笑，一扬手，又是一个荷包塞进鸨儿手里。

鸨儿顿时愣住。

找她？

不是来找男人的就好，这钱可以收。

鸨儿当即把两个荷包往怀里一塞，脸上重新挂上笑容："既如此，公子随奴家来吧。"

才走了两步，又停下来，扭头问："公子没有别的要求吧？"

"没有。"姜似回得痛快。

鸨儿干脆把姜似领到了自己的落脚处。

鸨儿的落脚处在大厅一隅，算得上宽敞的房间被屏风隔成两部分，前边是小厅，里边帷帐重重，是供人休憩之处。

小厅靠窗的一侧摆着桌几，窗外便是泼墨一样的夜幕，与灯火摇曳好似缀满了星辰的金水河。

凉风徐徐从敞开的窗子吹进来，吹得人神清气爽。

鸨儿却倾身把窗子关拢了，皮笑肉不笑地道："小娘子可以说说找奴家何事了。"

哪怕有那两个荷包，鸨儿也无法畅快，在她看来，一个良家女子来花船上，这就是不识趣、不知羞、不懂事儿。

世间女子要都这样没规矩，这不是砸她们饭碗吗？这种歪风邪气，绝不能纵容！

"找妈妈打听一件事。"姜似往椅背上一靠，神色自然，"妈妈听说过雨儿这个名字吧？"

鸨儿眼睛一眯，看向姜似的眼神警惕起来。

姜似淡淡一笑："我想知道给雨儿赎身之人的讯息，但凡妈妈知道的，我都想知道。"

"这不合规矩。"鸨儿扬手指向门口，"小娘子要是问这个，那就请回吧。"

"妈妈别激动，我只是想了解那人讯息而已，既不会杀人放火，更不会给燕春班惹来任何麻烦。"姜似把手探入袖中，白嫩嫩的手指夹着一张银票，推至鸨儿面前。

鸨儿瞥一眼，扯扯嘴角。

才十两的面额，当她没见过钱吗？

姜似看鸨儿一眼，又把一张相同面额的银票推了过去。

一张，两张，三张……她一言不发，转眼间，银票就摞起来高高一叠占了鸨儿满眼。

鸨儿眼神闪了闪。

十两面额虽小，可这么一叠就不算小数目了。来金水河一掷千金的豪客固然不少，但他们不会到燕春班来。

姜似继续往上加银票。

一张，两张……鸨儿下意识地默数着。

作男装打扮的少女好似一直往外拿着废纸，漫不经心的样子让鸨儿有种莫名的压力。

不行，不行，数乱了！

鸨儿焦急起来，恨不得对方重新放一遍，可眼前的银票依然在往上叠。

她终于忍不住双手往银票上一按："等等！"

姜似手一顿，似笑非笑地看鸨儿一眼。

鸨儿捂着高高一摞银票，脸色有种激动的潮红。

她们这样的人赚的就不是干净钱，只要钱给够，有什么规矩不能打破的？

这些银票加起来足有几百两了，让她给两个姑娘赎身都行，何况只是说说给一个小丫头赎身的恩客。

"咱们先说好了，出了这个门，小娘子与给雨儿赎身的恩客之间有什么纠葛，一概与燕春班无关。"

姜似一手托腮，轻轻点头："这是自然。"

"那行，小娘子问吧。"鸨儿把银票往怀中收拢。

一只素手伸出，轻轻按住了那摞银票。

鸨儿好似被人割了一块肉，警惕地看着对面的人。

姜似笑笑："先不慌，妈妈总要说些我需要的消息，才好伸手不是？"

鸨儿讪笑。

"妈妈知道给雨儿赎身之人的身份吗？"

"小娘子这话问的，您去市集上买鸡子，难道还问下蛋的母鸡是什么花色吗？"

姜似俏脸一绷："我去市集上买鸡子，也不会出买牛的钱。"

鸨儿被噎得翻了个白眼，不由腹诽：小丫头瞧着这么秀气，脸皮咋这么厚呢？

"妈妈不知道给雨儿赎身的恩客是什么人也无妨，那他的年纪、样貌这些总该知道吧？或者其余你知道的一切，都可以说给我听。"

鸨儿回忆了一下，道："那人三十多岁，京城口音，不高不矮，不胖不瘦，模样也普通，要说起来，遇到这种人转头就忘了，不过——"

鸨儿拉长语调，卖了一下关子。

姜似并不催促。

鸨儿这样的人最是精明，显然知道说了上面这些废话不可能把钱拿走，那么必然藏着有价值的消息。

鸨儿嘿嘿一笑："奴家这双眼见过的人太多了，那人虽然穿得还算体面，可奴家一眼就瞧出来应该是个常在街头厮混的。这种人突然有了钱给相好儿赎身不稀奇，可给一个小丫头赎身就有点意思了。不过一手交钱一手交货，不该好奇的、不该问的，奴家是一个字都不会问……"

姜似用手指轻轻敲打着桌面，声音微微带着失望："这么说，妈妈只看出来那人是街头混混，别的一概不知，这么一个处处平凡无奇的人，就是妈妈下次瞧见都不见得能认出来了？"

鸨儿得意地甩了甩帕子："小娘子小看奴家了吧，再普通的人只要与奴家打过交道，奴家都能记得。不过呢，这么一个人离开了金水河，往京城这条浑水江里一钻，小娘子想把人找出来可就难了。"

"看来我这些钱花得有点不划算。"姜似不冷不热道。

她看得出来，这鸨儿还有话没倒出来。

"嘿嘿，那人虽然生得普通，其实有个特征。"鸨儿见姜似不是好糊弄的，不再卖关子，抬手指了指右耳，"那人的右耳垂上有个好大的痦子。"

姜似暗暗把这个特征记下来，再问："还有么？比如那人与雨儿之前是否就认识了？"

鸨儿连连摇头："不会。"

"妈妈何以肯定？"

鸨儿笑了："奴家命人把雨儿领过来时，他还问了一句'这就是雨儿'？要是早就认识，肯定不会这么问。"

姜似赞同地点头，又问起雨儿在燕春班的情况来。

一个既无过人姿色又无特长的小丫头，鸨儿当然不会了解太多。

姜似干脆问："燕春班有无与雨儿相熟的？"

"倒是有一个叫燕子的小丫头，与她一同伺候我们头牌的。"鸨儿倒也干脆，很快把燕子喊了过来。

混迹这种地方的小丫头毫不怯场，走进来后，眼珠灵活转着，直往姜似身上瞄。

姜似挺直脊背，面色温和，在小丫头眼中就是一个难得的美少年。

"不知妈妈找燕子有什么事？"

"这位公子有话要问你，但凡你知道的就好好说。"鸨儿颇识趣，叮嘱完燕子，扭身走进了里室。

里室与小厅虽只隔着一排屏风，燕子却觉得骤然轻松许多，看向姜似的眼神越发大胆。

姜似笑意温和："听妈妈说，你与雨儿是好姐妹。"

燕子一怔，眼中飞快闪过一抹不悦。

怎么又是雨儿？

同样是伺候头牌的丫头，她比雨儿来得还早，可是雨儿却被人赎身了。

赎身啊，这是她们做梦都盼着的事儿。

"你们相处了这么久，有没有听雨儿提起过家里的事？"

燕子掩口一笑："我们这样的人，谁还有脸总提家里呀，让人知道谁家的姑娘在花船上做事，又不是什么光彩事。"

"私下里也没有么？"姜似手一翻，一对金耳坠落入燕子手心。

燕子忙往屏风处看了一眼，飞快把耳坠收好，话多了起来。

姜似默默听着，捕捉到一些讯息：比如雨儿一家是外地来的，路上死了爹娘，还没找到落脚地方就被她哥卖了，比如哥哥好赌，都卖了她还时不时找来要钱，她又不敢不给，怕更小的妹妹跟着哥哥受委屈……

等燕子歇了口气，姜似便问："原来雨儿还有个妹妹，多大年纪了？与兄长在何处落脚？"

燕子摇头："雨儿没有提过这些。"

见再问不出什么，姜似与鸨儿道别。

鸨儿得了银子但怕惹祸，巴不得赶紧送走这尊大佛，于是亲自把姜似送到大厅。

璀璨灯光下，姜似笑吟吟道："来都来了，总要与班子里的头牌喝杯茶。"

眼前少年郎容色秀美，身姿挺拔，一袭淡青色宽袍以白玉带束腰，眼角唇畔挂着淡淡浅笑，哪怕立在那里不动亦成风流，恐怕除了阅人无数的鸨儿，旁的人匆匆一瞥都难以发现她女儿家的身份。

鸨儿又是可惜又是生气：一个女子打扮成男人的模样，却比来花船潇洒的绝大多数恩客都好看，这不是扎心吗？

扎心就扎心吧，问完了事不赶紧走人还想着与头牌喝茶，没有金刚钻揽什么瓷器活？

鸨儿悄悄撇嘴，随后香帕一甩："真是不巧了，今日我们莺莺姑娘有贵客。"

说到这里，鸨儿得意地抚了抚鬓边绢花。

她们燕春班确实不大，比不上金水河顶尖的画舫宽敞华丽，花娘也比不上人家的漂亮，是以平日来燕春班消遣的都是一些层次不算高的客人。

可是今天有点不寻常，不但来了这么一位古古怪怪的小娘子，在这小娘子之前，还有位公子点名要见头牌莺莺。人家不只长得俊，出手还阔绰，一看就出身不凡，莺莺仗着自己是燕春班的顶梁柱平日还爱拿乔，今晚从楼上瞥了一眼就迎出来了。

要说起来，鸨儿先前一发现姜似女子的身份，头一个就是怀疑她奔着这位公子来的。

至于那些大腹便便的老家伙或者会念几句歪诗的酸书生，家里婆娘吃撑了才这么上心吧。

姜似蹙眉看着鸨儿。

一个花船上的头牌，有客人是很正常的事，她确实不能指责鸨儿敷衍她。可是来都来了，不看那头牌一眼她又委实不甘心。

姜似对燕春班的头牌不是没有怀疑。

既然暗害长姐的人赎走雨儿，而雨儿是伺候燕春班头牌的丫头，焉知那人与头牌之间有没有猫腻？

难道说，朱子玉与燕春班的头牌有首尾，先给头牌的丫头赎身送到长姐身边，是为了陷害长姐、好给头牌腾位置？

姜似暗暗摇了摇头。

朱子玉要真这么干，那还不如二牛有脑子。

但不论如何，燕春班的头牌花娘还是要见一见的。

"公子早些回去吧。"鸨儿皮笑肉不笑地劝道。

姜似皱起的眉缓缓舒展开来，对鸨儿微微一笑："既然今日无缘见到莺莺姑娘，那我明晚再来好了。"

鸨儿脸皮一抖，厚厚的脂粉都掉了不少，强笑道："明晚莺莺姑娘也有人约了……"

姜似斜倚着栏杆，淡淡笑道："那就后日来好了，我很闲的。"

鸨儿暗啐了一声，一甩帕子："奴家送公子下船。"

这个时候还早，大部分花船还停靠在岸边等着客人们上船。画舫微微有些摇摆，彩杆上的红灯笼在水面投下的光影亦跟着晃动，无数碎金聚拢又散开，使平静的水面变得神秘莫测，又勾起独属于金水河的旖旎。

姜似知道，再留下去也不会有什么收获，微一颔首，随鸨儿往外走去。

鸨儿悄悄松了口气。

总算把这姑奶奶打发走了。

二人一前一后，老秦走在最后面，眼看着就要走到最靠近门口的木梯，这时，木梯上响起轻微的脚步声。

姜似下意识抬头。

比不上大厅内的灯火通明，木梯处光线稍暗，那人的脸有一半隐藏在黑暗中，只能勉强看出轮廓。

可姜似只扫了一眼就愣了。

从木梯上稳步往下走的人居然是郁谨！

他怎么会在这里？

不过是一晃神的工夫，二人之间便只隔着数级台阶的距离。

姜似条件反射低下头去，加快了脚步。

鸨儿的声音适时响起，热情又欢快："哟，公子怎么这就走了呢，可是我们莺莺没有服侍好您？"

莺莺？

姜似走不动了，抬眸扫过去。

二楼的栏杆处，一名红衣女子幽幽怨怨地盯着郁谨的背影，满是不舍。

女子约莫双十年华，挽着个松松的堕马髻，齐胸的长裙一直垂到脚踝，露出一双纤巧的赤足。

姜似眼力不错，甚至能看到女子的脚指甲涂上了鲜艳的红色。

比起这番打扮和身段，那张脸就稍显乏善可陈，莺莺当然称得上美丽，可也只是寻常的美丽罢了。

至少在姜似看来，燕春班的头牌莺莺在容貌上比长姐逊色不少。

姜家的几个姑娘，不论性情如何，皮相上从不输人。

当然，姜似不会单从容貌就断定朱子玉与莺莺之间是清白的。

转眼间，楼梯上的少年已经走了下来，那双黑亮的眼越过鸨儿看向姜似。

尽管姜似作男装打扮，又巧妙地修饰了五官与肤色，可当那道似乎能看透一切的冷冽目光扫过来，她没来由地感到一阵心虚，鬼使神差地把鸨儿往怀中一拉。

鸨儿愣住了，郁谨愣住了，其实姜似自己也愣住了。

好在她脸皮够厚，反应够快，学着那些逛青楼的男人惯有的样子，一手揽着鸨儿的肩，一手在鸨儿腰间捏了一把，粗着嗓子道："我就稀罕妈妈这样的，不如妈妈陪我说说话吧，咱们还去老地方好了。"

鸨儿嘴角直抽。

老地方？这小丫头到底在搞什么鬼？

"走了。"姜似暗中加大力气，推了鸨儿一把。

鸨儿直觉不对，但看在那一沓银票的面子上没有挑破。

去老地方又怎么样，对方一个弱女子还能对她干什么？

姜似半搂半抱地拥着鸨儿，顶着郁谨探究的目光往里走，鸨儿回头笑道："对不住啦，公子，奴家这里有客人，等您下次再来，奴家一定好好招呼啊。"

"等等。"郁谨沉沉喊了一声，大步走了过去。

鸨儿抛了个媚眼："公子要是没有别的安排，就让莺莺好好陪陪您呗，您看，奴家实在无法分身……"

郁谨伸手把鸨儿从姜似怀中拽了出来，一手搭上姜似肩头。

"呦，这是怎么说？为了奴家，二位公子打起来可不值当的。"鸨儿笑着打圆场。

少年眸光黑沉，带着某种危险的意味深深看了姜似一眼，转身便走。

他居然在这里发现了阿似，这可真是万万想不到！

不生气，不生气，等问明白了再说。

郁七皇子默默劝了自己好一会儿，才缓过来。

顶着鸨儿狐疑的眼神，姜似掸了掸衣裳上不存在的尘土，端着一张正经脸微微颔首："妈妈留步吧，我就告辞了。"

"哎——"鸨儿张张嘴，把那些疑惑咽了下去。

就像她之前说的，干这一行就是为了钱，别的事情轮不着她们操心好奇。

郁谨离开花船后就在岸边不远处默默等着，终于等到了姜似出来。

姜似一眼就看到了隐在暗处的少年，心中挣扎了一瞬：是过去呢，还是装没看见呢？

她穿成这样，面部又做了修饰，或许他并没有认出来，只是觉得有些相似而已。

不错，以郁七的脾气，刚才要是把她认了出来，定会扛起她走人，而不是那么干脆地离开。

姜似抱着侥幸打定了主意：还是装没看到好了，不能自投罗网。

她这样想着，面上装出轻松惬意的神色，如大多数心满意足的恩客一般，不紧不慢地往与郁谨所在处截然相反的方向走去。

郁谨的鼻子险些气歪了。

刚刚在花船上撞见，他唯恐别人发现她的身份，费了多大力气才压抑着没有当场发作，结果呢，她居然还装没事人！

少年紧绷着脸，大步流星追上去，拦住姜似的去路。

姜似粗着嗓子问："兄台，咱们认识吗？"

后面的话直接化成了惊呼。

郁谨把人扛在肩头，低低道："一会儿你就知道认不认识了！"

老秦冲了过来。

他认识郁谨，多少知道这二人之间有那么点不同，然而再不同，眼下这举动就过了。

这时，一只手往老秦肩头一搭，龙旦笑吟吟道："你说你多不懂事，主子们的事咱们掺和什么呢，要是不痛快，那咱俩练练？"

郁谨扛着姜似往小林子里走，头也不回地叮嘱道："别把动静闹得太大。"

金水河畔的小树林里一片漆黑，郁谨仰头，借着稀薄月光看到一棵枝繁叶茂的大树，又转手抱住肩上的人，一手紧紧抱着人，一手在树干凸起之处借力，几息工夫就到了树上。

姜似回过神来时，已经被放在了树杈上。

"你说咱们认不认识？"郁谨欺身过来，带着秋夜的凉意。

昏暗中，姜似只能看清那双分外明亮的眸子。

那么亮，大概是气的。

姜似下意识动了动身子："会掉下去的……"

"谁让你动了！"郁谨低低骂了一声，身子一翻把人抱到大腿上，牢牢箍着她，"姜姑娘，打扮成这个样子来逛金水河，你可真让我喜出望外。"

老地方？她与一个鸨儿居然还有老地方！

这丫头是不气死他不罢休吧。

郁谨越想越怒，少年宽阔却还有些单薄的胸膛起起伏伏。

姜似觉得自己坐在了一叶小舟上，摇摇晃晃的。

"跟我说说你们的老地方吧。"郁谨头微低，灼热的气息尽数喷洒在姜似面颊上。

姜似头一偏，不悦道："王爷这是只许州官放火、不许百姓点灯？我好像刚刚才看到你从莺莺姑娘的香闺里出来。"

"你还知道那家的头牌叫莺莺？"郁谨气得扬眉。

眼睛已经适应了这样的昏暗，姜似把对方带怒的神色瞧得一清二楚，她下颔微抬:"那又如何?"

郁谨一手揽着她的腰,一手按住她的后脑,狠狠亲了下去。

管他的不许百姓点灯,在她面前明明他才是那个苦巴巴的小老百姓。

今天他要不翻一回身,就别当男人了!

因为唇被骤然堵住,姜似也没有反对。

许是昏暗的环境给了郁谨勇气,他这一次清清楚楚地知道不是在做梦,便毫不客气撬开她的牙关,与之唇齿相缠。

两具年轻的身体毫无间隙地拥在一起。

泛了黄的树叶簌簌直往下落,好似勾勒出一阵又一阵风的轨迹,有些落在堆积着枯叶的地上,有些则落了二人满身。

而此刻谁都顾不得这些。

姜似用力推着那个胆大包天的男人,又不敢发出太大动静,唯恐被旁人听了去。

郁谨亦不发一言,手腕一用力,把弓着身子想逃远的人往回一拽。

这是一场无声的较量。

她还坐在他腿上,斗志与坚持皆化作了虚无,任由他把她拉到最近前。

枝丫晃得更猛,叶子落了更多,好似下了一场急雨,在洒满稀薄月光的地上浅浅铺上一层枯叶。

良久,二人终于停歇。

郁谨一动不动地靠着树丫,而姜似则趴在他身上轻轻喘息着。

也不知刚刚究竟经历了什么,一切回归平静后,少年的衣衫已经散开,露出白皙如玉的胸膛。

又缓了一阵,少年声音沙哑,轻声问:"还要想很久么?"

"两件事不相干……"姜似道。

要不要与他开始,她必须仔仔细细、认认真真地想一想,一旦拿定了主意,都不会再后悔。他要是以为二人耳鬓厮磨过后她就会动摇,那就错了。

"怎么不相干?"郁谨几乎看不懂眼前少女了,尽管她就贴在他腿上,靠在他怀里,因为那番缠绵而散乱的发垂落在他胸膛上,像是有人拿着羽毛在挠痒。

想到刚才的一切,郁谨面上佯作镇定,耳根却红透了。

一时又沉默了下去,林间风疾。

姜似反倒不急,就这么安安静静在他身上趴着。

月冷如霜,秋风薄凉,可郁谨的身上却好似有火在烧。

他忍着那难受的滋味,委屈控诉道:"难不成除了我,你还想让别的男人这样对你？或者扒别的男人的衣裳？"

姜似脸上有些烧，语气却坚定："都说了不相干，你非要问，是要我现在就做决定吗？"

郁谨反而退缩了。

比起他的狼狈，她太从容，太淡定，他不敢急于求成。

"说说你来金水河做什么。"郁谨退了一步。

姜似静了一瞬，心中无数个念头掠过。

郁谨没有催促，安安静静地等。

以前的急切与莽撞是因为感受到了她的冷淡与抗拒，令他慌乱不安而必须要做些什么，好打破那层坚冰。

而现在，哪怕她说得冷淡，可唇齿间的缠绵与身体的亲密无间都让他开始心安。

他等得起。

树梢的月是弯的，犹如镰刀，洒下的月光清清冷冷，林间的风似乎大了起来。

姜似抬手，默默替他把敞开的衣衫拢好，这才道："我要找一个人。"

现在不是犯倔的时候，若说找人，她只有阿飞一个帮手，而郁谨就方便多了。

"找谁？"

"一个混迹街头的混子，右耳垂有一个黄豆大的痦子，曾在燕春班出现过……"

郁谨认真听着，等姜似说完了，问："这个人很重要？"

"很重要，越快找到这个人越好。"

郁谨看着姜似，好一会儿叹了口气道："阿似，我实在猜不出你找这么个人做什么。"

她若不愿说，他强问也没用。

姜似笑着看了他一眼，带着几分探究与揶揄："我也实在猜不出，原来鸨儿口中头牌花娘招待的贵客是你。"

郁谨险些掉了下去，手忙往枝丫上一按。

糟了，只顾着惊讶阿似为何会来逛花船了。

"有个案子要查……"

没等他解释，姜似便点了点头："嗯。"

"真的是查案！"这么轻描淡写点头，一定是不相信他。

"既然要查案，就不耽误你办正事了。带我下去，我也要回去了。"

郁谨抬手按住姜似肩膀："我真的是查案，不信你可以去问甄大人……"

姜似无奈扶额："我真的相信。"

"不是说气话？"郁谨狐疑地打量着她。

"不是，我真的该走了。"

郁谨松了口气："那我送你。"

他抱着姜似从树上跳了下去，落地无声。

姜似低头整理着衣衫与微乱的发。

郁谨在一旁看着，伸手替她摘下一片树叶子，又摘下一片树叶子……

姜似叹气："算了，回去洗漱吧。"

郁谨自觉干了坏事，讪讪地往林子外走。

出了小树林，光线陡然亮起来，从金水河上传来的欢声笑语越发清晰，连空气都裹着淡淡的脂粉香。

姜似停下来："不用送了，我自己回去就行。"

郁谨皱眉。

"你不是要查案么？还不快去忙正事。"

郁谨不吭声，抓着姜似的手就走，被她挣脱："真的不必送，有老秦和阿飞，我用不了多长时间就回去了，你跟着反倒惹眼。"

见她坚持，郁谨只得作罢。

龙旦与老秦就守在不远处。

姜似走过去，对老秦点头："咱们走。"

眼看着人都走远了，郁谨还立在原地不动。

龙旦凑上来："主子，您和那位公子没、没怎么样吧？"

万万没想到啊，主子居然还好这一口！

郁谨诧异地看龙旦一眼："你没看出来那是姜姑娘？"

他难道会把一个大男人扛进小树林？

龙旦猛吃了一惊，音调都变了："没呀，姜姑娘男装打扮不是这样啊……"

他见过姜姑娘女扮男装，瞧着和姜二公子挺像的，可不是今晚这副模样。

"看人难道只看脸？蠢！"郁谨敲了一下龙旦的头，大步往前走去。

龙旦忙跟上去，亦步亦趋地跟着主子往金水河畔走，又眼尖从郁谨发间发现一片树叶子。

他伸手把树叶摘了下来。

郁谨脚步一顿，侧头看过去。

龙旦举着树叶子，满眼崇拜："主子，咱们府上是不是很快要有女主人了？"

主子下手忒快了啊，还是在小树林！

"多嘴！"郁谨板着脸，嘴角却忍不住翘起来，"去下一个画舫。"

近来，金水河陆续有四个花娘遇害，其中一位与燕春班的头牌莺莺有些过节，所以郁谨才出现在这里。

郁谨与龙旦分开查探花船，不多时，龙旦一脸古怪地找到郁谨："主子，小的遇到了一个花娘……"

"嗯。"郁谨面无表情地听着。

龙旦的神色越发古怪了："那花娘瞧着有点像姜姑娘……"

郁谨的神色顿时郑重起来，沉声问："哪家画舫？"

郁谨几乎瞬间就想到了姜似对他说的那件事：有两个人说，要找一个与圣女容貌相似的女子接近你……

难道说，那女子就是金水河上的花娘？

"馥芳班。据鸨儿说，那花娘是才来的，还是个清倌。"

"花娘叫什么？"

"叫清清。看样子，鸨儿是想把她当摇钱树，准备培养成头牌呢，小的瞧见了多问了几句，鸨儿还有些不乐意。"龙旦颇委屈地拽了拽衣裳，嘀咕着，"咱这身挺体面的，鸨儿居然还狗眼看人低……"

郁谨随手招了一只载客的游船。

小船从无数船只中穿梭，没用多少工夫就靠近了挑着"馥芳班"灯笼的花船。

与燕春班一样，馥芳班是个不大不小的班子，迎客的鸨儿一瞧郁谨穿着打扮，脸上笑意就热情起来，欢天喜地把人迎了进去。

郁谨在大厅里坐下，把玩着茶杯，对厅中的歌舞兴致寥寥。

"公子有没有瞧中的姑娘？"鸨儿凑过来问。

"第一次来。"

"这样啊，恰好咱们的头牌霏霏还闲着，不如叫她出来给公子唱个曲儿？"

郁谨略一点头。

"那公子去雅室吧，这里乱糟糟的，听曲儿也不方便。"

郁谨才在雅室坐下，没等多久，就有一个身披轻纱的女子抱着琵琶走进来。

"公子，这就是霏霏了。"

郁谨懒懒扫了霏霏一眼。

霏霏眼一亮，娇笑着凑过去："不知公子想听什么曲儿？"

一块银子在空中划出一道线，落入霏霏怀里，少年慵懒的声音响起："随便。"

霏霏娇笑一声，干脆把琵琶往桌上一放，清唱起来。

待霏霏唱完，靠近郁谨，他一手推开人，淡淡道："没什么意思，我还是去大厅欣赏歌舞吧。"

霏霏不敢给客人甩脸色，委委屈屈地看着鸨儿。

鸨儿笑了一声："看来公子稀罕新鲜的。还真是巧了，咱们馥芳班才来了一位姑娘，水灵灵的别提多好看了，难得还是位清倌儿，公子要不要见见？"

郁谨微微点头。

不多时，珠帘轻响，走进来一位身量窈窕的女子。

鸨儿把霏霏打发了出去，拉过女子推到郁谨面前："清清，抬起头来给公子瞧瞧。"

女子似乎有些不情愿，低着头不动。

鸨儿伸手掐了女子一下："让你抬头呢。"

说完对郁谨笑笑："公子见谅，清清刚来，还不懂事。"

郁谨皱眉："确实不懂事。"

一个花娘，跟他装什么欲拒还迎，纯粹瞎耽误工夫。

清清与鸨儿皆愣了一下。这公子有点不按常理出牌。

鸨儿很快反应过来，推了清清一下："没听见吗，你是不是聋了？"

清清这才缓缓抬头，神色委屈，眼中含泪，怯怯叫了一声"公子"。

郁谨眯眼。

若说清清与圣女阿桑相似，确实是有那么几分，可对方居然认为凭这个就能让他神魂颠倒，也不知那些人是无知还是无畏。

"确实挺水灵。"郁谨弯唇笑笑，问，"会唱曲儿吗？"

清清面皮一僵，垂眸道："不会。"

"会跳舞吗？"

清清摇头。

郁谨一脸嫌弃："什么都不会，难不成让我唱曲跳舞给你看？这样的花娘还是领下去吧，爷没兴致。"

鸨儿都愣住了。

这和她想得不一样！

"公子，清清还是个清倌儿，害羞些也是难免，您多包涵……"

郁谨冷笑："爷见过的大家闺秀都会害羞，要是看害羞的女人，还用来这里？"

他说完干脆不理会鸨儿，大步走了出去。

鸨儿对清清使了个眼色，赶忙追出去："公子，清清不懂事扫了您的兴，奴家让她给您赔不是。清清,还不过来!"

清清半低着头往这边走,撞上一个踉跄的男人。

男人瞧着喝了不少,先是骂了一声,看清楚清清的模样后眼睛一亮,把怀里的花娘往外一推,抓住了清清的手:"刘妈妈,这是什么时候来的姐儿啊,以前怎么没见过?"

清清慌张地看向鸨儿,目光同时看向与鸨儿相离不远的郁谨。

郁谨牵了牵唇角。

真是无趣,难怪那些戏折子从来都没什么新意。

郁谨面无表情,冷眼看戏。

清清花容失色地向鸨儿求救:"妈妈!"

鸨儿忙赶过去:"大爷是不是喝多了?"

清清趁机挣脱男人,躲在鸨儿身后。

男人一脸不高兴:"刘妈妈,你可真不够意思,有这么好的姑娘怎么不早叫出来伺候我呢?"

"大爷,清清是新来的,还没接过客呐。"

男人嘿嘿一笑:"清倌儿啊,爷最喜欢了。来来,陪我上楼喝一杯。"

见男人伸出蒲扇般的大手抓过来,清清惊叫一声。

男人不耐烦鸨儿碍事,把她一推,张开双臂向清清抱去:"来吧,美人儿。"

清清万分惊慌,抬眼见到冷眼旁观的郁谨,好似见到了救星,向他跑来:"公子救我!"

男人见到郁谨,脸色一变:"你是谁?"

"看客。"

"什么?"男人一时没听明白,狠狠道,"我警告你,这小娘们是爷看中的,你要是敢跟爷抢,当心你的小命!"

清清慌忙往郁谨身后躲,鼓起勇气道:"我已经被这位公子包下了,爷还是去找别的姐妹吧……"

"爷还就看中你了。小子,你给我让开!"

郁谨迅速让开了。

男人很吃了一惊,错愕地看着郁谨,一时忘了反应。

郁谨笑笑:"放心,我没付账,兄台请自便。"

"算你识相!"

眼见郁谨从男人身边走过,往门口走去,鸨儿嘴唇抖了抖。

这人怎么一点血性都没？还是不是男人了！

"走吧，美人儿！"男人一手把清清扛了起来，往楼上走去。

清清拼命挣扎着，大厅里的人对此皆见怪不怪，连多看一眼的兴趣都没有。

鸨儿快步追上郁谨："公子！"

郁谨脸一沉："爷是来花天酒地的，不是来路见不平的，你们这馥芳班可真无趣，爷还是换一家吧。"

"哎，公子，公子！"

郁谨已经走了出去，随手招来河面上游荡的小船，跳了上去。

夜风习习，浓香阵阵，郁谨不适地皱了皱眉，听着鸨儿的咒骂声笑了笑。

人已经见过了，不过如此。他偏偏不配合，看他们接下来怎么演。

他也可以先把人弄到身边好引出背后的大鱼来，但是他才懒得干这种吃饱了撑着的事。揪出背后之人有许多办法，没必要选最恶心自己的一种。

馥芳班里，男人扛着清清上楼后，突然后脑勺一痛，就不省人事。

鸨儿与清清在一间安静的屋子里面面相觑。

窗外传来隐约的调笑声。

"方便奴家已经提供了，鱼儿不上钩就没办法了。"鸨儿率先打破了沉默。

清清抿唇不语。

她本来就是一枚棋子，与任务目标搭不上线，有人会比她还急。

郁谨已经离船上岸，走至无人处，喊了一声："冷影，龙旦。"

两道暗影悄无声息地出现在郁谨面前。

"盯着馥芳班，看有谁与清清接触。"

"是。"

到了清晨，金水河就格外冷清了，画舫好似陷入了沉睡，一动不动地靠在岸边，只有晨曦洒落的水面随风荡起一层连一层的波纹，夹带着暗香。

一名络腮胡子的男子从馥芳班的花船上悄悄溜出来，很快钻进岸边不远处的小树林里，眨眼就不见了踪影。

络腮胡子七转八绕，在一处宅子中与长衫男子碰了面。

"怎么样？"

络腮胡子摇摇头："没成，鱼儿没上钩。"

"没上钩？"长衫男子有些惊讶，"怎么会？"

络腮胡子便把从清清那里听来的话讲了一遍。

而这时，长衫男子面色一变，转身便跑。

可惜已经迟了，龙旦如拎小鸡般拎住他的衣领，先把下巴卸下来防止自尽，这才笑道："我还当有多大本事呢，敢算计主子。"

络腮胡子无意间瞥见窗外倒地的那些同伴，脸色骤变。

完了，被一锅端了！

不甘心坐以待毙，他一声暴喝，抡起铁头棍向冷影打去。

二人瞬间打成一团。

咔嚓一声响，络腮胡子的一只手断了。

他惨叫一声，可下一刻，抡起的铁头棍没有打向冷影，反而砸在了自己头上。

只听噗的一声，络腮胡子的脑袋好像西瓜被开了瓢，红的白的全都涌了出来，浑浊的液体四溅。

冷影低头看看，对郁谨道："主子，人死透了。"

郁谨走了过去，避开地面上蔓延开来的鲜血，打量着络腮胡子的尸体。

这是个魁梧的汉子，这般决绝自尽，来历绝不简单。

打量片刻，郁谨吩咐道："把他衣裳剥光了检查一下。"

络腮胡子很快就被扒了个干净，冷影检查一番，对郁谨摇头："主子，没有任何标记。"

郁谨有些失望。

这些人知道他倾慕圣女的谣言，定然与南边有关，而南疆那边的人大多数都有文身的习惯，特别是男子，可络腮胡子身上却没有文身。

郁谨看向被龙旦控制的长衫男子。

还好有个活口，或许能问出些什么。

"把人带回去好好审问，这里收拾一下。"

交代完，郁谨转身走出去。

姜似记着郁谨的叮嘱没有出门，焦急不安地等着消息，这一日总算等到了：给雨儿赎身的人找到了！

郁谨把审问出来的情况讲给姜似听："那人是在康平坊一带活跃的混子，叫老鱼，说是一个年轻人给了他钱让他去赎人，巧的是老鱼恰好见过那个年轻人。"

"是什么人？"

"说是一位大家公子的小厮，有一次老鱼恰好瞧见那位公子带着这小厮在卖花郎处买了一捧鲜花。因是男人买花，老鱼多看了两眼，就给记住了。"

姜似听着，抿了抿唇："安排老鱼认一个人。"

那位大家公子是不是朱子玉，很快就能弄清楚了。

翰林院算是京城最清闲的衙门之一，哪怕是一日里本该最为繁忙的上午，都透着一股子悠闲劲儿。

朱子玉刚给自己泡了一杯茶，才喝上两口，就有个人走了进来："朱兄，外头有人找。"

这个时候有人找他？

朱子玉虽然有些疑惑，还是走出了翰林院的大门。

衙门外空荡荡的，只有不远处的街道上行人来来往往。

人呢？

朱子玉左右张望，又等了片刻也不见有人，皱眉转身返回。

对面的茶楼上，郁谨问老鱼："是那个人吗？"

"是。"

姜似回想了一下，问老鱼："那个小厮是不是瘦瘦小小、长着一张娃娃脸？"

虽然不曾多留意，但她隐约记得朱子玉身边有这么一个下人。

老鱼连连点头："对，对，瞧着怪小的，所以一听让我去金水河给花娘赎身，小人还有点惊讶呢。"

郁谨示意龙旦把老鱼带了下去。

姜似从窗口看着对面的翰林院衙门，心凉如冰。

察觉到姜似心情不怎么美好，郁谨凑过来哄她："阿似，你看看，女子嫁人可比赌钱风险还大，万一嫁个人面兽心的男人，这一生就毁了。"

"嗯。"

"所以啊，嫁给我这样的才能安心。"

姜似没心思与他贫，随口道："没人会把'恶人'两个字写在脸上。"

郁谨被噎得好一会儿找不到说辞，最后憋出一句话来："日久见人心。"

天一日比一日凉，空气中的菊花香越发浓郁，眼看着就快入冬了。

海棠居院子里的海棠树，叶子早已掉得差不多了，只剩光秃秃的枝丫随风摇摆，零星飘下枯黄的叶，犹如蝴蝶翩翩飞舞。

姜似伸手接住一片落叶，默默数着日子。

"姑娘！"阿蛮推开院门，快步跑了过来。

姜似的心急促地跳了几下。

这样无聊且平淡的日子，能让阿蛮这般反应，十有八九是有了新消息。

果然阿蛮带来了新消息："余公子那边的人说，大姑爷——"

迎上姜似冷淡的目光，阿蛮猛然想起来，吐吐舌头道："朱子玉的那个小厮突然鬼鬼祟祟去了一处偏远的民宅，那宅子里居然住着一位姑娘！"

姜似听得心怦怦直跳。

朱子玉的小厮鬼鬼祟祟去民宅，定然是朱子玉的意思，莫非那里住着朱子玉的相好？

她要见一见这个金屋藏娇的女子！

姜似乔装成小丫鬟混出了府，只留下阿蛮满腹哀怨。

负责盯梢朱子玉小厮的人是郁谨的一名侍卫，等姜似一到，郁谨便命他上前来："把你看到的对姜姑娘说说。"

侍卫并不敢抬头，规规矩矩道："我们有两个兄弟负责轮流盯着那个小厮，他平时只在两个时间出门，一是早上送朱公子去翰林院，二是傍晚把朱公子接回府。今日一早，他送朱公子上衙后没有原路返回，反而七绕八绕走到了一处偏远民居。属下翻墙进去，瞧见里头有一名女子，约莫十五六岁年纪……"

姜似问起女子样貌，侍卫挠了挠头："还挺清秀的。"

郁谨笑道："阿似，你问这个就是难为他了，在他们这些小子看来，母猪都清秀。"

侍卫一张脸瞬间成了红布，敢怒不敢言。

"带我去见见那名女子。"

以翰林院为中心，民宅位于与朱府截然相反的方向，说是偏远，却有种鱼龙混杂的热闹。

侍卫领着郁谨与姜似，在一处不起眼的宅门前停下来，低声道："就是这里。"

盯着绿漆斑驳的木门，姜似觉得有些奇怪：白日锁门，这是不准备与左邻右舍打交道的意思。可女子若是朱子玉金屋藏娇的心爱之人，这般过日子岂不是太痛苦了？

姜似脑海中浮现出朱子玉举止翩翩的模样，心莫名一沉。

能让一个男人小心到这个地步，他所求绝不是金屋藏娇这么简单。

这些念头在姜似心中盘旋着，耳边传来郁谨的询问声："打算怎么见？"

姜似回神，看了一下围墙的高度，轻声道："暂时先不要惊动里面的人，我先瞧瞧。"

"好。"郁谨话音落，一手环着姜似的腰跃上了围墙，继而跳到屋顶上。

屋顶是斜坡，却丝毫不影响郁谨的行动，等姜似反应过来，他们已经在屋顶上趴好了。

小小的院子空无一人。

姜似动了一下身子，少年低低的声音传来："别动，我把人引出来。"

沉默一瞬，姜似咬牙道："拿开你的爪子。"

这混蛋，居然按在她屁股上！

郁谨眼睛往下看了看，面上顿时一热。

原来一时不察，手放的地方不对……

少女腰肢纤细，因为这样趴着，衣裳服帖，勾勒出小巧挺翘的臀。

而此时显然不是心猿意马的时候。

郁谨忙收回视线，一本正经道："抱歉。"

他面上平静，心中却已欢呼雀跃。

嗯，不能喜形于色，不然会挨耳光的。

他强压着上翘的嘴角，捡起屋顶的碎瓦片往院子里抛去。

小小的碎瓦片击打着窗户，发出不小的动静。

片刻后，屋门被推开，一个荆钗布裙的少女走了出来，站在院中茫然四顾。

"没有人？"少女喃喃一声，匆匆走到院门口伸手推了推门。

院门外上了锁，自然推不动。

少女转身往回走，比之先前出来时情不自禁流露的惊喜，显得有些低沉失落。

很快少女就走进屋里，房门再次合拢。

见姜似眼睛一眨不眨，郁谨轻声问："瞧清楚了么？"

姜似缓缓点头，可随后却用力抓紧他的手，声音轻颤："再看一次！"

郁谨诧异，故技重施把少女再次引出来。

姜似白着脸盯着少女，好似陷入了团团迷雾中，从心头冷到手指尖。

这个少女竟然是晴儿！

那么……长姐带走的是谁？

见姜似神色不对，郁谨凑在她耳边问："怎么了？"

姜似迟迟没有反应。

郁谨这才仔细打量少女几眼。

一个鼻子两只眼，没什么特别啊。

"要不要把她带走？"

姜似一下子回神，看着少女的背影消失在房门口，缓缓摇头："不，我们……先走……"

身体凌空而起，再定神时，她已经回到了巷子里，一只大手伸过来，把少女冰凉的手包裹住。

对方掌心传递来的暖意让姜似于茫然中有了几分心安。

姜似缓了缓神，郑重对郁谨道："有个事要拜托你。"

"你说就是，我的人随你用。"郁谨微微扬唇，补充，"我也随你用。"

"这院子里面的人帮我看好了，不要脱离掌控。"

"还有么？"这点小事，即便阿似不说，他也会吩咐下去的。

现在阿似愿意找他帮忙，说明心中早就接受了他，他当然要好好表现，争取早点把媳妇娶回家。

"没了，我要回去了。"

郁谨抓住姜似的手不放："阿似，到底怎么回事儿？你见了那个姑娘为何如此失态？"

姜似迟疑了一下。

调查长姐的事虽然借用了郁七的人手，但她本不想让他牵涉太深，可眼下看来，一人计短二人计长，她还是需要他的。

姜似不再纠结，把从白云寺回来途中救下晴儿的经过详细道来。

郁谨听完道："想不明白就去朱家瞧一瞧，看那个晴儿在不在就是了。"

"倘若在呢？"姜似下意识反问。

郁谨抬手揉了揉她的发："你啊，真是当局者迷。倘若朱家有个晴儿，那就说明刚才那个院子里的不是晴儿，而是两个容貌一样的人，极大可能是双生姐妹。"

姜似先是一怔，随后眼前迷雾仿佛被一只无形的大手拨开。

她确实是当局者迷，如果她看见了两个"晴儿"，那么其中一个必然不是"晴儿"。

或许……是雨儿？

姜似福至心灵般闪过这个念头。

受了从燕春班得来的讯息的影响，她存了先入为主的印象，以为朱子玉的小厮通过混子把雨儿赎出来送回她兄长身边，然后好赌的兄长给妹妹改个名字再卖出去，从而被长姐撞见救下。

而现在，倘若晴儿好端端待在朱府，那么从一开始或许就弄错了……

姜似迫切生出去朱府一探究竟的念头，与郁谨告辞。

郁谨拉着她不放："何必这么麻烦？你扮成我的侍女，我带你去朱府，岂不更快一些。别忘了，令姐惊马的案子还是我负责呢。"

"王爷带着婢女去朱府查案，这恐怕会引人非议吧？"

郁谨无所谓地笑笑："他们不敢当着我的面非议。至于背后议论，反正我又听不见，管他们说什么。再者说——"

"什么？"

郁谨叹气："阿似你忘了，你才把人家告官，莫非以为人家还欢迎你？不信你试试，你把拜帖送过去，朱家定会婉拒。"

姜似当初敢扯破脸报官就想过这种情况，不过她有应对之策，但眼下急着去朱家，无论什么应对都太耽误时间了。

思来想去，竟还真是跟着郁七去最便利。

见姜似点头，郁谨眼底藏笑，理直气壮道："喊我一声'公子'，听听像不像。"

那双含笑的眼让姜似没来由地有些张不开口。

这个趁火打劫的混蛋！

整理一下心情，姜似恢复了淡定："公子，咱们走吧。"

郁谨心花怒放。

等将来，他还要阿似喊他"七哥"。

还不到下衙的时候，朱少卿不在府中，朱夫人一听燕王来了，立刻觉得心绞痛。

朱夫人强撑着去见了郁谨，眼一扫，见这位王爷身后还站着个婢女，心就更堵了。

简直不成体统！

"王爷光临寒舍，蓬荜生辉，不知今日来有何贵干？"无论心中如何鄙视，朱夫人面上却半点不露，客气得体。

郁谨靠着椅背，端着茶盏一副懒散样，道："朱夫人忘了啊，贵府的案子还没结呢。"

朱夫人恨不得把茶水泼到郁谨脸上。

燕王是吃饱了撑的吗，为什么死盯着他们家这么一点小事不放？

"莫非王爷有了线索？"朱夫人故意问。

他们自己都没查出什么，燕王若能查出来才奇怪了。

朱夫人的埋汰对郁谨来说无关痛痒，他把茶盏放下，笑吟吟道："正是没有线索，才再走一趟啊，麻烦朱夫人把大奶奶请出来吧。"

朱夫人暗道一声无耻，淡淡笑道："实在是抱歉，长媳姜氏自打那日受了惊吓，身体就有些不舒坦，眼下不大方便见人。"

姜似一听姜依病了，轻轻抿唇。

朱夫人动作优雅地端起了茶杯。

她不信，话说到这个份儿上燕王还要见她儿媳。

郁谨脸上笑意不减："大奶奶既然不舒服，那就罢了，不过请朱夫人把大奶奶身边伺候的丫鬟婆子都叫来吧。"

朱夫人一时语塞。

郁谨挑眉："怎么，连伺候大奶奶的丫鬟婆子都不方便见人了？"

"王爷说笑了。"朱夫人被挤对得没了话说，吩咐婢女去叫人。

很快，一群丫鬟婆子就站满了院子。

少年迈开长腿从一个个丫鬟婆子面前走过，眉眼无奇的婢女亦步亦趋跟在身后。

"都在这里了啊？"郁谨脚步放缓，好似漫不经心地问。

一张熟悉的脸映入眼帘，他的脚步却不曾停留片刻，而姜似在看了一眼那女子之后快速低头，遮掩住眼底汹涌的情绪。

晴儿果然在这里！

晴儿，雨儿……

两个少女长相一模一样，或许这才是朱子玉费尽心机非用晴儿不可的原因！

离开朱家后，姜似一直在思索。

一个晴儿，一个雨儿，这个局之所以能设成，关键应该就在她们容貌一模一样一点。

会是什么局呢？

姜似想得脑袋隐隐作痛，心神不宁地上了马车，抓起郁谨衣袖当成帕子揉，喃喃自语："两个长相一样的人，最适合做什么恶事呢？"

郁谨顺口道："当然是可以互当替身啊。"

许是姜似对"替身"两个字太过敏感，闻言，一个激灵回过神来，紧抓他衣袖，问："你说什么？"

郁谨愣了一下，一双黑亮的眸子望着她，无辜又无措。

他什么都没说，阿似一副要把他赶下马车的架势干什么？

姜似定了定神，平静下来，迟疑道："你刚刚说互当替身……"

郁谨松了口气。

原来是问这个。

他没有多想，笑着道："双生子嘛，倘若一个人干了坏事，可以推到另一个人身上去啊。"

姜似隐隐想到了什么，下意识问："假如外人不知道有一对双生子存在呢？"

那团迷雾好似有阳光洒进来，再多一些光明就能被驱散。

"那就更好了啊，一个人做了恶事，而另一个人在同一时间段与他人在一起，因为外人只知道一人的存在，另一个人就能给做恶事的人制造最完美的不在场证明啊……"

一道雷在姜似脑海中劈开，瞬间劈散了那片迷雾。

一对双生子，一个人能为另一个人制造最完美的不在场证明，那么反过来呢？

假如晴儿或雨儿中的一人把长姐引向与人"私通"的死局，她们中的另一个在同一时间却出现在众人眼里，当长姐与人"私通"被人撞破后，想要指出自己是被晴儿设计的，根本百口莫辩。

姜似如醍醐灌顶，想通了噩梦里长姐落入了什么样的圈套中。

而朱子玉……

姜似只觉一颗心就像是浸在了寒冬腊月的冰水里。

一个男人竟能对结发妻子残忍如斯，心肠委实比蛇蝎还要毒。

少女十指用力，捏紧了郁谨的衣袖。

她发誓，她绝不会放过朱子玉，定要他尝尝身败名裂的滋味。

"阿似……"郁谨终于忍不住开口，"你再揉下去，我的袖子就破了……"

姜似回过神，讪讪收回手。

郁谨凑上来："你是不是想通了什么？"

"嗯。"姜似点头。

少年狭长的眼尾扬起，透着丝丝笑意："这是我的功劳吧，是不是该有什么奖赏？"

姜似心情确实不错，见他那死皮赖脸的模样，笑道："有的。"

"什么？"

少女柔软的唇印了上去。

郁谨瞬间怔住，很快，铺天盖地的喜悦如潮水席卷了他，令他心甘情愿被淹没。

他用力把少女拉过来，唇齿交缠，热烈如火。

好一会儿，二人分开，急促的呼吸伴随着吱吱呀呀的车轴转动声。

郁谨猛然掀开车窗帘，用力吸了几口冷冽的空气。

冷静，越是胜利在望的时候越要冷静，急于求成乃兵家大忌……

姜似整理了一下微乱的衣衫，恢复了若无其事的神情。

郁谨一看，不乐意了。

他还在这里回味呢，她凭什么成没事人了？

不带这么欺负人的！

"阿似。"他喊了一声。

姜似看过来。

"你刚刚亲我了。"

姜似扬眉，并不否认。

"主动的。"郁谨强调。

姜似依然无动于衷，郁谨有些急了："你难道不该负责任吗？"

姜似靠着车壁，笑道："不啊。"

郁谨气结。

能把不负责任说得这么理直气壮，这丫头的脸皮越来越厚了。

说不过她又不能打她，他闭上眼睛生闷气。

姜似悄悄打量着他。

少年的五官日渐凌厉，唇下生出淡淡的茸毛，而闭上眼睛时又有种孩子般的柔软与傻气。

或许……他们可以在一起？

这个念头骤然生出，如寒风中的火苗，脆弱又珍贵。

姜似眼角莫名发酸，心口却胀得满满的。

她真的能与他在一起吗？如噩梦中那般走进皇家的漩涡，即便落得死无葬身之地的下场也不后悔？

一滴泪悄然隐没在眼角。

不可否认，凡夫俗子的她，还是有些怕。

少年突然睁开了眼睛，把眼角微红的少女拉入怀中。

耳边是有规律的车轴转动声，而不规律的是二人的心跳声。

郁谨用头抵着姜似浓密鸦黑的发，叹口气："好了，不要你负责还不行么？别哭了。"

这个傻丫头，还真以为他睡着了啊，居然偷看他。

嘿嘿，偷看他。

郁谨觉得知足常乐是个大优点，比如现在。

曾经，他亲阿似那是要挨耳光的，而现在阿似主动亲他了。

尽管阿似没有松口，这也是非常惊人的进步了。

这样已经很好。

偷看被抓包，姜似有些尴尬，垂眸否认："谁哭了？"

她没有推开他，只觉得那个胸膛宽阔温暖。

第三章 高枝

过得几日，姜似突然收到了阿飞通过老秦传来的消息：朱子玉与一名女子在天香茶楼碰面了！

听到这个消息的瞬间，姜似恨不得插双翅飞出伯府，但她略一犹豫，直奔前院去寻姜安诚。

"父亲，女儿一直在家中有些闷，想出去逛逛。"面对姜安诚，姜似根本不必要什么心眼，只要娇声软语地说出想法就够了。

哪个父亲能抵挡得住女儿的撒娇呢？

姜安诚想都没想，就摘下钱袋子递过去："想去就去呗，是不是银子不够？"

姜似笑吟吟道："父亲陪我去吧，女儿一个人出去还要向祖母请示，怕惹祖母不高兴呢。"

"跟爹走。"

姜似便跟着姜安诚正大光明地出了门。

"似儿想去哪里逛？"

"女儿想去逛逛脂粉铺子，据说有一家新开不久的脂粉铺很是红火，香露大受欢迎。"

"脂粉铺啊。"姜安诚有些遗憾。

他一个大老爷们逛这种地方不太合适啊。

陪着姜似来到挂着"露生香"招牌的脂粉铺，姜安诚停下脚来："似儿，你去逛吧，为父就在这边的茶馆等你。"

姜似立刻露出一抹甜笑："那就劳烦父亲等等了。"

随着两种新款香露在露生香开售，小小的脂粉铺子越发热闹起来，这个时候已经来了不少买胭脂香露的人。

姜似带着阿巧走进去，秀娘子一见阿巧立刻迎上来。

阿巧微微摇头。

"给姑娘请安。"秀娘子虽然还不知道姜似的真正身份，却从阿巧口中知道了这才是露生香真正的东家。

对姜似，她打心眼里感激。

现在回想，她都不知道那段时日是怎么熬过来的，倘若没有这个小铺子给她提供安身之所，她恐怕早已陪女儿去了。

姜似能听出秀娘子是真心实意的感激，便把帷帽取下往桌几上一放，对她温和一笑："秀娘子无须多礼。"

看清姜似眉眼的瞬间，秀娘子一怔，眼泪几乎不可控制地从眼角滚了下来。

她莫名从眼前少女身上看到了女儿的影子。

秀娘子很快反应过来，向姜似请罪："我失态了，请姑娘勿怪。"

她一定是太思念女儿了，这位姑娘的气度形容远胜女儿，她怎么会觉得两个人有些像呢？

"阿飞到了么？"姜似问。

"到了，请姑娘随我来。"

秀娘子把姜似领到了后院去。

这临街的脂粉铺子虽然不大，却是常见的前铺后院的格局，前边开门做生意，后边正好住人。

后院开了个后门，阿飞就是从后门进来的，正等在屋子里喝茶，一见姜似进来立刻起身，迫不及待道："姑娘，您总算来了！"

阿巧笑吟吟地拉着秀娘子："秀娘子，你去前边忙吧，前边离不开人。"

等阿巧与秀娘子离开，姜似立刻问道："现在人还在那里吗？"

"小的让两个弟兄在天香茶楼外头盯着呢，目前还没瞧见朱公子下来。"

"如何发现他与一名女子见面的？"姜似追问。

她不相信以朱子玉的谨慎，会堂而皇之地带着女子去天香茶楼。

阿飞立刻道："先前，小的跟着朱公子进了天香茶楼，就在他对面的雅室盯着。没等多久有个姑娘上来了，进了朱公子隔壁的雅间。又过了一会儿，朱公子就从雅室走出来，鬼鬼祟祟进了那位姑娘的雅间……"

"你可瞧清楚了？"姜似抿唇问。

阿飞拍了拍胸脯："小的瞧得真真的。"

"我的意思是，看其年龄打扮，你确定是位姑娘？"

"和您差不多的年纪，梳着女孩发髻，看穿戴还挺贵气的……"

姜似紧紧握了握手，难掩心中情绪。

朱府的晴儿，民宅的雨儿，这两边还没有动静，没想到朱子玉这里竟露出了马脚。

倘若朱子玉真有个情人在，仔细算来，他们至少有一个多月未见了，因为从八月份起她就命阿飞全天盯着朱子玉。

一对有情人呢，这样长的时间不见，确实难熬了些。

"带我过去。"

阿飞领着姜似从后门出去抄近路，很快就赶到了天香茶楼。

"姑娘，要上去看看么？"隐在茶楼对面的树后，阿飞低声问。

姜似摇了摇头："不必了。等一会儿朱子玉出来你先别管，给我跟上那个女子，看看她是哪个府上的。"

她跟过来，就是要亲眼瞧瞧那女子长什么样，还有朱子玉的反应。

她相信，一个男人无论多会掩饰，与情人约会后都不可能一点端倪不露，也许是眼底一汪春水，也许是嘴角一抹浅笑……

而这些，都需要亲眼瞧一瞧才能察觉。

"姑娘，出来了。"

先从茶楼里走出来的是朱子玉。

又等了约莫一刻钟，一名少女带着婢女走出天香茶楼。

"姑娘，就是那个女子！"阿飞提醒道。

姜似早已看了过去。

比之朱子玉的春风得意，在茶楼门口稍稍停留的少女就显得平静多了，完全看不出来她刚刚与情人约会过。

而姜似在看清少女模样的一瞬间，瞳孔骤然一缩，露出极度诧异的神色。

怎么可能是她！

姜似万万没想到，与朱子玉约会的少女竟然是崔将军府上的大姑娘崔明月。

崔明月是大将军崔绪与荣阳长公主的爱女，其兄正是与金水河画舫纵火案中遇难的杨盛一起厮混的崔逸。

崔明月的父亲是名将，母亲是长公主，外祖母是太后，这样显赫的出身放到京城贵女中都是顶尖的，姜似万万没想到她会是朱子玉的情人。

难道是她想岔了，崔明月与朱子玉之间不是那种关系？

"姑娘，小的跟过去了。"阿飞见姜似失神，低声道。

姜似阻止了阿飞："不必了。"

她已经知道了女子的身份，当然没必要让阿飞跟过去了。

姜似亲自跟了过去。

崔明月带着婢女随意走走逛逛，居然进了露生香。

面对这种巧合姜似哭笑不得，她整理一下帷帽垂下的轻纱，大大方方地走了进去。

秀娘子正轻声细语地向一位年轻妇人介绍新出的香露，打眼一扫，见姜似从店门口走进来，惊得一时忘了说话。

东家的举动真是高深莫测。

"店家，喊你呢，耳朵聋了么？"跟在崔明月身边的婢女不满地喊了一声。

秀娘子回神，对年轻妇人道一声抱歉，赶忙迎了上去："不知道贵客要买什么？"

婢女脆声道："听说你们这里的香露不错，把所有香味的香露都拿来给我们姑娘瞧瞧吧。"

秀娘子道一声是，并不敢多看姜似一眼，快步走向货架，取来数瓶香露。

"这是茉莉香气的，这是栀子花香的，这是……"

听着秀娘子介绍，婢女讨好地问崔明月："姑娘，您要试哪个？"

"试试玫瑰味的吧。"崔明月一手托腮打量着琳琅满目的货架，随口道。

秀娘子拿起一瓶淡粉色的香露，打开瓶塞，倒了一滴在婢女伸出的手腕上。

婢女抬起手腕嗅了嗅，献宝般伸到崔明月面前："姑娘，比您惯用的好闻呢。"

嗅到那股淡而不寡、沁人心脾的芳香，崔明月微微点头。

婢女问秀娘子："还有更上品的玫瑰香露么？"

"贵客稍等。"

眼见秀娘子去取上品玫瑰香露，婢女凑到崔明月耳边低声笑道："姑娘，您用了新鲜的香露，那人估计要神魂颠倒了。"

姜似就光明正大地站在崔明月身后竖着耳朵偷听，听到三个字从崔明月口中吐出："他也配！"

短短三个字，凉薄又无情，透着对婢女提及的男子的不屑一顾。

想到崔明月刚刚与朱子玉偷偷摸摸见面，姜似不难猜出婢女提到的那个人正是朱子玉。

这让她更费解了。

崔明月才与朱子玉约过会，为何竟是这般态度？

再想到朱子玉离开天香茶楼时的春风得意，姜似越发觉得古怪。

"好了，在外头少多嘴！"崔明月不悦地斥了一声。

直到崔明月主仆离开，姜似再没听到别的有用讯息。

她靠着柜台，琢磨着这件离奇事。

如果朱子玉的情人是崔明月这个前提为真，那么朱子玉如此费尽心机要陷害长姐就说得通了。

他要让长姐给崔明月腾位置，而他还必须要干干净净的！

这其实很荒唐，以崔明月的出身，根本不可能给一个四品官的儿子当填房。

不过——姜似在心底冷笑了一声。

朱子玉与崔明月都能是情人了，还有什么不可能呢？

想当年，她的母亲与崔将军是青梅竹马，眼瞧着都要成亲了，还被崔明月的母亲荣阳长公主横插一刀，一对有情人生生被拆散。荣阳长公主能做出不惜被世人指点的横刀夺爱的事来，她的女儿为了真爱当填房有什么稀奇？

姜似突然愣住，心中浮现出一个念头：说不定朱子玉也是这么想的！

是了，朱子玉那样的男人不见兔子不撒鹰，如果不是认定能娶崔明月当继室，定然不会出手算计千依百顺的结发妻子。

那么崔明月呢？

"他也配"三个字在耳边回荡，让姜似更倾向于另一种猜测：这一切不过是崔明月在戏耍朱子玉而已，或许是瞧着有妇之夫拜倒在自己的石榴裙下让她沾沾自喜，或许是……

姜似眼底结了冰，冷意与怒火从心头冒出来：崔明月或许只是为了让长姐不好过而已！

想必在崔明月看来，苏氏让崔将军念念不忘该死，长姐作为她的儿女，同样该死。

"姑娘，大老爷还在等您呢。"阿巧悄悄凑过来提醒道。

姜似伸手拍了拍额头。

糟糕，把父亲大人给忘了。

匆匆赶到对面的茶馆，迎上姜安诚望穿秋水的眼，姜似歉然一笑："让父亲久等了。"

"没等多久，似儿买好了么？"

姜似一指阿巧拎着的锦盒，笑道："买好了。父亲，咱们回去吧。"

她要回去磨刀，收拾那对狗男女了！

"好。"姜安诚缓步走出茶楼，突然脸色一变，越走越慢。

姜似察觉有异，停了下来："父亲，您怎么了？"

姜安诚扯扯嘴角："没、没事……"

天哪，在府里吃了油腻的烧肉，刚刚又灌了一肚子茶水，他好像闹肚子了！

姜安诚虽然不是什么斯文人，可要他在女儿面前承认拉肚子还是没这个脸的。

不行，得忍！

一步、两步、三步……

姜安诚憋得脸发青，嘴发白，浑身发抖，眼看就要忍不下去了。

这个时候他突然知道了儿子的好。

要是姜湛那个臭小子在，他忍什么啊，直接吼一声"抱着老子去茅厕"不就解决了。

没错，眼下姜安诚连腿都不敢迈了，可怜巴巴地立在原地，满心绝望。

一道熟悉的声音传来："伯父是不是不舒服？"

"小、小余啊。"看着出现在眼前的俊朗少年，姜安诚冒着冷汗打了声招呼。

郁谨正色对姜似道："姜姑娘，我看伯父是得了急症，这种情况耽误不得，我这就送伯父去医馆……"

他说完便把姜安诚一扛，又回到才走出来的茶馆。

姜似抬眸看了一眼茶馆的招牌。

是茶馆没错。

不多时，郁谨扶着姜安诚走了出来。

姜安诚神清气爽，面对女儿疑惑的眼神有些尴尬。

郁谨歉然一笑："见伯父不舒服，我一时着急，竟把茶馆当成了医馆，还望姜姑娘勿怪。"

姜似扯了扯嘴角。

她当然不相信郁七的鬼扯，想到刚刚姜安诚的异样隐隐明白了什么，为了避免父亲尴尬，装糊涂问道："父亲如何了？"

姜安诚说话的声音都洪亮起来："急症嘛，急过那一阵子就好了，咱们回家吧。"

郁谨微微一笑："伯父，我送您与姜姑娘一程吧。"

姜安诚此时看郁谨与救命恩人无异，乐呵呵地应下来："那就麻烦你了，小余。"

回去的路上，姜安诚遇到了故交。

故交相邀喝酒，姜安诚略一犹豫，便对郁谨道："小余，就麻烦你把似儿送回去吧。"

还好是小余，换了别人他可不放心。

"伯父放心，小侄定然把姜妹妹平安送到。"

等姜安诚一走，郁谨直接把姜似带到了松子巷。

一进屋，姜似就问道："你怎么知道我出门了？"

郁谨拉着姜似坐下来，笑道："我不但知道你出门，还知道与朱子玉私会的女子是谁。"

见姜似蹙眉，他伸手替她把眉心抚平，解释道："我叫人盯着朱子玉呢，阿飞毕竟只是个街头混混，这事对你这么重要，万一出了纰漏怎么办？"

"你既然知道了那个女子是谁，就不觉得惊讶吗？"

"这有什么惊讶的，世上离奇的事情多着呢。我只在乎你准备怎么解决这件事，你可得让我帮忙。"

他一个皇子，小时候还险些被卖入青楼呢，荣阳长公主的女儿与朱子玉勾搭在一起怎么了？

怎么解决？

姜似的神色瞬间冰冷下来，素白的手指轻轻敲着桌面，一字一顿道："当然是要让他们尝尝身败名裂的滋味。"

她的肌肤本来就白，好似最脆弱的上等白玉，有种令人怜惜的美丽。

郁谨叹了口气，忍住把人拥入怀中的冲动，问："打算怎么做？"

姜似垂眸思索着。

现在，对方的情况已经明了，无论是作为棋子的晴儿和雨儿，还是态度莫测的情人崔明月都已经浮出水面。

姜似心中很快有了计较，冷冷道："我要捉奸！"

郁谨很不满这种说法："对别的男人，怎么能叫捉奸呢？"

姜似被他的小心眼气笑了："对你可以？"

郁谨脸色一正："除了你，我肯定不会和别的女人胡来的，所以我要真是被'捉奸'了，肯定是咱俩一起丢脸……"

"无耻。"

"嗯，我认可这个说法。"

"你帮我物色个人吧。"亲也亲了，抱也抱了，姜似没想着再客气，更何况现在也不是客气的时候。

"最好是泼辣的二十多岁妇人，男人在外边吃野食还没发现的那种……到时候，我们推波助澜看热闹就好，不要让人察觉我们的存在……"

听姜似讲完，郁谨笑道："这样的人定然不少。放心吧，很快就能找到的。"

像他这么为了阿似守身如玉的男人不好找，背着媳妇在外头吃野食的男人还是不遍地跑吗？

正如郁谨所言，他们没费多少工夫就找到了合适的人选。

姜似收到这个消息放下了一半的心，接下来需要做的就是耐心等，等朱子玉按捺不住与崔明月再次私会。

天一日日冷了，夹衣都渐渐抵挡不住寒冷。

那一日终于等到了。

那日是个好天气。

冬阳不似夏天的日头那般灼眼，安安静静地悬挂在天际，洒在人身上的阳光留下恰到好处的暖意。

一名穿豆绿色夹衣的年轻妇人挎着蒙了旧布的篮子在市集上快步穿梭着，看起来倒是精神飒爽。

她走到自己常来摆摊的老地方，却发现已经被人占了位置。

占位置的人是同村的刘二婶。

刘二婶是个不好惹的妇人，但年轻妇人也是个泼辣的，当即就恼了："刘二婶，这是我的地方，麻烦你让让吧。"

刘二婶抬起眼皮瞅了年轻妇人一眼，撇嘴道："哟，这怎么就是你的地方了？我说冬梅啊，你是把这块地方赁下了还是买下了？要是既没赁下又没买下，自然是先到先得。"

年轻妇人这些日子本就气不顺，闻言，火气腾地冒了上来："这半年来我都在这里卖鸡子，那边还有那么多空地方你不占，怎么偏偏就占这里？刘二婶，你是故意和我过不去吧？"

"我一个当婶子的和你过不去干什么？那边背阴，坐上一会儿还不冻个半死啊。半年又怎么了，你要是天天去大酒楼晃一圈，难不成半年后人家酒楼就成你的了？道理可不是这么讲……"

年轻妇人柳眉一竖，狠狠啐了一口："你不要扯这些乱七八糟的，你嫌弃那边背阴，往前边挪一挪就不背阴吧？分明就是前些日子你家的猪跑到我家院子里拱了白菜，被我家狗子咬断了腿，你怀恨在心！"

刘二婶一听也怒了，撇嘴道："冬梅，我和你婆婆这么多年的邻居都没红过脸，没想到你婆婆一走，与你这当媳妇的倒合不来了。别怪婶子没提醒你，年轻媳妇还是温柔点好，别到时候连自个儿男人都拴不住……"

"你这是什么意思？"年轻妇人心中咯噔一声。

这些日子她就觉得自己男人有点不对劲，虽然没抓着什么，但凭女人的直觉她

· 85 ·

知道一定有事儿。

也是因为这个，最近她夜里睡不好，这才赶集来晚了。

刘二婶幸灾乐祸地一笑："婶子可什么都没说。不过你要是没地方卖鸡子了，不如去麻婆酱瓜铺子对面那一户瞧瞧，我今早儿从那里路过，怎么瞅着有个眼熟的人钻进去了呢……"

麻婆酱瓜铺子对面那一户？

年轻妇人一想，脸色顿时大变。

那不是俏寡妇家吗？她就知道他们勾搭上了！

年轻妇人提着篮子杀气腾腾地走了。

集市上不少人都认识年轻妇人，见她要去捉奸，立刻跟了上去。

麻婆酱瓜铺子是远近闻名的咸菜铺，腌制的酱瓜一绝，特别是冬日里配着酸辣爽脆的酱瓜喝上一碗麻婆熬的热气腾腾的玉米粥，别提多美了。

姜湛一连喝了两碗粥，用帕子抹抹嘴，舒适地叹了口气："父亲，四妹，我没说大话吧，这里的玉米粥配酱瓜是不是绝了？"

姜似笑吟吟地点头："是很好喝，难得二哥能寻来这样的地方。"

姜湛脸上就带了得意之色，道："我在金吾卫认识了几个朋友，其中一个就喜欢满城找好吃的。那日听四妹说吃腻了大鱼大肉想吃点爽口咸菜，我就想到这里了。父亲觉得合胃口么？"

姜安诚扯扯嘴角："尚可，但你不要总想着吃喝玩乐，当好差才是正经！"

经历了金水河画舫纵火一事，姜湛再听到这种话也没以前那般排斥了，虽觉无趣但仍点头称是："儿子知道了。"

姜安诚大感安慰，心情颇佳。

儿子懂事了，女儿本来就懂事，没事带着一双儿女出来逛逛，似乎人生都没有遗憾了。

年轻妇人匆匆赶来，扶着麻婆酱瓜铺子对面那户人家门前的树歇了口气，一眼就瞧见了落在门口的一条红绳。

她弯腰捡了起来。

红绳已经很旧了，一头断开，另一头打着一个还算精巧的结。

见到那个结，年轻妇人立刻确信这就是她男人腕上系的那一条。

这结的打法还是她从村尾那个去年才嫁过来的小媳妇那里学来的，因为今年是她男人的本命年，她年初就给他系在了手腕上。

这个没良心的王八蛋！

年轻妇人是个脾气暴的，冲过去就要砸门。

一个看热闹不嫌事大的人把年轻妇人拦下："我说大妹子，你敲门不是等于给里头的人通风报信吗？俗话说得好，捉贼捉赃，捉奸捉双，你前边砸门，人家从后边跑了，到时候你往哪儿说理去！"

年轻妇人一听有道理，立时止住了敲门的心思，向说话的人投去求助的目光。

那人出主意道："把门踹开直接冲进去啊，打里面的人一个措手不及！"

"对，对，就得这么干！"围上来看热闹的人群中立刻有几人出声撺掇。

年轻妇人正在气头上，理智早没了大半，听好几人都这么说，毫不犹豫地照做。

门被猛地踹开，年轻妇人如一阵旋风般冲了进去。

天冷以来，连叽叽喳喳的麻雀都变懒了，这样的热闹好一阵子没见了，不少人打了鸡血般跟在年轻妇人后边冲了进去。

无人留意的是，先前混在看热闹的人群里出声撺掇的那几人，反而悄悄退走了。

朱子玉看着突然冲进堂屋的一群人，面色铁青。

崔明月厉声道："滚出去！"

崔明月简直要气炸了。

朱子玉想见她，可以。

朱子玉说即便约在不同的茶楼，见面次数多了也可能会引人注意，不如换成民宅里安全，也行。

可他谨慎来谨慎去，就给她弄出这种热闹？

谁能告诉她这个粗俗鄙陋的疯婆子是谁，为何会闯进这里来！

年轻妇人这时候也愣了，伸手揉了揉眼睛。

怎么回事啊，里面的居然不是她男人？

不对啊，明明刘二婶瞧见她男人溜进俏寡妇家里来了，俏寡妇家门口还有她男人掉的红绳呢……

这时，跟进来看热闹的人也看出不对劲来。

"大妹子，看这位公子的穿戴，不是你男人吧？"

年轻妇人脑子有些乱，指着朱子玉问："你、你是谁？这里不是俏寡妇家吗？"

此时堂屋的门大开，朱子玉瞧着越来越多的人涌进院子里看热闹，惊出一身冷汗："大嫂是不是弄错了？请你们立刻出去！"

年轻妇人哪里甘心，扯着朱子玉衣袖问道："是不是你们替我男人打掩护呢，不然你们怎么会在俏寡妇家里？"

朱子玉发现年轻妇人是个歪缠的，便伸手把崔明月拉到身后，严声厉色道："这

· 87 ·

宅子是我们夫妇才赁下的别院，与俏寡妇有什么相干？你们惊吓到内子了，请速速离去，不然我要报官了！"

寻常百姓最怕见官，年轻妇人一听，高涨的气焰立刻落下来，讪讪道："这里明明是俏寡妇的家，什么时候被人赁下了……"

这时，一个老妇人插话道："那天俏寡妇说，要把这处宅子赁出去回乡下呢。"

朱子玉淡淡道："大嫂听到了？请你们立刻离开这里！"

年轻妇人好似被人打了一闷棍，憋屈又无奈，强挤出个笑容："对不住了。"

一群人见没热闹可看，摇头叹气，准备走人。

这时，一道冰冷至极的声音传来："内子？贤婿，我怎么不知道自己女儿长这个模样呢？"

姜安诚拨开人群走过来，冷冷地盯着朱子玉。

姜湛在最初的错愕之后，冲过去一脚把朱子玉踹倒在地，使足了力气打了他几耳光，一边打一边骂："朱子玉，你这个人面兽心的东西，竟敢背着我大姐在外头养外室，还有脸以夫妻相称！"

姜安诚就这么冷眼看着儿子狂揍大女婿，半点要劝架的意思都没有。

比起兄长的暴怒与父亲的气愤，姜似的心中就平静多了。

终于等到了这一天。

"朱子玉，你这种人怎么有脸在翰林院当庶吉士？我大姐真是倒了八辈子血霉才嫁给你这种人！"姜湛怒吼。

那些看热闹的人闻言，腿好似生了根，钉在地上不动了。

天哪，本以为没有热闹可瞧了，没想到还有这样惊人的事儿！

男人养外室不稀奇，可男人养外室还以夫妻相称就忒不是东西了，更何况干出这种事的还是当上庶吉士的读书人！

众人鄙视的目光纷纷落在朱子玉身上。

少女清亮的声音响起："父亲，二哥，大姐夫身后的女子应该是位闺中未嫁的姑娘。"

姜湛抡起的拳头停在半空，向崔明月看去。

众人经过姜似提醒都反应过来：与有妇之夫私会的居然真是个大姑娘！

要知道女子是否已经嫁人，从发型上是能一眼看出来的，眼前的女子正是未出阁的少女打扮。

年轻妇人没抓到自己男人本来就憋着一口气，最见不得这种不要脸的小蹄子，当即呸了一口："黄花大闺女跟有妇之夫私会，还以夫妻相称，可真是不要脸呀！"

"就是啊,还不如俏寡妇呢,人家死了男人被人惦记,还知道躲回乡下去呢。"

"看这小娘子的打扮是个大家闺秀吧,啧啧,真是世风日下。"

姜湛站了起来,目光沉沉地盯着崔明月:"怎么是你?"

姜似来到姜湛身边,诧异地问道:"二哥认识?"

按理说二哥与崔明月不该有交集。

姜湛薄唇紧抿,盯着崔明月。

这位崔姑娘近来没少在他面前转悠,还一副讨喜的模样。当时他就觉得不对了,明明他与崔姑娘的哥哥有过节,怎么当妹妹的对他还笑脸相迎?

有问题,一定是憋着一肚子坏水算计他呢!

姜湛看着脸色煞白的崔明月,颇为自己的先见之明庆幸。

还好四妹生得好看,他瞧惯了,谁也别想用美色迷惑他。

"当然认识了,她是——"

"住口!"崔明月厉喝一声,推开朱子玉往外跑。

如此丢人,她一刻都不想留在这里。

姜湛一把拽住了崔明月,冷冷道:"我刚刚听大叔大婶们说了,捉贼捉赃,捉奸捉双,崔姑娘就这么走了可不行!"

"你放手!"崔明月羞愤交加,与姜湛打在一起。

崔明月不过花拳绣腿,哪里是姜湛的对手,三两下就被擒住了。

至于朱子玉,弱不禁风的书生一个,姜安诚单手就把他提了起来。

父子二人杀气腾腾地向朱府走去,身后跟着浩浩荡荡看热闹的人群与面无表情的姜似。

崔明月的婢女则趁乱溜走,跑回长公主府求救。

朱府,朱夫人正在敲打姜依。

"不过就是一场惊马,你到现在还一副恹恹的样子作甚?如此经不起事,将来如何管好偌大一个家!"

姜依惭愧低头,不敢多言。

这时,丫鬟匆匆跑了进来,花容失色地禀报:"夫人,出大事了!"

朱夫人最见不得府中下人毛毛躁躁的样子,当下脸就沉了下来:"什么事?"

丫鬟仓皇看了姜依一眼,语气依然难掩惊慌:"大奶奶娘家的亲家老爷上门来了,还、还……"

"还如何?"朱夫人越发不悦,心道当年就不该与东平伯府这种没规矩的人家结亲，哪有连个拜帖都不送就直接登门的。

"还带着大公子与一名女子，说大公子与那名女子私通！"丫鬟总算把话说清楚了。

朱夫人腾地站了起来，厉声问："人在哪儿？"

丫鬟带着哭腔道："跟来好多看热闹的人，管事怕闹大了更不好收场，就请他们进来了，眼下在前边等着呢……"

不待丫鬟说完，朱夫人已经快步走了出去。

姜依立在原地，好似被神仙施了定身术，一动不动。

朱夫人一边打发人去衙门叫朱少卿回府，一边赶去前院花厅，进门后，一眼就看到了面无血色的儿子，再然后才是姜安诚。

"究竟发生了什么事？"

姜安诚看朱夫人一眼，冷冷道："贵府去喊朱得明了吧？还是等他回府一道说吧，省得再费一道口舌。"

"子玉，你说！"朱夫人看向朱子玉。

别人都闹到家里来了，当然不能被动等着，她至少要弄清楚到底发生了什么事。

朱子玉从心口到手指尖都是冷的。

也许是冬日太冷，冻僵了他的思绪，到现在他还如坠梦中。

到底是怎么回事？

他与明月私会的地方再隐蔽不过，怎么会有妇人领着一群人闯进来捉奸？

弄错了也就罢了，反正无人认识他与明月，他想应付过去并不难，可岳父他们怎么会出现在那里？

朱子玉想着这些问题，朱夫人的质问仿佛隔着云层，模模糊糊有种不真切感。

在父母面前，他是孝顺有加的长子；在外人面前，他是有"储相"美称的庶吉士；在妻子面前，他是体贴有加的夫君……

这一切难道都会因为今天的意外而烟消云散？

不，不，不能这样！

朱子玉的脸色渐渐扭曲起来，浑身开始颤抖。

朱夫人目光一转看到了崔明月，眼神猛然一缩，失声道："崔大姑娘？"

崔明月的表现就比朱子玉镇定多了，一直垂眸不语。

她在等。

姜湛认出了她的身份，还不管不顾地把她拉到朱家来丢人现眼，这笔账以后再算，现在她要等着母亲来。

崔明月的心中，此刻羞愤远多于害怕。

她与朱子玉约会又如何？至少姜湛没有在外面说破她的身份，只要母亲插手把这件事压下来，就算有风声传出去也翻不起浪。

母亲当然会生气，但那是回家关起门以后的事了，她自有办法哄得母亲不计较。而现在，多说多错，保持沉默才是最好的。

认出崔明月的身份后，朱夫人稍微安心了些。

"伯爷是不是弄错了，这位姑娘是崔将军与荣阳长公主的爱女，不可能！"

姜安诚冷笑着打断朱夫人的话："朱子玉与崔大姑娘是被一群人堵在屋子里的，而我这个贤婿可是亲口承认了崔大姑娘是他的内人！"

"这恐怕是谣言！"

"我当时就在院子里亲耳听到的，朱夫人还说这是谣言？"姜安诚一指门外，"朱夫人若是不信，就随便叫个外头看热闹的人问问，当时可有不少人都听到了。"

朱夫人竭力保持着镇定："子玉，你告诉娘，事情究竟是怎样？"

在朱子玉长久的沉默中，朱少卿赶了回来。

见朱少卿要开口，姜安诚摆摆手："场面话就别说了。湛儿，你把经过给朱大人讲一讲。"

姜湛冷冰冰地扫了朱子玉一眼，含怒道："也是老天开眼，今日我请父亲与妹妹去麻婆酱瓜铺喝粥，就瞧见了这么一出热闹……"

朱少卿听完，沉着脸走到朱子玉面前，扬手打了他一耳光。

清脆的巴掌声之后，是满室沉寂。

一个婆子快步走进来："老爷，夫人，荣阳长公主来了。"

很快，一位长眉入鬓的美貌妇人走了进来。

荣阳长公主是从朱家后门悄悄进来的，这还是她第一次如此灰溜溜地进别人家门。

见到荣阳长公主，崔明月才第一次开口："母亲——"

荣阳长公主凤目明亮，扫向朱少卿等人，最后在朱子玉的面上落定。

她已经从婢女口中听说了今天发生的事。

与女儿有牵扯的就是这个年轻人？

顶着荣阳长公主审视的目光，朱子玉只觉得刚刚挨了耳光的那边脸越发火辣，这种火辣让他感到深深的耻辱，以及孤注一掷的不安。

朱子玉微微挺直了脊背，对着荣阳长公主与朱少卿夫妇深深一揖："是子玉辜负了父母的期待，子玉也没有想过会变成这样……"

他顿了一下,深深看了崔明月一眼,神色坚毅:"只是儿子与明月两情相悦,还望长公主与父亲、母亲成全!"

到如今,再想名声丝毫不受影响而休妻另娶已经无望,但要是不能娶到明月,今天的事足以葬送他的仕途。

他不能鸡飞蛋打白白闹一通!

荣阳长公主微微扬眉,冷冷道:"你一个有妻有女的人求我成全,岂不是可笑?"

朱子玉突然转身,对姜安诚施礼:"岳父,小婿让您失望了,小婿也不想对不住任何人,可是一个人的感情是控制不了的……"

门帘一晃,踉跄跌进来一个人。

"大姐!"姜似快步走了过去。

姜依扶着墙壁,直直看着朱子玉。

看到姜依的瞬间,朱子玉的眼神闪烁了一下。

姜依推开去扶她的姜似,一步步来到朱子玉面前。

沉默了片刻,姜依问:"夫君,你刚刚说与崔姑娘两情相悦,是真的么?"

朱子玉没有吭声。

"是真的么?"姜依再问。

她竭力控制着颤抖的睫毛,不让泪珠滚下来。

"你说啊,是不是真的?"第三次问,姜依的语气已经开始失控。

在妻子的逼问下,朱子玉终于轻轻点了点头,语气沉重:"依娘,是我对不住你……"

姜依连连后退,一脸失魂落魄:"不可能,我不信,我不信……"

怎么可能相信呢,明明成亲数年,他对她那般温柔体贴,连大声争执都没有过。

那么多次被婆婆苛责,夫君都会维护她,安慰她,给她最坚定的依靠。

现在,这个男人告诉她,他与别的女子两情相悦,还求公婆与父亲成全……

那她算什么?

"依儿,你过来。"姜安诚开口。

姜依茫然地走过去,心口好似破了个洞,空荡荡的让她难受。

姜安诚看向朱子玉:"你刚刚说让我失望了?"

朱子玉态度恭敬,语气卑微又诚恳:"都是小婿不对。但事已至此,小婿不能再对不住崔姑娘了,就求岳父成全小婿吧……"

"我打死你个王八蛋!"姜湛气得抡起拳头冲了过去。

眼见朱子玉又挨了好几拳，姜似这才走过去把姜湛拉住："二哥，还是听父亲说吧，打人不是解决问题的办法。"

姜湛黑着脸收回手。

姜安诚大笑："成全？我活了四十年，宽厚待人，但对待畜生，可不知道该怎么成全。"

朱子玉没想到姜安诚会说出这种刻薄的话来，微微变色。

朱少卿夫妇虽然心疼儿子，但二人都是重规矩的人，万没想到向来引以为傲的长子会闹出这种事来，此刻皆无颜辩驳。

厅内回荡着姜安诚的笑声，那笑声带着无尽的嘲讽与愤怒，令人闻之心头沉甸甸的，好似压了巨石。

笑声停下，姜安诚看向朱子玉的目光满是轻蔑："我女儿是规规矩矩的正经人，怎么能和畜生待在一起呢？放心，我不会让她留在这个豺狼窝。不过你要记住，不是我成全你，而是人不能与畜生共处！"

姜湛抚掌："父亲说得好！"

朱少卿连连擦着额头上的汗水："亲家公，小畜生只是一时糊涂，不至于如此啊。"

"一时糊涂？我看不见得。"姜似凉凉地插话。

朱少卿拧眉看着姜似，心头火起："姜四姑娘，你还小，大人的事还是不掺和为好。"

姜似冷冷一笑："朱大人这话可说错了。朱子玉倒是比我痴长几岁，却能做出谋害妻子、与未出阁的贵女私通的事来呢。"

朱少卿倒吸一口气："什么谋害妻子？这话可不能乱说！"

姜似唇角挂着讥诮的笑意："朱大人莫非忘了，前不久我大姐去白云寺遭遇惊马险些丢了性命，指使车夫的人还没找出来吧？现在我有理由怀疑，背后主谋就是朱子玉！"

姜似这么一提，姜安诚登时变了脸色。

原本为了外孙女嫣嫣着想，朱子玉闹出和人私通的事，他只打算让女儿和离了事。倘若朱子玉早就存了害长女的心，就不能这么便宜了这个畜生！

他要朱子玉身败名裂，这辈子都别想在官场混下去！

"咱们走！"姜安诚拂袖转身。

姜依没有动。

姜安诚停下来，看向长女。

姜依的脸色比纸还要白，笼在袖中的手用力握紧，任由指甲嵌入掌心。

但她丝毫感觉不到痛，因为这些都填不满她此刻心头的空洞。

姜似的心顿时提了起来。

倘若朱子玉身败名裂，一心另娶，长姐也坚持留在朱家该怎么办？

朱少卿夫妇见状，对视一眼，心下微松。

只要儿媳不愿走那一步，事情就有转圜的余地。

"依儿，你是如何想的？"姜安诚问出这句话，脸色颇难看。

面对父亲，姜依压抑许久的泪水终于从眼角滚落，轻声道："父亲，我跟您走。"

姜安诚不由露出了笑容："好，我们走。"

可姜依低下头去，声音更轻："可是嫣嫣呢？"

他求她成全，她不是死皮赖脸的人，可是女儿嫣嫣怎么办？

嫣嫣才三岁，如何能离开亲娘？

这样一想，姜依就觉有刀子在往她心口扎。

荥阳长公主终于开口："听各位说了这么多，我还没问过小女的意思。明月，你与朱公子确实是两情相悦，非他不嫁？"

众人皆向崔明月望去。

崔明月抿了抿唇，突然掩面哭起来。

崔明月这一哭，令众人措手不及。

姜似冷眼看着崔明月掩面哭泣，不由想起在露生香时，这个美貌少女凉凉吐出的那三个字：他也配！

此刻，姜似突然好奇起来。

崔明月对朱子玉显然并无真心，那么当她把这二人推到如今的境况，崔明月是顺水推舟地应下，还是另有想法呢？

崔明月越哭越厉害，到后来竟哭得上气不接下气，靠着荥阳长公主，语不成调："母亲，女儿……被蒙骗了……"

荥阳长公主面色微变，用力攥着崔明月的手："什么？"

"女儿知错了……女儿一时糊涂……"崔明月断断续续地说着，浑身颤抖往荥阳长公主身上靠。

朱子玉不可置信地看着崔明月："明月，你说什么？"

崔明月垂着眼哭，泪光遮掩了眼底的凉薄与不屑。

朱子玉上前一步，情不自禁伸出手去："明月！"

崔明月仿佛骤然受到了惊吓，往荣阳长公主身后躲去。

朱子玉好似被打了一闷棍，一时无法出声。

崔明月埋在荣阳长公主肩头哭得悲惨，嘴角讥诮一闪而逝。

朱子玉有什么可受打击的？

她戏弄他，是为了让姓姜的都倒霉，但他对她又何尝是真心？不过是瞧着她出身尊贵，想攀高枝罢了。

只可惜男人到底比女人蠢得多，她看得明明白白的事儿，男人还以为她少女无知，死心塌地呢。

真真是可笑！她即便瞎了眼，也不会嫁给连结发妻子都谋害的男人。

还好她的母亲是长公主，备受荣宠，哪怕她一时不慎落到如今的困局，一句"年少无知受了蒙蔽"，母亲定会帮她的。

姜似冷眼瞧着崔明月的反应，险些忍不住要笑。

这位崔姑娘可真给了她一个大惊喜。

这世上竟有如此狠心、如此果断、如此厚脸皮的女子！

余光扫向朱子玉，姜似只觉得痛快无比。

想必朱子玉此刻的心情定然十分复杂吧。

姜似又把目光投向那个靠着母亲哭泣的少女，一股寒意从心头陡然升起。

京中品貌俱佳的男子大有人在，崔明月为何独独选上了朱子玉？

她真正的目标是长姐！

或者说，她的目标是姜家……

在这个瞬间，姜似心头隐隐浮现出一个惊人的念头：二哥与杨盛才那几个人产生交集真的只是偶然吗？还是崔明月也曾在其中推波助澜？

这个少女为了算计长姐能与已婚男人虚与委蛇，还有什么事做不出来的？

姜似缓缓收回目光，垂下眼帘，遮住冷然之色。

朱子玉依然不敢相信崔明月会说出这样的话来，最初的震惊过后，脸色因极度激动而染上潮红："明月，你是不是吓到了，我……"

眼见女儿拼命往后躲，荣阳长公主呵斥了一声："够了！"

朱子玉一滞。

荣阳长公主的眼神缓缓从朱少卿夫妇面上扫过，唇角紧绷："小孩子不懂事，我把女儿带回去好好教导，也请二位管教好自己的儿子，好自为之！"

荣阳长公主说完，带着崔明月拂袖而去。

随着荣阳长公主的离去，朱府花厅陡然陷入了诡异的尴尬中。

朱夫人扶着桌角，摇摇欲坠。

"似儿，带你大姐走！"姜安诚暴喝一声。

眼见姜依挣扎着要开口，姜似自然而然地上前挽住她的胳膊，用涂了麻痹之毒的尖刺轻轻刺了一下。

姜依登时浑身发麻，连声音都发不出来了。

姜似稳稳地扶着姜依，温声道："大姐，咱们走吧。"

既然大姐最放不下的是媽媽，那就更不能让她表现出离开女儿时的痛苦，不然被朱家拿捏住，将来想带着媽媽一同离开朱府就没那么容易了。

姜依的沉默让姜安诚松了一口气。

他最怕长女拧着不走，那样的话，他们想硬气都硬气不起来。

还好长女还算争气。

姜安诚给姜似递了个眼色，示意她动作快一些。

姜似却不急，把姜依交给姜湛扶着，对朱夫人笑了笑："朱夫人，前不久我大姐去白云寺上香，带了个叫晴儿的丫鬟回来吧？"

朱子玉猛然看向姜似。

姜似的视线毫不示弱地迎上去，对朱子玉嫣然一笑。

她就是要朱子玉提心吊胆，夜不能寐，免得他做了害人的事，还以为所有人都是傻瓜。

朱夫人心情差到极点，听了姜似的话脸色更沉，一言不发地盯着她。

姜似唇角依然挂着淡淡的笑，在这剑拔弩张的气氛下，让人莫名生出寒意来。

"晴儿是我大姐买下的，既然大姐今日要回家，那我把晴儿也带走吧。"

朱子玉眼神骤然一缩，死死盯着姜似。

姜似却不再理会他，含笑望着朱夫人："朱夫人答应吗？"

这种时候，朱夫人哪里会在意一个小丫鬟的去留，立刻命人去叫晴儿。

没过多久，一个眉眼清秀的丫鬟走了进来。

姜似见是晴儿无疑，冷冷道："走吧。"

晴儿错愕，下意识看向朱子玉。

朱子玉低着头，整个人看起来像是霜打的茄子，再没了以往的意气风发。

姜似冷眼盯着晴儿："舍不得走？"

晴儿面色微变，忙收回视线，不敢再看。

"亲家公，亲家公！"朱少卿缓过神来，追在姜安诚身后。

朱夫人没有料到，素来柔顺的长媳竟真的要一声不吭跟着娘家人走，这才意识到不妙。

今日姜氏要是就这么走了，东平伯势必不会善罢甘休，到时候，她儿子的前程就真的完了。

朱夫人立刻给大丫鬟使了个眼色。

大丫鬟会意，转身离开，没用多久就把嫣嫣抱了来。

"嫣嫣，你娘要走了，以后都不回来了，快些去追。"

就在姜安诚领着儿女走到大门口时，女童的哭喊声传来："娘，娘，您去哪儿啊，您不要嫣嫣了吗？"

众人脚步一顿。

女儿的哭声让姜依心神俱碎，可她此时动弹不得，竟连回头看女儿一眼都不能。

姜安诚看着远远跑来的外孙女，却露出鲜少出现在他脸上冷酷神色，语气坚决道："湛儿，似儿，扶你们大姐上马车！"

姜湛稍微犹豫了一下："父亲……"

"聋了么？"姜安诚吼道。

姜湛重重叹口气。

眼看着母亲上了车子，嫣嫣哭得愈发撕心裂肺，跑着跑着，竟摔了个跟头。

姜湛再也忍不住，从车子上跳了下去，跑过去把嫣嫣抱起来，心疼地哄道："嫣嫣不哭，舅舅带你去外祖家玩。"

朱府的人立刻拦住了姜湛的去路。

姜湛大怒："怎么，嫣嫣不能去外祖家吗？"

朱夫人心乱如麻，但面上强撑着没有失态，道："嫣嫣当然能去外祖家，但不是这个时候。"

她看向不远处的姜安诚："亲家公，嫣嫣到底姓朱，眼下大人之间的事情尚未解决，你们把孩子带走可不合适。"

姜安诚一时沉默了。

他承认朱夫人说得没错。

嫣嫣是他唯一的外孙女，他如何不心疼？可是眼下要带走嫣嫣，他们确实站不住脚。

正如朱夫人所言，嫣嫣到底姓朱，这个时候带走她，姜家就是有理也要变没理了。

姜似从马车上跳了下来，吩咐老秦："带我大姐先回伯府。"

老秦点点头，扬起马鞭驾着车渐渐远去。

姜似走了回去，与父兄并肩而立。

"湛儿，把嫣嫣交给朱夫人。"姜安诚沉着脸开口。

"父亲！"

"照我说的做！"

"唉！"姜湛用力跺了跺脚，把嫣嫣递给朱夫人。

朱夫人抱过嫣嫣交给一旁的婆子，见马车已经走远了，知道留下嫣嫣无用，便吩咐婆子把嫣嫣带回去。

"且慢。"

朱夫人警觉地看向姜似。

不知为何，这位看起来柔柔弱弱的姜四姑娘一开口，她就开始心惊肉跳。

姜似越过朱夫人走向嫣嫣。

"姜姑娘要干什么？"

姜似没有理会朱夫人的问话，微微倾身，对嫣嫣柔声道："嫣嫣，小姨向你保证，我们很快就来接你去找母亲，你答应小姨不要哭了好不好？"

"真的么？"

"当然是真的。"姜似伸出手，"拉钩。"

嫣嫣抽泣了一下，犹豫着伸出小指。

等嫣嫣被朱府婆子抱走，姜似转过身来，对朱少卿夫妇微微欠身："请二位照顾好我外甥女，姜家很快就会来接她。"

姜似的淡定成功激怒了朱夫人。

朱夫人沉着脸，厉声道："休想！"

姜似眼神如冰，嘴角笑意更凉，一字一顿道："那就拭目以待。"

姜依回来的消息很快传到冯老夫人耳里，她立时叫来大房的人问话。

姜安诚忍气把今日的事道来。

冯老夫人气得手抖："爷们在外头与别的女人有牵扯，你就把女儿带回娘家？"

"娘，朱子玉那畜生不是只与别的女人有牵扯这么简单，他还存了害依儿的心思啊！"

冯老夫人摆摆手，一脸不以为然："这不过是你们的猜测，算不得数。再者说，荥阳长公主放话把女儿领走，显然是要与朱家撇清关系的，到时候，谁能动摇依儿的地位？你现在不管不顾把人带回来，有没有想过以后如何收场？"

姜安诚诧异不已："什么如何收场？儿子把依儿带回来，当然是要与朱子玉和离。"

"不可能！"冯老夫人声音陡然尖厉，骇得屋里伺候的丫鬟婆子忙低下头去。

冯老夫人腾地站了起来，怒火冲天地指着姜安诚骂："你休想！除非我死了，姜依才能与朱子玉和离！先是四丫头退亲，后是二丫头义绝，现在大丫头又闹和离。老大，你不看着伯府成为全京城的笑话不罢休吗？难不成还没丢够人？"

一声冷笑响起。

众人的目光骤然落到出声之人身上。

冯老夫人因为姜似这声笑越发火大，一字一顿问道："四丫头，你笑什么？"

姜似往前走了一步，离冯老夫人更近了些，神色坦然："孙女笑，当然是因为可笑！"

冯老夫人扬起了拐杖："你说什么？"

姜湛一脸戒备地盯着冯老夫人，想着拐杖要是往妹妹身上落他就抢过来。

姜似却半点没在意那根拐杖的威胁，语落如珠："孙女退亲，是因为安国公府季三与民女私奔殉情；二姐义绝，是因为长兴侯世子虐杀无辜女子；父亲要大姐与朱子玉和离，是因为朱子玉与长公主的女儿私通，还存了谋害发妻的歹心。祖母，京城人看笑话也是看他们的笑话，我们姐妹说到底都是受害者，哪里丢人了？"

"哪里？"冯老夫人快要被大放厥词的孙女气死了，恨声道，"谁让你们生来就是女儿家？这个世道可不是靠讲理的，你以为男方成为笑话，女方就能置身事外？倘若真是如此，为何至今无人上门向你提亲？"

姜似微微一笑："祖母，那咱们就打个赌如何？"

"什么赌？"

"就赌孙女最迟明年能与高门定亲。祖母要赌么？"

冯老夫人盯着姜似许久，点了点头："那我就等着看。"

一年的时间，她还等得起。

姜似弯唇笑了："就让父亲与二哥当见证好了。"

既然已在虎狼窝，那去闯一闯别的虎狼窝又何妨？更何况，到时候还有人与她并肩前行。

原来，下定决心只是一瞬间的事。

姜湛一听，拼命冲姜似挤眼睛："四妹，婚姻大事怎么能拿来打赌？"

你难道忘了雀子胡同的余七哥了？

姜安诚亦不同意姜似的决定："似儿，你大姐的事，父亲会想法子解决，你不能拿自己的婚事胡闹！"

"父亲放心，女儿不会拿自己的终身大事开玩笑，眼下还是先解决大姐的事最重要。"

谈到姜侬的事，气氛陡然沉闷下来。

这时，一个婆子快步走进来："老夫人，宫里来人了！"

"宫里？"冯老夫人一愣，整理了一下衣衫，由婆子扶着走了出去。

宫里来的是个年纪不大的内侍，冯老夫人仔细看了一眼，面色微变。

这是太后身边的公公。

"老夫人，请您与伯爷借一步说话吧。"内侍尖声尖气地开了口。

姜似兄妹被冯老夫人打发出去。

姜湛频频回头，眉宇间染上担忧，低声道："四妹，你说宫里为何来人了？"

姜似薄唇轻抿，淡淡道："左不过是为了崔明月。"

姜湛脚步一顿："崔大姑娘闹出这种丑事来，莫非宫里还想压下去？"

姜似回望慈心堂，叹了口气："崔明月是皇上的外甥女，太后的外孙女，这种丑事不压下去，莫非还要闹得尽人皆知？哪怕人们都知道女方是谁，至少明面上不能提。"

"岂不是便宜了她！"

"一口吃不成一个胖子，朱子玉讨不到便宜就成。"姜似对此很看得开。

天生的身份差距摆在这里，有些事情急不得。

姜似突然想到了一事，斜睨着姜湛："二哥怎么认识崔明月？"

"啊？"

姜似越发觉得古怪，一双黑亮的眸子微微眯起来。

在妹妹审视的目光下，姜湛耳根微红，看看左右无人，小声道："崔明月好像打算对我使美人计……"

姜似脚下一滑，险些摔倒。

姜湛忙把她扶住，恼道："四妹这么大反应干什么？"

姜似平静了一下，含笑道："我觉得二哥不为美色所惑很好，如二哥这样的男子太难得了。"

嘴上这么说，心中却已怒火滔天。

崔明月可真是好样的，玩弄朱子玉不说，竟连二哥都不打算放过，这笔账她早晚要算！

姜湛重重叹了口气："我好点有啥用，不过是便宜别人家姑娘。倒是四妹，你要嫁人可要睁大眼睛瞧清楚了，不能为了与祖母的赌约就糟蹋自己。"

姜似被姜湛逗笑了："便宜别人家姑娘？二哥你这样自夸也不脸红。"

姜湛却一点都笑不出来。

眼看着姜倩与姜依所遇非人，他确实对妹妹担心到极点。

要是遇到曹兴昱与朱子玉那样的人渣，妹妹还不如不嫁，他养一辈子好了。

见姜湛愁眉苦脸的样子，姜似心中流淌过阵阵暖意，柔声道："二哥真的不必担心，我会好好的。"

姜湛抬手想揉揉妹妹头发，却发现今日妹妹的发髻有些复杂，揉乱了恐怕要挨骂，遂悻悻地放下手来，叹道："去瞧瞧大姐吧。"

看完姜依，姜似回了海棠居，语气淡漠地吩咐阿蛮："叫晴儿过来。"

海棠居正房的西次间布置成了书房，陈列简单，整洁干净。

天还尚早，稀薄的阳光从窗棂洒进来，勾勒出窗边少女的纤细与柔软身段。

晴儿走进来时，看到的便是这样一幅美好画面。

可那纤柔绝美的少女落在她眼中，却如高山的雪，湖上的冰，美则美矣，却令她没来由地心头发毛。

晴儿被带到姜似面前，阿蛮喊了一声："姑娘，人来了。"

姜似微微颔首，示意阿蛮退下。

阿蛮退到门口站着。

晴儿顶着莫名的压力，向姜似行礼："婢子见过姑娘。"

姜似托腮，打量着晴儿。

真像。

姜似不语，晴儿就不敢动，很快便觉得腿脚发软，鼻尖冒汗。

书房里生了炭火，与外头的寒冷隔了一墙一窗，却成了两个世界。

在这般沉默中，姜似终于开口："我该叫你晴儿呢，还是雨儿？"

之前虽然忐忑却还算镇定的晴儿猛然抬头，错愕地看着姜似。

姜似微微一笑："还是叫你晴儿吧，想来，人可以换来换去，一个名字倒是没必要换来换去的。你说是么？"

晴儿脸上血色几乎瞬间褪了个干干净净，浑身开始发抖。

姜似懒懒靠在椅背上，放在桌面上的手莹白如玉，有一下没一下地敲打着桌面，发出有规律的咚咚声。

那声音每响起一下，晴儿的心就缩紧一分。

"说说吧，朱子玉找到你们姐妹，打算怎么对付我大姐？"施压够了，姜似貌似漫不经心地问了出来。

晴儿下意识后退半步，连连摇头否认："婢子不知道姑娘在说什么……"

姜似笑了起来。

少女的笑很轻柔，干干净净的，如被泉水洗涤过，不过却是冰泉的水。

而少女的眼睛比笑声还冷，好似结了厚冰的寒潭，这么看着人，就能把人冻僵。

"过来。"姜似冲不断后退的晴儿招了招手。

她的手是柔软的，犹如纤细的柳枝，但是让人心生恐惧却又躲无可躲，只能被紧紧缠住。

晴儿战战兢兢地站到姜似面前来。

姜似便笑了："我既然能叫出雨儿的名字，你该不会认为我不知道她在何处吧？"

晴儿直直瞪着姜似，眼中错愕、惊恐等种种情绪交织闪过。

姜似凝视着晴儿，唇畔露出没有温度的笑："我会杀了她！"

晴儿猛然打了个哆嗦。

那笑又绽成了绚丽迷人的花朵："反正你们姐妹本来就打算共用一个身份出现在人前，那我就成全你们好了，你的回答不能让我满意的话，我向你保证，我一定会杀了她。"

说到这里，那轻柔冷然的声音微微停顿，越发令人生寒："我还会割下她的头，让你瞧一瞧，与自己一模一样的脸闭上眼睛后是个什么样子！"

"别说了！"晴儿终于崩溃，捂着耳朵尖叫起来。

姜似微笑。

真不禁吓。

好一会儿，晴儿才放下手，苍白如雪的脸上残留着恐惧，眼神灰败下来，带着认命的意味。

"我说……"她一开口，眼泪就先掉了下来，"雨儿是我孪生姐姐。我们一家本打算进京，在路上爹娘却先后离世，只剩下哥哥与我们姐妹相依为命。为了活下去，哥哥把姐姐卖入了青楼，谁知道没多久哥哥就迷上了赌钱，不仅把姐姐的卖身钱输了个一干二净，还欠了不少债……"

接下来的故事几乎与所有染上赌瘾的人的故事一样，输光了钱又欠了债，晴儿兄长就打上了妹妹们的主意。

先是频繁去燕春班找雨儿要钱，把雨儿榨干后，又准备把晴儿卖了还赌债。

"我不甘心被卖入青楼，就跑到了街上，朱公子就是那时候出现的。他给了哥哥一些银钱，叮嘱哥哥不要卖我就离开了。

"我太了解哥哥了,等他败光了朱公子给的银钱定然还会打我的主意,本来打算找个机会偷偷逃走,可是哥哥威胁我说,要是我不老实敢逃的话,他就杀了我姐姐。没办法,我只能认命,等着和姐姐一样落入青楼的那一天。谁知道……"

晴儿怯怯看了姜似一眼,接着道:"谁知道朱公子竟然又偷偷找到了我,要我演这样一场戏,答应我事成之后不仅能让我过上安稳的生活,还会把我姐姐赎出来……"

这个诱惑的确够大。

姜似弯了弯唇角,再问:"那么,他要你如何害我大姐?"

晴儿咬了咬唇,在对方清亮的眸光下知道自己蒙混不过去,便老老实实交代道:"朱公子要我努力博取大奶奶的信任,等时机成熟了,就让姐姐悄悄进府扮成我的模样,以替朱公子传话的借口把大奶奶哄出去,到时候,会有别的男子在那等着大奶奶……"

一声脆响打断了晴儿的话,是姜似折断了手中笔。

"继续。"姜似把断笔丢到一旁,重新从笔架上取下一支笔。

"我会在那时候去大厨房,或者其他人多可以证明我在府中的地方,姐姐把大奶奶引去后就会离开朱府。等大奶奶与朱公子安排的男子的'奸情'被人撞破,大奶奶定会说是被姐姐叫去的,那么,所有人都会认定大奶奶说谎……"

姜似摆了摆手,示意晴儿不必再说下去。

晴儿住了口,忐忑不安地看着姜似。

她不知道这个可怕的姜姑娘会如何处置她。

姜似点了点铺在书桌上的纸张:"来吧,在这里画个押。"

看着面前的白纸黑字,晴儿的眼睛猛然睁大了几分,睫毛抖个不停。

姜似笑着安抚她:"别怕,伸出手指蘸上朱砂按一下就好了,比写字简单。"

门口的阿蛮默默望天。

姑娘,您真会安慰人。

晴儿显然更怕了,迟迟不敢伸手。

姜似俏脸一冷:"怎么,伤天害理的事都敢做,却不敢承认?"

晴儿扑通一下跪了下来,哭求:"姑娘,您饶了我吧,我再不敢了……"

姜似冷笑:"求饶有用,还需要衙门干什么?"

晴儿迟疑地看着姜似。

少女冷冰冰地看着她,神色是不容拒绝的强硬。

"姑娘,我不是存心害人的。实在是没办法,当时要是不答应朱公子,我与姐姐就被哥哥祸害死了……"晴儿存着最后一丝奢望，向姜似求饶。

姜似的眼神越发深沉，嘴角挂着讥笑："为了自己与亲人活下去，就可以理直气壮地害无辜的人？你是哪来的脸说出这种求饶的话来？好了，痛快些签字画押，我若高兴，说不定不会交给官府，若是再啰唆，那我就去找雨儿了……"

"我画！"一听姜似提到雨儿，晴儿彻底没了坚持的勇气，含泪在纸上按下手印。

姜似吹了吹墨迹，把纸叠起收好。

这一夜，许多人彻夜无眠。

天还没有蒙蒙亮，上朝的官员就已经顶着冷风打着灯笼走出了家门，向乾清门赶去。

景明帝同样早早起来，由内侍服侍着穿戴妥当，准备开始处理一天的政事。

昨夜，景明帝偷看话本子睡晚了，现在头脑还有些昏沉。

见景明帝精神不济，大太监潘海小心翼翼地提议道："皇上，奴婢给您端一碗醒神汤来吧。"

"不用了。"景明帝摆摆手拒绝。

每日早朝上左不过是那些事，实在无趣得紧。

当然，景明帝抱怨归抱怨，他还是很享受这种无趣的。

无趣，则意味着没有大事、坏事、烦心事发生，这样他才能心安理得地看话本子消遣，不然作为一个明君，他是要夜不能寐、忧国忧民的。

有些困，回头睡个回笼觉，处理完政事还要把剩下的话本子看完，昨夜正读到精彩的地方就被潘海给没收了！

朝会上，景明帝一眼扫过那些熟悉的面孔，长久以来养成的敏锐使他立刻感到不对劲。

怎么有些家伙跟打了鸡血似的？

景明帝随即在心里默默下了结论：看来有人要倒霉了。

果然，等说完日常事务，立刻有数人争先恐后出列，弹劾的还是同一人：翰林院庶吉士朱子玉。

快过年了，这些御史正愁完不成业绩呢，你一个本该品行端正以为天下读书人作表率的庶吉士居然闹出这样的事来，不弹劾你，留着过年吗？

听几位御史慷慨陈词地骂完，景明帝也惊了。

一个前途无量的庶吉士，居然养了外室，还以夫妻名义相称？

这种蠢材是怎么考上进士的?

景明帝摩挲着下巴,有些不爽。

今年,为了喜欢的女人而无视世俗礼教的事还真多,先是安国公府的小子,现在又是朱少卿的儿子。

这种事发生在话本子里叫感天动地,但一而再再而三地发生在现实中,不就是说他没有管教好子民,大家已经无视规矩礼教了?

一定是先前对安国公轻拿轻放的处置给了这些人错觉,这种歪风邪气不可助长!

景明帝陡然沉下脸:"众卿所言甚是,朕这就革去朱子玉官职,终身不得录用。"

"皇上圣明。"几位御史莫名有些憋屈。

没想到皇上处置得这么利落,简直让他们没有发挥的余地。

"大理寺右少卿朱得明管教无方,降为正五品寺丞。"

众臣一惊,暗道皇上这次还真不留情面。

儿子犯错坑老子很正常,但一下子官降两级,估计朱少卿要哭晕了。

景明帝缓缓扫了众臣一眼,又道:"安国公罚俸一年。"

众臣这下子蒙了。

关安国公什么事?

想起来了,安国公的幼子春末时闹出了与民女殉情的事,不过人家都成亲好几个月了啊。

景明帝似乎料到了众臣在想什么,淡淡道:"补罚。"

众臣表情一阵扭曲。

还能这样?

景明帝这一连三罚,到底表明了他的态度,使众臣心生凛然。

"与朱子玉厮混的女子是什么来历?"

景明帝问出这句话,众臣看向他的眼神顿时微妙起来。

皇上问得有点宽啊。

一般来说,当人外室的女子还能是什么身份?好点儿的是贫苦人家的女儿,而大多都不是什么正经出身。

发生了这种事,关键在怎么收拾身在仕途的男子,谁会关心一个外室什么来历?

不过,众人眼神微妙还有一层原因:当时看热闹的人传言,那个外室姓崔,还是个大姑娘打扮,现在有种说法,那个女子是荥阳长公主之女崔大姑娘。

这个传闻有些离奇,但朱府与东平伯府对此皆缄默不语。

无风不起浪，说不准是真的呢？

当然，不管真的假的，在这种场合他们是不会拿女子的身份说事的。

景明帝冷眼瞧着众臣神色，半点不觉尴尬。

怎么了，他好奇问问不成么？

景明帝最终没有得到答案，在众臣诡异的沉默中悻悻散朝。

回了御书房，景明帝往龙椅上一坐，越想越觉得古怪。

那些老家伙的态度未免太奇怪了些。

思来想去，景明帝喊道："潘海。"

潘海忙道："奴婢在。"

"这个事这么热闹，很多人都知道了吧？你去打听一下具体情况。"

潘海是东厂提督，打探情报自不在话下，很快就一脸古怪地回来复命。

"怎么？"相伴多年，不只潘海了解景明帝，景明帝也同样了解潘海，一见他的神色就知道有问题。

潘海只沉默了一瞬，便如实禀报："回禀陛下，与朱子玉有牵扯的那名女子是崔绪与荣阳长公主之女……"

见景明帝一时没有反应，潘海体贴地补充道："就是您的外甥女……"

景明帝险些抓起龙案上的砚台砸破潘海的头。

潘海这个混账，难不成以为他年纪大了脑子不灵光了？他当然知道荣阳的女儿是他外甥女！

景明帝站了起来，被这个消息气得在御书房里来回打转，连藏在堆成小山般的奏折之下的话本子都失去了吸引力。

话本子算什么？有堂堂一国之君的外甥女与有妇之夫搅在一起更令人吃惊吗？

"确定了？"景明帝脸上挂不住，追问。

潘海低着头："荣阳长公主去了朱家，慈宁宫那边有人去了东平伯府……"

景明帝又诡异了："这与东平伯府又有什么相干？"

最近东平伯府似乎频频在他耳边出现，以至于一个寻常伯府竟令他印象深刻起来，甚至还记得他们府上有位得了他玉如意的四姑娘。

也不知道那倒霉丫头嫁出去没。

景明帝忽然觉得自己操心得有点多，尴尬回神。

潘海提到东平伯府也是一脸古怪："回禀陛下，朱子玉的发妻正是东平伯府的大姑娘，事情发生后，东平伯就把女儿带回伯府中了。"

景明帝沉默了一会儿，起身前往慈宁宫。

人上了年纪就畏寒，天一见冷，太后就窝在烧着火龙的室内不再出屋了。

往日里听一场戏，抄一卷经书，吃着外边见不着的新鲜蔬果，日子平静且自在，可是今日太后的心情好似冬日的阴天，糟糕至极。

"皇上驾到——"

一声通传，令正闭目养神的太后睁开了眼。

景明帝大步走了进来。

"母后在休息么？"

太后整理了一下心情，笑道："皇上快坐。"

景明帝挨着太后坐下，顺势把滑落到地上的薄毯捡起来，替太后盖在膝头。

哪怕这样暖如春日的屋子，到了冬日，太后的膝盖还是受不住。

景明帝记得是为什么。

那时候他还年少，因奸妃逸言惹了父皇大怒，罚他去冰天雪地里跪着。

当时还是皇后的太后闻讯赶来，跪在他身边向父皇求情，跪了足足一个时辰，终于求得父皇回心转意。

可是从此之后，太后就落下了腿疾。

景明帝想着这些，那些质问就默默咽了下去，伸出手替太后轻轻捏了捏腿。

"皇上怎么这时候过来了？"

"没事，就是想母后了。"

太后闻言，长眉舒展，眼角堆起了笑纹。

景明帝到底什么都没提，陪太后坐了一会儿，便起身离去。

等景明帝一走，太后舒展的眉却皱起来，脸色沉了下去。

知子莫若母，皇上虽不是她亲生的，却是她带大的。眼下不早不晚，不年不节，皇上突然过来，又什么都没说就离开，其中一定有事。

太后略一思索便想到了缘由。

皇上定然是听说明月的事了。

想到崔明月，太后脸上就仿佛结出冰霜。

这个丫头实在太胆大妄为，简直令她失望透顶！

"太后，荣阳长公主携崔大姑娘求见。"

太后摆摆手，冷冷道："让她们回去。"

荣阳长公主进宫向来都不用通传，这还是头一次没见到太后的面就被打发回去。

等回到长公主府，荣阳长公主立刻火了，抄起手边的茶杯狠狠掷到崔明月身上，怒骂道："瞧瞧你干的好事！"

好在那茶杯是空的，并无茶水溅到她身上。

崔明月忍着那一下疼，委屈哭泣道："母亲，女儿真的知道错了，但外祖母以后难道再也不想见女儿了吗？"

荣阳长公主恨恨地瞪了女儿一眼："你做出这样的丑事，还指望太后把你当成掌上明珠？趁早熄了这份妄想，以后留在府里少出去丢人现眼！"

崔明月用力咬了咬唇，这才后悔了。

早知道，她就应该像当初暗中推波助澜让杨盛才与姜湛认识那样，躲在后边比亲自出手安全多了。

"女儿一时糊涂，谁知道看起来斯文可靠的男人会骗人呢……"

荣阳长公主眼中陡然射出冷光，想到朱家被御史争相弹劾的下场，这才压下心底的暴戾。

第四章　恶有恶报

此时的朱府，在接到圣旨后一片愁云惨雾。

朱子玉听到"终身不得录用"的旨意直接就昏死了过去。

无人顾得上扶他。

朱夫人犯了心绞痛，捂着胸口缓缓往地上滑，引得丫鬟婆子连连惊叫。

朱少卿失魂落魄地走到朱子玉面前，狠狠踹了他一脚，却不解恨。

自己官降两级，前途无量的长子绝了仕途的路，朱家成了全京城的笑柄……

他作了什么孽，才生出这种孽子！

相比朱府的凄风苦雨，安国公府却好似莫名其妙地挨了一闷棍。

朱少卿的儿子犯事，凭什么安国公被罚了一年俸禄？这简直是无妄之灾！

安国公还算沉得住气，安国公夫人卫氏却火冒三丈，又舍不得数落儿子，寻了个由头就把巧娘发作了一通。

巧娘回了屋，趴在枕头上痛哭。

季崇易走到门口时就听到了隐隐约约的哭声。

他当即脚步一顿，本就黑沉的脸愈发阴郁。

国公府莫名其妙又被推到了风口浪尖上，再次成为人们口中的笑谈，他又何尝好受？

那些多年的玩伴如今见了他都怪怪的，好像他犯了十恶不赦的罪过。

可实际上，他只不过是顺着自己的心意娶了一个女人，仅此而已。比起那些流连青楼，纳美妾、收通房的玩伴，他到底犯了什么错？

被朋友隐隐排斥的感觉令季崇易又苦恼又无所适从。

而现在，好不容易在他身边沉寂下去的那些隐含指责和埋怨的目光再次出现了，就更令季崇易郁闷了。

他怀着这般心情走向休息处，却听到了妻子的哭声。

若是放到数月前，听到这样的哭声，他第一反应就是担忧和心疼，定会立刻进去问个究竟，再把妻子搂在怀中安慰一番。

可是现在季崇易感受到的只有厌烦。

被母亲训斥了，妻子要哭；被妹妹冷脸了，妻子要哭；被下人们怠慢了，妻子还要哭……

可他也会烦，也会累。

他难道就没有痛苦烦躁得想哭的时候吗？只不过他是个男人，而眼下这一切都是他自己的选择，他没有资格哭，也没有脸面哭。

但是终究是不一样的。

他希望在心灰意冷的时候，回来后面对的不是一张委委屈屈的脸，而是一杯热茶，一声软语。

是从什么时候开始，那个会在他怀中放声大笑的少女不见了？

季崇易默默转身，向书房走去。

皇上对朱府的处罚让姜安诚拊掌称快，可姜安诚处理长女与朱子玉和离一事时却遇到了麻烦。

朱家不愿意签下和离文书，只因上面明确提到朱子玉与姜依之女嫣嫣从此随其母而居。

冯老夫人见到皇上对朱家的处罚，恨不得立刻与失了圣心的人家撇清干系，见两家和离卡在嫣嫣身上，当即便对姜安诚道："嫣嫣姓朱，本就是朱家的女儿，即便她父亲犯了错依然改变不了这一点。这世上哪有和离带走夫家儿女的道理？我看就算了吧。"

"不成！"姜安诚与姜湛异口同声道。

冯老夫人不悦地睨了姜湛一眼，不满道："今日你不是当值么？"

"孙儿告假了，不处理好大姐的事，孙儿没法安心当差。"

冯老夫人脸一沉："胡闹，你能帮什么忙？难不成能去朱家把嫣嫣抢回来？"

"要是抢回来就能作数，那孙儿就去抢回来。"姜湛颇为遗憾道。

只可惜还有律法约束着，眼下朱府正处在风口浪尖上，被无数人盯着呢，他前脚把外甥女抢回来，后脚就会被朱家告到官府去。

姜安诚揉了揉眉心："母亲，您也不必急，和离不是小事，哪有这么简单的，总要有个谈的过程。朱家现在式微，时日久了日子会更难过，嫣嫣的事只要咱们不放弃，他们早晚会放手的。"

"可是这个时间太久了。"姜似轻声道。

她声音虽轻，却立刻引起了众人注意。

姜湛想到姜似先前说过的话，目光灼灼："四妹，你是不是有办法？"

姜似冷冷道："朱家既然不愿意痛快和离，那就请官府判义绝好了。"

"这不可能！"冯老夫人断然否定，"男人在外有了女人，说起来连和离都犯不着，官府怎么可能会判义绝？"

姜似笑笑："要是朱子玉企图谋害发妻呢？"

冯老夫人一惊。

姜安诚沉着脸开口："朱子玉那个歹毒的畜生，正是这样，我才坚决要依儿离开那个虎狼窝，只可惜没有证据！"

"谁说没有证据？"见父兄等人的视线皆投过来，姜似微微扬起下巴，轻轻吐出两个字，"我有！"

姜安诚腾地站了起来，急切地问："当真？"

姜似嫣然一笑："女儿怎么会拿这种事开玩笑？父亲，您带女儿去找甄大人好了，女儿定会把义绝书拿回来。"

痛打落水狗什么的，她最喜欢了。

姜安诚见姜似神色不似作伪，略一犹豫，便痛快点了头："走！"

身后传来冯老夫人一声怒喝："老大，你怎么能由着四丫头胡闹？"

姜似转身，笑吟吟地问冯老夫人："祖母可否再与孙女打一个赌？"

冯老夫人皱眉，等着她往下说。

"孙女若能拿回义绝书，大姐与嫣嫣将来的事，祖母就不要再插手了。"

"若是拿不回呢？"

姜似摊手："那孙女任由祖母处置好啦。"

冯老夫人正犹豫的工夫，姜安诚就带着一双儿女快步离开。

老太太才后知后觉地反应过来：不对啊，两次打赌，四丫头赌输了都是任由她处置，这不等于空手套白狼吗？

一时不察，竟被一个小丫头算计了！

冯老夫人生闷气的时候，姜安诚带着姜似兄妹已经赶到了顺天府。

坐在堂案后的甄世成看着姜安诚，默默叹口气。

自从他接任了顺天府尹，姜老弟一家就成了顺天府的常客，支持他工作也不用这么卖力吧。

"不知伯爷所为何事？"公堂之上，甄世成当然不能和姜安诚称兄道弟，十分注意分寸。

姜安诚也不糊涂，扬声道："甄大人，我此次前来，是请官府判小女与朱子玉义绝！"

"——不知有何理由？"

"朱子玉为了与外面女子做夫妇，意图谋害发妻！"

公堂上立刻起了一阵骚动。

甄世成目光微转，看了一眼低调站在姜湛身后的少女。

姜似迎上他的目光，微微弯唇。

甄世成轻咳一声："伯爷稍等，本官先传朱府的人过来。"

姜安诚点点头，老神在在地坐在一边的长凳上等待，心中却有些打鼓。

好像有些冲动了，应该先问问似儿到底握着什么证据。

不过，这番忐忑在看到女儿沉静的面庞时突然消失无踪。

似儿不是鲁莽的孩子，他应该相信她。

没等多久，朱少卿父子随着衙役来到公堂。

顺天府里外围满了看热闹的人，都是听闻东平伯府要与朱家义绝，立即带着瓜子飞奔过来的。

大周有个开明的规矩，官府问案，百姓可以进来旁听。

至于为何有那么多百姓站在外头，这还用说，当然是腿脚不够快来晚了，里面没地方了！

甄世成冲姜安诚点头："伯爷，你方既然要告男方意图谋害发妻，就先陈述吧。"

姜安诚起身，走到堂中央，高声道："此事还要从小女去白云寺上香说起……"

听他讲完，议论声越发大了。

"想起来了，是有这回事，当时东平伯府就报官了，我还瞧见官差往朱家去了呢。"

"好像没证据吧，后来官府一直没动静。"

"就算没证据，我也觉得这事十有八九是真的，不然东平伯府当时怎么会毫不犹豫就报官？"

"没错，能闹到报官，这事定然没那么简单，果然朱子玉在外面就有人了，听说还是一位大家闺秀呢，只可惜不知道是哪家的……"

听着这些议论，姜安诚恨不得买上两斤酱肘子犒劳女儿。

还是似儿有先见之明，当时果断报官，使伯府如今占据了主动权。

"肃静！"甄世成一拍惊堂木，视线投向朱子玉，"朱子玉，你有何话可说？"

不过短短两三日，原本意气风发的青年就成了形容枯槁的模样。

朱子玉闻言，缓缓挺直了脊背，语调缓慢却仍旧清晰："惊马一事是车夫心存报复，与我没有任何关系。姜家告我谋害发妻，不过是想把女儿从我身边夺走罢了。"

"胡说！"姜安诚见朱子玉至今死不悔改，怒火上涌。

朱子玉反问："岳父把这样的罪名往小婿身上扣，不知有何证据？"

"证据当然有。"少女清亮甜美的声音响起，使公堂上的人吃了一惊，纷纷看向声音来处。

而当看到出声之人的模样时，众人就更加吃惊了。

这是东平伯府的姑娘吧，一个贵女居然随着父兄跑到公堂上来了？

面对这些目光，姜似丝毫不觉得局促，大大方方地从袖中抽出一物交给姜安诚。

她既然敢站在这里，就不怕被世人看。

胞姐受难，当妹妹的为何不能站出来？只因为她是女子？

女子同样有爱有恨，有血有泪，有似水柔情，亦有以直报怨的胆魄。面对伤害亲人的畜生，她偏不要躲在父兄身后，就要正大光明地把朱子玉这条落水狗狠揍一顿。

看完姜似递来的纸张，姜安诚脸色腾地变得铁青，几乎是颤抖着手，把那张纸交给衙役，呈给甄世成。

"畜生！"姜安诚飞起一脚，把朱子玉踹翻在地。

朱少卿面色陡变："亲家公，何必把事做绝？"

"把事做绝？朱得明，你仔细看清楚你儿子做的好事！"

甄世成示意衙役把那张纸给朱少卿与朱子玉看过。

读完，朱少卿不可思议地望向儿子。

朱子玉内心的支撑瞬间坍塌了大半。

怎么可能，姜四如何知道晴儿有问题？

"荒谬，你们仅凭一张纸，就要给我扣个企图谋害妻子的帽子？"

姜似冷笑："不见棺材不掉泪！"

她轻轻拍了拍手，阿蛮的大嗓门响起："麻烦让一让。"

随着她的喊声，一对姐妹花出现在众人面前，二人紧挨在一起，看向彼此像在照镜子。

朱子玉的脸色瞬间灰败下去。

"你们谁是晴儿，谁是雨儿？"甄世成问。

姐妹二人一同跪下来，各自表明身份。

"说说吧。"

晴儿和雨儿你一言我一语，把纸上那些事又交代了一遍，听得围观众人时不时倒抽一口凉气。

"胡说，这两个丫头是被你们买通的！"朱子玉不死心地反驳。

姜似笑吟吟地盯着朱子玉："别急，我还有许多证人。比如燕春班的两个打手，比如给雨儿赎身的混子，比如……雨儿姐妹的兄长！"

说到这里，姜似的目光越过人群，与郁谨的视线相撞。

能找到雨儿姐妹的兄长，还多亏了郁七。

二人的视线短暂纠缠，姜似很快收回目光，一字一顿道："朱子玉，你若是个男人就痛快认罪吧，至少没这么难看。"

认罪？

朱子玉看着姜似的眼神犹如盯着洪水猛兽。

明明一切都计划得好好的，到底为什么会变成现在这个样子？

姜似嘴角噙着冷笑，定定地看着朱子玉，淡淡光芒从手心涌出，悄然向着正在崩溃边缘的男子飞去。

"朱子玉，像你这般算计妻子上赶着给自己弄绿帽子的男人，我还是第一次见，想必大家也是第一次见吧？"

围观众人哄笑着附和："是啊，从没听说过！"

那一声声嘲笑冲击着朱子玉的耳膜，让他的脑袋昏沉沉的，犹如被浸在水里一般不受控制了。

本来不用这样的!

姜氏为什么不死在惊马事件中？要是她那时候死了，根本用不到晴儿这步棋！

朱子玉在心底呐喊着，为自己的倒霉透顶而抓狂。

可是他很快发现四周一片安静，众人用不可思议的眼神望着他。

面颊上传来火辣辣的感觉。

"畜生，你知不知道自己在说什么！"短短两三日，朱少卿头发白了大半，此刻看起来衰老又狼狈，而儿子突然的疯言疯语又仿佛给了他一记重击，他忍不住给了朱子玉一巴掌。

朱子玉的眼神渐渐恢复清明，不由捂住了嘴。

他刚刚把心里话说出来了？

白云寺归途的那惊马事件，确实是他安排好的。

母亲管得严，姜氏出远门的机会不易得，所以他准备了双重计划。

先是惊马，倘若姜氏死在惊马时是最好的，他只要忍上一年就可以另娶。

不过，这样的意外毕竟不好掌控，如果姜氏安然无恙，他就会在牵马的缰绳上系一条彩绸，早就等在半路上的晴儿见到彩绸飘扬，就会冲出来演上一场戏。

以他对姜氏的了解，姜氏定会救下晴儿带回府中，那他就可以启用另一个计划了。

只要姜氏背着与人私通的罪名被休回娘家，无须他出手，姜氏就会自我了断，到时候再无人给他造成困扰。

这个计划需要耐心，但胜在万无一失。

可偏偏他认为万无一失的计划，却出了这样大的纰漏，这一切到底是为什么？

姜似已经不耐烦看朱子玉半死不活的模样了，转身对甄世成施了一礼。

少女的音色比男子更为清脆，也因此，落入众人耳中便越发清晰。

"大人，您刚刚听到了，朱子玉亲口说出希望小女子的长姐死在那场惊马事故中，加上从惊马臀部发现的长针，自杀的车夫那站不住脚的动机，还有朱子玉承认晴儿姐妹这步棋……小女子有理由认定，那场惊马的幕后主使就是朱子玉无疑！"

甄世成耐心听着姜似的陈述，有一下没一下地摸着胡须。

而围观的人早已迫不及待地喊起来。

"不错，一定是姓朱的要谋害妻子！"

"天哪，居然还有这般心思歹毒的男人，真是长见识了。"

"这算什么，城南头张大郎的媳妇在外头有了野男人，不还把张大郎毒死了吗？

这人啊，不分男女，一旦有了异心，什么事都干得出来！"

这些议论声直往朱子玉耳朵里灌，如无数蜜蜂嗡嗡乱叫，叫得他心烦意乱。

"住口！"朱子玉喊了一声，整个人神情歇斯底里，十分难看。

场面骤然一静。

朱子玉目光凶狠地盯着姜似，阴恻恻问："姜四姑娘口口声声说我谋害你姐姐，那么你姐姐现在如何？"

姜似微微扬眉。

长姐现下在东平伯府，当然平安无事。

不只是姜似，众人很快明白了朱子玉的意思。

在大周，可没有谋杀未遂的罪名。

朱子玉的妻子现在没事，惊马一事又没有确凿证据，就算朱子玉已承认打算用一对孪生姐妹设计妻子，可这事情还未发生，那么就不能给他定罪，他顶多是受世人唾骂。

姜似轻轻叹了口气："读过书，果然沉得住气呢。"

这个世道的律法真是荒谬，没有得手就无罪了？

长姐身体上是没有受到伤害，可是那颗心早已被朱子玉伤得千疮百孔，永远不会恢复如初。

姜似突然一笑："朱子玉，你可能忘了，我们今日前来告官的目的是什么。"

"目的？"朱子玉喃喃念着这两个字。

围观众人皆好奇地等着姜似的答案。

姜似笑了："难道你忘记了，今日伯府前来报官，是请官府判决我大姐与你义绝！"

谁说他们要告朱子玉杀人的？从一开始，伯府想要的就是判他们义绝，并从朱家光明正大地带走嫣嫣。

朱子玉不会进大牢又如何？他这样从小活在众星捧月中的天之骄子从此将尝遍世人白眼，就好好体会一下生不如死的滋味吧。

姜似对甄世成郑重一礼，扬声道："大人，朱子玉对发妻心存谋害之意，枉为人夫；不顾念女儿年幼失母的苦楚，枉为人父。身为天子门生，选入翰林院的庶吉士，辜负了圣上期待，是为不忠；意图谋害结发妻子，毁去白首之盟，是为不义；令父母受人嘲笑，令家族蒙羞，是为不孝。"

"如此一个不忠、不义、不孝之人，小女子恳请大人明断，判处家姐与朱子玉义绝，并判其女嫣嫣归家姐抚育。"

姜似这番话慷慨激昂，犹如星火落入每个人的心田，点燃了人们的热情与意气。

众人纷纷喊道："义绝，义绝，请青天大老爷判处姜家与朱家义绝！"

在这样排山倒海的呼声中，甄世成郑重地下了判决："朱子玉对发妻有谋害之心，视为夫妻恩断义绝，二人之女嫣嫣交由女方抚育。退堂！"

公堂里外登时传来一片欢腾声。

听了这样的判决，朱子玉失魂落魄，步步后退。

被他靠近的人像躲瘟神一样快速躲开，紧跟着，无数烂白菜叶子、臭鸡蛋就往他身上砸去。

姜似在这样的热闹中对姜安诚微微一笑："父亲，咱们去接嫣嫣回家吧。"

那个瞬间，看着微笑的女儿，姜安诚竟热泪盈眶。

他的女儿长大了，已经能靠自己完成想做的事了。

身为父亲，他既惭愧，又欣慰。

但欣慰还是多于惭愧，人在这个世间靠自己永远比靠别人来得重要，哪怕那个别人是父亲，是兄长，是夫君。

"小余，你陪伯爷走一趟吧。"甄世成开口道。

穿着常服的郁谨对甄世成抱拳，来到姜安诚身边："伯父，走吧。"

姜安诚看看玉树临风的年轻人，再看看亭亭玉立的小女儿，欢喜之余，又在心底叹了口气。

小余与似儿还是挺般配的，回头试探一下似儿的意思，要是似儿愿意，他就请甄老兄当个证婚人，总比似儿一心想着嫁个高门要可靠得多。

至于女儿与老夫人的赌约？

呵呵，反正官府都已经判依儿与朱子玉和离了，当然是反悔啊！

姜安诚毫无心理负担地替女儿默默做了决定。

朱家大门外，浩浩荡荡的人群涌来，守门人一见便心惊肉跳，忙去禀报了朱夫人。

一瞧管事惨白如鬼的脸色，朱夫人心里就是一沉，忙问道："如何？"

管事跌到地上，痛哭："夫人，输了，输了……"

朱夫人踉跄后退，忙伸手扶住了廊柱。

又有一个下人急急地跑过来："夫人，东平伯在门口说要带走大姑娘。"

朱夫人面色数变，大步往外走去。

姜安诚没有进朱家大门，就站在门外的石狮子旁等着。

朱夫人由丫鬟婆子陪着，迈过高高的门槛，看了一眼门外黑压压的人群，一阵阵头晕目眩。

缓了一下神，朱夫人强笑道："伯爷既然来了，怎么不进去说？"

姜安诚沉着脸扯了扯嘴角："顺天府尹已经判了朱姜两家义绝，朱府的大门我就不进了，此次前来，是来接我的外孙女嫣嫣的。"

"这不可能！"朱夫人听得一愣，下意识在人群中寻找朱少卿父子，却只收到了无数鄙夷的目光。

这些目光仿佛刀子，正凌迟着朱夫人的身体。

"我呸，还是书香门第呢，居然养出这种儿子来！"

"就是啊，为了和别的女人做夫妻就谋害发妻，害命不成又想主动戴绿帽子来休妻，世上怎么有这种人啊……"

朱夫人觉得这些话好似从天边飘来的，隔着云雾，都听不真切。

"他们在说什么？"

管事凑在朱夫人耳边道："夫人，官府把大姑娘判给大奶奶抚育了……"

朱夫人眼神发直，似乎没有听懂管事的话。

"朱夫人，您可不要晕。"少女轻柔的声音传来，好似一盆冰水当头泼来。

朱夫人吃力地撑起眼皮，映入眼帘的是一张冷冰冰的俏脸。

"姜四姑娘。"朱夫人清醒过来，警惕地盯着姜似。

姜似上前一步，笑得温柔无害："您看，我说过会来接嫣嫣的。"

"你、你！"朱夫人指着姜似，一个字都说不出来，只觉得这张过分美丽的面庞比恶鬼还要骇人。

姜似冷了脸，对朱府管事道："去把你们大姑娘抱出来！"

朱府管事下意识转身往府中走，走了两步猛地反应过来：不对啊，他为什么听姓姜的吩咐？

朱府管事迟疑地看向朱夫人。

朱夫人表情麻木，毫无反应。

带着几名衙役站在一旁的郁谨淡淡开口："朱子玉与姜氏之女嫣嫣已经判由女方抚育，贵府若是拒不执行，那我就直接进去带人了。"

一道苍老的声音传来："把大姑娘抱出来。"

朱夫人猛然变了脸色，几乎是扑了上去："老爷，您怎么这样了？"

朱少卿离府时穿着体面，而此刻已经辨不出衣裳原本的颜色，上面全是黄黄绿绿的不明物，就连头发都往下淌着汤汁，在这寒冷的天里结了冰凌。

朱少卿抬眼看着朱府大门厚重的匾额，喃喃道："子不教父之过，我造的孽，得还啊！"

姜似抱着嫣嫣往外走。

"小姨，娘怎么没来呢？"

"你娘正在做嫣嫣喜欢吃的点心呢。"

"真的吗？那嫣嫣能带回来给祖父、祖母，还有爹爹吃吗？"

姜似脚步一顿，看了朱少卿与朱夫人一眼，却挡住了朱子玉所在的方向。

"可以啊。"姜似把嫣嫣抱得更紧，"嫣嫣可以与你娘商量，请你娘多做一些。"

在年幼的女儿心里，父亲是最可靠的大山，而要不要推翻嫣嫣心中的这座大山，不该由她来决定。

"我来抱吧，小孩子挺重。"郁谨伸出手。

"嫣嫣会认生的。"

郁谨对小女孩微微一笑："嫣嫣，要不要叔叔抱？"

嫣嫣歪头看着眼睛黑亮的少年，伸出手来："哥哥，抱。"

粉雕玉琢的女童，睁着黑葡萄一样的眼睛对郁谨伸出手，纯真且无辜，浑然不知道"哥哥"两个字给郁谨造成了多大的冲击。

跟阿似叫小姨，跟他喊哥哥？

这辈分不对啊！

郁谨板起脸，语气严肃："要叫叔叔！"

"哥哥。"

"叫叔叔。"

"哥哥。"

"叫叔叔！"

"哇——"

抱着号啕大哭的外甥女，姜似黑了脸："你一定要跟三岁娃娃争个高下吗？"

"我来抱着吧。"姜湛接过嫣嫣走出朱府，送姜似与嫣嫣上了马车。

马车不紧不慢地驶向东平伯府，郁谨与姜湛骑马走在前面。

马车里，嫣嫣在姜似的安抚下睡着了，一时只剩下枯燥的车轮吱呀声。

姜似掀起车窗帘一角，悄悄往外看。

前方有两道挺拔的背影并肩而行，都是她熟悉的。

一个是她的兄长，一个是她心悦之人。

既然做出了决定，是该寻个机会对他讲了……

前边的人突然回头，二人目光在空中短暂相撞。

姜似下意识弯唇一笑。

郁谨忙回过头去，心怦怦直跳，乱了好一会儿才回过神来。

阿似都不慌，他慌什么？

不就是未来的岳父大人与大舅哥在一旁吗？他一点都不怕。

"小余啊——"

郁谨身子一晃，险些从马上栽下来，忙收起胡思乱想："伯父有事？"

顺利义绝并带回了外孙女，姜安诚心情大好，笑道："既然到这里了，就进来喝杯茶吧，正好想和你说说话。"

"那小侄就厚颜讨杯茶喝了。"

进了东平伯府，姜安诚命姜湛陪郁谨稍坐，带着姜似与嫣嫣去慈心堂给冯老夫人问安。

"老夫人，大老爷、四姑娘来了。"

冯老夫人睁开眼："孩子带回来了吗？"

"带回来了，由四姑娘抱着，正在外头等着。"

对于嫣嫣，冯老夫人没什么感情，见了只嫌心烦，淡淡道："叫大老爷进来就是。"

阿福领命，正要出去，冯老夫人喊了一声："等等。"

阿福停下来，等着冯老夫人吩咐。

"叫大老爷与四姑娘一同进来。"

阿福走到外边传话："老夫人请大老爷与四姑娘进去。"

见姜似抱着嫣嫣往内走，阿福忙道："老夫人吩咐婢子把嫣姑娘先送到大姑奶奶那里去。"

姜似闻言，脸色微沉。

祖母竟连见嫣嫣一面都不愿，以后大姐与嫣嫣在伯府的日子就难了。

伯府真正当家的是冯老夫人，而当家人对大姐母女的态度，显然能左右府中上下的态度。

"嫣嫣认生，还是我把她送到大姐那里去吧。"姜似说完，也不理会阿福脸色，抱着嫣嫣回了海棠居。

祖母不待见嫣嫣，那她更要强硬地表明态度，让那些拜高踩低的下人明白，以后谁若敢怠慢大姐母女，她定不会客气。

冯老夫人见进来的只有姜安诚,问道:"四丫头呢?"

"她先把嫣嫣送回海棠居了。"

"这丫头还有没有把我这个祖母放在眼里!"冯老夫人火气上来,重重一拄拐杖。

"母亲别生气,嫣嫣还小,跟着别人会认生。"

"去把四姑娘给我请过来!"冯老夫人在"请"字上加重了语气。

冬日的海棠居有几分萧索,嫣嫣从大红斗篷中露出小脸,好奇地打量着陌生的院落。

姜依自从出阁后,回娘家次数不多,才三岁的嫣嫣对这里全无印象。

"小姨,这就是你住的地方吗?"

"是呀,小姨就住在这里。嫣嫣你看到那棵树了吗,那是海棠树,等到了春夏就会繁花满树,十分美丽……"

"我娘呢?"姜似形容的美景对小女孩来说远没有见到母亲的吸引力大。

"大姑奶奶,您小心脚下——"

姜依跌跌撞撞地从门口跑了过来。

"娘——"嫣嫣在姜似怀中扭动挣扎。

姜依冲了过去,把嫣嫣抱在怀里,好似抱着失而复得的珍宝。

姜似站在一旁,微笑地看着。

好一会儿后,姜依擦干净眼泪,低头看了怀中的女儿一眼,问姜似:"朱……朱子玉答应与我和离了?"

夫妻数载,从此两不相干,原来如此简单。

姜依不敢回忆那一天朱子玉是怎么求公婆与父亲"成全"他的,只要一回忆,她就感到万箭穿心般地疼。

姜似沉默了一瞬,直言道:"不是和离,是义绝,嫣嫣由官府判决交由大姐抚养,从此与朱家再无干系。"

"义绝?"姜依失声,满脸不可置信。

姜似伸手拥住她:"大姐,咱们进去说吧。"

听完了姜似讲述,姜依长久地沉默着。

"大姐……"

姜依笑了笑,用手帕擦着眼泪,却越擦越多。

"大姐。"

"义绝挺好的,挺好的……"

她给家里添了这么多麻烦，还能陪着女儿长大，还有什么不知足呢？

至于朱子玉，那个同时带给她美梦与噩梦的男人，便忘了吧。

阿巧走进来："姑娘，慈心堂的阿福来了，说老夫人请您过去。"

"知道了，让她等着。"

阿巧转身出去传话，反倒是姜依有些不安。

"四妹，让祖母的人等着不好，你快些去吧。"

姜似不以为意地笑笑："一个婢女还等不得了？"

惯出来的臭毛病。

"并不是婢女的事，祖母——"

姜似脸色一正，凉凉道："祖母等等也无妨。"

她必须让大姐清楚这是东平伯府，父亲是东平伯，大姐回来不是寄人篱下，无须对个下人还要小心翼翼，哪怕是祖母院子里的下人。

姜依被姜似的态度所惊，呆呆地望着她："四妹，祖母会怪罪的……"

要是因为她，妹妹被祖母不喜，那就是她的罪过了。

姜似闻言笑起来。

"四妹笑什么？"姜依愈发觉得妹妹与印象中不同了。

姜似伸出手，握住姜依冰凉的手。

"大姐别担心，祖母怪不怪罪，其实没那么重要。"

姜似忽然觉得有个处处以利益为先的祖母也不错。

这世上，讲钱、讲利益其实没什么，最麻烦的是讲感情。

像祖母这样多好，她只要让祖母明白她有用，她放肆一些也无妨。

"四妹，我不懂你的意思……"

姜似拍了拍姜依手背，站起身来："大姐陪着嬷嬷玩吧，我去一趟慈心堂。"

"老夫人，四姑娘到了。"

冯老夫人示意阿福退出去，骤然发难："四丫头，你现在还记不记得我是你祖母？"

"孙女当然记得。"

"来慈心堂还要八抬大轿请你么？"

姜似没有接这个话，而是笑吟吟地问："祖母，您看到义绝书了吗？"

"看到又如何？"冯老夫人的熊熊怒火缓了几分。

长子带着儿女去顺天府告与朱家义绝，冯老夫人早就派人去打听了情况，是以对姜似在公堂上的表现清清楚楚。

这个丫头的胆大与伶牙俐齿远超她所料。

也因此，她一时竟不知该用何种态度对这个孙女了。

"之前孙女与祖母打了个赌，孙女好像赢了。"

冯老夫人脸一沉："怎么，你赢了还想讨赏？我记得这个赌注是以后我不会多管你大姐母女的事。"

姜似笑着摇头："不敢讨赏。孙女只是想告诉祖母，另一个赌约，我也会赢的。"

"咳咳。"姜安诚频频向姜似使眼色。

这个傻丫头，好端端的提这个干什么，他还想找小余谈谈呢。

冯老夫人定定地看着姜似，吐出三个字："我等着。"

出了慈心堂，姜安诚黑着脸往前走。

一只手拉住了他的衣袖。

"父亲，您生气啦？"

姜安诚不搭理姜似，快步走出好一段距离，才猛然停下来，气哼哼道："我是你爹，你的婚事，我得做主！"

"可我已经与祖母打了赌。"

"赖掉就是了。"姜安诚理直气壮。

长女都住回家了，义绝书也拿到了，他们赖掉赌约老太太也没辙。

"总之这件事你说了不算，婚姻大事要听我的！"姜安诚抽回衣袖，"去陪陪你大姐吧，为父还有正事要忙。"

别以为他没看到，回伯府的路上，似儿掀起车窗帘偷看小余呢，这丫头分明对小余很中意，还想着嫁什么高门大户啊。

那些高门大户的子弟，哪有小余靠谱。

姜安诚挥别了女儿，来到花厅，听着厅中传来的爽朗笑声，不由露出笑容。

见姜安诚进来，郁谨起身："伯父。"

姜安诚背着手走进来："小余啊，坐。"

又看一眼儿子："聊什么呢？"

"和余七哥说金吾卫的事呢。"

姜安诚欣慰地点头。

近朱者赤，近墨者黑，混账儿子自从和小余走近了，果然越来越像样了。

"小余今年多大了？"

郁谨心头一跳。

这个问题他很喜欢回答，总觉得要有好事发生了。

"小侄十八岁了。"无论心中怎么欢喜，郁谨面上还是一本正经的模样。

"十八岁啊，好年纪。"

郁谨保持着微笑。

姜安诚觉得还是要矜持些，便重重叹了口气。

"伯父怎么了？"

"唉，小余你还没有成家，不理解为人父的心情啊。长女遇人不淑，我都想留次女一辈子了。"

郁谨表情一僵，干笑道："伯父也不要因噎废食，好男人还是有的。"

"是么，哪有？"

郁谨抽了抽嘴角。

这么大个好男人，您没瞧见啊？

"小侄觉得一生一世一双人就挺好，多一个人不但麻烦，养着还费钱。"

姜安诚大笑："是这个道理！"

与郁谨谈过后，姜安诚觉得姜似的亲事不能再拖，转头把甄世成约出来喝茶。

"甄老哥，今日有个事想拜托你。"

甄世成端着茶杯听。

"小余是你的属下，我想请你打探一下他们家的情况，还有小余本人的意思。要是合适呢，想让小女与他结个亲。"

甄世成一脸古怪："姜老弟不知道小余的身份？"

姜安诚笑着放下茶杯："具体是谁家的还没打听过，所以才拜托甄老哥。只知道小余家里算是大族，不过子弟众多，小余不怎么受重视，要靠自己闯荡……"

甄世成越听，神色越古怪。

搞了半天，这老弟都相中人家当女婿了，还蒙在鼓里呢。

"甄老哥，莫非有什么不妥？"姜安诚瞧出几分异样，心不由提起来。

莫非小余有什么毛病，他没看出来而甄老哥却清楚？

"甄老哥，你可说句话啊。"见甄世成迟迟不语，姜安诚越发忐忑了。

甄世成捋了捋胡子："要说呢，小余哪方面都好，就是他的身份，恐怕与姜老弟认为的有那么一点点差距。"

"什么差距？"姜安诚摩挲着茶杯，"莫非小余家里不是什么大族……嘶，难道小余是无父无母的孤儿？"

要是这样岂不正好？他更不怕小余对似儿不好了。

"扑哧。"甄世成一口茶水喷出来，溅了一胡子茶叶。

姜安诚忙拿出手帕替他擦胡子："甄老哥这么激动做什么？就算我猜准了，也不是什么大事，出身差点怕什么，人品最重要……"

甄世成艰难地摆了摆手，示意他快别说了。

姜安诚替甄世成擦胡子的动作一停，微微皱眉。

瞧甄老哥这反应，似乎不是这么简单。

"甄老哥，小余到底什么身份，你就直说好了，我受得住。"

甄世成看着姜安诚，长长叹了口气："小余啊，他是当今圣上的第七子，燕王——啊——"

最后一个字变成了一声惨叫。

姜安诚捏着拽下来的胡子，目瞪口呆。

甄世成疼得眼泪直流。

他料到了姜老弟知道真相后会大吃一惊，却没料到第一个遭殃的是自己的宝贝胡子！

好一会儿后，姜安诚用力揉了一下脸："甄老哥，你不是在和我开玩笑吧？"

甄世成脸一板："这种玩笑能开吗？"

姜安诚抬手拍了拍额头。

对，这种玩笑不能乱开，谁不怕掉脑袋来冒充皇子啊。

他想了想不死心，问："那他怎么在老哥手底下做事呢？"

"老弟没听说么，皇上命几位王爷去各部历练，燕王去的刑部，然后就来顺天府给我帮忙了。"

"那你叫他'小余'？"

甄世成微微一笑："这是燕王的意思，方便办案。"

姜安诚又呆住了。

刚才愣住是太过吃惊，现在确定了小余的身份，他仍没反应过来。

天哪，那个谦逊有礼，让他直呼"小余"的年轻人，是燕王？

燕王还和他说，养小妾通房费钱？

小余这个骗子！

姜安诚霍然起身。

甄世成老神在在地举着茶杯："姜老弟怎么了？"

"没事。"姜安诚喃喃回了一句，突然转身就走。

"姜老弟！"甄世成喊了一声，却很快不见了姜安诚的身影。

姜安诚匆匆赶回东平伯府，把姜似叫到书房。

姜似走进来，就看到姜安诚在不大的书房中来回踱步。

"父亲找女儿有事？"

姜安诚脚步一顿，冲姜似招手："似儿，你过来坐。"

姜似走了过去。

姜安诚一屁股坐下，迫不及待地问："你知不知道小余的真实身份？"

姜似诧异中扬眉。

父亲这么问……那是已经知道了郁七的真实身份？

"知道么？"

姜似摇头："父亲问女儿这个，女儿哪里知道呢。余公子还有什么特别的身份吗？"

姜安诚往椅背一靠，连连叹气："看走眼了，看走眼了！"

姜似莞尔。

看父亲这话说的，他什么时候眼光准过？

"余公子是什么身份？"

听姜似问起，姜安诚反而沉默了。

许久后，他叹了口气："没什么，似儿回去吧。"

姜似起身，不动声色地福了福："那女儿告退了。"

关门的声音传来，姜安诚沉着脸捶了捶桌子。

现在好了，不用担心似儿嫁什么高门大户了，怎么嫁都不可能比小余家门第更高了。

他现在要做的反而是盯紧了，别让小余那骗子把宝贝女儿骗走。

还好女儿不知道小余的身份，也没明确流露出倾心小余的意思，他只要闭口不谈，两个人就走不到一块去。

好险啊……

姜安诚仰躺着闭上眼睛，惊出一身冷汗来。

嫁给寻常人家，遇人不淑还能和离、义绝，要是嫁入皇室，那只能任人磋磨。

他可不能让女儿掉进皇家那种大火坑。

小余这个骗子！

姜大老爷第无数次默默唾骂。

· 125 ·

郁谨坐在燕王府的书房里，总觉得眼皮跳得厉害。

"龙旦。"

守在门外的龙旦推门进来："主子有什么吩咐？"

"是左眼跳财、右眼跳灾，还是反过来？"

"当然是……"龙旦硬生生把后面的话咽了下去，小心翼翼地问，"您是哪只眼睛跳？"

当然是主子哪只眼睛跳，哪只眼睛就跳财啦。

郁谨哪里不知道龙旦的滑头，脸一沉："说！"

"左眼跳财、右眼跳灾！"

郁谨冷着脸站了起来。

不行，他要和阿似见一面。

天冷得厉害，到了夜里，只听到呼啸的北风在拍打窗户，想从任何一条缝隙中钻进来。

海棠居的灯还是亮着的。

姜似拿了一本游记歪靠在熏笼上看，暖意夹杂着淡淡的炭香袭来，熏得她有些昏昏欲睡。

书其实看不进去几页，不过，绷紧的神经骤然松弛后那种无所事事的悠闲，让她感到几分无聊与茫然。

这时，有节奏的敲窗声响了起来。

姜似抬手把书卷从脸上拿下来，看向窗子。

冬日天黑得早，此时早已漆黑一片，纱窗朦朦胧胧，时而晃过道道暗影，是枯萎的芭蕉叶随风而过。

"姑娘？"这一夜是阿巧当值，听到动静便抄起花瓶向窗子走去。

停了片刻，敲窗声再次响起。

姜似示意阿巧把窗打开。

阿巧一手拎着花瓶，一手打开窗。

随着寒风涌进来，有个人利落地跳进来。

从黑夜中走出来的少年眉眼如墨，衬得唇红齿白，风华无双。

阿巧淡定地把窗子合拢，对郁谨略略屈膝，抱着花瓶往外间走去。

郁谨微微惊讶，走到姜似身边坐下来，笑道："阿似，你这丫鬟很自觉嘛，我还以为她要拿花瓶砸我呢。"

姜似斜睨了他一眼，把书卷搁到一旁。

"真冷。"郁谨把手贴到熏笼上，可怜兮兮道。

阿似嘴硬心软，见他这样，或许就不生气他爬墙了。

"阿似。"

"嗯？"

少女笑意盈盈，给了少年莫大勇气。

"我想你了，过来看看。"

他右眼一直跳得厉害，总觉得有不好的事会发生，见到阿似安然无恙就放心了。

姜似沉默了片刻，笑意更深，心里话如此随意就说了出来："我也是。"

郁谨忽然愣住了。

他刚刚听到了什么？

阿似说"我也是"？

"阿似，你说什么？"他一定是听岔了。

姜似笑着："我说我也是。"

"你也是什么？"

姜似靠着熏笼，调整了个更舒服的姿势，笑道："我也想你了。"

郁谨再次愣住，这一次愣的时间更久，久到姜似都想打呵欠了，他猛然靠近了她。

屋外天寒地冻，屋内暖意洋洋，使顾不上脱下外衣的男人很快出了汗。

那沁出的汗珠不及他此刻的心情燥热。

郁谨猛然拉开系带，把玄色大氅随手一扔，露出合身的石青色夹袍。

"阿似。"他认认真真地打量着她，想要捕捉对方每一分表情。

"你是不是心里生气，故意逗弄我？"

被压在熏笼上的少女偏着头微笑："你又不是小猫小狗，我逗弄你作甚？"

郁谨悻悻地摸了摸鼻子。

对啊，论讨喜他大概及不上二牛，阿似没必要逗弄他。

若是这样，那阿似刚刚说的是真心话？

可这种感觉还是太不真实了，有种白日做梦的荒谬感。

"阿似，你真的也会想我？"他更靠近了些，目光灼灼。

姜似点头。

"可、可怎么会……"

"不信？"

郁谨想点头，可又舍不得，唯恐他一点头，对方就顺势告诉他是假的。

要是那样,他会非常不开心。

眼下孤男寡女,干柴烈火,要是很不开心,他说不定就要干点让自己开心的事……

姜似仰头印上他的唇。

屋子里很热,二人纠缠在一起的唇更热,可怜二人身下的熏笼被越压越弯,渐渐向炭火靠近。

姜似觉得后背要被烤化了,含糊地喊了一声:"热……"

男人抱着她,一个翻身就滚到一旁的床榻上,碰掉了枕头与被褥。

紧接着二人就掉到了地上,刚好落在柔软的被褥上,纠缠的唇始终不曾分离。

他越来越热烈,似乎要把拥着的少女生吞入腹。

"可信了?"姜似气息微乱,双颊如盛开的桃花,轻声问他。

郁谨用尽了所有克制力,渐渐恢复了冷静,才开口道:"阿似,我会当真的。"

姜似靠过来。

郁谨警惕地看着她。

他现在意志力无比薄弱,已经做不到再克制一次了。

少女看着他笑,眼波熠熠生辉:"要我再亲一次吗?"

那颗悬着的大石,随着这一问终于落地。

郁谨揉了揉发僵的脸,用力捶了一下地面,喜悦排山倒海般袭来。

"阿似,那你愿意嫁给我么?"

姜似点了头,声音很轻,令人听着莫名有些伤感:"愿意的。"

"太好了!"郁谨心花怒放,用力拥着她,"你父亲今日还问起我的年纪,想来他对我很中意,有心把你许配给我……"

姜似抿了抿唇,好心提醒道:"我爹知道你的身份了。"

郁谨一怔,抱着一丝侥幸问:"然后呢?"

姜似白了郁谨一眼:"你说呢?"

郁谨叹了口气:"就说这个身份只会带来麻烦。"

"那你打算怎么办?"

"我还是想看看,伯父有没有可能接受我。"

"那你试试吧。不过那是我父亲,你可不能脾气上来就打人。"姜似不放心地叮嘱。

郁谨笑了:"看你说的,我是那种人吗?"

姜似默默翻了个白眼。

他可不就是那种无法无天的人，真的触到逆鳞的话什么事都敢做。
"真的不会，谁让他是你爹呢。"
姜似暂且放下一半心。
"等我的消息。"
郁谨低头亲了一下少女白皙的额头，视线在那微红的唇上停驻一瞬，恋恋不舍地翻窗而出。
窗外的风涌进来，把一室的旖旎一扫而空。
姜似站在窗边，默默向外看。
窗外是无边无际的黑夜，天上的星子闪着清冷的光，不见月亮，显得空旷冷寂。
可姜似那颗没着没落的心却踏实下来。
再难、再黑的路，有人一同前行，就没那么可怕了。
"阿似。"
窗外露出一张俊朗的笑脸。
姜似后退半步，拧眉看着眸光湛湛的少年。
"原来你这么舍不得我。"
姜似没有反驳，亦没有嗔怒，反而望着他，微微笑了。
不得不承认，本以为消失在黑夜中的人重新出现在眼前，让她心情甚好。
她这一笑，反而令郁谨有些无措。
"窗边凉，早点睡。"他主动关了窗，身影匆匆消失在院落间。
第二日，郁谨守在姜安诚出门的必经之地晃荡。
姜安诚一眼瞥见那人高腿长的少年，眼一翻，视而不见直往前走。
"伯父。"郁谨恭恭敬敬地作揖。
"别，别。"姜安诚忙摆手，冷笑道，"我可担不起堂堂王爷这么称呼。"
他琢磨了一宿，总算回过味儿来了。
无事献殷勤，非奸即盗。这小子这么尊贵的身份，在他面前做小伏低是图什么？总不能图他那个白给都没人要的儿子吧？
思来想去，这小子定然是打他闺女的主意！
看着姜安诚横眉冷眼，郁谨暗道一声"还好"。
还好昨夜及时爬墙，他心中已经有数，不然现在就要失态了。
所以此时郁谨还是云淡风轻的模样，坦然笑道："原来伯父知道小侄身份了。但无论小侄是什么身份，在您面前都是晚辈，您忘了我与姜湛是好兄弟了。"
俊朗的少年，优雅的举止，再加上真挚的语气，任谁都无法心生恶感。

姜安诚暗暗掐了一把大腿。

挺住，不能被这小子忽悠了！

姜安诚四下看了一眼，放低声音冷笑："王爷真的吓着我了，您在我面前自称小侄，让皇上知道了怎么想？"

郁谨依然好脾气地笑着："父皇是开明的人，定然乐见儿女交到知己好友。"

姜安诚皱眉。

这小子水火不侵，脸皮太厚，看来不来狠的是不行了。

"王爷，咱们明人不说暗话，我就直言吧。"

"伯父请讲，小侄洗耳恭听。"

"我呢，就两个女儿，长女义绝回了娘家，次女待字闺中。所以我对次女的婚姻大事慎之又慎，有一点是绝对不行的。"

"您说哪一点。"

"皇室中人不行。"

郁谨沉默了一下，问："没有回旋的余地？"

姜安诚叹了口气："绝对没有。"

小余真的很不错，奈何出身不过关。

"小侄明白了。"

"别再自称小侄了，省得你我都不自在。"

"那小王明白了。"郁谨缓缓挺直腰杆，微笑着应了。

好吧，既然当小侄没用，那就当小王把他宝贝闺女抢过来好了。

眨眼便是冬至。

冬至是一年中的大日子。大周有三大节日，元旦、万寿，以及冬至。在这三日，朝廷要举行大朝会，文武百官、王公勋贵都要盛装出席。

冬至这日，天子会率领文武百官前往城郊祭天，以祈求来年风调雨顺、国泰民安。晌午的国宴就在城郊行宫举办，家宴则放在回宫后的晚上。

一年三大节，景明帝最喜欢的就是冬至。原因无他，冬至能出宫放风。

是的，没有听错，一国之君最期待的便是一年一次的出宫放风。

除了祭天这一日，皇上想出宫，那是门都没有，至于微服私访，呵呵，真的只能看着话本子做个美梦了。

景明帝年轻的时候不是没有抗争过，然后被言官们关门打狗一样弹劾了半年之久，从那之后，他就老实了。

没办法，谁让他要当一个明君呢，不然他就把那些王八羔子言官全都杀掉，丢进酒池子里腌着。

当明君，总是要受气的。

例行祭天之后，景明帝心情颇佳，一扫殿中等待开宴的百官，悄悄问潘海："哪个是东平伯？"

他对这倒霉蛋好奇很久了。

京城勋贵多如牛毛，是以除了经常在眼前打晃的官员和其他一些要紧的人，景明帝都印象不深，即便见过东平伯，如今也毫无印象。

而就是这么一个令他毫无印象的人，今年居然连连被人提起，每一次还都是无端倒霉的那一方，这就由不得景明帝不好奇。

瞧着皇上好奇的眼神，潘海默默翻了个白眼，对着某个方向努了努嘴："回禀皇上，西南角那一桌从里边数第二个就是。"

西南角？

景明帝眯眼远望。

潘海的清咳声响起："皇上，那是东南角……"

景明帝脸上挂不住，脸一沉道："怎么，朕瞧瞧别处不行么？"

潘海抽了抽嘴角。

景明帝终于看清了姜安诚的样子，微微吃惊。

东平伯居然还是个相貌堂堂的美男子，按理说生得好的人运气都不会太差啊。

"皇上。"

"嗯？"

"是不是该开宴了？"潘海小声提醒。

"哦，开宴。"

潘海立刻扬声道："开宴——"

勋贵百官立刻起身谢恩。

景明帝接过潘海递过来的酒杯，依着往年的惯例对着臣子举杯，而这一次，他遥遥举杯，面朝的是西南角的方向。

上意难测，而人们最喜欢揣测的也是上意。

皇上今年敬酒居然对着西南角，莫非那边有皇上看重的人？

勋贵百官纷纷把目光往西南角投去。

没什么特别的人啊，坐在那个位置的都是没什么地位的勋贵，在皇上面前几乎连露脸的机会都没有，特别是东平伯，今年一年都不顺当，晦气得都没人想与他同桌了。

很快，乐舞丝竹声响了起来，席上觥筹交错，渐渐热闹。

景明帝随意吃了几口菜，继续与心腹太监潘海八卦："姜少卿看起来比他兄长老成。"

姜二老爷现任太仆寺少卿，在景明帝面前算是熟面孔，这也是为何姜二老爷要比姜安诚得脸的原因。

一个是在皇上面前挂了号的，一个是百年之后眼一闭子孙都无法袭爵的，在世人眼中谁更有体面，不言而喻。

潘海同情地看了姜二老爷一眼。

皇上说得委婉，但他嘴里"老成"的意思就是姜少卿没有东平伯好看！

景明帝瞄着姜安诚那张颇令人赏心悦目的脸，突然又起了好奇心："东平伯府两位出嫁女都遇人不淑，莫非她们的样貌都随了母亲？"

潘海左右瞄一眼，抬手擦了擦额头的汗。

皇上，您这些问题不能回宫再问吗？万一让人听到堂堂一国之君关心这个，丢不丢人啊！

不管怎么腹诽，皇上的话必须回答："奴婢听闻东平伯府的姑娘都是出众的美人儿。"

"那位姜四姑娘呢？"景明帝鬼使神差地问了一句。

潘海稍微犹豫了一下。

要是实话实说，皇上该不会把姜四姑娘纳入宫里来吧？

景明帝扬眉："嗯？"

潘海心中一凛，忙道："姜四姑娘殊色惊人。"

能被潘海称一声有殊色，景明帝颇惊讶。

这样看来，姜四姑娘定然是艳压群芳的美人儿。

如此一个美人儿，安国公家的小子竟然退亲？

景明帝好奇过后，便把此事抛开，赏起歌舞来。

冬日天黑得早，宴席一结束，稍作休息，浩浩荡荡的队伍便回了城。

一路上彩旗猎猎，乐声悠扬，无数百姓立在街道两旁围观皇家銮驾，景明帝亦坐在车马之上含笑看着他的子民。

回到皇宫后，景明帝高昂的心情低落下来。

从外面广阔的天地回到一成不变的宫中，任谁都会有些沮丧。

可无论心情如何，晚上的家宴还要打起精神应对。

景明帝忙里偷闲。休息了一下，便换上常服，前往长生殿。

一直以来，宫中的家宴都设在长生殿，对郁谨来说，这还是他第一次出席这种场合。

绵绵不绝的乐声，衣裳轻薄的宫女，熏人欲睡的暖意，都让他感到十分无聊。

可是再无聊还是要过来，他的终身大事还指望皇帝老子呢。

"皇上驾到，皇后娘娘驾到——"

随着高声通传，礼乐声顿停，景明帝携皇后走进大殿。

殿中众人立刻起身，高声参拜。

景明帝双手往下一压："坐下吧，都是一家人，无须多礼。"

出宫祭天已经够累了，家宴上他可不想再端着了。

景明帝懒懒地坐下来，开始打量嫔妃、儿女们。

宫里许久没进新人，妃子们没什么好瞧的，倒是儿子、儿媳还有女儿们，一年里难得到这么齐全，他可要仔细看看，免得认不出来了。

没办法，儿女多也有儿女多的苦恼。特别是公主，他足足有二十六个，什么样的好记性也应付不过来啊。

景明帝先从公主们看起，打眼一扫，就一阵眩晕。

除掉已经出阁的，眼下未嫁的公主还有十多个，在这样的场合穿着统一的宫装，梳着统一的发式，样貌也差不太多，简直是故意与他过不去！

景明帝又看了好几眼，无奈地收回目光。

女儿们一般待在深宫，鲜少在他面前晃，认不清就认不清吧，把儿子、儿媳认清就行了。

景明帝喝了一口酒定定神，看向下方。

先是太子与太子妃，再是大皇子秦王夫妇、三皇子晋王夫妇、四皇子齐王夫妇、五皇子鲁王夫妇，六皇子蜀王，八皇子湘王，等等，似乎少了一个。

景明帝又默默数了一遍，恍然大悟：少了老七！

他左右四顾，在一个角落里发现了郁谨。

周围或是嫔妃们的笑声，或是女儿们的低语，要么就是皇子皇妃不经意间的对视，还有生养了皇子的妃子投向儿子的关爱眼神，只有那俊眼修眉的少年孤身一人，冷冷清清地坐在角落里自斟自饮。

景明帝瞧着，突然觉得有些不是滋味。

这也是他的儿子呢，论形容举止，哪怕在乡野间长大，老七也不比其他皇子差，怎么就这般可怜呢。

老七的母妃是谁来着？

景明帝想了一下，看向贤妃。

宫里向来不缺美人儿，哪怕生养了两位皇子，贤妃到了这个年纪瞧起来依然明艳不可方物。

此时，齐王妃正凑在贤妃身边不知说着什么，贤妃含笑听着，而后抬眸，对着不远处的齐王微微一笑。

景明帝不由皱了眉。

老四都有媳妇了，当母妃的还做出这个样子干什么？倒是老七，现在孤零零地坐在一角，也不见这当母妃的关心一下。

贤妃似有所觉，看向景明帝。

景明帝清了清喉咙，问："爱妃与老四媳妇说什么呢，这样高兴？"

贤妃不料满殿的人皇上独独注意到了她，当下又欢喜又得意，笑道："听老四媳妇说起媛姐儿学女红的事呢。皇上您看，这是媛姐儿绣的帕子，才五六岁的小人儿，绣得已经很像样了。"

"是么，朕瞧瞧。"

立刻有宫婢把一方手帕从贤妃手中接过来，呈到景明帝面前。

景明帝扫了一眼，方帕上绣着一丛兰草，有一只模样古怪的小鸟落在一朵盛开的兰花上。

"这是什么鸟？"景明帝随口问。

小孙女绣的，不管好坏，他总要表现出一点兴致来。

贤妃的表情瞬间扭曲了一下，在景明帝询问的目光下，咬牙道："这是蝴蝶。"

瞬间笑声四起。

景明帝摸了摸鼻子，因觉得丢了脸，对贤妃更没了好脸色："比起媛姐儿绣的蝴蝶，爱妃不如操心一下老七的终身大事。"

此话一出，不只贤妃愣住了，殿中更是瞬间针落可闻。

景明帝越发不满。

老七是他儿子，今年都十八了，团圆宴上还一个人孤零零地喝闷酒，他当父皇的问一句怎么了？

郁谨看向景明帝的目光满是欣喜，心中却一派平静。

不枉他装了半天可怜，皇帝老子还挺敏锐的嘛，没等他把打好的腹稿说出来，居然就主动提起了这个话茬。

郁谨毫不掩饰的喜悦让景明帝越发感慨：看把老七高兴的，可见他早就想娶媳妇了，就是没人给张罗。

这可怜的孩子。

景明帝有些心酸，睇了贤妃一眼，转向庄妃："老六比老七还大些，终身大事同样不能耽误了。"

除了太子，其他儿子娶媳妇的事他不准备插手，按着往常那样交给他们的母妃操持就行，等定了王妃人选让他过目，只要问题不大，他都会点头。

庄妃微愣了一下，立刻笑道："臣妾正想借着这个机会对皇上说呢，等开了年举办一场赏梅宴，请各家闺秀来赏花，到时候若有合适的，就把老六的亲事定下来……"

景明帝边听边点头："爱妃有心了。"

贤妃听着险些气炸了。

什么叫"爱妃有心了"？这是嫌她对老七不上心？

老七刚回京城，她叫了好几次都没给她请过安，她就算有心也无力啊！

在贤妃看来，一个前途难料的儿子，她这么早张罗亲事做什么？缓一缓，摸准了皇上的态度会更有利。

万万没有想到在今日这样的场合，皇上居然为了老七向她发难。

想到这里，贤妃心中一惊。

也许，皇上对老七没有她想得那么淡漠……

心中琢磨着这些，贤妃忙笑道："臣妾也是这么想的，原来与庄妃妹妹想到一处去了，那等开年就一起办吧。"

见贤妃这么说，景明帝自然不会扫她面子，点了点头。

贤妃微微松了口气。

这事算暂且过去了，眼下离开年尚有一段时日，正好让她好好思索一下燕王妃的合适人选。

郁谨把酒杯往桌几上一放，站起身来："多谢父皇对儿臣的关心，那儿臣的终身幸福就靠父皇了。"

景明帝刚想点头，突然顿住。

等等，什么叫终身幸福就靠他了啊？他只是看不过去要给老七找个媳妇而已，可没保证娶的媳妇一定称心如意啊。

哼哼，年轻人就是天真，称心如意哪有那么容易，他还没称心如意呢。

虽然这般腹诽，可迎上儿子那双黑亮清澈的眼睛，景明帝到底没有多说，板着脸点了点头。

郁谨含笑坐下了。

有了父皇这个点头，他终于可以安心了。

赏梅宴定在转年正月十八，正是梅花开得最盛的时候。

贤妃斟酌许久，拟好名单，交给内侍送到内务府去。

这场赏梅宴是由贤妃与庄妃一同举办，而二人素来不怎么对付，当然不会你商我量，而是各自拟好名单，再交由主管此事的公公来料理。

交出名单后，贤妃又有些不安心，长长的玳瑁嵌宝珠指甲套掠过棋罐，捏起一枚黑子放在手中把玩，喃喃道："也不知庄妃请了什么人。"

她拟的名单上，邀请的贵女全是家世中等、不出挑、不拔尖的，或是家风严谨，或是有娴静温顺之名的姑娘，为了撑场面还请了几位出身极好的，实则后者不在考虑范围之内。

这样一份名单，与庄妃那边恐怕重合不多。

贤妃是个好面子的人，一方面不准备给感情疏远的小儿子娶高门之女，另一方面又不愿被庄妃瞧出这种心思来。

心腹嬷嬷十分了解贤妃这种心思，宽慰道："娘娘挑的人，定然都是最合适的。"

贤妃把棋子往棋罐中一丢，起身往窗边走去，叹道："罢了，就这样吧。"

急促的脚步声传来，声音虽轻微，落在贤妃耳中已足够清晰。

在宫里，内侍要想混得好，沉得住气是必需的，这么匆匆走来，莫非是有大事？

很快一名青衣宫婢走了进来："娘娘，燕王来向您请安了。"

贤妃急促转身："燕王来了？"

意识到失态，贤妃抬手理了理鬓发，指甲套上的宝珠熠熠生辉，晃人眼睛。

"是，王爷正在外面等候，不知娘娘见是不见？"

"请燕王进来。"贤妃直接打断了宫婢的话，莲步走向贵妃椅，款款坐下等着。

郁谨进来时，便见到一位宫装妇人挺直脊背坐在贵妃椅上，美貌端庄，却与那本该懒散悠闲的美人靠有几分格格不入。

他这位母妃，还真是有意思。

"见过母妃。"

贤妃盯着向她行礼问安的小儿子，怎么瞧怎么不顺眼。

看他这懒散劲儿，真是一点规矩都没有，哪里及得上老四一星半点。

贤妃心里存了不满，面上越发端着："上前来，让母妃看看。"

郁谨上前走了几步，已经能看到贤妃眼角淡淡的细纹。

郁谨微微勾起唇角。

说起来，他活到十八岁，这还是有记忆以来第一次与母亲离得如此近。

贤妃对郁谨的来意颇好奇。

自从这个儿子回到京城，她传了不止一次话让他进宫，可儿子从没顺从过，老七今日来总不会是单纯请安吧？

贤妃没有立刻问，而是仔细打量着小儿子。

感觉是陌生的，可是那形容和神态又格外熟悉。

单从容貌上看，老七比老四更像她，毕竟是她的骨血孕育出来的。

贤妃忽然生出几分感慨，神色缓和了些，问道："今日来见母妃，可是有事？"

"儿子来给母妃请安。"

贤妃心中不信，面上笑了笑："你有心了。还有别的事么？"

郁谨的脸微微红了，似是纠结了一下，才道："听说赏梅宴的时间定下来了。"

贤妃定定看了郁谨一眼，笑了笑："是啊，就定在十八那天，你莫非担心母妃办不妥当？"

郁谨俊脸微红："儿子当然不会担心这个。只是儿子常年在南疆，对京中贵女毫无了解，却格外向往夫妻和乐的生活，所以能不能有位称心如意的妻子，就要靠母妃了。"

贤妃一直看着郁谨，见他越说脸越红，到后来颇有些手足无措，弯唇笑了笑。

没想到老七对未来妻子居然如此憧憬。

这样也好，只要拿捏住老七的妻子，就拿捏住了老七。

贤妃微笑起来："你放心，母妃定会给你选个称心如意的媳妇。"

"那儿子告退了。"

离开贤妃的寝宫，郁谨立刻恢复了冰冷的神色，仿佛那个在母妃面前脸红的少年不曾存在过。

本来也不存在。

郁谨冷漠地笑笑，穿过重重宫墙，拐了一个弯。

一名灰衣内侍从郁谨身侧走过，悄悄放缓了脚步。

"办好了么？"郁谨望着前方，轻声问。

内侍轻轻应了一声："好了。"

郁谨弯了弯唇角，大步向宫外走去。

内务府具体负责此事的韩公公，正吩咐数名内侍按着两位娘娘送来的名单誊写请帖，其中一名内侍看了一眼名单，提笔写下东平伯府四姑娘的名字。

赏梅宴的风声渐渐传开，正月十八的前两日，收到请帖的贵女大多欣喜若狂，不曾收到的府上则扼腕叹息。

王妃之位啊，连参与的机会都没有，就这么飞了！

东平伯府中，冯老夫人反复看着管事呈上来的雕花请帖，激动不已。

鎏金的雕花请帖精致非常，落在冯老夫人手中却仿佛有千斤重。

她反复看了数遍，确定帖子是给东平伯府四姑娘的无疑，这才端起茶杯一口气饮尽，带着难掩的激动吩咐阿福："去请四姑娘过来！"

阿福一路小跑，来到海棠居请人。

不一会儿，守门的丫鬟打起棉帘，一个穿着大红斗篷的少女脚步轻盈地走了进来。

看到那身大红，冯老夫人顿觉心情舒爽。

姜似进了屋，把斗篷解下交给一旁的丫鬟，对冯老夫人盈盈行礼："祖母。"

冯老夫人伸出手，态度是罕有的和蔼："来祖母身边坐。"

姜似不动声色地走上前来。

冯老夫人仔细打量着孙女，眼角堆着笑："今日宫中给你送了一张帖子，你瞧瞧。"

姜似垂眸看过，无意识地摩挲着帖子上的镂空花纹，脑海中浮现的是郁谨嘴角含笑的样子。

他居然真的有办法让她收到帖子。

如今她收到了赏梅宴的请帖，两日后便要进宫赴宴，那他又会如何让自己成为燕王妃的不二人选呢？

姜似默默想着这些，嘴角不禁噙了浅笑。

不管如何，她相信他能办到。

冯老夫人盯着姜似唇边那抹浅笑，眼神微闪，试探着问道："四丫头，你知不知道为何能收到这张请帖？"

姜似笑了："祖母说笑了，孙女如何知道宫中贵人会定下赏梅宴呢，更不用谈能不能收到请帖了。其实孙女也在奇怪，为何这样的花宴，孙女能得到请帖呢。"

冯老夫人不信，目光一直在姜似脸上打转，看到的依然是那副平静淡然的表情。

"既然丝毫不知，怎么也不见你惊讶？"

姜似诧异地看着冯老夫人："不是祖母一直教导我们，泰山崩于前而色不变，才是贵女该有的风范吗？"

一句反问让冯老夫人颇为尴尬，想发火却没了脾气。

是的，单单这张请帖，足以使她没有脾气可发。

这可是替皇子选妃的请帖！

先不说能不能选中，四丫头莫名得了这么一张请帖，就足以令她扬眉吐气，往后给四丫头说亲事都能直起腰板了。

什么，你家四姑娘退过亲？还传出胆大妄为的名声？

那又如何，既然能成为王妃的候选人，经过了宫中贵人的严格挑选，就证明东平伯府四姑娘品格无瑕，以后任谁都不能对着她公然挑错处。

"回去后好好准备一下，缺什么直接对管事说，祖母这里还有两套年轻时用过的头面，回头收拾出来让阿福给你送过去……"冯老夫人一口气说了不少，笑着拉起姜似的手轻轻摩挲着，"不要让咱们伯府失了面子。"

"孙女知道了。"

四姑娘收到赏梅宴请帖的事，很快风一般传遍了伯府上下。

二太太几乎是第一时间就听闻这个消息，当即捏着烫手的茶杯，好一阵没言语。

心腹肖婆子忙劝了又劝，肖氏的心情这才缓和许多，嘱咐道："倩儿那里你亲自走一趟，免得那些下人狗眼看人低，怠慢了她。"

"太太放心，等下老奴就过去看看。"

姜倩自从回了伯府，鲜少走出院门。

不是她不想，而是不能。

她一个义绝回到娘家的出嫁女，自然要安分一些，至少挺过这些日子再说。

姜倩本想着等兄长中举她就可以抬起头来，万没想到兄长十拿九稳的考试竟出了状况，说起来这一年实在倒霉到了极点。

听闻肖婆子来了，姜倩打起精神见了人，忍着不耐，听肖婆子说那些琐事。

"四姑娘真是好命啊，竟然收到了宫中赏花宴的帖子。"

"宫中赏花宴？"

"是呀，听说是给未娶妻的皇子选妃咧。"

姜倩的眼神骤然一缩，用力扯着帕子："四妹为何会收到？其他妹妹呢？"

肖婆子笑道："只有四姑娘收到了。府上都说，没准四姑娘真能当上王妃呢。"

"不可能！"

肖婆子沉默下来。

姜倩抿着唇，缓缓平复下来，强笑道："以后肖妈妈常过来，给我说说外边的事吧。"

"二姑娘放心，太太叮嘱过让老奴常过来的。"

等肖婆子一走，姜倩陡然沉下脸，喃喃地自我安慰道："姜似算什么东西，一个连爵位都传不下去的伯爷的女儿能当上王妃？做梦！"

第五章　赏梅宴

进宫赴宴那天，天还未亮就下起了细雪，落到地上就化成冰水。

天空中铺满了层层叠叠的云，透着青色。

姜似乘车赶到皇宫，由内侍引着前往梅园。

她来得不算早，到了梅园时，已经有许多贵女在那里了。

姜似的出现使众贵女颇为意外，三五成群地悄悄议论起来。

"新来的穿浅绿色斗篷的姑娘是哪一家的，怎么从未见过？"显然，姜似的容貌使不少贵女产生了危机。

"呀，那是东平伯府的四姑娘，去年初在永昌伯府的花会上遇到过。"

"东平伯府？"一听这个来历，许多贵女眼中带了不屑。

先不说东平伯府在京城勋贵中地位如何，只说近来东平伯府可没少出风头，出的还是丢人的风头。

这种人家的姑娘，如何能到这样的花宴来？

"也不知有没有检查一下请帖，怎么什么阿猫阿狗都能混进来呢？"一道少女的声音突兀响起，让那些私语声一停。

众人循着那个声音望了过去。

说话的是一名生了双水杏眼的紫衣少女，她的视线正落在姜似身上，微翘的嘴角带着不加掩饰的嘲讽。

与众女不同的是，姜似却微微低头，寻找合适的位子坐下。

紫衣少女见姜似对她视而不见，立即柳眉倒竖，抬高了声音："说你呢，莫非耳聋了？"

姜似这才抬眸,面色平静地看了过去。

这个少女她同样认得,乃是太平伯府的姑娘,姓陈,闺名慧福。

陈慧福的母亲是宁罗郡主,同胞兄长与礼部尚书府的杨盛才、将军府的崔逸、礼部侍郎府的公子是从小玩到大的狐朋狗友,而这四位就是金水河上害她二哥的人。

杨盛才落水死了,崔逸三人也没讨到好处,这四家便恼上二哥乃至迁怒东平伯府,是她早就明白的。

陈慧福对她这满满的敌意,大概就是由此而来。

见姜似看过来,陈慧福的语气越发刻薄:"呵,既然不是聋子,却对别人的话听而不闻,可见就是没教养了。"

姜似坐下来,拿出手帕拭手,慢条斯理地拈起面前果盘中的一枚枣子把玩。

她对发难的陈慧福视而不见,众女就露出瞧热闹的眼神。

陈慧福因姜似这目中无人的态度而大为光火,仿佛听到了众女的嘲笑声。

她大步走到姜似面前来,手按着长几,沉沉道:"看来真是聋子了,不然怎么会如此没规矩!"

姜似动了动眉梢,把枣子往桌几上一丢,抬眼看着陈慧福,冲她笑了笑。

本来,小姑娘之间的争执没什么意思,可对方一而再、再而三咄咄逼人,那她就不想忍了。

"你笑什么?"陈慧福居高临下地问姜似。

"我笑规矩与教养原来是陈姑娘表现出的样子。"

陈慧福一怔:"你认识我?"

姜似笑了:"陈姑娘都指着我鼻子发难了,难道还不许我认识?"

轻笑声接二连三传来。

陈慧福大为尴尬,怒道:"你既然认识我,那我刚才问你话,你为何装哑巴?"

姜似叹口气,声音虽轻,注意着这边的人却听得清清楚楚:"我通常只理会说人话的,至于别的,要看情况。"

"你!"陈慧福不料姜似这种出身的人在她面前居然敢大放厥词,当下就恼羞成怒,冷笑着伸出手,"拿来!"

姜似看着她。

"别装傻,我要检查一下你的请帖。我现在怀疑你根本没有收到赏梅宴的帖子,是蒙混进来的。呵呵,莫非你以为仗着有几分姿色就能得到贵人青睐?我告诉你,那是痴心妄想!"

姜似拧眉想了想,认真问道:"所以说,你是在嫉妒我生得好看?"

被戳中了一半心事，陈慧福的脸色越发难看，咬牙切齿道："拿出来，不然就叫内侍来请你出去！"

一道甜美的声音响起："陈姑娘何必如此咄咄逼人？"

陈慧福猛然往出声的方向看去，迎上了安国公府的姑娘季芳华的视线。

姜似有些意外。

没想到居然有人替她出头，而这个人还是季芳华。

陈慧福盯了季芳华几瞬，突然笑了起来："季姑娘，你家不是与东平伯府退亲了吗，你怎么还与姜四如此亲热？呀，我知道了，莫非是还想当一家人……"

陈慧福没有直言，话里意思却很明白：安国公府是打算让姜似去给季崇易当妾，或者是姜似有这个想法。

这当然是纯粹的讽刺，且恶意满满。

季芳华面上染了薄怒："陈姑娘口下留德，也该瞧瞧这是什么场合！"

陈慧福冷笑："季姑娘才该好好注意这是什么场合，你出头又得不到别人一声谢，平白没了原有的机会才得不偿失呢。"

从各方面考量，季芳华的确是王妃的热门人选，她可是贤妃嫡亲的侄女。

"多谢季姑娘。"陈慧福话音才落，姜似的声音便响了起来。

季芳华对着姜似抿唇一笑。

对季芳华而言，王妃之位她才不稀罕，她只愿找个门当户对、知根知底的夫君，既不要像三哥那样娶个平民之女弄得焦头烂额，也不要高嫁到皇室，连呼吸都不畅快。

陈慧福看着二人眉眼来往，火气腾腾往外冒："姜姑娘是不是拿不出真正的帖子，才迟迟不见动弹？"

姜似一手托腮，闲适的姿态越发衬托出对方的气急败坏："我倒不知道宫里贵人还请了陈姑娘干内侍的差事，只是陈姑娘不该在这里检查，而是该守在内城门口。"

一句话引得众女笑声连连。

"贤妃娘娘到，庄妃娘娘到——"

随着内侍的高声通传，众女顿时收回笑声，恢复了文静娴雅的模样。

季芳华不知何时悄然走过来，在姜似身边坐下："姜姐姐，我坐这里方便吧？"

姜似含笑点头："自然方便。"

众女向贤妃与庄妃见过礼后，便纷纷落座。

贤妃缓缓扫过在场贵女，视线落到姜似面上时，嘴角笑意一滞。

姜似的母亲苏氏出身宜宁侯府，容貌拔尖，放到十几年前是出了名的美人儿。

贤妃、庄妃与苏氏算是一辈人，早早就相互认识。

姜似容貌酷似其母，这母女二人的容貌就如耀眼的明珠，令人见之难忘，贤妃自然一眼就认了出来。

她很快想到了姜似的出身与东平伯府近来的名声，面上虽不动声色，心中却烦得不行。

东平伯府的姑娘怎么会出现在这赏梅宴上？

贤妃不由看了庄妃一眼，心中冷笑：她还道庄妃是个多能耐的，原来不过如此，竟给这样的姑娘下了帖子。

难不成庄妃还想给儿子纳个绝色的侧妃？

可侧妃又有侧妃的选法，断没有与正妃混在一起选的规矩。

殊不知，此时庄妃也在诧异。

她当然认得苏氏，亦是一眼认出了苏氏的女儿。

贤妃怎么会请东平伯府的姑娘？

就算要给燕王选个出身不高不低的王妃，可再怎么样，都不该请一位退过亲的姑娘吧，还是东平伯府那种眼看着就要没爵位，名声亦不怎么样的人家。

或许贤妃是打算给儿子纳个绝色的侧妃，好缓和母子之间的关系？

可侧妃又有侧妃的选法，断没有与正妃混在一起选的规矩。

庄妃的腹诽几乎与贤妃如出一辙，她面上丝毫不露声色，对贤妃回之一笑。

在二人的无声交锋下，众女颇有些局促。

"庄妃妹妹，咱们就不要拘着这些孩子了，由着她们随意些。"

"贤妃姐姐说得是。"

在两位娘娘的温声软语下，场面渐渐热络起来，有的贵女坐到琴架旁，有的贵女走到画具前，更有许多贵女走出长亭，在梅树间漫步。

姜似一直窝在角落里一动不动，间或回着季芳华的话。

贤妃忍不住把视线投过去，暗暗皱眉。

芳华怎么会与姜姑娘搅在一起？

对于唯一的娘家侄女，贤妃颇有几分疼爱，却没想过把她许给小儿子。

她的靠山是娘家父兄，季芳华又是她亲侄女，一旦成了老七媳妇，她还怎么拿捏？

只这一点，贤妃就在心中划去了季芳华的名字。

她面上自然不会流露出来，笑着冲季芳华招手："芳华，来姑姑这里坐。"

季芳华对姜似露出个抱歉的眼神，起身走过去。

"姑母。"

"有些日子不见，芳华成了大姑娘了，瞧着比满园梅花还鲜艳。"

季芳华天性开朗，又没存着给亲姑母当儿媳的心思，神态自然坦荡，笑吟吟道："家里人都说我长得像姑母呢，可见姑母才是人比花娇的大美人。"

"少跟姑母贫嘴。"贤妃嗔怪一声，脸上却堆满了笑。

那些悄悄往这边打量的贵女心中一叹：有季芳华在，她们的机会又少了许多。

贤妃是个要面子的人，在这样的场合下，哪怕对侄女与姜似来往百般瞧不上，她也不会说出来，只拘着季芳华坐在她身边。

眼看着贵女们表现越发自在，庄妃便起了话头，提议众女展示才艺。

众女心中一震，知道关键时候到了，纷纷打起精神来。

而这时，内侍高声道："蜀王到，燕王到——"

两位锦袍玉带的年轻男子并肩走了过来。

庄妃未出阁前是闻名的才女，胜在气质出众，六皇子蜀王显然继承了母妃的相貌，瞧起来清秀儒雅，气质卓绝。

而在众女看来，这位只存在于传闻中的燕王简直有种令人惊心动魄的俊美。

他一挑眉，一抬手，明明只是疏懒随意的动作，却令人不由脸红心跳。

原来燕王是这样一个美男子。

之前，前来参加赏梅宴的贵女在两位王爷中无疑更想嫁蜀王，毕竟在众多皇子中，蜀王是出了名的受皇上宠爱，如果嫁给蜀王，哪怕不可能站到最高的那个位置，也足够风光无限了。

而现在，她们心中的天平悄悄移了移。

只可惜，嫁或不嫁，她们都没有挑选的权利。

向两位娘娘见过礼，蜀王笑道："我与七弟正逛着园子，见这边如此热闹，就过来瞧瞧。"

这当然只是说辞，所有人都心知肚明这场赏花宴就是给两位皇子举办的，他们出现在这里，就是为了定下王妃人选。

郁谨趁着蜀王说话的工夫，凤目微转，向姜似看了过去，确定了心心念念的人的确在场，便含笑收回视线。

他那一转眸，一浅笑，不知令多少注意着他的贵女脸红心跳，纷纷低头，而后又不甘心地忍着羞涩悄悄看过来。

正是情窦初开、少女怀春的年纪，能真正做到只以家族利益为重而无视皮相的女孩子，到底还是极少数。

姜似冷眼看着这一切，有种微妙的得意与不爽，而后又深深鄙视自己：得意也就罢了，毕竟心上人是个出众的，值得她得意，可她又不是爱吃醋的人，不爽什么？

都是被郁七那个醋缸带坏了。

想着这些，姜似抿唇微笑。

郁谨同样心情甚好。

终于能以皇子的身份光明正大地与阿似来往了。

过了今日，她就是他的姑娘。

蜀王有种被弟弟夺去风头的感觉，不过他并不太在意。

一个男人，特别是出身皇室的男人，长相是最不重要的事，计较这个未免落了下乘。

贤妃含笑道："两位王爷坐吧，正好领略一下咱们京城贵女的风范。"

郁谨与蜀王落座。

有两位年轻且英俊的王爷在场，众女顿时跟打了鸡血一般，哪怕竭力维持矜持的姿态，依然能从举手投足间瞧出雀跃来。

很快，在场之人便大饱耳福与眼福。

弹琴的，吹箫的，鼓瑟的，竞相展示，特别是寿春侯府的三姑娘寇凌波一段精彩绝伦的胡旋舞，令人目不暇接。

寇凌波一舞毕后，全场竟安静了一瞬，迟迟没有贵女上场。

谁都不想被寇凌波衬成平庸的花瓶，给别人铺路。

姜似随大流鼓掌的动作才停，就察觉一道目光落在身上，满满的不怀好意。

"二位娘娘，东平伯府的姜姑娘说她要上场。"陈慧福笑嘻嘻喊道。

陈慧福不过十四五岁年纪，一双水杏眼笑起来显得天真无邪，任谁都想不到她是在睁眼说瞎话。

两道意味莫名的目光向姜似扫来，一道来自贤妃，一道来自庄妃。

贤妃心道：刚刚看这丫头坐在一角，还以为算是个识趣的，知道自己几斤几两重，现在居然要出风头了？简直不知所谓！

庄妃则暗暗摇头，对姜似更看低了几分。

先不说这位姜姑娘即便表现再出众也机会不大，单说刚才那段令人抚掌称赞的胡旋舞刚刚停下，这姑娘选择在这个时候上场太不明智了。

若是真有本事，挑这个时候上场，未免太争强好胜。若是没有能拿出手的，那就是丢人现眼。

两位娘娘自然想不到陈慧福这样一个看起来天真无害的小姑娘会红口白牙地扯谎。而离陈慧福不远，心中清楚她这些小动作的贵女也不可能替姜似出头。

陈慧福就是笃定了这一点，才无所畏惧。

她就不信姜似敢把她供出来。

这种场合，无论谁对谁错，要是争论起来，谁都落不着好。

姜似一不注意就被推出来当出头鸟，自然不可能退回去当缩头乌龟。

她能选择的，唯有上场。

郁谨捏着茶杯，眸光深沉。

这女人当着他的面算计阿似？

当场掀桌还不行，毕竟媳妇还没定下来。

郁谨忍了又忍，看向姜似的目光带着几分担忧。

姜似施施然起身，对着贤妃与庄妃所在的方向一福，淡淡笑道："臣女本不敢献丑，不过刚刚陈姑娘说臣女若是上场，她就下一个上场。臣女不忍陈姑娘失了展示自我的机会，所以就斗胆献丑了。"

陈慧福猛然咬唇，嘴角抖了几抖才把话咽了下去，看向姜似的目光杀气腾腾。

这个狡诈的女人！

陈慧福有些心慌。

琴棋书画她当然都有涉猎，可在这种场合拿出来展示，到底有些胆怯。

姜似顶着无数目光走到了场中央。

郁谨紧抿薄唇，压抑着担忧，蜀王则第一次露出专注的神色。

"不知道姜姑娘要展示什么才艺？"贤妃淡淡问道。

姜似从容一笑："刚刚欣赏了各位姑娘的才艺，水平远在臣女之上，臣女就不贻笑大方了，便打算变个戏法，希望能博大家一乐。"

变戏法？

贤妃下意识皱眉。

众女眼中纷纷闪烁着好奇的光，目光深处藏着嘲讽。

在这种场合变戏法？这也太不上台面了。

"请帮我去折两枝含苞的梅花，再拿两个装半瓶清水的琉璃瓶。"

听了姜似的请求，宫婢看向贤妃与庄妃。

庄妃淡淡笑着，没有做出反应。

贤妃则点头允许。

她倒要看看，这丫头在玩什么花样。

很快，两名宫婢各捧着一个插有梅枝的琉璃花瓶过来。

大肚细口的透明琉璃瓶，放着长出瓶口三寸有余的梅枝，上面是零星数点花苞。

在这满园怒放的梅花中，寻两枝只有花苞的梅枝也不是易事。

"娘娘。"两名宫婢并肩而立，齐齐对着贤妃与庄妃行礼。

贤妃冲姜似所在的方向一扬下巴，淡淡道："给姜姑娘送过去吧。"

两名宫婢捧着花瓶来到姜似面前，面无表情地冲她微微屈膝。

姜似笑道："二位姐姐拿着好了。"

两名宫婢抱着花瓶，定身不动了。

姜似上前两步，拉近了与其中一名宫婢的距离。

她抬手，纤纤素指轻轻点了点梅枝上的一个花苞。

那花苞小小的，紧紧合拢着，显得瘦骨伶仃。

众女见她这般动作，越发费解，无论心中如何不屑，此时还是被吊足了好奇心，皆屏息凝神望着，有的甚至不自觉踮起了脚尖。

"姜姑娘，你究竟要变什么戏法？"贤妃问道。

姜似微微一笑："其实也算不上变戏法，只是梅花满园，花期将过，这两枝却迟迟未放，臣女觉得可惜，想催一催它们不要偷懒，早早开花罢了。"

什么，催含苞的梅花开放？

听到这话，不只是贵女们个个露出不可思议之色，就连贤妃眼中都闪过惊色，下意识与庄妃对视一眼。

庄妃同样吃惊。

倘若这位姜姑娘真能令含苞的梅花绽放，那就不是不上台面的戏法，而是一桩雅事、奇事了。

可这怎么可能？

庄妃饱读诗书，也看过许多杂书，却从没听说过世上有这样的法子。

两位娘娘对视的工夫，贵女们已经忍不住低声议论起来。

众人的反应丝毫没有影响到姜似，她垂眸望着琉璃瓶中的梅枝，目光温柔："不要躲懒，该开花了。"

语毕，莹白指尖拂过一个花苞。

在无数道目光的注视下，随着少女素手拂过，只见那紧紧合拢的花苞竟一点点抖动花瓣，缓缓绽放。

素手轻轻拂过一个个花苞，被拂过的花苞好似得到了琼浆玉露，缓缓随之而开，很快，红艳艳的梅花就开了满枝。

这番奇景好似雷电般击中了在场每一个人，那一瞬间，院中鸦雀无声，针落可闻，花开无声，那盛放的红梅却好似在每个人心头低喃。

竟然有这般美景。

在场的每一个人都参加过各种赏花宴，见识过许多奇花异草，可以说，无论多么稀奇的花木，多么美丽的盛景，都无法令这些贵人动容。

可是，她们第一次见到花一点点绽放是什么样子。

如此神奇，如此震撼人心。

众人尚未回神的时候，两枝梅花已经开满枝头。

大红的梅，衬着比花还要娇艳的少女。

蜀王忍不住站了起来。

姜似对着贤妃与庄妃一礼，朗声道："臣女不才，谨以这两枝梅花献给二位娘娘，祝二位娘娘青春常驻，凤体康健。"

贤妃缓缓回神，一时竟说不清是何心情，对宫婢颔首："呈上来吧。"

两名宫婢很快把插着梅花的琉璃瓶呈到二妃面前。

贤妃仔细看了又看，心中一叹：真是奇了，能令鲜花盛放，简直闻所未闻。

贤妃压下心中惊讶，对姜似微微点头："姜姑娘有心了。"

庄妃对着姜似露出淡淡笑意："姜姑娘的献礼确实别出心裁，今日得见如此奇景，也算大开眼界。"

她还真是小瞧了这位姜姑娘。

有寿春侯府寇姑娘之舞珠玉在先，其后的姑娘无论展示什么才艺都容易沦为衬托，而姜姑娘居然能令梅花绽放，既应了赏梅宴的景，又出乎所有人的意料，可以说是难得的风雅事。

她是如何做到的？

庄妃心中存着疑惑，却不好多问。

这种场合，她问得多了，无疑会让人觉得她对姜姑娘感兴趣。

郁谨用力捏着茶杯，竭力控制着冲上场去把人扛走的冲动。

这是他的姑娘啊……

郁谨带着几分感慨，几分酸涩，还有几分悸动，这般想着。

真想把老六那对眼珠子抠出来。

"臣女献丑了。"姜似再次对贤妃与庄妃一礼，从容退下，一路引来无数目光追随。

短暂的安静过后，贵女们纷纷议论起来，离她近的甚至直接问道："姜姑娘，你是如何做到的？"

姜似笑着回道："雕虫小技罢了。"

太平树上，有蛊名春归，小如尘埃，人却能控制其做出许多神奇之事，比如推动花瓣绽放。

姜似走到陈慧福身侧，脚步一顿，笑道："是不是该轮到陈姑娘上场了？"

无数目光顿时落在陈慧福身上。

有寇凌波的一舞，又有姜似令梅花绽放的"神仙法术"，可以说，无论陈慧福展示什么都会使自己沦为别人的踏脚石。

陈慧福显然也想到了这一点，一张俏脸白中泛青，格外难看。

顶着各色视线，她硬着头皮走了出去，遥遥对着二妃一福："臣女献丑，给二位娘娘吹一曲笛子。"

琴棋书画或歌舞她都会，可无论是弹琴还是跳舞都会沦为笑话，相较起来，吹一曲笛子至少中规中矩，不会出错。

贤妃点了点头。

有青衣宫婢端来托盘，上面放着一支通体润泽的潇湘笛。

陈慧福拿起笛子，试吹了两声。

笛声悠扬，音质极佳。

定了定神，陈慧福把笛子横到唇边吹奏起来。

笛声响起，活泼清丽，是众女耳熟能详的名曲《鹧鸪飞》。

这种场合，曲风欢快的《鹧鸪飞》是很应景的，又有展翅高飞之意，暗暗应了选妃之事。

无功无过，贤妃听着微微点头。

笛曲渐入佳境，陈慧福越发放松，从笛孔中流泻出来的笛音就越发圆润悠扬了。

陈慧福甚至为自己感到惊讶：这竟然是她发挥最好的一次。

她心头一阵得意，就在此时，奇痒传来。

那痒来得如此突然，如此剧烈，使她根本无法控制，嘴角猛烈抽搐。

笛声瞬间破了音，变得尖锐而刺耳，令听众好似被利刃划过肌肤般难受。

众人虽然原本听得漫不经心，可伴着欢快的笛曲聊聊天还是挺不错的，但这变了调的笛音一响，众人顿时齐齐皱眉，向场中人望去。

陈慧福大惊，努力维持着淡定。

尖锐的笛音接连响起，在窃窃私语中，她瞬间脸涨得通红。

怎么回事，为什么这么痒？

似乎不能想，越想越痒，到后来，她几乎完全无法控制嘴角的抽搐，把长笛一抛，对着腮边一抓。

五道指痕留在白嫩的面颊上，似乎瞬间就不痒了。

疼痛的感觉后知后觉袭来，伴随着疼痛的，是难以接受的丢人与耻辱感。

"还不退下！"那数道血痕在贤妃看来格外晦气，沉着脸淡淡道。

陈慧福捂着脸尖叫一声，跌跌撞撞回到原处，听着贵女们刺耳的议论彻底崩溃，放声大哭。

场面一时出现了古怪且尴尬的安静。

姜似弯唇笑，眸光一转，迎上郁谨的视线。

郁谨冲她悄悄眨了一下眼睛。

他果然是白操心了，根本轮不到他出手，阿似就给自己出了气。

陈慧福旁边的贵女忍不住劝道："陈姑娘，莫要哭了，两位娘娘与王爷们还看着呢……"

陈慧福一听，哭声更大了。

好心劝慰的贵女大为尴尬。

贤妃的脸色越来越沉。

好好一场选妃宴，怎么混进这么一粒老鼠屎？

"扶陈姑娘下去歇歇。"贤妃忍无可忍，淡淡吩咐一旁的内侍。

内侍走至陈慧福身旁，不冷不热道："陈姑娘，请吧。"

选妃宴上落选不丢人，可是宴会进行了一半被赶出去，简直丢人丢到姥姥家了。

陈慧福猛然起身，掩面飞奔而去。

季芳华起身，给贤妃圆场："姑母，侄女为您与庄妃娘娘弹一曲，还望姑母与庄妃娘娘不要嫌弃我手笨心拙。"

郁谨诧异地扬眉。

这少女居然是他表妹。

安国公府的表妹？

一想到安国公府，郁谨便如吃了苍蝇般难受。

和阿似定亲，又和阿似退亲，真是个养傻子的地方。

季芳华大大方方地走到场中，在琴架旁跪坐下来。

一曲《高山流水》奏完，虽没有出神入化的技巧，却抚平了人们心头的浮躁。

季芳华冲着贤妃与庄妃的方向一礼，走向姜似的位置。

那原本就是她的位置，只不过早早被姑母叫过去坐在身边，一直不好回去。

贤妃见状，嘴唇动了动，但这种场合不便说什么，便没有明言。

有季芳华的救场，赏梅宴上又恢复了热闹。

等众女展示得差不多了，贤妃与庄妃对视一眼。

贤妃清清嗓子，笑道："庄妃妹妹，你有没有觉得真是长江后浪推前浪啊，今日本宫果然大开眼界。"

庄妃莞尔："青出于蓝而胜于蓝，世事原是如此。贤妃姐姐若是瞧着眼热，大可不必。"

贤妃大笑："我一把年纪了，怎么和这些花朵般的小姑娘比，只是这些孩子个个有本事，竟令我一时评不出好赖来。"

"确实如此。"庄妃微微点头。

贤妃看向蜀王与郁谨："这样吧，今日就由两位王爷替我与庄妃选出表现最出众的几位贵女来，也好让我们有机会将准备的一些小玩意儿送出去，不知二位王爷觉得如何？"

蜀王起身抱拳："娘娘信得过的话，小王就大胆一选了。若是眼拙，还请娘娘与各位姑娘海涵。"

郁谨不如蜀王般谦逊，表现得十分坦荡："多谢娘娘给儿臣机会。"

贤妃与庄妃笑而不语，众女则悄悄红了脸。

无论是蜀王的风度翩翩，还是燕王的俊美无俦，都使她们对接下来的赠花心生期待。

也不知今日入选的会有几人。

很快，两名宫女各提着一只花篮上前来，篮中有数枝绿梅，众女面上竭力保持着云淡风轻，实则早就默数起绿梅的数量来。

一枝，两枝……

两只花篮中各放了六枝梅花，一只花篮中的梅枝系了粉带，另一只花篮中的梅枝系了蓝带。

众女心情雀跃起来，登时有了精神。

一只花篮里有六枝梅花，那就意味着两位王爷会各选出六个候选人。这样一来，在场众人中会产生十二个人选，机会并不小。

见宫婢在两位皇子面前站定，贤妃微微点头，示意可以开始了。

蜀王看向郁谨。

郁谨笑道:"六哥先请。"

"那为兄就却之不恭了。"蜀王抽出一枝系着蓝带的梅花,向众女走去。

随着他走近,众女的心跟着提起。

走到姜似身侧时,蜀王脚步微顿,而后继续向前走去。

他心中长长叹了口气:罢了,这是选正妃,不是挑侧妃,家世、品性远比容貌重要。

不能意气用事,不能让母妃失望……

郁谨紧盯着蜀王的背影,微微扬唇。

老六还算识趣。

而这时,明明已经走过姜似的蜀王突然转身,大步返回来,把手中梅花放到了姜似面前的白玉盘上。

别再说些家世品性比容貌重要的鬼话了,说这话肯定是因为那些姑娘还不够美,更没有令含苞之梅绽放的本事!

蜀王把梅花放在姜似面前的瞬间,场面登时一静。

而他就在这异样的安静中清醒过来。

他干了什么?

是了,他遵循了男人的本能,把绿梅放到了全场最漂亮的那个姑娘面前。

有些羞涩,更多的是懊恼,然而再多的懊恼都无法改变他一时冲动做出的行为。

蜀王心中虽波澜横生,面上到底能沉得住气,抬手轻轻摸了摸鼻子,往回走去。

还有五枝梅花,能赠给五位姑娘,说起来,这一时冲动算不上什么。

饶是如此,蜀王还是用眼角余光悄悄瞄了庄妃一眼,瞄见的是庄妃瞬间低沉的表情。

此时,庄妃确实有些蒙了。

她实在没想到向来聪慧沉稳的儿子竟然会做出如此惊人之举。

他怎么会把绿梅给了东平伯府退过亲的姑娘!

震惊过后,就是狂怒。怒儿子色令智昏,怒贤妃脑子有病给东平伯府的姑娘下帖子。

百般情绪只在心中,庄妃面上仍只显出淡淡的平静与深沉的眸光,多年的宫中生活早已使庄妃这般身居高位的女人修炼到家,喜怒不形于色。

还好,六枝梅花六个王妃候选,最终定下王妃的人还是她。

贵女们看着蜀王往回走,失落、吃惊、郁闷、不解等种种情绪交织在心头,到最后只剩下了酸涩:就因为姜姑娘生得美貌,蜀王就把第一枝梅花给了她?这可真不公平，美貌有什么用？是能吃能喝能持家，还是能成为夫君的助力？

贵女们心中极不是滋味，把手中小帕子搅来搅去，险些要搅成了烂布条。

而此时，郁谨只想飞身在蜀王心口来上一脚。

老六这个王八蛋，居然敢觊觎他媳妇！

不错，阿似确实样样都好，这王八蛋还算有眼光，可是再有眼光也不能觊觎弟媳妇啊，简直丧尽天良！

随着蜀王慢慢走回来，郁谨渐渐冷静下来。

从理智来说，蜀王此举对他是好事。

他相信庄妃与贤妃是一样的人，见到儿子把梅花给了阿似，定然急坏了。这样一来，等他表明选中阿似时，庄妃定然会为自己推波助澜。

啊，还是生气。

那些有眼无珠的人凭什么嫌弃阿似？总有她们后悔的一日！

垂在身侧的手死死攥紧，手背上青筋凸起，郁谨面上却一片冷漠。

他倒要看看蜀王接下来如何作死，倘若第二枝梅花还给阿似，那他就真的不忍了。

蜀王来到郁谨面前，笑着对他做出一个手势："该七弟了。"

"不必了，六哥一道选出来好了。"郁谨淡淡道。

蜀王推辞："这怎么行。"

二人轮流挑选才合规矩，要是他一口气把六枝梅花全都送出去，岂不是成了燕王挑他剩下的？

这可不合适，传出去别人还以为他太霸道呢。

郁谨笑道："何必这么麻烦，还是六哥选好了我再选吧，懒得一趟趟起来又坐下。"

见他坚持，蜀王只好应下来。

郁谨冷眼看着蜀王回到捧花宫婢那里，抽出第二枝绿梅向贵女们走去，最后把梅花放到寿春侯府的姑娘寇凌波面前，郁谨憋在胸口的那口气才消了些。

寇凌波盯着面前白玉盘中的绿梅，微微垂眸，耳根渐渐爬上红晕。

蜀王盯着少女精致的耳廓，脑海中闪过那张秀美无双却淡漠如水的面庞，心中失笑：罢了，东平伯府的姑娘生得再好，一个冰美人也没什么意思。

这样想着，他又忍不住向姜似所在方向看去。

玫红的袄，素白的裙，纤细而有弧度的侧影，以及精致无双的侧颜。

蜀王那点自我安慰瞬间被击碎。

他撒谎了，冰美人很有意思啊，不过没办法拥有，他只能自欺欺人罢了。

恢复了理智的蜀王心中轻叹一声，扬唇笑道："刚刚二位姑娘的表现实在惊艳了小王，这两枝梅花就赠给二位姑娘了，想来二位娘娘与各位姑娘不会骂小王眼光差的。"

他说得这般坦荡，而姜似与寇凌波展示的才艺确实是在场贵女中最令人惊艳的，倒是让他把第一枝梅花赠给姜似的举动没有那么耐人寻味了。

庄妃面色平静，眼底闪过笑意。

她就知道她儿子是个靠谱的。

贤妃扬眉，心中颇为遗憾。

本以为能看一场笑话，谁知道没成。

蜀王拿起第三枝梅花，环视一番，略微迟疑，把花放到一位贵女面前的白玉盘中。

收到绿梅的贵女喜上眉梢，又竭力掩饰着欢喜的情绪。

其他贵女见那贵女出身并不算顶尖，容貌亦称不上出色，心里又酸开了：蜀王把绿梅给舞姿绝伦的寇凌波和容貌出众的姜姑娘也就罢了，凭什么某某也能得一枝梅花？

比较起来，某某还不如自己呢。

这么一想，众女又期待起来。

蜀王既然能把梅花赠给一位各方面平平的贵女，岂不是说人人都有机会？

就在众女的翘首以盼中，蜀王送出了剩下的三枝梅花。

收到梅花的贵女喜出望外，没收到梅花的贵女则失落心塞。

郁谨站起身来，从面前宫婢的花篮中抽出一枝绿梅。

众女立刻收拾好各种心情，紧张地看着燕王会把第一枝梅花赠予何人。

一般来说，已经得到了绿梅的贵女不会再得到燕王的梅花，那么剩下的贵女中会有六人得到梅花，机会不小。

郁谨大步向姜似走去。

"请姜姑娘笑纳。"含笑拈花的少年把绿梅放到姜似面前的玉盘中。

众女微惊，贤妃嘴角笑意有些僵，而蜀王诧异过后，则理解地笑了笑。

但凡是个男人，谁不想站在最高的位置，和最美的女人在一起呢。

郁谨深深地看了姜似一眼，转身回去，抽出第二枝梅花再次向众女走去。

众女不约而同地想：莫非燕王也会把第二枝梅花给寇姑娘？

两位王爷把两枝梅花给表现最出众的两位姑娘，这倒说得过去。

而郁谨就在各种猜测中再次停在姜似面前，含笑放下梅花："请姜姑娘笑纳。"

看到锦袍少年手中的绿梅又落在姜似面前的白玉盘中，众女忽然一惊。

她们是不是看错了？

已经有性子冲动的贵女开始揉眼睛，而性情沉稳的贵女此刻也难以维持淡定。

燕王居然把两枝绿梅全给了姜姑娘？

她们目光微移，看到离姜似不远的季芳华，不少人心中浮起一个念头：燕王是不是手滑了？这枝梅花许是给安国公府季姑娘的吧。

季姑娘出身高门，还是贤妃的亲侄女，与燕王是嫡亲的表兄妹，得燕王一枝梅花理所当然。

应该说，燕王只要是个懂事的人，六枝梅花里必然有一枝该送给舅家表妹，不然贤妃脸面可不好看。

此刻，贤妃一张脸都拉长了，镶了宝石的长指甲抵在桌几上，发出轻微的刺啦声。

第一枝绿梅给东平伯府的姑娘她就忍了，反正有蜀王的例子在先，年轻人欣赏美人儿乃是天性，可是第二枝绿梅居然还给了姓姜的丫头，这简直让她忍无可忍！

刚刚她还想着瞧庄妃的笑话呢，谁想到眨眼间自己成了那个笑话。

庄妃险些维持不住淡然的表情。

贤妃的小儿子竟然是这样的人，竟会被美色冲昏了头。说起来，她儿子也昏了一次，好在及时清醒过来了，燕王居然被冲昏了两次。

这样一来，因为姜姑娘表现出色而赠花的理由就说不过去了，这是纯粹看中了姜姑娘的美色！

姜似看着玉盘中的两枝绿梅，有些意外，又觉得这果然是郁七能做出来的事。

她还以为能得郁七一枝绿梅，然后看他如何在皇上与贤妃之间周旋，好把二人的亲事定下来，没想到他根本不做表面功夫，要把六枝梅花全都给她。

是的，到这时，姜似已经明白，郁谨剩下的几枝绿梅必然都是她的。

不过，不给她又给谁呢？亲眼瞧着心上人把花给别的女人，想一想就生气。

姜似微微弯唇。

什么，明明盘中有第三枝梅花？抱歉，不感兴趣的人所送之物，她自然是不放在眼中的。

见姜似弯唇，郁谨瞬间心情飞扬。

看着阿似高兴，他亦高兴。

场面已经无法再保持平静，低低的私语声从四面八方传来，好似苍蝇嗡嗡叫，吵得人心烦。

郁谨全然不在意这些，一心一意做着想做的事。

"请姜姑娘笑纳。"他把第三枝梅花放到姜似面前。

私语声更大，场面已经一片哗然。

"什么，燕王竟然把第三枝绿梅也给了姜姑娘？"

有贵女喃喃："原来燕王赠出第二枝绿梅不是手滑啊……"语调拉长，带着叹息，藏不住不甘与酸涩。

凭什么呢，怎么会有这样幸运的女子？就因为她生得好看一些？

蜀王的一枝梅花，燕王的三枝梅花，姜姑娘这是要出尽风头吗？

又有贵女自嘲地笑道："怎么可能手滑呢，燕王就是看中了姜姑娘呀。"

"燕王会把第四枝绿梅给谁？总不会还是给姜姑娘吧？"

一名贵女连连摇头："不可能，绝不可能，哪有把四枝绿梅给同一人的道理，这可是选妃宴——"

一时说漏了嘴，贵女急忙咬唇，羞得面红耳赤。

两位王爷在赏梅宴上选妃，虽然是心照不宣的事，但直白说出来就有些尴尬了。

而此时，无人理会这名贵女的尴尬，众女全都死死盯着郁谨，看他要把第四枝绿梅赠给何人。

要是赠予其他贵女，她们至少还有三个机会，要是依然给了姜姑娘……不，不，燕王敢这么做的话一定是疯了。

而郁谨手中的第四枝绿梅，就这么坚定不移地落入姜似面前的白玉盘中。

"请姜姑娘笑纳。"少年的声音依然平稳清澈，如被融化的山巅春雪涤荡过一般。

干净，又有种道不明的暖意。

如何不暖呢，四枝梅花尽归一人，足以证明了少年的心意。

"疯了，疯了，燕王一定是疯了……"一名贵女神色呆滞，喃喃道。

一旁的贵女忙掩住她的口，低声斥道："快醒醒，说什么疯话呢！"

燕王是皇子，岂是她们能公然议论的？

贤妃已经不自觉地直起了身子，再无淡然神色。

郁谨笑着把第五枝绿梅放入姜似面前的白玉盘中。

与其他贵女面前空荡荡的白玉盘相比，姜似面前的白玉盘已经堆满了梅花。

到这时，场面再次恢复了安静。

众人从震惊到麻木，就只等着眼睁睁看事情如何发展。

还会有更令人吃惊的事发生么？

应该不会有了，最多就是燕王把第六枝绿梅也给姜姑娘罢了。

给呀，给呀，以为她们还会惊讶吗？哼，燕王已经做出这么不要脸的事，再发生什么她们都不会吃惊了！

事实证明，这些姑娘太天真了。

当郁谨把第六枝绿梅放下时，道一声"姜姑娘请笑纳"，他又慢条斯理地翻了翻堆满梅枝的玉盘，抽出系着蓝色带子的绿梅，随手丢到桌几上。

众女一蒙，随着他的动作移动视线，就更蒙了。

燕王把蜀王赠予姜姑娘的绿梅丢到桌几上也就罢了，更过分的是居然丢到了别人的桌几上！

盯着面前桌几上的绿梅，季芳华咬了咬牙。

她这是天降横祸没错吧？

她发誓，从此以后这个表哥是她最讨厌的人，没有之一。

一只手伸过来，捡起季芳华面前的梅花，掷到了地上。

"抱歉，没扔准。"

郁谨说完，转头对蜀王拱了拱手："姜姑娘的玉盘中放不下这么多枝梅花，弟弟就把六哥这枝拿出来了，六哥不介意吧？"

蜀王还能说什么，只能干笑着道："自然不介意。"

他心中对郁谨竟有几分佩服了：老七为了美色够拼的。

作为一个正常的男人，谁不想娶个绝色的女子当媳妇？可是在妻子要承担的义务中，取悦夫君只是最微不足道的一项，而生儿育女，管家理事，侍奉公婆等等，任何一项都比前者重要。

而作为一名王妃，需要承担的责任就更多了。他的王妃绝不能只有美貌。

在满场呆滞迟缓的视线中，郁谨施施然回到自己的位置上坐下来。

不知何时已经站起来的贤妃身子微微一晃。

老七这个混账东西都干了些什么？

她一定是在做梦，不然怎么会见到如此荒唐的事？

手心的刺痛感使贤妃醒过神来，脸色沉得能滴水。

不是做梦，老七这个混账不但干了这么荒唐的事，还没事人一般回去坐着了，他到底有没有把她这个母妃放在眼里？

她已经可以想象到，今日赏梅宴一结束，她立即就会成为宫里宫外的笑话，还要带累老四脸上无光。

贤妃气得发抖，却不能在庄妃面前跌份，便深深吸了一口气，缓声道："燕王，这样的场合怎么能胡闹呢？"

把郁谨刚才的惊人之举归为少年人胡闹，在贤妃看来，倘若郁谨有一分识趣，也该知道下台阶了。

贤妃死死盯着郁谨，眸光灼灼，带着警告。

郁谨起身，冲着贤妃朗声一笑："娘娘说笑了，儿臣又不是孩子了，这么严肃的场合怎么会胡闹呢？"

贤妃用力咬了一下唇，一字一字道："在场这么多姑娘皆是天之骄女，才艺亦不乏出色，你把六枝梅花全都赠予姜姑娘一人，这对其他姑娘可不太公平。"

郁谨笑了。

丰神俊朗的少年，清冷干净的气质，再加上刚刚惊人的举动。

这样的燕王，众女不得不承认，迷人极了。

一个样样都好的男人对所有女子不屑一顾，独独钟情一人，还有什么比这更令人心动呢？

郁谨笑了，声音不高不低，落在众女耳中却格外清晰。

他几乎是带着叹息说："娘娘，这世间的事，何来绝对的公平？"

贤妃一怔，一时竟说不出心中感受。

这一瞬，她突然想到了许多。

比如承载了她所有期待的老四，比如让她恨不得没出生过的老七……

老七不论多么不靠谱，这句话却没说错：这世间的事，何来绝对的公平。

郁谨摊开手，从容而坦荡："儿臣就觉得将这些绿梅赠予姜姑娘最合适，若是为了所谓的公平而把绿梅赠予别的姑娘，这不是让儿臣昧良心吗？何况，这样其实对其他姑娘来说才是不公平吧？"

他停顿了一瞬，扬声道："在儿臣看来，这不是公平，而是可笑。"

选妃选妃，选什么妃啊，他的媳妇凭什么要别人做主。他偏要把六枝绿梅全都给阿似，没有其他候选，看贤妃如何挑选。

贤妃气得脸色发青："什么可笑不可笑，这难道是选才女的花宴？这是选妃宴！"

震怒之下，贤妃忍不住把赏梅宴的那层遮羞布扯了下来。

众女立时垂眸低头，面颊发热。

郁谨高高扬眉，装出几分惊讶，而后笑出一口白牙："若是这样，儿臣就更不需要把六枝绿梅分赠六位姑娘了，毕竟儿臣只有一个人，又不需要六个媳妇。"

姜似垂下眼帘，遮住满眼的笑。

扯歪理扯得如此理直气壮的，大概只有郁七一家，别无分号。

众女听着郁谨的歪理竟下意识点头，而后才觉出不对：点什么头啊，燕王妃之位还没掺和进去呢，就这么飞了！

贤妃也是傻了眼，有种被逼到绝路上的感觉。

选妃宴最终只选出一个人，简直闻所未闻。

这要放到别人身上她还能当个乐子笑一笑，可放到自己儿子身上就不那么好笑了。

可是在这样的场合上，她又不能真的撕破脸教训老七。

贤妃仿佛被打了一闷棍，有火发不出，只得攥紧手道："你只需要一个媳妇不假，可婚姻大事自来是父母之命媒妁之言，皇家也不例外。王妃之位怎么能由你直接定下来？此事还需要本宫与你父皇好生商议才是。"

郁谨诧异且委屈，道："先前父皇答应儿臣未来的燕王妃会令儿臣称心如意，母妃也是这般答应的，现在怎么竟与先前应下的不一样了？"

贤妃一滞，气得浑身微微颤抖，有种心肝肺被气得抽筋的感觉。

难怪老七那天破天荒进宫来，原来是给她设套呢！

还不只给她设套，更早的套，傻皇上早钻进去了！

搬出景明帝来，贤妃一时没了言语。

有皇上点过头，除了姓姜的丫头，对她选出的任何贵女老七若是来句"不称心如意"，那她不等于被架到火上烤？

贤妃下意识向姜似望去。

红袄素裙的少女，令她仿佛看到了昔日京城第一美人的风光。

绝对不成！

哪怕拼着今日丢些面子，也不能被老七逼着选姓姜的丫头当儿媳！

贤妃打量着姜似，一个字一个字仿佛从牙缝中挤出来："能不能称心如意，可不是见一面、看一眼觉得欢喜就成的，两个要过一辈子的人，想称心如意的话需要注意的事且多着呢。"

已经到了这个份上，她完全有理由对姓姜的丫头甩脸色了，且不会让人说她不够大度。

一个小姑娘，居然能引得两位皇子赠花，这显然不是适合嫁入皇室的人选，更何况还迷得燕王把所有绿梅都给了她一个人。

这是要干什么？当红颜祸水吗？

郁谨姿态越发慵懒，淡淡道："若是见一眼都觉得堵心，还谈什么一辈子？照娘娘的说法，岂不是所有人都要走到人生尽头才能评议这一生是否称心如意了？"

众女心道，啥意思？燕王看她们一眼就觉得堵心？

一时间杀气冲天。

郁谨无视贤妃越发难看的脸色，笑道："总之儿子现在十分称心如意，相信在父皇金口玉言的祝福下，以后也会称心如意的。"

贤妃心一横，干脆垂下眼，沉声道："称心如意不代表随心所欲，总之，这般不合规矩的事本宫不答应。燕王要么把六枝绿梅重新赠给六位姑娘，要么就等着本宫回头替你安排吧。"

一句话直接说死了，场内顿时一片寂静。

郁谨定定看着贤妃，眸光深如幽潭。

贤妃动了动眉梢，心中冷笑：老七莫非还敢当众顶嘴不成？要是那样，她就更有理由死死拿捏他了。这个儿子，不给点颜色瞧瞧，半点不把她这个母妃放在眼里。

"贤妃姐姐，何必与小辈计较这么多呢？今日赏梅本来是件令人快意的事，依我看呐，人生若能称心如意是件大幸事。"庄妃适时开口。

贤妃气得想抓花庄妃那张寡淡的脸。

庄妃这个贱人，真是站着说话不腰疼，什么叫"人生若能称心如意是大幸事"？这是在讽刺她为难自己儿子吗？

哼，要是蜀王把六枝绿梅全都给了姓姜的丫头，庄妃还能这么说，她就对庄妃道一个大写的"服"字。

贤妃笑笑："庄妃妹妹误会我了，我怎么会与亲儿子计较呢，只是替他好好打算，就同你替蜀王好好打算是一样的。"

庄妃笑了笑，不再与贤妃言语交锋。

无论如何，今日这场闹剧她已经看完了，贤妃的笑话想必会在宫中流传许久。相较之下，儿子赠一枝绿梅给姜姑娘完全不算什么。

"皇上驾到——"一道高声，顿时引得众女一阵骚动。

皇上怎么会过来？

贤妃与庄妃对视一眼，皆从对方眼中看出几分愕然。

给皇子选妃这种场合，皇上从没凑过热闹。

再者说，堂堂天子凑这种热闹很奇怪啊，御史听了定然会觉得皇上吃多了。

贤妃正腹诽，就见一道熟悉的明黄身影走了进来，身后跟着大太监潘海。

景明帝环视一圈，目光落在郁谨身上，片刻便收回目光，向二妃走去。

郁谨微微扬唇。

父皇来得还算及时嘛，不枉他来这边之前去父皇面前晃了一遭。

在满场高呼的万岁声中，景明帝对二妃虚扶一把，示意众女不必多礼。

有皇上在场，众女皆垂眸低首，连呼吸声都放轻了些。

她们虽是高门之女，可除了极少数与皇室沾亲带故的，大多数贵女这是第一次得见天颜。

"皇上怎么过来了？"贤妃开口问，虽然竭力掩饰，可她脸上发僵的笑意还是令景明帝有所察觉。

景明帝下意识瞥了郁谨一眼，不动声色道："朕听说有位姑娘能令含苞的梅花绽放，心生好奇，过来瞧瞧。"

都怪老七这小子。

他那么多儿子，成亲的也有五个了，哪个儿子选妃时都十分淡定，独独这个老七一大早跑到他面前打转。

他忍不住问怎么了，这小子就说父皇啊，万一选妃宴上没有称心如意的姑娘可怎么办啊？

他气得一脚就踹了过去。

什么选妃宴，这是赏梅宴！

当然，办赏梅宴的目的就是选妃，可也没见过说得这么直白的啊，还有没有一点皇室的矜持了？

踹完了，看着那小子捂着屁股一脸倒霉的可怜样，他随口说，若是这次没有称心合意的，那就再办一次赏花宴，臭小子这才眉开眼笑地走了。

景明帝回忆着那张笑脸，是他从未见过的灿烂坦荡。

真是野生野长的孩子，无论是生气还是高兴都如此鲜活，鲜活得令他忍不住多看几眼，好似看到了城郊祭天的行宫外那片肆意燃烧的红云。

哪有脸皮这么厚的小子？这是想媳妇想疯了吧，说不定到现在还是个生瓜蛋子。

景明帝突然好奇起七儿子的私事来，招来潘海一问，果然听潘海说燕王府中没有侍妾，甚至连婢女都不多。

景明帝一听，登时多了几分理解。

难怪了，其他皇子满了十四岁就会安排宫女伺候，这也算是一种教育。

景明帝本来没有关注赏梅宴，因郁谨来了这一遭，忍不住命潘海派人去瞧瞧。

他挺好奇这次赏花宴上那小子有没有遇见合心意的姑娘，毕竟再举办一场花宴，花的还是他私库里的银子，心疼咧。

谁知内侍回话，他居然听到了一桩奇事：有位姑娘不知施展了什么仙人法术，竟令含苞的梅花绽开了。

他当时就要过来，只恨潘海那老东西死命拦着他错过了好戏！

听了景明帝的话，贤妃睃了潘海一眼。

潘海抬眼望天。

他有什么办法？他也很绝望啊！

越发觉得气氛古怪，景明帝笑问："那位会仙人法术的姑娘是谁家的啊？"

贤妃紧抿着唇，快要维持不住脸上笑容了。

庄妃笑道："回禀皇上，是东平伯府的姑娘。"

咦，这不是他听说了好几次的那个东平伯府吗？

景明帝登时来了精神。

实话实说，他对那位格外倒霉的姜四姑娘好奇许久了。

清了清喉咙，景明帝露出个自然的微笑："是东平伯府行几的姑娘啊？"

"是四姑娘。"庄妃笑着道。

贤妃一言不发，心中突然有了不妙的预感。

庄妃这个贱人，这种时候添什么乱！

郁谨冷眼旁观贤妃的神色，心底冷笑。

果然不出所料，老六那一枝绿梅送出，立刻使庄妃成了他的帮手。

景明帝一听庄妃的话，心里乐了。真是他想瞧的那位姜四姑娘。

嗯，来都来了，不看白不看！

"人呢？"

姜似越众而出，对景明帝盈盈一礼："臣女见过皇上。"

看着盈盈施礼的少女，景明帝嘴唇翕动。

他要是说一声"抬起头来看看"，是不是显得老不正经？毕竟这是给他选儿媳妇的花宴。

景明帝面上越发严肃，不紧不慢道："你就是能使含苞梅花盛开的小姑娘？"

"正是臣女。"姜似不卑不亢地应道。

贤妃有些失望。

还以为见了皇上，这姓姜的丫头就会慌得语无伦次，没想到居然如此淡定。

她讨厌这种淡定。

一个小姑娘有什么底气淡定？说白了，不就是自恃美貌，知道容易让人另眼相看吗?

这样的女子,她见多了。

"能令花苞绽放,岂不是仙人法术?"

姜似笑道:"只是雕虫小技罢了。"

"姜姑娘可否让朕一观?"

景明帝这般说着,身旁内侍立刻去折梅枝。

开玩笑,皇上虽是询问的语气,但别人真要拒绝那就不是不识好歹,而是作死了。

见内侍把缀着数点花苞的梅枝折来,景明帝再问:"不知还需要什么?"

"还需要盛着清水的琉璃瓶。"庄妃笑着插话。

贤妃用力握着已经折断的长指甲,目光恨不得化成尖刀,戳庄妃几下。

谁让庄妃这个贱人抢答了!

庄妃弯唇含笑。

看贤妃如此吃瘪,还真是神清气爽。

她忽然觉得姜姑娘有几分可爱了,当然,前提是不能是她儿媳妇。

内侍立刻又取了盛着清水的琉璃瓶来,看向姜似。

姜似微微抿唇,沉默了一瞬才道:"把梅枝放入琉璃瓶中就行。"

她声音轻盈,显出干净冷清的质感,像是上好的玉石相击发出的声音。

郁谨不自觉皱眉。

为何觉得阿似不太高兴?

姜似确实有些小小的不爽。

一个人主动展示技艺,博得满堂惊艳,自会觉得得意,但被动做这些事,就有些不是滋味了。

像是被耍的猴给人取乐子。

好在是皇上,要猴戏似乎也没啥丢人的。

姜似很快想开,面色依然平淡。

她这般冷淡,景明帝反而来了兴趣。

很久没见过这么有意思的小姑娘了。

她的美貌固然出众,但他当了这么久的皇帝,什么绝色美人没见过?他是觉得这小姑娘够胆子。

她刚刚是给他脸色瞧?

可他什么也没干啊,况且,等会儿要是不能让他看到奇景,他要翻脸生气了,不会惯着这些小姑娘无理取闹的毛病。

　　景明帝这般寻思着,就见少女素手轻抬,莹白指尖缓缓从花苞上拂过。

　　哪怕刚才已经见过,众人依然忍不住屏息凝神,目光灼灼地看着她。

　　这般如梦如幻的奇景,委实是看多少次都不够的。

　　"花开——"

　　随着少女素手拂过,红梅点点而开。

　　景明帝蓦地睁大了眼,目光中闪过孩子般的新奇之色。

　　居然真的开花了?

　　"是水温的问题吗?还是水中放了什么?"

　　"咳咳!"潘海用力咳嗽一声。

　　景明帝恢复了一脸严肃:"姜姑娘好本事。"

　　啊啊啊啊——他不是好奇。

　　潘海无言。醒醒,您是皇上!

　　身为帝王自是要矜持,景明帝不好对她刨根问底,赞了姜似一声后,又把视线落到蜀王与燕王那里。

　　姜似见状屈膝一礼,默默退回去。

　　"听说你们两个是今日赏梅宴的评判?"面对儿子,景明帝习惯性地板着脸问。

　　蜀王笑着给景明帝行了个礼:"正好赶上。两位娘娘抬爱,让儿子们凑个热闹。"

　　景明帝瞟了郁谨一眼。

　　这小子不是正担心寻不到称心如意的姑娘吗,到底寻没寻着?

　　他下意识看向摆在众女面前的白玉盘。

　　按惯例,皇子会把梅花放到中意姑娘的玉盘中。他当年也做过一样的事,不过放的不是梅花,而是芍药。

　　到现在,他还记得那芍药开得格外娇艳,他把它放到了一眼就相中的姑娘面前。

　　他看中的那个姑娘后来成了他的王妃,再后来成了他的皇后。

　　再到后来,她死了……

　　景明帝收回思绪,目光突然顿住。

　　一盘绿梅几乎要晃花了他的眼。

　　定了定神,景明帝确定自己没看错。

　　这是什么情况?

　　到底忍不住好奇,景明帝问道:"姜姑娘的玉盘中为何有多枝梅花?"

贤妃脸一热。

老七就没给她长过脸！

不过皇上既然知道了，老七那点小心思就更别想了，省得她多费口舌。

贤妃自我安慰一番，觉得好受了些。

郁谨笑着道："儿子送的。"

蜀王垂眸，几乎不忍看景明帝的表情了。

能把这话在父皇面前说得如此理直气壮，他要给老七跪下了！

不知道父皇是要罚老七关禁闭呢，还是罚年俸呢？

"全部？"景明帝声音微扬，两个字都走音了。

郁谨的笑容越发灿烂："是啊，全部。多亏了父皇金口玉言，儿子真是白担心了。"

景明帝脸一沉："胡闹！"

这傻小子也太实在了，就算遇见十分中意的，就不知道掩饰一下吗？

贤妃适时开口："皇上息怒，臣妾刚刚已经斥责了燕王，让他重新赠花。"

在皇上面前，她不信这逆子还敢犯倔。

郁谨嘴角微扬，讥讽的笑意一闪而逝，很快换上了纯良无辜的表情："送出去的东西岂有收回来改送他人的道理？这些花，儿臣既然已经送给姜姑娘，断不会再送给别人了。"

"当着你父皇的面，还这么放肆！"

景明帝摆摆手，示意贤妃不要急着发火，沉声问道："老七，你为何要把绿梅全都赠予姜姑娘一人？在场这么多姑娘，就没有另一个的才艺能入你的眼吗？"

郁谨笑道："儿臣是粗人，瞧着每位姑娘的展示都好极了，实在分不出高低来。之所以把绿梅都赠予姜姑娘，是瞧中了姜姑娘其他方面的长处。"

众女听了，心中叹息：姜姑娘令梅花绽放的手段，委实太出风头。

贤妃冷笑："不过是使了个障眼法令梅花开了，就让你犯糊涂了？燕王，你这般见识，可让本宫失望了。"

郁谨听得心中冷笑连连。

让本宫失望？

脸真大，活像他在乎似的。

景明帝听得也不高兴。

什么叫"不过使了个障眼法"？到现在他还想不明白是怎么回事呢。贤妃说得轻巧，怎么不给他使个这样的障眼法来瞧瞧？

· 165 ·

"不是啊，娘娘。儿臣刚刚不是说了，各位姑娘先前展示的才艺都好极了，儿臣分不出高低来。儿臣把绿梅全送给姜姑娘，只有一个特别简单的原因：一瞧见她就觉得称心如意。"

蜀王听得嘴角微抽。

老七净说大实话了，谁瞧着大美人儿不称心啊！

"皇上，您瞧瞧，燕王实在——！"

景明帝脸色微沉："好了，只是赠个花而已，何至于如此兴师动众？花宴既然已经结束，那便散了吧。"

贤妃真是越发啰唆了，当着这么多贵女的面教训皇子算什么事？有话就不能关起门来说？

被景明帝这么一说，贤妃脸上阵阵发热，一扫郁谨平静无波的模样，顿时气不打一处来，强撑着道："皇上说得是，赠花也不算什么。"

皇子赠花选出王妃候选只是惯例，又不是明文律条，最终定下哪家的姑娘为王妃，可不是皇子拿主意。

决定权最终还是捏在她手里的。

贤妃这么一想，又觉得自己先前确实急躁了，都怪老七这混账做事太荒唐，让她乱了阵脚。

想通这些，贤妃的笑意舒展了些。

众女在内侍的引领下往外走，没收到绿梅的贵女不约而同地想着一件事：听皇上与贤妃的意思，燕王赠花也不作数了？这么说，她们还是有成为燕王妃的机会？

众女散去，长亭空旷，只剩下景明帝与二妃。

庄妃相当识趣，淡然道："皇上，臣妾先告退了。"

"嗯。"景明帝微微点头。

对庄妃，他向来是满意的。

聪明，事少，话不多，妃子们要都像庄妃这样，他耳根子就清净多了。

只剩下景明帝与贤妃二人，景明帝说话就随意了："爱妃刚刚何必发如此大的脾气？老七从小长在宫外，没什么城府，算不上大毛病。"

"皇上，那也不能由着他胡来啊。您瞧瞧，他把梅花全给了姜姑娘，说到底还是只看美色。眼皮子这么浅，能有什么出息？"

景明帝听了，眉梢一动。

老七一个闲散王爷，一辈子富贵荣华享用不尽，还想有什么大出息？

再有出息，那是要当太子吗？

景明帝是个性情和软的人，特别是在后宫，总是一副好脾气的样子，这便给了许多嫔妃错觉，以为这位帝王是个心思浅的。

殊不知，景明帝心思格外多，他对某些事可以完全不在意，而对涉及根本的事，那是一万个警惕。

他的太子早早没了母后，而剩下的皇子又多，莫非这些小王八羔子以及他们的母妃还不死心？

景明帝再看贤妃，眼中就存了审视。

贤妃还在滔滔不绝地数落郁谨，越说用词越尖刻："臣妾也不指望老七能像老四那般懂事，可是他这样由着性子胡来，又半点不把我这个母妃放在眼里，也太不像话了……"

景明帝皱眉，蓦地想到了早上的情形。

俊逸无双的少年站在他面前，微微红着脸，眼神明亮，满怀期待："母妃也答应儿臣了，这次赏花宴上定然给儿臣选一个称心如意的媳妇。有父皇与母妃的话，儿臣就放心了，没想到父皇与母妃待儿臣这样好……"

呵呵，老七觉得母妃好，一心盼着父母能让他称心如意，却不知他的母妃此时正把他说得一无是处……

景明帝越想越不是滋味。

"一个退过亲的姑娘，就因为生得好看，他就眼巴巴地想求着人家当王妃，简直是妄想，还有没有把皇室的尊严放在眼里了？"

"够了！"景明帝出声打断了贤妃的埋怨。

生得好看难道不是个大优点吗？宫里这些妃子若是生得歪瓜裂枣，还能被选进来？

再者说，想娶个好看的媳妇怎么就是妄想了？

景明帝突然一愣。

是啊，老七要是有别的心思，挑选王妃怎么会只看样貌呢？可见这孩子是个老实的。

"朕觉得姜姑娘不错。"

出身寻常，容貌好，老七瞧着称心，这不是挺好嘛。

"皇上！"贤妃惊了，不可思议地望着景明帝。

老七被美色冲昏了头脑，皇上也被美色冲昏了头脑吗？

她听到了什么？！

"皇上，姜姑娘退过亲！"

景明帝敛眉。

"皇上可能不知，东平伯府的这位姜姑娘曾与安国公府的公子定过亲，去年初才退了亲……"

景明帝淡淡道："嗯，这件事朕知道，姜姑娘退亲，说起来还不是你侄子胡闹。"

贤妃一滞，抿唇道："老七虽是宫外长大的，可到底是皇子，怎么能娶一位退过亲的女子当王妃呢？"

景明帝不以为意道："退过亲也不算什么大事。先祖的皇后还曾嫁作人妇呢，甚至与前夫生养了两个孩子，后来不是照样帝后携手共创盛世，传为佳话？"

见景明帝拎出这一段往事来搪塞，贤妃凤目微挑："这怎么能一样？"

景明帝微笑："是不一样，姜姑娘至少没出嫁呢。爱妃啊，给老七选王妃又不是挑太子妃，只要他自己瞧着喜欢，差不多就得了。"

贤妃脸色发青，气得嘴唇直抖："皇上，臣妾绝不要老七娶这么个女人当王妃！"

景明帝骤然沉下的脸色，使贤妃下意识停下了后面要说的话。

她许久没这么失态了，实在是这对父子所作所为一个比一个惊人，让她难以自控。

"爱妃瞧不上姜姑娘，莫非要给老七挑个样样顶尖的名门贵女？朕当初替太子选太子妃，也没如此费心。"

贤妃听景明帝这么说，心中一凛。

皇上这是对她有了猜疑？

不错，眼瞧着太子是个不争气的，又没有亲娘护着，她当然动了心思，可这心思不是为老七动的。

她想让她的儿子当皇上，她还想当太后，而那个儿子是老四，与老七半点关系都没有。

贤妃轻轻抿唇。

难道为了老七这么个不把她放在眼里的混账东西，她要坚持己见，让皇上对她存了戒心，以至于影响到老四的前程？

这可万万不成！

贤妃心念急转，缓了语气："臣妾不是这个意思，老七的王妃如何能与太子妃比呢？既然皇上您觉得姜姑娘不错，那把她定给老七也成，一切都依皇上的意思。"

贤妃说着这话，心中如吃了苍蝇般难受。

说到底，她只是个妃子，所有权力全都来自皇上，一旦与皇上意见相左，就由不得她不服软。

她要是皇后就好了，至少有底气与皇上斡旋，而要是成为太后，那连一国之君都要敬着她，哄着她。

贤妃心中火热。

为了老四，她暂且退一步，早晚……早晚有能扬眉吐气的那一日！

自我安慰后，贤妃彻底平静下来。

景明帝瞧着舒服许多，笑道："姜姑娘既然能得到你们的请帖，可见各方面是没有问题的，爱妃就把心放回肚子里吧。以后有一个会变戏法的儿媳哄你开心，岂不是有趣？"

贤妃忍下翻白眼的冲动，淡笑道："皇上说得是。"

真是气死她了，给她强塞一个这样上不了台面的儿媳妇也就算了，还要她欢天喜地表示接受。因此，花宴上当着那么多贵女的面，她明明白白地表示了不满，最后又成全了姓姜的丫头，想想就觉得脸都丢尽了。

"这样吧，朕再问问老七的意思，婚姻大事还是不能马虎了。"

贤妃用力攥着手中断裂的指甲，一字一字道："皇上说得是。"

刚刚说她时，皇上说"差不多就得了"，现在又说"不能马虎了"，皇上到底想怎么样？

不多时，郁谨被潘海请进来。

"父皇，母妃。"一进来，郁谨便恭恭敬敬地行礼。

贤妃没吭声。

"老七，你瞧着姜姑娘称心如意，可是想要她当王妃？"

郁谨咧嘴笑："还是父皇明白儿臣的心意。"

心底已是乐开了花。

"但是姜姑娘退过亲，你现在瞧着她容貌出众便不介意此事，焉知以后？到时候觉得不称心如意了，是不是要怪朕金口玉言不顶用了？"景明帝望着郁谨，一脸严肃，"给朕一个你不在意这事的理由。"

郁谨静默了一瞬，笑道："别人眼瞎丢了的金子，还不许有眼光的人捡回家吗？"

景明帝大笑："那好，既然你这么说，朕就许你一个称心如意，让姜姑娘给你当王妃。"

郁谨大喜："多谢父皇，多谢母妃！"

见他激动得行大礼，景明帝弯了弯唇，抬脚踹道："没出息！"

而后眼风一扫贤妃。

贤妃强笑道："这样的大事，旨意没下时就不要透出风声了。"

"儿臣明白。"

"滚吧。"景明帝摆摆手。

见郁谨走路都在飘，景明帝摇摇头，对贤妃笑道："看把老七高兴的，这小子真是个实心眼，一点都沉不住气。"

"皇上说得是。"贤妃第三次从牙缝挤出这几个字。

"那就这样，等蜀王妃的人选定了，朕把旨意一并传下去，后面的事爱妃好好操持便是。"景明帝交代完，背着手往外走去。

潘海上前一步，挑开挡风的锦帘。

春寒料峭，梅香袭来。

景明帝抬眼看了一眼灰蒙蒙的天，心中有些怅然。

在这偌大的皇宫里待久了还真是无趣啊，姜姑娘要是成了他儿媳妇，岂不是时常能瞧瞧她变戏法？

第六章　大婚

姜似一回府就被请去慈心堂。

冯老夫人仔细打量着才进门的孙女，只见对方面上一派平静，瞧不出半分端倪。

她只得开口问道："宫中如何？"

"还好。"姜似回道。

冯老夫人皱眉。

"还好"是什么意思？

"有没有做什么出格的事，惹得贵人不快？"

姜似淡淡笑着："只是应娘娘的提议表演了才艺。"

冯老夫人点点头。

听起来还好。

"行了，在宫里守着规矩就好，你一早出门也累了，回去歇着吧。"冯老夫人有心问问孙女有没有得到皇子赠花，可见姜似这般平静，便打消了念头。

能收到宫中请帖已经是造化，四丫头这样的条件，怎么可能得到皇子赠花呢？

问这个，不过是给自己找没趣罢了。

冯老夫人闭上眼养神。

这时，急促的脚步声传来。

"怎么？"见大丫鬟阿福带着耳房里守炉子的小丫鬟进来，冯老夫人问道。

"老夫人，翠儿从阿蛮那里听到了一点四姑娘的事。"

冯老夫人看向小丫鬟。

"说呀。"阿福拍了小丫鬟一下。

小丫鬟有些激动："回禀老夫人，阿蛮刚才在耳房对婢子说……四姑娘在赏梅宴上得了六枝梅花！"

"胡说！"

冯老夫人一声呵斥，小丫鬟立刻吓得噤声。

"去把四姑娘请回来！"

姜似还没有走到海棠居，就被请了回去。

"不知祖母还有什么吩咐？"

冯老夫人一拍桌子："四丫头，你可知但凡涉及皇家的事，胡言乱语是可能掉脑袋的！"

姜似愕然："不知孙女胡言乱语了什么？"

"你那个丫鬟阿蛮说你得了六枝梅花？"

"是啊。"

冯老夫人瞪大眼睛，眼角皱纹都撑开了："你说什么？"

"孙女说：是啊。"

"你、你真得了六枝梅花？"

姜似笑笑："祖母若是不信，随便打听一下也能知道了，发生在赏梅宴上的事瞒不住人。"

冯老夫人眼睛都忘了眨。

四丫头都这么说了，那这事就是真的了？

缓了口气,冯老夫人眉头皱紧:"刚刚为何不说?"

姜似理直气壮道:"您没问。"

冯老夫人顾不得生气,急声问:"六枝怎么来的?"

"全是燕王送的。"

冯老夫人沉默片刻,跌足长叹:"麻烦了!"

倘若姜似只收到一枝梅花,那冯老夫人会十分欢喜。

反正孙女没有机会成为王妃,若是能得哪位王爷一枝梅花,至少证明孙女是个出挑的,这也是东平伯府的光彩。可是,四丫头不是得了一枝梅花,甚至不是两枝梅花,而是六枝梅花!

不知道燕王如何想的,竟把六枝梅花全都送给了四丫头一人,如此一来,真正被推到风口浪尖的是四丫头,是东平伯府。

一个姑娘收到王爷手中全部的梅花,这叫贵人们怎么想?

冯老夫人越想越不妙,紧盯着姜似,问道:"燕王把梅花全都给了你,庄妃娘娘怎么说,贤妃娘娘又怎么说?"

姜似如实回道:"庄妃娘娘没说什么,贤妃娘娘说燕王这样不合规矩……"

"当然不合规矩!"冯老夫人再次跌足,脸色极为难看。

燕王再胡闹也是皇子,干下这事最多不受皇上待见罢了,可是四丫头呢?赏梅宴的事情一传开,人们都要说四丫头红颜祸水。

而养出"红颜祸水"的东平伯府,能得什么好话?

"四丫头,你给我把赏梅宴上的事细细道来,特别是燕王赠花后。"

姜似敏锐察觉到了冯老夫人语气的变化。

去赏梅宴之前,老夫人温和慈善,而今却十足咄咄逼人。

姜似微扬唇角,不急不缓地把赏梅宴的经过讲给冯老夫人听。

听到皇上也来了,冯老夫人一张脸像是被粉刷过,白得吓人,手中佛珠飞快转动着。

"回海棠居吧。"冯老夫人懒得再看姜似一眼,声音沉沉,"以后就在海棠居里看书绣花,没事不要出来了,更别再出门了。"

果然如此,皇上与贤妃都说赠花不算什么,这是明显不把燕王的赠花之举当回事,而四丫头简直成了花宴上的笑话,以后贵人们提起四丫头能有好话?

如今也只能把四丫头拘在家里了,别出去丢人现眼。

姜似抬眸看着冯老夫人,声音微凉:"祖母这是要把孙女关禁闭吗?"

有些话能敷衍,有些话却要挑明了说。

她若是就这么不言不语地走了，回头成了燕王妃，祖母照旧当个慈善的长辈，她还不得不给她脸。

现在直接挑明祖母的心思，至少转变身份后她冷淡相对，祖母心里也有点数，别仗着是长辈就不知道自己几两重。

"不然呢？"冯老夫人与姜似对视，一字一顿地问。

姜似面色平静："不知道孙女做错了什么，祖母要把我关禁闭？"

她这般态度，无疑激怒了心情大起大落的冯老夫人。

老夫人抓起茶盅就砸过去，声音狠厉："你还有脸问？没脸没皮的东西！"

姜似没有躲避，任由茶盅砸在身上。

那一下，砸得她生生地疼。

茶水是热的，虽然已经敞了一阵子而转温了，就这么顺着衣角往下淌，玫红的小袄染上了褐色。

姜似在心中叹口气。

可惜了新衣裳，她还挺喜欢这件玫红小袄的。

老夫人的声音沙哑如石砾，有种粗糙的尖厉："好好的一场赏梅宴，你惹来这么多是非，难道还要觍着脸出门让别人指指点点吗？你不嫌丢人，伯府还嫌呢，给我滚回海棠居去！"

姜似走出慈心堂，抬眼看了看天。

天开始放晴，金色的阳光透过云层落下来，给屋顶的绿瓦镀上一层金光。

初春虽冷，可毕竟来了。

冯老夫人的一颗心完全无法静下来，姜似离开后，立刻命人出去打探赏梅宴上发生的事。

没花多少工夫，心腹婆子冯妈妈就带着满肚子消息回来了。

冯老夫人忙问："如何？"

"外头都暗讽四姑娘是祸水，还说就算得了花也没用，宫里贵人都发话了，赠花不算什么，东平伯府的姑娘想飞上枝头变凤凰不过是白日做梦……"冯妈妈边说边打量冯老夫人的脸色，见那张老脸越来越沉。

"都是一些乱嚼舌根的东西！"冯老夫人听得心烦，吩咐冯妈妈，"交代好门房，不许四姑娘再出门。"

冯老夫人的吩咐传开，府中上下顿时领会其意。

二太太肖氏当即吩咐下去："针线房那边专门给四姑娘做的新衣停了吧，既然不出门，也不必准备这么多衣裳，没道理让她越过其他姑娘去……"

到了晚饭的时候，阿蛮一瞧小丫鬟从大厨房提来的饭菜，登时就怒了："这是能吃的吗？虾仁羹是冷的，椒盐酥鸡里只见鸡头不见鸡块！婢子这就找大厨房算账去，那些混账东西一定是故意的！"

"不必去。"姜似看了一眼不像样的饭菜，只觉得可笑。

祖母翻脸比翻书快，下人们见风使舵更快，可见她当初的决定有多么明智。

既然哪里都不清净，她何必在东平伯府这个烂泥塘里打滚？

"姑娘，难道咱们就这么忍了？"

姜似不再瞧那些饭菜，回到床榻边坐下，摆弄着纱帐上垂下的流苏："如果要忍一世，那就不需要忍。如果只是忍一时，忍忍又何妨？"

她要是打算长久在伯府住下去，那是一刻都不能忍，不然这府中上下看她好欺负都要来踩一脚。

而现在，为何不忍忍呢？

老夫人做得越过火，将来她摆脸色才越理直气壮，任谁都不好多指责什么。

天色擦黑，阿巧又添了一盏灯，屋内顿时亮堂起来。

姜似沐浴更衣，穿着一身雪白里衣坐在床边。

到底不是寒冬腊月了，洗过澡后周身暖洋洋的，连脚趾尖都生出一股懒劲儿。

见姜似昏昏欲睡，阿巧轻声道："姑娘，婢子伺候您歇着吧。"

"不急。"姜似说着，不自觉地瞟了窗子一眼。

以她对郁七的了解，今晚他十有八九会过来。

才转过这个念头，窗棂处就发出了声响。

"姑娘？"阿巧询问姜似的意思。

姜似微微点头。

阿巧熟练地抄起高几上的花瓶走了过去，低声问："谁？"

什么时候都不能大意了，万一窗外不是余公子，还能一花瓶砸过去再扯着嗓子喊人。

窗外传来一声："汪！"

阿巧忙把窗子打开，一只大狗跳进来。

见到二牛，姜似喜出望外，快步迎上去，用力揉了揉大狗的头，取下它脖子上的锦囊打开。

纸上画着一柄碧绿的玉如意。

姜似见状抿嘴笑了，一颗心才算彻底落下来。

翌日一早，一队传旨官前往寿春侯府，另一队传旨官前往东平伯府。

东平伯府所在的榆钱胡同口，支起的早点摊子前围了不少人，包子油条的香味直往高墙大院里飘。

阿蛮一手掐腰，正与门人理论："我只是去胡同口买几个肉馒头吃，凭什么不许出去？"

门人眼皮都不抬："老夫人吩咐了，没事不许出门。"

"买肉馒头不是事？"

"有事外出须持管事的对牌。"

"去你的对牌，简直吃饱了闲的。"阿蛮见死活说不通，一手抡起门人扔了出去。

带着圣旨前来的传旨官看着摔在面前的老头子顿时惊了，不由抬头望望门匾。

朱漆大门上横悬着乌木匾额，上书四个鎏金大字：东平伯府。

是东平伯府没错。

传旨官眼神古怪地打量着吃力爬起来的门人，再看看一脸凶相的丫鬟，又有点拿不准了。

可从没听说哪个府上的丫鬟出门直接把门人扔出去的啊。

"这是东平伯府吧？"小心无大错，何况是传这么重要的旨意，传旨官决定先确认一番。

门人忙道："正是，不知几位——"

传旨官不耐烦地打断了门人的啰唆："我等是奉皇命来传旨的。"

门人一惊，飞快进去报信。

慈心堂里，丫鬟婆子做事都轻手轻脚的，谁都不敢发出大声响。

老夫人夜里没睡好，至今尚未起身。

一个丫鬟匆匆跑进来。

阿福狠狠瞪了她一眼，低斥道："小声点！"

"快、快叫老夫人起来，宫里来人了……"丫鬟气喘吁吁，完全顾不上放低音量。

阿福猛吃了一惊，立刻转到屏风背后传话。

"老夫人，您醒醒，宫中来人了！"

冯老夫人腾地坐了起来，一把掀开床帐："你说什么？"

见冯老夫人醒了，阿福放轻音量："刚刚门人进来传信，说来了传旨官。"

冯老夫人顿时慌了，草草收拾一番，向前院待客厅赶去。

"让大人久候了。"

想着眼前的老妇会是未来燕王妃的祖母，传旨官面色和缓，问道："不知姜四姑娘可在？"

冯老夫人僵着面皮，点了点头："在。"

"那就把四姑娘请出来吧，还有府中主子们都出来迎旨。"

很快，院子里就乌泱乌泱站了一群人。

传旨官的目光从众人面上缓缓扫过，取出圣旨打开。

一见那抹明黄卷轴，众人立刻跪了下去，一片鸦雀无声中，很快响起了传旨官高昂的诵读声：

"奉天承运皇帝，诏曰：兹闻东平伯之女似温良敦厚，品貌出众，朕闻之甚悦。今皇七子谨适婚娶之年，当择贤女……特将汝许配皇七子为王妃，择良辰完婚。钦此。"

圣旨宣读完，院中一片安静，安静到令人发毛。

"姜四姑娘，接旨吧。"

姜似恭恭敬敬地行礼，接过圣旨："臣女领旨。"

"恭喜贵府各位了。"传旨官拱拱手，带着几名手下离去。

传旨官离开了，可院子里的人却没有一个离开，视线全都落在姜似身上。

冯老夫人一步一步走到姜似面前，伸出的手都在抖，用力摩挲着姜似的手："四丫头，这到底是怎么回事？"

姜似抽回手，语气冷淡："孙女也不知道怎么回事。孙女先回海棠居了，您昨日才吩咐了，让我少出院门。"

见姜似转身便走，冯老夫人脱口而出："站住！"

姜似回过身来，平静地问："祖母还有什么吩咐？"

冯老夫人暗道失言。

如今四丫头已经是准王妃了，她的态度必须转变了。

才说出的话如今要咽回去，她心里当然不是滋味，可是比起东平伯府出了一位王妃，这种事就完全不值一提了。

冯老夫人露出和煦的笑："没有的事，只是想着天还没彻底转暖，怕你总往外跑着了凉。"

受惊过度的阿蛮终于回过神来，适时插嘴："那怎么连婢子也不许出去呢？今早婢子要出去买几个肉馒头，门人死活拦着不许。"

"买肉馒头？"

小丫鬟快言快语道:"是呀,昨天大厨房送来的晚饭根本不是人吃的,今早只送来了一碗稀饭,婢子只能出去给姑娘买吃的呀……"

冯老夫人的脸涨得通红,怒道:"肖氏,你是怎么管的家!"

二太太肖氏的脸色难看无比。

"郭氏,以后家里由你管着,你二嫂近来身子骨不好,需要静养。"

姜似听着冯老夫人在众目睽睽之下打压肖氏,嘲讽地笑笑。

冯老夫人三言两语收了肖氏管家的权力,半点不在意肖氏的难堪,对姜似伸出手:"似儿,陪祖母回慈心堂,祖母有话问你。"

姜似的视线往那只起了层层皱纹的手上落了落,目光微凉:"阿蛮买的肉馒头再不吃就该凉了,等孙女用过早饭就过去。"

说罢,她无视冯老夫人僵住的神色,带着阿蛮施施然离去。

冯老夫人当众被落了面子,一口气却只能憋在心里,缓了缓,吩咐下人去请姜安诚与姜二老爷回府。

回到海棠居,阿蛮忍不住抱着姜似胳膊猛摇:"啊啊啊啊——姑娘,您成王妃了!"

阿巧担忧地看着姜似:"姑娘……"

阿蛮似乎意识到了什么,动作突然一停,掩口道:"姑娘,您成了燕王妃,那余公子可怎么办?"

刚刚光顾着替姑娘扬眉吐气了,怎么把余公子给忘了。

姜似坦然笑道:"余公子便是燕王。"

"什么?"两个丫鬟齐齐惊呼。

阿蛮晕乎乎的,捧着脸道:"姑娘您说,夜里翻墙来找您的余公子是、是……燕王?"

"嗯。"

阿蛮用力戳了一下阿巧:"阿巧,你掐我一下,看看我是不是在做梦。"

阿巧在最初的吃惊后迅速冷静下来。

是了,倘若燕王不是余公子,姑娘又怎么会如此淡定呢。

燕王是余公子,姑娘成了燕王妃,这可真是太好了。

很快,丫鬟就进来禀报:"姑娘,三姑娘、五姑娘、六姑娘全都来了。"

"请进来吧。"

姜安诚得到消息便沉着脸匆匆赶往海棠居,才走进院中,就听到屋内传来阵阵女孩子的笑语声。

姜安诚脚步一顿。

似乎没有他想得那么糟。

"大老爷来了。"

见姜安诚进来，众人忙告退。

只剩下父女二人，姜安诚又沮丧又自责："似儿，是父亲对不住你，早知道如此，就应早给你物色亲事，也不至于让你掉进皇室那个大火坑。"

姜似忍不住笑："哪有父亲说得那么可怕。"

"燕王妃的位置怎么会落在你头上呢！"姜安诚一怔，立刻反应过来，"定然是燕王那个混账搞的鬼，我这就找他算账去！"

姜似拉住姜安诚的衣袖，软声提醒："父亲，您现在去找燕王算账，世人会猜疑女儿与燕王之间有私情。"

姜安诚傻了眼。

似儿的担心有道理，他不能冲动。

啊啊啊——燕王那个臭小子先斩后奏，实在太阴险、太狡诈、太不是东西了！

姜大老爷心情正暴躁，就听女儿悠悠道："再者说，女儿觉得余公子是个好人，心甚悦之。"

姜安诚一怔，见姜似不像是在说笑，猛捶胸口："似儿，你年少无知，是个好人不代表适合托付终身啊！"

何况小余才不是什么老实人，不然怎么先哄骗了他，又哄骗了闺女？

再没有比小余更可恶的人了。

"但女儿觉得余公子可以托付终身。"姜似微笑道。

"可那是皇室，吃人不吐骨头的地方！"

姜似笑着接口："若无自保之力，什么地方都是绝境，说到底，日子是人过出来的。"

"似儿，你就那么相信燕王不会负你？他是皇子，以后若对别的女人好，你再如何闹都没用，到时候连和离的机会都没有。"姜安诚语重心长地劝。

姜似哑然失笑："父亲，赐婚的圣旨已经下了，即便女儿不愿意，又能如何呢？"

姜安诚似是早就想到了这些，闻言，未加思索道："那就称病，在成亲前报病故，然后父亲把你悄悄送出去，寻一个靠得住的人家，嫁了也好，游山玩水也好，总之活得自在最重要。"

进了皇室那种地方，一不小心连命都会没了，他只要女儿好好活着。

姜似摇摇头："女儿不想一辈子藏头缩尾，连做真正的自己都不能。父亲，您别替女儿担心了，燕王以后要是敢对不住我……"

她随手捡起绣箩里的剪刀，放在姜安诚面前。

姜安诚一愣。

姜似笑笑："反正父亲放心，他不敢啦。"

直到离开海棠居，姜大老爷心里还在犯嘀咕：似儿拿出那把剪刀是什么意思啊？不，一定不是他想的那个意思！

但无论如何，既然女儿对这门亲事表现出欢喜与认定，身为父亲，似乎除了祝福没有其他选择。

东平伯府四姑娘成为燕王妃的消息很快以惊雷般的速度传开，京城上下一片哗然。

亲事落定，姜似却还有一个隐忧：留在伯府的姜倩就如一条盘踞在暗处的毒蛇，等自己出阁后万一她对父兄长姐不利怎么办？

这天，姜依来了海棠居，目不转睛地看着姜似。

"大姐这样看我做什么？"

姜依抬手摸了摸姜似头发，叹道："大姐从没想过四妹会嫁入皇室。"

姜似靠过去，挨着姜依坐。

"四妹，虽然不该说，可大姐心里有些怕……那是皇室呢，你嫁过去后岂不是说句话都要战战兢兢……"

姜似倒了杯茶递给姜依，神色淡定："大姐不必担心我，你妹妹是个又硬又臭又不服输的脾气，皇室里既然有人能过得好，我为何不行？倒是大姐，有个人你要离远了些，莫要让她算计了你。"

"谁？"

"姜倩。"

姜依愕然："你二姐？"

见姜似点头，姜依越发不解："你二姐怎么了？"

"长兴侯世子凌辱杀害多名年轻女子的事，大姐知道吧？"

姜依点头。

长兴侯世子已经伏法，此事京中妇孺皆知。

"长兴侯世子的罪行没有暴露之前，姜倩曾三番五次邀我去侯府小住，无论我如何拒绝、如何甩脸子依然热情如火，大姐觉得这是为何？"

姜依敛眉，猛然看向姜似，已是猜到了什么。

·179·

"她、她知道？"极度震惊之下，姜依语调不稳，脸色煞白。

姜似一字一顿道："大姐，她不只知道，她还是帮凶。"

姜依额头登时滚出汗珠，伸出手握紧了姜似的手，后怕道："四妹，你怎么不早说？"

老天，她万万没想到在自己一直沉浸在痴心错付的痛苦中时，四妹竟遭遇了这么可怕的事。

姜似笑笑："本来不想大姐更烦心，只是我就要出阁了，留姜倩这么一个祸害与大姐同在后宅，放心不下……"

这些日子，她冷眼瞧着长姐与姜倩相互走动，并没有第一时间阻止。

她那时前景未定，只要一日在伯府，就一日不会让姜倩翻起风浪来。大姐与姜倩有了来往，骤然听到这么可怕的事，只会更加后怕。

姜似所料不错，姜依此刻连连后怕，苍白着脸喃喃道："我想着与她同病相怜，见她相邀便有了些走动，万万没想到她这样黑心……"

哪怕不是一个爹娘生的，她们也是堂姐妹，姜倩怎么能这样算计四妹！

愤怒与后怕充斥在姜依心头。

门口传来阿蛮的禀报声："姑娘，二姑奶奶来了。"

"四妹！"姜依一惊，下意识攥紧了姜似的手。

姜似略一琢磨，语气平静地交代阿蛮："说我不想见。"

"四妹，这样是不是太直接了？"在姜依看来，知道姜倩是个什么样的人之后从此远着就是了，一府姐妹的关系如果闹得太难看，传出去别人会说四妹一朝得势就瞧不起人，有损四妹的名声。

姜似笑了："直接点才好。"

与其时刻担心姜倩作怪，倒不如趁早解决了这个麻烦。

阿蛮出去，笑嘻嘻道："二姑奶奶，不好意思了，我们姑娘不想见您。"

姜倩由婢女扶着，瘦得都要脱形，立在阳光下，肌肤几乎是透明的。

她简直不敢相信自己听到的。

"不想见？"

阿蛮笑得更灿烂了："是呀，不想见。"

姜倩用力捏着帕子，身子如挂在枝头的残叶般剧烈颤抖。

知道姜似成为了王妃，天知道她用了多大力气控制住情绪来到这里，姜似居然这么明明白白地说不想见她。

这是一点脸面都没给她留！

一股腥甜味直往上冒，姜倩只觉得喉咙里好似生了锈。

姜倩竭力扯出一个笑容："我是来恭贺你们姑娘的。"

阿蛮翻了个白眼："来恭贺我们姑娘的人多着咧，二姑奶奶没听明白吗，我们姑娘不想见您，不想见！听不懂人话是不？"

"好，好。"姜倩咬着唇走了。

"四妹，阿蛮是不是太——"姜依不好说出口。

姜似笑眯眯道："太跋扈了啊！"

姜依揽住姜似的肩："四妹，你就不怕别人传你的闲话？你现在是准王妃了，不知多少双眼睛盯着你呢。"

姜似把玩着空茶杯，似笑非笑道："谁会传？府中下人敢嚼舌，第一个饶不了他们的就是祖母！"

她这位祖母呀才最让人省心，只要符合伯府利益，别管心里多不待见她，祖母也会是最积极维护她名声的那个人。

"那也犯不着，现在我知道姜倩是什么人，以后咱们都远着她就是了。"

姜似把手中茶杯往桌几上一放，笑容转冷："一坨屎要是留在路中间，难道所有人都要绕道走？为何不能把这坨屎铲走呢？"

姜依愕然："四妹，你的意思是？"

姜似下巴微抬，一字字道："我要把她赶出伯府！"

她不是因为姜倩收手才避免被伤害的，而是她竭尽全力自救保全了自己。难道就因为最后没有伤害到她，那些罪行就不作数？

大周的律法是这样算，她心里可不会这样算！

姜倩前去祝贺姜似却没能进门的事，很快风一般传遍全府。

第一个来姜倩院子的，便是冯老夫人身边的阿福。

看着穿着桃红比甲的俏丽丫鬟，姜倩撑起身子，笑问："阿福怎么来了，是老夫人有事找我么？"

几个孙女中，祖母以前最疼她，虽然后来她看明白了祖母最在意的是什么，可是姜似如此羞辱她，祖母难道就全然不闻不问？

姜倩心底隐隐生出几分期待。

人在绝境中，总是容易生出希冀来。或许……或许没有那么糟糕呢？

阿福看着这位往日里风光无限的二姑奶奶，眼底闪过怜悯之意。

三十年河东三十年河西，世事就是如此无常。

冲着姜倩草草一福，阿福面无表情道："婢子奉了老夫人的命令来跟二姑奶奶说一声，以后二姑奶奶少出院门，特别是去四姑娘那里。四姑娘现在是贵人了，不要给四姑娘带去晦气……"

姜倩浑身一震，脱口而出："这是老夫人说的？"

阿福一口气说完冯老夫人的吩咐，不忍看姜倩的眼睛，对她再次福了福："婢子岂敢胡言乱语。二姑奶奶歇着吧，婢子该回去复命了。"

阿福走了好一会儿，姜倩还在发呆。

许久后，她放声大笑起来。

"二姑奶奶——"丫鬟有些怕。

"好，好，这就是我的亲祖母！"姜倩咬牙切齿地说完，一把抓住丫鬟手腕，"二太太那边没人来么？"

正说着，肖婆子就走了进来。

肖婆子近来时常来这里，已经用不着通禀。

"二姑奶奶，这是怎么了？"肖婆子快步走到姜倩身边，一脸关心道。

"没什么。"姜倩抬手擦了擦眼，问道，"太太最近怎么样了？"

肖婆子叹口气："二姑奶奶还不知道啊，宫中赐婚的圣旨一下，老夫人就把管家的事交给三太太了，让太太好好静养呢。"

姜倩猛然站了起来，而后缓缓坐下，冷笑道："一人得道鸡犬升天，这人不待见的自然要被打入地狱。"

肖婆子再叹气："太太也是不容易，被老夫人当众落了面子，老爷如今连太太的门都不进了，不是歇在姨娘那里，就是歇在书房……"

再然后，姜倩陆陆续续从肖婆子口中知道了许多事。

比如四姑娘的婚期定在了六月初六，比如宫里特意派人来给四姑娘量体裁衣，比如海棠居收到的贺礼堆积如山……

与之相对的，是这边的待遇一日比一日差，到后来，连吃口热乎饭都要看厨房那边的脸色。

捧高踩低，本就是许多人最擅长的事。

这一切，都刺激着姜倩那敏感脆弱的神经。

而这根神经，在姜倩发现她连自个儿院子里的下人都使唤不动时，终于断了。

已经进了二月，乍暖还寒，但一大早还是要穿夹衣御寒。

姜倩穿着一件约莫八成新的秋香色褙子，今年她没有收到裁缝新做的春装，这褙子还是在长兴侯府时做的。

不过这些对姜倩来说已经无所谓了，她把手往袖中缩了缩，抬脚向门口走去。

守院门的丫鬟居然在打盹。

姜倩暗道一声天助我也，轻手轻脚地绕过丫鬟溜出了门。

院外风疾，姜倩深深吸了口气，感到要飞起来的自由。

她仰着头，任由初升的太阳投下温和的碎金，大步往前走去。

她曾以为在长兴侯府的日子是地狱，而今才发现，东平伯府又何曾是人间？

是人间还是地狱，都还得靠自己，她既然已经没有办法从地狱爬回来，那就干脆拉着最恨的人一起下地狱好了。

姜倩恨的人有很多，其中打头的当然是姜似。

同是一府的姐妹，明明她从小到大都是最有出息的那一个，为何到现在却成了被姜似随意践踏的泥？

那一日姜似拒绝见她都不找借口遮掩，这是故意把她往死路上逼！

伯府的花园已经显出绿意，姜倩远远看到两个女子并肩散步，嘴角忍不住露出笑意。

从肖妈妈那里探听到的消息果然靠谱，最近姜似常拉着姜依在花园里散步。

呵呵，这是姐妹情深，担心出阁后见不着了？

她很快就要姜似那个贱人知道，什么才叫真正的"见不着"！

姜倩理了理衣衫，含笑向姜似与姜依走去。

姜依已经发现了迎面走来的姜倩，轻轻拉了一下姜似："四妹，姜倩过来了。"

姜似笑笑："既然遇到了，那咱们就打个招呼吧。"

姜依莫名有些不安，停下脚步，压低声音道："我听说祖母拘着姜倩不许出门，一大早她怎么会来园子里？"

看着越走越近的姜倩，姜似笑得意味深长："祖母虽让她少出门，毕竟不是让她坐牢，在巴掌大的地方待久了总要出来透口气的，没什么好奇怪。"

说话间，姜倩已经到了近前，先开口打了招呼："大姐，四妹，这么巧啊。"

所谓伸手不打笑脸人。姜依是个好性子，虽然认清了姜倩的真面目，可迎面遇见了，还是不好意思对其视而不见。

"是好巧，二妹也出来散步吗？"

姜倩睫毛轻颤，笑了笑："嗯，整日在屋子里待着，人都要发霉了，想出来走走。"

她看向姜似，道："听闻四妹定亲了，那日本来想去给四妹道喜，可惜没见着。好在今日碰到了，还望四妹别嫌我祝贺晚了。"

姜似对着姜倩笑笑:"怎么会,只要是祝贺,什么时候我都不嫌晚。"

姜倩取下腰间挂着的荷包,面上有些不安:"我也没什么好东西,荷包里有一条珍珠项链,就送给四妹当贺礼了,请四妹别嫌弃。"

姜似笑得温和,全然瞧不出那日半点情面都没给姜倩留的样子:"当然不会嫌弃了,同是一府姐妹,二姐哪怕送我一朵绢花,我都会好好爱惜。"

"那二姐就放心了。"姜倩抓着荷包走近姜似,嘴角挂着若有若无的笑。

姜依瞧瞧姜似,再看看姜倩,心中一叹:四妹能给姜倩留些颜面也好,如今四妹是宝瓶,真与姜倩闹起来反而不值当。

至于要把姜倩赶出伯府……姜依说不清是赞同还是反对。

对她一个客居娘家的人来说,自然是多一事不如少一事。比起四妹的果敢决绝,她觉得离姜倩远着些就是了。

姜倩已经走到姜似跟前,把葫芦样的精致荷包递过去,声音细细柔柔,道:"四妹打开瞧瞧可还喜欢?"

"多谢。"姜似把荷包接过来,面色淡淡地翻荷包。

眼角余光被突如其来的冷光闪了一下,耳边响起姜依的尖叫声:"四妹,小心!"

姜倩高高举着剪刀,向姜似刺去。

姜似好像被这突如其来的意外惊呆了,愣了一下才转身逃跑。

"想跑?晚了!"姜倩虽瘦得吓人,却不知怎么爆发出惊人的力气,一把抓住了姜似的衣袖,毫不犹豫地向她刺去。

"姜倩,你住手!"姜依用力拦着姜倩。

姜倩完全不在意姜依的阻挡,眼中闪着独狼般的狠厉,一心一意想要姜似的命。

凭什么她要像烂泥一样被困在屋子里发臭,姜似却能风风光光去当王妃?她被逼到这个境地,全都是姜似这个贱人害的,既然翻身无望,那就拉着姜似一起死好了!

姜依的丫鬟本来落在后边与阿蛮说着话,见状高声尖叫起来。

阿蛮飞奔过来,一脚踹飞了姜倩,扑到姜似身上嗷嗷大哭:"姑娘,您没事吧?吓死婢子了!"

姜倩被踹倒在地上,眼前阵阵眩晕,却还是竭力去够落在不远处的剪刀。

这时,一只绣鞋把剪刀踢远了。

姜倩吃力地抬头。姜依白着脸,盯着姜倩的眼神像是在看恶鬼:"姜倩,你太可怕了!"

世上怎么会有这样的人，光天化日之下竟能对着一府姐妹痛下杀手……

推搡间不少人都听到了动静，迅速向这里赶来。

听到凌乱的脚步声与呼喊声，姜倩仿佛瞬间被抽干了所有力气，像一条濒死的鱼一样躺在岸上。

赶到的人全都吓个半死。

老天爷啊，二姑奶奶居然要杀四姑娘！

四姑娘现在都是准王妃了，要是真出了事，他们这些人是可能会去陪葬的！

"你们都是死人吗？还不把她绑了送到慈心堂去！"阿蛮边哭边跳脚。

太伤心了，姑娘居然让她远远站在一边等二姑娘发够疯了再过来，还给不给她这个大丫鬟发光发热的机会了？

几个婆子上前，毫不客气地制住了姜倩，押到慈心堂。

冯老夫人看着披头散发的姜倩，气得说不出话来。

"老夫人。"阿福恭恭敬敬地把一柄磨得发亮的剪刀捧到冯老夫人面前。

冯老夫人只看了一眼，就觉得心惊肉跳。

"姜倩，你是疯了么？"

姜倩一言不发。

"到底怎么回事？"

姜似也白着脸沉默。

姜依上前一步，开口道："祖母，本来这话不该孙女来说。可是姜倩太过分了，竟然企图用剪刀刺杀四妹。请您一定好好处置她，以后不能再让她有机会伤着四妹！"

冯老夫人脸色越发难看，看向姜似："似儿，你怎么说？"

姜似垂眸，语气冰冷："孙女无话可说。"

"去叫二老爷过来。"冯老夫人吩咐阿福。

至于二太太肖氏，她提也没提。

正值休沐日，姜二老爷很快赶来了慈心堂，一见这副架势，不由吃了一惊："母亲，这是怎么了？"

"怎么了？"冯老夫人声音高扬，指着姜倩的手抖个不停，"你问问你的好女儿都干了什么？她竟然用剪刀刺杀四姑娘！"

"真的？"姜二老爷看着久未见面的女儿，几乎不敢相信听到的话。

姜倩低着头，散乱的发遮挡住了她的面容，旁人根本无法看清表情。

姜二老爷大步走过去："倩儿，你真的做了这种事？"

姜倩缓缓抬头，露出一张扭曲的面庞。

姜二老爷下意识后退一步，心中很吃了一惊。

他印象中如花似玉的女儿，什么时候变成了这副鬼样子？

他忽然没了耐心再听姜倩说什么，只对冯老夫人道："国有国法，家有家规，倩儿犯了错，您看着处置便是，儿子绝无二话。"

姜倩听着姜二老爷的话，突然放声大笑："哈哈哈哈，这就是我的好祖母，好父亲！你们可真是好得很，只恨我力不从心，不然我要把你们一个个全都杀掉，全都杀掉……"

屋子里的人个个一阵胆寒。

二姑娘这是疯了？

冯老夫人对唯一真正疼爱过的孙女最后那点情分彻底烟消云散，高声道："二姑奶奶病了，冯妈妈，去请大夫来给二姑奶奶诊治开药！"

姜倩很快被推了出去。

冯老夫人并不在意姜二老爷在场，一脸关切地问姜似："似儿，没吓着吧？"

姜似看了姜二老爷一眼，淡淡道："吓着了，孙女先回海棠居了。"

冯老夫人碰了个软钉子，面上却半点不见恼："阿福，送四姑娘回去，不许任何人再惊扰到姑娘。"

姜似笑笑，挽着姜依的手走了。

被押送回院子后姜倩安静下来，看见面前多了一碗冒着热气的药。

冯妈妈冷着脸瞪了丫鬟一眼："愣着干什么，还不伺候二姑奶奶服药！"

两个丫鬟对视一眼，其中一人端起药碗向姜倩走去："二姑奶奶，服药吧。"

虽然先前准备用剪刀刺死姜似时，她抱了同归于尽的心，可是那口气缓过来，看着这碗漆黑的药，姜倩还是感到恐惧。

她往后退了退，高声道："我不吃，你们给我滚！"

冯妈妈叹口气："二姑奶奶，病了就要吃药，您不是小孩子了，这个道理应该懂。"

"你算是什么东西？不过是老夫人身边一条狗，见我落难了，竟也觍着脸教训主子了！"姜倩怒骂。

冯妈妈听了这话，面上平静，眼底却闪过怒火，厉声道："还等什么，给二姑奶奶喂药！"

一名丫鬟架住了姜倩。

姜倩拼命挣扎："滚出去，我不喝！"

她即便是死，也不该是这样窝窝囊囊地死去！

"姜似呢？我要见姜似！"到这个时候，姜倩完全没想过再找冯老夫人求情，心心念念的事情就是见姜似。

有些话不问个明白，不说个痛快，她不甘心！

冯妈妈扑哧笑了："二姑奶奶，您可真是认不清自个儿的处境。四姑娘是什么身份？那可是未来的燕王妃，伯府里再没有比四姑娘还尊贵的人了，又岂是您想见就见的？更何况您还对四姑娘做了那种事！"

提到这个，冯妈妈摇摇头。

二姑娘真是疯了啊，还好四姑娘安然无恙。

"我要见姜似！"姜倩用力推开了丫鬟。

两个丫鬟以为她要跑，忙去堵门，却不想姜倩转身跑进了里间，旋即冲出来，把一个红木匣子摔在冯妈妈面前。

匣盖被摔开，露出一匣子的珠宝首饰。

冯妈妈眼神一缩："二姑奶奶这是什么意思？"

姜倩已经冷静下来，面无表情道："屋子里只有我们四个人，冯妈妈与二位分了这个，没人会知道。我只有一个要求。"

冯妈妈的视线从金光灿灿的珠宝首饰上移开，忍痛道："二姑奶奶不要说了，老奴不可能把四姑娘给您请来的。"

"如果只是传个话呢？"

冯妈妈一愣。

姜倩指指地上的珠宝："你们帮我给姜似递个话，无论她想不想见我，这些都给你们。"

"这⋯⋯"冯妈妈一时迟疑起来。

财帛动人心，她伺候老夫人大半辈子，也没见过这么多钱。

两个丫鬟更是双眼放光。这么多钱，哪怕只分给她们一点点，也足够她们将来过日子了。

时间一点点流逝，冯妈妈终于点头："那好，只是话说在前头，传话后要送四姑娘不想见您，二姑奶奶也别闹。"

姜倩冷笑："可以。不过我要你们发誓必须把话传到。若是收了钱不做事，就天打雷劈！"

"这怎么行！"冯妈妈断然拒绝。

"又没要你们一定把人请来，只是带话，如此轻而易举便能得一匣子珠宝，你们也不愿意？"

沉吟片刻，冯妈妈点头："好。"

三人很快举手发誓，其中一名丫鬟悄悄去海棠居传话。

姜似得到传信，有些意外，叹道："姜倩还真是有办法。"

落入这般田地，居然能指使得动老夫人院中的丫鬟传话，姜倩算是有本事。

"姑娘，您可别去见那个疯子了。"

姜似起身："去见见也好。"

有些话她本来懒得再说，既然姜倩不甘心，走一趟也算是了结。

姜倩没想到姜似真的来了。

紧闭的房门，昏暗的光线，令人窒息的气氛。看着面无表情的少女，姜倩突然一笑："没想到你这个金贵人会来，就不怕我再对你不利？"

姜似语气凉凉："时间有限，二姐还是抓紧说话吧。"

"二姐？"姜倩蓦地睁大了眼，"没想到你还会叫我二姐！那么姜似，我要好好问问你，明明以前我们关系那么好，我究竟哪里得罪了你，让你突然就没个好脸色了？"

姜似就这么看着姜倩，神色古怪。

"怎么了？"

姜似笑了："二姐真以为你做的那些事，我不知道？"

她上前一步，轻声道："你这个帮凶！"

姜倩浑身一震，狠狈又震惊地望向姜似，感到一种白日下被人脱光衣裳的难堪。

她知道？

她怎么可能会知道！

"你说什么？！"

姜似冷笑着打断姜倩下意识的辩解："有胆做没胆认，二姐，别让我看不起你。"

姜倩张张嘴，含在嘴里的质问仿佛被戳破了的皮球，一下子无影无踪。

"二姐既然清楚了，那我就走了。"

姜倩突然想到了什么，伸手去抓姜似衣袖："世子的事会暴露，是不是因为你？"

姜似垂眸看看那只干枯苍白的手，没有否认。

"真的是你！"姜倩眼睛通红，似一只失控的凶兽，"你这个贱人，原来我落入如今这般境地都是你害的！"

姜似用力抽出衣袖，一掌挥过去。

啪的一声响，姜倩脸上多了一道红印。

姜似皱眉："本来不愿意脏了手，只是没想到这个时候你还执迷不悟。什么叫你落入这般境地是我害的？照你的意思，我活该任由你算计，被长兴侯世子凌辱甚至杀害，然后你继续风光地做你的世子夫人，无动于衷地看着曹兴昱继续害人，才算对得住你？"

姜似越说越冷淡："说无动于衷是高看了你，恐怕曹兴昱遇到难处，你还要帮一把吧？姜倩，你听清楚，你落入如今的境地不是任何人害的，是你自己！"

她说完，转身向门口走去。

"姜似，你这个狠心的贱人，你以为成了王妃就能风光无限了？你会有报应的，一定会有报应的！"

姜似脚下一顿，转身笑了："至少在你身上我不会有报应，老天的眼还没这么瞎！"

门开了，冯妈妈带着两个丫鬟悄无声息地走进来。

"二姑奶奶，喝药吧。"

"呜呜呜呜——"一番挣扎，姜倩用力抠着喉咙在地上打滚，渐渐发不出声来。

很快，府中上下便知道二姑奶奶病得厉害，话都说不出来了。

老夫人发了话，送二姑奶奶去庄子上养病，从此伯府里再不见姜倩这个人。

东平伯府一时春风得意，却不知皇宫里的气氛颇为凝重。

太后不舒服好几日了。

景明帝下了朝便早早来到慈宁宫探望太后。

慈宁宫里弥漫着一股淡淡的药香味，景明帝轻轻吸了吸鼻子，有些心虚。

太后好像生气了。

"皇上日理万机，怎么又过来了？"太后正斜倚在床头养神，见景明帝进来，欲要起身。

景明帝忙走过去按住太后："母后好生躺着。母后今日好些了么？"

太后还是坐直了身子，笑笑："本来就没什么事，都是皇上太大惊小怪了。"

景明帝忙道："没有事当然好。眼下乍暖还寒，母后还是要保重身体，儿子才能放心。"

太后已经是年近古稀的人了，身体经不起折腾。

想到这里，景明帝就颇恼火。

到底是谁嚼舌，让给皇子选妃的事传到了太后耳里？让他知道了定然抽筋剥皮！

看着景明帝满眼关切，太后到底把烦心事说了出来："皇上，给皇子选妃这么大的事，怎么如此匆忙就定下了？"

景明帝摸摸鼻子，很是无辜："匆忙么？儿子认真思考了一夜呢。"

太后想翻白眼，奈何岁数大了懒得动，板着脸道："思考了一夜，就给老七定了东平伯府的姑娘？哀家可听说那姑娘退过亲。"

还是苏珂的女儿。

那个美貌绝伦的女子，太后至今还记得。

"母后竟连老七媳妇曾退过亲都知道，母后英明。"

"多大的人了，少跟哀家贫嘴。"太后睨了景明帝一眼，嗔道，"世间女子何其多，再怎么样，也不该选一个名声有瑕的女子当王妃。"

"母后且放宽心，那日朕看见老七媳妇了，瞧着是个端庄守礼的。"

太后越发皱眉："老七媳妇，老七媳妇，人还没进皇室的门呢，皇上一口一个'老七媳妇'合适么？"

景明帝死猪不怕开水烫："儿子已经赐婚，这次他们可没办法退亲了。"

太后被噎个半死。

听听皇上这语气，敢情还觉得占了大便宜？

"行了，哀家累了，皇上回去吧。"

景明帝觉得老太太八成是想开了，笑道："那您好好歇着，儿子就先回了，明日再来看您。"

"不用了。"太后闭了眼，更气闷了。

时光匆匆，眨眼就到了初夏，海棠居的海棠树已经花开似火，伯府备嫁的气氛越来越浓。

不过，慈宁宫上下却度日如年，太后的病越发重了。

太后刚吃了药，内侍通禀道："荣阳长公主到了。"

年前崔明月那么一闹，太后想到此事就一阵烦，但荣阳长公主在她心里的分量到底不同于别人。

见太后点头，心腹嬷嬷给内侍使了个眼色。

内侍立刻请荣阳长公主进来。

很快，珠帘微动，一个美貌妇人走进来，手中提着个锦盒。

"母后，您可好些了？"荣阳长公主无论在旁人面前如何高傲，在太后面前依然是小女儿的样子。

太后抬了抬眼皮，不冷不热道："死不了。"

荣阳长公主抿了抿唇。

太后这是还生着气呢，气明月不知检点，气她没有管教好女儿。

荣阳长公主把手中锦盒放在一旁的小几上，笑着挽住太后的手："您这么说，荣阳就太伤心了，您且要好好活着呢，不然荣阳可怎么办？"

太后斜睨荣阳长公主一眼，没好气地笑："什么怎么办？儿女都要成家的人了，还说这种没出息的话，像什么样子。"

荣阳长公主垂下眼帘，睫毛轻轻颤抖，神情陡然落寞起来："母后您又不是不知道，崔绪他从来没把我放在眼里，要是您不管我了，那我可真就……"

"你呀。"太后叹了口气，本来的火气悄悄散了。

她一生无子，荣阳长公主在她心里与亲骨肉没有什么分别。

荣阳长公主见差不多了，伸手打开小几上的锦盒，从中取出一只带盖白瓷碗。

太后看了一眼那碗："这是？"

荣阳长公主揭开盖子，碗中是琥珀色的汤汁。

"儿臣请到一个民间名医，给开了一个偏方，说是对母后的病有奇效。母后，您要不要试试？"

太后皱着眉，再看了那碗药一眼。

说来也怪，与日日喝的药汁不同，这药竟散发着淡淡香气。

"母后。"荣阳长公主唤了一声，眼底带着期盼。

太后犹豫了一下，点头。

立刻有宫婢上前来，拿起银汤匙舀了一小口喝下。

荣阳长公主丝毫不以为奇。

哪怕是太后最亲近的人，从宫外带进来的吃食也必须要由宫女试毒。

其实，从宫外带吃食进宫是大忌，更是不讨好的事，但为了太后的身体能康复，她也是豁出去了。

好一会儿后，宫婢微微点头，这才有两名宫婢伺候着太后把药服下。

"母后觉得如何？"见太后服了药，荣阳长公主一颗心落了一半，小心翼翼地问道。

太后睁开眼，嘴角带着一点笑意："似乎舒坦了些。"

荣阳长公主大喜："那就好，听大夫说吃了这药会犯困，您先好好睡觉吧，说不定等睡醒，身子就大好了。"

太后自是不信会有这么神奇，但还是笑着点头："你有心了。"

荣阳长公主起身："那就不打扰母后休息了。"

正如荣阳长公主所说，太后很快就生出困意，这一睡就睡到了第二日一早。

这日一早，景明帝正在发怒："给朕把荣阳长公主叫进宫来！你们哪来的胆子，从宫外带进来的东西竟然敢给太后吃！"

慈宁宫里跪了一群宫婢，个个面无人色，听着景明帝发火，大气都不敢出。

一名宫婢冲过来："太后醒了，太后醒了！"

一位太医紧跟着宫婢走了出来，神色古怪。

"如何？"景明帝一边往里走，一边问。

太医忙道："恭喜皇上，太后大好了。"

景明帝猛然停下脚，紧紧盯着太医："当真？"

太医此刻也跟做梦一般，连连点头："微臣刚给太后诊了脉，太后真的大好了，皇上洪福齐天——"

景明帝顾不得听太医的废话，快步走了进去。

太后正由宫婢扶着下榻。

"母后，您怎么起来了？"

太后难得露出轻松的笑容："皇上来啦。"

景明帝快步走过去搀扶着太后。

太后落地走了几步，叹道："哀家还以为这回不成了，幸亏有荣阳……"

景明帝讪讪一笑，问道："您现在感觉如何？"

太后扶着椅子扶手缓缓坐下来："浑身轻快多了，就好像打通了五经六脉。对了，荣阳呢？快传荣阳进宫，哀家要问问她究竟请了何方神医，开的药竟有如此奇效。"

景明帝点头："是啊，这样的神医应该留在宫里的。您别急，荣阳马上就到了。"

话音才落，内侍就高声喊道："荣阳长公主到——"

"快让她进来！"景明帝与太后齐声道。

荣阳长公主很快就走了进来，一见景明帝便跪下请罪："不知臣妹犯了何错，还请皇兄明示……"

太后不解地看向景明帝："皇上，这是怎么回事儿？"

景明帝轻咳一声，对着荣阳长公主温和道："快起来吧，谁说你犯错了？朕叫你进宫是因为母后大好了，据说是吃了你昨日送来的药……"

荣阳长公主仿佛才发现坐着的太后，一脸喜色道："母后，您真的大好了？"

太后笑道："看你惊讶的，不是吃了你送的药才大好的么。"

荣阳长公主眼圈登时红了，拿帕子擦了擦眼角。

"这是怎么了？"太后关切地问道。

太后病这一好，看荣阳长公主就更亲近了。

荣阳长公主走过来，伏在太后膝头，如释重负道："母后能大好，我也就放心了。虽然那神医说能治好母后的病，可我这心一直悬着，想着万一适得其反，那真是百死莫辞……"

说到后来，荣阳长公主哽咽起来。

太后听了越发感动。

她这一场病来得突然，偏偏吃了无数汤药都不见好，那么多太医都束手无策。这种时候荣阳敢为了她的病冒险，足见对她的孝心。

"多亏你了。对了，那神医何在？哀家要好好谢谢他。"

景明帝跟着道："不错，这样的神医，朕要好好奖赏！"

荣阳长公主犹豫了一下，笑道："既然如此，那我这就派人把神医叫进宫来。"

没等多久，一名白须老者出现在景明帝与太后面前。

景明帝大悦，要留神医入太医署。

老者推拒道："草民闲云野鹤惯了，年纪也大了，难当御医重任。且太后的病并不难治，关键在于一味药难得。"

"什么药？"景明帝好奇地问道。

老者沉默了。

景明帝见状，越发好奇，追问道："究竟是什么奇药？"

老者笑了笑，似乎有些为难："说奇也不奇，许多人都有，说不奇，但也不是用钱能买到的……"

他这般说着，看了荣阳长公主一眼。

荣阳长公主微微摇头。

景明帝察觉出二人的眉眼官司，脸一板："荣阳，到底是什么药，你还拦着神医不许说？"

"这……"荣阳长公主迟疑着。

太后自然也是好奇的："荣阳，这有什么不能说的吗？"

荣阳长公主神色变幻莫测，最终点了点头。

老者这才道："回禀皇上、太后，这味药乃是人肉二两，需采未婚少女的臂上肉……"

"什么？"太后大吃一惊，一时胃里翻涌，脸色难看起来。

荣阳长公主立刻跪下请罪："还望母后不要怪罪儿臣隐瞒，儿臣是怕您知道了不敢喝药……"

景明帝亦一脸震惊。

母后吃了人肉，居然没尝出来？这么说，人肉和别的肉味道差不多？

咳咳，似乎想远了。

收回思绪，景明帝关切地看向太后。

太后已经缓了过来。

对于一个站在后宫最高处的女人而言，如果人肉能治病，那么就是一味药，既然是救命的药，那就没什么吃不得的。

"哀家无妨。只是不知道这药——"

荣阳长公主沉默了片刻，才道："是明月亲自割了臂上肉……"

"居然是明月？"太后大吃一惊。

景明帝更是惊讶非常。

在他印象中，这个外甥女向来文静婉约，去岁闹出那般传闻还令他震惊不已，没想到会割肉救太后……

太后许久才平静下来，语带关切，问道："明月现在如何了？"

哪怕对崔明月有多不满，如今听闻此事，那些不满也烟消云散了。

荣阳长公主轻轻擦了擦眼角："明月割肉后就开始发烧，现在还在睡着。"

太后一听，面色微变，不由道："怎么不选别人呢？"

那么多婢女，何必要娇滴滴的姑娘家割肉？

荣阳长公主叹口气："神医说这味药的提供者越娇贵，药效会越好……明月得知了消息，直接就用匕首把手臂上的肉割了下来，儿臣拦都拦不住……"

"这孩子真是……"太后一时说不出话来。

荣阳长公主宽慰道："母后您别替明月担心，您的身体好了最重要。明月还年轻，只是发热，算不上大事。"

太后打断了荣阳长公主的话："谁说发热不是大事？发热才最不好说。对了，神医给明月看过了么？"

老者道："草民只擅长诊治疑难奇症，只是寻常发热，最好是请太医看看。"

太后看向景明帝："皇上——"

景明帝点头："母后别担心，儿子这就命太医去给明月瞧瞧。"

荣阳长公主起身:"皇兄,臣妹就与太医一道回府吧,明月那里我实在放心不下。"

"皇妹去吧,有事情一定及时派人告诉朕。"

慈宁宫一时安静下来。

太后数着念珠,闭目喃喃。

过了约莫一个时辰,太医来回话。

太后招太医上前来,轻声问:"崔大姑娘伤口如何?"

太医回道:"崔大姑娘左手臂伤口颇深,有些肿胀,所以才引起发热。"

太后听了,感动不已。

身在后宫,对人总是存了一丝不信任,崔明月割肉的事虽是从荣阳长公主口中说出来的,但太后还是存了一点怀疑,现在听了太医的话才疑虑全无。

明月那孩子为了救她,竟然真的毫不犹豫割肉……

"可会留下疤痕?"

太医低头道:"那样的伤口,自然会留下疤痕的。"

太后一时沉默了。

一个贵女,手臂上留下那样的疤痕,这可是终身遗憾,将来嫁了人,恐怕会因此不受夫婿待见……

想到嫁人,太后又想到了崔明月年前闹出的事。

荣阳说,明月是被姓朱的混账哄骗了,以为他是个自尊自强的寒门学子。二人虽然相处了一段时间,但明月发乎情止乎礼,依然是处子之身。

当时,太后恼怒崔明月不懂事,根本没听进去,现在想想,明月一直是个好孩子,荣阳这么说并不是为女儿辩解。

太后的病几乎奇迹般痊愈了,宫中很快传遍了崔明月割肉救太后的事。

一时间,再无人敢笑崔明月年前的传闻。

许多人暗想:崔大姑娘这是要翻身了,和救太后的功劳相比,那点子传闻又算什么?

众人猜得不错,当太后能够在花园中散步,甚至觉得身子比未病之前还轻快时,终于做出决定,命人把景明帝请到慈宁宫来。

景明帝这两日心情亦十分轻松。

太后能够大好,他是真心感到高兴。

"母后已经走了一会儿了,儿子扶您进屋吧。"见太后额头沁汗,景明帝提议道。

太后顺势答应下来，由景明帝扶着回了寝殿。

二人落座，立刻有宫婢奉上茶水。

太后端起茶杯抿了一口，示意不相干的人退下，只留了心腹嬷嬷伺候着。

景明帝察觉出太后有话要说，脸色一正。

"湘王是不是也不小了？"太后开口问道。

景明帝傻了眼，眼风扫向潘海。

这么多儿女，他又如何能记得老八多大了。

要说起来，他记得最清楚的就是老七了，谁让老七出生时就被天师断言年满十八岁才能与他父子相见呢。

潘海一瞧就知道皇上被问住了，偷偷比画了个"七"的手势。

景明帝忙道："老八七岁——"

"咳咳！"潘海用力咳嗽一声。

皇上，奴婢只有十个手指头，比画不出来"十七"啊，您就不能上点心吗？

"十七岁了！"景明帝及时改口。

"十七岁啊，也不小了。老六与老七的婚事都定下来了，哀家想着，不如把老八的婚事也定下吧。"

景明帝有些明白太后的意思了，顺势问道："不知母后可有中意的人选？"

要说起来，老八的生母只是个舞姬，皇子的婚事本就轮不到她做主。

太后笑着看向景明帝："皇上觉得明月如何？"

提到崔明月，景明帝微怔。

"明月么？"他斟酌着，一时不知说什么。

在太后没生病前，崔明月自然不会是湘王妃的人选。

他虽然有几分疼爱这个外甥女，可是闹出那样的传闻，崔明月怎么能嫁入皇室？

可是现在又不一样了，明月救了太后，单凭这点就是天大的功劳。

见景明帝沉吟不语，太后叹道："皇上，哀家知道你在顾虑什么。明月是一时犯了糊涂，可她到底是个好孩子，与朱子玉并没有逾矩，还是个清清白白的好姑娘。她是年少单纯被人哄骗了，说起来也是个可怜的。"

太后说着，语气唏嘘："谁年轻时没犯过糊涂呢？"

景明帝一时没了反对的理由，皱眉迟疑着。

太后再叹口气："更何况明月为了救哀家手臂上留下了疤痕，将来嫁人定会受影响。哀家只要想到这一点就过意不去，夜不能寐……"

景明帝终于被说服，微微点头："老八的亲事确实该定下来了。"

太后见景明帝松口，嘴角露出笑意。

赐婚湘王与荣阳长公主之女崔明月的旨意果然很快就传了下来。

湘王听闻后钻进书房，把笔折断了三支，才冷静下来。

同样是近来被赐婚的皇子，六哥娶了寿春侯府最出众的姑娘，七哥娶了个绝色，凭什么轮到他就是崔明月？

崔明月救了太后，在世人眼中功劳再高，对他来说依然是个不检点的女人罢了。

曾经与其他男人卿卿我我，因为救了太后，就让他当傻子？

湘王越想越怒，但多年来的隐忍还是使他渐渐认清了现实，握着断笔自嘲地笑起来。

不服气又怎么样呢？谁让他的生母只是一个舞姬。

皇上赐婚湘王与崔明月的事是件大新闻，很快就传遍了京城上下，自然也传到了姜似耳中。

阿蛮格外激动："姑娘，那个不要脸的崔姑娘以后居然与您是妯娌了！"

姜似坐在院中秋千上，笑意疏淡："是啊，这真是万万没想到的事。"

很快就进了六月，姜似出阁这日风和日丽，天色明媚，使人的心情都不由愉悦起来。

东平伯府里外焕然一新，处处张灯结彩，下人们帮穿得光鲜体面，满脸带笑。

海棠居中，姜似换上了大红嫁衣，比起往日越发明艳照人。

屋子里挤满了人，凑在她耳边说着吉祥话，有长辈，有姐妹，却不见二太太肖氏。

对于冯老夫人的安排，姜似颇满意。

大喜的日子，她自然不乐意见到肖氏给自己添堵。

可是人群中也不见长姐姜依。

扫视了一圈，姜似问："大姑奶奶呢？"

屋内静了一瞬。

姜俏便道："我去喊大姐了，大姐说她不方便过来……"

姜似皱眉，吩咐阿蛮："去请大姑奶奶与嬷嬷过来。"

阿蛮立刻应一声是，转身出去。

屋中人面面相觑。

姜依是义绝，不是丧夫，按理说没有什么要避讳的，但毕竟不是什么吉利人，没想到四姑娘浑不在意。

冯老夫人有些硌硬，看着明艳不可方物的孙女，淡淡道："嫣嫣还小，来闹腾什么？"

姜似与冯老夫人对视，不冷不热地道："嫣嫣是我的亲外甥女，我见了欢喜还来不及，怎么会嫌闹腾？"

冯老夫人碰了个软钉子，这种日子又不好说什么，面上强撑着笑意，把气憋在心里。

众人眼神交汇，登时明白了姜依母女在燕王妃心中的地位。

大姑奶奶还真是好命，义绝回了娘家，不但有父兄护着，还有妹妹如此照拂。

比较起来，被送到庄子上养病的二姑奶奶就太惨了……

有了这个认知，众人对日后如何与姜依往来自然有了数。

姜依很快被阿蛮请了来，无数视线落在她身上。

姜依性情虽柔弱，却不是那等小家碧玉，在众人注视下依旧挺直脊背，大大方方给姜似道喜。

不过来是怕给妹妹的好事添堵，既然来了，自然不能让人笑话上不了台面。

嫣嫣随着母亲一起说吉祥话，到最后却瘪了嘴："嫣嫣以后是不是见不到小姨了？"

姜似伸手揉了揉嫣嫣的脸颊："怎么会？嫣嫣想小姨了，就可以去王府找小姨玩，不管什么时候去小姨都高兴。"

小姑娘这才高兴起来。

天色不知不觉转暗，眨眼便夕阳满天，铺满红霞。

鞭炮声隐约传进来，屋子里的人一阵激动。

这是迎亲的队伍到了。

姜似一时有些紧张。

她与他，真的要成亲了。

这样想着，姜似眼中便噙了泪，朦胧中看到了爱恋着的少年。

他一身红衣，肤白如玉，夺目如骄阳。

姜似眼中泪水褪去，明亮起来。

郁谨对着姜似微微一笑。

他可终于光明正大跑到阿似家里来了，不容易啊！

"呀，是漂亮哥哥——"

姜依忙捂住嫣嫣的嘴，惊出一身冷汗。

好在屋里正热闹，无人留意到一个小姑娘的话。

郁谨耳力好，听了个清清楚楚，嘴角不由一抽。

这破孩子到现在了还叫他哥哥，实在是太烦人了。

照着规矩，姜似向冯老夫人与姜安诚辞别。

冯老夫人端着架子叮嘱姜似出嫁后要如何守规矩，姜安诚双目微红，一直瞪着郁谨。

也不知道现在把这小子揍一顿，会不会耽误了似儿的吉时？

不少人心道：啧啧，燕王生得可真好，难怪伯爷瞧得目不转睛呢。

"咳咳。"冯老夫人说完，见姜安诚还盯着郁谨猛瞧，只好对他使了个眼色。

姜安诚依然没反应。

冯老夫人忍无可忍地开口："伯爷，你就没话对女儿说么？"

本该是父母叮嘱出嫁女的环节，姜安诚却摆了摆手："不说了，不说了，王爷记得对似儿好就行。"

众人皆面色古怪，想笑却不敢笑。

人家都是叮嘱女儿嫁过去要如何孝敬公婆、恭顺夫婿，哪有这么说的啊。

没想到郁谨却对着姜安诚深深一揖，正色道："请岳父大人放心，小婿会做到的。"

姜安诚长久以来在心里同郁谨生的闷气这才散了大半。

臭小子能这么说，还算有良心。

姜湛来到姜似面前，蹲下来："四妹，二哥背你上轿。"

姜似柔顺地伏到姜湛背上。

冷眼瞧着姜湛轻轻松松地背着姜似往外走，郁谨心中醋海翻涌。

到底是谁规定的女子嫁人要由兄长背着的规矩？简直没道理。

他未嫁的姐妹有十几个，谁爱背谁背，反正他不背。

姜似伏在姜湛背上，头上蒙着喜帕，眼里看到的只有兄长宽阔的肩膀。那肩膀宽而有力，不再如少年人那般单薄，令人无比安心。

姜似靠着姜湛肩头，眼泪悄悄掉下来。

姜湛脚下一顿，迈不动步了。

四妹哭了？

他这一停，围着看热闹的人不由面面相觑。

这是怎么了，莫非姜四姑娘太重，二公子背不动？

不至于啊，看四姑娘的身段苗条着呢。

郁谨这个气啊。

他还等着阿似上了花轿赶紧带回家呢，姜湛这混账在干什么？

难不成以为不走了就可以把阿似留下了？见过疼妹妹的，可没见过这么不要脸的！

姜似察觉到姜湛这一停，才回过神来，轻轻喊了一声"二哥"。

姜湛有些迟疑："四妹……"

姜似低声问："你是背不动了吗？"

什么，背不动？

姜湛飞一般冲到了花轿前。

在郁谨的眼神威逼下，喜娘忙不迭扶着姜似上了花轿。

眼睁睁看着一身大红嫁衣的妹妹的身影消失在轿帘后，花轿于震天的唢呐声中远去，姜湛一时颇不是滋味。

这就是嫁人了啊。

他以后成了亲还是生儿子好了，送疼爱的人上花轿的心情太糟糕了。

郁谨却是截然相反的心情。

他骑着高头大马走在花轿前方，嘴角的笑意就没消散过。

挤在街道两边看热闹的人尖叫连连。

"快看，那就是燕王！"

"燕王好俊啊，还这么年轻，燕王妃真有福气……"

"我听说燕王妃是个绝色美人呢，应该是燕王有福气才对……"

"这么说，燕王与燕王妃是天造地设的一对了。"

郁谨竖着耳朵听着这些，格外愉快，微微侧头瞥了撒喜钱的随从一眼。

撒喜钱的随从心思灵活，立刻抓起大把缠着红绳的喜钱向那个方向抛去。

人群一阵欢呼。

锣鼓喧天，十里红妆，人群随着迎亲的队伍一起往前涌动，留下满地的花瓣与鞭炮皮。

迎亲的队伍绕城走了一圈，终于停在燕王府门口。

一番折腾后，终于在新房的喜床上坐下时，姜似只觉浑身要散架了。

不知天色明暗，但她隔着喜帕能感受到屋内的亮堂。

很快，盖头就被挑开，姜似一眼就看到站在面前的郁谨，正微笑地看着她。

二人目光交汇，一时忘了在场众人。

"王爷、王妃，该喝交杯酒了。"

全福人递来交杯酒，打破了二人的对视。

郁谨把酒杯接过来一饮而尽，而后放下空杯子，赶新房里的人出去。

"王爷，您该去前边敬酒了。"男方这边的内管事提醒着。

内管事是个容长脸的中年妇人，姓纪，人称纪嬷嬷。

她一早得了长史叮嘱，一定好好盯着王爷，千万别让王爷搞事。

好在王爷还是挺配合的，长史未免太杞人忧天了。

郁谨皱眉盯着纪嬷嬷："你是？"

纪嬷嬷气个倒仰，面上却半点不敢露出来："奴婢是管理内院的嬷嬷。"

郁谨点头："知道了，你带着她们出去吧。"

"可是前边……"

郁谨眼皮也不抬："晚点去敬酒怎么了？"

纪嬷嬷瞠目结舌，好一会儿才干笑着请众人离去，心道：长史诚不我欺！

新房内只剩下了二人。

小儿手臂粗的龙凤喜烛燃烧着，把新房照得亮亮堂堂。

郁谨凝视着端坐在喜床上的人，欢喜一直从心底溢出来。

阿似终于成了他的妻子，从此以后是他的了。

幼年时独自在庄子里生活的寂寞，少年时在南疆战场厮杀的残酷，一切过往在这一刻都变得值得。

他来到这人世间，便是为了与阿似相遇相守吧。

郁谨迟迟不语，反而令姜似等不住了。

她直接把凤冠取下，笑问："怎么傻了？"

郁谨执起她的手，笑呵呵道："人都说傻人有傻福，傻点不要紧，只要你不嫌弃。"

姜似白了他一眼："快去敬酒吧，前面宾客还等着呢。"

"那我去敬酒。"郁谨走了几步，又突然返回来。

"怎么？"

郁谨捧住姜似的脸，用力亲下去。

喜烛爆响了烛花，室内一时旖旎无边。

"等着我。"擦了擦唇角，郁谨大步走了出去。

前院热闹非凡。

先不说沾亲带故的宾客，郁谨的亲兄弟就有七个，太子在这种场合不方便久留，其他人一桌子都挤不下。再加上出嫁的公主、驸马，那就更热闹了。

"七弟，你可来晚了，该罚。"鲁王正愁挑不出错处，见郁谨姗姗来迟，把酒杯往面前一放，不怀好意道。

郁谨笑呵呵问："怎么罚？"

这是他大喜的日子，要忍住别打架。

鲁王显然也是这么想的，所以一点不怕惹毛了新郎官，笑眯眯道："当然是要罚酒了。"

郁谨抬了抬眉。

他真是高看老五了，闹了半天只是罚酒。

"拿酒来。"鲁王召来侍者，一连倒了三杯酒。

郁谨伸手去拿酒杯，被他拦住："等等。"

许是早有准备，鲁王一招手，另一名侍者端上来一个青瓷瓶。

鲁王拔下瓶塞，倒出酱色的液体，与酒液混在一起。

"七弟，敢不敢喝？"

"这是？"郁谨吸了吸鼻子，看向鲁王，"醋？"

鲁王一笑："七弟鼻子还挺灵，这醋酒没喝过吧？"

郁谨端起酒杯一口喝下去，淡淡道："现在就喝过了。"

鲁王见郁谨面不改色，有些失望，正想挤对着他再把剩下两杯兑了醋的酒喝了，却见他拎起了一个酒坛子。

那个瞬间鲁王下意识护住头，呵道："你想干什么？"

曾经被酒坛子砸脑袋的惨痛回忆格外深刻，由不得他不紧张。

郁谨提着酒坛子，有些诧异："五哥这是干什么？醋太酸，我喝一坛子酒漱漱口。"

"漱漱口？哪、哪有用一坛子酒漱口的……"鲁王紧张得都结巴了。

他真不是害怕，也不想紧张，可是就是控制不住身体的反应啊。

低笑声四起。

齐王站了出来："五弟就不要逗七弟了，今天他是新郎官，喝醉了可怎么办？"

鲁王心中一紧。

对啊，老七要是喝醉了会发疯的，一发疯就闹到父皇那里去了。

挨骂、扣钱、关禁闭……一连串的后续令鲁王不由打了个哆嗦。

齐王含笑举杯："七弟，恭喜你了。"

"多谢。"郁谨向几位皇子敬过酒，走向下一处。

八皇子湘王盯着郁谨远去的背影，笑着对鲁王道："五哥，弟弟想起一件事。"

"什么事？"

"你曾说看上七嫂了吧？"

鲁王手中的酒杯直接掉在了地上，压低声音气急败坏道："老八，你是喝多了么，翻什么旧账？"

老七还没走远呢，自家母老虎的座位就隔着一排屏风，老八是想害他被双面夹击吗？

湘王摸了摸下巴，意有所指道："弟弟就是忽然觉得，七哥生辰时能打起来，有点意思。"

那个时候老七莫名其妙拿酒坛子砸老五，他还觉得这人是个神经病，现在想想，或许从那时候起，老七就看上东平伯府的四姑娘了吧？

如果是这样，老七与姜四姑娘之间恐怕没有那么清白……

湘王琢磨着，一时没有注意到迎面飞来之物，只感觉剧痛传来，便捂着嘴巴惨叫，就见一只酒杯摔在脚边打滚。

他这一叫，登时吸引来无数视线。

"八弟，怎么了？"众皇子纷纷问。

湘王瞪着前方，一时说不出话来。

郁谨扶着侍者稳了稳身子，转过头歉然道："八弟，实在对不住，刚刚脚下一滑，手里的酒杯就飞出去了……"

你是故意的！

湘王想开口指责，却疼得说不出话来，只能发出含糊不清的呜呜声。

"什么，不用往心里去？这是自然的，咱们亲兄弟谁跟谁啊。"郁谨笑笑，转身离去。

要不是大喜的日子不能见血，他非把这混账的门牙砸下来。

湘王攥了攥拳。

疯子，老七真是个疯子！

湘王不像老五，理智让他在这种场合只能忍下来，不然闹到父皇面前谁都讨不了好。

老七这么护着媳妇？呵呵，那就走着瞧吧。

郁谨应付完宾客，偷偷揣了一包酱肘子，几乎是迫不及待地向新房赶去。

姜似已经由阿蛮与阿巧伺候着换过衣裳，重新梳妆，吃了一碗小厨房特意送来的冰糖燕窝粥，整个人顿时舒坦了。

成亲是个体力活，又累又饿，都能渡劫飞升了！

"王爷。"见郁谨进来,阿蛮与阿巧齐齐施礼。

郁谨脸一板:"你们退下吧。"

二人一走,郁谨挨着姜似坐下,问:"吃过燕窝粥了?"

"你让人送来的?"

"嗯,我问过了,女子出阁,从早上一直到洞房几乎都不能吃东西,你定然饿了。"

姜似心中一暖,笑道:"燕窝粥很好吃。"

郁谨听了极高兴,伸手入怀取出一个油纸包。

"这是什么?"姜似诧异。

她似乎闻到了一股熟悉的香味。

郁谨利落地把油纸包打开,邀功道:"听岳父大人说你最爱吃酱肘子,正好宴席上有,我给你捎了一只回来。"

姜似看着硕大的酱肘子,表情瞬间扭曲了一下。

"父亲对你说的?"姜似咬牙问。

郁谨笑呵呵点头:"本来以为岳父大人一直在生我的气,没想到……怎么了,阿似?"

姜似闭目缓了缓,睁开眼笑笑:"没事。我不饿,酱肘子让阿蛮她们端出去好了。"

难道要她满嘴酱肘子味儿与他洞房吗?这个笨蛋!

"可是——"

"还睡不睡了?"姜似忍无可忍地问。

这笨蛋每次跳窗那么来劲,现在终于光明正大在一起了,纠结大酱肘子干什么?

"睡!"

大红的纱帐层层晃动,朦胧烛光映照出帐子里的人影。

一时春光无限。

第七章　解心结

龙凤喜烛燃了一夜，大红的纱帐便晃了一夜，直到天际泛起鱼肚白，一切才安静下来。

门外响起纪嬷嬷的咳嗽声："王爷，王妃，该起了。"

郁谨眉头一皱，欲要开口赶人。

姜似打了个手势阻止，爬了起来："既然要去宫中请安，去晚了不好。"

按着规矩，在外开府的皇子大婚，帝后嫔妃不便出宫，第二日新人要进宫请安。

"进来吧。"姜似整理好衣裳，开口道。

很快，房门打开，纪嬷嬷领着数名婢女鱼贯而入。

屋中未散的靡靡气味令纪嬷嬷皱眉。

王爷与王妃这是有多胡闹？年少无知，年少无知啊！

看一眼姜似，纪嬷嬷再叹气。

王妃生得这个样子，难怪王爷没有节制……

不行，哪怕拼着被主子不喜她也要劝一劝，不然怎么对得起这份差事。

"王爷，奴婢听说昨夜要了五次水……"郁谨冷如刀的眼神使纪嬷嬷不由住了口。

"是小厨房懈怠，热水不够用么？"

"自然是够用的，可是……"

"既然够用，王府也供得起柴火，你废什么话？"郁谨冷冷问。

"阿谨，算了。"听了纪嬷嬷的话，姜似并不羞恼。

这种宫里出来的嬷嬷规矩大，见不得出格的事，倒也正常。

纪嬷嬷陡然睁大了眼："王妃，您不该叫王爷的名字……"

姜似脸微沉："嬷嬷叫阿巧与阿蛮进来伺候我洗漱吧。还望嬷嬷记得，以后我是王府唯一的女主人，府中规矩我说了算，我相信嬷嬷是个识趣的人。"

纪嬷嬷不由看向郁谨。

"王妃说的话没有听见？"

纪嬷嬷还要说什么，看到郁谨那张冷冰冰的脸，突然想了起来。

这位爷恼了都敢与皇子们打群架，真要收拾她一个管事还会犹豫？

纪嬷嬷当下没了声响。

长史啊，对不住了，以后王爷、王妃守不守规矩的问题，还是你自己操心吧。

去往皇宫的马车上，郁谨揽着姜似笑："就你脾气好，我当时都想直接把那老婆子踹出去。"

他们要几次水也要被管着？管天管地，连生孩子都被管着，生为皇室中人还真是无趣。

"你是王爷，对下人何必用拳头解决问题。以后王府里的事，我来操心就好了。"

郁谨想想也是。

就如皇上鲜少干预后宫一样，他管得太多，别人反而觉得王妃无能。

"我以为你懒得操心这些。"

姜似笑了："怎么会。既然选择嫁给你，这些便是我该操心的。倘若处处被你护着，久而久之，我就成菟丝花了……"

郁谨笑意懒散，心满意足："菟丝花也好，霸王花也罢，你想当什么就当什么，只要高兴就行。"

二人一路说笑着到了皇宫，由内侍领着先去慈宁宫给太后请安。

等了一会儿，太后身边伺候的人出来，道："这是太后赏王妃的礼物。太后有些不大舒服，免了王爷、王妃的请安。"

姜似接过宫婢手中的锦盒，对着太后寝宫的方向福了福，与郁谨并肩离去。

见二人走远了，大宫女也离去，两个小宫女咬起耳朵来。

"崔大姑娘才刚进去呢，太后就不见燕王与王妃，这是对燕王妃不大满意吧？"

"这是自然，上个月蜀王带着王妃来给太后请安，太后留蜀王妃坐了好一会儿呢，现在不见燕王妃，显然是对燕王妃不喜……"

寝殿中，崔明月举着象牙槌轻轻替太后敲腿，眼中闪过笑意。

姜似看过她最狼狈的样子，害她名声扫地，她若让她好过，就不叫崔明月。

太后的拒见并没有影响姜似的心情，夫妇二人向皇后的寝宫走去。

景明帝此时正等在坤宁宫里。

皇后见景明帝如此郑重，心中诧异。

当初蜀王夫妇前来给她请安，还是正叙话时皇上才赶来的，怎么到了燕王，皇上竟早早过来了？

这样看来，她要重新审视燕王夫妇在皇上心中的地位了。

景明帝早早过来，完全是随兴所至。

近来各地雨水频发，陆续通报灾情，他心情委实不佳，那便瞧瞧会变戏法的儿媳妇放松心情吧。

"父皇、母后，我听说七嫂是京城最漂亮的女子，是真的么？"坐在皇后下首的少女突然开口问。

少女容色秀丽，最显眼的便是一身雪白肌肤，瞧着像是一尊玉人。这便是皇后的独女福清公主，也是景明帝最宠爱的女儿。

可是，这样一个尊贵美丽的天之骄女，一双眸子却蒙了白雾，说话时毫无波动。

景明帝是个很看重正统的人，先皇后只给他留下了太子，而今的皇后则只有一女。他虽有二十多个女儿，但连好些女儿的名字都对不上，对唯一的嫡公主却格外疼爱。

更何况福清公主幼年患了眼疾，看不清人，就更惹景明帝怜惜了。

听福清公主这么问，景明帝与皇后对视一眼，笑道："谁都没有朕的阿泉好看。"

福清公主仰着脸，露出浅淡笑意："真的么？父皇一定是在哄我。"

"怎么会呢，父皇从不哄人，在父皇心中阿泉真的最好看。"

福清公主便笑起来，笑着笑着又叹息一声，低头不再吭声。

景明帝见状，难受起来。

他的阿泉确实是最乖巧、最好看的女儿，可为什么老天如此不公，偏偏让阿泉看不见呢？

景明帝心情陡然低落，连看新儿媳的兴致都没了，正准备抬腿走人，内侍通传道："燕王、燕王妃到——"

皇后微微点头，示意把人请进来。

不多时，一对璧人相携而入。

"给父皇、母后请安。"

"起来吧。"景明帝淡淡道。

皇后在一旁含笑看着二人。

很快，宫婢端上茶来。郁谨事先得过教导，知道大婚后要给长辈敬茶，遂端起茶杯先敬景明帝，再敬皇后。

姜似照做，从皇后那里得了一套金头面。

对皇后来说，蜀王妃和燕王妃都是一样的亲疏远近，自然没有什么偏倚，两人赏的都是一套金头面。

之后便轮到了福清公主。

"福清见过七哥七嫂。"

姜似目不转睛地盯着福清公主的眼睛。

福清公主并没察觉，皇后却不悦地拧眉。

她就这么一个女儿，看得跟命一般重，偏偏苍天不公让女儿患了眼疾，别人毫不珍惜地看着这五彩斑斓的世界时，她的女儿只能留在黑暗里。

福清公主的眼疾不只是福清公主的痛苦，更是皇后的心病。

皇后敏感，察觉姜似盯着福清公主的眼睛瞧，自然大为不悦。

即便当着景明帝的面，皇后还是沉了脸，淡淡问道："王妃在看什么？"

刚刚还说无论是蜀王妃还是燕王妃都与她没什么关系，现在看来，这燕王妃确实有些没分寸。

福清公主听了皇后的话，立刻垂下头去。

七嫂是在好奇她为何是个瞎子吧？

景明帝见到福清公主的反应，一阵心疼，沉着脸道："老七，老七媳妇，你们退下吧。"

"那儿子告退了。"郁谨虽诧异姜似的失态，面上却半点不露，握住她的手欲要离去。

姜似却没有动，直视福清公主的眼睛，突然开口问道："公主的眼睛，是什么时候看不见的？"

她这一问，场面瞬间一静，连殿中伺候的宫婢都吓得低下头，大为惊讶。

燕王妃这是疯了不成？竟敢当着皇上、皇后的面，揭福清公主的短。

福清公主提着裙摆匆匆屈膝："父皇，母后，女儿想起还有事，先告退了。"

皇后忍无可忍，怒道："燕王妃，你放肆！"

面对别的事，她都可以当贤良大度的皇后，独独关于福清的事不行。

面对皇后的怒火，郁谨一派平静，淡淡道："母后何必发火，不如听听阿似怎么说。"

皇后不由看向姜似，眼神越发深沉。

景明帝虽不满姜似刚才的举动，却起了好奇心。

这个会变戏法的儿媳妇似乎又要搞事了。

哼，若是能令他满意也就算了，如若不然，他就罚这不懂事的丫头变一百个戏法，不许重样！

姜似略略屈膝，而后直起身子，问道："儿媳若是没有猜错，公主的眼疾不是天生的吧？"

皇后冷笑："天生的如何，不是天生的又如何？"

京中贵人谁不知道福清幼年患了眼疾，燕王妃这么问，简直是故意戳她心窝。

皇后对姜似的好感瞬间降到冰点，却听姜似道："公主的眼疾，可以治。"

走至门口的福清公主一个趔趄，险些栽倒。

身边宫女慌忙扶住她，吓得心惊肉跳："公主小心。"

福清公主仿佛没听到宫女的话，推开宫女往回跑去。

她的眼睛虽然看不清，但这么多年早已习惯，平时行走起来与旁人无异，此时却跟跟跄跄，撞到了桌角上。

"公主！"

福清公主望着某个方向，声音颤抖："七嫂，你说什么？"

她望的不是姜似所在方向，也因此，越发显得可怜。

皇后箭步冲来握住福清公主的手，疾声厉色道："燕王妃，你可知道你在说什么！"

姜似神色无比平静："儿媳说，公主的眼疾可以治。"

"哗众取宠！"

福清公主用力握了握皇后的手："母后，我想听七嫂说下去。"

"阿泉，不要理会这些胡言乱语……"皇后搂着浑身颤抖的女儿，心疼不已。

燕王妃居然说出这么荒唐的话来，其心可诛！

她怎么能用福清最渴盼的事来刺激福清呢？

皇后越想越气，几乎要维持不住皇后的气度，狠狠训斥姜似一顿。

景明帝没有说话，只是目光深沉无比，紧紧盯着姜似。

福清公主仰着头，语气颤抖："母后，这么多年，那么多太医给儿臣看过眼睛，可是只有七嫂说我的眼疾可以治。"

说到这里，她露出一抹惨笑："所以哪怕是胡言乱语，儿臣也想听下去。"

皇后看向姜似，一字字道："那好，请燕王妃说下去。"

姜似语气轻松："公主的眼疾不是天生的，更不是后天病变影响了双目，而是有虫寄生于眼部才导致不能视物……"

"你如何证明？"皇后迫不及待地问。

姜似笑了："儿媳可以治好公主的眼疾，算不算证明？"

皇后彻底愣住了，死死盯着姜似，忘了反应。

景明帝凑到福清公主面前，喃喃道："有虫？眼睛怎么能生虫呢？"

福清公主捂着眼睛，羞恼交加："父皇，您别说了！"

她的眼睛里真的有虫么？

只要一想，胃里就一阵翻涌。

可是比起眼睛病变，倘若真的有虫，是不是说她的眼睛有治愈的希望？

福清公主这样想着，渐渐松开手。

"好，好，既然燕王妃这么说，那就请你替福清治疗眼疾吧。"皇后平复下来，面沉如水，"若是能治好福清的眼睛，本宫定然重谢，若是不能……"

姜似微笑着截下皇后后边的话："母后，儿媳听到有惩罚，压力会很大的。"

郁谨抿唇偷笑。

他还担心阿似到了帝后面前会胆怯，如今看来实在多虑了。

皇后憋得额角青筋都冒了出来。

她是听错么？这种时候，燕王妃居然还敢威胁她不许放狠话。

皇后深深看着姜似。

姜似平静地与之对视。

福清公主轻轻拉了拉皇后的衣角："母后，即便七嫂治不好我的眼睛也没什么。儿臣患眼疾又不是七嫂的缘故，最坏也就是老样子……"

姜似听了，微微弯唇。

不得不说，福清公主是个明白人。

皇后冷静下来，轻轻拿帕子按了按眼角，语气恢复了柔和："不知燕王妃什么时候可以替福清医治，又需要哪些物件或人手？"

姜似道："现在就可以，请皇后安排一间无人打扰的屋子就好。"

"无人打扰？"皇后拧眉。

"对，只能有我与公主二人。"

皇后一时迟疑，不由看向景明帝。

景明帝格外痛快，立刻吩咐人去安排。

单独相处怕什么，这丫头不疯不傻，难道敢伤害福清？

很快，姜似与福清公主就被安排在一间屋子里，所有人都守在外面等着。

空荡寂静的屋子里，福清公主的声音显得有些空灵："七嫂，你真能治好我的眼睛么？"

姜似放柔了声音："公主别怕，咱们可以试试。就像你刚刚所言，最坏也不过现在这样。"

福清公主轻轻点头："嗯。"

她心里还是怕呀。

看到了希望又灭绝希望，如何能是老样子呢？

只不过，她不愿见到母后为此责罚不相干的人。

"公主躺好，放松……"

福清公主依言照做，由姜似扶着，缓缓躺在竹床上。

竹床微凉，房间四角还摆着冰盆，可是她的手心很快出了许多汗，湿漉漉一片。

福清公主感觉到眼皮被支撑起来，紧接着感到细微的疼痒。

那种感觉很轻微，许是沉浸在无边的黑暗中，显得又格外清晰。

惶恐不安的情绪如潮水漫过福清公主的心房，使她呼吸急促起来。

她耳边是女子轻柔沉稳的声音，带着某种坚定的力量："放松些，很快就好了。"

福清公主渐渐放松下来。

不知过了多久，耳边那个轻柔的声音再次响起："公主可以起来了，我扶你。"

一阵沉默后，福清公主猛然坐起来，喃喃道："看不见，还是看不见……"

果然是太想看到才异想天开吧，瞎了十来年，怎么可能突然就复明呢！

福清公主用手捂住脸，想哭，却突然触到一物。

姜似扑哧一笑："公主久不见光线，我给你的眼睛上蒙了布巾，等会儿去了亮堂地方，隔着布巾先让眼睛适应一下再解开，看看怎么样。"

福清公主一时无措。

"我带公主出去。"姜似牵着福清公主的手走向门口。

一开门，景明帝险些跌进来。

"咳咳，福清的眼睛如何了？"

福清公主有些迟疑："我、我不知道……"

此刻，福清公主的心情极为忐忑。

眼睛看不见这么多年，长久待在黑暗中是什么滋味，没有人比她更清楚，也没有人比她更强烈地渴望光明。

正因如此，便越患得患失。

但内心深处，她忍不住抱着希望，可越这样嘴上越不敢轻易说什么，到最后只能说一句"不知道"。

"这布巾？"景明帝看向姜似。

姜似微笑着拉起福清公主的手，走向宽敞的厅堂。

正是晨光大好的时候，厅堂窗明几净，亮堂非凡。

隔着布巾，福清公主隐约看到一片朦胧的红。

"福清，你感觉如何？"皇后凑在福清公主身边，小心翼翼地问。

福清公主不吭声。

皇后一双眼扫向姜似，满是威严："公主的布巾，何时能够取下？"

"母后少安毋躁。"

姜似简单明了的一句话，让皇后顿时无可奈何。

蛇有七寸，人有死穴，福清公主便是她的死穴。

帝后一时没了说话的心情，默默等着。

这种沉默中，伺候在殿内的宫婢连呼吸都不由放轻了，竭尽所能降低存在感。

公主眼睛这么多年都看不见，几乎每位太医都为她看诊过，更请了无数民间名医，可是全都束手无策，燕王妃仅仅见了公主一面，就放话能治好公主的眼疾？

皇后说得不错，燕王妃就是在哗众取宠！

可她就没想过帝后的雷霆之怒吗？

燕王妃莫非是中邪了，才鬼迷心窍做出此等荒唐之举？

在众人的揣测中，姜似终于开口："公主勿动，我来解下你眼上布巾。"

"我……"福清公主猛然抓了一下姜似的手，浑身紧绷起来。

万分紧张中，她眼前突然一轻。

帝后皆屏住呼吸，盯着福清公主的反应。

福清公主闭着眼，一时茫然无措。

"公主睁开眼睛试试。"

福清公主听到那个温柔却坚定的声音，不由颤动眼皮。

她不敢。

好一阵子，福清公主都没有任何动作，俏丽的脸上毫无血色。

皇后终于忍不住道："福清，你睁眼试试吧。"

福清公主面上露出犹豫不决的神色。

耳边那个声音再次响起："公主不是说过，最坏不过是老样子，所以公主怕什么呢？"

这句话促使福清公主下定了决心，几乎是孤注一掷地猛然睁眼。

她渐渐找到了焦距，看到了雕龙画凤的朱柱，精致彩绘的藻井。

视线往下落，是皇后端庄秀美、却有了岁月痕迹的面庞。

福清公主的泪水簌簌而落。

皇后急了，一把握住福清公主的手："阿泉，怎么了？"

福清公主突然放声大哭。

当着帝后与燕王，甚至宫婢、内侍的面，福清公主哭得撕心裂肺，全然忘了皇家公主的风范。

皇后慌了神，一迭声问："阿泉，你究竟怎么了，别吓母后啊！"

景明帝一把推开皇后，扶住福清公主的肩："阿泉，你是不是看见了？"

皇后这个笨蛋，以福清的性子，若是依然看不见怎么可能会哭呢？她只会微笑着说"不要紧"……

尽管有了这样的猜测，景明帝还是急切地等着福清公主的答案。

福清公主一把抱住景明帝，哭得上气不接下气："父皇，我看到了……您的胡子好长……"

景明帝瞬间抽了一下嘴角，继而大喜，老泪竟然顺着眼角流了出来："看到就好，看到就好，朕就知道福清这样好的孩子一定是有福气的……"

只听咕咚一声，紧接着是宫婢们的尖叫："皇后，皇后——"

皇后一时激动，昏了过去。

福清公主吓愣了，扑过去喊："母后，您醒醒！"

宫婢与内侍皆慌乱地看向景明帝，等着景明帝吩咐传太医。

景明帝快步走过去，伸手直接掐在皇后人中上。

传什么太医，皇后就知道添乱。

被毫不留情这么一掐，皇后登时悠悠转醒，眼中映入景明帝的脸，下意识问："福清呢？"

她猛然坐了起来："皇上，我是不是做梦了？"

一旁，福清公主挽着皇后手臂，泪如雨下："母后，您没做梦，儿臣真的看到了……"

皇后这才有了真实感，揽着福清公主痛哭。

殿内回荡着母女二人的哭声，宫婢们抬手悄悄抹着眼泪。

景明帝看着失态的皇后与公主，还有连公然落泪都没有资格的宫女们，半点不嫌烦，只觉无比舒畅。

激动过后，众人的注意力放回姜似身上。

皇后早已转变了态度，看着姜似，眼中流露出真切的善意："燕王妃，本宫万万没想到你真能治好福清的眼睛，本宫……本宫多谢你了……"

姜似向皇后略略屈膝："不敢当母后的谢，能治好公主的眼睛，儿媳也觉得高兴。"

景明帝饶有兴致地看着姜似，问道："老七媳妇，你如何能治福清的眼疾？"

姜似早知景明帝有此一问，从容道："儿媳也不知为何，一见公主的眼睛就知道是生了虫，就知道可以治。"

景明帝讶然："生而知之？"

在这个年代，生而知之的奇闻时有发生，人们并不觉得此等事荒谬，甚至圣人都有"生而知之者上也，学而知之者次也"之言。

对于姜似的话，景明帝并不全信，盯了她好一会儿却不见心虚之色，才大笑起来："老七，你娶了个好媳妇。"

有没有扯谎有什么要紧呢，治好了福清的眼睛才是真的。

郁谨轻轻瞥了姜似一眼，笑道："是父皇慧眼，给儿臣指了一个好媳妇。"

景明帝笑声更大。

他就说嘛，有个会变戏法的儿媳妇，这宫里有趣多了。

福清公主来到姜似面前，对她深深一礼："七嫂，福清在此谢过——"

姜似伸手扶住福清公主："公主不必如此。你患了眼疾，我恰好能治，这大概就是天意。"

"天意？"福清公主喃喃念着，又红了眼。

懂事后，她曾无数次抱怨老天不公，而现在她的眼睛好了，是不是说明老天并没有遗忘她？

"无论是不是天意，治好我眼睛的都是七嫂，福清很感激……"福清公主说着，看向皇后。

皇后此刻心情依然激荡不已。

她只有这么一个女儿，女儿眼睛看不见是她心底最深的痛。如今女儿眼睛恢复了，算是解开了她一块心病。

至于皇子——眼看着皇子一个个长大成人，连最小的八皇子都赐婚了，皇后早就绝了能生出皇子的念头。

她与皇上都老了，别说已经生不出，就算现在生了皇子又能如何？

继后嫡子，如今的太子若能顺利登基便罢了，如若不能，她的孩子注定难以像其他皇子那般当个富贵闲散的王爷。

皇后直接握住了姜似的手："福清是个知恩的孩子，你也是个懂事的孩子，以后你就常来坤宁宫，多陪本宫聊聊天……"

皇后说着，给心腹嬷嬷使了个眼色："取一只凌霄镯来。"

心腹嬷嬷愣了一下，很快转身离去。

宫婢与内侍跪了一地，高呼："恭喜皇上，恭喜皇后，恭喜殿下——"

景明帝心情大悦："都有赏！"

皇后笑着点头。

听着震耳欲聋的恭贺声，殿外的宫婢面面相觑。

今日燕王携燕王妃来给皇上与皇后敬茶，发生了什么事，竟传出这样的动静？

不久前，蜀王带着蜀王妃前来，不过一炷香的工夫就离去了。

眼见一名在殿内伺候的内侍走出来，殿外一名宫婢大着胆子问："陶公公，发生什么喜事了？"

内侍按捺不住喜色："公主殿下的眼睛好了，皇上命我去慈宁宫报喜呢。"

内侍匆匆而去，连脚步都能听出兴奋来。

知道这个消息的宫人们个个大喜。

坤宁宫许久没有这般大喜事了，先不说皇后娘娘会给多少赏赐，至少数月之内她们都会在一种相当宽松的气氛中当差，不怕行差踏错一步就会受罚。

更何况，福清公主性情那样好，眼睛看不见，委实可怜。

坤宁宫里外登时一片喜气洋洋，每个人脸上都挂着比过年还欢喜的神情。

慈宁宫里，太后正听崔明月讲逗趣的话，便有宫人来报："坤宁宫的陶公公奉命前来给太后报喜。"

报喜？

太后心生诧异。

坤宁宫能有什么喜事，值当派人专程来报喜？

存着这份疑惑，太后示意宫人带报喜的内侍进来。

陶公公一进来，立刻跪倒在地，高声道："奴婢给太后道喜了！"

"喜从何来？"太后沉声问。

陶公公虽不敢抬头，语气却激动不已："回禀太后，福清公主的眼睛好了！"

太后腾地起身："什么？"

内侍带来的消息太离奇，她不由怀疑听错了。

"太后，福清公主的眼睛大好了！"陶公公高声重复道。

太后由宫婢扶着，走近陶公公，神色极为严厉："你可知哄骗哀家的下场？"

陶公公忙磕头："奴婢绝不敢哄骗太后，是皇上与皇后命奴婢来给太后报喜的。"

太后依然不敢相信："福清公主的眼睛如何好的？"

"是燕王妃治好了公主的眼睛！"

太后彻底愣住。

静静站在一旁的崔明月，罕见地露出诧异的神色来。

姜似治好了福清公主的眼睛？简直荒谬！

可是再荒谬，她还是不动声色地接受了这个事实。

她能割肉治好太后的病，姜似又为何不能治好福清公主的眼睛？

她还真是低估了苏氏的女儿！

崔明月思索间，太后已吩咐道："去请福清公主与燕王夫妇来慈宁宫……"

才吩咐完，太后又改了主意："不，扶哀家前往坤宁宫。"

一群人浩浩荡荡往坤宁宫赶去。

景明帝正笑着对皇后道："也不知母后听了会如何高兴。"

皇后笑着附和，心中却不以为然。

福清即便是她所出，也只是一位公主，在太后心里哪有皇子们的分量重。

说到底，最疼惜福清的，除了她这个亲生母亲，还能指望谁呢？

也因此，看见福清公主对姜似流露出来的亲近，皇后瞧姜似越发顺眼了。

皇上说得不错，老七娶了个好媳妇，不枉她把凌霄镯给了她。

一片喜悦祥和中，内侍高声喊道："太后驾到——"

景明帝与皇后对视，皆从对方眼中看到了惊讶。

帝后二人很快携手去迎太后。

郁谨向姜似伸出手，低笑道："刚刚去她不见，现在倒主动过来了。阿似，还是你有本事。"

姜似伸手放入郁谨手中，回之一笑。

二人并肩向外走去。

太后匆匆而来，虽然浩浩荡荡带着不少人，但并没摆什么排场。

景明帝快步迎上去："母后，您怎么过来了？"

太后阻止了众人见礼，开门见山地问："福清的眼睛真的好了？"

说话间，众人已经回到殿中，福清公主走上前来向太后施了个大礼："孙女拜见皇祖母。"

太后立刻把福清公主扶起来，口中道："让皇祖母看看。"

福清公主起身抬眸，微笑望着太后。

太后见她明眸含笑，波光流转，登时再无疑虑，叹道："竟真的好了！"

福清公主笑道："孙女没想到皇祖母这般慈祥年轻哩。"

太后把福清公主揽入怀中，连连道："宫里再没有比你还招人疼的孩子了，如

· 216 ·

今眼睛大好了，真是老天保佑……"

福清公主嫣然笑道："孙女幸得上苍垂怜，亦多亏了七嫂。"

太后一双厉眼扫向与郁谨并肩而立的姜似。

姜似福了福："孙媳见过皇祖母。"

太后的目光在姜似脸上停得有些久，淡淡的语气听不出怀疑，亦听不出和善："公主的眼疾是王妃治好的？"

姜似保持着见礼的姿势："孙媳只是侥幸。"

"侥幸？"太后扬起一边眉毛，淡淡道，"福清患眼疾这么多年，看过无数医者，没见哪位大夫有这个侥幸。"

场面一时沉寂下来。

郁谨伸手一拉，自然而然地把姜似拉过去，笑嘻嘻道："皇祖母，福清的眼睛好了是大喜事，孙儿琢磨着，就算不大赦天下也该普天同庆吧，您要是因为那些大夫没治好福清的眼睛而责罚他们，孙儿与王妃还怪不好意思的……"

太后瞬间有种想翻白眼的冲动。

她是这个意思吗？

她正要说话，景明帝已经开口斥道："老七，不好好读书就不要胡乱用词！"

郁谨赧然道："儿臣以后好好读书。"

"母后，您别和这混账东西置气……"

太后淡淡一笑："福清的眼睛好了是天大的喜事，哀家高兴还来不及呢……"

她说着，视线再次投向姜似，眼中带着审视："只是不知王妃是如何治好福清眼睛的？哀家只知道王妃是东平伯府的姑娘，莫非还学习过医术？"

即便学习过医术，一个十几岁的小丫头能胜过一众名医也太荒谬了。

姜似神色坦然："孙媳并未学习过医术，能治好公主，大概是老天见公主可怜可爱，假托孙媳之手罢了。"

太后皱眉："这是什么话？"

"母后，老七媳妇一见福清就知道如何治她的眼睛，这大概真的是天意。"景明帝笑道。

太后神色古怪地瞄了景明帝一眼，心道：这种话皇上也信？她看着长大的皇上莫不是傻了吧？

景明帝一点都没有觉得不自在。

他是天子，老天觉得他女儿可怜，冥冥中借他人之手治好女儿的眼睛，有问题么？

· 217 ·

但凡上位者，总恨不得闹出点异常来证明自己不同凡响的身份，这也是为何很多野史，甚至正史都会记载某某人物出生时天上红光闪闪，或是满室异香，再不济其母生产前也会梦到神仙往嘴里塞仙丹什么的。

太后可不懂景明帝的小心思，挑明问："这么说，燕王妃生而知之？"

景明帝便笑了："可不是么。"

什么"可不是么"！

太后决定不搭理景明帝，接着问姜似："那么燕王妃还会治什么？"

姜似脸上全然不见惧色，却神态恭敬，令人挑不出毛病来："孙媳也不知道，或许等见了患某种怪病的人才会知道。"

"还真是神奇。"太后的语气听不出喜怒。

姜似淡淡道："孙媳曾听说崔大姑娘割肉治好了皇祖母的病，亦觉得神奇。"

一直安安静静的崔明月眼底闪过诧异。

她还没说什么，燕王妃居然主动挑衅？

景明帝笑起来："要不说近来喜事连连呢，太后的身体大好了，福清的眼疾也好了，几位皇子亦成了家，朕觉得老七说得对，是该普天同庆……"

"皇上！"太后截断景明帝的话。

"母后？"

太后淡淡道："普天同庆就不必了，劳民伤财会折福的。"

景明帝不以为然："替母后祈福，怎么能叫劳民伤财？"

太后有点蒙。

为什么扯到给她祈福上来了？

眼见景明帝执意坚持，太后只得道："福清的眼睛好了是好事，是该庆贺一番，不过办一场家宴就行了，正好也让福清认认人。"

景明帝想了想，点头："就听母后的。"

太后动了动眉梢，伸出手来："皇后，家宴的事就由你准备着，不能委屈了福清。哀家累了，燕王妃，你扶哀家回宫吧，正好哀家还想听你讲讲生而知之的稀奇事。"

说到这，她扫了郁谨一眼，语气波澜不惊："燕王就不必跟着了，回头哀家让人把燕王妃送回来。"

郁谨欲说什么，被一只素手轻轻拉了一下。

姜似上前一步，扶住太后的手，告辞道："父皇、母后，儿媳暂且告退了。"

当着皇上的面被带走，姜似当然不担心太后会责罚新妇。

· 218 ·

至于言语上的敲打,谁在乎呢?

一路向慈宁宫走去,太后并没有开口,直到进了内殿,屏退众人,才不冷不热道:"燕王妃,哀家不管你有什么能耐,既然成了皇室中人,那么以后就要规规矩矩的,莫要行差踏错半步。"

"孙媳知道了。"

"还有,以后少说些妖言惑众的话。"

"孙媳知道了。"

无论太后如何说,姜似以不变应万变,偏偏又恭恭敬敬的,让人挑不出错来。

到最后,太后说得嘴发干,啜了一口茶:"明月,你送燕王妃出去吧。"

崔明月对姜似微微一笑:"表嫂,我送你出去。"

姜似定定看崔明月一眼,淡淡道:"有劳。"

二人并肩向慈宁宫外走去。

姜似面无表情,并不主动与崔明月说话。

崔明月却突然开口唤了一声:"表嫂。"

姜似脚步微顿。

崔明月凑过来,轻声问:"表嫂可是不喜欢我?"

姜似扫她一眼,点头:"嗯。"

崔明月险些维持不住脸上的笑意,咬唇道:"表嫂这是什么意思?"

姜似继续往前走,淡淡道:"刚刚崔大姑娘问我,我不是回答得很清楚了么?"

崔明月快步追上来,声音微扬:"我可有得罪表嫂的地方?表嫂为何如此说?"

她这么一抬高声音,仿佛先前不是她主动开口问的,而是姜似刻薄无礼才如此说出这番话,顿时吸引来周围宫婢的目光。

姜似一对精致疏淡的远山眉微微蹙起,似是很诧异:"崔大姑娘竟不知道缘由?"

崔明月面上维持着委屈,内心震惊不已。

姜似居然顺着她的话承认了!

姜似难道以为治好了福清公主的眼睛就可以肆无忌惮了?这样刻薄的话传入太后耳中,就不怕惹太后不喜?

姜似云淡风轻地笑道:"我以为缘由很充分了,崔大姑娘应该有这个自知之明,没想到还要我来指点迷津。我不喜崔大姑娘,当然是因为你与我大姐的前夫厮混啊。"

"你!"崔明月下意识去摸腰间长鞭,却摸了个空,这才想起自己每次进宫前

·219·

都会把长鞭取下。

姜似似笑非笑地问:"崔大姑娘恼羞成怒,莫非想打我?"

周围宫婢看向崔明月的眼神已经带了异样。

有关崔明月与朱子玉的传闻,不知被深宫寂寞无聊的宫女私底下议论了多少次,既鄙视崔明月的无耻,又艳羡她的好命。

人与人真是不能比,崔大姑娘有了这样的污名还能成为湘王妃,说到底还不是因为崔大姑娘是太后的外孙女,不然换了别人,你看太后会不会把她许给湘王?

然而,这些话绝不能放到明面上议论,不然传到主子们耳中就要没命了。

越是这样,这些宫婢对崔明月越没有好感,而今听姜似直接揭短,竟觉大为痛快。

顶着这些意味莫名的目光,崔明月脸上只觉得火辣辣的难堪,忍怒道:"表嫂说笑了,我怎么敢打你呢。再者说,身为大家闺秀,哪有随便打人的道理。"

姜似没有理会崔明月的话,只轻轻一笑。

这一笑,落在崔明月耳中却充满了嘲讽的意味。

那些宫婢更是低下头去,掩饰眼中笑意。

身为大家闺秀不能随便打人,却与有妇之夫厮混,这才更没道理吧。

崔明月不料姜似如此难缠,说话竟毫不留情面,一时竟没了辙。

燕王妃要是个脸嫩嘴拙的,她刚刚那几句话就能把燕王妃挤对住,没想到现在是搬起石头砸了自己的脚。

她要是继续和姜似针锋相对,燕王妃又说出什么难听话来,那她这湘王妃做还是不做?

二人的对话定会传到太后耳中,太后固然会恼怒姜似不懂事,可她的旧账被翻出来也讨不了好。

"表嫂慢走,恕我不送了。"

姜似回到坤宁宫,已经耽误了不少时间。

可福清公主情绪高涨,恨不得时时挨着治好她眼睛的恩人说话。

皇后见爱女如此高兴,皇上亦不开口,乐得不催促燕王夫妇去给贤妃请安。

平日里她可以当个佛爷般的皇后,那是因为她没有什么可求,但现在阿泉亲近燕王妃,什么贤妃、庄妃,统统靠边站好了。

玉泉宫里,贤妃有些等不住了。

她吃过一次媳妇茶了,不稀罕吃第二次。

可是不稀罕是一回事，对方有没有来敬茶是另一回事。

老七那个逆子没把她放在眼里，她是领教了，老七媳妇这是夫唱妇随？

"娘娘，燕王与王妃到了。"

日头已经爬高，窗外的蝉不停鸣叫，天气燥热非常。

贤妃的脸却罩上寒冰："就说本宫等乏了，正在小憩，让他们在厅里候着。"

宫婢领命而去，到了外头面无表情地传达了贤妃的话。

郁谨与姜似对视一眼。

"那好，我与王妃等着。"

郁谨今日穿着暗红色的袍，衬着白皙的肤色，越发显得丰神俊朗，灿若明月。

他用这般随意的语气说话，带着散漫的笑，那传话的宫婢不由红了脸，一时竟摆不出冷脸来了。

饶是如此，宫婢还是谨记贤妃的不满，并不招呼夫妇二人。

时间一点点过去，二人皆安安静静地等着。

就在厅内侍立的宫婢以为贤妃差不多要见二人时，郁谨突然抓起茶杯，狠狠掷到了地上。

茶杯陡然四分五裂，发出大声响。

这对于在宫里连走路都要尽量放轻声音的宫婢来说，已经是天大的动静了。

数名宫婢不由白了脸，一时有些无措。

"老七，你在干什么？"帘子一晃，贤妃由宫婢扶着走出来。

那一地的碎瓷刺痛了贤妃的眼，而那对新婚夫妇的神色不见惶恐，更是令她气怒。

贤妃直盯着郁七，冷笑："老七，你还记不记得本宫是你的母妃？"

郁谨垂眸，淡淡道："当然记得。"

"记得？"贤妃扬高了声音，"我看你是不记得了！你这个混账，本宫等了你们近一个时辰，等乏了去后边歇歇，你居然摔打起来了，你还有没有把我这个母妃放在眼里？"

郁谨笑了："娘娘，儿子就是把您当成最亲近的人，才要帮您教训一下这些不懂事的狗奴才！"

贤妃冷冷地等着郁谨说下去。

郁谨半点不自在都没有，唇畔笑意未减："娘娘在睡，我与王妃等多久都是应该的。可是我们等了这么久，这玉泉宫的奴婢竟连一杯茶都没上，可见这些奴婢半点规矩都不懂。这是遇到了儿子与媳妇不会计较，要是别人来了也是这般情况，丢的可是您的脸……"

听着郁谨之言,那些宫婢早跪了一地,个个花容失色。

她们只想着讨娘娘的好,却没想到燕王如此霸道。

贤妃同样没想到郁谨因为没喝到茶就当场翻脸掀桌,偏偏说的话让人无法辩驳。

"是本宫对她们太宽和了。不过今日是你带王妃第一次来玉泉宫,不要让这些不懂事的奴婢败了好事。"贤妃扫了一眼跪了一地的宫婢,淡淡道,"还不退下领罚。"

几名宫婢忙请罪退了出去。

姜似不由莞尔。

让郁七这么一闹,他二人以后再来玉泉宫,没有贤妃直白的吩咐,这些宫婢是不敢自作主张怠慢他们了。

很快有宫婢收拾好地上的狼藉,奉上新茶。

郁谨举杯给贤妃敬茶。

贤妃不冷不热地道:"本宫还以为到晌午才能喝上这杯茶。"

郁谨笑道:"儿子早就想过来的,可父皇非要留儿臣说话,一不小心就耽搁了。"

贤妃听郁谨提到景明帝,心中一动。

皇上留老七说话?这是什么意思?

"你父皇不是多话的人。"贤妃试探道。

郁谨笑着拉过姜似:"人逢喜事精神爽嘛。"

贤妃嘴角一抽。

扯什么人逢喜事精神爽,皇上嫁女儿嫁了十来次,给儿子娶媳妇也六七回了,不嫌无聊都难得了。

贤妃压下疑惑,接过郁谨的茶浅浅喝了一口。

接下来轮到姜似敬茶,贤妃却没有接。

"茶先不急着喝,有些话本宫要叮嘱王妃。"

"请母妃示下。"姜似保持着敬茶的动作,神态柔顺。

她这柔顺恭敬的态度无疑给了贤妃错觉。

贤妃从"女子当以贞静为要"说起,说了足足一盏茶的工夫,还不见停下来的意思。

儿子是个不按常理出牌的混不吝,她一时奈何不得,儿媳妇再压不住就可笑了。

姜似双手捧茶,在心中默数:一、二、三……

果然，还没数到十，郁谨就劈手夺过她手中茶杯，重重放到了茶几上。

"娘娘慢慢喝吧，快晌午了，儿子还要带王妃去下一处。"

眼见郁谨拉着姜似快要走到门口，贤妃由震惊到狂怒，端起茶杯砸到地上："混账，这茶本宫不喝了。"

郁谨脚步一顿，转眸看着贤妃："娘娘要是不喜欢喝茶，那就自便吧，儿子与媳妇当然不能为难长辈。"

当着厅内宫婢的面，贤妃气得浑身颤抖："混账东西，你可知道本宫不喝这茶，燕王妃就算不上名正言顺？"

郁谨一怔。

见他错愕，贤妃冷笑起来。

就是寻常人家，新妇给婆婆敬茶也要提心吊胆，无论婆婆如何为难都要受着，不然婆婆若是拒绝喝茶，那就等于不承认这个媳妇。

要是这样，新妇以后在宗族里就别想抬起头来。

她倒要看看她不喝这杯新妇茶，燕王夫妇该怎么办！

郁谨突然笑起来："娘娘是不是误会了什么？刚刚父皇与母后都喝过阿似敬的茶，母后还赏了阿似一只凌霄镯，所以要说名正言顺，再没有比阿似更名正言顺的了。"

他说罢，拉着姜似扬长而去。

贤妃死死盯着晃动的珠帘，一张保养得宜的脸时青时白，险些闭过气去，立刻吩咐人去打听凌霄镯的事。

说到凌霄镯，还有一桩奇闻。

皇后是狄氏女，家族算不上显赫。皇后的母亲将要生产时在花园中散步，被一块石头绊倒，于是当场生下了狄氏。

那不知道在花园中待了多少年的顽石自然是要被清理的，谁知搬动顽石的仆从没抱稳，石头撞到另一块石头上，撞掉了一小角，露出隐隐的碧色。

仆从见石头颜色有异，立刻上报，管事请匠人把石头割开，其中竟然是一面翡翠，最终被制成一对玉镯。

玉镯水头极好，更令人称奇的是内里隐隐有雪花般的纹样错落分布，竟是难得的雪花棉。

这样一对玉镯，自然价值不菲。

因玉镯的发现与狄氏的降生联系起来，玉镯毫无疑问归了刚降生的狄氏。

狄家老夫人认为这是个好兆头，特意请了卜卦先生给狄氏看命格。

卜卦先生见到狄氏大惊，断言狄氏将来贵重非凡。

狄老夫人大喜，从此看待狄氏如眼珠子一般，更是将那对玉镯取名为凌霄镯。

后来景明帝登基称帝，与元后和睦恩爱，狄老夫人虽失望，却仍认为所谓的"贵重非凡"，或许是指孙女能嫁给某位王爷当王妃。

若是出了一个正儿八经的王妃，对他们这样的家族来说已经很不错。

谁知人生无常，元后竟然病逝，景明帝哀恸不已，后位空悬数年，在朝廷上下、宫里宫外一致的劝谏下决定娶继后。

那一年，狄氏正好及笄。

多方平衡之下，狄氏成了新的皇后。

再后来，凌霄镯的故事便慢慢传扬开了。

凌霄镯有一对，皇后把其中一只赏给燕王妃，这太匪夷所思了，要知道当年太子大婚，太子妃都没能从皇后这里得到一只凌霄镯。

福清公主眼睛大好是喜事，贤妃派人一打听就得到了消息。

贤妃坐在贵妃椅上，无意识地摸着雕花扶手，犹在梦中。

燕王妃治好了福清公主的眼睛？

这简直……简直离奇。

可偏偏这样离奇的事发生了，连太后都被惊动了。

玉泉宫前去打探消息的人虽然没有见到福清公主的面，这件事却板上钉钉，不可能有假。

贤妃一闭眼，脑海中就浮现出那张清丽绝伦的面庞。

女子低眉浅笑，素手拂过，含苞的梅花便缓缓绽放。

而今，她居然又治好了福清公主的眼睛。

贤妃心中咯噔一声，突兀浮起一个念头：这是个妖孽！

"娘娘。"心腹嬷嬷见贤妃脸色难看，担忧地唤了一声。

贤妃睁开眼，面上恢复了平静，吩咐道："管好下边的人，今日燕王夫妇在玉泉宫的事不得传扬出去。"

她本来想拿捏燕王妃，没想到老七那个畜生直接拉着燕王妃走了，最终她连杯媳妇茶都没喝上。

这样的不孝之举传到皇上耳中，老七受罚是一定的。虽然她不会在意这不孝子的名声，可是偏偏燕王妃治好了福清公主，据打探来的消息，皇上已经发话要举办宫宴庆祝了。

这种当口要是把事情闹出去，皇上即便惩治了老七，对她也会大为不满，而宫里那些狐狸精更会看她的笑话。

儿子不把母妃当回事，儿媳不给母妃敬茶，她的脸上能有光彩？

所以最好的做法还是把事情瞒下来，暂且忍下这口气。

离开玉泉宫后，姜似笑问："阿谨，你就这么拉着我走了，不怕贤妃娘娘去找父皇告状？"

郁谨回眸看了一眼。

艳阳下，玉泉宫红墙碧瓦，富丽堂皇。

他轻笑："她若不怕丢脸，尽管去告。"

贤妃是不怕丢脸的人么？当然不是。

一个因为儿子被道士断言与皇上相克就能从此对儿子不闻不问的人，在乎的永远是那些最没用的东西。

这样其实也不错，希望贤妃好好保持这个优点。

接下来二人去了有妃位的几处宫殿，收获礼物若干，又去东宫拜见太子与太子妃。

太子已经看郁谨不顺眼很久了。

每一次这王八羔子惹了祸，他都要跟着挨骂，凭什么？

太子阴晴不定地盯着郁谨，太子妃忍不住轻轻拉了拉他。

太子越发觉得烦，甩开太子妃的手，看向姜似。

这一看，时间便有些久。

郁谨沉了脸："府中事多，我与王妃就告辞了。"

太子仿佛没听到郁谨的话，笑眯眯道："难怪七弟赏梅宴上把梅花全都给了弟妹，弟妹真是好样貌。"

呵呵，看老七这样，还真护着媳妇。

他偏要这么说，有本事打他啊。

老七打其他兄弟算是兄弟间胡闹，敢打他，那就是犯上。

他定要让这王八羔子吃不了兜着走！

郁谨反而笑了，大大方方道："爱美之心人皆有之，弟弟瞧着喜欢，自然就要抓到手里。我知道太子羡慕，不过，在太子妃面前这么说，太子妃会伤心的。"

眼见郁谨拉着姜似往外走，太子拳头捏得咯咯响："老七，你回来！"

郁谨头也不回："留饭就不必了，宫里的饭弟弟吃不太习惯。"

太子还想再说，被太子妃拦住。

"你拦我做什么？"

太子妃抿了抿唇，忍不住劝道："殿下当众评论燕王妃的容貌，传到父皇耳中又要挨骂了。"

"挨骂，挨骂，除了挨骂还会怎么样？"

太子妃听得心惊肉跳："殿下！"

"好了，你就会唠叨，真无趣。"

太子妃脸色通红，抿了抿唇，道："我确实一无是处，却也知道储君当为诸皇子作表率，上使父皇顺心，下令臣民安心，而不是如殿下这般见了弟媳还要品评一番，轻佻浮滑……"

"住口！"太子一巴掌甩过去，气急败坏，"你要是有燕王妃的容貌，我怎么会被老七那混蛋挤对？"

太子妃偏头险险躲过，淡淡道："燕王能挤对殿下，岂是因为我的容貌？"

只可惜，这个蠢货不会懂的。

出皇宫坐进马车时，郁谨突然道："我看东宫那个蠢货，太子当不久了。"

这一刻，姜似的心猛然跳了一下，看向郁谨的眼神带了几分异样。

梦里，就在景明十九年的夏天，太子被废。

郁谨笑着把姜似拉入怀中，望着她的眼睛："怎么这样看我？"

"你为何说太子当不久了？"

郁谨嗤笑一声："俗话说，天作有雨，人作有祸，不作就不会死。太子已经不是一般作了，能当得久才怪。"

姜似定定看着郁谨。

"怎么了？"郁谨疑惑，恍然大悟，凑在姜似耳边问，"是不是想我了？"

姜似先是一愣，而后一个白眼飞过去："你在胡思乱想什么？"

打趣过后，郁谨转而问道："阿似，你能治好福清公主的眼睛，真的是生而知之？"

"不信么？"姜似笑问。

"不是。"郁谨握住姜似的手，与她十指交缠，"你可能不知道，在南疆的一些部落，生而知之的说法很盛行。"

姜似心头一跳。

郁谨继续说道："比如乌苗族，他们的圣女被称为天选之人，据说只有天生对异术敏感的女童才能成为圣女候选，而在这些候选圣女长大的过程中，定会有一位女童拥有远超他人的天赋，仿佛天生就懂得如何运用异术……"

"这个人便会成为乌苗族的圣女，等上一任圣女过世后就会成为新的长老，也就是乌苗族乃至四周依附乌苗之部落的领袖……"

姜似伸手搭在郁谨身上，似笑非笑道："阿谨，你对乌苗圣女很了解嘛。"

"机缘巧合知道的。"对南疆的事，郁谨不愿多说。

姜似嘴唇微动，猛然想到一个问题：梦中那幅使她生出心结的画像，如今究竟是否存在于郁谨书房里？

这个念头一起，好似一石激起心湖千层浪，竟恨不得立时回到燕王府中。

在郁谨觉得短暂而姜似觉得漫长的独处中，马车终于停下来了。

燕王府到了。

二人先后下车，并肩往里走。一道灰黄影子冲过来，在姜似面前猛摇尾巴。

姜似亲昵地揉了揉二牛的大脑袋。

燕王府的正院名为毓合苑，坐落在王府中心轴上，夫妇二人跨进院门，二牛紧随其后跟进去。

郁谨脚步微顿，嫌弃道："回你的狗窝。"

没成亲前他几乎都歇在前院书房里，就是为了等阿似进门再一同住进新居。

二牛的窝亦设在前院，不过，它平日在偌大的王府撒丫子乱跑也无人管。

二牛看郁谨一眼，叼住姜似的裙摆不松口。

郁谨伸手去拎二牛脖子，被姜似拦住。

"在毓合苑给二牛弄一个狗舍吧。"

二牛仿佛听懂了，得意地叫唤两声，倒在地上开始慢悠悠打滚，一直滚到墙角阴凉处，吐着舌头不走了。

郁谨暗道一声回头再算账，与姜似一起进了屋。

之后换衣净手不必细说，等待用饭的时候，郁谨板着脸抱怨："阿似，我总有一种错觉，你对二牛比对我好。"

姜似默了默，嫣然一笑："其实不是错觉。"

郁谨拍案而起，把姜似拉近："真的？"

姜似见他绷着脸格外认真，笑道："怎么，不满意答案就准备打人？"

郁谨的声音低下来，眼中闪着危险的光："我其实准备干点别的……"

姜似眨眼笑了："我正有此意。"

郁谨彻底愣住了。

他可能听错了，设想中阿似不该义正词严地拒绝吗？

"吃饭吧，饿了。"姜似不再逗他。

郁谨有些遗憾，却老老实实不再乱想。

不就是等到晚上么，他还忍得住，总有阿似求饶的时候。

二人用过午饭，婢女奉上脸盆、帕子等物，一番收拾才算妥当。

姜似进了内室，歪在床榻上，见郁谨跟进来，笑问："王爷没有别的事？"

郁谨踢掉鞋子在姜似身边躺下来，把她拥进怀里："什么事也没一起午睡重要。再说，我一个闲散王爷能有什么事……"

他每日混吃等死，至少让别人以为他每日在混吃等死，日子才会舒心。

姜似推推他："不去书房看看书？你不是对父皇说以后要多读书么。"

郁谨呵呵一笑："书读多了烦恼也多，我眼下这样正好。"

"那睡吧。"姜似抬手解开帐钩。

大红的纱帐落下来，隔绝出一方小天地，帐内很快安静下来。

姜似醒来，睁开眼，身边空荡荡的。

"王爷呢？"她一边穿外衣一边问阿巧。

"王爷比您早起了一阵，去练剑了。"

姜似揉了揉发胀的太阳穴，洗过脸往外走去。

郁七练剑会去演武场，那她正好去书房逛逛。

一路往前走，遇到的下人纷纷见礼："王妃。"

姜似微微颔首，带着阿蛮穿过重重月亮门，来到前院书房。

书房外有小厮守着，见到姜似愣了愣，急忙见礼。

"小人见过王妃。"

"王爷在么？"姜似问，同时绕过小厮往内走去。

小厮忙道："回禀王妃，王爷不在书房。"

"哦。"姜似伸手推门。

小厮都蒙了。

他都说了王爷不在，王妃怎么还要进去？

书房算是一府重地，王爷以前不但睡在这里，时而还会与人在此议事，没有王爷点头，王妃就这么进去可不合适啊。一旦被王爷知道了，王妃讨不了好不说，他这守门的定要挨罚。

小厮箭步拦在姜似面前，壮着胆子道："王妃，王爷不在。"

姜似脚步微顿，淡淡道："我听到了。"

"那、那您请回吧。"

姜似还没出声，阿蛮一手叉腰，一手指着小厮的鼻子骂道："大胆，放肆！"

小厮更蒙了,后退一步躲过小丫鬟的袭击。

阿蛮冷着脸斥道:"这偌大的王府都由我们王妃做主,王妃想进书房看看怎么啦?你这刁奴居然拦着,莫不是吃了熊心豹子胆?"

小厮嘴角猛抽。

他是刁奴?

明明这黄毛丫头才是吧,就没见过这么凶的丫鬟!

小厮也来了火气,撸撸袖子道:"王爷早就吩咐过,书房重地,闲杂人等不得进入!"

阿蛮啐了一口:"闲杂人等?你这刁奴会不会说话?"

二人吵嘴的时候姜似已经推门而入,还顺手带上了门。

关门的声音传来,小厮才如梦初醒,推门喊道:"王妃,您不能进去啊……"

一旁阿蛮丢了个白眼:"进都进去了,你还瞎嚷嚷什么。让别人知道你没守好书房,定然告你失职。你这刁奴真够笨的!"

小厮捂着胸口,快气疯了。

刁奴,刁奴,要不是这死丫头一口一个刁奴,他会这么大意吗?

小厮抹了一把脸,愤愤道:"我失职还不是被你害的。"

阿蛮撇嘴:"刁奴就知道找借口。"

小厮更无言了。

郁谨的书房比寻常人家的书房大很多,一共三间大房相连,从门口进去,房间布置成了一间待客厅,东边一排屏风相隔,转进去是起居室,西边没有屏风等物遮挡,进去就是成排的书架与一张书桌,桌上笔山、砚台等物一应俱全,是读书写字之处。

姜似的目的地便是这里。

她扫视一圈,视线在一处落定。

梦中,那幅画就在那里。

姜似走过去拉开暗格,眼神骤然一缩。

那幅画真的在!

她伸手把画卷拿出来,因克制不住紧张,白皙的手背上青筋分明。

夏日,书房闷热,四周很安静,无风也无声。

额头沁出汗珠,顺着面颊淌下,有一滴落在泛黄的画纸上,瞬间洇开。

姜似暗吸一口气,缓缓展开画卷,一个豆蔻年华的少女映入眼帘。

姜似只觉脑子里嗡了一声,好一阵子反应不过来。

时间一点点过去，她伸手点了点画中少女的额头。

那里没有红痣……

这个瞬间，喜悦如春草一般从心底最柔软的地方滋生，很快就疯长起来，突破了心房。

姜似坐在木板铺成的地面上，像是溺水的人劫后余生，大口大口地呼吸着。

没有红痣，没有红痣！

而圣女阿桑是有痣的……

莫非这画中人是她？

更大的疑惑袭来：阿谨怎么会知道她十岁出头时的样子？

这没有什么可犹豫的，她要去问！

姜似动作轻柔地把画卷好，捏着画卷的力度却不轻，合上暗格后，大步向门口走去。

门外有质问的声音传来："这里怎么会有婢女？"

小厮吭吭哧哧，不知如何回答。

姜似直接把门拉开。

门外除了小厮与阿蛮，还站着一位老者。

老者一把胡子打理得格外齐整，眉间有深深的"川"字，可以看出这是个不苟言笑的人，正是王府长史。

"王妃？"长史见到姜似大惊。

他虽没见过王妃，可王府中能如此穿戴打扮的，除了王妃外不会有第二个女子。

长史最重规矩，确定了姜似的身份后便立刻低下头去，这一低头，就发现了姜似抓在手中的画卷。

长史脸色瞬间变了。

王妃居然来王爷书房乱拿东西？

这、这成何体统！

这一下也顾不得避讳了，长史猛然抬头，气得胡子都在抖："王妃，敢问王爷可在？"

"不在啊。"

"那王妃手中拿的是什么？"

"一幅画。"

长史拔高了声音："王妃，王爷虽然没有在朝中担任要职，可书房乃是要地，您怎么能随便出入、还乱拿书房之物呢？请王妃立刻把手中画卷物归原处！"

他本以为王妃过了门好歹能约束一下随心所欲、顽劣不堪的王爷，万万没想到啊，王妃竟然比王爷还不懂规矩！

姜似躲开长史乱溅的唾沫星子，一脸为难："可是，王爷托我来取这幅《秘戏图》。"

长史像是被雷劈中般抖了抖，胡须颤抖，说不出话来。

一旁的小厮更是险些栽倒。

只有阿蛮似懂非懂，陷入了深深的困惑。

《秘戏图》是什么？

从婢女口中得知王妃来了前院，郁谨便立刻赶过来，刚好听到这话，顿时迈不开腿了。

背地里，阿似就是这么坑他的？

长史气沉丹田，吼了一声："王妃！"

虽说他家老婆子也会把《秘戏图》放在衣箱里辟邪，可是王爷与王妃拿《秘戏图》显然不是辟邪用的！

王妃脸皮这么厚，会把王爷带坏了！

不对，王爷本来也不是啥好东西……

长史越想越觉得前程一片黑暗。

郁谨转过墙角，清了清喉咙："长史为何在此大声喧哗？"

眼见长身玉立的青年大步走过来，语气隐隐带着质问，稳重如长史都被他气得直翻白眼。

什么叫他大声喧哗？他这是恪守职责，拦着王爷与王妃别在邪路上越奔越远。

"王爷，是您让王妃来书房的？"虽然极度气愤，长史还是记得向郁谨行礼。

郁谨看姜似一眼，颔首："嗯。"

"王爷！"长史往前迈了一步，神情沉重，仿佛下一刻天就会塌下来，"书房重地，怎能让女子随便进入？哪怕是王妃也不该！王爷，您这样是乱了规矩，不成体统……"

郁谨也不阻止，任由长史说得唾沫四溅，估摸着老头口说干了，笑呵呵问道："长史啊，要不与小王进书房喝杯茶？"

长史一听喝茶，胡子猛地一抖，仿佛瞬间被人掐住了脖子，说不出话来。

郁谨淡淡扫小厮一眼："还不把长史扶进书房，没个眼力见儿！"

小厮最听郁谨的话，闻言，立刻抓住长史胳膊往书房里拖。

长史对"和王爷喝茶"这件事有了深深的阴影，慌忙推开小厮撒丫子跑了。

小厮迟疑地看向郁谨:"王爷?"

"门口守着吧。"郁谨说罢,伸手把姜似拉进了书房,直奔东边的起居室。

起居室里有一张矮榻,郁谨走到榻边坐下,拍了拍身下软垫:"阿似,我想欣赏一下你找到的《秘戏图》。"

他什么时候在书房藏《秘戏图》了?他是这么不讲究的人吗,要藏也该藏在枕头底下。

姜似走过去,坐在一旁的锦凳上,把画卷递过去。

郁谨接过,认真看了画卷一眼,面色微变。

阿似怎么会发现这个?

沉默了一会儿,姜似问:"画上的人是谁?"

郁谨并没有展开画卷,捏着已经泛黄的画卷望向姜似,见她问得认真,犹豫了一下,笑道:"当然是你,不然还能有谁?"

姜似把画卷拿回来,徐徐展开,指着画中人道:"画上少女正值豆蔻年华,我这个年纪的时候你在南疆。"

郁谨哭笑不得:"阿似,你莫非怀疑我会画别人?"

姜似垂眸看了画中少女一眼,似笑非笑地睨着郁谨:"这画中人与我十二三岁的时候至少有九分相像,我怎么会怀疑你画别人呢?阿谨,你这么说莫非是做贼心虚?"

郁谨猛地咳嗽两声,老老实实道:"阿似,说来你可能不信,在南疆还真有一个女子与你生得很像。"

姜似微微抿唇。

郁谨的坦白无疑使她的心情松快了些,但心里的紧张却依然无可避免。

"是谁?"她问。

声音虽然轻,却让人感到郑重。

而郁谨的回答则随意多了:"乌苗圣女。"

姜似眨了眨眼:"原来我与乌苗圣女很像?"

郁谨点头:"嗯,确实很像,倘若不熟悉的人见了,定会以为你们是一个人。"

"还真是巧,可惜没机会见到了。"

郁谨皱眉:"当然没机会了,乌苗圣女已经香消玉殒,成了一抔黄土,阿似定会长命百岁。"

姜似沉默不语。

"怎么了,阿似?"

"想不通。"

"哪里想不通？"

"你说画的是我，可我们第一次见面，我就已经及笄了……"

郁谨眼底闪过几分挣扎，可看着姜似茫然的眼神，只得认命地坦白道："谁说的，我第一次见你，你才十岁不到……"

这个答案大出意料，姜似真的愣住了。

"你就不记得，自己曾救过一个十二三岁的小姑娘了？"

"十二三岁的小姑娘？"姜似绞尽脑汁回忆着，依然找不出头绪。

郁谨提醒道："京郊的路上，有个小姑娘被两个男人拖着……"

姜似眼睛一亮，猛然想起了这段往事："我想起来了，那年我去城外寺庙上香，路上见有两个人抓着个小姑娘不放，小姑娘说那两个人是拐子，那两个人却说他们是小姑娘的兄长……"

她还记得清楚，因两个男子这样说，看热闹的行人冷眼旁观，任由小姑娘如何挣扎，都没有出手相助之意。

许是出于女孩子的敏感，她几乎第一时间就认定那两个男人不是好人。

看着拼命挣扎的女孩，她很快下定决心救人，于是谎称女孩子是她前不久丢的丫鬟。

那两个人见她虽年幼，身后却跟了不少丫鬟婆子家丁，一时不敢硬来，又不甘心放人。

她命阿蛮把银子给了那二人才算平息了风波。

那银子是她准备去寺庙捐的香油钱，这样一来，上香也不必去了，便带着救下的女孩回了城。

回城后，走到了人多之处，她给了女孩几个小银锞子把人打发走，没过多久便把此事抛在脑后。

对她来说，那不过是机缘巧合下的举手之劳，自然不会记在心上。

姜似拉回思绪，神色古怪地看着郁谨："那个小姑娘与你有关系？"

郁谨耳根顿时红了，最后挣扎了一下，心一横，道："那个小姑娘就是我！"

姜似以为听错了，举起团扇遮住因吃惊而微张的口，好一阵子才平复了心情，字斟句酌道："阿谨，真看不出你年少时还有这般爱好……"

郁谨连脸都红了，赶忙解释道："我自幼生活在京郊庄子上，小时候怨天怨地，愤世嫉俗，有一天就想摆脱看着我的那些人进城看看。可我虽然不受待见，毕竟是皇子的身份，想溜出去不是那么容易的，便灵机一动装扮成女孩的样子，这才顺利

· 233 ·

溜出去。谁知道在半路上就被人盯上了……"

那一次后，他把所有的怨恨和不公都收起来了，发誓一定要拥有强大的力量，再不会让自己落入那样不堪的境地。

也是那一次后，他那颗冷硬孤僻的心第一次有了牵挂……

听了郁谨的解释，姜似举着团扇，几乎要笑岔了气。

姜似肆无忌惮的笑声令郁谨越发恼怒，一把抱起她丢到矮榻上，恶狠狠道："不许笑了！"

姜似停下笑，抬手抚上他的眉峰，而后纤手下移，划过男人棱角分明的侧脸。

郁谨轻轻避开，嘀咕道："摸什么？"

姜似又忍不住笑了："我在想，你十二三岁时穿上女装确实比大部分小姑娘都要好看……"

落在那些龟公眼里，定认为是良材美玉，要当花魁娘子培养的。

"阿似！"郁谨彻底恼了，低头在她肩头咬了一下。

隔着薄薄的夏衫，姜似只觉肩头一阵酥痒，不由推了推他："别闹。"

"那你不许再笑。"

姜似推开他，坐直了身子，轻声问道："这么说，你那时候就记着我了？"

郁谨斜靠在床头，凝视着身边的人："对，那时候我就想，我以后一定要和救下我的那个小姑娘天天在一起。一起用饭、一起在晴朗的夜里听蛐蛐叫，一起睡觉……"

那样，他就不再是一个人了。

姜似莫名红了脸，啐道："那时候你才多大，就开始想些乱七八糟的了……"

郁谨一脸无辜："就只是单纯的睡觉啊，阿似你想太多了。"

姜似举扇打了郁谨手臂一下，突然撞进对方深情似海的眼波，心突然抽痛。

察觉对方情绪的变化，郁谨抬手落在她肩头："阿似，你在难过？"

姜似浓密纤长的睫毛轻颤，控制着不让眼泪掉下来，语气带着无尽的埋怨："你为什么不早说呢？"

"告诉心上人自己男扮女装、还险些被卖进青楼？"郁谨紧绷唇角，一脸生无可恋。

倘若不是今日阿似在书房发现了这幅画，他实在躲不过去，打死他也不说啊。

姜似想了想，倒也理解了郁谨的做法。

这样的糗事，以郁七的性子，确实会死死瞒着。

见姜似手里还握着那幅画，郁谨颇有些赧然："我去南疆前曾偷偷去看过你，就在你大姐出阁时。到了南疆，最初那段日子很难挨，便越发念着你。后来机缘巧合认识了乌苗圣女阿桑，便突然想到把你画下来，那样就可以时时见到你了……"

他说着，眉眼越发温柔。

那时他已经有两年多没见到阿似，在他的想象中，他的小姑娘豆蔻年华时就该是这个样子。

"这么说来，你是照着圣女阿桑的模样画的我？"

郁谨断然否认："当然不是。尽管你们在旁人眼中非常相似，在我眼中却大有不同。"

他指着画上的少女："你的眼尾比她的长，你的鼻梁比她的挺，你的唇比她的薄……最明显的就是她这里有痣，你没有……"

姜似笑："观察得还挺细致。"

郁谨得意，抓着她的手放在心口："那当然，我记性好，见过你两次就印在这里了。"

"我是说，你看圣女看得还挺细致。"

郁谨猛烈咳嗽起来。

一不小心就钻套里，人生不易啊。

姜似只觉心满意足，突然倾身，在他的脸颊落下一吻。

郁谨愣了一下，而后快速把姜似扑到身下。

"王爷，臣有事要报！"门外响起急促的敲门声。

郁谨与姜似对视，无奈笑笑："这个长史，真是咸吃萝卜淡操心！"

二人走出起居室，拉开书房的门。

重整旗鼓的长史就站在门外，一双厉眼中闪着锐利的光芒，上上下下地扫量郁谨。

至于王妃，这么看可不合规矩，他会拜托纪嬷嬷盯着的。

扫量完，长史微微松了口气。

没有白日宣淫，王爷这根朽木还有救！

郁谨的脸比乌云还沉："长史有何事禀报？"

要不是看这老家伙年纪不小，打理府中事还算认真，他早就把人丢出去了。

长史老脸严肃："外边的事，臣要单独禀报王爷。"

姜似忍笑，对郁谨微微点头："王爷，我先带《秘戏图》回正院了，听纪嬷嬷说此物能辟邪呢。"

直到姜似飘然而去，长史还处在呆滞中。

纪嬷嬷！怎么能这样！

郁谨见状，叹了口气。

阿似又欺负老实人了，看在同病相怜的分上，他还是把老长史留下吧。

"长史请进吧。"郁谨转身走进书房。

景明帝那边批完了奏折，翻出了锦麟卫指挥使的密奏。

在景明帝心里，锦麟卫递上来的密奏要比那些臣子正儿八经的奏折有趣多了，特别是其中还有他专门吩咐下去的事。

比如调查燕王妃的过往。

锦麟卫的密奏一般都言简意赅，力求精准。

景明帝翻完，放下了心中疑虑。

燕王妃自幼长在深闺，除了容貌殊丽，并无出奇之处，更没有与特别的人打过交道。

这样看来，燕王妃生而知之的说法并无破绽。

到底只是一桩小事，无关大局，景明帝看过之后便把密奏放在一边，左右瞄了一眼，从堆积如山的奏折底下抽出话本子，津津有味地看起来了。

中国历代诗歌精选 唐

李浩 田苗 主编

陕西师范大学出版总社 西安

图书代号 WX24N2418

图书在版编目（CIP）数据

中国历代诗歌精选. 唐 / 李浩，田苗主编. -- 西安：陕西师范大学出版总社有限公司，2025.1. -- ISBN 978-7-5695-5184-6

Ⅰ. I222

中国国家版本馆CIP数据核字第2024VH0647号

中国历代诗歌精选：唐
ZHONGGUO LIDAI SHIGE JINGXUAN : TANG

李浩　田苗　主编

出 版 人	刘东风
出版统筹	冯晓立　侯海英　曹联养
责任编辑	张爱林　王　冰
责任校对	马康伟
出版发行	陕西师范大学出版总社
	（西安市长安南路199号　邮编　710062）
网　　址	http://www.snupg.com
印　　刷	西安五星印刷有限公司
开　　本	787 mm×1092 mm　　1/16
印　　张	21.75
字　　数	330千
版　　次	2025年1月第1版
印　　次	2025年1月第1次印刷
书　　号	ISBN 978-7-5695-5184-6
定　　价	98.00元

读者购书、书店添货或发现印刷装订问题，请致电（029）85216658　85303635

总　序

中华诗歌，源远流长，《诗经》《楚辞》，初创辉煌。《诗经》以四言为主，又杂以三言、五言、六言、七言乃至九言的各种句式；有通篇四言的齐言诗，又有一篇之中长短句交错的杂言诗。这既表明《诗经》的形式并不单一，又可以清楚地看出，这里已孕育着此后产生多样诗体的萌芽。《楚辞》从内容到形式，是特定历史情况下楚地文化与中原文化交融的产儿，句式加长，句中或句末的"兮"字曼声咏叹，情韵悠扬。《诗经》《楚辞》以后，各种新体诗不断出现。由汉魏而六朝，五言诗已十分成熟，七言诗也已形成；而在乐府民歌中，既有五言、七言的齐言诗，又有句式多变的杂言体。到了唐代，近体诗基本定型，便把唐前的各种诗体分别称为古体诗、乐府诗。近体诗是严格的格律诗，古体诗和乐府诗则相对自由。近体诗包括五言绝句、五言律诗、五言排律和七言绝句、七言律诗、七言排律，在唐代盛开灿烂的艺术之花，争奇斗丽；而各种古体诗和乐府诗的创作，也精益求精，盛况空前。晚唐以后，宋词、元曲大放异彩，名家辈出，灿若群星，流风余韵，至今未衰。值得特别指出的是：每一种新诗体的出现，只给诗歌的百花园中增光添彩，而不取代任何尚有生命力的原有诗体。相反，原有的各种诗体，也在适应反映新的社会生活、抒发新的思想情感、表现新的时代精神的要求，不断开拓和创新。中华民族是饶有诗情诗意的民族，也是自强不息、富有创造力的民族。这在三千多年的诗歌发展中得到了完美的体现。巍巍中华素有"诗国"之誉，良非偶然。

  诗歌不仅是文学的瑰宝，更是中华文化的重要组成部分。它承载着历史的记忆，反映了社会的变迁，表达了人民的情感。诗歌中的意象和典故，是中华文化的精髓，它们跨越时空，与读者产生共鸣。为了全面展现中国诗歌的风貌与精髓，我们聘请霍松林先生为总主编，邀请李浩、尚永亮、王兆鹏、欧阳光等知名学者，精心编撰了《中国历代诗歌精选》系列丛书，包括先秦汉魏六朝、唐、宋、元明清四卷。从《诗经》的古朴纯真到唐诗的雄浑壮阔，从宋词的婉约细腻到元曲的清新质朴，再到明清诗歌的多元风格，本丛书精心遴选各个时期具有代表性的诗作，力求为读者呈现一幅完整的中国诗歌历史长卷。

  希望广大读者能够通过这套丛书，领略中国诗歌的无穷魅力，感受中华民族深厚的文化底蕴，让这些经典之作在新时代焕发出更加耀眼的光彩，为中华优秀传统文化的复兴与发展贡献一份力量。愿这套丛书成为您心灵的伴侣，陪伴您在文学的道路上不断探索与前行。

前 言

在中国古典诗歌发展的历史长河中,唐诗堪称最为波澜壮阔的一段。唐前的诗歌一直处于发荣滋长期,唐以后虽然作品总量、诗人数量皆超迈唐代,亦佳作不断,但诗歌的繁荣程度以及整体艺术水平却无一及唐。

唐诗之盛,就诗人群体的构成而言,具有全民化倾向。上至帝王将相、名流大家,下至小吏寒士、僧道隐者、渔樵歌妓等等,几乎覆盖了社会的各个阶层。这些诗人共同用他们的诗笔为我们留下了一笔丰厚的文化遗产,不仅泽被本土,而且享誉域外。

从反映社会生活的深广性来说,唐诗也是其他时代的诗歌所难比拟的。唐王朝是一个开明开放的时代,唐诗也深得这种恢宏气象的影响,大至国策朝政,小至生活细节,在唐诗中都有表现。翻开唐人的诗篇,举凡政治、经济、军事、文化、教育、山水、爱情、人伦乃至虫鱼鸟兽等等题材都会映入眼帘,可以说,唐诗就是诗意化的唐代社会。唐代诗人不但评说历史、臧否人物，亦敢于指摘当朝、针砭时弊；他们不但描摹古风古韵，亦善于将现实生活中最流行的话题写入诗篇。可以说，唐诗始终跟随着时代的脉搏，将新鲜的气息不断纳入其中，具有鲜活的生命力。

从诗歌艺术发展的角度来说，唐诗也达到了前所未有、后难企及的高度。唐初，魏徵在《隋书·文学传序》中曾指出文学的地域性差异，并绘制出一幅文学的理想图景：

> 江左宫商发越，贵于清绮；河朔词义贞刚，重乎气质。气质则理胜其词，清绮则文过其意。理深者便于时用，文华者宜于咏歌。此其南北词人得失之大较也。若能掇彼清音，简兹累句，各去所短，合其两长，则文质彬彬，尽善尽美矣。

这幅充满文学理想主义的图景在唐诗的发展过程中得以完美地实现。唐诗上承汉魏六朝诗的风华，撷其所长，避其所短，一方面追步汉魏风骨，涤清齐梁浮艳绮靡的文风，具有雄浑质朴、明朗劲健的风格特征；另一方面又吸收和借鉴了六朝诗歌的艺术经验与技巧，在写景状物、立意造境、遣词炼句等方面显现出清新俊逸、流丽精工的特点。

有唐一代，诗坛群星拱照，佳构迭呈，流传至今的五万余首作品充分展现出唐诗兴寄深远、情韵绵邈的艺术魅力。但是在不同的历史时期，唐诗又呈现出不同的艺术风貌。

唐初，诗坛仍然沿袭着六朝以来的绮靡风气，唐太宗及其周围的一批宫廷诗人追求诗作的精丽典雅，而普遍缺乏个性色彩。随着被誉为"初唐四杰"的王勃、杨炯、卢照邻、骆宾王登上诗坛，诗歌题材开始"由宫廷走向市井""从台阁移至江山与塞漠"（闻一多《唐诗杂论》），表现的范围更为广阔。陈子昂以恢复"汉魏风骨"为旗帜，反对六朝的纤艳诗风，从理论到实践探索了新时期诗歌的发展方向，初步显现出唐音的风貌。另一方面，沈佺期、宋之问、杜审言、苏味道等诗人在音韵、对仗等诗歌表现形式上不断推敲，完成了五、七律的定型，为盛唐诗歌的繁荣做好了充分的准备。

唐人殷璠在标举《河岳英灵集》的评选标准时说："既闲新声，复晓古体，文质半取，风骚两挟，言气骨则建安为传，论宫商则太康不逮。"准确揭示了盛唐诗歌的艺术风貌。在以李白、杜甫、王维、孟浩然、高适、岑参、王昌龄等为代表的诗人笔下，"既多兴象，复备风骨"的盛唐气象得以充分展现。这一时期的诗歌或是渗透着一种蓬勃向上、乐观自信的浪漫精神，或是展现出诗人关心现实、以天下为己任的宽广胸怀，具有雄浑豪壮、高亢奔放、明朗刚健的风格特征，显示了盛世昂扬的精神风貌。在艺术技巧上，盛唐诗歌则将情性与物象自然浑融，意兴灵动，韵味深长。

以王维、孟浩然等为代表的山水田园诗人，在继承南朝山水诗创作成就的基础上，变繁实细密的摹绘为清旷空灵的抒写，变南方的纤弱气质为盛唐的博大气象，将山水田园诗推向一个新的高度。如王维的《鸟鸣涧》寥寥数语将春山月夜的幽寂描摹殆尽，体现出诗人心灵的空寂沉静和精神的离世绝俗，神韵超然。

岑参、高适、王昌龄、李颀等诗人则以边塞诗见长。他们多怀着积极进取、乐观向上的人生态度，将目光投射到边疆战地，或表现激烈宏伟的战争场面，或描写背井离乡的戍边将士，或针砭苦乐不均的军中弊端，或刻绘奇丽壮美的塞外风光，笔法多样。边塞诗一般都情调高昂、豪放悲壮，充满着阳刚之美。如王昌龄《出塞（秦时明月汉时关）》一首，借古讽今，意境雄浑，悲慨豪迈。

李白与杜甫，一位被誉为"诗仙"，一位被奉为"诗圣"，二人共同构筑起唐代诗歌的最高峰。李白怀抱"申管晏之谈，谋帝王之术……使寰区大定，海县清一"（《代寿山答孟少府移文书》）的理想，于天宝初应诏赴长安，供奉翰林，却因"不肯摧眉折腰事权贵"而被赐金放还。在李白的诗歌中，理想主义、反抗精神以及自由不羁的性格特征得以充分展现。他的诗想象丰富奇特，风格雄健奔放，色调瑰伟绚丽，语言清新自然，将庄骚一脉的诗歌传统发扬光大。杜甫家世奉儒，学力深厚，又遭逢安史之乱，目睹了唐王朝的由盛转衰，其诗歌深刻反映了从天宝到大历年间唐代的社会状况，具有强烈的现实意义。在艺术上，杜甫善于转益多师，融合众长，而又变化入神，形成沉郁顿挫的独特风格。李、杜二人的艺术风格虽不尽相同，却同样谱写出唐诗辉煌的最强音。正如吕居仁《〈江西诗社宗派图〉序》所论："唐自李、杜之出，昆耀一世，后之言诗者，皆莫能及。"

安史之乱是唐王朝由盛入衰的转折点，诗歌创作曾一度陷入冷寂闲淡、低回感伤的氛围中。以"大历十才子"为代表的一批诗人将目光投注于节物的变幻、人事的升沉，体物工细，充满悯时伤世的情调。但是这种局面并未维持很久，怀抱着对唐王朝中兴的期望，诗人们重新振奋起来，诗坛出现了多种风格流派互相争奇斗艳的大繁荣景象。这种"新变"，促成了唐诗发展史上的又一次高潮。

白居易、元稹、张籍等一批诗人，以"文章合为时而著，歌诗合为事而作"的创作态度，倡导写作新乐府，催生了大量反映现实的诗歌。这些诗歌多关注民生疾苦，对当时的社会问题有深刻揭露和批判。就表现形式来说，内容通俗平易、语言浅近直白，雅俗共赏。

韩愈、孟郊、卢仝、刘叉等诗人，则以穷搜苦索、戛戛独造的创作态度抵制趋于庸俗化诗歌的风气。他们善用散文笔法写诗，注重苦吟和锤炼，讲究词必己出，造语奇崛险峭，别具一格。李贺的诗歌亦极富特色，多彩的想象、冷艳的意境、幽诡的风格、跳跃的结构，共同展现出鲜明的艺术独创性。

随着唐王朝日渐衰落，诗歌也逐渐饱含忧愤、感伤乃至消沉、悲观的情绪。诗人逐渐回归到诗歌创作本身，善于捕捉瞬息万变的心境，使得晚唐的诗歌技巧更为圆熟。情韵萧瑟悲凉、修辞新警奇巧是当时诗歌的主要特色。杜牧和李商隐是晚唐诗歌艺术成就的杰出代表。杜牧的诗情致俊爽、风调悠扬，于拗折峭健中见风华掩映之美，为衰飒颓唐的晚唐注入一股明丽俊逸之气。李商隐的诗则造语绮丽、蕴藉幽深，充满迷离惝恍的美感。一系列《无题》诗题旨遥深，耐人玩味。此外，皮日休、陆龟蒙、温庭筠、韦庄、韩偓等的诗歌也在晚唐诗坛上各有风采。

在不断变幻发展的历程中，唐诗既开掘出了不同风格的美，又始终保持着意境高远、风华秀发、情韵深长的艺术特征。可以说，这正是中国古典诗歌的精魂所在，唐诗也因此对后世产生了深远的影响。宋代的西昆体、白体、晚唐体等都是承唐诗之余绪；明人提出"诗必盛唐"的主张，在诗歌创作中效法唐诗的创作经验与技法；王国维论一代之文学，于唐代特拈出唐诗。即便是在现代社会，唐诗中的许多经典之作依然感染着我们。"慈母手中线，游子身上衣""海内存知己，天涯若比邻""欲穷千里目，更上一层楼"……这一篇篇脍炙人口的作品读来既怡人心目，又可以引发我们对于人类情感和社会生活的积极思考。唐诗的艺术魅力不仅影响着华夏，还辐射到世界范围。李白、白居易等人的诗歌早在唐代就已传至日本并一直风行。日本、韩国等邻邦及欧美许多国家关于唐诗研究的成果颇丰，唐代的诗人也得到了很多外国读者的喜爱。

  本书选诗近七百首，基本囊括了唐代各个历史时期最具代表性的作品。希望通过这些作品，读者能够大致了解唐诗的整体艺术风貌和不同时期、不同流派的艺术特征。所选诗文皆以《全唐诗》为底本，部分文字根据通行本校改，一律不出校记。注释部分参考了已出版的多种优秀注本、选本及论著，如萧涤非等撰《唐诗鉴赏辞典》、周祖譔主编《中国文学家大辞典（唐五代卷）》、周勋初主编《唐诗大辞典》、傅璇琮主编《唐才子传校笺》、中国社会科学院文学研究所选注《唐诗选》、朱东润主编《中国历代文学作品选》、袁行霈主编《中国文学作品选注》以及一些诗人作品集的笺注本等。

  本书由田苗写出全部初稿，李浩审读改定。由于我们学识所限，难免出现讹误不妥处，敬请各位方家及广大读者不吝指正。

目录

002 虞世南
- 蝉

002 王绩
- 野望

003 王梵志
- 吾富有钱时
- 他人骑大马

004 寒山
- 杳杳寒山道

004 上官仪
- 入朝洛堤步月

005 骆宾王
- 在狱咏蝉
- 于易水送人

006 卢照邻
- 长安古意

009 杜审言
- 和晋陵陆丞早春游望
- 渡湘江

010 苏味道
- 正月十五夜

010 王勃
- 滕王阁
- 送杜少府之任蜀州
- 江亭夜月送别二首（选一）
- 山中

012 杨炯
- 从军行

012 刘希夷
- 代悲白头翁

014 宋之问
- 送杜审言
- 题大庾岭北驿
- 灵隐寺
- 渡汉江

015 沈佺期
- 杂诗三首（选一）
- 夜宿七盘岭
- 独不见

017 郭震
- 古剑篇

018 陈子昂
- 感遇诗三十八首（选二）

- 燕昭王
- 登幽州台歌
- 送魏大从军

019 贺知章
- 咏柳
- 回乡偶书二首

020 张若虚
- 春江花月夜

022 张说
- 蜀道后期
- 送梁六自洞庭山作

023 苏颋
- 汾上惊秋

024 张敬忠
- 边词

024 张九龄
- 感遇十二首（选二）
- 望月怀远
- 赋得自君之出矣

026 王之涣
- 登鹳雀楼

- 凉州词二首（选一）

027　孟浩然
- 秋登万山寄张五
- 夏日南亭怀辛大
- 宿业师山房待丁大不至
- 夜归鹿门山歌
- 望洞庭湖赠张丞相
- 宿桐庐江寄广陵旧游
- 早寒江上有怀
- 留别王维
- 与诸子登岘山
- 题大禹寺义公禅房
- 晚泊浔阳望庐山
- 过故人庄
- 舟中晓望
- 岁暮归南山
- 清明日宴梅道士房
- 春晓
- 洛中访袁拾遗不遇
- 宿建德江
- 送杜十四之江南
- 渡浙江问舟中人

033　李　颀
- 古从军行
- 送陈章甫
- 听安万善吹觱篥歌
- 古意
- 听董大弹胡笳弄兼寄语房给事
- 送魏万之京

038　綦毋潜
- 春泛若耶溪

038　王昌龄
- 从军行七首（选四）
- 出塞二首（选一）
- 采莲曲二首（选一）
- 春宫曲
- 西宫春怨

- 长信秋词五首（选一）
- 闺怨
- 送魏二
- 芙蓉楼送辛渐二首（选一）

043　祖　咏
- 望蓟门
- 终南望余雪

044　孙　逖
- 宿云门寺阁

044　王　维
- 送别
- 青溪
- 渭川田家
- 春中田园作
- 西施咏
- 夷门歌
- 老将行
- 桃源行
- 洛阳女儿行
- 送綦毋潜落第还乡
- 辋川闲居赠裴秀才迪
- 酬张少府
- 送梓州李使君
- 过香积寺
- 山居秋暝
- 终南别业
- 终南山
- 观猎
- 汉江临泛
- 使至塞上
- 送秘书晁监还日本国
- 和贾舍人早朝大明宫之作
- 春日与裴迪过新昌里访吕逸人不遇
- 积雨辋川庄作
- 息夫人
- 鹿柴
- 竹里馆
- 辛夷坞

- 鸟鸣涧
- 山中送别
- 杂诗三首（选一）
- 相思
- 书事
- 山中
- 田园乐七首（选一）
- 少年行四首（选一）
- 九月九日忆山东兄弟
- 送元二使安西
- 送沈子福之江东

060　高　适
- 燕歌行
- 人日寄杜二拾遗
- 封丘作
- 别韦参军
- 别董大二首（选一）
- 营州歌
- 塞上闻笛
- 除夜作

065　李　白
- 古风（选五）
- 远别离
- 蜀道难
- 梁甫吟
- 乌栖曲
- 将进酒
- 行路难三首（选二）
- 长相思
- 日出入行
- 北风行
- 关山月
- 杨叛儿
- 长干行二首（选一）
- 塞下曲六首（选一）
- 玉阶怨
- 宫中行乐词八首（选一）
- 清平调词三首
- 丁督护歌
- 静夜思

目录

- 春思
- 子夜吴歌（选二）
- 长相思
- 襄阳歌
- 江上吟
- 玉壶吟
- 金陵城西楼月下吟
- 秋浦歌十七首（选一）
- 永王东巡歌十一首（选二）
- 峨眉山月歌
- 临路歌
- 赠孟浩然
- 赠汪伦
- 闻王昌龄左迁龙标遥有此寄
- 忆旧游寄谯郡元参军
- 庐山谣寄卢侍御虚舟
- 梦游天姥吟留别
- 金陵酒肆留别
- 黄鹤楼送孟浩然之广陵
- 渡荆门送别
- 南陵别儿童入京
- 金乡送韦八之西京
- 送友人
- 宣州谢朓楼饯别校书叔云
- 山中问答
- 答王十二寒夜独酌有怀
- 下终南山过斛斯山人宿置酒
- 把酒问月
- 陪侍郎叔游洞庭醉后三首（选一）
- 陪族叔刑部侍郎晔及中书贾舍人至游洞庭五首（选一）
- 登金陵凤凰台
- 望庐山瀑布
- 秋登宣城谢朓北楼
- 宣城见杜鹃花
- 望天门山
- 客中作
- 夜下征虏亭
- 早发白帝城
- 秋下荆门
- 宿五松山下荀媪家
- 越中览古
- 夜泊牛渚怀古
- 月下独酌四首（选一）
- 山中与幽人对酌
- 独坐敬亭山
- 访戴天山道士不遇
- 听蜀僧濬弹琴
- 劳劳亭
- 春夜洛城闻笛
- 夜宿山寺
- 哭晁卿衡

101 刘眘虚
- 阙题

101 王湾
- 次北固山下

102 崔颢
- 黄鹤楼
- 长干曲四首（选一）

103 崔国辅
- 怨词二首（选一）
- 采莲曲

104 王翰
- 凉州词

104 无名氏
- 听张立本女吟

105 储光羲
- 钓鱼湾
- 江南曲四首（选一）

106 张谓
- 同王徵君湘中有怀

106 万楚
- 五日观妓

107 杜甫
- 望岳
- 房兵曹胡马
- 画鹰
- 奉赠韦左丞丈二十二韵
- 同诸公登慈恩寺塔
- 兵车行
- 饮中八仙歌
- 春日忆李白
- 前出塞九首（选一）
- 丽人行
- 贫交行
- 自京赴奉先县咏怀五百字
- 月夜
- 悲陈陶
- 春望
- 哀江头
- 北征
- 羌村三首
- 曲江二首
- 曲江对酒
- 九日蓝田崔氏庄
- 赠卫八处士
- 洗兵马
- 新安吏
- 石壕吏
- 潼关吏
- 新婚别
- 垂老别
- 无家别
- 佳人
- 梦李白二首
- 秦州杂诗（选一）
- 天末怀李白
- 月夜忆舍弟
- 蜀相
- 戏题王宰画山水图歌
- 南邻
- 狂夫
- 江村
- 和裴迪登蜀州东亭送客逢早梅相忆见寄

- 客至
- 春夜喜雨
- 琴台
- 水槛遣心二首（选一）
- 茅屋为秋风所破歌
- 赠花卿
- 不见
- 江畔独步寻花七绝句（选一）
- 堂成
- 戏为六绝句
- 闻官军收河南河北
- 别房太尉墓
- 登楼
- 绝句二首
- 绝句四首（选一）
- 丹青引赠曹将军霸
- 旅夜书怀
- 八阵图
- 秋兴八首
- 咏怀古迹五首（选三）
- 阁夜
- 登高
- 观公孙大娘弟子舞剑器行
- 江汉
- 登岳阳楼
- 江南逢李龟年

153 **李 华**
- 春行寄兴

153 **岑 参**
- 白雪歌送武判官归京
- 走马川行奉送出师西征
- 轮台歌奉送封大夫出师西征
- 凉州馆中与诸判官夜集
- 虢州后亭送李判官使赴晋绛
- 逢入京使
- 碛中作
- 春梦

158 **刘方平**
- 夜月
- 春怨

158 **民 谣**
- 神鸡童谣

159 **西鄙人**
- 哥舒歌

159 **裴 迪**
- 华子冈

160 **贾 至**
- 早朝大明宫呈两省僚友
- 春思二首（选一）

161 **元 结**
- 舂陵行
- 贼退示官吏

163 **张 继**
- 枫桥夜泊

163 **刘长卿**
- 逢雪宿芙蓉山主人
- 送灵澈上人
- 余干旅舍
- 长沙过贾谊宅
- 送严士元

165 **李 冶**
- 寄校书七兄

166 **钱 起**
- 省试湘灵鼓瑟

166 **韩 翃**
- 寒食

167 **司空曙**
- 江村即事
- 喜外弟卢纶见宿

168 **皎 然**
- 寻陆鸿渐不遇

168 **孟云卿**
- 寒食

169 **李 端**
- 胡腾儿
- 听筝
- 闺情

170 **胡令能**
- 小儿垂钓

171 **顾 况**
- 囝
- 过山农家

172 **宣宗宫人**
- 题红叶

172 **于良史**
- 春山夜月

173 **柳中庸**
- 征人怨

173 **戴叔伦**
- 三闾庙

174 **韦应物**
- 淮上喜会梁川故人
- 自巩洛舟行入黄河即事寄府县僚友
- 初发扬子寄元大校书
- 寄李儋元锡
- 寄全椒山中道士
- 秋夜寄丘二十二员外
- 长安遇冯著
- 滁州西涧

177 **戎 昱**
- 移家别湖上亭
- 早梅

目录

178 **卢 纶**
- 塞下曲六首（选二）

178 **李 益**
- 喜见外弟又言别
- 过五原胡儿饮马泉
- 从军北征
- 宫怨
- 写情
- 夜上受降城闻笛
- 江南曲

181 **于 鹄**
- 江南曲
- 巴女谣

182 **孟 郊**
- 游子吟
- 怨诗
- 登科后

183 **李 约**
- 观祈雨

183 **杨巨源**
- 城东早春

184 **武元衡**
- 春兴

184 **无名氏**
- 啰唝曲六首（选一）

185 **崔 护**
- 题都城南庄

185 **常 建**
- 题破山寺后禅院

186 **王 建**
- 新嫁娘词三首（选一）
- 雨过山村
- 十五夜望月寄杜郎中
- 宫词一百首（选一）

187 **薛 涛**
- 送友人
- 筹边楼

188 **韩 愈**
- 山石
- 雉带箭
- 八月十五夜赠张功曹
- 听颖师弹琴
- 调张籍
- 湘中
- 春雪
- 晚春
- 左迁至蓝关示侄孙湘
- 早春呈水部张十八员外二首（选一）

194 **张仲素**
- 燕子楼诗三首（选一）

194 **张 籍**
- 野老歌
- 节妇吟
- 秋思

196 **刘禹锡**
- 始闻秋风
- 西塞山怀古
- 酬乐天扬州初逢席上见赠
- 竹枝词二首（选一）
- 秋词二首
- 竹枝词九首（选二）
- 杨柳枝词九首（选一）
- 元和十年自朗州承召至京戏赠看花诸君子
- 再游玄都观
- 石头城
- 乌衣巷
- 和乐天春词
- 望洞庭
- 杨柳枝

202 **白居易**
- 观刈麦
- 轻肥
- 买花
- 上阳白发人
- 杜陵叟
- 缭绫
- 卖炭翁
- 夜雪
- 长恨歌
- 琵琶行
- 花非花
- 赋得古原草送别
- 自河南经乱，关内阻饥，兄弟离散，各在一处。因望月有感，聊书所怀，寄上浮梁大兄、於潜七兄、乌江十五兄，兼示符离及下邽弟妹
- 惜牡丹花二首（选一）
- 村夜
- 放言五首（选一）
- 大林寺桃花
- 问刘十九
- 南浦别
- 后宫词
- 暮江吟
- 寒闺怨
- 钱塘湖春行
- 杭州春望
- 与梦得沽酒闲饮且约后期

221 **李 绅**
- 悯农二首

221 **柳宗元**
- 与浩初上人同看山寄京华亲故
- 登柳州城楼寄漳汀封连四州刺史
- 别舍弟宗一
- 酬曹侍御过象县见寄
- 南涧中题

- 溪居
- 江雪
- 渔翁

225 卢仝
- 走笔谢孟谏议寄新茶

226 李涉
- 润州听暮角

226 施肩吾
- 幼女词

227 元稹
- 遣悲怀三首
- 行宫
- 菊花
- 闻乐天授江州司马
- 重赠乐天
- 连昌宫词
- 离思五首（选一）

233 杨敬之
- 赠项斯

234 贾岛
- 剑客
- 题李凝幽居
- 忆江上吴处士
- 暮过山村
- 寻隐者不遇

236 李德裕
- 登崖州城作

236 许浑
- 秋日赴阙题潼关驿楼
- 金陵怀古
- 咸阳城西楼晚眺
- 谢亭送别
- 客有卜居不遂薄游汧陇因题

238 李贺
- 李凭箜篌引
- 雁门太守行
- 苏小小墓
- 梦天
- 天上谣
- 浩歌
- 秋来
- 秦王饮酒
- 南园十三首（选二）
- 金铜仙人辞汉歌
- 马诗二十三首（选一）
- 老夫采玉歌
- 致酒行
- 杨生青花紫石砚歌
- 苦昼短
- 将进酒

247 张祜
- 宫词二首（选一）
- 赠内人
- 集灵台二首（选一）
- 题金陵渡

249 刘皂
- 长门怨三首（选一）
- 旅次朔方

250 皇甫松
- 采莲子（选一）

250 韩琮
- 暮春浐水送别

251 朱庆馀
- 宫词
- 闺意献张水部

252 刘叉
- 冰柱
- 偶书

254 徐凝
- 忆扬州

254 杜牧
- 河湟
- 过勤政楼
- 念昔游三首（选一）
- 过华清宫绝句三首（选二）
- 沈下贤
- 长安秋望
- 将赴吴兴登乐游原一绝
- 润州二首（选一）
- 题扬州禅智寺
- 江南春绝句
- 题宣州开元寺水阁，阁下宛溪，夹溪居人
- 九日齐山登高
- 齐安郡中偶题二首（选一）
- 齐安郡后池绝句
- 早雁
- 赤壁
- 泊秦淮
- 题桃花夫人庙
- 题乌江亭
- 寄扬州韩绰判官
- 题木兰庙
- 赠别二首
- 南陵道中
- 遣怀
- 叹花
- 山行
- 秋夕
- 金谷园

265 陈陶
- 陇西行四首（选一）

265 赵嘏
- 长安秋望

266 雍陶
- 题君山

目录

- 267 **温庭筠**
  - 过陈琳墓
  - 经五丈原
  - 瑶瑟怨
  - 碧涧驿晓思
  - 商山早行
  - 送人东归
  - 苏武庙

- 270 **李商隐**
  - 锦瑟
  - 重过圣女祠
  - 霜月
  - 蝉
  - 乐游原
  - 北齐二首
  - 夜雨寄北
  - 宿骆氏亭寄怀崔雍崔衮
  - 风雨
  - 哭刘蕡
  - 杜司勋
  - 隋宫
  - 筹笔驿
  - 无题二首（选一）
  - 无题四首（选二）
  - 落花
  - 为有
  - 无题
  - 咏史
  - 日射
  - 齐宫词
  - 南朝
  - 马嵬二首（选一）
  - 代赠二首（选一）
  - 瑶池
  - 韩冬郎即席为诗相送，一座尽惊。他日余方追吟"连宵侍坐徘徊久"之句，有老成之风，因成二绝寄酬，兼呈畏之员外（选一）
  - 板桥晓别
  - 夕阳楼
  - 春雨
  - 晚晴
  - 安定城楼
  - 天涯
  - 龙池
  - 泪
  - 流莺
  - 嫦娥
  - 无题二首
  - 贾生
  - 谒山

- 286 **李群玉**
  - 黄陵庙
  - 放鱼

- 287 **无可**
  - 秋寄从兄贾岛

- 287 **崔珏**
  - 和友人鸳鸯之什（选一）

- 288 **薛逢**
  - 宫词

- 289 **马戴**
  - 落日怅望
  - 楚江怀古三首（选一）

- 290 **崔橹**
  - 三月晦日送客
  - 华清宫三首（选一）

- 291 **曹邺**
  - 官仓鼠

- 291 **高骈**
  - 山亭夏日

- 292 **于濆**
  - 古宴曲

- 292 **罗隐**
  - 偶题
  - 西施
  - 自遣
  - 鹦鹉
  - 蜂

- 294 **皮日休**
  - 橡媪叹
  - 春夕酒醒

- 295 **陆龟蒙**
  - 和袭美春夕酒醒
  - 白莲
  - 新沙
  - 怀宛陵旧游

- 297 **韦庄**
  - 金陵图
  - 台城
  - 秦妇吟

- 307 **黄巢**
  - 题菊花
  - 不第后赋菊

- 308 **聂夷中**
  - 伤田家

- 308 **司空图**
  - 退居漫题七首（选二）

- 309 **钱珝**
  - 未展芭蕉

- 310 **张乔**
  - 书边事

- 310 **高蟾**
  - 下第后上永崇高侍郎

311 章碣	317 鱼玄机	·垂柳
·焚书坑	·江陵愁望寄子安	325 王驾
	·赠邻女	·社日
311 薛媛	318 杜荀鹤	·雨晴
·写真寄夫	·春宫怨	·古意
312 曹松	·山中寡妇	326 齐己
·己亥岁二首（选一）	·再经胡城县	·早梅
	·赠质上人	
312 崔道融	·小松	327 张泌
·溪居即事		·寄人
313 韩偓	320 郑谷	327 翁宏
·故都	·席上赠歌者	·春残
·自沙县抵龙溪县，值泉州军过后，村落皆空，因有一绝	·淮上与友人别	
	·鹧鸪	328 花蕊夫人
·惜花	322 罗虬	·述国亡诗
·春尽	·比红儿诗（选一）	328 无名氏
·已凉		·金缕衣
·寒食夜	322 崔涂	·杂诗（旧山虽在不关身）
	·孤雁	·杂诗（无定河边暮角声）
315 吴融	·春夕	
·金桥感事	323 秦韬玉	
·途中见杏花	·贫女	
317 金昌绪	324 唐彦谦	
·春怨	·采桑女	

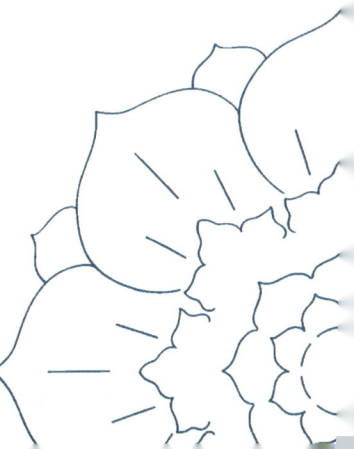

唐

虞世南

虞世南(558—638),字伯施,越州余姚(今属浙江)人。官至秘书监,封永兴县子。能文辞,工书法。其诗虽多应制奉和,但亦有兴寄深远之作。原集早佚,《全唐诗》存诗一卷。

蝉

垂緌饮清露[1],流响出疏桐。
居高声自远,非是藉秋风[2]。

注释 1. 垂緌(ruí):垂下来的帽带末端,此处比喻蝉头部的触须。饮清露:古人认为蝉性高洁,饮露而生。2. 藉:凭借。

王　绩

王绩(585?—644),字无功,号东皋子,绛州龙门(今山西河津)人。因简傲嗜酒,仕途失意,后弃官归隐。其诗清新质朴,恬淡自然。有《东皋子集》。

野　望

东皋薄暮望[1],徙倚欲何依[2]。
树树皆秋色,山山唯落晖。
牧人驱犊返[3],猎马带禽归。
相顾无相识,长歌怀采薇[4]。

注释 1. 东皋:王绩家乡的隐居处。皋,水边的高地。2. 徙倚:彷徨徘徊。3. 犊(dú):小牛。4. 采薇:武王灭商后,伯夷、叔齐不食周粟,隐于首阳山采薇而食。后喻避世隐居。薇,羊齿类草本植物,嫩叶可食。

王梵志

王梵志,卫州黎阳(今河南浚县)人。约生活在唐初数十年间,生平不详。其诗对世态人情颇多讽刺揶揄,诗风平易浅显,时带诙谐幽默之趣,近于佛家偈语。

吾富有钱时

吾富有钱时,妇儿看我好[1]。
吾若脱衣裳,与吾叠袍袄。
吾出经求去[2],送吾即上道。
将钱入舍来,见吾满面笑。
绕吾白鸽旋,恰似鹦鹉鸟。
邂逅暂时贫,看吾即貌哨[3]。
人有七贫时,七富还相报[4]。
图财不顾人,且看来时道[5]。

注释 1. 好:美貌。此指看着顺眼。2. 经求:经营。3. 貌哨:丑陋,此指脸色难看。为唐人俗语。4. "人有"二句:谓贫富循环相因,贫久必富,此为佛家果报观念。七,形容频度之巨。5. 来时道:指冥途。此以地狱苦报警戒贪财的世人。

他人骑大马

他人骑大马,我独跨驴子。
回顾担柴汉,心下较些子[1]。

注释 1. 较些子:唐时俗语,满意、欣慰。

寒 山

寒山，唐代诗僧。长期隐居于台州始丰县（今浙江天台）翠屏山，自号寒山子。其诗多宣扬佛教轮回因果思想，亦有抒写隐逸情趣之作。诗风浅显明白，多用俗言口语，时含机趣。

杳杳寒山道

杳杳寒山道[1]，落落冷涧滨[2]。
啾啾常有鸟[3]，寂寂更无人。
淅淅风吹面[4]，纷纷雪积身。
朝朝不见日，岁岁不知春。

注释 1.杳杳：幽深貌。2.落落：孤寂貌。涧：夹在两山间的水沟。滨：水边。3.啾啾（jiū）：鸟鸣声。4.淅淅（xī）：形容风声。

上官仪

上官仪（约605—664），字游韶，陕州陕县（今属河南）人。官弘文馆学士、西台侍郎等职。永徽时，见恶于武则天，后下狱死，籍其家。其诗多为应制奉命之作，辞藻华丽，绮错婉媚，时称"上官体"。

入朝洛堤步月

脉脉广川流[1]，驱马历长洲[2]。
鹊飞山月曙，蝉噪野风秋。

注释 1.广川：指洛阳的洛水。2.长洲：指洛水两岸的洛堤。

骆宾王

骆宾王（638?—684?），婺州义乌（今浙江义乌）人。历任奉礼郎、侍御史等职。因数次上疏言事而获罪下狱，贬临海（今属浙江）丞，世称"骆临海"。骆宾王为"初唐四杰"之一，其诗题材较为广泛，擅长七言歌行，笔调宏肆，风格雄放。有《骆临海集》。

在狱咏蝉

西陆蝉声唱[1]，南冠客思侵[2]。
那堪玄鬓影[3]，来对白头吟[4]。
露重飞难进，风多响易沉[5]。
无人信高洁，谁为表予心？

注释 1. 西陆：指秋天。2. 南冠：楚人戴的帽子，代指囚犯。3. 玄鬓影：指蝉。玄鬓，黑色的鬓发，形容蝉的薄翼。古人常将蝉翼与鬓发互为比喻。4. 白头吟：古乐府名，曲调哀怨。5. "露重"二句：秋露浓重，蝉即使有翼也难以飞动；秋风萧瑟，蝉鸣即使响亮也会淹没其中。形容诗人有冤难申的艰难处境。

于易水送人[1]

此地别燕丹[2]，壮士发冲冠[3]。
昔时人已没，今日水犹寒。

注释 1. 易水：在今河北易县，战国时为燕之南界。2. 燕丹：指燕太子丹。3. 发冲冠：头发因情绪激动而竖起直顶帽子。据载，燕太子派荆轲刺杀秦王，一行皆白衣冠送至易水。高渐离击筑，荆轲和而歌："风萧萧兮易水寒，壮士一去兮不复还！"士皆瞋目，发尽上指冠。

卢照邻

卢照邻（637?—686?），字升之，自号幽忧子。幽州范阳（今河北涿州）人。一生不得志，又患风疾，后自投颍水而卒。卢照邻为"初唐四杰"之一，擅长七言歌行，其诗多抒发仕宦不遇、贫病交加之忧愤。诗风典重清峻，韵致超拔。有《幽忧子集》。

长安古意

长安大道连狭斜[1]，
青牛白马七香车[2]。
玉辇纵横过主第[3]，
金鞭络绎向侯家[4]。
龙衔宝盖承朝日[5]，
凤吐流苏带晚霞[6]。
百丈游丝争绕树[7]，
一群娇鸟共啼花。
啼花戏蝶千门侧，
碧树银台万种色。
复道交窗作合欢[8]，
双阙连甍垂凤翼[9]。
梁家画阁天中起[10]，
汉帝金茎云外直[11]。
楼前相望不相知，
陌上相逢讵相识[12]？
借问吹箫向紫烟[13]，
曾经学舞度芳年。
得成比目何辞死[14]，

注释 1. 狭斜：狭窄深曲的小巷。2. "青牛"句：形容车马之华美。七香车：以多种香料涂饰的车，一说用多种香木制成的车。3. 玉辇：本指帝王乘坐的车，此处泛指达官贵人所乘之车。主第：公主的宅第。4. 金鞭：装饰华贵的马鞭，这里泛指显贵们的车马。侯家：王侯之家。5. 龙衔宝盖：车篷支柱顶端雕成龙形，龙口衔着车篷。宝盖，车顶华美的伞盖。6. 凤吐流苏：车幔上绣着彩凤，垂着的流苏仿佛是从凤凰口中吐出的。流苏：用彩色羽毛或丝线制成的穗状装饰物。7. 游丝：春日飘荡在空中的蛛丝之类。8. 复道：连接楼阁间的空中通道。交窗：以木条交错而成的花窗。合欢：植物名，此处指窗上装饰的图案。9. 双阙：宫门两旁的望楼。甍（méng）：屋脊。垂凤翼：指宫阙屋脊相连，犹如低垂的凤翼。10. 梁家：指东汉外戚梁冀。梁冀曾在洛阳大修宅第。此处借指长安的豪宅。11. "汉帝"句：汉武帝曾在建章宫内造二十丈的铜柱，柱上有仙人承露盘，承接天露，和玉屑饮之，欲求成仙。金茎，即指铜柱。12. 讵（jù）：岂。13. 吹箫向紫烟：据《列仙传》载，萧史善吹箫，秦穆公以女弄玉妻之，后皆随凤凰飞去。紫烟，借指仙境。14. 比目：鲽类鱼的总称，古时传说须并行而动。比喻形影不离的情侣。

愿作鸳鸯不羡仙。
比目鸳鸯真可羡,
双去双来君不见?
生憎帐额绣孤鸾[15],
好取门帘帖双燕。
双燕双飞绕画梁,
罗帷翠被郁金香[16]。
片片行云著蝉鬓[17],
纤纤初月上鸦黄[18]。
鸦黄粉白车中出,
含娇含态情非一。
妖童宝马铁连钱[19],
娼妇盘龙金屈膝[20]。
御史府中乌夜啼[21],
廷尉门前雀欲栖[22]。
隐隐朱城临玉道[23],
遥遥翠幰没金堤[24]。
挟弹飞鹰杜陵北[25],
探丸借客渭桥西[26]。
俱邀侠客芙蓉剑[27],
共宿娼家桃李蹊[28]。
娼家日暮紫罗裙,
清歌一啭口氛氲[29]。
北堂夜夜人如月[30],
南陌朝朝骑似云。
南陌北堂连北里[31],

15. 生憎:最厌恶。帐额:帷帐前装饰的横幅。孤鸾:孤单的鸾鸟,喻单身。16. 翠被:以翡翠鸟羽毛为饰的被子,言其华美。郁金香:古人用以薰衣被的一种香料。17. 行云:指蓬松的发髻。蝉鬓:古代妇女的一种发式,将两鬓梳得薄如蝉翼。18. "纤纤"句:六朝及唐代女子喜将黄色涂抹额间,称"额黄"。初月,形容涂黄状如新月。鸦黄,嫩黄色。19. 妖童:指市井间的轻薄少年,一说指豪门贵族打扮艳冶的歌童。铁连钱:青色有连钱花纹的马。20. 屈膝:门窗等物相连处的铰链,此指车门上的合页。21. "御史"句:据《汉书·朱博传》载:"(御史)府中列柏树,常有野乌数千,栖宿其上,晨去暮来,号曰'朝夕乌'。"御史,掌弹劾之官。22. "廷尉"句:据《史记·汲郑列传》载:"始翟公为廷尉,宾客阗门;及废,门外可设雀罗。"廷尉,掌司法之官。23. 朱城:即宫城。24. 翠幰(xiǎn):青绿色的车幔。幰,车前的帷幔,此指贵妇所乘之车。25. 挟弹飞鹰:指打猎。杜陵:汉宣帝的陵墓,在长安东南。26. 探丸:汉代长安少年有谋杀官吏的组织,将赤、黑、白三色丸混在一起,让人暗中探取,得赤丸的杀武吏,得黑丸的杀文吏,得白丸的负责失手者的丧事。借客:指代人报仇。27. 芙蓉剑:指宝剑。28. 桃李蹊:此处借指娼妓居处。29. 氛氲(fēn yūn):形容妓女歌唱时口脂香气四散。30. 北堂:娼家的堂屋。31. 北里:即平康里,唐代长安娼妓聚居之处。

五剧三条控三市[32]。
弱柳青槐拂地垂，
佳气红尘暗天起。
汉代金吾千骑来[33]，
翡翠屠苏鹦鹉杯[34]。
罗襦宝带为君解[35]，
燕歌赵舞为君开[36]。
别有豪华称将相，
转日回天不相让。
意气由来排灌夫[37]，
专权判不容萧相[38]。
专权意气本豪雄，
青虬紫燕坐春风[39]。
自言歌舞长千载，
自谓骄奢凌五公[40]。
节物风光不相待[41]，
桑田碧海须臾改[42]。
昔时金阶白玉堂，
即今唯见青松在。
寂寂寥寥扬子居[43]，
年年岁岁一床书[44]。
独有南山桂花发[45]，
飞来飞去袭人裾[46]。

32."五剧"句：形容长安城中街道纵横。剧，交错的道路。条，相通的道路。"五""三"言其多，非实数。33.金吾：即执金吾，掌管京城治安的官吏。34.屠苏：酒名。鹦鹉杯：以鹦鹉螺制成的酒杯。35.襦（rú）：长不过膝的短衣。36.燕歌赵舞：形容美妙的歌舞。古时燕、赵地区以歌舞著称。37.排灌夫：指权贵之间的互相排挤。灌夫，汉武帝时人，为人刚直，与魏其侯窦婴结交，与丞相武安侯田蚡不睦，后被田蚡陷害族诛。38.判不容：决不容。萧相：指萧望之。汉宣帝认为其有宰相之才，遗诏辅元帝，后被石显等排挤陷害而自杀。39.青虬、紫燕：皆骏马名。坐春风：在春风中驰骋，极言得意。40.五公：指张汤、杜周、萧望之、冯奉世、史丹五位汉代著名的权贵。41.节物：季节风物。42."桑田"句：形容世间一切变化迅速。43.扬子居：即汉代扬雄的居处。扬雄在长安时，仕宦不得意，闭门著《太玄》。此处作者借指自己的处境。44.一床书：代指隐居生活，以书史自娱。古常称坐榻为床。45.南山：即终南山，在长安城南，是著名的隐居之地。46.裾（jū）：衣服的前襟。

杜审言

杜审言（645?—708），字必简，杜甫祖父。祖籍襄阳（今属湖北），后迁居巩县（今属河南）。咸亨元年（670）进士，历任著作佐郎、国子监主簿、修文馆直学士等职。擅长五律，风格庄严典丽。与李峤、崔融、苏味道齐名，时称"文章四友"。有《杜审言集》。

和晋陵陆丞早春游望[1]

独有宦游人[2]，偏惊物候新[3]。
云霞出海曙，梅柳渡江春。
淑气催黄鸟[4]，晴光转绿蘋[5]。
忽闻歌古调[6]，归思欲沾巾。

注释 1. 晋陵：今江苏常州。陆丞：名不详，当时的晋陵县丞。2. 宦游人：远离家乡出外做官的人。3. 物候：不同季节里自然界的景物变化。4. 淑气：温暖和煦的春天气息。黄鸟：黄莺，又名仓庚。5. 蘋：水草名。6. 古调：指陆丞的原诗。

渡湘江

迟日园林悲昔游[1]，
今春花鸟作边愁[2]。
独怜京国人南窜，
不似湘江水北流。

注释 1. 迟日：指春日。2. 边愁：因流放边远地区产生的愁绪。

苏味道

苏味道（648—705），赵州栾城（今属河北）人。少与李峤以文辞齐名，号"苏李"。又为"文章四友"之一。多应制之作，诗风清正挺秀，绮而不艳。

正月十五夜

火树银花合[1]，星桥铁锁开[2]。
暗尘随马去，明月逐人来。
游伎皆秾李[3]，行歌尽落梅[4]。
金吾不禁夜[5]，玉漏莫相催[6]。

注释 1."火树"句：形容灯火灿烂。2. 星桥：指护城河上的桥。唐朝都城有宵禁，正月十五夜则开启铁锁，任人通行。3. 秾李：形容艳妆。4. 落梅：指乐曲《梅花落》。5. 金吾：京城禁卫军。6. 漏：古代计时器具。

王 勃

王勃（650—676?），字子安，绛州龙门（今山西河津）人。曾任虢州参军，因匿杀官奴获罪，遇赦。后赴交趾省父，渡海堕水，惊悸而卒。王勃反对齐梁诗风，其诗多抒发个人情志，亦有抨击时弊之作。擅长五言，清新秀丽，兴象宛然。有《王子安集》。

滕王阁[1]

滕王高阁临江渚[2]，
佩玉鸣鸾罢歌舞。
画栋朝飞南浦云[3]，
珠帘暮卷西山雨。

注释 1. 滕王阁：唐高祖之子滕王李元婴任洪州都督时所建，故址在今江西南昌。2. 临江渚：指滕王阁下临赣江。渚（zhǔ），小洲。3. 画栋：阁中彩绘的栋梁。4. 阁中帝子：指李元婴。5. 槛(jiàn)：栏杆。

闲云潭影日悠悠，
物换星移几度秋。
阁中帝子今何在[4]？
槛外长江空自流[5]。

送杜少府之任蜀州[1]

城阙辅三秦[2]，风烟望五津[3]。
与君离别意，同是宦游人。
海内存知己，天涯若比邻[4]。
无为在歧路[5]，儿女共沾巾[6]。

注释 1. 杜少府：王勃的友人，名不详。少府，即县尉，掌管一县治安的官吏。蜀州：今四川一带。2. 城阙：指京城长安。阙，宫门前的望楼。辅三秦：以三秦为辅，意谓长安在三秦的中心。三秦，今陕西关中地区。3. 五津：四川岷江自灌县至犍为一段有五个渡口，合称"五津"。此处泛指蜀地。4. 比邻：近邻。5. 无为：不要。歧路：分别的地方。6. 儿女：青年男女。沾巾：眼泪沾湿了佩巾。

江亭夜月送别二首（选一）

乱烟笼碧砌[1]，飞月向南端[2]。
寂寞离亭掩[3]，江山此夜寒。

注释 1. 乱烟：指夜晚江面笼罩的雾霭。砌：石阶。2. "飞月"句：月已南斜，指夜色已深。3. 掩：关闭。

山　中

长江悲已滞，万里念将归。
况属高风晚[1]，山山黄叶飞。

注释 1. 属：适逢。

杨 炯

杨炯（650—693?），华阴（今属陕西）人。曾任婺州盈川令，世称"杨盈川"。杨炯为"初唐四杰"之一，擅长五言律诗，以抒发追求边塞军功理想抱负为其特色，风格警劲豪放。有《盈川集》。

从军行

烽火照西京[1]，心中自不平。
牙璋辞凤阙[2]，铁骑绕龙城[3]。
雪暗凋旗画[4]，风多杂鼓声。
宁为百夫长[5]，胜作一书生。

注释　1.烽火：古代边防报警的信号。西京：即长安。2.牙璋：用来调兵遣将的信符。3.铁骑(jì)：指精锐骑兵。龙城：汉时匈奴大会祭天处，这里代指敌方要地。4."雪暗"句：指军旗上的彩画因风雪的侵蚀而黯淡模糊。凋：使凋落、褪色。5.百夫长：军队里的低级军官。

刘希夷

刘希夷（651—679?），字庭芝（一作廷芝）。汝州（今河南临汝）人。高宗上元二年（675）进士。其诗以从军、闺情之作为多，尤擅长篇歌行，诗风华美柔婉，气韵深长。

代悲白头翁

洛阳城东桃李花，
飞来飞去落谁家。
洛阳女儿好颜色[1]，
坐见落花长叹息。
今年花落颜色改，

注释　1.颜色：容貌。

唐·刘希夷

明年花开复谁在。
已见松柏摧为薪[2],
更闻桑田变成海[3]。
古人无复洛城东,
今人还对落花风。
年年岁岁花相似,
岁岁年年人不同。
寄言全盛红颜子[4],
应怜半死白头翁。
此翁白头真可怜,
伊昔红颜美少年。
公子王孙芳树下,
清歌妙舞落花前。
光禄池台文锦绣[5],
将军楼阁画神仙[6]。
一朝卧病无相识,
三春行乐在谁边[7]。
宛转蛾眉能几时[8],
须臾鹤发乱如丝。
但看古来歌舞地,
惟有黄昏鸟雀悲。

2. 摧:折断。薪:烧火用的柴。3. "更闻"句:据《神仙传》,麻姑谓王方平"接待以来,已见东海三为桑田"。形容岁月易逝,世事变幻无常。4. 红颜子:面色红润的青春少年。5. 光禄:官职名,这里泛指官宦之家。文锦绣:以锦绣装饰池台。6. 将军:指东汉贵戚梁冀,曾在洛阳城大兴土木,建造宅第。7. 三春:春季的三个月,依次为孟春、仲春、季春。8. 宛转蛾眉:女子描画的弯曲如蛾触须般的眉毛,代指姣好的容貌。

宋之问

宋之问(约656—712),一名少连,字延清,汾州西河(今山西汾阳)人,一说虢州弘农(今河南灵宝)人。高宗上元间进士。因谄事张易之,坐贬泷州参军。后任考功员外郎等职。与沈佺期齐名,并称"沈宋"。其诗尤善五律,巧思善炼,对初唐律体之完成颇有贡献。有《宋之问集》。

送杜审言

卧病人事绝,嗟君万里行。
河桥不相送,江树远含情。
别路追孙楚[1],维舟吊屈平[2]。
可惜龙泉剑,流落在丰城[3]。

注释 1. 孙楚:西晋文学家,年四十始参镇东军事。2. 屈平:即屈原。3. "可惜"二句:据《晋书·张华传》载,雷焕夜见紫气冲天,后在丰城发现两把宝剑,一名龙泉。这里寓意杜审言怀才不遇。

题大庾岭北驿[1]

阳月南飞雁[2],传闻至此回。
我行殊未已[3],何日复归来。
江静潮初落,林昏瘴不开[4]。
明朝望乡处,应见陇头梅[5]。

注释 1. 大庾岭:在今江西大庾南。驿:驿站,供传递公文或游宦之人中途休息的地方。2. 阳月:指农历十月。3. 殊未已:还没有到达目的地。4. 瘴(zhàng):南方山林中湿热郁蒸之气。5. 陇头梅:暗用南朝诗人陆凯《赠范晔》诗"折梅逢驿使,寄与陇头人。江南无所有,聊寄一枝春"。陇头,岭上的高地。

灵隐寺[1]

鹫岭郁岧峣[2],龙宫锁寂寥[3]。
楼观沧海日,门对浙江潮。

注释 1. 灵隐寺:位于今浙江杭州,始建于东晋。2. 鹫(jiù)岭:又称灵鹫岭,即飞来峰,在灵隐寺对面。岧峣(tiáo yáo):山势高峻的样子。3. 龙宫:此指灵隐寺。相传鱼龙喜听僧人吟唱佛曲,海龙王曾拜请佛祖于龙宫讲经。

桂子月中落[4]，天香云外飘[5]。
扪萝登塔远[6]，刳木取泉遥[7]。
霜薄花更发，冰轻叶未凋。
夙龄尚遐异[8]，搜对涤烦嚣[9]。
待入天台路[10]，看余度石桥[11]。

注释 4."桂子"句：《咸淳临安志》载，"灵隐有月桂峰，相传月中桂子尝堕此峰，生成大树"。5.天香：指佛家的香火。6.扪(mén)：攀缘。萝：藤萝一类的植物。7.刳(kū)木：挖空树木做成取水用的木瓢。8.夙龄：早年。尚：喜好。遐异：远方的奇山异水。9.搜对：寻求。烦嚣：尘世间的烦恼。10.天台：山名，在今浙江天台北，相传是成仙修道的圣地。11.石桥：相传天台山有石桥。

渡汉江[1]

岭外音书断[2]，经冬复历春。
近乡情更怯，不敢问来人。

注释 1.汉江：长江的支流，此处指汉水中游的襄河。2.岭外：即岭南，今广东、广西一带。因宋之问当时被贬至泷州（今广东罗定），故称岭外。

沈佺期

沈佺期（656?—716），字云卿，相州内黄(今河南内黄)人。武周时为通事舍人，因谄事张易之，流驩州，后遇赦北返。官终太子少詹事。与宋之问并称"沈宋"。其诗多奉和应制之作，格律谨严，属对精密，对唐代律诗定型起到重要作用。明人辑有《沈佺期集》。

杂诗三首（选一）

闻道黄龙戍[1]，频年不解兵[2]。
可怜闺里月，长在汉家营。
少妇今春意，良人昨夜情[3]。
谁能将旗鼓，一为取龙城[4]。

注释 1.闻道：听说。黄龙戍：在今辽宁开原西北，此指边地。2.解兵：放下兵器。3.良人：古代妻子对丈夫的称呼。4.龙城：即黄龙城，在今辽宁朝阳。

夜宿七盘岭[1]

独游千里外，高卧七盘西。
晓月临窗近，天河入户低。
芳春平仲绿[2]，清夜子规啼[3]。
浮客空留听[4]，褒城闻曙鸡[5]。

注释 1. 七盘岭：在今四川广元东北。2. 平仲：银杏的别称。3. 子规：即杜鹃，传说为蜀望帝杜宇之魂所化，啼声凄绝。4. 浮客：漂泊在外的人。5. 褒城：故址在今陕西勉县东。

独不见[1]

卢家少妇郁金堂[2]，
海燕双栖玳瑁梁[3]。
九月寒砧催木叶[4]，
十年征戍忆辽阳[5]。
白狼河北音书断[6]，
丹凤城南秋夜长[7]。
谁谓含愁独不见，
更教明月照流黄[8]。

注释 1. 独不见：乐府曲名，属杂曲歌辞。2. 郁金堂：以郁金香浸酒和泥涂壁的堂屋。3. 玳瑁梁：以玳瑁壳装饰的屋梁。玳瑁，一种形状像龟的水产爬行动物，甲壳可做装饰品。4. 砧：捣衣石。5. 辽阳：今辽宁辽河以东地区。6. 白狼河：又名大凌河，在今辽宁南部。7. 丹凤城南：指女主人公的住处。隋唐长安城宫城皇城在城北，民居区在城南。8. 流黄：黄紫相间的丝绢，此处指帷帐。

郭 震

郭震（656—713），字元振，魏州贵乡（今河北大名附近）人。少有大志，任侠使气。任凉州都督、朔方军大总管等职。诗歌感情奔放、气势充沛。

古剑篇

君不见昆吾铁冶飞炎烟[1]，红光紫气俱赫然[2]。良工锻炼凡几年，铸得宝剑名龙泉[3]。龙泉颜色如霜雪，良工咨嗟叹奇绝[4]。琉璃玉匣吐莲花，错镂金环映明月[5]。正逢天下无风尘[6]，幸得周防君子身[7]。精光黯黯青蛇色，文章片片绿龟鳞[8]。非直结交游侠子，亦曾亲近英雄人。何言中路遭弃捐[9]，零落飘沦古狱边[10]。虽复尘埋无所用，犹能夜夜气冲天。

注释 1. 昆吾：山名，传说以此山之石冶铁可铸得宝剑。2. 红光紫气：指在铸剑过程中放出的精光宝气。3. 龙泉：宝剑名，相传龙泉县有水可淬剑。4. 咨嗟：叹美声。5. 错：涂金。镂：雕刻。6. 风尘：指战争。7. 周防：自卫。8. 文章：指剑上的花纹。9. 何言：岂料。10. 古狱：相传雷焕在丰城县狱屋基下掘得一石函，中有双剑，一名龙泉。

陈子昂

陈子昂（659—700，一说661—702），字伯玉，梓州射洪（今四川射洪）人。官至右拾遗，曾两度从军到北方边塞。陈子昂继承建安、正始诗歌重比兴寄托的传统，其诗一洗六朝铅华，风骨遒劲，于唐诗有开启之功。有《陈子昂集》。

感遇诗三十八首（选一）

兰若生春夏[1]，芊蔚何青青[2]。
幽独空林色[3]，朱蕤冒紫茎[4]。
迟迟白日晚，嫋嫋秋风生[5]。
岁华尽摇落[6]，芳意竟何成！

注释　1.兰：香草名，多年生草本。若：即杜若，香草名。2.芊(qiān)蔚：花叶茂盛。青青：即"菁菁"，繁盛貌。3."幽独"句：兰草和杜若虽幽独地生长于林中，却有着空绝群芳的秀色。4.朱蕤(ruí)：红色的花朵。蕤，花木下垂的样子。冒：覆盖，此处形容红花开在紫茎上。5.嫋嫋：同"袅袅"，柔弱细长的样子。6.岁华：草木一年一度的荣枯。华，同"花"。

燕昭王[1]

南登碣石坂[2]，遥望黄金台[3]。
丘陵尽乔木，昭王安在哉？
霸图怅已矣[4]，驱马复归来。

注释　1.燕昭王：战国时燕国国君姬平，以礼贤下士著称。2.碣石坂：相传燕昭王为邹衍而建，故址在今北京西南。3.黄金台：相传燕昭王在易水东南十八里筑台，置千金于台上，以招揽天下贤士。4.已：完结，停止。

登幽州台歌[1]

前不见古人，后不见来者。
念天地之悠悠，独怆然而涕下[2]。

注释　1.幽州台：即蓟北楼，又称蓟丘，故址在今北京西南。2.怆(chuàng)然：悲伤的样子。

送魏大从军[1]

匈奴犹未灭[2],魏绛复从戎[3]。
怅别三河道[4],言追六郡雄[5]。
雁山横代北[6],狐塞接云中[7]。
勿使燕然上,惟留汉将功[8]。

注释 1. 魏大:名不详,在兄弟中排行老大。2. "匈奴"句:化用《史记·卫将军骠骑列传》中霍去病语:"匈奴未灭,无以家为也。" 3. 魏绛:春秋时晋国大夫,主张与少数民族联合,晋悼公采纳他的建议,消除了边患。此处借指魏大。4. 三河道:黄河中游的平原地区。5. 六郡雄:指汉代立功边疆的赵充国。6. 雁山:雁门山,在今山西代县西北。7. 狐塞:即飞狐口,在今河北涞源北,地势险要。云中:郡名,今山西大同。8. "勿使"二句:用汉将窦宪破匈奴刻石记功的典故。燕然,指今蒙古境内的杭爱山。

贺知章

贺知章(659—744),字季真,越州永兴(今浙江萧山)人。官至秘书监。晚年归隐镜湖,放诞不羁,自号"四明狂客"。贺知章能诗善书,与张旭、包融、张若虚并称"吴中四士",诗中颇有情味隽永之作。有《贺秘监集》。

咏 柳

碧玉妆成一树高[1],
万条垂下绿丝绦[2]。
不知细叶谁裁出,
二月春风似剪刀。

注释 1. 碧玉:形容春柳的青翠碧绿。2. 丝绦(tāo):丝带。

回乡偶书二首

少小离乡老大回，
乡音难改鬓毛衰[1]。
儿童相见不相识，
笑问客从何处来。

注释 1. 衰（cuī）：稀疏。

离别家乡岁月多，
近来人事半销磨。
唯有门前镜湖水[1]，
春风不改旧时波。

注释 1. 镜湖：又称鉴湖，在山阴（今浙江绍兴）。作者早年移居山阴，故镜湖即故乡。

张若虚

张若虚（660?—720?），扬州（今属江苏）人。曾任兖州兵曹。与贺知章、包融、张旭俱以诗作扬名当时，号为"吴中四士"。诗风清丽开宕，富有情韵。其诗多佚，《全唐诗》仅存二首。

春江花月夜[1]

春江潮水连海平，
海上明月共潮生。
滟滟随波千万里[2]，

注释 1. 春江花月夜：乐府《清商曲辞·吴声歌曲》旧题。 2. 滟滟：波光闪动的样子。

唐·张若虚

何处春江无月明。
江流宛转绕芳甸[3],
月照花林皆似霰[4]。
空里流霜不觉飞[5],
汀上白沙看不见[6]。
江天一色无纤尘,
皎皎空中孤月轮。
江畔何人初见月?
江月何年初照人?
人生代代无穷已,
江月年年只相似。
不知江月待何人,
但见长江送流水。
白云一片去悠悠,
青枫浦上不胜愁[7]。
谁家今夜扁舟子[8],
何处相思明月楼?
可怜楼上月徘徊,
应照离人妆镜台。
玉户帘中卷不去,
捣衣砧上拂还来。
此时相望不相闻,
愿逐月华流照君。
鸿雁长飞光不度,
鱼龙潜跃水成文[9]。
昨夜闲潭梦落花,

3. 芳甸：长满花草的原野。4. 霰（xiàn）：小雪珠。5. 流霜：形容月光。6. 汀：水中或水边的平地。7. 青枫浦：又名双枫浦,在今湖南浏阳浏水中。此处泛指遥远荒僻的水边。浦,水边,岸边。8. 扁舟子：泛指在外漂泊的游子。扁舟,小船。9. "鸿雁"二句：形容音信断绝。古代有鱼雁传书之说。

可怜春半不还家。
江水流春去欲尽,
江潭落月复西斜。
斜月沉沉藏海雾,
碣石潇湘无限路[10]。
不知乘月几人归,
落月摇情满江树。

10. 碣石:山名,位于今河北昌黎北。潇湘:二水名,在湖南零陵合流,北入洞庭湖。此处以"碣石""潇湘"形容南北距离遥远。

张　说

张说(667—730),字道济,一字说之,洛阳人。玄宗朝为中书令,封燕国公。与苏颋皆以文名,时称"燕许大手笔"。其诗朴实道劲,抒情之作往往凄婉。有《张燕公集》。

蜀道后期[1]

客心争日月[2],
来往预期程[3]。
秋风不相待,
先至洛阳城。

注释　1. 后期:落后于预定的日期。2. 客心:旅外游子的心。3. 预期程:预先定下期限。

送梁六自洞庭山作[1]

巴陵一望洞庭秋[2],
日见孤峰水上浮。
闻道神仙不可接,
心随湖水共悠悠。

注释 1. 梁六：作者友人，潭州（今湖南长沙）刺史梁知微。2. 巴陵：岳阳的古称。

苏颋

苏颋（670—727），字廷硕，京兆武功（今陕西武功）人。玄宗朝封许国公。与张说并称"燕许大手笔"。其诗骨力高峻，韵味深醇。有《苏廷硕集》。

汾上惊秋[1]

北风吹白云，万里渡河汾。
心绪逢摇落[2]，秋声不可闻。

注释 1. 汾上：汾水边，在今山西。2. 摇落：凋谢、零落。

张敬忠

张敬忠,京兆(今陕西西安)人。曾官监察御史,开元中为平卢节度使。《全唐诗》存诗二首。

边　词

五原春色旧来迟[1],
二月垂杨未挂丝。
即今河畔冰开日,
正是长安花落时。

注释　1. 五原:在今内蒙古自治区五原县。

张九龄

张九龄(678—740),字子寿,韶州曲江(今广东韶关)人。开元中拜中书侍郎,同中书门下平章事,翌年迁中书令,后遭李林甫排挤,罢相。张九龄工诗能文,其诗格调清雅,兴寄深婉,尤擅五言。有《曲江张先生文集》。

感遇十二首(选二)

兰叶春葳蕤[1],桂华秋皎洁[2]。
欣欣此生意,自尔为佳节[3]。
谁知林栖者[4],闻风坐相悦[5]。
草木有本心,何求美人折?

注释　1. 葳蕤(wēi ruí):枝叶茂盛。2. 华:同"花"。3. 自尔:从此。4. 林栖者:栖隐于山林的人。5. 坐:因为。

唐·张九龄

江南有丹橘，经冬犹绿林。
岂伊地气暖[1]，自有岁寒心[2]。
可以荐嘉客[3]，奈何阻重深！
运命唯所遇，循环不可寻[4]。
徒言树桃李[5]，此木岂无阴[6]？

注释 1.伊：那里，此指江南。2.岁寒心：耐寒的特性。《论语·子罕》："岁寒，然后知松柏之后凋也。"3.荐：进奉，赠给。4."运命"二句：意谓人的命运往往与际遇有关，命运的否泰变幻莫测。5.徒言：只说。树：栽种。6.阴：同"荫"，树荫。

望月怀远

海上生明月，天涯共此时。
情人怨遥夜[1]，竟夕起相思[2]。
灭烛怜光满[3]，披衣觉露滋[4]。
不堪盈手赠[5]，还寝梦佳期[6]。

注释 1.情人：有情谊之人。遥夜：长夜。2.竟夕：终夜。3.怜：喜爱。4.滋：多，浓重。5.盈手：满把。6.还：返回。佳期：相会的日子。

赋得自君之出矣[1]

自君之出矣，不复理残机[2]。
思君如满月，夜夜减清辉。

注释 1.赋得：指定或限定诗题写诗。自君之出矣：乐府旧题。2.机：织机。

王之涣

王之涣（688—742），字季凌，排行七。绛郡（今山西新绛）人。曾任冀州衡水主簿、文安县尉等职。其诗善状边塞风光及相思送别之情，雄浑豪放。惜所作大多散佚，《全唐诗》仅存六首。

登鹳雀楼 [1]

白日依山尽[2]，黄河入海流。
欲穷千里目，更上一层楼。

注释 1. 鹳雀楼：故址在蒲州（今山西永济）城西南，因常有鹳雀栖息其上而得名。2. 依山尽：指日光被雄伟的中条山所阻挡。一说指太阳即将落山西沉。

凉州词二首 [1]（选一）

黄河远上白云间，
一片孤城万仞山[2]。
羌笛何须怨杨柳[3]，
春风不度玉门关[4]。

注释 1. 凉州词：乐府旧题，多写边塞风光与征戍之苦。凉州，今甘肃武威。2. 仞：古代的长度计量单位。3. 杨柳：指《折杨柳》曲，曲调哀怨。4. 玉门关：故址在今甘肃敦煌西，为古时通西域的要道。

孟浩然

　　孟浩然（689—740），襄州襄阳（今湖北襄阳）人，曾一度隐居鹿门山。年近四十，赴长安应进士举，不第，失意还归。其诗多写隐居闲适和山水行旅，气象清远，不落凡近，诗风以自然冲淡见长，与王维并称"王孟"。有《孟浩然集》。

秋登万山寄张五[1]

北山白云里，隐者自怡悦[2]。
相望试登高，心飞逐鸟灭。
愁因薄暮起，兴是清秋发[3]。
时见归村人，沙行渡头歇。
天边树若荠，江畔舟如月[4]。
何当载酒来，共醉重阳节。

注释　1. 万山：在今湖北襄阳西北。张五：名不详，疑即张諲，擅书画，官至刑部员外郎，与王维、李颀等交游。2. 隐者：作者自称。3. 兴：兴致。4. "天边"二句：化用薛道衡《敬酬杨仆射山斋独坐》诗："遥原树若荠，远水舟如叶。"

夏日南亭怀辛大[1]

山光忽西落，池月渐东上。
散发乘夕凉，开轩卧闲敞[2]。
荷风送香气，竹露滴清响。
欲取鸣琴弹，恨无知音赏。
感此怀故人，中宵劳梦想[3]。

注释　1. 辛大：名不详。疑即辛谔。2. 轩：窗。闲敞：安静而宽敞的地方。3. 中宵：夜半。

宿业师山房待丁大不至[1]

夕阳度西岭,群壑倏已暝[2]。
松月生夜凉,风泉满清听。
樵人归欲尽,烟鸟栖初定[3]。
之子期宿来[4],孤琴候萝径[5]。

注释 1.业师:法名业的僧人,师是对僧人的尊称。山房:指僧舍。丁大:丁凤,排行第一。2.壑:山谷。倏(shū):突然。暝:昏暗。3.烟鸟:暮烟中的归鸟。4.之子:这个人,指丁大。期:约定。宿:夜。5.萝径:藤萝悬垂的小路。

夜归鹿门山歌[1]

山寺钟鸣昼已昏,
渔梁渡头争渡喧[2]。
人随沙路向江村,
余亦乘舟归鹿门。
鹿门月照开烟树[3],
忽到庞公栖隐处[4]。
岩扉松径长寂寥[5],
惟有幽人夜来去[6]。

注释 1.鹿门山:位于今湖北襄阳东南,为孟浩然隐居处。2.渔梁:指鱼梁洲,在襄阳东,离鹿门山不远。3.开烟树:在月光的照耀下,原本被暮烟笼罩的树木变得分明。4.庞公:即庞德公,襄阳人,东汉著名隐士。5.岩扉:石门。6.幽人:隐者。

望洞庭湖赠张丞相[1]

八月湖水平[2],涵虚混太清[3]。
气蒸云梦泽[4],波撼岳阳城[5]。
欲济无舟楫[6],端居耻圣明[7]。

注释 1.洞庭湖:在今湖南北部。张丞相:指张九龄。2.湖水平:指湖水上涨与岸齐平。3.涵:包容,涵容。虚、太清:皆指天空。4.云梦泽:古泽薮名。5.岳阳城:位于洞庭湖东岸,今属湖南。6."欲济"句:喻指想出仕而无人引荐。济,渡水。7.端居:独处,隐居。圣明:指太平盛世。

坐观垂钓者，空有羡鱼情[8]。

8. "坐观"二句：意谓希望得到张丞相的援引。《淮南子·说林训》："临河而羡鱼，不若归家织网。"

宿桐庐江寄广陵旧游[1]

山暝听猿愁，沧江急夜流。
风鸣两岸叶，月照一孤舟。
建德非吾土[2]，维扬忆旧游[3]。
还将两行泪，遥寄海西头[4]。

注释　1. 广陵：今江苏扬州。旧游：即故交。2. 建德：今属浙江，在桐庐江上游。非吾土：王粲《登楼赋》："虽信美而非吾土兮。" 3. 维扬：即扬州。4. 海西头：扬州位于东海之西，故云。

早寒江上有怀

木落雁南度[1]，北风江上寒。
我家襄水曲[2]，遥隔楚云端。
乡泪客中尽，孤帆天际看。
迷津欲有问[3]，平海夕漫漫[4]。

注释　1. 木落：树叶飘零。2. 襄水：也叫襄河，汉水在襄阳以下一段，水流曲折，故云襄水曲。3. 迷津：迷失方向，找不到渡口。津，渡口。4. 平海：指水面平阔。

留别王维

寂寂竟何待[1]，朝朝空自归。
欲寻芳草去，惜与故人违[2]。
当路谁相假[3]，知音世所稀。
只应守寂寞，还掩故园扉。

注释　1. 寂寂：落寞。竟何待：要等什么。2. 违：分离。3. 当路：当权者。假：宽容。

与诸子登岘山[1]

人事有代谢[2],往来成古今。
江山留胜迹,我辈复登临。
水落鱼梁浅[3],天寒梦泽深[4]。
羊公碑字在[5],读罢泪沾襟。

注释 1. 岘(xiàn)山:又名岘首山,在今湖北襄阳南。2. 代谢:更替变化。3. 鱼梁:即鱼梁洲。4. 梦泽:即云梦泽,相当于今湖北东南部、湖南北部等地区。5. 羊公碑:晋代名将羊祜的庙碑。因其颇有政绩,死后百姓为之建庙立碑,望其碑者莫不流涕,因名堕泪碑。

题大禹寺义公禅房[1]

义公习禅寂[2],结宇依空林[3]。
户外一峰秀,阶前众壑深。
夕阳连雨足,空翠落庭阴。
看取莲花净[4],方知不染心。

注释 1. 义公:唐时高僧。2. 禅寂:佛家语,佛教徒坐禅入定,思维寂静。3. 结宇:建造房子。4. 莲花:即佛家语所言青莲花,清净香洁,不染纤尘,佛家常用以比喻佛眼。

晚泊浔阳望庐山[1]

挂席几千里[2],名山都未逢。
泊舟浔阳郭[3],始见香炉峰[4]。
尝读远公传[5],永怀尘外踪[6]。
东林精舍近[7],日暮但闻钟。

注释 1. 浔阳:今江西九江。2. 挂席:扬帆。3. 郭:外城。4. 香炉峰:庐山的主峰,因状如香炉而得名。5. 远公:指东晋高僧慧远,曾在庐山与佛徒百余人结白莲社,同修净业,被奉为莲宗初祖。6. 尘外:尘世之外。7. 东林精舍:指慧远在庐山修行时所居的佛舍,在庐山山麓。

过故人庄

故人具鸡黍[1],邀我至田家。
绿树村边合[2],青山郭外斜。
开轩面场圃[3],把酒话桑麻[4]。
待到重阳日,还来就菊花。

注释 1. 具:备办。鸡黍:指农家待客的饭菜。典出《论语·微子》:"止子路宿,杀鸡为黍而食之。"黍,黄米。2. 合:环绕。3. 场:翻晒、碾轧粮食的地方。圃:种植蔬菜瓜果的园子。4. 桑麻:代指农家之事。

舟中晓望

挂席东南望,青山水国遥。
舳舻争利涉[1],来往接风潮。
问我今何适?天台访石桥。
坐看霞色晓,疑是赤城标[2]。

注释 1. 舳舻(zhú lú):首尾相接的船只。利涉:出自《易·需卦》"利涉大川",意思是宜于远航。2. 赤城:山名,在今浙江天台境内,是天台山的南门。标:山顶。

岁暮归南山

北阙休上书[1],南山归敝庐[2]。
不才明主弃,多病故人疏。
白发催年老,青阳逼岁除[3]。
永怀愁不寐,松月夜窗虚[4]。

注释 1. 北阙:指帝宫。2. 敝庐:自己破落的家园。3. "青阳"句:意谓新春将到,逼得旧年除去。青阳:指春天。4. 虚:空寂。

清明日宴梅道士房

林卧愁春尽[1]，搴帷览物华[2]。
忽逢青鸟使[3]，邀入赤松家[4]。
丹灶初开火[5]，仙桃正发花。
童颜若可驻，何惜醉流霞[6]。

注释　1. 林卧：卧于林下，指隐居。2. 搴（qiān）：拉开，揭开。物华：美景。3. 青鸟：神话中鸟名，西王母的使者。4. 赤松：赤松子，传说中的仙人。这里指梅道士。5. 丹灶：道家炼丹的灶。6. 流霞：仙酒名。

春　晓[1]

春眠不觉晓，处处闻啼鸟。
夜来风雨声，花落知多少。

注释　1. 春晓：春天的早晨。

洛中访袁拾遗不遇[1]

洛阳访才子，江岭作流人[2]。
闻说梅花早，何如北地春？

注释　1. 洛中：指洛阳。拾遗：古代官职的名称。2. 江岭：江南岭外之地。唐时罪人常被流放到岭外。流人：被流放的人，这里指袁拾遗。

宿建德江[1]

移舟泊烟渚[2]，日暮客愁新。
野旷天低树，江清月近人。

注释　1. 建德江：新安江流经建德县（今属浙江）的一段。2. 烟渚：笼罩着烟雾的江中小洲。

送杜十四之江南[1]

荆吴相接水为乡[2]，
君去春江正淼茫。
日暮征帆何处泊？
天涯一望断人肠。

注释 1. 杜十四：即杜晃，时为进士。2. 荆：指荆襄一带。吴：指东吴。

渡浙江问舟中人[1]

潮落江平未有风，
扁舟共济与君同。
时时引领望天末[2]，
何处青山是越中[3]？

注释 1. 浙江：指钱塘江。2. 引领：伸长脖子。天末：天边。3. 越中：越州，今浙江绍兴。

李 颀

李颀，生卒年不详，郡望赵郡（今河北赵县）。曾官新乡尉。因久不得调，愤而归隐。其诗风骨高华，豪不失粗，尤擅七律、七古二体。

古从军行[1]

白日登山望烽火[2]，

注释 1. "从军行"为乐府旧题。此诗以古喻今，借汉讽唐，故称《古从军行》。2. 烽火：古代边防要地遇敌侵犯时用以示警的烟火。

黄昏饮马傍交河[3]。
行人刁斗风沙暗[4],
公主琵琶幽怨多[5]。
野云万里无城郭,
雨雪纷纷连大漠。
胡雁哀鸣夜夜飞,
胡儿眼泪双双落。
闻道玉门犹被遮[6],
应将性命逐轻车[7]。
年年战骨埋荒外,
空见蒲桃入汉家[8]。

3. 交河:唐县名,在今新疆吐鲁番西北。4. 行人:从军之人。刁斗:军中夜间用以巡更的铜器,白天可用作炊具。5. 公主琵琶:汉武帝遣江都王刘建之女刘细君远嫁乌孙和亲,途中乐工为其弹琵琶以解行道思慕。6. "闻道"句:意为皇帝仍不准罢兵,无休止地进行战争。典出《汉书·李广利传》。7. 轻车:汉代有轻车将军、轻车都尉等职,此处泛指将领。8. 蒲桃:即葡萄,汉时由西域传入。

送陈章甫[1]

四月南风大麦黄,
枣花未落桐阴长。
青山朝别暮还见,
嘶马出门思旧乡。
陈侯立身何坦荡,
虬须虎眉仍大颡[2]。
腹中贮书一万卷,
不肯低头在草莽[3]。
东门酤酒饮我曹[4],
心轻万事如鸿毛。

注释　1. 陈章甫:作者友人,时罢官归家。2. 虬须:卷曲的胡子。颡(sǎng):前额。3. 草莽:草野。4. 我曹:即我辈。

醉卧不知白日暮，
有时空望孤云高。
长河浪头连天黑，
津吏停舟渡不得[5]。
郑国游人未及家[6]，
洛阳行子空叹息[7]。
闻道故林相识多[8]，
罢官昨日今如何？

5. 津吏：管渡口的官员。6. 郑国游人：指作者，李颀曾官新乡尉。7. 洛阳行子：指陈章甫。8. 故林：故乡。

听安万善吹觱篥歌[1]

南山截竹为觱篥，
此乐本自龟兹出[2]。
流传汉地曲转奇，
凉州胡人为我吹。
旁邻闻者多叹息，
远客思乡皆泪垂。
世人解听不解赏，
长飙风中自来往[3]。
枯桑老柏寒飕飀[4]，
九雏鸣凤乱啾啾[5]。
龙吟虎啸一时发，
万籁百泉相与秋[6]。
忽然更作渔阳掺[7]，
黄云萧条白日暗。

注释　1. 安万善：西域乐师。安为康国九姓之一，其人多善歌舞，尤擅音乐。觱篥（bì lì）：簧管古乐器，今已失传。2. 龟兹（qiū cí）：古西域国名，在今新疆库车一带。3. 长飙：暴风。喻乐声的急骤。4. 飕飀（sōu liú）：形容风声。5. "九雏"句：化用古乐府"凤凰鸣啾啾，一母将九雏"句，形容琴声细杂清越。6. 万籁：指自然界的各种声响。7. 渔阳掺（càn）：曲调名，音节悲壮。此指悲凉的曲调。

变调如闻杨柳春,
上林繁花照眼新[8]。
岁夜高堂列明烛,
美酒一杯声一曲。

8. 上林：指上林苑。

古　意

男儿事长征[1]，少小幽燕客[2]。赌胜马蹄下，由来轻七尺[3]。杀人莫敢前，须如猬毛磔[4]。黄云陇底白雪飞[5]，未得报恩不能归。辽东小妇年十五[6]，惯弹琵琶解歌舞[7]。今为羌笛出塞声，使我三军泪如雨！

注释　1. 事长征：指从军。2. 幽燕：今河北北部、辽宁南部等地。古时游侠多在这一带出没。3. 七尺：一般成年男子的高度，多用来代指成年男子。4. 猬毛磔（zhé）：刺猬的毛纷纷张开，喻威武。5. 黄云：形容云色昏暗。陇底：山下。6. 小妇：少妇。7. 解：懂得，此指擅长。

听董大弹胡笳弄兼寄语房给事[1]

蔡女昔造胡笳声[2]，一弹一十有八拍。胡人落泪沾边草，汉使断肠对归客[3]。古戍苍苍烽火寒，大荒沉沉飞雪白[4]。先拂商弦后角羽[5]，四郊秋叶惊摵摵[6]。董夫子，通神明，深山窃听来妖精。言迟

注释　1. 董大：即董庭兰，唐代著名乐师。弹胡笳弄：以琴弹出胡笳的声音。房给事：指房琯，时官任给事中。2. 蔡女：即蔡琰，汉末曾流落匈奴，作《胡笳十八拍》抒发悲愤之情。3. "汉使"句：指曹操派人将蔡琰从匈奴赎归事。归客，指蔡琰。4. 大荒：极远之地。5. 商弦：指商音。角羽：角音和羽音。商、角、羽皆属悲凉之音。6. 摵摵（shè）：落叶声。

更速皆应手[7],将往复旋如有情[8]。空山百鸟散还合,万里浮云阴且晴。嘶酸雏雁失群夜[9],断绝胡儿恋母声[10]。川为净其波,鸟亦罢其鸣。乌孙部落家乡远[11],逻娑沙尘哀怨生[12]。幽音变调忽飘洒,长风吹林雨堕瓦。迸泉飒飒飞木末[13],野鹿呦呦走堂下[14]。长安城连东掖垣[15],凤凰池对青琐门[16]。高才脱略名与利[17],日夕望君抱琴至。

7. 言迟更速:形容音乐节奏的快慢。8. 将往复旋:形容琴声的抑扬顿挫。9. 嘶:鸟的鸣声。10. "断绝"句:蔡琰流落匈奴期间,曾生二子。赎归之时,子尚年幼,但不得不忍痛相别。此处形容琴声的悲切凄怆。11. 乌孙:汉时西域国名。汉江都王之女刘细君曾远嫁乌孙。12. "逻娑"句:指唐代文成、金城公主和亲吐蕃事。逻娑(luó suō),吐蕃城名,即今西藏拉萨。13. 木末:树梢。14. 呦呦(yōu):鹿鸣声。15. 东掖垣:指房琯居处。房琯任给事中,属门下省,在宫城的东面。16. 凤凰池:中书省所在之地。青琐门:东掖宫门名,门上刻镂连环纹,以青涂之。17. 高才:指房琯。脱略:轻慢,不在乎。

送魏万之京[1]

朝闻游子唱离歌[2],
昨夜微霜初渡河。
鸿雁不堪愁里听,
云山况是客中过。
关城树色催寒近[3],
御苑砧声向晚多[4]。
莫见长安行乐处,
空令岁月易蹉跎。

注释　1. 魏万:又名颢,王屋山人,上元初登第。李颀的晚辈。之:往。2. 游子:指魏万。3. 关城:指潼关,是魏万进京必经之地。4. 御苑:皇家宫苑,这里指长安。砧(zhēn)声:捣衣声。

綦毋潜

綦毋潜，字孝通，虔州（今江西赣州）人。开元十四年（726）进士，历官集贤院待制、校书郎、右拾遗等职，后挂冠归隐。其诗工于描绘幽寂之景，抒写方外之情。《全唐诗》存诗一卷。

春泛若耶溪[1]

幽意无断绝，此去随所偶[2]。
晚风吹行舟，花路入溪口。
际夜转西壑[3]，隔山望南斗[4]。
潭烟飞溶溶[5]，林月低向后。
生事且弥漫[6]，愿为持竿叟[7]。

注释 1.若耶溪：在今浙江绍兴东南。2.偶：偶然的际遇。3.际：到，接近。4.南斗：星宿名。5.潭烟：潭上的雾气。溶溶：广大貌。6.生事：生计。弥漫：渺茫。7.持竿叟：指钓鱼翁。

王昌龄

王昌龄（698？—757？），字少伯，京兆万年（今陕西西安）人。开元十五年（727）进士及第，历官江宁丞、龙标尉等职。其诗多边塞军旅、宫怨闺情及送别之篇，清刚俊爽，深厚婉丽。尤擅七绝。有《王昌龄集》。

从军行七首（选四）

烽火城西百尺楼[1]，
黄昏独坐海风秋[2]。

注释 1.百尺楼：置烽火的戍楼。2.海风秋：指从青海湖上吹来的风，时值秋季，风也带着阵阵寒意。

更吹羌笛关山月[3],
无那金闺万里愁[4]。

3. 羌笛:羌族乐器。关山月:乐府旧题,属横吹曲辞。4. 无那:无奈。金闺:装饰华美的闺房,这里代指住在华美闺房中的少妇。

琵琶起舞换新声[1],
总是关山旧别情[2]。
撩乱边愁听不尽[3],
高高秋月照长城。

注释　1. 新声:新的曲调。2. 关山:乐曲《关山月》。此处泛指表现征戍离别之情的乐曲。3. 撩乱:心里烦乱。边愁:久戍边疆的愁苦。

青海长云暗雪山[1],
孤城遥望玉门关[2]。
黄沙百战穿金甲,
不破楼兰终不还[3]。

注释　1. 青海:湖名,在今青海西宁西。唐和吐蕃时常在这一带发生战争。雪山:指祁连山。2. 玉门关:故址在今甘肃敦煌西。3. 楼兰:汉时西域诸国之一。汉武帝时,楼兰国王安归勾结匈奴,多次攻击汉朝使臣,后大将霍光派傅介子前往楼兰,用计斩其王。此处泛指侵扰西北边地的吐谷浑等族。

大漠风尘日色昏,
红旗半卷出辕门[1]。
前军夜战洮河北[2],
已报生擒吐谷浑[3]。

注释　1. 辕门:军营之门。2. 前军:先头部队。洮(táo)河:又名巴尔西河,黄河上游支流,在今甘肃西南部。3. 吐谷浑:古代少数民族名,此处泛指敌人。

出塞二首（选一）

秦时明月汉时关[1],
万里长征人未还。
但使龙城飞将在[2],
不教胡马度阴山[3]。

注释 1."秦时明月"与"汉时关"互文见义,意谓秦汉时的明月、秦汉时的关塞。2. 龙城飞将:指汉将李广,曾为右北平太守,匈奴称其"汉之飞将军"。3. 阴山:在今内蒙古中部,汉时匈奴常越过此处侵扰内地。

采莲曲二首[1]（选一）

荷叶罗裙一色裁,
芙蓉向脸两边开[2]。
乱入池中看不见,
闻歌始觉有人来。

注释 1. 采莲曲:乐府旧题,多描写江南采莲少女的生活。2. 芙蓉:荷花的别称。

春宫曲

昨夜风开露井桃,
未央前殿月轮高[1]。
平阳歌舞新承宠[2],
帘外春寒赐锦袍。

注释 1. 未央:汉宫殿名。2. 平阳歌舞:平阳公主家中的歌女,指卫子夫。

西宫春怨

西宫夜静百花香，
欲卷珠帘春恨长。
斜抱云和深见月[1]，
朦胧树色隐昭阳[2]。

注释 1. 云和：琴瑟的代称。 2. 昭阳：汉宫殿名。此指得宠者居住的宫殿。

长信秋词五首[1]（选一）

奉帚平明金殿开[2]，
且将团扇暂徘徊[3]。
玉颜不及寒鸦色，
犹带昭阳日影来[4]。

注释 1. 长信：汉宫殿名。据《汉书·外戚传》载，班婕妤为赵飞燕所妒，为避祸乃自求于长信宫侍奉太后。 2. 奉帚：捧着扫帚，意谓打扫宫殿。平明：天刚亮。 3. 团扇：相传班婕妤作《团扇诗》，以秋扇见弃抒发君恩断绝的哀怨之情。 4. 昭阳：即昭阳宫，汉成帝宠妃赵合德居处。日影：阳光，此处双关，亦指君王的恩宠。

闺 怨

闺中少妇不曾愁，
春日凝妆上翠楼[1]。
忽见陌头杨柳色[2]，
悔教夫婿觅封侯。

注释 1. 凝妆：盛妆，指精心梳妆。 2. 陌头：路边。

送魏二[1]

醉别江楼橘柚香,
江风引雨入舟凉。
忆君遥在潇湘月[2],
愁听清猿梦里长。

注释　1. 魏二:名不详,时赴湖南。2. 潇湘:潇水和湘水在今湖南零陵汇合,北流入洞庭湖。

芙蓉楼送辛渐二首[1](选一)

寒雨连江夜入吴[2],
平明送客楚山孤[3]。
洛阳亲友如相问,
一片冰心在玉壶[4]。

注释　1. 芙蓉楼:在润州(今江苏镇江润州区)。辛渐:作者友人。2. 吴:古国名,此处泛指润州一带。3. 楚:与"吴"为互文,因润州春秋时属吴、战国时属楚。4. "一片"句:喻指高洁清明的人品。鲍照《代白头吟》:"直如朱丝绳,清如玉壶冰。"

祖 咏

祖咏，洛阳（今属河南）人。中进士后未得官，后离京归汝坟（今河南汝阳、临汝间）别业，以渔樵自终。与王维交谊颇深，多有酬唱之作。祖咏作诗最重经营意境，剪刻省净，调颇凌俗。

望蓟门[1]

燕台一去客心惊，
箫鼓喧喧汉将营。
万里寒光生积雪，
三边曙色动危旌[2]。
沙场烽火连胡月，
海畔云山拥蓟城。
少小虽非投笔吏[3]，
论功还欲请长缨[4]。

注释 1. 蓟（jì）门：蓟门关，在今北京西直门北。2. 三边：汉幽、并、凉三州，皆在边疆，后即泛指边地。危旌：高扬的旗帜。3. 投笔吏：汉班超家贫，常为官府抄书以谋生，后投笔从戎，以功封定远侯。4. 论功：指论功行封。请长缨：汉时书生终军曾向汉武帝请发长缨，缚番王来朝，立下奇功。后来把自愿投军叫作"请缨"。

终南望余雪[1]

终南阴岭秀[2]，积雪浮云端。
林表明霁色[3]，城中增暮寒。

注释 1. 终南：即终南山，位于长安城南。2. 阴岭：指终南山的北麓。3. 林表：林外。霁：雨雪止。

孙逖

孙逖（696—761），潞州涉县（今属河北）人，少居巩县（今属河南）。开元中官中书舍人等职，终太子少詹事。工诗善文，古调今格，悉其所长。

宿云门寺阁[1]

香阁东山下[2]，烟花象外幽。
悬灯千嶂夕[3]，卷幔五湖秋。
画壁余鸿雁，纱窗宿斗牛[4]。
更疑天路近[5]，梦与白云游。

注释 1. 云门寺：在今浙江绍兴境内的云门山上，始建于晋安帝时，是著名的隐居之地。2. 香阁：指云门寺。3. 嶂：像屏障一样陡峭的山峰。4. 斗牛：指斗宿和牛宿。此处衬托云门寺之高。5. 天路：通天之路。

王维

王维（701—761），字摩诘，祖籍太原祁（今山西祁县）。官终尚书右丞。唐代山水田园诗派代表作家，与孟浩然并称"王孟"。其诗将禅理、诗情、画意浑然相融，独得任性自然之境界。苏轼誉曰："味摩诘之诗，诗中有画；观摩诘之画，画中有诗。"有《王右丞集》。

送别

下马饮君酒[1]，问君何所之[2]？
君言不得意，归卧南山陲[3]。
但去莫复问，白云无尽时。

注释 1. 饮：使……饮。2. 何所之：去哪里。3. 南山陲：终南山边。

唐·王维

青　溪 [1]

言入黄花川 [2]，每逐青溪水。
随山将万转，趣途无百里 [3]。
声喧乱石中，色静深松里。
漾漾泛菱荇 [4]，澄澄映葭苇 [5]。
我心素已闲，清川澹如此 [6]。
请留盘石上 [7]，垂钓将已矣。

注释　1.青溪：水名，在今陕西勉县东。此指清澈碧绿的溪水。2.言：发语词。黄花川：水名，在今陕西凤县东北。3.趣途：顺路而行。4.漾漾：水摇动貌。菱：生长在河塘中的一年生草本植物。荇(xìng)：荇菜，一种多年生水草。5.澄澄：水清澈貌。葭(jiā)苇：即芦苇。6.澹：恬静。7.盘石：同"磐石"，大而厚的石头。

渭川田家 [1]

斜阳照墟落 [2]，穷巷牛羊归 [3]。
野老念牧童 [4]，倚杖候荆扉 [5]。
雉雊麦苗秀 [6]，蚕眠桑叶稀 [7]。
田夫荷锄至，相见语依依 [8]。
即此羡闲逸，怅然吟式微 [9]。

注释　1.渭川：即渭水，黄河的最大支流。2.墟落：村落。3.穷巷：隐僻的小巷。4.野老：乡村的老者。5.荆扉：柴门。6.雉：野鸡。雊(gòu)：野鸡的鸣叫。秀：抽穗开花。7.蚕眠：指蚕蜕皮前不食不动。8.依依：恋恋不舍貌。9.式微：《诗经·邶风·式微》有"式微，式微，胡不归"之句，此处用来形容作者意欲归隐田园的心情。

春中田园作

屋上春鸠鸣 [1]，村边杏花白。
持斧伐远扬 [2]，荷锄觇泉脉 [3]。
归燕识故巢，旧人看新历。
临觞忽不御 [4]，惆怅远行客。

注释　1.鸠：鸽子一类的鸟。2.远扬：指长得过高过远的桑树枝条。3.觇(chān)：探测。泉脉：地层中伏流的泉水。4.觞：酒器。御：进用。

西施咏

艳色天下重[1]，西施宁久微[2]？
朝为越溪女[3]，暮作吴宫妃。
贱日岂殊众[4]，贵来方悟稀[5]。
邀人傅脂粉[6]，不自著罗衣。
君宠益娇态，君怜无是非。
当时浣纱伴，莫得同车归。
持谢邻家子[7]，效颦安可希[8]。

注释 1. 重：推崇，看重。2. 宁：怎能。微：贫贱低微。3. 越溪：越国的溪水，此指浙江诸暨苎萝山下的溪流，相传是西施浣纱的地方。4. 贱日：微贱的时候。殊众：与众不同。5. 稀：珍稀，举世少有。6. 傅：擦，涂抹。7. 持：以，拿。谢：告诫。邻家子：指西施邻居家的丑女，即东施。8. 效颦（pín）：传说西施病心，时常捧心蹙眉。其邻里的丑女觉得很美，就效法她。颦，皱眉。希：希求。

夷门歌[1]

七雄雄雌犹未分[2]，
攻城杀将何纷纷。
秦兵益围邯郸急，
魏王不救平原君[3]。
公子为嬴停驷马[4]，
执辔愈恭意愈下[5]。
亥为屠肆鼓刀人[6]，
嬴乃夷门抱关者[7]。
非但慷慨献良谋[8]，
意气兼将身命酬[9]。
向风刎颈送公子[10]，
七十老翁何所求！

注释 1. 夷门：战国时魏都大梁（今河南开封）的东城门。2. 七雄：指战国时齐、楚、燕、韩、赵、魏、秦七个强国。雄雌：胜负。3. "秦兵"二句：魏安釐王二十年（前257），秦兵围赵都邯郸。赵平原君夫人是魏信陵君之姊，曾多次修书向魏求救，魏王惧怕强秦，按兵不动。邯郸：战国时赵国的都城，在今河北邯郸。平原君：指赵国公子赵胜，封于平原。4. 公子：指信陵君。嬴：侯嬴，时为夷门的守门官。驷马：同驾一辆车的四匹马，此处指车。据《史记·魏公子列传》载，信陵君亲自去迎接侯嬴，并在途中等待他探访友人朱亥。5. 辔：驾驭牲口用的缰绳。下：谦卑。6. 亥：指朱亥，侯嬴的朋友。屠肆：屠宰作坊。鼓刀：指宰杀牲畜。7. 抱关：负责启闭城门的人。8. 献良谋：指侯嬴向信陵君献计，盗出兵符，又推荐朱亥椎杀魏将晋鄙，夺取兵权救赵。9. 身命酬：用生命来报答。10. "向风"句：指侯嬴在信陵君至晋鄙军中之日，北向自刎，以报知遇之恩。

唐·王维

老将行

少年十五二十时，
步行夺得胡马骑[1]。
射杀山中白额虎[2]，
肯数邺下黄须儿[3]。
一身转战三千里，
一剑曾当百万师。
汉兵奋迅如霹雳，
虏骑崩腾畏蒺藜[4]。
卫青不败由天幸[5]，
李广无功缘数奇[6]。
自从弃置便衰朽，
世事蹉跎成白首。
昔时飞雀无全目[7]，
今日垂杨生左肘[8]。
路旁时卖故侯瓜[9]，
门前学种先生柳[10]。
苍茫古木连穷巷，
寥落寒山对虚牖[11]。
誓令疏勒出飞泉[12]，
不似颍川空使酒[13]。
贺兰山下阵如云[14]，
羽檄交驰日夕闻[15]。
节使三河募年少[16]，
诏书五道出将军[17]。

注释 1."少年"二句：借汉将李广被擒后夺马逃回之事言老将少年时的机智勇敢。2."射杀"句：《晋书·周处传》载，周处少时为害乡里，后射杀南山白额虎，又入水斩蛟，改过自新。白额虎：指猛虎。3. 肯：哪能。数：服气，推崇。邺下：在今河北临漳西南，曹操封魏王，定都于此。黄须儿：指曹操的次子曹彰，相传胡须为黄色。4. 虏骑：敌方骑兵。崩腾：溃败奔逃貌。蒺藜(jí lí)：即铁蒺藜，古代作战时用以阻碍敌兵的铁制带刺障碍物。5."卫青"句：《史记·卫将军骠骑列传》中说霍去病屡战屡胜，是因为有"天幸"，此处王维误用于卫青。天幸：运气好。6."李广"句：李广屡建战功，却始终不得封侯。缘：因为。数奇(jī)：命运不好。7. 飞雀无全目：传说后羿射法精妙，能射中雀目。无全目，使双目不全。这里形容老将当年射艺高超。8. 垂杨生左肘：谓肘上肌肉松弛下垂，如生了疖瘤一般。垂杨，指疖瘤。9. 故侯瓜：据《史记·萧相国世家》载，召平为秦东陵侯，秦破后，种瓜于长安，其瓜甜美，称"东陵瓜"。10. 先生柳：陶渊明归隐后，因宅旁有柳树，自号"五柳先生"。11. 牖(yǒu)：窗户。12. 疏勒出飞泉：据《后汉书·耿恭传》载，汉军被匈奴困疏勒城中，绝水，汉将耿恭向井再拜祈祷，水遂涌出。疏勒，汉代西域地名，在今新疆喀什噶尔一带。13. 颍川空使酒：指汉将军灌夫借酒谩骂事。颍川，在今河南登封、宝丰以东。灌夫为汉颍川郡人，故指称。使酒，因酒使气，借酒发脾气骂人。14. 贺兰山：位于宁夏西北部与内蒙古接界处。15. 羽檄：军中文书，上插羽毛，以示紧急。交驰：往来传送。16. 节使：使臣。三河：汉代河东、河内、河南三郡的总称。17. 五道出将军：汉宣帝曾命田广明等五将军分五路出兵，夹击匈奴。

试拂铁衣如雪色[18],
聊持宝剑动星文[19]。
愿得燕弓射天将[20],
耻令越甲鸣吾君[21]。
莫嫌旧日云中守[22],
犹堪一战取功勋。

18. 铁衣：铠甲。19. 动星文：指宝剑上的七星文闪烁。20. 燕弓：燕地出产的坚劲之弓。21."耻令"句：春秋时越国军队进犯齐国，雍门子狄请齐王允许他自杀谢罪，齐王问其故，他说是因为越甲惊扰了国君。越甲，越国的军队。22. 云中守：指汉文帝时的云中（治所在今内蒙古托克托东北）太守魏尚。他善待士卒，深得军心，使匈奴不敢进犯。后被削职为民，经冯唐鸣不平后，才官复原职。

桃源行[1]

渔舟逐水爱山春，
两岸桃花夹去津[2]。
坐看红树不知远[3]，
行尽青溪不见人。
山口潜行始隈隩[4]，
山开旷望旋平陆[5]。
遥看一处攒云树[6]，
近入千家散花竹。
樵客初传汉姓名，
居人未改秦衣服[7]。
居人共住武陵源[8]，
还从物外起田园[9]。
月明松下房栊静[10]，
日出云中鸡犬喧。
惊闻俗客争来集[11]，
竞引还家问都邑。

注释 1. 桃源：即晋陶渊明《桃花源记》中所咏的桃花源，相传在今湖南桃源县西南。2. 津：渡口，这里泛指溪流。3. 坐：因为。红树：盛开的桃花树。4. 隈隩（wēi ào）：山崖曲折处。5. 旋：忽然。6. 攒（cuán）：聚集。7."樵客"二句：化用陶渊明《桃花源记》文意："(桃源中居人)自云先世避秦时乱，率妻子邑人，来此绝境，不复出焉，遂与外人间隔。问今是何世，乃不知有汉，无论魏晋。" 8. 武陵：郡名，治所在今湖南常德西。9. 物外:世外。10. 栊（lóng）:窗户。11. 俗客：指武陵渔人。

平明闾巷扫花开[12]，
薄暮渔樵乘水入。
初因避地去人间[13]，
及至成仙遂不还。
峡里谁知有人事，
世中遥望空云山。
不疑灵境难闻见[14]，
尘心未尽思乡县[15]。
出洞无论隔山水，
辞家终拟长游衍[16]。
自谓经过旧不迷，
安知峰壑今来变[17]。
当时只记入山深，
青溪几度到云林。
春来遍是桃花水[18]，
不辨仙源何处寻。

12. 平明：天刚亮。闾巷：指桃源中的街巷。13. 避地：指避秦时战乱。去：离开。14. 灵境：仙境。15. 尘心：凡俗的心。乡县：指武陵人的家乡。16. 游衍：游玩。17. 壑（hè）：山谷。18. 桃花水：每年春季桃花开时，雨水很多，称为桃花水。

洛阳女儿行

洛阳女儿对门居，
才可容颜十五余[1]。
良人玉勒乘骢马[2]，
侍女金盘脍鲤鱼[3]。
画阁朱楼尽相望，
红桃绿柳垂檐向。

注释　1. 才可：刚刚，恰好。2. 玉勒：美玉装饰的马嚼子。骢马：青白相间的马，此处泛指宝马。3. 脍（kuài）：细切的肉。

罗帏送上七香车[4],
宝扇迎归九华帐[5]。
狂夫富贵在青春,
意气骄奢剧季伦[6]。
自怜碧玉亲教舞[7],
不惜珊瑚持与人。
春窗曙灭九微火[8],
九微片片飞花琐[9]。
戏罢曾无理曲时[10],
妆成只是薰香坐。
城中相识尽繁华,
日夜经过赵李家[11]。
谁怜越女颜如玉,
贫贱江头自浣纱。

注释 4.七香车：用多种香料涂饰或用多种香木制作的车。5.九华帐：美丽鲜艳的罗帐。6.季伦：晋朝富商石崇，字季伦。7.碧玉：梁汝南王侍妾名，此指洛阳女儿。8.九微：灯名。9.片片：指灯花。花琐：指雕花的连环形窗格。10.理曲：练习歌曲。理，演奏。11.赵李：指汉成帝的皇后赵飞燕、婕妤李平的家。此泛指富贵之家。

送綦毋潜落第还乡[1]

圣代无隐者[2]，英灵尽来归[3]。
遂令东山客[4]，不得顾采薇[5]。
既至金门远[6]，孰云吾道非？
江淮度寒食[7]，京洛缝春衣[8]。
置酒长安道，同心与我违[9]。
行当浮桂棹[10]，未几拂荆扉[11]。
远树带行客，孤城当落晖。
吾谋适不用[12]，勿谓知音稀。

注释 1.綦毋潜：字孝通，王维好友。2.圣代：政治开明、社会安定的时代。3.英灵：有德行、有才干的人。4.东山客：东晋谢安曾隐居会稽东山，此借指綦毋潜。5.采薇：商末周初，伯夷、叔齐兄弟隐于首阳山，采薇而食，后指隐居生活。6.金门：金马门，汉代宫门名。汉代贤士等待皇帝召见的地方。7.寒食：古人以冬至后一百零五天为寒食节，断火三日。8.京洛：东京洛阳。9.同心：志同道合的朋友。违：分离。10.行当：将要。桂棹：桂木做的船桨。11.未几：不久。12.适：偶然。

辋川闲居赠裴秀才迪[1]

寒山转苍翠，秋水日潺湲[2]。
倚杖柴门外，临风听暮蝉。
渡头余落日，墟里上孤烟[3]。
复值接舆醉[4]，狂歌五柳前[5]。

注释 1.辋川：在今陕西蓝田西南。裴秀才迪：指裴迪，唐代诗人，曾与王维一起隐居终南山下。2.潺湲（chán yuán）：水流动的样子。3.墟：村落。4.值：遇到。接舆：春秋时楚国的隐士，曾"歌而过孔子"，孔子欲与之言，接舆"趋而辟之"（《论语·微子》）。这里指裴迪。5.五柳：陶渊明曾作《五柳先生传》以自况，此处为作者自指。

酬张少府[1]

晚年唯好静，万事不关心。
自顾无长策[2]，空知返旧林[3]。
松风吹解带[4]，山月照弹琴。
君问穷通理[5]，渔歌入浦深。

注释 1.少府：县尉一级的官员。2.自顾：自念，自视。长策：高见。3.空：徒。旧林：故居。4.吹解带：解开衣带让清风吹，表现一种闲散的状貌。5.穷通：穷困与显达，得意或失意。

送梓州李使君[1]

万壑树参天，千山响杜鹃[2]。
山中一夜雨，树杪百重泉[3]。
汉女输橦布[4]，巴人讼芋田[5]。
文翁翻教授[6]，不敢倚先贤[7]。

注释 1.梓州：治所在今四川三台。使君：对州刺史的尊称。2.杜鹃：鸟名，传说是古蜀帝杜宇的魂魄所化。3.树杪（miǎo）：树梢。4.汉女：指梓州的少数民族女女。输：缴纳。橦布：以橦花织成的布。橦，即木棉树。5."巴人"句：指蜀人常常为了芋田之事打官司。巴人，蜀人。讼，诉讼。芋田，种芋头的田地。6.文翁：汉景帝时的蜀郡太守，他在任期间，兴办学校，教化蜀人，改变蛮夷之风。翻教授：改变以前的风气而翻新教化。7.不敢：当为"敢不"之误倒。倚：依傍。先贤：指文翁。

过香积寺[1]

不知香积寺，数里入云峰。
古木无人径，深山何处钟。
泉声咽危石[2]，日色冷青松[3]。
薄暮空潭曲[4]，安禅制毒龙[5]。

注释 1. 香积寺：故址在今陕西长安南。2. 咽危石：泉水流经高险的岩石时，发出幽咽的声响。3. "日色"句：照在青松上的日光仿佛也有了寒意，形容松林之幽寂。4. 曲：迂回曲折，此指隐僻之处。5. 安禅：佛教的一种修习活动，静思凝虑，以达到禅悟境界。毒龙：佛家用语，比喻妄念烦恼。

山居秋暝[1]

空山新雨后，天气晚来秋。
明月松间照，清泉石上流。
竹喧归浣女[2]，莲动下渔舟。
随意春芳歇，王孙自可留[3]。

注释 1. 暝：日落，天黑。2. 浣（huàn）女：浣纱的女子。3. "随意"二句：《楚辞·招隐士》："王孙游兮不归，春草生兮萋萋。……王孙兮归来，山中兮不可以久留。"这里反用其意。

终南别业[1]

中岁颇好道[2]，晚家南山陲[3]。
兴来每独往，胜事空自知。
行到水穷处，坐看云起时。
偶然值林叟[4]，谈笑无还期。

注释 1. 终南别业：即王维的辋川别业，在终南山下。别业，别墅。2. 中岁：中年。道：指佛理。3. 晚：近来。南山：即终南山。陲：边缘地带。4. 值：遇见。林叟：山林中的老者。

终南山

太乙近天都[1], 连山接海隅[2]。
白云回望合, 青霭入看无[3]。
分野中峰变[4], 阴晴众壑殊。
欲投人处宿, 隔水问樵夫。

注释 1. 太乙:终南山的主峰。天都:指都城长安,一说指天帝所居之处。2. 海隅(yú):海边。3. 霭(ǎi):云雾。4. 分野:古人将天上的二十八星宿与地上的区域对应起来,称为"分野"。此处形容以中峰太乙为标志,山南山北就属于不同的星宿分野了。

观 猎

风劲角弓鸣[1], 将军猎渭城[2]。
草枯鹰眼疾[3], 雪尽马蹄轻。
忽过新丰市[4], 还归细柳营[5]。
回看射雕处[6], 千里暮云平。

注释 1. 角弓:以兽角装饰的良弓。2. 渭城:即秦咸阳城,在今陕西咸阳东北。3. 疾:形容目光锐利。4. 新丰市:故址在今陕西临潼东北。5. 细柳营:汉将军周亚夫屯兵之处,在今陕西长安。此处泛指军营。6. 射雕:据《北齐书·斛律光传》载,斛律光在校猎时射中一只大雕,被称为"射雕手"。这里用来形容将军的善射。

汉江临泛[1]

楚塞三湘接[2], 荆门九派通[3]。
江流天地外, 山色有无中。
郡邑浮前浦[4], 波澜动远空。
襄阳好风日, 留醉与山翁[5]。

注释 1. 汉江:即汉水。发源于陕西宁强北,流经湖北,至汉口入长江。2. 楚塞:泛指汉水流域一带。三湘:湖南湘水的总称。3. 荆门:山名,在今湖北宜都西北。九派:指长江的九条支流。4. 郡邑:州郡所在的城市。这里指唐襄州治所襄阳。浦:水边。5. 山翁:指晋人山简,曾镇守襄阳,好饮酒,每饮必醉。

使至塞上[1]

单车欲问边[2],属国过居延[3]。
征蓬出汉塞[4],归雁入胡天。
大漠孤烟直,长河落日圆。
萧关逢候骑[5],都护在燕然[6]。

注释 1.使:出使。塞上:边塞。2.单车:形容出使的车仗简单,随从较少。问:慰问。3.属国:归顺汉朝但仍保留本国习俗的附属国。居延:汉末设县,在今甘肃张掖东北。4.征蓬:随风飞扬的蓬草。此处形容旅途漂泊。5.萧关:古关名,在今宁夏固原东南,是汉朝与匈奴对抗时的要塞。候骑:负责侦察的骑兵。6.都护:官名。唐代在边疆设都护府,最高军政长官称"都护",此处借指河西节度使崔希逸。燕然:山名,即今蒙古境内的杭爱山。这里用汉将窦宪大破匈奴,在燕然山刻石记功的典故,形容唐军打了胜仗。

送秘书晁监还日本国[1]

积水不可极[2],安知沧海东?
九州何处远,万里若乘空。
向国唯看日[3],归帆但信风。
鳌身映天黑[4],鱼眼射波红[5]。
乡树扶桑外[6],主人孤岛中。
别离方异域,音信若为通[7]!

注释 1.秘书晁监:指晁衡,日本人,原名阿倍仲麻吕。开元五年(717)随日本遣唐使来华,长期居留中国,官至秘书监。2.积水:指大海。极:到达。3."向国"句:只要看着日出处就是朝向日本国的方向。《新唐书·东夷传》:"日本使者自言国近日所出,以为名。"4.鳌(áo):传说中海里的大鱼或大鳖。5."鱼眼"句:形容鱼眼射出的光把海波都染红了。6.扶桑:古代神话传说中的树木名,后代指日本。7.若为:如何。

和贾舍人早朝大明宫之作

绛帻鸡人报晓筹[1],
尚衣方进翠云裘[2]。
九天阊阖开宫殿[3],

注释 1.绛帻:红色头巾。鸡人:天将亮时由头戴红巾的卫士在宫门外高喊,好像鸡鸣,以警百官。2.尚衣:专管皇帝衣服的尚衣局。翠云裘:绣着华丽图案的大衣。3.九天阊阖:宫殿大门像九重天门。

万国衣冠拜冕旒[4]。
日色才临仙掌动[5],
香烟欲傍衮龙浮[6]。
朝罢须裁五色诏[7],
佩声归到凤池头。

4.万国衣冠:文武百官和各国使节。冕旒:皇帝的帽子,代指皇帝。5.仙掌:仪仗队所举的宫扇。6.衮龙:绣有龙图案的皇帝的朝服。7.五色诏:用五色纸起草诏书。

春日与裴迪过新昌里访吕逸人不遇[1]

桃源一向绝风尘[2],
柳市南头访隐沦[3]。
到门不敢题凡鸟[4],
看竹何须问主人[5]。
城上青山如屋里,
东家流水入西邻。
闭户著书多岁月,
种松皆老作龙鳞[6]。

注释 1.新昌里:长安皇城东之第三街。2.桃源:借指吕逸人的隐居处。3.柳市:长安城的东市。隐沦:隐士。4.凡鸟:常用以讥刺俗人。《世说新语·简傲》载,吕安访嵇康不遇,康兄嵇喜出迎,吕安不入,于门上书"凤"(繁体"凤"字为"凡鸟")而去。5.看竹:用晋王徽之趁主人不在尽情赏竹的典故。6.龙鳞:指松树表皮斑驳。

积雨辋川庄作

积雨空林烟火迟[1],
蒸藜炊黍饷东菑[2]。
漠漠水田飞白鹭,
阴阴夏木啭黄鹂。
山中习静观朝槿[3],

注释 1.烟火迟:因久雨林野润湿,故烟火缓升。2.藜:指蔬菜。黍:指饭食。饷东菑:给在东边田里干活的人送饭。菑,本指已经开垦了一年的田,此处泛指田亩。3.习静:修养宁静之性。朝槿:即木槿,落叶灌木,花朝开暮落。

松下清斋折露葵[4]。
野老与人争席罢[5],
海鸥何事更相疑[6]。

4.清斋：素食。5.野老：作者自称。争席：表示和人相处很随便，无隔阂。此用《庄子·杂篇·寓言》中的典故。6.海鸥：《列子·黄帝篇》载，海上有人每日与鸥鸟游玩，后其父命他捉鸥鸟，鸥鸟从此盘旋不下，因为他有了机心。此处指淳朴而无机心。

息夫人[1]

莫以今时宠，能忘旧日恩。
看花满眼泪，不共楚王言。

注释　1.息夫人：春秋时息侯的夫人，楚文王闻息夫人美貌，便发兵灭息，将其据为己有。息夫人到楚宫后终日不语，楚王问其故，她说："吾一妇人而事二夫。纵弗能死，其又奚言！"息，春秋时姬姓小国，在今河南息县。

鹿　柴[1]

空山不见人[2]，但闻人语响。
返景入深林[3]，复照青苔上。

注释　1.鹿柴（zhài）：养鹿的栅栏，这里指王维辋川别业的一个景点，据说因放养獐鹿而得名。2.空山：空寂的山林。3.返景：傍晚的日光。

竹里馆[1]

独坐幽篁里[2]，弹琴复长啸[3]。
深林人不知，明月来相照。

注释　1.竹里馆：王维辋川别业二十景之一。2.幽篁（huáng）：幽深的竹林。3.长啸：撮口发出的长而清越的声音，类似于打口哨，是魏晋名士的一种抒情方式。

辛夷坞[1]

木末芙蓉花[2],山中发红萼[3]。
涧户寂无人[4],纷纷开且落。

注释　1. 辛夷坞(wù):辋川别业景点之一。辛夷,又名木兰,落叶乔木,花大,外紫内白。坞,周围高而中央凹陷的地方。2. 木末:树梢。芙蓉花:即木芙蓉,落叶小乔木,与辛夷相似,故此处用来借指。3. 红萼(è):红色的花苞。4. 涧户:山涧两崖相对如门户。

鸟鸣涧[1]

人闲桂花落[2],夜静春山空。
月出惊山鸟,时鸣春涧中。

注释　1. 涧:夹在两山间的水沟。2. 闲:寂静。桂花:即岩桂,又称木樨,丛生于岭岩之间。

山中送别

山中相送罢,日暮掩柴扉。
春草明年绿,王孙归不归[1]?

注释　1. 王孙:贵族的子孙,这里指送别的友人。

杂诗三首(选一)

君自故乡来,应知故乡事。
来日绮窗前[1],寒梅著花未[2]?

注释　1. 来日:来的时候。绮窗:雕有花纹的窗户。2. 著花:长出花蕾或花朵。

相　思

红豆生南国,春来发几枝?

愿君多采撷[1]，此物最相思。

注释　1. 采撷：采摘。

书　事

轻阴阁小雨[1]，深院昼慵开[2]。
坐看苍苔色[3]，欲上人衣来。

注释　1. 阁：同"搁"，停辍。2. 慵：懒。3. 坐看：眼看，正看。

山　中

荆溪白石出[1]，天寒红叶稀。
山路元无雨[2]，空翠湿人衣[3]。

注释　1. 荆溪：即长水，源出陕西蓝田西北，经长安入灞水。2. 元：原本。3. "空翠"句：形容山色苍翠欲滴。

田园乐七首（选一）

桃红复含宿雨[1]，柳绿更带朝烟。
花落家童未扫，莺啼山客犹眠。

注释　1. 宿雨：昨夜之雨。

少年行四首（选一）

新丰美酒斗十千[1]，
咸阳游侠多少年[2]。

注释　1. 新丰：地名，在今陕西临潼东北，以盛产美酒而闻名。斗十千：一斗酒价值十千文钱，形容酒之名贵。2. 咸阳：秦都城，故址在今陕西咸阳。这里泛指长安。

相逢意气为君饮,
系马高楼垂柳边。

九月九日忆山东兄弟[1]

独在异乡为异客,
每逢佳节倍思亲。
遥知兄弟登高处,
遍插茱萸少一人[2]。

注释　1.九月九日:即重阳节。山东:这里指华山以东。王维的故乡在蒲州(今山西永济),属华山以东。2."遥知"二句:古代重阳节有登高饮菊花酒、插茱萸等习俗。茱萸(zhū yú):一种落叶小乔木,有浓郁的香气。

送元二使安西[1]

渭城朝雨浥轻尘[2],
客舍青青柳色新。
劝君更尽一杯酒,
西出阳关无故人[3]。

注释　1.元二:名不详,排行第二,作者的友人。安西:唐安西都护府,治所在今新疆库车。2.渭城:汉代县名,治所在今陕西咸阳东北。浥(yì):沾湿。3.阳关:古关名,故址在今甘肃敦煌西南。

送沈子福之江东[1]

杨柳渡头行客稀,
罟师荡桨向临圻[2]。
唯有相思似春色,
江南江北送君归。

注释　1.沈子福:作者友人,生平不详。2.罟(gǔ)师:渔人,此指船夫。临圻:近岸之地,此指江东岸。

高 适

高适（700？—765），字达夫，郡望渤海蓨县（今河北景县）。天宝八年（749）有道科及第，历官封丘尉、淮南节度使、太子少詹事、剑南西川节度使等职。官终左散骑常侍，封渤海县侯。高适擅写边塞军旅生活，骨力遒劲，气势奔放，与岑参并为盛唐边塞诗派之代表作家。有《高常侍集》。

燕歌行[1]

汉家烟尘在东北[2]，
汉将辞家破残贼[3]。
男儿本自重横行[4]，
天子非常赐颜色[5]。
摐金伐鼓下榆关[6]，
旌旆逶迤碣石间[7]。
校尉羽书飞瀚海[8]，
单于猎火照狼山[9]。
山川萧条极边土，
胡骑凭陵杂风雨[10]。
战士军前半死生，
美人帐下犹歌舞。
大漠穷秋塞草腓[11]，
孤城落日斗兵稀。
身当恩遇恒轻敌，
力尽关山未解围。
铁衣远戍辛勤久[12]，
玉箸应啼别离后[13]。

注释 1.燕歌行：乐府《相和歌辞·平调曲》旧题。2.汉家：借汉指唐。烟尘：烽烟和尘土，指军事行动。东北：今辽宁和内蒙古南部，唐时为奚、契丹族聚居地。3.残贼：凶残的敌人。4.横行：纵横驰骋，一往无前。5.赐颜色：给好脸色看。此指礼遇、器重。6.摐（chuāng）金：敲击金属乐器。伐鼓：击鼓。榆关：即山海关。7.旌旆：军中各类旗帜。逶迤：宛曲而连绵。碣石：山名，在今河北昌黎北。8.校尉：武职名，位次于将军。羽书：插有鸟羽的紧急军事文书。瀚海：沙漠。9.单于（chányú）：匈奴君长的称号，此处泛指敌方首领。猎火：打猎时升起的火。古代游牧民族在作战以前，往往举行大规模的校猎，以为军事演习。狼山：即狼居胥山，在今内蒙古西北部。这里泛指交战之地。10.凭陵：仗势欺凌侵犯。杂风雨：形容敌军凶猛如风雨交加。11.腓（féi）：草木枯萎变黄。12.铁衣：铁甲战衣，此处指代远戍边塞的士兵。13.玉箸：玉质的筷子，这里指思妇的眼泪。

少妇城南欲断肠,
征人蓟北空回首[14]。
边庭飘飖那可度[15],
绝域苍茫更何有!
杀气三时作阵云[16],
寒声一夜传刁斗[17]。
相看白刃血纷纷,
死节从来岂顾勋[18]?
君不见沙场征战苦,
至今犹忆李将军[19]。

14. 蓟(jì)北:唐蓟州(今天津蓟县)以北地区,泛指东北边地。15. 飘飖:随风飘荡貌。16. 三时:指晨、午、晚,即一整天。17. 刁斗:军中金属用具,夜间打更,日间煮饭。18. 死节:指为国捐躯。节,气节,节操。19. 李将军:指汉将李广,骁勇善战,体恤士卒。此处感古思今,意谓当时没有像李广那样的边将。一说指战国时赵国名将李牧。

人日寄杜二拾遗[1]

人日题诗寄草堂[2],
遥怜故人思故乡。
柳条弄色不忍见,
梅花满枝空断肠。
身在远藩无所预[3],
心怀百忧复千虑。
今年人日空相忆,
明年人日知何处?
一卧东山三十春[4],
岂知书剑老风尘!
龙钟还忝二千石[5],
愧尔东西南北人[6]。

注释 1. 人日:正月初七。杜二拾遗:即杜甫,曾官左拾遗。2. 草堂:杜甫当时的居处,在今成都西郊通宪门外浣花溪边。3. 远藩:指蜀中。预:参与朝政。4. 东山:指不问世事的隐居之处,典出《晋书·谢安传》。5. 龙钟:行进不前的样子,此指老态。二千石:汉代郡守的俸禄。作者时为蜀州刺史,与汉郡守同。6. 东西南北人:典出《礼记·檀弓》:"今丘也,东西南北之人也。"杜甫《谒文公上方》诗亦云:"甫也南北人。"此处高适用以称杜甫。

封丘作[1]

我本渔樵孟诸野[2],
一生自是悠悠者[3]。
乍可狂歌草泽中[4],
宁堪作吏风尘下[5]!
只言小邑无所为,
公门百事皆有期[6]。
拜迎官长心欲碎,
鞭挞黎庶令人悲[7]。
归来向家问妻子,
举家尽笑今如此。
生事应须南亩田[8],
世情付与东流水。
梦想旧山安在哉,
为衔君命且迟回[9]。
乃知梅福徒为尔[10],
转忆陶潜归去来[11]。

注释 1. 封丘:古县名,治所在今河南封丘。2. 孟诸:古泽名,在今河南商丘东北。高适出仕前曾居于此。野:乡野之人。3. 悠悠者:闲散自在、无拘无束的人。4. 乍可:只可。草泽:指民间。5. 宁堪:怎能忍受。风尘:污浊纷扰的社会环境。6. 期:期限,日程。7. 黎庶:平民百姓。8. 生事:生计。南亩:泛指田地。9. 衔君命:奉君之命。迟回:犹豫,徘徊。10. 梅福:西汉末年人,曾任南昌尉,后弃官归家,隐居读书。王莽时抛弃家室,变姓名为吴市门卒。徒为:徒劳。11. 陶潜归去来:陶潜曾为彭泽令,郡督邮将至,例应束带谒见,叹曰:"我岂能为五斗米,折腰向乡里小儿!"遂辞官归隐,作《归去来兮辞》以寄意。

别韦参军[1]

二十解书剑[2],
西游长安城。
举头望君门,
屈指取公卿[3]。

注释 1. 参军:州郡佐吏。2. 解:懂得,领会。3. 屈指:计算时日。

国风冲融迈三五[4],
朝廷欢乐弥寰宇。
白璧皆言赐近臣,
布衣不得干明主[5]。
归来洛阳无负郭[6],
东过梁宋非吾土[7]。
兔苑为农岁不登[8],
雁池垂钓心长苦[9]。
世人遇我同众人,
唯君于我最相亲。
且喜百年有交态[10],
未尝一日辞家贫。
弹棋击筑白日晚[11],
纵酒高歌杨柳春。
欢娱未尽分散去,
使我惆怅惊心神。
丈夫不作儿女别,
临歧涕泪沾衣巾。

4. 国风：国家的风教。冲融：深广的样子。迈：超越。三五：指三皇五帝。5. 干：干谒。6. 负郭：近城的田，最为肥美。7. 梁宋：指唐宋州宋城县。8. 兔苑：又称梁苑、梁园，西汉梁孝王刘武所建，故址在今河南开封东南。岁不登：收成不好。9. 雁池：兔苑中的一个水池。10. 交态：交情。11. 弹棋：古代两人对局的一种博戏。筑：状如筝的乐器，十三弦，以竹击。

别董大二首[1]（选一）

千里黄云白日曛[2],
北风吹雁雪纷纷。
莫愁前路无知己,
天下谁人不识君。

注释　1. 董大：名令望，事迹不可考。2. 曛（xūn）：日暮。

营州歌[1]

营州少年厌原野[2],
狐裘蒙茸猎城下[3]。
羖酒千钟不醉人[4],
胡儿十岁能骑马。

注释 1. 营州：治所在今辽宁朝阳，唐代为东北重镇。2. 厌：满足，这里指"习惯于"。3. 蒙茸：纷乱的样子。4. 羖酒：指当地少数民族酿造的酒。

塞上闻笛

胡人吹笛戍楼间[1],
楼上萧条海月闲。
借问落梅凡几曲[2],
从风一夜满关山。

注释 1. 戍楼：边塞有兵士驻防以警戒敌人的高楼。2. 落梅：指笛曲《梅花落》。

除夜作[1]

旅馆寒灯独不眠,
客心何事转凄然?
故乡今夜思千里,
霜鬓明朝又一年。

注释 1. 除夜：除夕之夜。

李 白

李白（701—762），字太白，号青莲居士。祖籍陇西成纪（今甘肃秦安），出生于碎叶（今吉尔吉斯斯坦境内）。幼随家迁居绵州昌隆（今四川江油）。天宝初奉诏入京，供奉翰林，不久被赐金放还。安史乱中，入永王李璘幕府，璘败受累，流放夜郎，途中遇赦。病卒于当涂（今属安徽）。李白与杜甫并称"李杜"。其诗善于借助瑰丽的想象、大胆的夸张表现对现实的抨击和对理想的追求，风格雄健奔放，语言清新自然，充分体现出唐代诗歌气势充盈的特点。有《李太白集》。

古风（选五）

大雅久不作[1]，吾衰竟谁陈[2]？
王风委蔓草[3]，战国多荆榛[4]。
龙虎相啖食[5]，兵戈逮狂秦[6]。
正声何微茫[7]，哀怨起骚人[8]。
扬马激颓波[9]，开流荡无垠。
废兴虽万变，宪章亦已沦[10]。
自从建安来[11]，绮丽不足珍[12]。
圣代复元古[13]，垂衣贵清真[14]。
群才属休明[15]，乘运共跃鳞。
文质相炳焕[16]，众星罗秋旻[17]。
我志在删述[18]，垂辉映千春。
希圣如有立[19]，绝笔于获麟[20]。

注释 1. 大雅：《诗经》的一部分。2."吾衰"句：意谓孔子已衰老，还有谁能编集《大雅》这样的诗歌来向天子陈述？相传古代天子命太师搜集诗歌献上，以观民风。《论语·述而》中孔子有"甚矣吾衰矣"的感叹。3. 王风：《诗经》十五国风之一。委蔓草：丢弃在草丛中。4. 荆榛：丛杂的树木。此处形容战国时代诗坛的荒芜。5. 龙虎：指战国七雄。相啖（dàn）食：相互吞并。6. 兵戈：指战争。逮：到。7. 正声：以《诗经》为代表的平和雅正的诗歌。微茫：衰微。8. 骚人：指屈原、宋玉等楚国诗人。9. 扬马：指西汉辞赋家扬雄、司马相如。10. 宪章：此处指诗歌的法度。11. 建安：东汉末献帝的年号（196—220）。其时以曹操父子和建安七子为代表诗人的诗歌内容充实，格调刚健，后世称之为"建安风骨"。12. 绮丽：华美，这里指建安以后的浮艳文风。13. 圣代：指唐代。14. 垂衣：化用《易·系辞下》"黄帝、尧、舜垂衣裳而天下治"之语，赞颂唐代政治清明。清真：朴素纯真。15. 属：恰逢，正值。休明：指政治清明。16. 文质：指文学作品的形式和内容。炳焕：照耀，明亮。17. 秋旻（mín）：秋天的天空。18. 删述：相传孔子曾删定《诗经》。19. 希圣：指追慕孔子。有立：有所成就。20."绝笔"句：鲁哀公十四年（前481），鲁国人打猎获麟，孔子认为麒麟被捕获，象征着自己的政治理想不能实现，哀叹道："吾道穷矣！"遂搁笔不再著述。

秦王扫六合[1]，虎视何雄哉！
挥剑决浮云，诸侯尽西来。
明断自天启[2]，大略驾群才。
收兵铸金人[3]，函谷正东开[4]。
铭功会稽岭，骋望琅琊台[5]。
刑徒七十万，起土骊山隈[6]。
尚采不死药[7]，茫然使心哀。
连弩射海鱼[8]，长鲸正崔嵬。
额鼻象五岳，扬波喷云雷。
鬐鬣蔽青天[9]，何由睹蓬莱。
徐市载秦女，楼船几时回？
但见三泉下[10]，金棺葬寒灰。

注释 1. 六合：上下和四方，泛指天下。2. 明断：英明果断。天启：天生，天授。3. "收兵"句：秦始皇收尽天下兵器，铸成金人。4. "函谷"句：由于天下统一，函谷关也可以向东开放了。5. "铭功"二句：指秦始皇统一中国后，曾东登琅琊台，南游会稽山，并在这二处树石立碑，歌颂秦王朝的功德。会稽岭：在今浙江绍兴。骋望：纵目远望。琅琊台：在今山东诸城东南琅琊山。6. "刑徒"二句：指秦始皇发动刑徒七十多万建阿房宫和骊山墓事。7. "尚采"句：指秦始皇遣徐市（fú）带数千童男童女出海求仙访药。8. "连弩"句：徐市诈称求药不得，是海中大鱼之故，于是秦始皇派人连续发射强弩射鱼。9. 鬐鬣（qí liè）：鱼的脊鳍。10. 三泉下：三重泉水下，指很深的地下。

燕昭延郭隗[1]，遂筑黄金台[2]。
剧辛方赵至[3]，邹衍复齐来[4]。
奈何青云士[5]，弃我如尘埃。
珠玉买歌笑，糟糠养贤才。
方知黄鹄举[6]，千里独徘徊。

注释 1. 燕昭：即燕昭王。延：聘请。郭隗（wěi），战国时燕国人，有名的贤士。2. 黄金台：故址在今河北易县东南。相传燕昭王筑高台，置千金于台上，延请天下有才能的人。3. 剧辛：战国时燕将，原为赵国人，燕昭王招纳天下贤士时，由赵入燕。4. 邹衍：战国时著名的哲学家，齐国人。5. 青云士：指身居高位的人，即当权者。6. 黄鹄举：相传春秋时鲁国人田饶因鲁哀公昏庸不明，自比为黄鹄，用"黄鹄举矣"表示要离开鲁国。举，高飞。

唐·李白

西岳莲花山[1]，迢迢见明星[2]。
素手把芙蓉，虚步蹑太清[3]。
霓裳曳广带，飘拂升天行。
邀我登云台[4]，高揖卫叔卿[5]。
恍恍与之去，驾鸿凌紫冥[6]。
俯视洛阳川，茫茫走胡兵[7]。
流血涂野草，豺狼尽冠缨[8]。

注释 1.莲花山：即莲花峰，西岳华山的最高峰。2.明星：传说中华山上的神仙。3.虚步：凌空而行。太清：天空。4.云台：华山东北的高峰。5.卫叔卿：汉武帝时的仙人。6.紫冥：紫色的高空。7.胡兵：指安禄山的叛军。8."豺狼"句：形容安禄山建立伪政权后大封逆臣的情景。豺狼，指叛党和从逆的人。冠缨，做官者的代称。

大车扬飞尘，亭午暗阡陌[1]。
中贵多黄金[2]，连云开甲宅[3]。
路逢斗鸡者[4]，冠盖何辉赫[5]！
鼻息干虹霓[6]，行人皆怵惕[7]。
世无洗耳翁[8]，谁知尧与跖[9]？

注释 1.亭午：正午。阡陌：田间小路，这里泛指大路。2.中贵：中贵人，指宦官中有权有势者。3.甲宅：甲等住宅，豪宅。4.斗鸡：玄宗时，民间斗鸡之风尤盛。5.冠盖：指斗鸡者的衣帽和车盖。辉赫：光彩照人的样子。6.干：上冲。虹霓：云霞。7.怵惕：恐惧。8.洗耳翁：指尧时的隐士许由。尧欲召许由为九州长，许由认为这话玷污了他，便在清净的颍水中洗耳。9.尧：传说中上古贤君。跖（zhí）：传说中春秋时奴隶起义的领袖，古时一直被作为盗寇的象征。

远别离

远别离，古有皇英之二女[1]，乃在洞庭之南[2]，潇湘之浦[3]。海水直下万里深，谁人不言此离苦？日惨惨兮云冥冥[4]，猩猩啼烟兮鬼啸雨[5]。我纵言之将何补？皇穹窃恐不照余之忠诚[6]，雷凭凭兮欲吼怒[7]。尧舜当之亦禅禹[8]，君失臣兮龙为鱼，权归臣兮鼠变虎。或言尧幽囚[9]，舜野死[10]，九疑联绵皆相似[11]，重瞳孤坟竟何是[12]？帝子泣兮绿云间[13]，随风波兮去无还。恸哭兮远望，见苍梧之深山。苍梧山崩湘水绝，竹上之泪乃可灭[14]。

注释　1. 皇英：指娥皇和女英，舜的两位妃子。相传舜南巡，死于苍梧（今湖南宁远）之野，二妃悲而投湘水殉情。2. 洞庭：湖名，在今湖南北部。3. 潇湘：潇水和湘水，在湖南零陵合流称潇湘，北入洞庭湖。4. 惨惨：昏暗貌。冥冥：阴沉貌。5. 啼烟、啸雨：在烟雨中啼啸。6. 皇穹：皇天。这里借指唐玄宗。7. 凭凭：盛大貌，形容雷声轰响。8. "尧舜"句：是"尧当之亦禅舜，舜当之亦禅禹"的省略形式。当之，指遇到失权的情况。禅，禅让，让出帝位。9. 尧幽囚：据《竹书纪年》："昔尧德衰，为舜所囚也。"10. 舜野死：据说舜出征南方有苗，死于苍梧之野。11. 九疑：即九疑山，又名苍梧山，在今湖南宁远南。相传舜死后葬于此。12. 重瞳：指舜。传说舜的眼睛各有两个瞳孔。13. 帝子：指娥皇、女英二妃，她们是帝尧的女儿。绿云：指竹林。14. 竹上之泪：洞庭湖边产一种斑竹，传说是二妃的泪痕所染，又称"湘妃竹"。

蜀道难

噫吁嚱，危乎高哉[1]！蜀道之难，难于上青天！蚕丛及鱼凫[2]，开国何茫然[3]。尔来四万八千岁，不与秦塞通人烟[4]。西当太白有鸟道[5]，可以横绝峨眉巅[6]。地崩山摧壮士死，然后天梯石栈相钩连[7]。上有

注释　1. 噫吁嚱（yī xū xī）：惊叹词，为古蜀地方言。2. 蚕丛、鱼凫：传说中古蜀国的两个开国君主。3. 茫然：邈远不清貌。4. 秦塞：即秦地，今陕西西安一带。5. 太白：山名，为秦岭主峰。鸟道：仅容鸟飞的通道。6. 横绝：横度，跨越。峨眉：山名，在今四川。巅：通"巅"，山顶。7. "地崩"二句：据《华阳国志·蜀志》载，秦惠王许嫁五美人于蜀王，蜀派五丁迎接。至梓潼，见一大蛇入穴中，五力士共掣蛇尾，山崩，压杀五人及秦五女，山也分为五岭。从此秦蜀间才开始往来。

六龙回日之高标[8]，下有冲波逆折之回川。黄鹤之飞尚不得过[9]，猿猱欲度愁攀援[10]。青泥何盘盘[11]，百步九折萦岩峦[12]。扪参历井仰胁息[13]，以手抚膺坐长叹[14]。问君西游何时还，畏途巉岩不可攀[15]。但见悲鸟号古木，雄飞雌从绕林间。又闻子规啼夜月[16]，愁空山。蜀道之难，难于上青天，使人听此凋朱颜[17]。连峰去天不盈尺，枯松倒挂倚绝壁。飞湍瀑流争喧豗[18]，砯崖转石万壑雷[19]。其险也如此，嗟尔远道之人胡为乎来哉！剑阁峥嵘而崔嵬[20]，一夫当关，万夫莫开。所守或匪亲，化为狼与豺[21]。朝避猛虎，夕避长蛇[22]。磨牙吮血，杀人如麻。锦城虽云乐[23]，不如早还家。蜀道之难，难于上青天，侧身西望长咨嗟[24]！

8. 六龙回日：传说羲和驾着六龙所拉的车子，载着太阳在空中运行。此处形容山势险峻，连羲和都得为之回车。高标：指山的最高峰。9. 黄鹤：即黄鹄，一种善飞的大鸟。10. 猱（náo）：一种善于攀援的猿类。11. 青泥：岭名，在今陕西略阳西北。盘盘：盘旋曲折貌。12. "百步"句：形容山路曲折盘旋，转弯极多，环绕着山岩峰峦。13. 扪：摸。参（shēn）、井：两星宿名。胁息：屏住气不敢呼吸。14. 膺：胸口。15. 巉（chán）岩：高而险的山岩。16. 子规：鸟名，即杜鹃，相传为古蜀望帝死后魂魄所化，啼声哀怨动人。17. 凋朱颜：红润的容颜为之憔悴。18. 喧豗（huī）：喧闹声。19. 砯（pīng）：流水击岩石声，此处是撞击之意。20. 剑阁：在今四川剑阁北，是秦蜀间的交通要道。21. "一夫当关"四句：语本晋张载《剑阁铭》："一夫荷戟，万夫趑趄。形胜之地，匪亲勿居。"意谓剑阁形势险要，若非亲信防守，一旦叛变，将会发生像豺狼吃人那样的祸患。22. 猛虎、长蛇：喻指据险叛乱者。23. 锦城：即锦官城，故址在今四川成都南。三国蜀汉时管理织锦之官驻此。24. 咨嗟：叹息。

梁甫吟[1]

长啸梁甫吟，何时见阳春[2]？君不见朝歌屠叟辞棘津，八十西来

注释　1. 梁甫吟：乐府"相和歌辞"楚调曲名，声调悲凉，多抒发愤懑之情。2. 阳春：喻指圣明之世。

钓渭滨[3]。宁羞白发照清水,逢时吐气思经纶[4]。广张三千六百钓[5],风期暗与文王亲[6]。大贤虎变愚不测[7],当年颇似寻常人。君不见高阳酒徒起草中[8],长揖山东隆准公[9]。入门不拜骋雄辩,两女辍洗来趋风[10]。东下齐城七十二[11],指挥楚汉如旋蓬[12]。狂客落魄尚如此[13],何况壮士当群雄[14]。我欲攀龙见明主,雷公砰訇震天鼓[15],帝旁投壶多玉女[16]。三时大笑开电光[17],倏烁晦冥起风雨[18]。阊阖九门不可通[19],以额扣关阍者怒[20]。白日不照吾精诚[21],杞国无事忧天倾[22]。猰貐磨牙竞人肉[23],驺虞不折生草茎[24]。手接飞猱搏雕虎[25],侧足焦原未言苦[26]。智者可卷愚

3. "君不见"二句:指西周姜太公吕尚垂钓渭水事。朝歌,殷商的都城,故址在今河南淇县东北。屠叟,宰杀牲口的老人,传说吕尚曾在朝歌宰牛。棘津,古地名,相传吕尚曾在此卖食。渭滨:渭水之滨。相传吕尚曾在渭水边的磻溪(位于今陕西宝鸡东南)垂钓,后被周文王重用。4. 经纶:治国安邦之术。5. 三千六百钓:吕尚在渭水边垂钓十年(三千六百日)才遇到文王。6. 风期:风度抱负。7. 虎变:老虎秋后换毛,文采焕然一新。这里比喻在政治上得势。8. 高阳酒徒:指汉初的郦食其,高阳(今河南杞县西)人。他去见刘邦时自称"高阳酒徒"。9. 山东隆准公:指汉高祖刘邦。山东,这里指刘邦的家乡沛县。隆,高。准,鼻子。《史记·高祖本纪》载:"高祖为人隆准而龙颜。" 10. "入门"二句:据《史记·郦生陆贾列传》载,郦食其谒见刘邦时,两个侍女正在给他洗脚,刘邦态度傲慢。郦食其长揖不拜,并以雄辩使刘邦立即停止洗脚,以礼相待。趋风:急走,形容忙着接待。11. "东下"句:指郦食其游说齐王田广,不费一兵一卒使七十二城归降刘邦事。12. 旋蓬:随风旋飞的蓬草,这里形容轻而易举。13. 狂客:指郦食其。14. 壮士:李白自指。15. 砰訇(hōng):雷鸣声。16. 帝:天帝,此指玄宗。投壶:古代宴饮时的一种游戏。玉女:仙女,这里喻指皇帝宠幸的小人。17. 三时:指早、中、晚三时。18. 倏烁:电光闪动的样子。晦冥:昏暗。19. 阊阖(chāng hé):传说中的天门。九门:传说中的九道天门。20. 扣关:叩门。阍者:看守天门的人。21. 白日:太阳。精诚:忠心,赤诚。22. "杞国"句:《列子·天瑞》载,杞国有个人,担心天塌下来,愁得吃不下饭、睡不着觉。23. 猰貐(yà yǔ):古代传说中一种吃人的猛兽。24. 驺(zōu)虞:传说中一种带黑纹的白虎,性慈,不伤人畜,不在草上践路。25. 飞猱:攀缘敏捷的猿类。雕虎:毛色斑斓的猛虎。26. 焦原:传说春秋时莒国(今山东莒县一带)的焦原山上,有一宽五十步的焦原石,下临百丈深渊,十分危险。

者豪[27]，世人见我轻鸿毛。力排南山三壮士[28]，齐相杀之费二桃[29]。吴楚弄兵无剧孟[30]，亚夫咍尔为徒劳[31]。梁甫吟，声正悲。张公两龙剑，神物合有时[32]。风云感会起屠钓[33]，大人峴屼当安之[34]。

27. 卷：曲，指政治上遭到挫折时深藏不出。豪：骄横跋扈。28. 三壮士：指春秋时齐景公手下的三个勇士，即公孙接、田开疆、古冶子。29. "齐相"句：据《晏子春秋·内篇谏下》载，三壮士得罪了齐相晏婴，晏婴便以齐景公的名义送去两个桃子，让他们功大者食用，三人引起纷争，最终二桃杀三士。30. 吴楚：指汉景帝时吴、楚等七国诸侯王起兵叛乱。剧孟：西汉侠士，洛阳人。31. 亚夫：即周亚夫，汉景帝时名将。据《史记·游侠列传》载，汉景帝派周亚夫平定七国之乱，周亚夫到河南见到剧孟，喜曰："吴楚举大事而不求孟，吾知其无能为已矣。"咍（hāi）：嘲笑。32. 张公：指西晋张华。两龙剑：据《晋书·张华传》载，西晋雷焕掘地得宝剑龙泉与太阿，赠一剑于张华。后张华被杀，其剑失落。雷焕之子佩另一剑经过延平津（今福建南平东），腰间的剑忽然跃入水中，与早在水中的张剑会合，并化为两条龙。33. 风云感会：形容君臣遇合，成就大业的际遇。34. 峴屼（niè wù）：不安的样子。

乌栖曲[1]

姑苏台上乌栖时[2]，
吴王宫里醉西施。
吴歌楚舞欢未毕，
青山欲衔半边日。
银箭金壶漏水多[3]，
起看秋月坠江波。
东方渐高奈乐何[4]！

注释 1. 乌栖曲：乐府《清商曲辞·西曲歌》旧题。2. 姑苏台：旧址在今苏州西南姑苏山上。相传吴王夫差耗大量人力财力，三年建成。3. 银箭金壶：指宫中计时的铜壶滴漏。4. 东方渐高：东方渐渐泛出了白色。

将进酒[1]

君不见黄河之水天上来[2],奔流到海不复回!君不见高堂明镜悲白发,朝如青丝暮成雪!人生得意须尽欢,莫使金樽空对月。天生我材必有用,千金散尽还复来。烹羊宰牛且为乐,会须一饮三百杯[3]。岑夫子[4],丹丘生[5],将进酒,君莫停。与君歌一曲,请君为我侧耳听。钟鼓馔玉不足贵[6],但愿长醉不愿醒。古来圣贤皆寂寞,惟有饮者留其名。陈王昔时宴平乐,斗酒十千恣欢谑[7]。主人何为言少钱,径须沽取对君酌[8]。五花马[9],千金裘[10],呼儿将出换美酒[11],与尔同销万古愁。

注释 1.将(qiāng)进酒:请饮酒之意。《将进酒》为乐府《鼓吹曲辞·汉铙歌》旧题。2.天上来:黄河发源于青海中部的巴颜喀拉山北麓,地势极高,如自天上而来。3.会须:应该。一饮三百杯:相传东汉郑玄饮三百余杯酒仍不醉。4.岑夫子:名岑勋,南阳人,李白友人。5.丹丘生:即元丹丘,李白的好友。6.钟鼓馔玉:代指荣华富贵。钟鼓,富贵人家的音乐。馔玉,形容食物精美。7."陈王"二句:用曹植《名都篇》"归来宴平乐,美酒斗十千"诗意。陈王,指曹植。平乐:宫观名。恣欢谑:尽情地寻欢作乐。8.径须:直须,只管。沽取:买取。9.五花马:毛呈现五色花纹的名贵之马。一说马鬣修剪成五瓣花形的马。10.千金裘:指名贵的裘衣。11.将出:拿出。

行路难三首(选二)

金樽清酒斗十千[1],玉盘珍羞直万钱[2]。停杯投箸不能食,拔剑四顾心茫然[3]。欲渡黄河冰塞川,将登太行雪满山[4]。闲来垂钓碧溪

注释 1.斗十千:形容酒美价贵。2.珍羞:珍贵的菜肴。羞,同"馐"。3."停杯"二句:化用鲍照《拟行路难》"对案不能食,拔剑击柱长叹息"诗意。箸,筷子。4.太行:山名,绵延于山西高原与河北平原之间。

唐·李白

上，忽复乘舟梦日边⁵。行路难，行路难！多歧路，今安在？长风破浪会有时⁶，直挂云帆济沧海⁷。

5. "闲来"二句：形容人生际遇变幻莫测，有些人的功业成就是出于偶然。传说姜尚未遇周文王时，曾在磻溪（今陕西宝鸡东南）垂钓；伊尹见汤以前，曾梦到乘舟过日月之边。6. "长风"句：形容远大的抱负有机会得以实现。《南史·宗悫传》："悫年少时，炳（悫叔父）问其志，悫曰：'愿乘长风，破万里浪。'" 7. 云帆：高耸入云的船帆。

大道如青天，我独不得出。羞逐长安社中儿¹，赤鸡白狗赌梨栗。弹剑作歌奏苦声²，曳裾王门不称情³。淮阴市井笑韩信⁴，汉朝公卿忌贾生⁵。君不见昔时燕家重郭隗⁶，拥篲折节无嫌猜⁷。剧辛乐毅感恩分⁸，输肝剖胆效英才⁹。昭王白骨萦烂草，谁人更扫黄金台¹⁰？行路难，归去来！

注释 1. 逐：追随。社：旧制二十五家为一社，这里指民间聚集娱乐的场所。2. 弹剑作歌：孟尝君门下食客冯谖因得不到重用，时常弹剑作歌抒发不满之情。3. 曳裾王门：牵着衣服的前襟出入王侯之门，形容卑躬屈膝。不称情：不合意。4. "淮阴"句：韩信早年在淮阴市集上被一群恶少侮辱，让他从胯下爬过，遭人耻笑。5. "汉朝"句：指西汉贾谊因才高遭朝中大臣嫉恨，被贬为长沙王太傅。6. 郭隗（wěi）：战国时燕国人，受燕昭王礼遇。7. 拥篲（huì）：捧着笤帚。据《史记·孟子荀卿列传》载，邹衍来燕，燕昭王"拥篲先驱"，即拿着扫帚在前面清扫道路，表示恭敬。折节：曲躬表示尊敬。8. 剧辛乐毅：燕昭王延请的两位贤士，剧辛主持国政，下齐之计，辛功为多；乐毅成为燕国的著名将领，为燕国的强盛立下了赫赫战功。9. 输肝剖胆：形容竭尽全力。10. "昭王"二句：意谓燕昭王已死，不会再有礼贤下士的君主了。黄金台，相传燕昭王筑高台，置千金于其上，招揽贤士。

长相思¹

长相思，在长安。络纬秋啼金井阑²，微霜凄凄簟色寒³。孤灯不明思欲绝，卷帷望月空长叹。

注释 1. 长相思：乐府《杂曲歌辞》旧题，多写思妇之情。2. 络纬：昆虫名，也名莎鸡，俗称纺织娘。金井阑：精美华贵的井栏。3. 簟（diàn）色寒：谓竹席透着凉意。

美人如花隔云端,上有青冥之长天⁴,下有渌水之波澜⁵。天长路远魂飞苦,梦魂不到关山难。长相思,摧心肝⁶。

4. 青冥:形容天的高远。5. 渌水:清澈的水。
6. 摧:伤。

日出入行

日出东方隈¹,似从地底来。历天又入海,六龙所舍安在哉²!其始与终古不息³,人非元气⁴,安能与之久徘徊。草不谢荣于春风⁵,木不怨落于秋天。谁挥鞭策驱四运⁶,万物兴歇皆自然⁷。羲和,羲和,汝奚汩没于荒淫之波⁸?鲁阳何德,驻景挥戈⁹。逆道违天,矫诬实多。吾将囊括大块¹⁰,浩然与溟涬同科¹¹。

注释 1. 隈(wēi):山或水弯曲的地方。2. 六龙所舍:古代传说日乘车,以六龙驾之。舍,止息之处。3. 始:始终,指日出与日入。4. 元气:天地形成之前的混一之气。5. 荣:开花。6. 四运:指春、夏、秋、冬四时。7. 兴歇:生长与衰落。8. 汩没:沉沦。荒淫:形容水广阔浩淼。相传太阳没于虞渊之中。9. "鲁阳"二句:语本《淮南子·览冥训》:"鲁阳公与韩构难,战酣,日暮,援戈而挥之,日为之反三舍。"景,同"影"。10. 大块:大地。11. 溟涬(xīng):指混茫的元气。同科:同类。

北风行

烛龙栖寒门¹,光耀犹旦开。日月照之何不及此,唯有北风号怒天上来。燕山雪花大如席,片片吹落轩辕台²。幽州思妇十二

注释 1. 烛龙:神话中司冬夏及昼夜的神,住在极北太阳照不到的寒门。2. 轩辕台:相传为黄帝擒蚩尤之处。

月,停歌罢笑双蛾摧。倚门望行人,念君长城苦寒良可哀。别时提剑救边去,遗此虎纹金鞞靫³。中有一双白羽箭,蜘蛛结网生尘埃。箭空在,人今战死不复回。不忍见此物,焚之已成灰。黄河捧土尚可塞⁴,北风雨雪恨难裁。

3. 鞞靫（bǐng chá）：装剑的袋子。 4. 黄河捧土：典出《后汉书·朱浮传》："此犹河滨之人捧土以塞孟津,多见其不知量也。"

关山月¹

明月出天山,苍茫云海间。
长风几万里,吹度玉门关。
汉下白登道²,胡窥青海湾³。
由来征战地,不见有人还。
戍客望边色,思归多苦颜。
高楼当此夜⁴,叹息未应闲。

注释　1. 关山月：乐府《横吹曲辞》调名。 2. 下：出兵。白登道：汉高祖刘邦率兵征匈奴,曾被围白登山（今山西大同西）七天。 3. 胡：这里指吐蕃。 4. 高楼：指住在高楼中的戍客之妻。

杨叛儿¹

君歌杨叛儿,妾劝新丰酒²。
何许最关人,乌啼白门柳³。
乌啼隐杨花,君醉留妾家。
博山炉中沉香火⁴,双烟一气凌紫霞。

注释　1. 杨叛儿：本北齐时童谣,后来成为乐府诗题。 2. 新丰酒：代指美酒。古代新丰（今陕西临潼东北）是盛产美酒的地方。 3. 白门：南朝刘宋都城建康（今南京）城门。 4. 博山炉：炉盖作重叠山形的薰炉。沉香：一种名贵的香料。

长干行二首（选一）[1]

妾发初覆额[2]，折花门前剧[3]。
郎骑竹马来[4]，绕床弄青梅。
同居长干里，两小无嫌猜。
十四为君妇，羞颜未尝开。
低头向暗壁，千唤不一回。
十五始展眉[5]，愿同尘与灰。
常存抱柱信[6]，岂上望夫台[7]。
十六君远行，瞿塘滟滪堆[8]。
五月不可触[9]，猿声天上哀[10]。
门前迟行迹[11]，一一生绿苔。
苔深不能扫，落叶秋风早。
八月蝴蝶来，双飞西园草。
感此伤妾心，坐愁红颜老。
早晚下三巴[12]，预将书报家。
相迎不道远[13]，直至长风沙[14]。

注释 1. 长干行：乐府旧题，属《杂曲歌辞》。长干，古地名，在今江苏南京南。2. 初覆额：刚刚遮盖住额角，形容年纪尚小。3. 剧：游戏。4. 竹马：古代儿童玩耍时，常把竹竿骑在胯下当作马。5. 始展眉：开始舒展眉头，不再害羞。6. 抱柱信：据《庄子·盗跖》载，尾生与女子约于桥下相会，女子不来。水至，尾生不愿失信，抱梁柱而死。7. 望夫台：相传古代一女子，因思念离家已久的丈夫，日日上山眺望，最终化为一块石头。8. 瞿塘：长江三峡之一。滟滪堆：瞿塘峡口突起于江中的大礁石，是长江三峡的著名险滩。9. "五月"句：阴历五月，正值江水上涨，滟滪堆被水淹没，船只不易辨识，容易触碰。10. "猿声"句：三峡两岸山上多猿。古歌云："巴东三峡巫峡长，猿鸣三声泪沾裳。"11. 迟：等待。12. 早晚：何时。下三巴：从三巴顺流而下，由蜀返吴。三巴，巴郡、巴东、巴西的总称，这里泛指蜀中。13. 不道远：不辞远，不嫌远。14. 长风沙：在今安徽安庆长江边。

塞下曲六首（选一）

五月天山雪[1]，无花只有寒。
笛中闻折柳[2]，春色未曾看。
晓战随金鼓[3]，宵眠抱玉鞍。
愿将腰下剑，直为斩楼兰[4]。

注释 1. 天山：又名雪山或白山，在今新疆境内。2. 折柳：即《折杨柳》，为乐府鼓角横吹曲。3. 金鼓：即钲，古代行军时用的一种乐器。4. 斩楼兰：据《汉书·傅介子传》载，汉武帝时遣使通大宛，楼兰国王从中阻挠，后大将霍光派平乐监傅介子前往楼兰，用计斩其王。此处泛指击败侵扰西北边地的少数民族。楼兰，故址在今新疆鄯善东南。

玉阶怨 [1]

玉阶生白露,夜久侵罗袜[2]。
却下水晶帘[3],玲珑望秋月。

注释 1. 玉阶怨:属乐府《相和歌辞·楚调曲》。2. 侵:浸湿。3. 却下:放下。

宫中行乐词八首(选一)

小小生金屋[1],盈盈在紫微[2]。
山花插宝髻,石竹绣罗衣。
每出深宫里,常随步辇归[3]。
只愁歌舞散,化作彩云飞。

注释 1. 金屋:用汉武帝愿筑金屋藏阿娇的典故,这里指深宫。2. 紫微:天子所居处。3. 步辇:由宫人抬的代步工具,类似于轿子。

清平调词三首

云想衣裳花想容,
春风拂槛露华浓[1]。
若非群玉山头见[2],
会向瑶台月下逢[3]。

注释 1. 露华:露珠,露水。2. 群玉山:传说是西王母的居处。3. 瑶台:传说中群仙的居处。

一枝红艳露凝香,
云雨巫山枉断肠[1]。
借问汉宫谁得似,
可怜飞燕倚新妆[2]。

注释 1. 云雨巫山:宋玉《高唐赋》记楚怀王与巫山神女梦会之事,神女自言:"旦为朝云,暮为行雨。朝朝暮暮,阳台之下。" 2. 飞燕:即赵飞燕,汉成帝的皇后,以美貌著称。倚:凭借。

名花倾国两相欢[1],
长得君王带笑看。
解释春风无限恨[2],
沉香亭北倚阑干[3]。

注释　1. 名花：指牡丹。倾国：指杨贵妃。2. 解释：消除。3. 沉香亭：在兴庆宫龙池东，是当时唐玄宗和杨贵妃的赏花处。

丁督护歌[1]

云阳上征去[2],两岸饶商贾[3]。
吴牛喘月时[4],拖船一何苦[5]!
水浊不可饮,壶浆半成土[6]。
一唱督护歌,心摧泪如雨。
万人凿盘石[7],无由达江浒[8]。
君看石芒砀[9],掩泪悲千古。

注释　1. 丁督护歌：乐府《吴声歌曲》旧题。2. 云阳：今江苏丹阳。上征：逆水远行。3. 饶：众多。4. 吴牛喘月：形容天气炎热。据说吴牛怕热，看到月亮也以为是太阳，不住喘气。吴牛，即水牛。5. 拖船：指纤夫拉船。一何苦：何等辛苦。6. 壶浆：壶中的水。因天气炎热干旱，只能饮用泥水。7. 盘石：同"磐石"，大而厚重的石头。8. 江浒：江边。9. 芒砀（dàng）：形容巨石粗重难移。一说山名，在今江苏砀山，盛产文石。

静夜思

床前明月光,疑是地上霜[1]。
举头望明月,低头思故乡。

注释　1. 地上霜：形容月光皎洁，犹如霜落地上。

春　思

燕草如碧丝[1],秦桑低绿枝[2]。

注释　1. 燕草：燕地的春草，这里指征夫所在之地。2. 秦桑：秦地的桑树，指思妇所居之处。

当君怀归日[3]，是妾断肠时。
春风不相识，何事入罗帏[4]？

3. 怀归：想家。4. 罗帏：丝织的帘帐。

子夜吴歌[1]（选二）

秋 歌

长安一片月，万户捣衣声[2]。
秋风吹不尽，总是玉关情[3]。
何日平胡虏，良人罢远征[4]。

注释　1. 子夜吴歌：属吴声歌曲，多写男女间情事。2. 捣衣：古时裁衣前须先用杵捶打丝织品原料，使之松软，易于制衣。3. 玉关情：对远戍玉门关外的丈夫的思念之情。4. 良人：丈夫。

冬 歌

明朝驿使发[1]，一夜絮征袍[2]。
素手抽针冷，那堪把剪刀。
裁缝寄远道，几日到临洮[3]？

注释　1. 驿使：古代传递公文的人。2. 絮：动词，在衣服、被褥里铺垫棉花。3. 临洮：在今甘肃临潭西南，此泛指边地。

长相思

日色已尽花含烟[1]，月明如素愁不眠[2]。赵瑟初停凤凰柱[3]，蜀琴欲奏鸳鸯弦[4]。此曲有意无人传，愿随春风寄燕然[5]，忆君迢迢隔青天。昔日横波目[6]，今成流泪泉。不信妾肠断，归来看取明镜前。

注释　1. 花含烟：形容花在薄暮中朦胧的样子，如同被烟雾所笼罩。2. 素：洁白的绢。3. 赵瑟：相传战国时赵国人善于鼓瑟。凤凰柱：雕成凤凰形状的瑟柱。4. 蜀琴：西汉蜀地人司马相如善弹琴。鸳鸯弦：暗指司马相如和卓文君的爱情故事。5. 燕然：山名，即今蒙古境内的杭爱山，此处泛指边塞。6. 横波：形容眼睛顾盼，目光流转的样子。

襄阳歌 [1]

落日欲没岘山西 [2]，倒著接䍦花下迷 [3]。襄阳小儿齐拍手，拦街争唱白铜鞮 [4]。旁人借问笑何事，笑杀山翁醉似泥。鸬鹚杓 [5]，鹦鹉杯 [6]。百年三万六千日，一日须倾三百杯。遥看汉水鸭头绿 [7]，恰似葡萄初酦醅 [8]。此江若变作春酒，垒曲便筑糟丘台 [9]。千金骏马换小妾 [10]，笑坐雕鞍歌落梅 [11]。车旁侧挂一壶酒，凤笙龙管行相催 [12]。咸阳市中叹黄犬 [13]，何如月下倾金罍 [14]。君不见晋朝羊公一片石 [15]，龟头剥落生莓苔 [16]。泪亦不能为之堕，心亦不能为之哀。清风朗月不用一钱买，玉山自倒非人推 [17]。舒州杓 [18]，力士铛 [19]，李白与尔同死生。襄王云雨今安在 [20]，江水东流猿夜声。

注释　1. 襄阳：今属湖北。2. 岘山：在襄阳南九里。3. 接䍦（lí）：一种白色便帽。此句及以下四句以西晋山简自拟。山简于永嘉三年（309）任征南将军，镇襄阳，有政声。性好酒，出游高阳池，酒醉而归。儿童歌曰："山公出何许，往至高阳池。日夕倒载归，酩酊无所知。时时能骑马，倒著白接䍦。" 4. 白铜鞮（dī）：襄阳童谣曲名。5. 鸬鹚（lú cí）杓：形似长颈水鸟鸬鹚的酒杓。6. 鹦鹉杯：形似鹦鹉嘴的螺壳制成的酒杯。7. 鸭头绿：似花鸭头顶之暗绿色。8. 酦醅（pō pēi）：再酿而尚未过滤的酒。9. 曲（qū）：酿酒的发酵剂。糟丘台：相传夏桀筑酒池，垒酒糟成丘。10. "千金"句：指曹操的儿子曹彰以美妾换骏马事。11. 落梅：即《梅花落》，古乐府曲名。12. 凤笙龙管：笙形似凤，箫音如龙。催：劝酒。13. "咸阳"句：秦相李斯被判腰斩于咸阳，临刑前对其子说："吾欲与若复牵黄犬，俱出上蔡东门逐狡兔，岂可得乎？" 14. 倾金罍：犹言干杯。罍（léi），酒器。15. 羊公：指西晋名将羊祜，曾镇襄阳，深得人心。卒后百姓于其岘山游憩处建庙立碑纪念，见者莫不堕泪。16. 龟：指负碑的龟形的石座。17. "玉山"句：典出《世说新语·容止》："嵇叔夜之为人也，岩岩若孤松之独立；其醉也，傀俄若玉山之将崩。" 18. 舒州杓：舒州所产的酒杓。唐舒州以产酒器称。19. 力士铛（chēng）：唐豫章贡品，温酒器。20. 襄王云雨：宋玉《神女赋》载，楚襄王与宋玉游云梦之浦，宋玉赋楚怀王游高唐梦遇巫山神女事，后襄王梦中也与神女相遇。

江上吟

木兰之枻沙棠舟 [1]，
玉箫金管坐两头。

注释　1. 枻：同"楫"，划水的工具。沙棠：产于昆仑山的神木，此处形容舟的名贵。

美酒樽中置千斛[2],
载妓随波任去留。
仙人有待乘黄鹤[3],
海客无心随白鸥[4]。
屈平词赋悬日月,
楚王台榭空山丘。
兴酣落笔摇五岳,
诗成笑傲凌沧洲[5]。
功名富贵若长在,
汉水亦应西北流。

2. 斛:古量器名。3. 黄鹤:相传三国费祎登仙,每乘黄鹤憩于黄鹤楼。4. 白鸥:相传海上有人每日与鸥鸟游玩,后其父命他捉鸥鸟,鸥鸟从此盘旋不下。典出《列子·黄帝篇》。5. 沧洲:滨水的地方,多指隐士居处。

玉壶吟

烈士击玉壶,壮心惜暮年[1]。三杯拂剑舞秋月,忽然高咏涕泗涟。凤凰初下紫泥诏[2],谒帝称觞登御筵。揄扬九重万乘主[3],谑浪赤墀青琐贤[4]。朝天数换飞龙马,敕赐珊瑚白玉鞭。世人不识东方朔,大隐金门是谪仙[5]。西施宜笑复宜颦,丑女效之徒累身[6]。君王虽爱蛾眉好,无奈宫中妒杀人。

注释 1. "烈士"二句:用王处仲酒后以如意击唾壶,咏曹操"老骥伏枥,志在千里;烈士暮年,壮心不已"的典故。烈士:指重义轻生、有志于建功立业的人。2. 紫泥诏:指皇帝的诏书。紫泥,封诏书专用的印泥,呈紫色。3. 揄扬:赞扬。4. 谑浪:戏谑。赤墀:宫中涂成赤色的台阶。青琐:皇宫之门饰以连琐纹,涂成青色。5. 大隐金门:汉代东方朔曾称自己"避世金马门",金马门代指宫廷。6. "西施"二句:用东施效颦的典故。

金陵城西楼月下吟[1]

金陵夜寂凉风发,
独上高楼望吴越。
白云映水摇空城,
白露垂珠滴秋月。
月下沉吟久不归,
古来相接眼中稀[2]。
解道澄江净如练[3],
令人长忆谢玄晖[4]。

注释 1. 金陵：今江苏南京。西楼：当即孙楚楼，孙楚为南朝文人。2. "古来"句：谓古来可相接遇者甚少。3. 解道：能道得，能懂得。澄江净如练：南齐诗人谢朓《晚登三山还望京邑》诗中名句。4. 玄晖：谢朓的字。

秋浦歌十七首[1]（选一）

白发三千丈,缘愁似个长[2]。
不知明镜里,何处得秋霜?

注释 1. 秋浦：唐县名，治所在今安徽贵池西。2. 缘：因为。

永王东巡歌十一首[1]（选二）

三川北虏乱如麻[2],
四海南奔似永嘉[3]。

注释 1. 永王：名璘，玄宗第十六子。安史之乱中起兵，不久即被当时已在灵武即帝位的肃宗李亨以反叛罪剿杀。2. 三川：古郡名，这里借称洛阳一带。北虏：指安史叛军。3. 四海：全国，这里指中原一带的人民。永嘉：晋怀帝永嘉五年（311），洛阳沦陷，中原衣冠之族相率南奔，避乱江左。安史乱中，士君子多以家渡江东，与永嘉时事极相似。

但用东山谢安石⁴，
为君谈笑静胡沙。

4. 谢安石：即东晋谢安。《晋书·谢安传》："时苻坚强盛，疆场多虞，诸将败退相继。安遣弟石及兄子玄等应机征讨，所在克捷。"

试借君王玉马鞭，
指挥戎虏坐琼筵。
南风一扫胡尘静¹，
西入长安到日边²。

注释 1. 南风：喻永王李璘的军队。古人认为南风滋润万物，可以解民忧愁。
2. 日边：指皇帝的身边。

峨眉山月歌¹

峨眉山月半轮秋，
影入平羌江水流²。
夜发清溪向三峡³，
思君不见下渝州⁴。

注释 1. 峨眉山：在今四川。2. 平羌：即平羌江，发源于四川芦山西北，流出东山而入岷江。3. 清溪：即清溪驿，在今四川犍为，峨眉山附近。三峡：指长江上游今四川、湖北二省间的瞿塘峡、巫峡、西陵峡。4. 渝州：治所在今重庆。

临路歌¹

大鹏飞兮振八裔²，中天摧兮力不济³。余风激兮万世，游扶桑兮挂石袂⁴。后人得之传此，仲尼

注释 1. 路：当作"终"。2. 大鹏：传说中的一种大鸟。李白曾作《大鹏赋》自比。八裔（yì）：八方。3. 摧：摧折。4. 扶桑：古代神话中的树木，相传是日出之处。石袂（mèi）：当为"左袂"之误。袂，袖子。此句形容衣服宽大，行即挂袖于扶桑。比喻有才能而得不到重用。

亡兮谁为出涕[5]。

5. 仲尼：孔子的字。出涕：据《史记·孔子世家》载，鲁人猎获一只麒麟，孔子见之而流泪。

赠孟浩然

吾爱孟夫子[1]，风流天下闻。
红颜弃轩冕[2]，白首卧松云。
醉月频中圣[3]，迷花不事君。
高山安可仰[4]，徒此揖清芬[5]。

注释　1. 夫子：古时对男子的尊称。2. 红颜：指年轻的时候。轩冕：指古代达官贵人的车驾和冠冕，这里泛指官位爵禄。3. 中圣：即中圣人，指醉酒。三国时徐邈嗜酒，称清酒为圣人，浊酒为贤人。一日酒醉，有人问事，答曰："中圣人。" 4. "高山"句：化用《诗经·小雅·车辖》中"高山仰止，景行行止"之句，形容孟浩然高尚的品格。5. 清芬：比喻品德的高尚。

赠汪伦[1]

李白乘舟将欲行，
忽闻岸上踏歌声[2]。
桃花潭水深千尺[3]，
不及汪伦送我情。

注释　1. 汪伦：安徽泾县人，李白友人。2. 踏歌：唱歌时以脚踏地，作为节拍。3. 桃花潭：在今安徽泾县西南。

闻王昌龄左迁龙标遥有此寄[1]

杨花落尽子规啼[2]，
闻道龙标过五溪[3]。
我寄愁心与明月，
随风直到夜郎西[4]。

注释　1. 左迁：贬官。龙标：唐县名，治所在今湖南黔阳西南。2. 子规：即杜鹃鸟。3. 五溪：今湘西、黔东一带的五条溪流。4. 夜郎西：泛指遥远的西南边地。夜郎，古国名。唐夜郎县在今贵州桐梓

唐·李白

忆旧游寄谯郡元参军[1]

忆昔洛阳董糟丘[2],为余天津桥南造酒楼[3]。黄金白璧买歌笑,一醉累月轻王侯[4]。海内贤豪青云客[5],就中与君心莫逆[6]。回山转海不作难,倾情倒意无所惜[7]。我向淮南攀桂枝[8],君留洛北愁梦思。不忍别,还相随。相随迢迢访仙城,三十六曲水回萦。一溪初入千花明[9],万壑度尽松风声。银鞍金络倒平地[10],汉东太守来相迎[11]。紫阳之真人[12],邀我吹玉笙。餐霞楼上动仙乐[13],嘈然宛似鸾凤鸣[14]。袖长管催欲轻举[15],汉东太守醉起舞。手持锦袍覆我身,我醉横眠枕其股。当筵意气凌九霄,星离雨散不终朝[16],分飞楚关山水遥[17]。余既还山寻故巢,君亦归家渡渭桥。君家严君勇貔虎[18],作尹并州遏戎虏[19]。五月相呼度太行,摧轮不道羊肠苦[20]。行来北凉岁月深[21],感君贵义轻黄金。琼杯绮食青玉案[22],使我醉饱无归心。时时出向城西曲,晋祠流水如碧玉[23]。浮舟弄水箫鼓鸣,微波龙鳞莎草绿[24]。兴

注释　1. 谯郡:今安徽亳县。元参军:元演,曾任谯郡参军。2. 董糟丘:可能是当时洛阳一个开酒铺的人。糟丘,积糟成丘,极言酿酒之多。3. 天津桥:在今河南洛阳西南。4. 累月:接连好几个月。5. 海内:指中国。贤豪:指才德出众、声望很高的人。青云客:指身居高位的人。6. 就中:其中。莫逆:指情投意合。7. 倾情倒意:尽心竭力。8. 攀桂枝:化用汉淮南王刘安《招隐士》诗中"攀援桂枝兮聊淹留"句意,指隐居深山,求仙访道。9. 千花明:众花盛开。10. 银鞍金络:指骑着装饰华丽的马。11. 汉东:汉东郡,即隋州,在今湖北随县一带。12. 紫阳之真人:即胡紫阳。真人,道士的敬称。13. 餐霞楼:胡紫阳在隋州苦竹院中建造的楼。14. 嘈然:众乐齐奏,声音杂乱。15. 轻举:飘然欲飞,形容起舞的姿态。16. 星离雨散:喻指离别。不终朝:不满一个早晨,喻时间很短。17. 楚关:指隋州,其地古时属楚。18. 君家严君:指元参军的父亲。貔(pí)虎:猛兽。这句喻元参军的父亲是勇猛的将军。19. 尹:官名。并州:泛指今山西太原一带。戎虏:强敌。20. 摧轮:折断车轮,喻太行山路弯曲狭窄难行。羊肠:即羊肠坂,太行山上险隘小道。21. 北凉:似误,应作北京,唐代称太原为北京。22. "琼杯"句:喻酒菜和食具的精美。案:有足的托盘。23. 晋祠:周代晋国始祖唐叔虞的祠庙,在今山西太原西南。24. 龙鳞:形容波纹的细碎。莎草:河边水草。

来携妓恣经过，其若杨花似雪何。红妆欲醉宜斜日，百尺清潭写翠娥[25]。翠娥婵娟初月辉[26]，美人更唱舞罗衣[27]。清风吹歌入空去，歌曲自绕行云飞。此时行乐难再遇，西游因献长杨赋[28]。北阙青云不可期[29]，东山白首还归去[30]。渭桥南头一遇君，酂台之北又离群[31]。问余别恨知多少，落花春暮争纷纷。言亦不可尽，情亦不可极。呼儿长跪缄此辞[32]，寄君千里遥相忆。

25. 写：画，这里作映照。翠娥：美女。26. 婵娟：美好的样子。初月辉：形容面容像新月一般皎洁。27. 更唱：轮流唱。28. 西游：指到长安。长杨赋：西汉扬雄献给汉成帝的一篇赋。长杨，指汉宫长杨殿。29. 北阙：指朝廷。青云不可期：指做官没有希望。30. 东山：在今浙江绍兴。晋谢安曾在此隐居。这里借指隐居之地。31. 酂台：即酂亭，在谯郡。32. 缄：封。

庐山谣寄卢侍御虚舟[1]

我本楚狂人[2]，凤歌笑孔丘[3]。手持绿玉杖[4]，朝别黄鹤楼[5]。五岳寻仙不辞远，一生好入名山游。庐山秀出南斗旁[6]，屏风九叠云锦张[7]，影落明湖青黛光[8]。金阙前开二峰长[9]，银河倒挂三石梁[10]。香炉瀑布遥相望[11]，回崖沓嶂凌苍苍[12]。翠影红霞映朝日，鸟飞不到吴天

注释 1. 卢侍御虚舟：即李白的友人卢虚舟，字幼真，范阳人，曾任殿中侍御史。2. 楚狂人：春秋时楚国人陆通，字接舆，佯狂不仕，被称为"楚狂"。3. "凤歌"句：相传接舆歌而过孔子曰："凤兮凤兮，何德之衰！往者不可谏，来者犹可追。已而已而，今之从政者殆而！" 4. 绿玉杖：传说中仙人用的手杖。5. 黄鹤楼：故址在今湖北武昌，传说曾有仙人乘鹤过此。6. 南斗：二十八星宿之一。古人认为庐山所在的浔阳（今江西九江）为南斗的分野。7. 屏风九叠：指庐山的九叠云屏。云锦：我国传统的丝织工艺品。8. 明湖：指鄱阳湖。青黛：古代女子画眉的一种材料，这里指青黑色。9. 金阙：指庐山的金阙岩。10. 银河：指九叠云屏附近的三叠泉，泉水三折而下，如银河倒挂。11. 香炉：指庐山的香炉峰。12. 回崖：曲折迂回的山崖。沓嶂：重叠的山峰。

长[13]。登高壮观天地间，大江茫茫去不还。黄云万里动风色，白波九道流雪山[14]。好为庐山谣，兴因庐山发。闲窥石镜清我心[15]，谢公行处苍苔没[16]。早服还丹无世情[17]，琴心三叠道初成[18]。遥见仙人彩云里，手把芙蓉朝玉京[19]。先期汗漫九垓上，愿接卢敖游太清[20]。

13. 吴天：庐山一带属古吴地，故称吴天。
14. 九道：相传长江在浔阳附近分为九条支流。雪山：形容汹涌的水浪。15. 石镜：庐山东面的一块圆形石，可照见人影。
16. 谢公：指谢灵运，曾游庐山。17. 还丹：相传道家将丹砂烧炼成水银，积久又还为丹，服食之后可以成仙。18. 琴心三叠：道家用语，指修炼的工夫很深，达到心静气和的境界。19. 玉京：道教认为元始天尊的居处。20. "先期"二句：据《淮南子·道应训》载，卢敖游北海逢士，希望与其为友同游，士曰："吾与汗漫期于九垓之外，吾不可以久驻。"期：邀约。汗漫：神名。九垓：九重天。卢敖：燕人，秦始皇曾派其求仙，一去不还。此处代指卢虚舟。

梦游天姥吟留别[1]

海客谈瀛洲[2]，烟涛微茫信难求。越人语天姥[3]，云霞明灭或可睹。天姥连天向天横，势拔五岳掩赤城[4]。天台四万八千丈[5]，对此欲倒东南倾。我欲因之梦吴越，一夜飞度镜湖月[6]。湖月照我影，送我至剡溪[7]。谢公宿处今尚在[8]，渌水荡漾清猿啼。脚著谢公屐[9]，身登青云梯[10]。半壁见海日，空中闻天鸡[11]。千岩万转路不定，迷花倚石忽已暝。熊咆龙吟殷岩泉[12]，栗深林兮惊层

注释 1. 天姥（mǔ）：山名，唐代属剡（shàn）县，在今浙江新昌南。2. 海客：往来海上之人。瀛洲：传说中的海上仙山。3. 越：今浙江绍兴一带。天姥山在唐时属越州。4. 赤城：山名，因土石色赤，状如城堞而得名，是天台山的南门。5. 天台：山名，在今浙江天台北。6. 镜湖：又称鉴湖或庆湖，位于今浙江绍兴。7. 剡溪：水名，在今浙江嵊州南。8. 谢公：指南朝诗人谢灵运。他曾在剡中住宿，游天姥山。9. 谢公屐（jī）：谢灵运游山时特制的木屐。10. 青云梯：指高峻入云的山路。11. 天鸡：传说中的神鸡，天鸡鸣，天下之鸡皆随之鸣。12."熊咆"句：意为岩泉发出巨大的声响，有如熊咆龙吟，令人为之战栗。殷（yīn）：震动。

巅。云青青兮欲雨，水澹澹兮生烟。列缺霹雳[13]，丘峦崩摧。洞天石扇[14]，訇然中开[15]。青冥浩荡不见底[16]，日月照耀金银台[17]。霓为衣兮风为马，云之君兮纷纷而来下[18]。虎鼓瑟兮鸾回车[19]，仙之人兮列如麻[20]。忽魂悸以魄动，恍惊起而长嗟。惟觉时之枕席，失向来之烟霞。世间行乐亦如此，古来万事东流水。别君去时何时还，且放白鹿青崖间[21]，须行即骑访名山。安能摧眉折腰事权贵[22]，使我不得开心颜！

13. 列缺：闪电。14. 洞天：道家称仙人居处。15. 訇（hōng）然：巨响声。16. 青冥：天空。17. 金银台：传说中神仙所居的黄金白银筑成的宫阙。18. 云之君：云神。此处指从云中下降的群仙。19. 虎鼓瑟：语出张衡《西京赋》："白虎鼓瑟。"20. 列如麻：形容众多。21. 白鹿：传说中仙人的坐骑。22. 摧眉折腰：低头弯腰，卑躬貌。

金陵酒肆留别[1]

风吹柳花满店香，
吴姬压酒唤客尝[2]。
金陵子弟来相送，
欲行不行各尽觞[3]。
请君试问东流水，
别意与之谁短长？

注释 1. 金陵：今江苏南京。2. 吴姬：泛指吴地的美女。压酒：新酒酿成，尚未出糟入瓮，须压糟取之。3. 觞（shāng）：盛酒器。

黄鹤楼送孟浩然之广陵[1]

故人西辞黄鹤楼[2],
烟花三月下扬州[3]。
孤帆远影碧空尽,
唯见长江天际流。

注释　1. 黄鹤楼：故址在今湖北武昌黄鹤矶上。相传始建于三国，费祎登仙，每乘黄鹤于此憩驾。广陵：今江苏扬州。2. 故人：指孟浩然。3. 烟花：谓春日日暖花繁的景象。

渡荆门送别[1]

渡远荆门外，来从楚国游[2]。
山随平野尽，江入大荒流。
月下飞天镜，云生结海楼[3]。
仍怜故乡水[4]，万里送行舟。

注释　1. 荆门：山名，在今湖北宜都西北长江南岸。2. 楚国：今湖北及其周围，春秋战国时为楚国领土。3. 海楼：即海市蜃楼，是一种因光线折射而产生的幻景，常见于海滨或沙漠。4. 怜：爱，此处有留恋之意。故乡水：指蜀地的长江水。

南陵别儿童入京[1]

白酒新熟山中归[2]，
黄鸡啄黍秋正肥[3]。
呼童烹鸡酌白酒，
儿女嬉笑牵人衣。
高歌取醉欲自慰，
起舞落日争光辉。
游说万乘苦不早[4]，
著鞭跨马涉远道。

注释　1. 南陵：在李白当时寓居的东鲁。2. 白酒新熟：唐时白酒为酿制而成，以新熟为佳。3. 黍：黏性黄小米。4. 万乘：周制天子有兵车万乘，故以万乘指代天子。

会稽愚妇轻买臣[5],
余亦辞家西入秦[6]。
仰天大笑出门去,
我辈岂是蓬蒿人[7]。

注释 5."会稽"句:汉朱买臣,会稽人,贫而勤读,其妻羞之而去;后买臣富贵,妻愧而自缢。6.秦:指长安。7.蓬蒿人:贫士。

金乡送韦八之西京[1]

客自长安来[2],还归长安去。
狂风吹我心,西挂咸阳树[3]。
此情不可道,此别何时遇?
望望不见君[4],连山起烟雾。

注释 1.金乡:今山东金乡。韦八:生平不详。西京:即长安,天宝元年(742)改称西京。2.客:指韦八。3.咸阳:此指长安。4.望望:瞻望,盼望。

送友人

青山横北郭[1],白水绕东城。
此地一为别,孤蓬万里征[2]。
浮云游子意,落日故人情。
挥手自兹去,萧萧班马鸣[3]。

注释 1.郭:外城。2.孤蓬:被风吹散的蓬草,此指即将漂泊的友人。3.萧萧:马鸣声。班马:离群之马。

宣州谢朓楼饯别校书叔云[1]

弃我去者昨日之日不可留,
乱我心者今日之日多烦忧。长风

注释 1.谢朓楼:南齐诗人谢朓官宣城太守时所建,故址在今安徽宣城陵阳山。校书:即校书郎。叔云:指李云,李白尊称为长辈,官秘书省校书郎。

万里送秋雁，对此可以酣高楼[2]。蓬莱文章建安骨[3]，中间小谢又清发[4]。俱怀逸兴壮思飞，欲上青天览日月[5]。抽刀断水水更流，举杯销愁愁更愁。人生在世不称意，明朝散发弄扁舟[6]。

注释 2. 酣：尽情畅饮。3. 蓬莱：原指海中仙山，传说仙人藏典籍于此，故东汉时称官府藏书处东观为蓬莱。此处借指汉代文学。建安骨：建安为东汉献帝年号（196—220），时曹氏父子及王粲等七子所写诗文辞情慷慨激昂，风格刚健清新，称为"建安风骨"。4. 小谢：指谢朓。因其时代晚于谢灵运，故称谢灵运为大谢，谢朓为小谢。清发：清新秀发，指谢朓的诗风。5. 览：同"揽"，摘取。6. 散发：使头发散落，是不拘礼节的行为。此处指隐居不仕。弄扁舟：指退隐江湖。

山中问答

问余何意栖碧山[1]，
笑而不答心自闲。
桃花流水窅然去[2]，
别有天地非人间。

注释 1. 碧山：指湖北安陆的白兆山。2. 窅（yǎo）然：深远的样子。

答王十二寒夜独酌有怀[1]

昨夜吴中雪，子猷佳兴发[2]。万里浮云卷碧山，青天中道流孤月。孤月沧浪河汉清[3]，北斗错落长庚明[4]。怀余对酒夜霜白，玉床金井冰峥嵘[5]。人生飘忽百年内，且须酣畅万古情。君不能狸膏金距学斗鸡，坐令鼻息吹虹霓[6]。君不能学哥舒，横行青海夜带刀，西屠石堡

注释 1. 王十二：李白友人，名及身世均不详。2. "昨夜"二句：用王子猷雪夜访戴逵，未见便兴尽而返的典故。3. 沧浪：寒冷，凄清。4. 长庚：即金星，又名太白星。5. 玉床：装饰华贵的井栏。6. "君不能狸膏金距"二句：抨击斗鸡徒。狸膏：斗鸡时鸡头涂狸膏，因狸能捕鸡，使异鸡闻之畏惧。金距：鸡爪饰金属利片，易伤对方。鼻息吹虹霓：形容斗鸡徒气焰之盛。

取紫袍[7]。吟诗作赋北窗里，万言不直一杯水。世人闻此皆掉头，有如东风射马耳[8]。鱼目亦笑我[9]，请与明月同[10]。骅骝拳跼不能食[11]，蹇驴得志鸣春风[12]。折杨皇华合流俗[13]，晋君听琴枉清角[14]。巴人谁肯和阳春[15]，楚地由来贱奇璞[16]。黄金散尽交不成，白首为儒身被轻。一谈一笑失颜色，苍蝇贝锦喧谤声[17]。曾参岂是杀人者，谗言三及慈母惊[18]。与君论心握君手，荣辱于余亦何有。孔圣犹闻伤凤麟[19]，董龙更是何鸡狗[20]。一生傲岸苦不谐，恩疏媒劳志多乖[21]。严陵高揖汉天子[22]，何必长剑拄颐事玉阶[23]。达亦不足贵，穷亦不足悲。韩信羞将绛灌比[24]，祢衡耻逐屠沽儿[25]。君不见李北海，英风豪气今何在[26]。君不见裴尚书，土坟三尺蒿棘居[27]。少年早欲五湖去[28]，见此弥将钟鼎疏[29]。

7. "君不能学哥舒"三句：写哥舒翰攻石堡城事。哥舒：即哥舒翰，唐代著名边将。天宝八载（749），哥舒翰率众攻下石堡城，大受封赏。石堡：石堡城，在今青海西宁西南。紫袍：唐代正三品官服色。8. 东风射马耳：唐时俗语，形容充耳不闻，漠然不动。9. 鱼目：喻世俗之人。10. 明月：即明月珠，诗人自比。11. 骅骝（huá liú）：古代骏马名，传为周穆王八骏之一。拳跼（jú）：蜷曲不伸貌。12. 蹇驴：跛足之驴。13. 折杨皇华：两种歌曲名，属俚俗小曲。14. "晋君"句：晋平公听琴，命师旷奏清角，因主君德薄，风雨大作。此处借以讽刺君薄于德。15. 巴人：俗曲。阳春：高雅的曲调。此句谓曲高和寡。16. "楚地"句：据《韩非子·和氏》载，楚人卞和得一玉璞，屡次进献，屡次被视作石头，卞和亦因此受刖刑。17. 苍蝇贝锦：指谗言。《诗·小雅·青蝇》："营营青蝇，止于棘。谗人罔极，交乱四国。"《诗·小雅·巷伯》："萋兮斐兮，成是贝锦。彼谮人者，亦已太甚。"贝锦，织成贝形花纹的锦缎。18. "曾参"二句：典出《战国策·秦策二》：有人告诉曾母曾参杀了人，曾母开始不信，三次听闻后就信以为真。19. 孔圣：即孔子，曾叹"凤鸟不至"（《论语·子罕》），又曾因鲁人狩获麒麟而曰"吾道穷矣"（《史记·孔子世家》），皆生不逢时之意。20. 董龙：指前秦右仆射董荣，小字龙。因佞幸被讥以鸡狗。21. 恩疏：指朝廷见弃。媒劳：指荐举者徒劳。乖：违背。22. 严陵：汉代隐士严光，字子陵。刘秀多次遣使聘之，仍不接受官职。高揖：长揖不拜，此处有辞别之意。23. 长剑拄颐：为臣之状。24. "韩信"句：韩信为淮阴侯，自恃功高，常称病不朝，羞与颍阴侯灌婴、绛侯周勃等并列。25. "祢衡"句：祢衡建安初游许，"是时许都新建，贤士大夫四方来集，或问衡曰：'盍从陈长文、司马伯达乎？'对曰：'吾焉能从屠沽儿耶？'"26. "君不见李北海"二句：用李邕事。李邕曾任北海太守，天宝六载（747）为宰相李林甫陷害杖杀。27. "君不见裴尚书"二句：用唐刑部尚书裴敦复事。裴为李林甫所忌，贬淄川太守。后与李邕同案被杖杀。蒿棘：指杂草。28. 五湖：指太湖，此处用范蠡功成身退泛舟五湖的典故。29. 钟鼎：古代贵族家中鸣钟列鼎而食，这里代指功名富贵。

下终南山过斛斯山人宿置酒[1]

暮从碧山下，山月随人归。
却顾所来径，苍苍横翠微[2]。
相携及田家，童稚开荆扉[3]。
绿竹入幽径，青萝拂行衣。
欢言得所憩，美酒聊共挥。
长歌吟松风[4]，曲尽河星稀。
我醉君复乐，陶然共忘机[5]。

注释 1. 斛斯山人：一位复姓斛斯的隐士。2. 翠微：青翠的山坡。3. 荆扉：柴门。4. 松风：指古乐府《风入松》曲。5. 机：世俗的心机。

把酒问月

青天有月来几时，
我今停杯一问之。
人攀明月不可得，
月行却与人相随。
皎如飞镜临丹阙[1]，
绿烟灭尽清辉发[2]。
但见宵从海上来，
宁知晓向云间没？
白兔捣药秋复春[3]，
嫦娥孤栖与谁邻？
今人不见古时月，
今月曾经照古人。
古人今人若流水，

注释 1. 丹阙：朱红色的宫阙。2. 绿烟：指夜晚的云雾。3. 白兔捣药：相传月中有一只白兔，日复一日地捣药。

共看明月皆如此。
唯愿当歌对酒时[4]，
月光长照金樽里。

4. 当歌对酒时：曹操《短歌行》云"对酒当歌，人生几何"。

陪侍郎叔游洞庭
醉后三首（选一）

划却君山好[1]，平铺湘水流。
巴陵无限酒[2]，醉杀洞庭秋。

注释　1. 划（chǎn）：同"铲"。君山：在洞庭湖中。2. "巴陵"句：巴陵为岳州属县，有名酒巴陵春。

陪族叔刑部侍郎晔及中书贾舍人至游洞庭五首[1]（选一）

南湖秋水夜无烟[2]，
耐可乘流直上天[3]？
且就洞庭赊月色，
将船买酒白云边[4]。

注释　1. 刑部侍郎晔：即李晔，李白称之为"族叔"，并非亲叔。贾舍人：即贾至，此时贬岳州司马。2. 南湖：指洞庭湖。3. 耐可：哪可，怎么能。4. 将船：驾驶着船。

登金陵凤凰台[1]

凤凰台上凤凰游，
凤去台空江自流。
吴宫花草埋幽径[2]，

注释　1. 金陵：今江苏南京。凤凰台：在南京凤凰山上，相传南朝宋元嘉时，有三只凤凰翔集于此，因建台于山上。2. 吴宫：三国时吴国的宫殿。

晋代衣冠成古丘³。
三山半落青天外⁴，
二水中分白鹭洲⁵。
总为浮云能蔽日⁶，
长安不见使人愁。

3. 晋代：指东晋，建都于金陵。衣冠：指名门望族。4. 三山：在今南京西南长江边上，三峰并列相连。5. 白鹭洲：南京西南长江中的一个小洲。6. 浮云：喻指奸佞小人。

望庐山瀑布¹

日照香炉生紫烟²，
遥看瀑布挂前川。
飞流直下三千尺，
疑是银河落九天。

注释　1. 庐山：在今江西九江南。2. 香炉：庐山北部著名的山峰。

秋登宣城谢朓北楼¹

江城如画里，山晓望晴空。
两水夹明镜²，双桥落彩虹³。
人烟寒橘柚⁴，秋色老梧桐。
谁念北楼上，临风怀谢公。

注释　1. 宣城：今属安徽。谢朓：字玄晖，南朝齐诗人，曾任宣城太守，在宣城陵阳山上建北楼。2. 两水：指环绕安徽宣州城的宛溪和句溪。3. 双桥：即宛溪上的凤凰、济川二桥，隋开皇年间所建。4. "人烟"句：意谓人间炊烟缭绕于秋空，使橘柚也带有寒意。

宣城见杜鹃花¹

蜀国曾闻子规鸟²，

注释　1. 宣城：在今安徽。2. 子规：即杜鹃鸟，相传是古蜀帝杜宇的精魂化成，啼声凄婉。

宣城还见杜鹃花。
一叫一回肠一断,
三春三月忆三巴[3]。

3. 三巴：巴郡、巴东、巴西的总称。三地均在今四川境内。

望天门山[1]

天门中断楚江开[2],
碧水东流至此回。
两岸青山相对出,
孤帆一片日边来。

注释　1. 天门山：在今安徽当涂西南，东边名博望山，西边名梁山，两山夹着长江，有如天门。2. 楚江：安徽属古楚地，故称流经这一段的长江为楚江。啼声凄婉。

客中作

兰陵美酒郁金香[1],
玉碗盛来琥珀光。
但使主人能醉客[2],
不知何处是他乡。

注释　1. 兰陵：今山东枣庄。郁金：姜科姜黄属植物，可用以浸酒。2. 但使：只要。

夜下征虏亭[1]

船下广陵去[2],月明征虏亭。
山花如绣颊[3],江火似流萤[4]。

注释　1. 征虏亭：东晋时征虏将军谢石所建，故址在今江苏南京的南郊。2. 广陵：今江苏扬州。3. 绣颊：抹了胭脂的女子面颊。4. 江火：江船上的灯火。流萤：飞动的萤火虫。

早发白帝城 [1]

朝辞白帝彩云间,
千里江陵一日还。
两岸猿声啼不住,
轻舟已过万重山。

注释　1. 白帝城：位于今重庆奉节东白帝山上，东汉初公孙述建，因其自称白帝，故名。

秋下荆门 [1]

霜落荆门江树空,
布帆无恙挂秋风 [2]。
此行不为鲈鱼鲙 [3],
自爱名山入剡中 [4]。

注释　1. 荆门：山名，在今湖北宜都西北的长江南岸。2."布帆"句：东晋画家顾恺之为荆州刺史殷仲堪幕府的参军，曾告假乘舟东下，仲堪特地把布帆借给他，途中遇大风，恺之写信给殷说："行人安稳，布帆无恙。"3. 鲈鱼鲙：据说西晋时吴人张翰在洛阳做官，见秋风起而想到故乡的莼菜羹、鲈鱼鲙，于是命驾便归。4. 剡（shàn）中：在今浙江境内。

宿五松山下荀媪家 [1]

我宿五松下，寂寥无所欢。
田家秋作苦 [2]，邻女夜舂寒 [3]。
跪进雕胡饭 [4]，月光明素盘。
令人惭漂母 [5]，三谢不能餐。

注释　1. 五松山：在今安徽铜陵南。荀媪：姓荀的老年妇女。2. 秋作苦：秋日辛苦劳作。3. 舂：以杵捣去谷物的皮壳。4. 跪进：指以跪礼进献东西，表示恭敬。雕胡饭：即用菰米做成的饭食。5. 漂母：漂洗衣物的老妇。据《史记·淮阴侯列传》，有一漂母见韩信饥，给其饭吃。此处以漂母比荀媪。

越中览古[1]

越王勾践破吴归，
义士还乡尽锦衣。
宫女如花满春殿，
只今惟有鹧鸪飞。

注释　1. 越中：唐越州，治所在今浙江绍兴。

夜泊牛渚怀古[1]

牛渚西江夜，青天无片云。
登舟望秋月，空忆谢将军[2]。
余亦能高咏，斯人不可闻[3]。
明朝挂帆席[4]，枫叶落纷纷。

注释　1. 牛渚：牛渚矶，即采石矶，在今安徽马鞍山长江东岸。2. 谢将军：指东晋的谢尚，曾为镇西将军镇守牛渚。相传谢尚曾于月夜在江上泛舟，听到怀才不遇的袁宏诵《咏史诗》，赞赏不已，便邀他相叙，直至天亮。3. 斯人：这个人，指谢尚。4. 帆席：船帆。

月下独酌四首（选一）

花间一壶酒，独酌无相亲。
举杯邀明月，对影成三人[1]。
月既不解饮，影徒随我身。
暂伴月将影[2]，行乐须及春。
我歌月徘徊，我舞影零乱。
醒时同交欢，醉后各分散。
永结无情游[3]，相期邈云汉[4]。

注释　1. 三人：指自己、月亮和影子。2. 将：与，共。3. 无情游：忘却世俗之游。4. 云汉：银河。这里借指天上仙境。

唐·李白

山中与幽人对酌[1]

两人对酌山花开,
一杯一杯复一杯。
我醉欲眠卿且去[2],
明朝有意抱琴来。

注释　1. 幽人:指隐居不仕的人。对酌:相对饮酒。2. "我醉"句:化用陶渊明典故。据载,陶渊明饮酒醉后对客人说:"我醉欲眠,卿可去。"

独坐敬亭山[1]

众鸟高飞尽,孤云独去闲。
相看两不厌,只有敬亭山。

注释　1. 敬亭山:原名昭亭山,后因避晋文帝司马昭讳更名。在今安徽宣城北。山上原有敬亭,传为南齐诗人谢朓吟咏处。

访戴天山道士不遇[1]

犬吠水声中,桃花带露浓。
树深时见鹿,溪午不闻钟。
野竹分青霭[2],飞泉挂碧峰[3]。
无人知所去,愁倚两三松。

注释　1. 戴天山:又名大康山或大匡山,位于今四川江油。2. 霭:云气。3. 飞泉:瀑布。

听蜀僧濬弹琴[1]

蜀僧抱绿绮[2],西下峨眉峰[3]。
为我一挥手,如听万壑松。
客心洗流水[4],余响入霜钟[5]。
不觉碧山暮,秋云暗几重。

注释　1. 蜀僧濬:蜀地的和尚,生平不详。"濬"当为其法号。2. 绿绮:指名琴。汉司马相如有琴名绿绮。3. 峨眉峰:今四川峨眉山。4. "客心"句:形容琴声涤荡着心胸。暗用伯牙、钟子期高山流水的典故。5. 霜钟:据《山海经·中山经》载,丰山有九钟,霜降则鸣。

劳劳亭 [1]

天下伤心处，劳劳送客亭。
春风知别苦，不遣柳条青[2]。

注释　1. 劳劳亭：三国时代吴国所建，旧址在今南京南，是著名的送别之地。2. 遣：使，令。

春夜洛城闻笛 [1]

谁家玉笛暗飞声，
散入春风满洛城。
此夜曲中闻折柳[2]，
何人不起故园情？

注释　1. 洛城：洛阳。2. 折柳：即《折杨柳》，古代曲名。

夜宿山寺

危楼高百尺[1]，手可摘星辰。
不敢高声语，恐惊天上人[2]。

注释　1. 危楼：高楼。2. 天上人：指仙人。

哭晁卿衡 [1]

日本晁卿辞帝都[2]，
征帆一片绕蓬壶[3]。
明月不归沉碧海[4]，
白云愁色满苍梧[5]。

注释　1. 晁卿衡：即晁衡，原名阿倍仲麻吕，日本人。开元间随遣唐使来中国，在唐朝任官多年，与王维、李白、储光羲等均有交往。2. 帝都：指长安。3. 蓬壶：指古代神话中的东海仙山蓬莱。4. 明月：喻指晁衡。5. 苍梧：山名。

刘眘虚

刘眘（shèn）虚，生卒年不详，字全乙，洪州新吴（今江西奉新）人。开元进士，曾任洛阳尉、夏县令等职。性高古，淡名利。其诗工于五言，诗境清淡，多为山水隐逸之作。

阙 题 [1]

道由白云尽[2]，春与清溪长。
时有落花至，远随流水香。
闲门向山路[3]，深柳读书堂。
幽映每白日，清辉照衣裳。

注释　1. 阙题：题目原缺之意。 2. "道由"句：指山路在白云尽处，也即在尘境之外。 3. 闲门：言门前环境清幽。

王 湾

王湾，生卒年不详，洛阳（今属河南）人。玄宗初进士及第，曾官荥阳主簿、洛阳尉。词翰早著，往来吴、楚间，多有著述。

次北固山下 [1]

客路青山外，行舟绿水前。
潮平两岸阔，风正一帆悬[2]。
海日生残夜，江春入旧年。
乡书何处达，归雁洛阳边。

注释　1. 次：途中住宿，这里指停泊。北固山：在今江苏镇江北，三面临江。 2. 风正：指顺风。

崔颢

崔颢（704?—754），汴州（今河南开封）人，开元十一年（723）进士及第。曾任太仆寺丞，天宝中为司勋员外郎。其性格放浪不羁，一生漫游四方，经历颇丰富，诗风亦有所变化：少年浮艳轻薄，晚期风骨凛然。

黄鹤楼[1]

昔人已乘黄鹤去[2]，
此地空余黄鹤楼。
黄鹤一去不复返，
白云千载空悠悠。
晴川历历汉阳树[3]，
芳草萋萋鹦鹉洲[4]。
日暮乡关何处是[5]，
烟波江上使人愁。

注释 1. 黄鹤楼：故址在今湖北武昌黄鹤矶上。2. "昔人"句：据《齐谐记》载，仙人王子安曾乘鹤过此。一说三国时费祎在此楼驾鹤登仙。3. 历历：清楚分明的样子。汉阳：县名，在今湖北武汉汉阳区。4. 萋萋：茂密的样子。鹦鹉洲：位于汉阳西南的长江中，东汉祢衡作《鹦鹉赋》，后为黄祖所杀，葬于此处，鹦鹉洲因以得名。5. 乡关：故乡。

长干曲四首（选一）

君家何处住，妾住在横塘[1]。
停船暂借问，或恐是同乡。

注释 1. 横塘：位于今江苏南京秦淮河南岸，三国吴时曾在此建塘堤。

崔国辅

崔国辅,生卒年不详,吴郡(今江苏苏州)人。历官山阴尉、礼部员外郎、竟陵司马等职。诗以五绝著称,婉娈清楚,深得南朝乐府民歌遗韵。

怨词二首(选一)

妾有罗衣裳,秦王在时作[1]。
为舞春风多,秋来不堪著。

注释　1. 秦王:泛指帝王。

采莲曲[1]

玉溆花争发[2],金塘水乱流。
相逢畏相失,并著采莲舟。

注释　1. 采莲曲:乐府《相和歌辞》旧题,为梁武帝所作《江南弄》七曲之一。
2. 玉溆(xù):与下句"金塘"都是浦、塘的美称。溆,浦,水边。

王 翰

王翰（687—726），生卒年不详，字子羽，并州晋阳(今山西太原)人。景云进士。官仙州别驾，后贬为道州司马。王翰恃才不羁，能文善诗。其诗善写边塞生活。

凉州词[1]

葡萄美酒夜光杯[2]，
欲饮琵琶马上催。
醉卧沙场君莫笑，
古来征战几人回。

注释 1. 凉州：今甘肃武威。 2. 夜光杯：此处形容酒杯的名贵。据东方朔《海内十洲记》载，周穆王时，西胡曾献"夜光常满杯"，以白玉制成，有如明光夜照。

无名氏

听张立本女吟[1]

危冠广袖楚宫妆[2]，
独步闲庭逐夜凉。
自把玉钗敲砌竹[3]，
清歌一曲月如霜。

注释 1. 传说唐代有个草场官张立本，其女忽为后园高姓古坟中的狐妖所魅，自称高侍郎，遂吟成此诗。2. 危冠广袖：高高的冠帽、宽大的衣袖，是南方贵族女性的服饰。3. 砌竹：阶沿下的修竹。

储光羲

储光羲（706?—763），润州延陵（今江苏丹阳）人。仕宦不得意，隐居终南别业。后出任太祝。其山水田园诗颇著称于世，格高调逸，质朴之中有古雅之味。有《储光羲集》。

钓鱼湾

垂钓绿湾春，春深杏花乱[1]。
潭清疑水浅，荷动知鱼散。
日暮待情人[2]，维舟绿杨岸[3]。

注释　1.乱：形容花瓣飘落的样子。2.情人：志同道合的人。3.维舟：系舟。

江南曲四首[1]（选一）

日暮长江里，相邀归渡头。
落花如有意，来去逐船流。

注释　1.江南曲：乐府《相和歌辞》旧题，多写江南水乡风光和船家生活。

张 谓

张谓,生卒年不详,字正言,河内(今河南泌阳)人。乾元中为尚书郎,大历年间任潭州刺史,后官至礼部侍郎。其诗辞精意深,讲究格律,诗风清正,多饮宴送别之作。

同王徵君湘中有怀

八月洞庭秋,潇湘水北流。
还家万里梦,为客五更愁[1]。
不用开书帙[2],偏宜上酒楼。
故人京洛满,何日复同游?

注释 1. 为客:作客。 2. 帙:包书的套子。

万 楚

万楚,登开元进士第。沉迹下僚,后退居颍水之滨。

五日观妓[1]

西施谩道浣春纱[2],
碧玉今时斗丽华[3]。
眉黛夺将萱草色[4],
红裙妒杀石榴花。
新歌一曲令人艳,
醉舞双眸敛鬓斜[5]。

注释 1. 五日:即农历五月初五,端午节。 2. 谩道:莫说。 3. 碧玉:汝南王宠爱的美妾。这里借指地位低下的乐伎。丽华:陈后主的妃子张丽华。 4. 萱草:又名谖草、忘忧草,多年生宿根草本植物。 5. 敛:收束,这里指拢发的动作。

谁道五丝能续命[6],
却令今日死君家。

6. 五丝：即五色丝，又叫"五色缕""长命缕"。端午时人们以彩色丝线缠在手臂上，用以辟邪去灾、延年益寿。

杜 甫

杜甫（712—770），字子美，祖籍襄阳（今湖北襄阳），生于河南巩县。开元中，入长安应制举不第，漫游各地。后客居长安近十年。安史乱起，奔凤翔谒肃宗，授左拾遗。后因房琯事件牵连，弃官入蜀，严武荐为检校工部员外郎。晚年流落夔州、湖湘。杜甫与李白并称"李杜"，其诗深刻反映了唐王朝由盛转衰的历史过程，被誉为"诗史"。诗风沉郁顿挫，格律精严。有《杜工部集》。

望 岳[1]

岱宗夫如何[2]，齐鲁青未了[3]。
造化钟神秀[4]，阴阳割昏晓[5]。
荡胸生层云，决眦入归鸟[6]。
会当凌绝顶[7]，一览众山小[8]。

注释　1. 岳：指东岳泰山，在山东泰安北。2. 岱宗：指泰山。3. 齐鲁：泰山居古齐国和鲁国之间。4. 造化：大自然。钟：聚集。5. "阴阳"句：极言泰山之雄奇高峻。山南山北因山之高峻而昏晓明暗殊异。阴：山北。阳：山南。6. 决眦（zì）：极目远眺。决，裂开，此为尽可能地睁大。眦，眼眶。7. 会当：终当，定要。8. "一览"句：化用《孟子·尽心上》"孔子登东山而小鲁，登泰山而小天下"句意。

房兵曹胡马[1]

胡马大宛名[2]，锋棱瘦骨成。
竹批双耳峻[3]，风入四蹄轻。
所向无空阔[4]，真堪托死生。
骁腾有如此[5]，万里可横行。

注释　1. 房兵曹：生平不详。兵曹是州郡参佐军事的官。2. 大宛（yuān）：古代西域国名，国中出产良马。3. "竹批"句：古代相马术认为，马耳尖削是良马的特征。批：削。峻：尖耸。4. "所向"句：骏马奔驰起来，逾险跃阻，无所畏惧。5. 骁腾：骏马骁勇矫健的样子。

画 鹰

素练风霜起[1],苍鹰画作殊[2]。
㧐身思狡兔[3],侧目似愁胡[4]。
绦镟光堪摘[5],轩楹势可呼[6]。
何当击凡鸟[7],毛血洒平芜[8]。

注释　1. 素练：作画用的白绢。风霜：指秋冬肃杀之气。这里形容画中之鹰凶猛如挟风霜之杀气。2. 殊：特异，不同凡俗。3. 㧐（sǒng）身：耸起身子。4. 似愁胡：形容鹰眼色碧而锐利，似发愁的胡人的眼睛。因胡人（指西域人）碧眼，故以为喻。5. 绦：丝绳，指系鹰的绳子。镟（zú）：金属转轴，指鹰绳另一端所系的金属环。堪摘：可以解除。6. 轩楹：堂前窗柱，指悬挂画鹰的地方。势可呼：画中的鹰势态逼真，呼之欲飞。7. 何当：安得，哪得。8. 平芜：草木丛生的平旷原野。

奉赠韦左丞丈二十二韵[1]

纨袴不饿死[2],儒冠多误身[3]。
丈人试静听,贱子请具陈[4]。
甫昔少年日,早充观国宾[5]。
读书破万卷,下笔如有神。
赋料扬雄敌[6],诗看子建亲[7]。
李邕求识面[8],王翰愿卜邻[9]。
自谓颇挺出,立登要路津[10]。
致君尧舜上,再使风俗淳[11]。
此意竟萧条[12],行歌非隐沦[13]。
骑驴十三载,旅食京华春。
朝扣富儿门,暮随肥马尘。
残杯与冷炙,到处潜悲辛。
主上顷见征[14],欻然欲求伸[15]。
青冥却垂翅[16],蹭蹬无纵鳞[17]。

注释　1. 韦左丞：指韦济，天宝七载（748）任尚书左丞。韦氏年长于杜甫，诗中的"丈人"或"丈"是对韦济的尊称。2. 纨袴：指富贵子弟。3. 儒冠：儒生戴的帽子，此借指读书人。4. 贱子：杜甫自称。5."甫昔"二句：写杜甫早年应举落第事。观国宾：指自己有幸看到国朝文物之胜，当时还只是一个在野的宾客。6. 扬雄：西汉著名辞赋家。7. 子建：即曹植，字子建，三国时著名诗人。8."李邕"句：《新唐书·杜甫传》："（甫）少贫，不自振。李邕奇其材，先往见之。"9. 王翰：唐著名诗人。卜邻：做邻居。10. 要路津：指重要的官职。11."致君"二句：意谓自己想做一番事业，辅佐皇帝成为像尧舜那样的圣贤明君，使天下风俗淳厚。12. 萧条：落空。13. 隐沦：此指隐逸之士。14."主上"句：天宝六载（747），玄宗下诏征求人才，杜甫应诏赴试，由于李林甫弄权作梗，此次应试无一人中举。15. 欻（xū）然：忽然。伸：施展才能抱负。16. 青冥：天空。17. 蹭蹬：失势貌。纵鳞：畅游于水中的鱼。

甚愧丈人厚，甚知丈人真。
每于百僚上，猥诵佳句新[18]。
窃效贡公喜[19]，难甘原宪贫[20]。
焉能心怏怏[21]，只是走踆踆[22]。
今欲东入海，即将西去秦。
尚怜终南山，回首清渭滨。
常拟报一饭，况怀辞大臣。
白鸥没浩荡，万里谁能驯[23]？

18."每于"二句：是说辱蒙韦济常在百官面前朗诵自己的诗作。猥：谦辞。19.贡公：即贡禹，西汉人。贡禹与王吉为友，闻吉贵显，非常高兴，认为王吉一定会推荐他。此处杜甫以贡禹自比，期待韦济能举荐他。20.原宪：孔子的学生，非常贫穷。21.怏怏：失意，郁闷。22.踆（cūn）踆：欲前却退貌，形容进退两难。23."白鸥"二句：言自己将如白鸥一样出没于烟波间，不再受束缚。

同诸公登慈恩寺塔[1]

高标跨苍穹，烈风无时休。
自非旷士怀，登兹翻百忧[2]。
方知象教力[3]，足可追冥搜[4]。
仰穿龙蛇窟，始出枝撑幽[5]。
七星在北户，河汉声西流[6]。
羲和鞭白日[7]，少昊行清秋[8]。
秦山忽破碎[9]，泾渭不可求。
俯视但一气，焉能辨皇州[10]？
回首叫虞舜，苍梧云正愁[11]。
惜哉瑶池饮，日晏昆仑丘[12]。
黄鹄去不息[13]，哀鸣何所投？
君看随阳雁[14]，各有稻粱谋[15]。

注释 1.慈恩寺塔：即今西安大雁塔。2."自非"二句：言若非超世旷达之人，登此高楼就会感到百忧交集。3.象教：即佛教。佛教假形象以教人，故云。4.冥搜：在极幽远处探索。5."仰穿"二句：穿过曲折如龙蛇之窟般的蹬道，才走出枝木交纵的幽暗之处。6.七星：北斗星。河汉：亦谓天河或天汉。7.羲和：神话传说中太阳的御者。8.少昊：即白帝，传说中五帝之一，是主秋天的神。9.秦山：秦岭。此句谓秦岭诸山高低错落，大小参差，有如破碎。10.皇州：此指唐都长安。11.苍梧：山名，即九疑山，传说中虞舜葬处。12."惜哉"二句：传说周穆王曾远游西北，与西王母宴于瑶池之上（事见《列子》及《穆天子传》）。此处讽刺唐玄宗与杨贵妃游宴华清宫，荒淫享乐。13.黄鹄：喻指包括作者在内的贤能人士。14.雁：此借指趋炎附势的小人。15.稻粱谋：谋求个人生计利益。

兵车行

车辚辚[1],马萧萧,行人弓箭各在腰[2]。耶娘妻子走相送[3],尘埃不见咸阳桥[4]。牵衣顿足拦道哭,哭声直上干云霄。道旁过者问行人,行人但云点行频[5]。或从十五北防河[6],便至四十西营田[7]。去时里正与裹头[8],归来头白还戍边。边庭流血成海水,武皇开边意未已[9]。君不闻汉家山东二百州[10],千村万落生荆杞。纵有健妇把锄犁,禾生陇亩无东西。况复秦兵耐苦战[11],被驱不异犬与鸡。长者虽有问[12],役夫敢申恨[13]?且如今年冬,未休关西卒[14]。县官急索租,租税从何出!信知生男恶,反是生女好。生女犹是嫁比邻,生男埋没随百草。君不见青海头,古来白骨无人收。新鬼烦冤旧鬼哭,天阴雨湿声啾啾。

注释 1. 辚辚:车行声。下句用"萧萧"摹写马鸣声。2. 行人:此指行军出征的人。3. 耶娘:同"爷娘",父母。4. 咸阳桥:在咸阳西南渭水上,秦汉时名便桥。5. 点行频:多次点兵出征。点行,强制征调出征。6. 防河:玄宗时,为防御吐蕃对西北黄河以西地区的侵扰,常在秋冬季驻军防守,故云防河。7. 营田:戍边的士卒闲时兼事垦荒种田。8. 里正:唐制百户为一里,长官称里正。与裹头:替他裹头。古代男子留长发,须用头巾包裹。9. 武皇:本指汉武帝,此借指唐玄宗。下句"汉家"亦借指唐王朝。10. 山东:唐建都长安,把华山和潼关以东地区称为山东。二百州:唐代关东七道,共二百一十七州,此处取其整数。11. 秦兵:即秦地之兵。12. 长者:即上文的"道旁过者"。13. 敢:岂敢。14. 关西卒:关西的士兵,即秦兵。关西,函谷关以西的地区。一说为潼关以西。

饮中八仙歌[1]

知章骑马似乘船[2],

注释 1. 八仙:此指贺知章、李琎、李适之、崔宗之、苏晋、李白、张旭、焦遂八人。2. 知章:即贺知章,性放旷,自号四明狂客。

眼花落井水底眠。
汝阳三斗始朝天[3],
道逢曲车口流涎[4],
恨不移封向酒泉[5]。
左相日兴费万钱[6],
饮如长鲸吸百川,
衔杯乐圣称世贤。
宗之潇洒美少年[7],
举觞白眼望青天[8],
皎如玉树临风前。
苏晋长斋绣佛前[9],
醉中往往爱逃禅。
李白一斗诗百篇,
长安市上酒家眠。
天子呼来不上船,
自称臣是酒中仙。
张旭三杯草圣传[10],
脱帽露顶王公前,
挥毫落纸如云烟。
焦遂五斗方卓然,
高谈雄辩惊四筵[11]。

3. 汝阳:汝阳王李琎。 4. 曲(qū)车:酒车。 5. 酒泉:郡名。郡城下有泉,味如酒,故名酒泉。李琎好酒,故以移封酒泉戏之。 6. 左相:指李适之。李适之好宾客,饮酒一斗不乱。据《旧唐书》载,其罢相后尝作诗云"避贤初罢相,乐圣且衔杯。为问门前客,今朝几个来?"以下句化用其语。 7. 宗之:崔宗之。 8. 觞:酒杯。白眼:晋人阮籍好酒,能作青白眼,见庸俗之人则以白眼对之,此以宗之比之。 9. 苏晋:曾官户、吏两部侍郎,奉佛而贪杯,故下句曰"逃禅"。 10. 张旭:唐书法家,善草书。据《唐国史补》,旭饮酒辄草书,挥笔而大叫,以头揾水墨中而书之。 11. "焦遂"二句:《唐史拾遗》载,遂口吃,对客不出一言,饮后方卓然起兴,高谈雄论,酬答论辩。

春日忆李白

白也诗无敌,飘然思不群。

清新庾开府[1]，俊逸鲍参军[2]。
渭北春天树，江东日暮云[3]。
何时一尊酒[4]，重与细论文[5]？

注释　1. 庾开府：庾信，南北朝末期著名诗人，任北周骠骑大将军、开府仪同三司。2. 鲍参军：鲍照，南朝著名诗人，刘宋时曾任荆州前军参军。3. "渭北"二句：时杜甫在长安，李白在江南。4. 尊：同"樽"，酒器。5. 论文：即论诗。

前出塞九首（选一）

挽弓当挽强，用箭当用长。
射人先射马，擒贼先擒王。
杀人亦有限，列国自有疆。
苟能制侵陵[1]，岂在多杀伤？

注释　1. 苟：假使，如果。侵陵：侵犯。

丽人行

三月三日天气新[1]，
长安水边多丽人。
态浓意远淑且真[2]，
肌理细腻骨肉匀。
绣罗衣裳照暮春，
蹙金孔雀银麒麟[3]。
头上何所有，
翠为㿟叶垂鬓唇[4]。
背后何所见，
珠压腰衱稳称身[5]。

注释　1. 三月三日：即上巳节。古代风俗，此日人们于水边游戏祈福，祓除不祥。2. 淑且真：妇人娴淑端庄，此实用反语以讽刺。3. "蹙（cù）金"句：衣服上用金线和银线绣着孔雀和麒麟。蹙，一种刺绣工艺。4. "翠为"句：翡翠制成的㿟叶一直垂到鬓边。㿟（è）叶：妇女所用发饰。5. 衱（jié）：衣后裾，长与腰齐，故称腰衱。

就中云幕椒房亲[6],
赐名大国虢与秦[7]。
紫驼之峰出翠釜[8],
水精之盘行素鳞[9]。
犀箸厌饫久未下[10],
鸾刀缕切空纷纶[11]。
黄门飞鞚不动尘[12],
御厨络绎送八珍。
箫鼓哀吟感鬼神,
宾从杂遝实要津[13]。
后来鞍马何逡巡[14],
当轩下马入锦茵。
杨花雪落覆白蘋[15],
青鸟飞去衔红巾[16]。
炙手可热势绝伦,
慎莫近前丞相嗔。

6.就中:其中。椒房:汉代皇后所居宫室。椒房亲,指皇后的亲戚。7."赐名"句:杨贵妃有三姊,皆因才貌而被赐以封号,分别为韩国夫人、虢国夫人、秦国夫人。8.紫驼之峰:骆驼背上的肉峰,古以为珍肴。9.水精:即水晶。素鳞:白色的鱼。10.厌饫:饱足,吃腻了。11.鸾刀:带有装饰的刀。空纷纶:指庖厨们白白地忙碌了。12.黄门:即宦官。飞鞚(kòng):飞驰的马。鞚,马勒。13.杂遝(tà):杂乱众多貌。实要津:双关语,既实写杨氏姊妹的众多宾客随从占据了曲江要道,又暗喻他们把持着朝廷重要职位。14.后来鞍马:此指杨国忠,即下文的"丞相"。逡(qūn)巡:徐行貌。15.杨花:此以杨花谐杨姓,"杨花覆蘋"隐指杨氏兄妹的淫乱丑行。16.青鸟:神话中西王母的使者,后多指男女间传递消息之人。

贫交行[1]

翻手作云覆手雨[2],
纷纷轻薄何须数[3]。
君不见管鲍贫时交[4],
此道今人弃如土。

注释 1.贫交:贫贱之交。古歌谓:"采葵莫伤根,伤根葵不生。结交莫羞贫,羞贫友不成。"2.覆:颠倒。3.轻薄:指为人不宽厚。4.管鲍:指管仲和鲍叔牙。管仲早年与鲍叔牙相处甚好。管仲贫困,也欺负过鲍叔牙,但鲍叔牙始终善待管仲。后管仲感叹:"生我者父母,知我者鲍叔也!"

自京赴奉先县咏怀五百字[1]

杜陵有布衣[2]，老大意转拙[3]。
许身一何愚，窃比稷与契[4]。
居然成濩落[5]，白首甘契阔[6]。
盖棺事则已，此志常觊豁[7]。
穷年忧黎元[8]，叹息肠内热。
取笑同学翁，浩歌弥激烈。
非无江海志[9]，萧洒送日月。
生逢尧舜君[10]，不忍便永诀。
当今廊庙具，构厦岂云缺[11]？
葵藿倾太阳[12]，物性固莫夺。
顾惟蝼蚁辈[13]，但自求其穴。
胡为慕大鲸，辄拟偃溟渤[14]？
以兹悟生理，独耻事干谒。
兀兀遂至今[15]，忍为尘埃没。
终愧巢与由[16]，未能易其节。
沉饮聊自适[17]，放歌颇愁绝。
岁暮百草零，疾风高冈裂。
天衢阴峥嵘[18]，客子中夜发[19]。
霜严衣带断，指直不得结。
凌晨过骊山，御榻在嵽嵲[20]。
蚩尤塞寒空[21]，蹴踏崖谷滑。
瑶池气郁律[22]，羽林相摩戛[23]。
君臣留欢娱，乐动殷胶葛[24]。
赐浴皆长缨[25]，与宴非短褐。

注释 1. 奉先：即今陕西蒲城。2. 杜陵布衣：杜甫自称。杜陵，在长安城南，杜甫曾在杜陵附近居住，因自称。3. "老大"句：意谓年愈老而不愿趋炎附势之志愈坚。拙：笨拙，此指不愿随波逐流。4. 稷：周人祖先。契：商人祖先。二人均为古之贤臣。5. 濩（hù）落：大而无用之意。6. 契阔：勤苦，辛苦。7. 觊（jì）豁：希望能够实现。觊，希望。豁，达到。8. 穷年：终年。黎元：百姓。9. 江海志：放浪江海之志，即隐逸的心愿。10. 尧舜君：此指代唐玄宗。11. "当今"二句：意即当今朝廷中并不缺乏人才。廊庙：朝廷的建筑，代指朝廷。构厦：修建大屋，比喻治理国家。12. 葵：向日葵。藿：豆叶。古人常以葵藿喻忠诚。13. 蝼蚁辈：喻目光短浅、营求自谋的小人。14. "胡为"二句：意谓自己一直希望能施展抱负。大鲸：喻志向远大的人。偃：游息。溟渤：沧海。15. 兀兀：勤苦貌。16. 巢与由：巢父与许由。传说中两位避世隐士。17. 沉饮：放怀而饮，嗜酒无度。18. 天衢（qú）：天街。此借指长安城。峥嵘：山高峻貌，此处形容天空黑云密布，重叠如山。19. 客子：此指杜甫。中夜发：半夜出发。20. 嵽嵲（dié niè）：山高峻貌，此指骊山。21. 蚩尤：传说中能造雾的人。22. 瑶池：传说中西王母与周穆王游宴之地，此借指骊山上的华清宫。郁律：暖气蒸腾的样子。23. 羽林：皇帝的禁卫军。24. "乐动"句：意谓乐声响彻云霄。胶葛：广大貌，此指广大的天空。25. 长缨：此指权贵，与下句"短褐"相对。

彤庭所分帛，本自寒女出。
鞭挞其夫家，聚敛贡城阙。
圣人筐篚恩[26]，实欲邦国活。
臣如忽至理[27]，君岂弃此物？
多士盈朝廷，仁者宜战栗。
况闻内金盘[28]，尽在卫霍室[29]。
中堂舞神仙[30]，烟雾散玉质[31]。
暖客貂鼠裘，悲管逐清瑟。
劝客驼蹄羹，霜橙压香橘。
朱门酒肉臭，路有冻死骨。
荣枯咫尺异，惆怅难再述。
北辕就泾渭，官渡又改辙[32]。
群冰从西下，极目高崒兀[33]。
疑是崆峒来[34]，恐触天柱折[35]。
河梁幸未坼，枝撑声窸窣[36]。
行旅相攀援[37]，川广不可越。
老妻寄异县，十口隔风雪。
谁能久不顾，庶往共饥渴。
入门闻号咷，幼子饥已卒。
吾宁舍一哀，里巷亦呜咽。
所愧为人父，无食致夭折。
岂知秋未登，贫窭有仓卒[38]。
生常免租税，名不隶征伐。
抚迹犹酸辛，平人固骚屑[39]。
默思失业徒，因念远戍卒。
忧端齐终南，澒洞不可掇[40]。

26. 圣人：此指皇帝。筐篚恩：赐帛之恩。筐、篚皆为盛帛之器。27. 忽：忽视。至理：即上句"实欲邦国活"的道理。28. 内金盘：皇宫中的金盘。29. 卫霍室：卫、霍两家是汉代外戚，此借指杨贵妃的亲属。30. 神仙：指女乐。一说指杨贵妃及其姊妹。31. 玉质：形容女子肌肤之美。32. 官渡：官家的渡口。33. 崒（zú）兀：高峻危险貌。34. 崆峒：山名，在今甘肃省岷县。泾渭二水皆自陇西而下，故云"崆峒来"。35. 天柱：传说中不周山支撑天的柱子。36. 枝撑：桥柱的交木。窸窣：拟声词。37. 行旅：行人。38. 窭（jù）：贫穷。39. 骚屑：本指风声，此处形容动摇和不安。40. 澒(hòng)洞：广大无际貌。掇：收拾。

月 夜

今夜鄜州月[1],闺中只独看[2]。
遥怜小儿女,未解忆长安。
香雾云鬟湿,清辉玉臂寒。
何时倚虚幌[3],双照泪痕干?

注释 1. 鄜(fū)州:治所在今陕西富县。2. 闺中:此指仍在鄜州的妻子。3. 虚幌(huǎng):薄而透的帷幕。

悲陈陶[1]

孟冬十郡良家子[2],
血作陈陶泽中水。
野旷天清无战声,
四万义军同日死。
群胡归来血洗箭[3],
仍唱胡歌饮都市[4]。
都人回面向北啼[5],
日夜更望官军至。

注释 1. 陈陶:地名,即陈陶泽,又名陈陶斜,在今陕西咸阳东。唐肃宗至德元载(756),唐军与安史叛军在陈陶泽作战,大败。2. 孟冬:冬季的第一个月,即阴历十月。十郡:泛指西北各郡。良家子:此泛指从百姓中征召的士兵。3. 群胡:指安史叛军。4. 都市:指长安街市。5. 都人:长安的人民。向北啼:当时唐肃宗在长安西北的彭原(今属甘肃)。

春 望

国破山河在,城春草木深。
感时花溅泪,恨别鸟惊心。
烽火连三月,家书抵万金。
白头搔更短[1],浑欲不胜簪[2]。

注释 1. 短:少。2. 浑欲:简直,几乎要。不胜:不能承受。

哀江头[1]

少陵野老吞声哭[2],
春日潜行曲江曲。
江头宫殿锁千门,
细柳新蒲为谁绿?
忆昔霓旌下南苑[3],
苑中万物生颜色[4]。
昭阳殿里第一人[5],
同辇随君侍君侧。
辇前才人带弓箭,
白马嚼啮黄金勒。
翻身向天仰射云,
一箭正坠双飞翼。
明眸皓齿今何在?
血污游魂归不得[6]。
清渭东流剑阁深,
去住彼此无消息[7]。
人生有情泪沾臆[8],
江水江花岂终极!
黄昏胡骑尘满城,
欲往城南望城北[9]。

注释 1. 江：指曲江，在长安城南。安史乱前是著名的游赏胜地，也是唐玄宗与杨贵妃平日游幸之所。2. 少陵野老：杜甫自称。3. 霓旌：云霓般的彩旗。南苑：即曲江之南的芙蓉苑。4. 生颜色：焕发光彩。5. "昭阳"句：此指杨贵妃。昭阳，汉宫名。6. "明眸"二句：指杨贵妃缢死马嵬驿事。7. "清渭"二句：是说杨贵妃死于渭水之滨，而玄宗去了四川，二人一生一死，永无消息。清渭：渭水，流经马嵬驿之南。剑阁：关名，在今四川境内。8. 臆：胸膛。9. "欲往"句：杜甫时住城南，望城北者，有望官军北来收复京师之意。一说因心中伤悲迷乱，不辨南北。

北　征[1]

皇帝二载秋[2],闰八月初吉[3]。
杜子将北征,苍茫问家室。
维时遭艰虞[4],朝野少暇日。
顾惭恩私被,诏许归蓬荜[5]。
拜辞诣阙下[6],怵惕久未出[7]。
虽乏谏诤姿,恐君有遗失。
君诚中兴主,经纬固密勿[8]。
东胡反未已[9],臣甫愤所切。
挥涕恋行在[10],道途犹恍惚。
乾坤含疮痍,忧虞何时毕?
靡靡逾阡陌[11],人烟眇萧瑟[12]。
所遇多被伤,呻吟更流血。
回首凤翔县,旌旗晚明灭[13]。
前登寒山重,屡得饮马窟[14]。
邠郊入地底,泾水中荡潏[15]。
猛虎立我前,苍崖吼时裂[16]。
菊垂今秋花,石戴古车辙。
青云动高兴[17],幽事亦可悦[18]。
山果多琐细,罗生杂橡栗。
或红如丹砂,或黑如点漆。
雨露之所濡,甘苦齐结实。
缅思桃源内[19],益叹身世拙。
坡陀望鄜畤[20],岩谷互出没。
我行已水滨,我仆犹木末[21]。

注释　1.北征:即北行。2.皇帝二载:唐肃宗至德二载(757)。3.初吉:阴历初一。4.维时:此时。维,发语词。艰虞:艰难且使人忧虑。5."顾惭"二句:谓皇帝允许他回家探亲,是他独自受到的恩惠。蓬荜:即蓬门荜户,指贫苦人住的房子,此指自己的家。6.诣:至。阙下:宫阙,朝廷。7.怵(chù)惕:惶恐不安貌。8.经纬:本指织布时的竖线和横线,此喻指安排国家大事。密勿:即勤勉。9.东胡:安禄山父子的叛军。10.行在:皇帝临时出行的所在地,此指临时设在凤翔的朝廷。11.靡靡:行步迟缓忧伤貌。12.眇:少。13.明灭:忽隐忽现。14."前登"二句:意谓前行登上重重寒山,到处可见战争痕迹。饮马窟:行军时饮马的水注。15.荡潏(jué):水流动之貌。16."猛虎"二句:山中狂风怒号,山鸣谷应,苍崖似要被震裂一般。猛虎:山崖蹲踞之状。17.高兴:高雅的兴致。18.幽事:山中幽静的景物。19.缅思:遥想。桃源:晋陶潜《桃花源记》中所虚构的理想社会。20.坡陀:高低不平貌。鄜畤(zhì):春秋时秦文公曾在鄜州筑坛祭天神,故称鄜畤。畤,祭天神的祭坛。21.木末:树梢。此句谓从山下望去,走在山上的仆人有如在树梢一般。

鸱鸟鸣黄桑[22]，野鼠拱乱穴。
夜深经战场，寒月照白骨。
潼关百万师，往者散何卒[23]。
遂令半秦民，残害为异物[24]。
况我堕胡尘[25]，及归尽华发。
经年至茅屋，妻子衣百结[26]。
恸哭松声回，悲泉共幽咽。
平生所娇儿，颜色白胜雪[27]。
见耶背面啼[28]，垢腻脚不袜。
床前两小女，补绽才过膝。
海图坼波涛，旧绣移曲折。
天吴及紫凤，颠倒在裋褐[29]。
老夫情怀恶，呕泄卧数日。
那无囊中帛[30]，救汝寒凛栗。
粉黛亦解苞[31]，衾裯稍罗列[32]。
瘦妻面复光，痴女头自栉[33]。
学母无不为，晓妆随手抹。
移时施朱铅[34]，狼藉画眉阔[35]。
生还对童稚，似欲忘饥渴。
问事竞挽须，谁能即嗔喝[36]。
翻思在贼愁，甘受杂乱聒[37]。
新归且慰意，生理焉能说[38]？
至尊尚蒙尘[39]，几日休练卒[40]？
仰观天色改，坐觉妖氛豁[41]。
阴风西北来，惨淡随回鹘[42]。
其王愿助顺，其俗善驰突。

22. 鸱（chī）鸟：猫头鹰。23. "潼关"二句：指哥舒翰二十万军守潼关失败事。卒：仓促。24. 异物：此指死人，谓许多人在战争中死去。25. 堕胡尘：指自己曾被叛军所俘事。26. 百结：衣服上打满了补丁。27. "颜色"句：指肤色白净胜雪。一说娇儿因饥饿而脸色苍白。28. 耶：即"爷"，父亲。29. "海图"四句：是说用旧绣片来补缀短衣，因而原来的图案花纹变得"曲折""颠倒"。海图，绣着海景图案的绣品。天吴、紫凤均指绣品上的图案。裋（shù）褐：粗陋的短衣。30. 那（nuó）：奈何。31. 苞：通"包"，包裹。32. 衾：被子。裯：帐子。33. 栉：梳头。34. 移时：过了一会儿。施：擦抹。35. 狼藉：杂乱。36. 嗔喝（hè）：发怒喝止。37. "翻思"二句：回想陷贼时思归不得的愁苦，孩子们虽然吵闹些，也使人感到快慰。聒：此指孩子们的吵嚷声。38. 生理：生计。39. 至尊：指肃宗。40. 休：指战事停息。41. 坐觉：犹顿觉。妖氛：指叛军的气焰。豁：豁清，散开。42. 回鹘：一作"回纥"，唐西北少数民族名。以下写唐王朝借回鹘兵平乱事。

送兵五千人，驱马一万匹。
此辈少为贵，四方服勇决。
所用皆鹰腾[43]，破敌过箭疾。
圣心颇虚伫，时议气欲夺[44]。
伊洛指掌收，西京不足拔[45]。
官军请深入，蓄锐何俱发。
此举开青徐[46]，旋瞻略恒碣[47]。
昊天积霜露[48]，正气有肃杀。
祸转亡胡岁，势成擒胡月。
胡命其能久，皇纲未宜绝[49]。
忆昨狼狈初[50]，事与古先别。
奸臣竟菹醢[51]，同恶随荡析。
不闻夏殷衰，中自诛褒妲[52]。
周汉获再兴，宣光果明哲[53]。
桓桓陈将军[54]，仗钺奋忠烈[55]。
微尔人尽非[56]，于今国犹活。
凄凉大同殿[57]，寂寞白兽闼[58]。
都人望翠华[59]，佳气向金阙。
园陵固有神[60]，扫洒数不缺[61]。
煌煌太宗业，树立甚宏达。

43. 鹰腾：形容回鹘兵的骁勇剽悍。44. "圣心"二句：是说皇帝虚心期待着能依靠回鹘兵取得胜利，原来反对借用回鹘兵的人也不敢再反对。虚伫：虚心等待。时议：舆论。45. "伊洛"二句：谓收复东西两京毫不费力。伊洛：流经洛阳的伊水和洛水，此借指唐东京洛阳。46. 青徐：青州和徐州，今山东、苏北一带。47. 恒碣：恒山和碣石山，今山西、河北一带。48. 昊天：此指秋天。49. 皇纲：唐王朝帝业。50. 狼狈初：指玄宗仓皇奔蜀事。51. 奸臣：指杨国忠。菹醢（zū hǎi）：肉酱，此指被杀死。52. "不闻"二句：意谓与历史上的亡国之君相比，玄宗尚能顾全大局，赐死杨贵妃。褒：褒姒，周幽王宠妃。妲：妲己，殷纣王宠妃。此以褒姒、妲己喻杨贵妃。53. 宣光：周宣王和东汉光武帝，二人被看作历史上的中兴君主，此皆以颂扬肃宗李亨。54. 桓桓：威武貌。陈将军，即陈玄礼。55. "仗钺"句：指陈玄礼护佑玄宗西行及果断处理马嵬驿事。钺：长柄斧类武器。56. 微：没有。尔：你，指陈玄礼。人尽非：人民就得受安史叛军的野蛮统治。57. 大同殿：位于兴庆宫勤政楼北，玄宗接见群臣的地方。58. 白兽闼：即白兽门，唐长安太极宫门名。59. 望翠华：盼望肃宗能回到京师。翠华，天子之旗。60. 园陵：唐朝皇帝的陵墓。61. 数：礼数。

羌村三首[1]

峥嵘赤云西[2]，日脚下平地[3]。
柴门鸟雀噪，归客千里至。

注释　1. 羌村：在唐鄜州城外，是杜甫家所在。2. 峥嵘：高峻貌，此形容云团。3. 日脚：从云下斜射至地面的阳光。

唐·杜甫

妻孥怪我在[4]，惊定还拭泪。
世乱遭飘荡，生还偶然遂[5]。
邻人满墙头，感叹亦歔欷[6]。
夜阑更秉烛[7]，相对如梦寐。

4. 妻孥（nú）：妻子和儿女。怪我在：战乱中家人骤见时惊怔的情状。5. 遂：遂愿，如愿。6. 歔欷（xū xī）：悲泣抽息声。7. 夜阑：夜深。

晚岁迫偷生[1]，还家少欢趣。
娇儿不离膝，畏我复却去。
忆昔好追凉[2]，故绕池边树。
萧萧北风劲，抚事煎百虑[3]。
赖知禾黍收[4]，已觉糟床注[5]。
如今足斟酌，且用慰迟暮。

注释　1. 偷生：即苟活。杜甫心系国家，因此以此次国家危难时回家为偷生。2. 追凉：指纳凉。3."抚事"句：想起许多事，心中十分焦虑。4. 赖知：幸而知道。5. 糟床：制酒之具。注：注出酒来。

群鸡正乱叫，客至鸡斗争。
驱鸡上树木，始闻叩柴荆[1]。
父老四五人，问我久远行[2]。
手中各有携，倾榼浊复清[3]。
苦辞酒味薄[4]，黍地无人耕。
兵革既未息[5]，儿童尽东征[6]。
请为父老歌，艰难愧深情。
歌罢仰天叹，四座泪纵横。

注释　1. 柴荆：以柴荆编扎的门。2. 问：慰问。3. 榼（kē）：盛酒器。浊、清：均指酒色。4."苦辞"句：是说因酒味薄而感觉很抱歉。苦辞，一再地说。5. 兵革：指代战争。6. 东征：指收复两京之役。

曲江二首[1]

一片花飞减却春，
风飘万点正愁人[2]。
且看欲尽花经眼[3]，
莫厌伤多酒入唇[4]。
江上小堂巢翡翠[5]，
苑边高冢卧麒麟[6]。
细推物理须行乐[7]，
何用浮名绊此身。

注释 1. 曲江：在今陕西西安东南郊，唐时是游赏佳地。2. 万点：形容落花之多。3. 且：暂且。经眼：从眼前经过。4. 伤：伤感，忧伤。5. 巢翡翠：翡翠鸟筑巢。6. "苑边"句：高冢前石兽倒卧在地。苑：指芙蓉苑。冢：坟墓。7. 物理：事物的道理。

朝回日日典春衣[1]，
每日江头尽醉归。
酒债寻常行处有[2]，
人生七十古来稀。
穿花蛱蝶深深见[3]，
点水蜻蜓款款飞[4]。
传语风光共流转[5]，
暂时相赏莫相违。

注释 1. 朝回：上朝回来。典：押当。2. 行处：到处。3. 深深：在花丛深处。见：同"现"。4. 款款：缓慢地。5. 风光：春光。共流转：在一起逗留和盘桓。

曲江对酒

苑外江头坐不归，
水精春殿转霏微[1]。

注释 1. 水精春殿：即苑中宫殿。霏微：迷蒙的样子。

桃花细逐杨花落，
黄鸟时兼白鸟飞。
纵饮久判人共弃[2]，
懒朝真与世相违[3]。
吏情更觉沧洲远[4]，
老大悲伤未拂衣[5]。

2. 判：甘愿。3. 懒朝：懒于朝参。4. 沧洲：水边绿洲，古时常用来指隐士的居处。5. 拂衣：指辞官。

九日蓝田崔氏庄[1]

老去悲秋强自宽[2]，
兴来今日尽君欢。
羞将短发还吹帽，
笑倩旁人为正冠[3]。
蓝水远从千涧落[4]，
玉山高并两峰寒[5]。
明年此会知谁健，
醉把茱萸仔细看[6]。

注释　1. 九日：即重阳节。蓝田：在今陕西。2. 强：勉强。3. 倩：请人代替自己做。此句用晋人孟嘉重阳落帽的典故。4. 蓝水：即蓝溪，在蓝田山下。5. 玉山：即蓝田山。6. 茱萸：植物名。古时重阳节有佩茱萸囊辟邪的习俗。

赠卫八处士[1]

人生不相见，动如参与商[2]。
今夕复何夕，共此灯烛光。
少壮能几时，鬓发各已苍。
访旧半为鬼，惊呼热中肠[3]。

注释　1. 卫八：名不详。处士：隐居不仕的人。2. 动：往往。参（shēn）与商：二星名，东西相对，此出彼没，故不相见。3. 热中肠：内心激动。

焉知二十载，重上君子堂⁴。
昔别君未婚，儿女忽成行。
怡然敬父执⁵，问我来何方。
问答乃未已，驱儿罗酒浆⁶。
夜雨剪春韭，新炊间黄粱⁷。
主称会面难，一举累十觞⁸。
十觞亦不醉，感子故意长⁹。
明日隔山岳，世事两茫茫。

4. 君子：指卫八处士。5. 父执：父亲真挚的朋友。6. 驱：差遣。罗：张罗，摆设。7. 间：掺和。黄粱：黄小米。8. 累：接连。觞（shāng）：酒杯。9. 故意：故交的情意。

洗兵马

中兴诸将收山东¹，
捷书日报清昼同。
河广传闻一苇过²，
胡危命在破竹中³。
只残邺城不日得⁴，
独任朔方无限功⁵。
京师皆骑汗血马⁶，
回纥喂肉葡萄宫⁷。
已喜皇威清海岱⁸，
常思仙仗过崆峒⁹。
三年笛里关山月¹⁰，
万国兵前草木风。
成王功大心转小¹¹，
郭相谋深古来少¹²。

注释 1. 中兴诸将：指郭子仪等将领。山东：唐人所谓"山东"，是指华山以东地区。2. "河广"句：化用《诗经》"谁谓河广，一苇杭之"句，喻指官军可以很快渡过黄河。3. 胡：指盘踞洛阳的安庆绪。4. 只残：仅仅剩下。邺城：唐相州治所。5. 朔方：指朔方节度使郭子仪。6. 汗血马：相传大宛国出产的良马，此指回纥骑兵。7. 葡萄宫：汉上林苑中的宫名，汉元帝曾于此招待匈奴单于。此指唐肃宗设宴招待带兵协助唐王朝平乱的回纥太子叶护。8. 海岱：山东地区。9. 仙仗：皇帝的仪仗。崆峒：山名，在今甘肃岷县西。此句指唐肃宗在甘肃灵武登基。10. 关山月：乐府旧曲，多伤离别。11. 成王：太子李豫封号。心转小：更为小心谨慎。12. 郭相：指郭子仪，曾任中书令。

司徒清鉴悬明镜[13],
尚书气与秋天杳[14]。
二三豪俊为时出[15],
整顿乾坤济时了[16]。
东走无复忆鲈鱼[17],
南飞觉有安巢鸟[18]。
青春复随冠冕入[19],
紫禁正耐烟花绕[20]。
鹤驾通霄凤辇备[21],
鸡鸣问寝龙楼晓[22]。
攀龙附凤势莫当,
天下尽化为侯王。
汝等岂知蒙帝力,
时来不得夸身强。
关中既留萧丞相,
幕下复用张子房[23]。
张公一生江海客[24],
身长九尺须眉苍。
征起适遇风云会,
扶颠始知筹策良[25]。
青袍白马更何有[26],
后汉今周喜再昌[27]。
寸地尺天皆入贡,
奇祥异瑞争来送。
不知何国致白环[28],
复道诸山得银瓮[29]。

13. 司徒：指李光弼，曾任检校司徒。
14. 尚书：指王思礼，时任兵部尚书。
15. 为时出：适应时事需要出来。16. 了：完毕。17. 鲈鱼：晋人张翰因思念家乡鲈鱼的美味而弃官归去。18. "南飞"句：反用曹操《短歌行》"月明星稀，乌鹊南飞。绕树三匝，何枝可依？"句意。19. 青春：春天。20. 耐：受。烟花：形容柳絮纷飞。
21. 鹤驾：太子车驾。凤辇：皇帝车驾。
22. 鸡鸣问寝：古礼太子鸡鸣、日中、日暮均要向皇帝问安。龙楼：汉成帝为太子时，其父元帝急召，他便从龙楼门出。
23. 萧丞相、张子房：即萧何和张良，皆汉初名臣，这里喻肃宗大臣房琯和张镐。
24. 张公：张镐。江海客：指隐士。25. 扶颠：扶持危局。26. 青袍白马：指安史之乱。南朝梁时有童谣："青丝白马寿阳来。"后侯景作乱。27. "后汉"句：用周、汉中兴之主周宣王和汉光武帝比拟唐肃宗的中兴。28. 白环：相传虞舜时，西王母来朝，献白环玉玦。29. 银瓮：传说中的祥瑞之物。

隐士休歌紫芝曲[30],
词人解撰河清颂[31]。
田家望望惜雨干[32],
布谷处处催春种。
淇上健儿归莫懒[33],
城南思妇愁多梦。
安得壮士挽天河[34],
净洗甲兵长不用。

30. 紫芝曲：相传秦末隐士商山四皓所作。
31. 河清颂：元嘉年间，黄河、济水清，鲍照上《河清颂》。32. 望望：瞻望依恋貌。
33. 淇：淇水，与安史叛军老巢邺城相近。健儿：指唐军士兵。34. 挽天河：引来天河水。

新安吏[1]

客行新安道[2],喧呼闻点兵[3]。
借问新安吏,县小更无丁？
府帖昨夜下[4],次选中男行[5]。
中男绝短小,何以守王城。
肥男有母送,瘦男独伶俜[6]。
白水暮东流,青山犹哭声。
莫自使眼枯[7],收汝泪纵横。
眼枯即见骨,天地终无情。
我军取相州[8],日夕望其平。
岂意贼难料[9],归军星散营[10]。
就粮近故垒[11],练卒依旧京[12]。
掘壕不到水,牧马役亦轻。
况乃王师顺,抚养甚分明。
送行勿泣血,仆射如父兄[13]。

注释　1. 新安：今河南新安一带。2. 客：作者自称。3. 喧呼：高声呼叫。4. 府帖：征兵文书。5. 中男：未成年的男子。6. 伶俜：孤零零。7. 眼枯：把眼泪哭干。8. 取相州：指郭子仪等九节度使围攻邺城(即相州)事。9. 贼：指安史叛军。10. "归军"句：指九节度使的官军溃散,各归本营。11. 就粮：就食。故垒：旧营地。12. 旧京：指洛阳。13. 仆射：尚书省官职名,此处指郭子仪,他曾任左仆射。

石壕吏 [1]

暮投石壕村，有吏夜捉人。
老翁逾墙走，老妇出门看。
吏呼一何怒，妇啼一何苦！
听妇前致词，三男邺城戍[2]。
一男附书至，二男新战死。
存者且偷生，死者长已矣。
室中更无人，惟有乳下孙。
有孙母未去，出入无完裙。
老妪力虽衰，请从吏夜归。
急应河阳役[3]，犹得备晨炊。
夜久语声绝，如闻泣幽咽。
天明登前途，独与老翁别。

注释　1. 石壕：即石壕村，在今河南省三门峡市陕州区东南。2. 邺（yè）城：即相州，在今河南安阳，是唐军与安史乱军激战地之一。3. 河阳：即孟津，在今河南孟州市，唐军败于邺城，郭子仪退守于此。

潼关吏 [1]

士卒何草草[2]，筑城潼关道。
大城铁不如，小城万丈余[3]。
借问潼关吏，修关还备胡？
要我下马行[4]，为我指山隅[5]。
连云列战格[6]，飞鸟不能逾。
胡来但自守，岂复忧西都[7]。
丈人视要处[8]，窄狭容单车。
艰难奋长戟，万古用一夫[9]。

注释　1. 潼关：在今陕西潼关。2. 草草：疲惫不堪貌。3. "大城"二句：上句言其坚，下句言其高。4. 要（yāo）：邀请。5. 山隅：山边。6. 战格：即战栅，用以捍敌。7. 西都：指唐都长安，与东都洛阳相对而言。8. 丈人：关吏对杜甫的尊称。要处：险要、要害之处。9. "万古"句：极言其险要。相当于说"一夫当关，万夫莫开"。

哀哉桃林战，百万化为鱼[10]。
请嘱防关将，慎勿学哥舒[11]。

10. "哀哉"二句：哥舒翰将兵二十万驻守潼关，因杨国忠促战，兵败桃林，潼关失守，坠河死伤者数万人。桃林：河南灵宝以西至潼关一带。11. "请嘱"二句：请关吏告诫潼关守将，应以哥舒翰为戒。哥舒：即哥舒翰。

新婚别

兔丝附蓬麻[1]，引蔓故不长。
嫁女与征夫，不如弃路旁。
结发为妻子[2]，席不暖君床。
暮婚晨告别，无乃太匆忙[3]！
君行虽不远，守边赴河阳。
妾身未分明，何以拜姑嫜[4]？
父母养我时，日夜令我藏[5]。
生女有所归，鸡狗亦得将[6]。
君今往死地，沉痛迫中肠。
誓欲随君去，形势反苍黄[7]。
勿为新婚念，努力事戎行[8]。
妇人在军中，兵气恐不扬。
自嗟贫家女，久致罗襦裳。
罗襦不复施，对君洗红妆。
仰视百鸟飞，大小必双翔。
人事多错迕[9]，与君永相望。

注释　1. 兔丝：一种蔓草。蓬麻：蓬和麻，都是小植物。2. 结发：此作结婚解。3. 无乃：岂不是。4. "妾身"二句：古礼嫁妇三日，告庙上坟，谓之成婚，然后称公婆。诗中丈夫"暮婚晨告别"，让新妇如何去拜见公婆呢？姑，婆婆。嫜，公公。5. 藏：指女孩子深居闺阁。6. "生女"二句：即俗语所谓"嫁鸡随鸡，嫁狗随狗"。归，女子出嫁。将，随，跟随。7. 苍黄：同"仓皇"，匆忙，紧张。8. 戎行：军队。9. 错迕（wǔ）：杂乱错逆，难以尽如人意。

垂老别

四郊未宁静,垂老不得安。
子孙阵亡尽,焉用身独完?
投杖出门去,同行为辛酸。
幸有牙齿存,所悲骨髓干。
男儿既介胄[1],长揖别上官[2]。
老妻卧路啼,岁暮衣裳单。
孰知是死别[3],且复伤其寒。
此去必不归,还闻劝加餐。
土门壁甚坚,杏园度亦难[4]。
势异邺城下,纵死时犹宽。
人生有离合,岂择衰盛端[5]。
忆昔少壮日,迟回竟长叹[6]。
万国尽征戍,烽火被冈峦。
积尸草木腥,流血川原丹[7]。
何乡为乐土,安敢尚盘桓[8]?
弃绝蓬室居[9],塌然摧肺肝[10]。

注释　1. 介胄:即甲胄,铠甲和头盔。此指穿上戎装。2. 长揖:拱手行礼。3. 孰知:犹熟知,清楚地知道。4. 土门、杏园:均是当时唐军防守的重要据点。5. 衰盛:指老年与青年。端:端绪、思绪。6. 迟回:徘徊。7. 川原丹:指流血染红整个平原。8. 盘桓:留恋不忍离去。9. 蓬室:茅舍。10. 塌然:颓丧的样子。

无家别

寂寞天宝后[1],园庐但蒿藜[2]。
我里百余家,世乱各东西。
存者无消息,死者为尘泥。
贱子因阵败[3],归来寻旧蹊[4]。

注释　1. 天宝:唐玄宗年号。天宝年间爆发了安史之乱。2. 蒿藜:青蒿、蒺藜之类,泛指野草。3. 贱子:老兵自称。4. 旧蹊:旧路,借指故里。

久行见空巷，日瘦气惨凄。
但对狐与狸，竖毛怒我啼。
四邻何所有？一二老寡妻。
宿鸟恋本枝，安辞且穷栖。
方春独荷锄，日暮还灌畦[5]。
县吏知我至，召令习鼓鞞[6]。
虽从本州役，内顾无所携。
近行止一身，远去终转迷。
家乡既荡尽，远近理亦齐。
永痛长病母，五年委沟溪[7]。
生我不得力，终身两酸嘶[8]。
人生无家别，何以为烝黎[9]！

5. 灌畦：给田里的作物浇水。畦，田园中分成的小区。6. 习鼓鞞：练习敲打军鼓，意即再征入伍。7. 委：丢弃。8. 酸嘶：悲哀。9. 烝黎：老百姓。

佳 人

绝代有佳人，幽居在空谷。
自云良家子，零落依草木。
关中昔丧败[1]，兄弟遭杀戮。
官高何足论，不得收骨肉。
世情恶衰歇[2]，万事随转烛[3]。
夫婿轻薄儿，新人美如玉。
合昏尚知时[4]，鸳鸯不独宿。
但见新人笑，那闻旧人哭。
在山泉水清，出山泉水浊。
侍婢卖珠回，牵萝补茅屋。

注释　1. 关中：指函谷关以西的地区。天宝十六载（757）六月，安禄山攻陷关中，故云"丧败"。2. 衰歇：衰落、失势。3. 转烛：烛火随风飘摇不定，喻世事变迁，世态炎凉。4. 合昏：合欢树，其花朝开夜合。

摘花不插发，采柏动盈掬[5]。
天寒翠袖薄[6]，日暮倚修竹。

5. 盈掬：满把。6. 翠袖：指衣衫。

梦李白二首

死别已吞声[1]，生别常恻恻[2]。
江南瘴疠地[3]，逐客无消息[4]。
故人入我梦，明我长相忆。
恐非平生魂，路远不可测。
魂来枫林青[5]，魂返关塞黑[6]。
君今在罗网，何以有羽翼？
落月满屋梁，犹疑照颜色[7]。
水深波浪阔，无使蛟龙得。

注释　1. 吞声：极端悲恸，哭不出声来。2. 恻恻：悲痛。3. 瘴疠：疾疫。古代称江南为瘴疫之地。4. 逐客：被放逐的人，此指李白。5. 枫林：李白被放逐的西南之地多枫林。6. 关塞：杜甫流寓的秦州之地多关塞。7. 颜色：指容貌。

浮云终日行[1]，游子久不至[2]。
三夜频梦君，情亲见君意。
告归常局促[3]，苦道来不易。
江湖多风波，舟楫恐失坠。
出门搔白首，若负平生志。
冠盖满京华[4]，斯人独憔悴[5]。
孰云网恢恢[6]，将老身反累！
千秋万岁名，寂寞身后事。

注释　1. 浮云：喻游子飘游不定。2. 游子：此指李白。3. 告归：辞别。4. 冠盖：指代达官。冠，官帽。盖，车上的篷盖。5. 斯人：此人，指李白。6. 孰云：谁说。网恢恢：《老子》中有"天网恢恢，疏而不失"之语。

秦州杂诗（选一）

莽莽万重山，孤城山谷间。
无风云出塞，不夜月临关。
属国归何晚[1]，楼兰斩未还[2]。
烟尘一长望，衰飒正摧颜[3]。

注释 1. 属国：即典属国，秦汉时负责少数民族事务的官员。此借指唐朝使节。2. 楼兰：汉时西域的鄯善国。楼兰国王与匈奴通，屡次阻杀汉朝通西域的使臣。傅介子奉命前往，用计杀其王。此泛指侵扰西北地区的敌人。3. 衰飒：指环境的萧条。摧颜：怅然自伤，容颜暗淡的样子。

天末怀李白

凉风起天末[1]，君子意如何[2]？
鸿雁几时到[3]，江湖秋水多。
文章憎命达[4]，魑魅喜人过[5]。
应共冤魂语，投诗赠汨罗[6]。

注释 1. 凉风：秋风。天末：天尽头。2. 君子：此指李白。意：心情。3. 鸿雁：指书信、消息。4."文章"句：谓文才特出，命运往往就不显达。5. 魑魅（chī mèi）：山泽间的鬼怪。6."应共"二句：李白同屈原一样受谗含冤，所以经过汨罗江时应投诗给屈原的冤魂，同其一诉冤屈。共，同。冤魂，指屈原。屈原无罪而遭放逐，投汨罗江而死。汨罗，汨罗江，在今湖南湘阴东北。

月夜忆舍弟[1]

戍鼓断人行[2]，秋边一雁声。
露从今夜白[3]，月是故乡明。
有弟皆分散，无家问死生[4]。
寄书长不达，况乃未休兵[5]。

注释 1. 舍弟：谦词，唐人对人称自己的弟弟为舍弟。2. 戍鼓：将夜时鼓楼所击禁鼓，敲鼓后即禁止通行。3."露从"句：夜露亘古自白，但尤深感于今日。4. 无家：杜甫故居在洛阳附近，已毁于安史乱中。5. 况乃：何况是。

蜀 相[1]

丞相祠堂何处寻[2],
锦官城外柏森森[3]。
映阶碧草自春色,
隔叶黄鹂空好音。
三顾频烦天下计[4],
两朝开济老臣心[5]。
出师未捷身先死[6],
长使英雄泪满襟。

注释 1. 蜀相：即诸葛亮。2. 祠堂：即武侯祠,在成都城南。3. 锦官城：成都的别称。4. "三顾"句：写刘备三顾茅庐请诸葛亮出山事。5. "两朝"句：指诸葛亮先后辅佐刘备、刘禅父子开基创业,鞠躬尽瘁。济,匡济危时。6. "出师"句：公元234年诸葛亮率师伐魏,病死军中。

戏题王宰画山水图歌[1]

十日画一水,
五日画一石。
能事不受相促迫,
王宰始肯留真迹。
壮哉昆仑方壶图[2],
挂君高堂之素壁。
巴陵洞庭日本东[3],
赤岸水与银河通[4],
中有云气随飞龙。
舟人渔子入浦溆[5],
山木尽亚洪涛风[6]。
尤工远势古莫比,

注释 1. 王宰：唐代四川著名山水画家。2. 昆仑：传说中的西方神山。方壶：又名方丈,神话中的东海仙山,此泛指高山。3. 巴陵：郡名,今属湖南。4. 赤岸：地名,此泛指江海岸。5. 浦溆：水边。6. 亚：通"压",俯偃低垂。

咫尺应须论万里。
焉得并州快剪刀[7],
剪取吴淞半江水[8]。

7. 并州：治所在今山西太原，以出产剪刀著称。8. 吴淞：即吴淞江，黄浦江的主要支流。

南　邻

锦里先生乌角巾[1],
园收芋栗不全贫[2]。
惯看宾客儿童喜，
得食阶除鸟雀驯[3]。
秋水才深四五尺，
野航恰受两三人[4]。
白沙翠竹江村暮，
相对柴门月色新。

注释　1. 锦里：指锦江附近的地方。乌角巾：黑色的方巾。2. 芋栗：芋头和板栗。3. 阶除：指门前庭院的台阶。4. 航：小船。

狂　夫

万里桥西一草堂[1],
百花潭水即沧浪[2]。
风含翠筱娟娟净[3],
雨裛红蕖冉冉香[4]。
厚禄故人书断绝[5],
恒饥稚子色凄凉。
欲填沟壑唯疏放[6],
自笑狂夫老更狂。

注释　1. 万里桥：在成都南门外。2. 百花潭：在成都浣花溪南。沧浪：指汉水支流沧浪江。3. 筱：细小的竹子。4. 裛（yì）：同"浥"，滋润。红蕖：粉红色的荷花。冉冉：渐进貌。5. 厚禄故人：指做大官的朋友。书：书信。6. 疏放：疏远仕途，狂放不羁。

唐·杜甫

江　村

清江一曲抱村流，
长夏江村事事幽。
自去自来堂上燕，
相亲相近水中鸥。
老妻画纸为棋局，
稚子敲针作钓钩。
多病所须唯药物，
微躯此外更何求[1]？

注释　1. 微躯：犹贱躯，是一种谦称。

和裴迪登蜀州东亭送客逢早梅相忆见寄

东阁官梅动诗兴[1]，
还如何逊在扬州[2]。
此时对雪遥相忆，
送客逢春可自由？
幸不折来伤岁暮，
若为看去乱乡愁。
江边一树垂垂发[3]，
朝夕催人自白头。

注释　1. 官梅：官府所种梅树。2. 何逊：梁代诗人，有《扬州法曹梅花盛开》诗咏早梅。3. 垂垂：渐渐。

客　至[1]

舍南舍北皆春水，
但见群鸥日日来。
花径不曾缘客扫，
蓬门今始为君开[2]。
盘飧市远无兼味[3]，
樽酒家贫只旧醅[4]。
肯与邻翁相对饮，
隔篱呼取尽余杯。

注释　1. 客：指崔明府。2. 蓬门：茅屋的门。3. 无兼味：谦言菜少。4. 旧醅：隔年的陈酒。

春夜喜雨

好雨知时节，当春乃发生。
随风潜入夜[1]，润物细无声。
野径云俱黑，江船火独明。
晓看红湿处，花重锦官城[2]。

注释　1. 潜：悄悄地。夜间细雨无声，不被觉察。2. 花重：指花因春雨濡湿而显得沉甸甸的。锦官城：成都的别称。

琴　台[1]

茂陵多病后[2]，尚爱卓文君[3]。
酒肆人间世[4]，琴台日暮云。

注释　1. 琴台：在今四川成都，相传为司马相如弹琴处。2. 茂陵：司马相如晚年退居茂陵（今陕西兴平东北），这里指代相如。3. 卓文君：卓王孙之女，新寡中为司马相如琴音所动，与之私奔。4. "酒肆"句：指司马相如夫妇曾以卖酒为营生。

唐·杜甫

野花留宝靥[5]，蔓草见罗裙。
归凤求凰意[6]，寥寥不复闻。

5. 靥（yè）：酒窝，笑脸。6. 归凤求凰：司马相如《琴歌》中有"凤兮凤兮归故乡，遂游四海求其凰"之句。

水槛遣心二首[1]（选一）

去郭轩楹敞[2]，无村眺望赊[3]。
澄江平少岸[4]，幽树晚多花。
细雨鱼儿出，微风燕子斜。
城中十万户[5]，此地两三家。

注释　1. 水槛：指水亭之槛。2. 去郭：远离城郭。轩楹：指草堂的建筑物。轩，长廊。楹，柱子。3. 赊：长，远。4. "澄江"句：澄清的江水高与岸平，因而很少能看到江岸。5. 城中：指成都。

茅屋为秋风所破歌[1]

八月秋高风怒号，卷我屋上三重茅[2]。茅飞渡江洒江郊，高者挂罥长林梢[3]，下者飘转沉塘坳[4]。南村群童欺我老无力，忍能对面为盗贼[5]，公然抱茅入竹去。唇焦口燥呼不得，归来倚杖自叹息。俄顷风定云墨色，秋天漠漠向昏黑[6]。布衾多年冷似铁[7]，娇儿恶卧踏里裂[8]。床头屋漏无干处，雨脚如麻未断绝。自经丧乱少睡眠[9]，长夜沾湿何由彻[10]。安得广厦千万间[11]，大庇天下寒士俱欢颜[12]，风雨不动

注释　1. 茅屋：即杜甫在成都近郊居住时的浣花草堂。2. 三重茅：多层茅草。三，极言其多。3. 挂罥（juàn）：挂结，缠绕。4. 塘坳：低洼处。5. 能：犹"恁"，如此，这样。6. 漠漠：阴沉灰暗貌。7. 衾：被子。8. 恶卧：孩子睡得很不安稳，胡踢乱蹬。9. 丧乱：指安史之乱。10. 何由彻：怎样挨到天亮。11. 安得：哪里能得。12. 庇：覆盖，遮蔽。

安如山。呜呼！何时眼前突兀见此屋[13]，吾庐独破受冻死亦足。

13. 见：同"现"。

赠花卿[1]

锦城丝管日纷纷[2]，
半入江风半入云[3]。
此曲只应天上有[4]，
人间能有几回闻？

注释　1. 花卿：即花敬定，唐朝武将，曾平定段子璋之乱。卿，尊称。2. 锦城：即锦官城，成都的别称。丝管：弦乐器、管乐器，此代指音乐。纷纷：繁盛貌。3. "半入"句：指乐声随江风飘散，飘到江上，飘入云层。4. 天上有：以仙乐比之。

不　见

不见李生久[1]，佯狂真可哀。
世人皆欲杀，吾意独怜才。
敏捷诗千首，飘零酒一杯。
匡山读书处[2]，头白好归来。

注释　1. 李生：指李白。2. 匡山：今四川北部大匡山，李白少时读书于此。

江畔独步寻花七绝句（选一）

黄四娘家花满蹊[1]，
千朵万朵压枝低。
留连戏蝶时时舞，
自在娇莺恰恰啼[2]。

注释　1. 蹊：小路。2. 恰恰：恰巧碰上，一说鸣叫声。

堂 成

背郭堂成荫白茅[1]，
缘江路熟俯青郊[2]。
桤林碍日吟风叶[3]，
笼竹和烟滴露梢。
暂止飞鸟将数子[4]，
频来语燕定新巢[5]。
旁人错比扬雄宅，
懒惰无心作《解嘲》[6]。

注释 1. 荫：此指以白茅覆盖。2. 缘：沿着、顺着。路熟：路成。3. 桤（qī）：落叶乔木，木材坚韧，易于生长成林。4. 将：携带。数子：指小鸟。5. 定：定居。6. 扬雄：汉代辞赋家，曾作《解嘲》表达自甘淡泊、不愿趋炎附势之情。

戏为六绝句

庾信文章老更成，
凌云健笔意纵横[1]。
今人嗤点流传赋[2]，
不觉前贤畏后生。

注释 1."庾信"二句：意谓庾信到晚年时创作更臻成熟。庾信，字子山，南北朝著名诗人。成，指创作的成熟。2. 嗤点：嗤笑而指指点点。赋：即前句所言"文章"。

王杨卢骆当时体[1]，
轻薄为文哂未休[2]。
尔曹身与名俱灭[3]，
不废江河万古流。

注释 1. 王杨卢骆：指"初唐四杰"王勃、杨炯、卢照邻、骆宾王。当时体：初唐时的文体文风。2. 哂（shěn）：哂笑，嘲笑。3. 尔曹：即上句哂笑四杰的人。

纵使卢王操翰墨[1],
劣于汉魏近风骚[2]。
龙文虎脊皆君驭[3],
历块过都见尔曹[4]。

注释 1. 卢王：即四杰，此举卢、王以概之。2. 风骚：指《诗经》和楚辞。3. 龙文虎脊：龙文和虎脊都是毛色斑驳的名马，此喻瑰丽的辞采。4. 历块过都：越过一个国都就像越过一块土块一般。

才力应难跨数公[1],
凡今谁是出群雄。
或看翡翠兰苕上,
未掣鲸鱼碧海中[2]。

注释 1. 数公：即前文所说庾信和四杰。2."或看"二句：意谓一些作者的辞采虽有值得称道之处，然终未有人能创造出一种非凡的意境。翡翠兰苕，形容辞采的华茂瑰丽。

不薄今人爱古人,
清词丽句必为邻。
窃攀屈宋宜方驾,
恐与齐梁作后尘[1]。

注释 1."窃攀"二句：是说要努力学习屈原、宋玉等前贤的创作精髓，若仅追求辞藻形式之美，就不免步入齐梁诗人的后尘。

未及前贤更勿疑,
递相祖述复先谁？
别裁伪体亲风雅,
转益多师是汝师[1]。

注释 1."别裁"二句：意谓学习前人时应注意甄别比较，去伪存真，领会风雅一类作品的精神实质，并要善于博采众家之长。别，区别。裁，裁汰。

闻官军收河南河北

剑外忽传收蓟北[1],
初闻涕泪满衣裳。
却看妻子愁何在,
漫卷诗书喜欲狂[2]。
白日放歌须纵酒,
青春作伴好还乡[3]。
即从巴峡穿巫峡[4],
便下襄阳向洛阳[5]。

注释 1.剑外:指剑阁以南,即今四川一带。蓟(jì)北:即今河北北部地区,是安史叛军的盘踞地。2.漫卷:胡乱地收卷起。3.青春:美好的春天。4.巴峡:长江在四川境内的峡谷。巫峡:在今四川巫山。5."便下"句:杜甫自注"余有田园在东京(洛阳)"。

别房太尉墓[1]

他乡复行役[2],驻马别孤坟。
近泪无干土,低空有断云。
对棋陪谢傅[3],把剑觅徐君[4]。
唯见林花落,莺啼送客闻。

注释 1.房太尉:即房琯。2.复行役:一再奔走。3.谢傅:即东晋谢安,死后赠太傅。据载晋军捷报传来,谢安仍从容下棋。4."把剑"句:春秋时吴季札带剑去见徐君,徐君喜其剑。季札因要出使,未能赠剑。归来后徐君已死,遂解剑挂于徐君墓树而去。

登 楼

花近高楼伤客心,
万方多难此登临[1]。
锦江春色来天地[2],
玉垒浮云变古今[3]。

注释 1.万方:天下各地。2.锦江:岷江支流,流经成都西南。杜甫草堂地临锦江。3.玉垒:山名,在成都西北。

北极朝廷终不改[4],
西山寇盗莫相侵[5]。
可怜后主还祠庙[6],
日暮聊为梁甫吟[7]。

4.北极:北极星,此处喻唐王朝。终不改:广德元年(763),吐蕃陷长安,立广武王李承宏为伪帝,后郭子仪收复京城,转危为安。5.西山寇盗:指吐蕃。6.可怜:可叹。后主:指刘禅。后主祠与先主庙、武侯祠均在成都锦官门外。还:仍有。7.梁甫吟:乐府篇名,相传诸葛亮隐居时好为《梁甫吟》。

绝句二首

迟日江山丽[1],春风花草香。
泥融飞燕子[2],沙暖睡鸳鸯。

注释 1.迟日:指春天日渐长。2.泥融:这里指泥土滋润。

江碧鸟逾白[1],山青花欲燃。
今春看又过,何日是归年。

注释 1.逾:通"愈",更加。

绝句四首(选一)

两个黄鹂鸣翠柳,
一行白鹭上青天。
窗含西岭千秋雪[1],
门泊东吴万里船。

注释 1.窗含:窗对西岭,恰似口含。西岭:即西山,又名雪岭,为岷山主峰,在成都西。因雪终年不化,故曰千秋雪。

丹青引赠曹将军霸[1]

将军魏武之子孙[2],
于今为庶为清门[3]。
英雄割据虽已矣,
文采风流犹尚存。
学书初学卫夫人[4],
但恨无过王右军[5]。
丹青不知老将至,
富贵于我如浮云[6]。
开元之中常引见[7],
承恩数上南薰殿[8]。
凌烟功臣少颜色,
将军下笔开生面[9]。
良相头上进贤冠,
猛将腰间大羽箭。
褒公鄂公毛发动[10],
英姿飒爽来酣战。
先帝天马玉花骢[11],
画工如山貌不同[12]。
是日牵来赤墀下[13],
迥立阊阖生长风[14]。
诏谓将军拂绢素[15],
意匠惨淡经营中[16]。
斯须九重真龙出[17],
一洗万古凡马空。

注释 1.丹青:绘画颜料,此指绘画。引:曲调名。曹霸:唐著名画家,三国魏曹操后代。2.魏武:魏武帝曹操。3.清门:寒门。曹霸于天宝末年获罪,被削籍为民。4.卫夫人:晋女书法家卫铄,王羲之曾向她学习书法。5.王右军:即晋书法家王羲之。6."丹青"二句:意谓曹霸热爱艺术,专心作画,轻视富贵。《论语》有"其为人也,发愤忘食,乐以忘忧,不知老之将至""不义而富且贵,于我如浮云"之句。7.引见:被皇帝召见。8.南薰殿:在长安兴庆宫内。9."凌烟"二句:唐太宗贞观十七年(643),命图画功臣二十四人于凌烟阁,至开元时,旧画颜色暗淡,玄宗命曹霸重新图画。10.褒公:褒国公段志玄。鄂公:鄂国公尉迟敬德。二人皆著名猛将。11.玉花骢:玄宗所乘骏马之一。12.貌:动词,绘写、描摹。13.赤墀(chí):宫中红色的台阶。14.阊阖:指宫门。15.拂绢素:古人用绢作画,画前须将绢拂拭平整,故云。16.意匠:构思。惨淡经营:此指精心作画。17.斯须:不久。真龙出:是说画出了一匹神采非凡的骏马。

玉花却在御榻上，
榻上庭前屹相向[18]。
至尊含笑催赐金，
圉人太仆皆惆怅[19]。
弟子韩幹早入室[20]，
亦能画马穷殊相[21]。
幹惟画肉不画骨，
忍使骅骝气凋丧[22]。
将军画善盖有神，
必逢佳士亦写真[23]。
即今飘泊干戈际，
屡貌寻常行路人。
途穷反遭俗眼白[24]，
世上未有如公贫。
但看古来盛名下，
终日坎壈缠其身[25]。

18."玉花"二句：意谓御榻上画中的玉花骢和庭前站着的玉花骢相对而立，二者形神皆似。19. 圉人：养马的人。太仆：管理马的官。惆怅：此指因感于曹霸所画马已臻极致而发出的深深的叹息。20. 韩幹：唐著名画家，曾师事曹霸。入室：指得到老师的真传。21. 穷殊相：即穷形尽相。22."幹惟"二句：韩幹画马形体肥大，杜甫认为这样会使马的神骏之气丧失。骅骝，古骏马名，传说中周穆王八骏之一。23. 佳士：优秀人士。写真：画像。24. 眼白：即白眼。相传晋阮籍能作青白眼，白眼表示鄙视。25. 坎壈(lǎn)：因穷失意。

旅夜书怀

细草微风岸，危樯独夜舟[1]。
星垂平野阔，月涌大江流。
名岂文章著，官应老病休。
飘飘何所似，天地一沙鸥[2]。

注释 1. 危樯：高高的桅杆。2. 沙鸥：一种水鸟，此作者即景自况。

唐·杜甫

八阵图[1]

功盖三分国，名高八阵图。
江流石不转[2]，遗恨失吞吴[3]。

注释 1. 八阵图：古代一种军事布阵方法。此诗所咏是诸葛亮在夔州奉节（今重庆奉节）永安宫前江滩上用石块垒成的八阵。2. 石不转：指江流虽冲激甚烈，遗迹却终不消失。3. 失吞吴：吞吴失策。

秋兴八首

玉露凋伤枫树林[1]，
巫山巫峡气萧森[2]。
江间波浪兼天涌，
塞上风云接地阴。
丛菊两开他日泪[3]，
孤舟一系故园心[4]。
寒衣处处催刀尺，
白帝城高急暮砧[5]。

注释 1. 玉露：白露。2. 萧森：萧瑟阴森。3. 丛菊两开：诗人离开成都后，去秋在云安，今秋在夔州，已经历了两个秋天。他日泪：因回忆往事而流的泪。4. 故园心：指返回故乡的愿望。故园，此指长安。5. 白帝城：在夔州城东。急暮砧：暮色中急切的捣练声。砧（zhēn），捣衣石。

夔府孤城落日斜[1]，
每依南斗望京华。
听猿实下三声泪[2]，
奉使虚随八月槎[3]。
画省香炉违伏枕[4]，
山楼粉堞隐悲笳[5]。
请看石上藤萝月，
已映洲前芦荻花。

注释 1. 夔（kuí）府：即夔州。2."听猿"句：即听猿三声实下泪。古渔者有歌："巴东三峡巫峡长，猿鸣三声泪沾裳。"3. 奉使：杜甫以检校工部员外郎的朝官身份在节度使严武幕中任参谋。虚随：杜甫本拟随严武还朝，但严武卒于成都，其希望落空。八月槎（chá）：相传每年八月，海上有浮槎来去，通至天河。槎，木筏。4. 画省香炉：指尚书省。古尚书省以胡粉涂壁，画古贤人像。遇有尚书郎入直，则有女侍二人捧香炉从入。杜甫时任检校工部员外郎，属尚书省。违伏枕：因卧病而违离画省，未能还京。5. 山楼：指夔州。粉堞：粉刷成白色的城墙。堞，城墙上的矮墙。

千家山郭静朝晖,
日日江楼坐翠微[1]。
信宿渔人还泛泛[2],
清秋燕子故飞飞。
匡衡抗疏功名薄[3],
刘向传经心事违[4]。
同学少年多不贱,
五陵衣马自轻肥[5]。

注释 1. 翠微:指缥青色的山。2. 信宿:隔宿。3. "匡衡"句:汉代匡衡曾上疏直言时政,后迁光禄大夫、太子少傅。此杜甫以匡衡自比。但杜甫却因上疏救房琯遭受贬斥,故云功名薄。4. "刘向"句:刘向是汉代著名学者,成帝时领校内府五经秘书。诗人意谓自己希求如刘向之传经亦不可得。5. 五陵:在长安附近,是汉五位帝王陵墓所在。

闻道长安似弈棋[1],
百年世事不胜悲。
王侯第宅皆新主,
文武衣冠异昔时。
直北关山金鼓振[2],
征西车马羽书驰[3]。
鱼龙寂寞秋江冷[4],
故国平居有所思。

注释 1. 似弈棋:谓局势变化不定,如同下棋一般。2. 直北:即北方。金鼓:军中所击鼓。3. 羽书:军中紧急文书。4. 鱼龙寂寞:写秋景兼自况。鱼龙,《水经注》:"鱼龙以秋日为夜。龙秋分而降,蛰寝于渊。"

蓬莱宫阙对南山[1],
承露金茎霄汉间[2]。
西望瑶池降王母,
东来紫气满函关[3]。
云移雉尾开宫扇,
日绕龙鳞识圣颜。

注释 1. 蓬莱宫:指大明宫。南山:即终南山。2. 承露金茎:汉武帝曾于建章宫西造承露仙人掌,以承仙露。金茎,支撑承露仙人掌的铜柱。此借汉咏唐。3. "东来"句:相传老子西游至函谷关,关令尹喜望见紫气自东而来,知有圣人当至。

唐·杜甫

一卧沧江惊岁晚[4],
几回青琐点朝班[5]。

4. 卧：卧病。岁晚：此自伤年老,兼指秋深。
5. 青琐：此泛指宫门。点朝班：百官朝见皇帝时按照官职大小,依次受传点入朝。

瞿塘峡口曲江头[1],
万里风烟接素秋[2]。
花萼夹城通御气[3],
芙蓉小苑入边愁[4]。
朱帘绣柱围黄鹤,
锦缆牙樯起白鸥[5]。
回首可怜歌舞地,
秦中自古帝王州。

注释 1. 瞿塘峡：长江三峡之一,是诗人所在之地。曲江：在长安城南,是诗人所思之地。2. 素秋：秋天,古人以为秋天色尚白。3. 花萼：即花萼楼,在兴庆宫西南隅。通御气：玄宗从花萼楼经夹城至曲江芙蓉园,故曰通御气。4. 芙蓉小苑：即芙蓉园,在曲江西南。入边愁：安史兵乱的消息突然传入京中。5. 锦缆牙樯：极言游船的华丽。

昆明池水汉时功[1],
武帝旌旗在眼中。
织女机丝虚月夜,
石鲸鳞甲动秋风[2]。
波漂菰米沉云黑[3],
露冷莲房坠粉红。
关塞极天唯鸟道,
江湖满地一渔翁。

注释 1. 昆明池：在长安城西南。汉武帝欲伐昆明国,乃穿昆明池,以习水战。2. 织女、石鲸：均为昆明池石雕。3. 菰(gū)米：即茭白,生浅水中,秋结实为菰米。沉云黑：言菰米生长之繁盛。

昆吾御宿自逶迤[1],
紫阁峰阴入渼陂[2]。
香稻啄余鹦鹉粒,
碧梧栖老凤凰枝[3]。
佳人拾翠春相问[4],
仙侣同舟晚更移[5]。
彩笔昔游干气象,
白头吟望苦低垂。

注释 1.昆吾、御宿:均地名,在长安城南。2.紫阁峰:终南山山峰名。渼陂:水名,在今陕西鄠邑区。3."香稻"二句:是"鹦鹉啄余香稻粒,凤凰栖老碧梧枝"的倒文,二句言陂中物产之丰美。4.拾翠:拾取美丽的鸟羽。5."仙侣"句:杜甫曾与岑参同游渼陂,并作有《渼陂行》诗。晚更移:移棹夜游,乐而不疲。

咏怀古迹五首(选三)

摇落深知宋玉悲[1],
风流儒雅亦吾师。
怅望千秋一洒泪,
萧条异代不同时。
江山故宅空文藻[2],
云雨荒台岂梦思[3]。
最是楚宫俱泯灭,
舟人指点到今疑。

注释 1."摇落"句:宋玉《九辩》:"悲哉,秋之为气也!萧瑟兮草木摇落而变衰。"宋玉:战国楚人,著名楚辞作家。2.故宅:江陵、归州等地均有宋玉故宅。3."云雨"句:宋玉《高唐赋》载,楚怀王游高唐,梦遇巫山之女,言其"旦为朝云,暮为行雨"。

群山万壑赴荆门[1],
生长明妃尚有村[2]。
一去紫台连朔漠[3],
独留青冢向黄昏[4]。

注释 1.荆门:山名,在长江南岸,今湖北宜都西北。赴:群山环抱荆门貌。2.明妃:即王昭君,晋时避司马昭讳,改称明君。3.朔漠:北方沙漠之地。4.青冢:昭君墓。传说塞外秋冬草白,独昭君墓上草色常青。

画图省识春风面[5],
环佩空归月夜魂[6]。
千载琵琶作胡语,
分明怨恨曲中论。

5. "画图"句：传汉元帝曾凭画像召幸宫嫔,王昭君因不肯贿赂画师而被画丑。省识,辨识。春风面,指昭君之美貌。
6. 环佩：妇女所戴玉制饰品,此借指昭君。

诸葛大名垂宇宙,
宗臣遗像肃清高[1]。
三分割据纡筹策[2],
万古云霄一羽毛[3]。
伯仲之间见伊吕[4],
指挥若定失萧曹[5]。
运移汉祚难恢复[6],
志决身歼军务劳[7]。

注释　1. 宗臣：后世所敬仰的名臣。2. 纡筹策：周密策划,用尽计谋。纡,曲折、周密。3. "万古"句：意谓诸葛亮德才卓越,如万古云霄上高翔的鸾凤一般。4. 伯仲：不相上下。伊吕：伊尹和吕尚,分别是商朝和周朝的良相。5. 失：使之失色。萧曹：萧何和曹参,二人都是辅佐刘邦建立汉朝的大臣。6. 运：气数。祚（zuò）：帝位。7. 身歼：死去。

阁　夜

岁暮阴阳催短景[1],
天涯霜雪霁寒宵[2]。
五更鼓角声悲壮,
三峡星河影动摇。
野哭千家闻战伐[3],
夷歌数处起渔樵[4]。
卧龙跃马终黄土[5],
人事音书漫寂寥。

注释　1. 阴阳：日月。短景：指冬季日短。2. 霁：雨雪初晴。3. 野哭：从野外传来的哭声。4. 夷歌：少数民族的山歌。5. 卧龙跃马：指诸葛亮、公孙述二人。诸葛亮因居住在卧龙岗,又称卧龙先生。左思《蜀都赋》："公孙跃马而称帝。"

登 高

风急天高猿啸哀,
渚清沙白鸟飞回[1]。
无边落木萧萧下,
不尽长江滚滚来。
万里悲秋常作客,
百年多病独登台。
艰难苦恨繁霜鬓,
潦倒新停浊酒杯[2]。

注释 1. 渚:水中的小块陆地。2. 新停:杜甫晚年因病戒酒,故曰新停。

观公孙大娘弟子舞剑器行[1]

昔有佳人公孙氏,
一舞剑器动四方。
观者如山色沮丧[2],
天地为之久低昂。
㸌如羿射九日落[3],
矫如群帝骖龙翔[4]。
来如雷霆收震怒,
罢如江海凝清光。
绛唇珠袖两寂寞[5],
况有弟子传芬芳。
临颍美人在白帝[6],
妙舞此曲神扬扬。

注释 1. 公孙大娘:唐开元时著名舞蹈家,姓公孙,大娘为尊称。2. 沮丧:指观者为公孙大娘高超的舞技所折服,以至于惊讶失色。3. 㸌(huò):闪烁貌。羿:即后羿,相传曾射落多余九日。4. 帝:天神。骖:驾驭。5. 两寂寞:指公孙大娘和她的高超舞技都已不复存在。6. 临颍美人:指李十二娘,公孙大娘的弟子。

与余问答既有以[7],
感时抚事增惋伤。
先帝侍女八千人[8],
公孙剑器初第一。
五十年间似反掌,
风尘澒洞昏王室[9]。
梨园子弟散如烟,
女乐余姿映寒日。
金粟堆南木已拱[10],
瞿唐石城草萧瑟[11]。
玳筵急管曲复终[12],
乐极哀来月东出。
老夫不知其所往[13],
足茧荒山转愁疾[14]。

7. 有以：有它的因由。8. 先帝：指已死的玄宗。9. 澒洞：广大无边貌。10. 金粟堆：即金粟山，在今陕西蒲城东北，玄宗葬处。木已拱：即墓木已拱，表示已死了很久。11. 瞿唐：瞿塘峡，此借指夔州。12. 玳筵：指美好的筵席。13. 老夫：杜甫自称。14. 转愁疾：反而忧愁离开得太快，即不忍离去。

江 汉[1]

江汉思归客，乾坤一腐儒[2]。
片云天共远，永夜月同孤[3]。
落日心犹壮[4]，秋风病欲苏[5]。
古来存老马，不必取长途[6]。

注释　1. 江汉：指杜甫所处的江陵一带，北距汉水不远。2. 乾坤：指茫茫的天地之间。腐儒：迂腐的儒者，这里实际是指不会迎合世俗的读书人。3. 永夜：长夜。4. 落日：喻年老。5. 苏：痊愈。6. "古来"二句：用老马识途的典故。

登岳阳楼[1]

昔闻洞庭水,今上岳阳楼。
吴楚东南坼[2],乾坤日夜浮[3]。
亲朋无一字,老病有孤舟。
戎马关山北[4],凭轩涕泗流[5]。

注释 1.岳阳楼:在今湖南岳阳古城西门城头,下临洞庭湖。2.坼(chè):分裂,是说洞庭湖好像将古吴楚两国从中间分开了。3."乾坤"句:《水经注》:"洞庭湖水,广圆五百余里,日月若出没其中。" 4."戎马"句:谓北方战争未息。5.轩:栏杆。

江南逢李龟年[1]

岐王宅里寻常见[2],
崔九堂前几度闻[3]。
正是江南好风景,
落花时节又逢君。

注释 1.李龟年:玄宗时著名宫廷乐师。2.岐王:唐玄宗弟李范,被封岐王。其宅在东都洛阳尚善坊。3.崔九:即崔涤,为玄宗宠臣,常出入宫禁。

李 华

李华（715？—774），字遐叔，赵州赞皇（今河北赞皇）人。开元进士，官监察御史，安史乱后因曾受伪职被贬官。后官检校吏部员外郎。其文与萧颖士齐名，称"萧李"。其诗辞采流丽。有《李遐叔文集》。

春行寄兴

宜阳城下草萋萋[1]，
涧水东流复向西。
芳树无人花自落，
春山一路鸟空啼。

注释　1. 宜阳：在今河南宜阳附近，是唐行宫连昌宫所在地，安史乱中遭战火破坏。

岑 参

岑参（715？—770），荆州江陵（今湖北荆州）人。曾两度出塞，任判官等职，后官嘉州刺史。以边塞诗见长，与高适并称"高岑"。其诗善于描绘塞上风光和战争景象，语奇体峻，情辞慷慨，充满神奇浪漫色彩。有《岑嘉州诗集》。

白雪歌送武判官归京[1]

北风卷地白草折[2]，
胡天八月即飞雪。
忽如一夜春风来，
千树万树梨花开。

注释　1. 判官：唐代节度使、观察使的属官。2. 白草：生长于西北地区的一种草，干枯时呈白色。

散入珠帘湿罗幕,
狐裘不暖锦衾薄[3]。
将军角弓不得控[4],
都护铁衣冷难著。
瀚海阑干百丈冰[5],
愁云惨淡万里凝。
中军置酒饮归客[6],
胡琴琵琶与羌笛。
纷纷暮雪下辕门[7],
风掣红旗冻不翻[8]。
轮台东门送君去[9],
去时雪满天山路。
山回路转不见君,
雪上空留马行处。

3.狐裘:用狐狸的皮毛做的衣服。锦衾:锦缎的被子。4."将军"句:因为过于寒冷,将军连弓都拉不开了。控,拉弓。5.瀚海:即沙漠。阑干:纵横貌。6.中军:此指主帅所居营帐。7.辕门:军营门。8.掣:牵曳。9.轮台:在今新疆米泉,唐属北庭都护府。

走马川行奉送出师西征

君不见走马川行雪海边[1],平沙莽莽黄入天。轮台九月风夜吼,一川碎石大如斗,随风满地石乱走。匈奴草黄马正肥,金山西见烟尘飞[2],汉家大将西出师[3]。将军金甲夜不脱,半夜军行戈相拨[4],风头如刀面如割。马毛带雪汗气蒸,五花连钱旋作冰[5],幕中草檄

注释 1.走马川:今新疆的且末河。行:当为衍文。2.金山:即阿尔泰山。烟尘飞:指战争发生。3.汉家大将:指封常清。4.相拨:相互撞击。5.五花、连钱:皆指马身上的花纹。

砚水凝[6]。虏骑闻之应胆慑,料知短兵不敢接,车师西门伫献捷[7]。

6.草檄:起草声讨敌人的文书。7.车师:唐安西都护府所在地,在今新疆吐鲁番。伫:等候。

轮台歌奉送封大夫出师西征[1]

轮台城头夜吹角,
轮台城北旄头落[2]。
羽书昨夜过渠黎[3],
单于已在金山西。
戍楼西望烟尘黑[4],
汉兵屯在轮台北。
上将拥旄西出征[5],
平明吹笛大军行。
四边伐鼓雪海涌,
三军大呼阴山动[6]。
虏塞兵气连云屯[7],
战场白骨缠草根。
剑河风急雪片阔,
沙口石冻马蹄脱。
亚相勤王甘苦辛[8],
誓将报主静边尘。
古来青史谁不见,
今见功名胜古人。

注释　1.封大夫:即封常清,天宝间以节度使摄御史大夫。2.旄头落:胡人败亡之兆。旄头,指旄头星,即昴星,旧时以为"胡星"。3.渠黎:地名,在轮台东南。4.戍楼:驻防的城楼。5.旄:古代出征的大将或出使的使臣都以皇帝所赐的旄节为凭信。6.阴山:在今内蒙古境内,此泛指边城。7.虏塞:敌方要塞。8.亚相:御史大夫在汉代位次于宰相,故称"亚相"。这里指封常清。

凉州馆中与诸判官夜集[1]

弯弯月出挂城头，
城头月出照凉州。
凉州七里十万家，
胡人半解弹琵琶。
琵琶一曲肠堪断，
风萧萧兮夜漫漫。
河西幕中多故人[2]，
故人别来三五春。
花门楼前见秋草[3]，
岂能贫贱相看老？
一生大笑能几回，
斗酒相逢须醉倒！

注释　1. 凉州：今甘肃武威，为唐河西节度府治所，是胡汉杂居的西部重镇。2. 幕：幕府。3. 花门楼：当为凉州客舍之名。

虢州后亭送李判官使赴晋绛[1]

西原驿路挂城头，
客散红亭雨未收。
君去试看汾水上[2]，
白云犹似汉时秋？

注释　1. 虢州：今河南灵宝一带。晋绛：指晋州（治所在今山西临汾）、绛州（治所在今山西新绛）。2. 汾水：在山西中部，为黄河第二大支流。

逢入京使

故园东望路漫漫[1],
双袖龙钟泪不干[2]。
马上相逢无纸笔,
凭君传语报平安。

注释 1.故园:指长安。2.龙钟:湿漉漉的样子。

碛中作[1]

走马西来欲到天,
辞家见月两回圆。
今夜不知何处宿,
平沙万里绝人烟。

注释 1.碛(qì):沙漠。

春　梦

洞房昨夜春风起[1],
遥忆美人湘江水。
枕上片时春梦中,
行尽江南数千里。

注释 1.洞房:深邃之房。

刘方平

刘方平，生卒年不详，河南洛阳人。天宝时名士，却不乐仕进，寄情山水、书画。诗亦有名，多咏物写景之作，尤擅绝句，诗风清新自然。

夜 月

更深月色半人家，
北斗阑干南斗斜[1]。
今夜偏知春气暖，
虫声新透绿窗纱。

注释　1.阑干：纵横貌。南斗：二十八宿之一，在北斗之南，有六星。

春 怨

纱窗日落渐黄昏，
金屋无人见泪痕[1]。
寂寞空庭春欲晚，
梨花满地不开门。

注释　1.金屋：原指汉武帝少时欲金屋藏阿娇事。这里指妃嫔所住的华丽宫室。

民 谣

神鸡童谣[1]

生儿不用识文字，
斗鸡走马胜读书。

注释　1.神鸡童：指贾昌，因善于驯鸡而受到玄宗的宠爱，号"神鸡童"。

贾家小儿年十三，
富贵荣华代不如。
能令金距期胜负[2]，
白罗绣衫随软舆[3]。
父死长安千里外，
差夫治道挽丧车[4]。

2. 金距：戴在斗鸡爪子上的金属套子，此指鸡。3. 软舆：皇帝乘坐的车子。4. "父死"二句：指贾昌之父病死泰山，十三岁的贾昌奉父尸回京，葬器丧车等一切事宜及费用均由官府负责。

西鄙人

西鄙人，西北边境人，生平姓名不详。

哥舒歌[1]

北斗七星高，哥舒夜带刀。
至今窥牧马，不敢过临洮[2]。

注释　1. 哥舒：指唐代大将哥舒翰。2. 临洮：今甘肃岷县，秦筑长城西起于此。

裴　迪

裴迪（716?—?），关中（今陕西）人，曾官蜀州刺史、尚书省郎。早年与王维同居终南山，往来唱和。诗歌以五绝为主，多描写幽寂的景色。

华子冈[1]

落日松风起，还家草露晞[2]。
云光侵履迹[3]，山翠拂人衣。

注释　1. 华子冈：辋川别业景点之一。2. 晞（xī）：干。3. 履迹：脚印。

贾 至

贾至（718—772），字幼邻（一作幼几），洛阳（今属河南）人。任中书舍人、汝州刺史、岳州司马等职，官终散骑常侍。其诗典雅华赡，贬岳州后，诗风有所变化。

早朝大明宫呈两省僚友[1]

银烛朝天紫陌长[2]，
禁城春色晓苍苍[3]。
千条弱柳垂青琐[4]，
百啭流莺绕建章[5]。
剑佩声随玉墀步[6]，
衣冠身惹御炉香。
共沐恩波凤池上[7]，
朝朝染翰侍君王。

注释 1. 两省僚友：指中书省和门下省的同事们。2. 紫陌：长安的大街。3. 禁城：指大明宫。4. 青琐：宫门。5. 建章：汉朝宫殿名，借指大明宫。6. 玉墀：皇宫中的台阶。7. 凤池：唐代中书省的别称。

春思二首（选一）

草色青青柳色黄，
桃花历乱李花香[1]。
东风不为吹愁去[2]，
春日偏能惹恨长。

注释 1. 历乱：杂乱，这里形容繁花盛开。2. 东风：春风。

元 结

元结（719—772），字次山，自号漫郎、聱叟、猗玕子等，河南鲁山人。曾任道州刺史，晚擢容管经略使。其诗多反映民生疾苦，质朴简淡，真挚动人。曾选编《箧中集》行世。有《元次山集》。

春陵行[1]

军国多所需，切责在有司[2]。
有司临郡县，刑法竞欲施。
供给岂不忧[3]，征敛又可悲。
州小经乱亡[4]，遗人实困疲。
大乡无十家，大族命单羸[5]。
朝餐是草根，暮食仍木皮。
出言气欲绝，意速行步迟。
追呼尚不忍，况乃鞭扑之！
邮亭传急符[6]，来往迹相追[7]。
更无宽大恩，但有迫促期。
欲令鬻儿女[8]，言发恐乱随。
悉使索其家，而又无生资。
听彼道路言，怨伤谁复知！
去冬山贼来，杀夺几无遗。
所愿见王官，抚养以惠慈。
奈何重驱逐，不使存活为[9]！
安人天子命，符节我所持[10]。
州县忽乱亡，得罪复是谁？
逋缓违诏令[11]，蒙责固其宜。

注释　1. 春陵：汉零陵郡有春陵乡，故址在今湖南宁远附近。2. 有司：此指地方行政长官。3. 供给：交给朝廷的赋税。4. 乱亡：指广德元年（763）道州被少数民族"西原蛮"攻陷事。5. 单羸（léi）：孤单羸弱。6. 邮亭：古时传递文书的驿站。7. 迹相追：即来往传递命令的人不绝于道。8. 鬻（yù）：卖。9. 为：语助词。10. 符节：朝廷授权为官的凭证。11. 逋（bū）缓：拖欠迟延。

前贤重守分,恶以祸福移[12]。
亦云贵守官,不爱能适时[13]。
顾惟孱弱者,正直当不亏[14]。
何人采国风[15],吾欲献此辞。

12. 恶:憎,耻。13. 适时:拍马阿谀,逢迎上司。14. "正直"句:意谓顾念百姓的疾苦是正直本分的官员应该做的,这样做也是于理不亏的。15. 采国风:采集诗歌。据传《诗经》中的"国风"是周王朝为了解民情派专人去各地采集的民歌民谣。

贼退示官吏[1]

昔岁逢太平,山林二十年。
泉源在庭户,洞壑当门前。
井税有常期[2],日晏犹得眠[3]。
忽然遭世变,数岁亲戎旃[4]。
今来典斯郡[5],山夷又纷然[6]。
城小贼不屠,人贫伤可怜。
是以陷邻境,此州独见全。
使臣将王命,岂不如贼焉?
今彼征敛者,迫之如火煎。
谁能绝人命,以作时世贤!
思欲委符节[7],引竿自刺船[8]。
将家就鱼麦[9],归老江湖边。

注释 1. 贼:指曾攻陷道州的少数民族"西原蛮"。2. 井税:即田赋,是种田交纳的赋税。3. 晏:晚。4. 亲戎旃(zhān):亲身经历军旅生活。戎旃,军旗。5. 典:掌管。6. 山夷:对居住在山区的少数民族的蔑称,这里指"西原蛮"。7. 委符节:弃官而去。8. 刺:用篙撑船。9. 将家:带领家人。就鱼麦:从事渔父和农夫的活计。

张 继

张继（？—779？），字懿孙，襄州（今湖北襄阳）人。天宝十二载（753）登进士第，曾官检校祠部员外郎、盐铁判官。其诗不雕而自饰，丰姿清迥。

枫桥夜泊[1]

月落乌啼霜满天，
江枫渔火对愁眠[2]。
姑苏城外寒山寺[3]，
夜半钟声到客船。

注释　1.枫桥：在今江苏苏州西。2.江枫：江边的枫树。对愁眠：伴愁而眠。3.姑苏：苏州的别称。寒山寺：枫桥附近的一座寺院，相传诗僧寒山曾居于此，因而得名。

刘长卿

刘长卿（718？—790？），字文房，宣城（今属安徽）人。天宝末登进士第，曾任随州（今属湖北）刺史。平生致力于近体，尤工五言，自称"五言长城"。其诗清秀雅致，情韵相生。有《刘随州集》。

逢雪宿芙蓉山主人[1]

日暮苍山远，天寒白屋贫[2]。
柴门闻犬吠，风雪夜归人。

注释　1.芙蓉山：此处当指湖南潭州附近的芙蓉山。2.白屋：屋顶用白茅覆盖，此指贫者所居。

送灵澍上人[1]

苍苍竹林寺[2]，杳杳钟声晚。
荷笠带夕阳[3]，青山独归远。

注释 1. 灵澍上人：中唐时期一位著名诗僧，会稽（今浙江绍兴）人，其本寺在会稽云门寺。2. 竹林寺：在润州（今江苏镇江润州区），是灵澍此次游方歇宿的寺院。3. 荷：负，背。

余干旅舍[1]

摇落暮天迥[2]，青枫霜叶稀。
孤城向水闭，独鸟背人飞。
渡口月初上，邻家渔未归。
乡心正欲绝，何处捣寒衣？

注释 1. 余干：地名，今属江西。2. 摇落：草木凋零。语本宋玉《九辩》："悲哉，秋之为气也！萧瑟兮草木摇落而变衰。"

长沙过贾谊宅[1]

三年谪宦此栖迟[2]，
万古惟留楚客悲[3]。
秋草独寻人去后[4]，
寒林空见日斜时[5]。
汉文有道恩犹薄，
湘水无情吊岂知[6]？
寂寂江山摇落处，
怜君何事到天涯！

注释 1. 贾谊：西汉人，因才华受到汉文帝重用，后遭权贵中伤，被贬为长沙王太傅。曾作《鹏鸟赋》《吊屈原赋》等。2. 三年谪宦：指贾谊被贬长沙事。栖迟：留滞。3. 楚客：指贾谊，也兼指作者自己。4. 人去后：指贾谊死去之后。5. 日斜时：化用《鹏鸟赋》句："庚子日斜兮，鹏集予舍。" 6. "湘水"句：指贾谊凭吊屈原事。

送严士元[1]

春风倚棹阖闾城[2],
水国春寒阴复晴。
细雨湿衣看不见,
闲花落地听无声。
日斜江上孤帆影,
草绿湖南万里情[3]。
东道若逢相识问,
青袍今日误儒生[4]。

注释 1. 严士元:吴(今江苏苏州)人,曾官员外郎。2. 倚棹:把船桨搁起来。阖闾城:即苏州城。3. 湖南:严士元要去的地方。4. 青袍:唐代八九品的下级官员穿青色官服。儒生:指刘长卿自己。

李 冶

李冶(?—784),字季兰,乌程(今浙江湖州)人,中唐诗坛著名的女诗人。后因曾上诗叛将朱泚被德宗处死。诗擅五言,多酬赠遣怀之作。

寄校书七兄[1]

无事乌程县,蹉跎岁月余。
不知芸阁吏[2],寂寞竟何如?
远水浮仙棹,寒星伴使车。
因过大雷岸,莫忘几行书[3]。

注释 1. 校书:校书郎,在中央政府负责图书整理工作的官员。2. 芸阁:政府藏书馆。3. "因过"二句:借鲍照作《登大雷岸与妹书》的典故寄兄妹思念之情。大雷,又称雷池,在今安徽望江。从乌程出发,沿江溯行,须经此地。

钱 起

钱起（722?—780?），字仲文，吴兴（今浙江湖州）人。天宝十载（751）进士。曾任蓝田尉，官终考功郎中。与卢纶等并称"大历十才子"。长于五律，颇有韵致，但多留恋光景之作。有《钱考功集》。

省试湘灵鼓瑟[1]

善鼓云和瑟[2]，常闻帝子灵。
冯夷空自舞[3]，楚客不堪听[4]。
苦调凄金石，清音入杳冥[5]。
苍梧来怨慕[6]，白芷动芳馨[7]。
流水传潇浦，悲风过洞庭。
曲终人不见，江上数峰青。

注释　1. 省试：此诗是天宝十载（751）钱起参加进士考试时所作试帖诗，因当时考试由尚书省礼部主持，故称"省试"。湘灵：湘水之神娥皇、女英，传说是帝尧之女，帝舜的妃子。2. 云和：山名。3. 冯（píng）夷：传说中的河神。4. 楚客：指屈原。5. 杳冥：极高远处。6. 苍梧：传说帝舜死于此。7. 白芷：香草名。

韩 翃

韩翃，字君平，南阳（今河南南阳）人。官至中书舍人。与钱起、李端等并称"大历十才子"。其诗善写离人旅途景色，发调警拔，节奏琅然。有《韩君平集》。

寒 食[1]

春城无处不飞花[2]，
寒食东风御柳斜[3]。
日暮汉宫传蜡烛[4]，
轻烟散入五侯家[5]。

注释　1. 寒食：节令名，清明前一或两日。古人每逢此时，前后三天不生火，只吃冷食。2. 春城：此指唐长安城。3. 御柳：宫苑里的柳树。4. 汉宫：此借指唐宫。传蜡烛：宫中传烛分火。5. 五侯：此指外戚显贵。

司空曙

司空曙（720?—794?），字文明（一作文初），广平府（今河北永年东）人。贞元间，入剑南西川节度使韦皋幕任职，官终虞部郎中。"大历十才子"之一。其诗多写自然景致或乡情旅思，婉雅闲淡。

江村即事[1]

钓罢归来不系船，
江村月落正堪眠。
纵然一夜风吹去，
只在芦花浅水边。

注释 1. 即事：对眼前情景有所感触而创作。

喜外弟卢纶见宿[1]

静夜四无邻，荒居旧业贫。
雨中黄叶树，灯下白头人。
以我独沉久[2]，愧君相见频。
平生自有分[3]，况是蔡家亲[4]。

注释 1. 见宿：留下住宿。2. 沉：沉沦。3. 分（fen）：情谊。4. 蔡家亲：晋羊祜为蔡邕外孙，这里借指两家是表亲。

皎 然

皎然（720?—803?），俗姓谢，字清昼。湖州长城（今浙江长兴）人，中唐著名诗僧。其诗多送别酬唱之作，简淡闲适。有《杼山集》。

寻陆鸿渐不遇 [1]

移家虽带郭 [2]，野径入桑麻。
近种篱边菊，秋来未著花。
扣门无犬吠，欲去问西家。
报道山中去 [3]，归时每日斜。

注释 1. 陆鸿渐：即陆羽，字鸿渐，竟陵（今湖北天门）人。终身隐居不仕，著《茶经》一书，有"茶圣"之称。2. 带郭：靠近城边。3. 报道：回答说。

孟云卿

孟云卿（约725—?），郡望平昌（今山东济南商河西北），实居河南。肃宗时为校书郎。其诗擅以朴实无华的语言反映社会现实，为杜甫、元结所推重。

寒 食 [1]

二月江南花满枝，
他乡寒食远堪悲 [2]。
贫居往往无烟火，
不独明朝为子推 [3]。

注释 1. 寒食：清明前一或两日，古人逢此节有断火食生冷的习俗。2. 远：非常。3. "贫居"二句：因为生活贫困常常断炊，并非为了纪念介子推才故意不生火做饭。子推，介子推，春秋时晋国人，相传晋文公焚烧山林，欲逼其出山受赏而未遂，后人为了纪念被焚死的介子推，禁火寒食。

李 端

李端（743?—782?），字正己，赵郡（今河北赵县）人。大历五年（770）进士，授秘书省校书郎，官终杭州司马。"大历十才子"之一。有《李端诗集》。

胡腾儿[1]

胡腾身是凉州儿[2]，肌肤如玉鼻如锥。桐布轻衫前后卷[3]，葡萄长带一边垂。帐前跪作本音语[4]，拾襟揽袖为君舞。安西旧牧收泪看[5]，洛下词人抄曲与[6]。扬眉动目踏花毡，红汗交流珠帽偏。醉却东倾又西倒，双靴柔弱满灯前。环行急蹴皆应节[7]，反手叉腰如却月[8]。丝桐忽奏一曲终[9]，呜呜画角城头发[10]。胡腾儿，胡腾儿，故乡路断知不知[11]？

注释 1. 胡腾儿（ní）：跳胡腾舞的演员。胡腾舞是唐代一种舞蹈，源于西域，以跳跃、腾踢动作为主。2. 凉州：治所在今甘肃武威。3. 桐布：棉布。4. 帐：军帐。本音语：本民族语言。5. 安西旧牧：曾经在安西地区做过官的人。安西，唐设在西域地区的都护府。牧，地方行政长官。6. 洛下：洛阳一带。抄曲与：指洛下词人主动将自己写的曲词抄送给胡腾儿。7. 环行急蹴：指变幻的舞蹈技法。8. 却月：倒着的月牙。9. 丝桐：本指古琴，此泛指伴奏乐器。10. 画角：古时军中吹奏的号角。11. 路断：指唐时河西、陇右一带被吐蕃占领。

听 筝

鸣筝金粟柱[1]，素手玉房前[2]。
欲得周郎顾[3]，时时误拂弦。

注释 1. 金粟柱：柱是琴、瑟、筝等乐器用以系弦之木，"金粟"言其华美。2. 玉房：闺房的美称。3. 周郎：即三国时周瑜，此借指弹筝者的意中人。周瑜通晓音律，人弹曲有误，必回头望之，时人谣曰："曲有误，周郎顾。"

闺 情

月落星稀天欲明,
孤灯未灭梦难成。
披衣更向门前望,
不忿朝来鹊喜声[1]。

注释　1. 不忿：不满，恼恨。

胡令能

胡令能，生卒年不详。圃田隐者，终身不仕，少为磨镜镀钉之业，号"胡钉铰"。诗语浅近，精妙自然。

小儿垂钓

蓬头稚子学垂纶[1]，
侧坐莓苔草映身[2]。
路人借问遥招手，
怕得鱼惊不应人。

注释　1. 垂纶：垂丝钓鱼。纶，钓鱼用的丝线。2. 莓苔：指河边阴潮的草地。莓，一种小草。

顾 况

顾况（727?—816?），字逋翁，苏州（今江苏苏州）人。曾官著作佐郎，后贬饶州司户参军，晚年隐居茅山，自号华阳山人。存诗以乐府及古诗为主，风格平易流畅。有《华阳集》。

囝[1]

囝生闽方，闽吏得之，乃绝其阳[2]。为臧为获，致金满屋[3]。为髡为钳[4]，如视草木。天道无知，我罹其毒[5]。神道无知，彼受其福。郎罢别囝[6]，吾悔生汝。及汝既生，人劝不举[7]。不从人言，果获是苦。囝别郎罢，心摧血下。隔地绝天，及至黄泉，不得在郎罢前。

注释　1. 囝：闽地（今福建一带）对儿子的称呼。2. 绝：此指阉割。阳：男性生殖器。3. "为臧"二句：是说官吏将孩子转卖为奴后，获得了许多钱财。臧、获：均为方言中奴隶的别称。4. 髡（kūn）、钳：均是对奴隶的刑罚。髡是剃去头发，钳是用铁圈套在脖子上。5. 罹（lí）：遭受。毒：毒害。6. 郎罢：闽语指父亲。7. 不举：因无力养育而让小孩自行死亡。举，抚育。

过山农家

板桥人渡泉声，茅檐日午鸡鸣。莫嗔焙茶烟暗[1]，却喜晒谷天晴。

注释　1. 焙（bèi）茶：烘炒茶叶。

宣宗宫人

宣宗宫人，韩氏，生平不详。

题红叶

流水何太急，深宫尽日闲。
殷勤谢红叶，好去到人间[1]。

注释　1.人间：指民间。

于良史

于良史，生卒年不详，大历中官监察御史，后徐州节度使张建封辟为从事。其诗多写景，构思巧妙，清丽超逸。

春山夜月

春山多胜事[1]，赏玩夜忘归。
掬水月在手，弄花香满衣。
兴来无远近，欲去惜芳菲。
南望鸣钟处，楼台深翠微[2]。

注释　1.胜事：美好的事情。2.翠微：青绿的山色。

柳中庸

柳中庸(?—约775),名淡,中庸是其字。蒲州虞乡(今山西永济)人。大历年间进士,曾官洪府户曹。与卢纶、李端为诗友。以写边塞征怨诗著称。

征人怨

岁岁金河复玉关[1],
朝朝马策与刀环[2]。
三春白雪归青冢[3],
万里黄河绕黑山[4]。

注释　1. 金河:即大黑河,在内蒙古境内。玉关:玉门关。2. 马策:马鞭。3. 三春:春季。青冢:王昭君的坟墓。4. 黑山:位于今内蒙古境内。

戴叔伦

戴叔伦(732—789),字幼公(一作次公),润州金坛(今属江苏)人。大历年间,在刘晏盐铁转运使府中任职。官至容管经略使。诗多反映农村生活,即事名篇,构思新颖。

三闾庙[1]

沅湘流不尽[2],屈子怨何深!
日暮秋风起,萧萧枫树林。

注释　1. 三闾庙:即屈原祠。屈原曾官三闾大夫。2. 沅湘:指沅江和湘江,在今湖南境内。

韦应物

韦应物（733?—793?），京兆长安（今陕西西安）人。以门荫补三卫郎，为玄宗御前侍卫。后为滁州、江州等刺史，官终苏州刺史。其诗多写山水田园，高雅简淡。有《韦苏州集》。

淮上喜会梁川故人[1]

江汉曾为客[2]，相逢每醉还。
浮云一别后，流水十年间。
欢笑情如旧，萧疏鬓已斑。
何因北归去，淮上对秋山。

注释 1.淮上：淮水边。梁川：今陕西南郑东。2.江汉：指今湖北一带。

自巩洛舟行入黄河即事寄府县僚友[1]

夹水苍山路向东，
东南山豁大河通。
寒树依微远天外[2]，
夕阳明灭乱流中。
孤村几岁临伊岸[3]，
一雁初晴下朔风。
为报洛桥游宦侣[4]，
扁舟不系与心同。

注释 1.巩：地名，在今河南巩义市。洛：洛水，东流经巩义入黄河。2.依微：模糊貌。3.伊岸：伊水的岸边。伊水，源出河南卢氏熊耳山，经洛阳等地后北流注于洛水。4.洛桥游宦侣：即"府县僚友"。

初发扬子寄元大校书[1]

凄凄去亲爱[2],泛泛入烟雾。
归棹洛阳人,残钟广陵树[3]。
今朝此为别,何处还相遇?
世事波上舟,沿洄安得住[4]!

注释 1. 扬子:指扬子津,在长江北岸,近瓜州。校书:即校书郎,官名,掌管校勘书籍。2. 亲爱:指好友。3. 广陵:今江苏扬州。4. 沿洄:指处境的顺逆。

寄李儋元锡[1]

去年花里逢君别,
今日花开已一年。
世事茫茫难自料[2],
春愁黯黯独成眠[3]。
身多疾病思田里[4],
邑有流亡愧俸钱[5]。
闻道欲来相问讯,
西楼望月几回圆[6]?

注释 1. 李儋:曾任殿中侍御史。元锡:贞元中为协律郎。二人都是韦应物的好友。2. 世事茫茫:指朱泚称帝、德宗出奔奉天事。3. 黯黯:昏暗貌,此指情绪低沉。4. 思田里:想念田园乡土,即有归隐之意。5. 邑:自己所管辖的地区。流亡:因穷困而流亡他乡的百姓。6. 西楼:指滁州城西楼。

寄全椒山中道士[1]

今朝郡斋冷[2],忽念山中客。
涧底束荆薪,归来煮白石[3]。
欲持一瓢酒,远慰风雨夕。
落叶满空山,何处寻行迹?

注释 1. 全椒:县名,唐属滁州,在今安徽。2. 郡斋:指作者在滁州官府中的住舍。3. "涧底"二句:喻指清贫的道士生活。煮白石:据《神仙传》,有道人常煮白石为粮,时人号"白石先生"。

秋夜寄丘二十二员外[1]

怀君属秋夜[2],散步咏凉天。
空山松子落,幽人应未眠[3]。

注释 1. 丘二十二员外:名丹,二十二是他在家族中的排行。丘丹曾官员外郎,后隐居临平山。2. 属:正值。3. 幽人:这里指丘丹。

长安遇冯著[1]

客从东方来,衣上灞陵雨[2]。
问客何为来,采山因买斧[3]。
冥冥花正开[4],飏飏燕新乳[5]。
昨别今已春,鬓丝生几缕。

注释 1. 冯著:韦应物友人。2. 灞陵:在今西安东。3. 采山:指入山采铜以铸钱。此为戏谑语,有归隐之意。4. 冥冥:造化默默无语貌。5. 飏飏(yáng):鸟飞翔的样子。燕新乳:指小燕初生。

滁州西涧[1]

独怜幽草涧边生[2],
上有黄鹂深树鸣。
春潮带雨晚来急,
野渡无人舟自横[3]。

注释 1. 滁州:治所在今安徽滁州。西涧:在滁州城西。2. 怜:爱。3. 野渡:荒僻的渡口。

戎 昱

戎昱（744?—800?），荆州（今湖北江陵）人。曾为荆南节度使卫伯玉幕府从事。建中年间，为辰、虔二州刺史。其诗语言清丽婉朴，铺陈描写的手法较为多样。明人辑有《戎昱诗集》。

移家别湖上亭[1]

好是春风湖上亭，
柳条藤蔓系离情。
黄莺久住浑相识[2]，
欲别频啼四五声。

注释　1. 移家：搬家。2. 浑：全。

早 梅

一树寒梅白玉条[1]，
迥临村路傍溪桥[2]。
应缘近水花先发，
疑是经春雪未销。

注释　1. 白玉条：指缀满白色梅花的枝条。2. 迥临：远远地对着。

卢 纶

卢纶（748?—799?），字允言，河中蒲州（今山西永济）人。屡举进士不第。后由宰相元载举荐入仕，官至检校户部郎中。"大历十才子"之一。诗风雄放。有《卢纶集》。

塞下曲六首（选二）

林暗草惊风[1]，将军夜引弓[2]。
平明寻白羽[3]，没在石棱中。

注释 1.草惊风：风吹草动貌。2.引：拉。3.平明：黎明。白羽：指白羽箭。

月黑雁飞高，单于夜遁逃[1]。
欲将轻骑逐[2]，大雪满弓刀。

注释 1.单（chán）于：古代匈奴的首领，此泛指少数民族首领。2.将：率领。轻骑：轻装的骑兵。

李 益

李益（748—829），字君虞，郑州（今河南郑州）人。大历四年（769）举进士第，仕途不顺，弃职游于燕、赵间。官终礼部尚书。以边塞诗名，长于七绝。有《李益集》。

喜见外弟又言别[1]

十年离乱后，长大一相逢。
问姓惊初见，称名忆旧容。
别来沧海事[2]，语罢暮天钟。

注释 1.外弟：表弟。2.沧海：比喻世事变化巨大。

明日巴陵道³，秋山又几重。

3. 巴陵：今湖南岳阳，即外弟将去的地方。

过五原胡儿饮马泉¹

绿杨著水草如烟，
旧是胡儿饮马泉。
几处吹笳明月夜，
何人倚剑白云天。
从来冻合关山路，
今日分流汉使前²。
莫遣行人照容鬓，
恐惊憔悴入新年。

注释　1. 五原：即今内蒙古五原县。饮马泉：诗人原注："鸊鹈（pì tí）泉在丰州城北，胡人饮马于此。" 2. 汉使：作者自指。

从军北征

天山雪后海风寒，
横笛偏吹行路难¹。
碛里征人三十万²，
一时回首月中看。

注释　1. 行路难：乐府曲名。 2. 碛：沙漠。

宫 怨

露湿晴花春殿香,
月明歌吹在昭阳[1]。
似将海水添宫漏[2],
共滴长门一夜长[3]。

注释 1. 昭阳:昭阳宫,汉成帝妃赵合德居处。2. 宫漏:古代宫中添水以计时的器具。3. 长门:长门宫,汉武帝时陈皇后失宠后的居处。

写 情

水纹珍簟思悠悠[1],
千里佳期一夕休[2]。
从此无心爱良夜,
任他明月下西楼。

注释 1. 水纹珍簟(diàn):有波浪花纹的精美竹席。2. 佳期:男女约会。

夜上受降城闻笛[1]

回乐峰前沙似雪[2],
受降城下月如霜。
不知何处吹芦管[3],
一夜征人尽望乡。

注释 1. 受降城:当指位于今宁夏灵武的西受降城。2. 回乐峰:故址在今宁夏灵武西南。3. 芦管:即芦笳,西北少数民族乐器。

江南曲

嫁得瞿塘贾[1],朝朝误妾期。
早知潮有信[2],嫁与弄潮儿。

注释 1. 贾:商人。2. 潮有信:潮水涨落有一定的时间,称"潮信"。

于 鹄

于鹄,大历至贞元间人。隐居汉阳,后为诸府从事。其诗多描写隐逸情趣,朴实生动,清新可人。

江南曲

偶向江边采白蘋[1],
还随女伴赛江神[2]。
众中不敢分明语,
暗掷金钱卜远人。

注释 1. 白蘋:多年生植物,生于浅水中。2. 赛江神:古时用仪仗、鼓乐等迎江神的一种风俗活动。

巴女谣[1]

巴女骑牛唱竹枝[2],
藕丝菱叶傍江时。
不愁日暮还家错,
记得芭蕉出槿篱。

注释 1. 巴:在今川东、鄂西一带。2. 竹枝:即《竹枝词》,是巴渝(今四川东部)一带的民歌。

孟 郊

孟郊（751—814），字东野，湖州武康（今浙江德清）人。贞元十二年（796）登进士第，曾任溧阳县尉等。一生遭遇困窘，诗多寒苦之音，与诗人贾岛齐名，有"郊寒岛瘦"之称。有《孟东野集》。

游子吟

慈母手中线，游子身上衣。
临行密密缝，意恐迟迟归。
谁言寸草心[1]，报得三春晖[2]！

注释 1. 寸草：小草。2. 三春晖：春天的阳光，此喻指慈母之爱。

怨 诗

试妾与君泪，两处滴池水。
看取芙蓉花[1]，今年为谁死。

注释 1. 取：助词，无实义。芙蓉花：即荷花。

登科后[1]

昔日龌龊不足夸[2]，
今朝放荡思无涯[3]。
春风得意马蹄疾，
一日看尽长安花。

注释 1. 登科：指进士及第。2. 龌龊（wò chuò）：此指失意不得志，处境局促。夸：谈论。3. 放荡：自由自在，不受约束。

李 约

李约,字存博,唐宗室。曾官兵部员外郎。其诗语言朴实,感情沉郁。

观祈雨

桑条无叶土生烟,
箫管迎龙水庙前[1]。
朱门几处看歌舞,
犹恐春阴咽管弦[2]。

注释 1. 水庙:即龙王庙,是古时祈雨的场所。2. 咽:使……哽咽,喑哑。

杨巨源

杨巨源(755—?),字景山,河中(今山西永济)人。由秘书郎擢太常博士。出为凤翔少尹,复召授国子司业。其诗格律工致,风调流美。

城东早春

诗家清景在新春,
绿柳才黄半未匀。
若待上林花似锦[1],
出门俱是看花人。

注释 1. 上林:即上林苑,汉宫苑,故址在今陕西西安。

武元衡

武元衡（758—815），字伯苍，缑氏（今河南偃师南）人。建中年间进士，官至门下侍郎、同中书门下平章事。诗长于五言，多官场酬赠之作。有《武元衡集》。

春 兴

杨柳阴阴细雨晴，
残花落尽见流莺。
春风一夜吹乡梦，
又逐春风到洛城[1]。

注释　1.洛城：指洛阳。

无名氏

啰唝曲六首[1]（选一）

莫作商人妇，金钗当卜钱。
朝朝江口望，错认几人船。

注释　1.啰唝曲：相传金陵有啰唝楼，乃陈后主所建。曲由此得名。

崔 护

崔护,生卒年不详,字殷功,郡望博陵(今河北定州)。贞元十二年(796)进士,官至岭南节度使。《全唐诗》存其诗六首。

题都城南庄[1]

去年今日此门中,
人面桃花相映红。
人面不知何处去,
桃花依旧笑春风。

注释 1. 都城:指唐都长安城。

常 建

常建,生卒年不详,长安(今陕西西安)人。开元十五年(727)进士,仕途失意,后隐于鄂州武昌(今属湖北)。其诗多写山林寺观,有隐逸之气,尤擅五言。有《常建集》。

题破山寺后禅院[1]

清晨入古寺,初日照高林。
竹径通幽处,禅房花木深。
山光悦鸟性,潭影空人心[2]。
万籁此俱寂[3],但余钟磬音。

注释 1. 破山寺:即兴福寺,在今江苏常熟虞山。2. 空:使人心空阔澄净。3. 籁:自然界的声音。

王 建

王建（766?—830?），字仲初，颍川（今河南许昌）人。官终陕州司马，世称王司马。长于乐府，与张籍并称"张王"。诗风细腻含蓄，有较强的现实意义。有《王司马集》。

新嫁娘词三首（选一）

三日入厨下[1]，洗手作羹汤。
未谙姑食性[2]，先遣小姑尝。

注释 1.三日：古时习俗，女子婚后第三天要下厨做饭，以明其在家中侍奉公婆的职责。2.谙(ān)：熟悉。姑：婆婆。

雨过山村

雨里鸡鸣一两家，
竹溪村路板桥斜。
妇姑相唤浴蚕去[1]，
闲着中庭栀子花[2]。

注释 1.妇姑：姑嫂。浴蚕：古时用盐水浸泡蚕卵以选取蚕种。2.中庭：院子当中。

十五夜望月寄杜郎中[1]

中庭地白树栖鸦[2]，
冷露无声湿桂花。
今夜月明人尽望，
不知秋思落谁家？

注释 1.十五夜：指中秋之夜。2.地白：形容庭院中月色皎洁。

宫词一百首（选一）

树头树底觅残红[1]，
一片西飞一片东。
自是桃花贪结子，
错教人恨五更风。

注释　1. 残红：凋零的花。

薛　涛

薛涛（约768—832），字洪度，长安（今陕西西安）人。唐代著名女诗人，与元稹、白居易、张籍、王建等都有唱酬交往，时称"女校书"。其诗不仅以清词丽句见长，还有一些具有思想深度的关怀现实之作。

送友人

水国蒹葭夜有霜[1]，
月寒山色共苍苍。
谁言千里自今夕，
离梦杳如关塞长[2]。

注释　1. 蒹葭：荻苇、芦苇的合称，皆生水边。2. 杳：邈远。

筹边楼[1]

平临云鸟八窗秋[2]，
壮压西川四十州。

注释　1. 筹边楼：唐李德裕建，故址在今四川成都西。2. 平临云鸟：形容楼高与云、鸟齐。

诸将莫贪羌族马[3],
最高层处见边头。

3. 羌族：指居住于西川的党项羌族。

韩　愈

韩愈（768—824），字退之，河南河阳（今河南孟州）人，郡望昌黎。贞元八年（792）进士，曾任监察御史、刑部侍郎，因谏迎佛骨事，贬潮州刺史。官终吏部侍郎。卒谥文。韩愈倡导了唐代的古文运动，被列为"唐宋八大家"之首。其诗笔力雄健，奇崛峭拔，但有的不免流于险怪。有《韩昌黎先生集》。

山　石

山石荦确行径微[1]，
黄昏到寺蝙蝠飞。
升堂坐阶新雨足，
芭蕉叶大支子肥[2]。
僧言古壁佛画好，
以火来照所见稀。
铺床拂席置羹饭，
疏粝亦足饱我饥[3]。
夜深静卧百虫绝，
清月出岭光入扉。
天明独去无道路[4]，
出入高下穷烟霏。
山红涧碧纷烂漫，
时见松枥皆十围[5]。

注释　1. 荦（luò）确：险峻不平貌。微：狭窄。2. 支子：即栀子，花名。3. 疏粝（lì）：指简单的饭菜。粝，糙米。4. 无道路：因雾霭迷蒙而辨不清道路。5. 枥：同"栎"，即栎树，一种落叶乔木。

当流赤足蹋涧石,
水声激激风吹衣。
人生如此自可乐,
岂必局束为人鞿[6]。
嗟哉吾党二三子[7],
安得至老不更归[8]！

雉带箭

原头火烧静兀兀[1],
野雉畏鹰出复没。
将军欲以巧伏人[2],
盘马弯弓惜不发[3]。
地形渐窄观者多,
雉惊弓满劲箭加。
冲人决起百余尺[4],
红翎白镞随倾斜[5]。
将军仰笑军吏贺,
五色离披马前堕[6]。

注释　1.火：猎火。2.将军：指张建封。3.盘马：骑马盘旋不进。4.决起：突然而起。5.翎：箭羽。镞：箭锋。6.五色离披：形容雉羽散乱。

八月十五夜赠张功曹[1]

纤云四卷天无河[2],
清风吹空月舒波[3]。
沙平水息声影绝,

注释　1.张功曹：即张署,时与韩愈同被贬官,逢顺宗即位,张又被任命为江陵府功曹参军,韩愈为法曹参军。2.河：银河。3.波：喻指月光。

注释　6.为人鞿(jī)：被别人所控制。鞿,马缰绳。7.吾党：指那些和自己志同道合的朋友。8.不更归：不再回去,表现了对山中自然美景的留恋。

一杯相属君当歌[4]。
君歌声酸辞且苦,
不能听终泪如雨。
洞庭连天九疑高[5],
蛟龙出没猩鼯号[6]。
十生九死到官所,
幽居默默如藏逃。
下床畏蛇食畏药[7],
海气湿蛰熏腥臊[8]。
昨者州前捶大鼓[9],
嗣皇继圣登夔皋[10]。
赦书一日行万里,
罪从大辟皆除死[11]。
迁者追回流者还[12],
涤瑕荡垢清朝班。
州家申名使家抑[13],
坎轲只得移荆蛮[14]。
判司卑官不堪说[15],
未免捶楚尘埃间[16]。
同时辈流多上道[17],
天路幽险难追攀[18]。
君歌且休听我歌,
我歌今与君殊科[19]。
一年明月今宵多,
人生由命非由他,
有酒不饮奈明何[20]!

4.属：劝酒。5.九疑：山名。6.鼯（wú）：一种野鼠。号（háo）：叫。7.药：相传西南边地一种用毒蛊制成的毒药。8.海气：指潮湿之气。湿蛰：蛰伏于潮湿阴暗之处的蛇虫之类。熏腥臊：散发出腥臊难闻之气。9.捶大鼓：指擂鼓聚众,宣布大赦令。10.嗣皇:指宪宗李纯。登：进用。夔皋：夔和皋陶,此指贤臣。11.大辟：死刑。除：免除。12.迁者：被迁谪贬官的人。流：流放。13.州家：指郴州刺史李伯康。申名：将姓名申报上去。使家：指湖南道观察使杨凭。抑：抑制，压制。对于韩、张的任命，李伯康认为不公，曾向观察使申名，而杨凭却予以压制。14.移荆蛮：指调往江陵任职。15.判司：唐代对州郡诸曹参军的统称。16.捶楚：唐制，州县的参军等辅佐官有过要受笞杖之刑。17.上道：指被召回京。18.天路:进身朝廷的路。19.殊科：不同类。20.明：明月。

唐·韩愈

听颖师弹琴[1]

昵昵儿女语,恩怨相尔汝[2]。
划然变轩昂,勇士赴敌场。
浮云柳絮无根蒂,天地阔远随飞扬。
喧啾百鸟群,忽见孤凤凰。
跻攀分寸不可上[3],失势一落千丈强。
嗟余有两耳,未省听丝篁[4]。
自闻颖师弹,起坐在一旁。
推手遽止之[5],湿衣泪滂滂。
颖乎尔诚能,无以冰炭置我肠[6]。

注释 1. 颖师:元和间在长安以弹琴著名的僧人。颖是僧名,师是僧人的统称。2. 昵昵:亲近。尔、汝:都指"你",关系亲密者之间的称呼。3. 跻攀:指琴音越来越高。4. 省(xǐng):懂得。丝篁:此以乐器借指音乐。5. 遽(jù):急忙。6. 冰炭置我肠:形容听琴时复杂激烈的感情变化。

调张籍[1]

李杜文章在[2],光焰万丈长。
不知群儿愚,那用故谤伤。
蚍蜉撼大树[3],可笑不自量。
伊我生其后[4],举颈遥相望。
夜梦多见之,昼思反微茫。
徒观斧凿痕,不瞩治水航[5]。
想当施手时[6],巨刃磨天扬。
垠崖划崩豁[7],乾坤摆雷硠[8]。
惟此两夫子,家居率荒凉。
帝欲长吟哦,故遣起且僵[9]。
剪翎送笼中[10],使看百鸟翔。
平生千万篇,金薤垂琳琅[11]。

注释 1. 调:调侃。2. 李杜:李白和杜甫。3. 蚍蜉(pí fú):蚂蚁的一种。4. 伊:发语词。5. "徒观"二句:意谓李杜文章如大禹治水,只看到他们遗留的痕迹,却看不到他们运用文字的内在本质。6. 施手:动工。7. 垠崖:高大的山崖。崩豁:崩坏裂开。8. 乾坤:天地。雷硠(láng):山石崩裂。9. "帝欲"二句:谓上帝欲使诗人不断歌吟,故使他们命运经受波折。起,崛起。僵,仆倒,指受挫折。10. 剪翎:剪掉鸟翅上的羽毛。11. 金薤(xiè):指金错书和倒薤书两种古文字体,此处用以赞美李杜诗篇。

仙官敕六丁[12]，雷电下取将。
流落人间者，太山一毫芒[13]。
我愿生两翅，捕逐出八荒。
精诚忽交通，百怪入我肠。
刺手拔鲸牙[14]，举瓢酌天浆。
腾身跨汗漫[15]，不著织女襄[16]。
顾语地上友[17]，经营无太忙。
乞君飞霞佩，与我高颉颃[18]。

12. 敕(chì)：诏令。六丁：天神名。13. 太山：即泰山。毫芒：喻细微。14. 刺手：反手、转手。15. 汗漫：广漠无穷之处。一说为仙人名。16. 织女襄：即用织女纺织的布做的衣服。17. 地上友：指张籍。18. 颉颃(xié háng)：上下飞翔貌。

湘 中

猿愁鱼踊水翻波，
自古流传是汨罗[1]。
蘋藻满盘无处奠[2]，
空闻渔父扣舷歌[3]。

注释　1.汨罗：江名，屈原即投此江。2.蘋藻：指蘋草与水藻，《诗经·采蘋》中均作为祭物。3.渔父：渔翁。暗用屈原被放逐后一渔父劝其随波逐流的典故。

春 雪

新年都未有芳华[1]，
二月初惊见草芽。
白雪却嫌春色晚，
故穿庭树作飞花。

注释　1.芳华：芬芳的鲜花。

晚　春

草树知春不久归，
百般红紫斗芳菲。
杨花榆荚无才思[1]，
惟解漫天作雪飞[2]。

注释　1. 杨花：柳絮。榆荚：即榆钱。2. 惟解：只知道。

左迁至蓝关示侄孙湘[1]

一封朝奏九重天，
夕贬潮州路八千[2]。
欲为圣朝除弊事，
肯将衰朽惜残年[3]！
云横秦岭家何在[4]，
雪拥蓝关马不前。
知汝远来应有意，
好收吾骨瘴江边[5]。

注释　1. 左迁：贬官。蓝关：即蓝田关，在今陕西蓝田南。湘：韩湘，韩愈之侄韩老成的儿子。2."一封"二句：指韩愈上疏谏迎佛骨被贬官事。潮州：今广东潮州。3. 肯：岂肯。4. 秦岭：横亘于陕西南部的山脉。5. 瘴江：指潮州一带，当时岭南河流多瘴气。

早春呈水部张十八员外二首[1]

（选一）

天街小雨润如酥[2]，
草色遥看近却无。
最是一年春好处，
绝胜烟柳满皇都[3]。

注释　1. 水部张十八员外：即张籍，曾任水部员外郎，十八是其在兄弟间的排行。2. 天街：长安的朱雀门大街。酥：酥油，此形容春雨的润泽。3. 皇都：长安。

张仲素

张仲素（约769—819），字绘之，符离（今安徽宿州）人。宪宗时为翰林学士，官终中书舍人。其诗善写闺情，清婉飘逸，韵致悠远。

燕子楼诗三首[1]（选一）

楼上残灯伴晓霜，
独眠人起合欢床。
相思一夜情多少，
地角天涯未是长。

注释　1. 燕子楼：唐张愔为爱妾关盼盼建的一座楼。张死后，盼盼矢志不嫁，终老楼中。

张　籍

张籍（767?—830），字文昌，原籍吴郡（今江苏苏州），寄居和州（今安徽和县）。曾任太常寺太祝，后历水部员外郎、国子司业等职。长于乐府，多反映现实之作，语言朴素，用意精深。有《张司业集》。

野老歌

老农家贫在山住，
耕种山田三四亩。
苗疏税多不得食，
输入官仓化为土。

唐·张籍

岁暮锄犁傍空室,
呼儿登山收橡实[1]。
西江贾客珠百斛[2],
船中养犬长食肉。

注释 1.橡实:橡树的果实,荒年可食。2.西江贾客:指广西做珠宝生意的商人。西江,在今广西境内。斛:古代量器。

节妇吟

君知妾有夫,赠妾双明珠。
感君缠绵意,系在红罗襦[1]。
妾家高楼连苑起,良人执戟明光里[2]。
知君用心如日月,事夫誓拟同生死。
还君明珠双泪垂,恨不相逢未嫁时。

注释 1.襦(rú):短袄。2.良人:古代妇女对丈夫的称呼。执戟明光里:即在朝中供职。明光,汉宫殿名。

秋 思

洛阳城里见秋风,
欲作家书意万重。
复恐匆匆说不尽,
行人临发又开封[1]。

注释 1.开封:拆开信封。

刘禹锡

刘禹锡（772—842），字梦得，洛阳（今河南洛阳）人。贞元九年（793）进士，官监察御史。永贞革新失败后，贬朗州司马，迁连州、夔州等刺史。后任太子宾客。与柳宗元交厚，诗文齐名，并称"刘柳"。其诗清新自然，明快生动，富于生活气息。有《刘梦得文集》。

始闻秋风

昔看黄菊与君别[1]，
今听玄蝉我却回[2]。
五夜飕飗枕前觉[3]，
一年颜状镜中来。
马思边草拳毛动[4]，
雕眄青云睡眼开[5]。
天地肃清堪四望，
为君扶病上高台[6]。

注释 1. 君：指作者。此是代秋风设辞。 2. 我：秋风自称。 3. 五夜：五更。飕飗（sōu liú）：风声。 4. 拳毛：卷曲的马毛。 5. 眄（miǎn）：眷顾。 6. 君：指秋风。

西塞山怀古[1]

王濬楼船下益州[2]，
金陵王气黯然收[3]。
千寻铁锁沉江底[4]，
一片降幡出石头[5]。
人世几回伤往事，
山形依旧枕寒流。

注释 1. 西塞山：在今湖北大冶东，是三国吴西部军事要塞。 2. 王濬（jùn）：西晋益州刺史，曾率大型船队攻吴，迫使孙皓投降。益州：治所在今四川成都。 3. 金陵：今江苏南京，为三国孙吴都城。王气：古代迷信认为帝王所在之地有一种特殊的祥云瑞气。 4. 寻：古代长度单位。铁锁：吴人为防御敌船而在江中置铁锁拦截，后为晋军所破。 5. 降幡：投降的旗帜。石头：即石头城，故址在今南京西，因三国时孙吴就石壁筑城戍守而得名。

今逢四海为家日⁶，
故垒萧萧芦荻秋⁷。

6.四海为家：意即四海一家，天下统一。
7.故垒：曾经的营垒。芦荻：芦苇。

酬乐天扬州初逢席上见赠¹

巴山楚水凄凉地²，
二十三年弃置身³。
怀旧空吟闻笛赋⁴，
到乡翻似烂柯人⁵。
沉舟侧畔千帆过，
病树前头万木春。
今日听君歌一曲，
暂凭杯酒长精神⁶。

注释　1.酬：酬答。乐天：即白居易，字乐天。2.巴山楚水：泛指刘禹锡被贬谪的四川、湖广一带。3.二十三年：刘禹锡从贬官至被召还京的时间。4.闻笛赋：晋向秀因闻人吹笛而怀念亡友，遂作《思旧赋》。5.烂柯人：相传晋人王质入山砍柴，见二童子下棋，看完后发现斧柄已烂，人间已历百年。6.长：增长，振作。

竹枝词二首¹（选一）

杨柳青青江水平，
闻郎江上唱歌声。
东边日出西边雨，
道是无晴却有晴²。

注释　1.竹枝词：巴、渝一带的民歌，多吟咏当地风物和男女爱情。2.晴：与"情"同音双关，"无晴""有晴"即"无情""有情"。

秋词二首

自古逢秋悲寂寥，
我言秋日胜春朝。
晴空一鹤排云上[1]，
便引诗情到碧霄。

注释 1. 排：冲。

山明水净夜来霜，
数树深红出浅黄。
试上高楼清入骨，
岂如春色嗾人狂[1]。

注释 1. 嗾（sǒu）：教唆。

竹枝词九首（选二）

山桃红花满上头[1]，
蜀江春水拍山流。
花红易衰似郎意，
水流无限似侬愁。

注释 1. 上头：山头。

唐·刘禹锡

山上层层桃李花，
云间烟火是人家。
银钏金钗来负水[1]，
长刀短笠去烧畲[2]。

注释 1. 银钏金钗：妇女的手镯和头饰，这里代指妇女。2. 长刀短笠：代指男子。烧畲（shē）：用火烧去田中的荆棘野草作为肥料。

杨柳枝词九首（选一）

塞北梅花羌笛吹[1]，
淮南桂树小山词[2]。
请君莫奏前朝曲，
听唱新翻杨柳枝[3]。

注释 1. 梅花：指笛曲《梅花落》。2. "淮南"句：《楚辞》中有淮南小山《招隐士》一篇，为西汉淮南王幕下文人所作，首句是"桂树丛生兮山之幽"。3. 翻：改制、改作。杨柳枝：唐代教坊乐曲。

元和十年自朗州承召至京戏赠看花诸君子[1]

紫陌红尘拂面来[2]，
无人不道看花回。
玄都观里桃千树[3]，
尽是刘郎去后栽[4]。

注释 1. 朗州：治所在今湖南常德。2. 紫陌：指京城的街道。红尘：指车马掀起的尘土。3. 玄都观：长安城南崇业坊内的一座道观。桃千树：喻朝中新贵。4. 刘郎：作者自称。去后：指被贬以后。

再游玄都观

百亩庭中半是苔,
桃花净尽菜花开。
种桃道士归何处¹,
前度刘郎今又来。

注释 1. 种桃道士:喻指培植党羽迫害革新人士的当权者。

石头城¹

山围故国周遭在²,
潮打空城寂寞回。
淮水东边旧时月³,
夜深还过女墙来⁴。

注释 1. 石头城:见前《西塞山怀古》"石头"注。2. 故国:故都,此指石头城。周遭在:指旧时城墙遗迹依然存在。3. 淮水:即秦淮河。4. 女墙:城墙上的墙垛。

乌衣巷¹

朱雀桥边野草花²,
乌衣巷口夕阳斜。
旧时王谢堂前燕³,
飞入寻常百姓家。

注释 1. 乌衣巷:在今江苏南京秦淮河南岸,晋时是豪门世族聚居之所。2. 朱雀桥:秦淮河上桥名。3. 王谢:即王导、谢安两家族,是东晋时最有名的世族名门。

和乐天春词

新妆宜面下朱楼[1],
深锁春光一院愁。
行到中庭数花朵,
蜻蜓飞上玉搔头[2]。

注释　1. 宜面：脂粉很匀称，与容颜相宜。2. 玉搔头：即玉簪。

望洞庭

湖光秋月两相和,
潭面无风镜未磨[1]。
遥望洞庭山水色,
白银盘里一青螺[2]。

注释　1. 镜未磨：古代镜子以铜打磨而成。此喻指湖面无风，水平如镜。2. 白银盘：喻洞庭湖。青螺：指洞庭湖中的君山。

杨柳枝

春江一曲柳千条[1],
二十年前旧板桥。
曾与美人桥上别,
恨无消息到今朝。

注释　1. 一曲：一湾。

白居易

白居易（772—846），字乐天，晚号香山居士。原籍太原，后迁居下邽（今陕西渭南）。贞元进士，授秘书省校书郎。后贬江州司马，又任杭州刺史，官终刑部尚书。白居易是新乐府运动的主要倡导者，与元稹并称"元白"。诗歌语言浅易自然，有强烈的现实意义和批判精神。有《白氏长庆集》。

观刈麦[1]

田家少闲月，五月人倍忙。
夜来南风起，小麦覆陇黄。
妇姑荷箪食[2]，童稚携壶浆。
相随饷田去[3]，丁壮在南冈。
足蒸暑土气，背灼炎天光[4]。
力尽不知热，但惜夏日长。
复有贫妇人，抱子在其旁。
右手秉遗穗[5]，左臂悬敝筐。
听其相顾言，闻者为悲伤。
家田输税尽[6]，拾此充饥肠。
今我何功德，曾不事农桑。
吏禄三百石，岁晏有余粮[7]。
念此私自愧，尽日不能忘。

注释 1. 刈（yì）：割。 2. 荷（hè）：挑，担。箪（dān）：盛食物用的圆形竹器。 3. 饷（xiǎng）田：给在田里劳作的人送饭。 4. 灼：烘，烤。 5. 秉遗穗：捡拾收割后遗留在田里的麦穗。 6. 输税：缴纳租税。 7. 岁晏：岁末，年终。

轻 肥[1]

意气骄满路,鞍马光照尘。
借问何为者,人称是内臣[2]。
朱绂皆大夫,紫绶或将军[3]。
夸赴军中宴,走马去如云。
樽罍溢九酝,水陆罗八珍[4]。
果擘洞庭橘[5],脍切天池鳞[6]。
食饱心自若,酒酣气益振。
是岁江南旱[7],衢州人食人[8]。

注释　1. 轻肥:即轻裘肥马。《论语·雍也》:"乘肥马,衣轻裘。"此指达官显贵及其豪奢生活。2. 内臣:指宦官。3. "朱绂"二句:朱、紫是标志身份和官阶的颜色。绂、绶是系印的丝带。4. "樽罍(zūn lěi)"二句:樽、罍都是酒具。九酝:指最醇美的酒。八珍:泛指各种美食。5. 擘:剖开。6. 脍(kuài):切细的鱼肉。7. 是岁:这一年。8. 衢(qú)州:今浙江衢州一带。

买 花

帝城春欲暮,喧喧车马度。
共道牡丹时,相随买花去。
贵贱无常价,酬直看花数[1]。
灼灼百朵红,戋戋五束素[2]。
上张幄幕庇,旁织巴篱护。
水洒复泥封,移来色如故。
家家习为俗,人人迷不悟。
有一田舍翁[3],偶来买花处。
低头独长叹,此叹无人喻[4]。
一丛深色花,十户中人赋[5]。

注释　1. 酬直:即价钱。2. 戋戋(jiān jiān):众多貌。素:精白的绢。3. 田舍翁:老农夫。4. 喻:理解,明白。5. 中人赋:即中等人家缴纳的赋税。

上阳白发人[1]

上阳人，红颜暗老白发新。绿衣监使守宫门[2]，一闭上阳多少春。玄宗末岁初选入，入时十六今六十。同时采择百余人，零落年深残此身[3]。忆昔吞悲别亲族，扶入车中不教哭。皆云入内便承恩，脸似芙蓉胸似玉。未容君王得见面，已被杨妃遥侧目[4]。妒令潜配上阳宫[5]，一生遂向空房宿。宿空房，秋夜长，夜长无寐天不明。耿耿残灯背壁影[6]，萧萧暗雨打窗声。春日迟，日迟独坐天难暮。宫莺百啭愁厌闻，梁燕双栖老休妒。莺归燕去长悄然，春往秋来不记年。唯向深宫望明月，东西四五百回圆。今日宫中年最老，大家遥赐尚书号[7]。小头鞋履窄衣裳，青黛点眉眉细长。外人不见见应笑，天宝末年时世妆[8]。上阳人，苦最多。少亦苦，老亦苦，少苦老苦两如何。君不见昔时吕向美人赋[9]，又不见今日上阳白发歌。

注释 1.上阳：即上阳宫，在唐东都洛阳皇城西南，唐高宗上元年间所建。2.绿衣监使：指管理宫闱事务的太监。3.残：残余，剩下。4.侧目：斜着眼睛看，此指嫉恨。5.潜配：暗中打发安置。6.耿耿：微明貌。7.大家：皇帝，宫中口语。尚书：宫中女官名。8.时世妆：流行的妆饰。9."君不见"句：作者自注云："天宝末，有密采艳色者，当时号花鸟使。吕向献《美人赋》以讽之。"

杜陵叟[1]

杜陵叟，杜陵居，岁种薄田一顷余。三月无雨旱风起，麦苗不秀多黄死[2]。九月降霜秋早寒，禾穗未熟皆青干。长吏明知不申破[3]，急敛暴征求考课[4]。典桑卖地纳官租，明年衣食将何如？剥我身上帛，夺我口中粟。虐人害物即豺狼，何必钩爪锯牙食人肉？不知何人奏皇帝，帝心恻隐知人弊[5]。白麻纸上书德音[6]，京畿尽放今年税[7]。昨日里胥方到门[8]，手持敕牒榜乡村[9]。十家租税九家毕，虚受吾君蠲免恩[10]。

注释　1.杜陵：在今陕西西安东南。2.秀：麦苗抽穗扬花。3.申破：此指据实上报。4.考课：即考察官员的政绩。5.知人弊：知道人民的痛苦。弊，劳瘁困乏。6.白麻纸：唐中书省发布重要公文的纸。7.京畿(jī)：都城附近的地区。放：免。8.里胥：即里正，唐时乡间的小吏。9.敕牒：指免租的公文。榜：张贴。10.蠲(juān)：免除。

缭　绫[1]

缭绫缭绫何所似？不似罗绡与纨绮[2]。应似天台山上月明前[3]，四十五尺瀑布泉。中有文章又奇绝[4]，地铺白烟花簇雪[5]。织者何人衣者谁？越溪寒女汉宫姬[6]。去年中使宣口敕[7]，天上取样人间织[8]。

注释　1.缭(liáo)绫：一种精美的丝织品，产自越州(今浙江绍兴一带)。2.罗绡、纨绮：皆丝织品名。3.天台山：在今浙江天台北。4.文章：花纹图案。5.地：底子。6.越溪：越地的溪水，此处指织缭绫的女工所在地。汉宫姬：汉宫的妃嫔。这里是托汉喻唐。7.中使：太监。宣口敕：宣布皇帝的口头命令。8.天上：指皇宫。人间：民间。

织为云外秋雁行,染作江南春水色。广裁衫袖长制裙,金斗熨波刀剪纹[9]。异彩奇文相隐映,转侧看花花不定。昭阳舞人恩正深[10],春衣一对直千金。汗沾粉污不再著,曳土踏泥无惜心[11]。缭绫织成费功绩,莫比寻常缯与帛[12]。丝细缲多女手疼[13],扎扎千声不盈尺[14]。昭阳殿里歌舞人,若见织时应也惜。

9."金斗"句:用金属熨斗熨出波纹,用剪刀裁剪出来。10.昭阳舞人:原指赵飞燕,此处借指唐宫中得到皇帝宠幸的妃嫔。昭阳,汉宫殿名。11.曳土:拖引泥上。12.缯、帛:都是丝织品的总称。13.缲(sāo):抽茧出丝。14.扎扎:机杼声。盈:满。

卖炭翁

卖炭翁,伐薪烧炭南山中[1]。满面尘灰烟火色,两鬓苍苍十指黑。卖炭得钱何所营,身上衣裳口中食。可怜身上衣正单,心忧炭贱愿天寒。夜来城外一尺雪,晓驾炭车辗冰辙。牛困人饥日已高,市南门外泥中歇。翩翩两骑来是谁[2],黄衣使者白衫儿[3]。手把文书口称敕[4],回车叱牛牵向北[5]。一车炭,千余斤,宫使驱将惜不得。半匹红纱一丈绫,系向牛头充炭直[6]。

注释 1.南山:指终南山,在今陕西西安南。2.骑(jì):一人一马。3.黄衣使者白衫儿:指出宫采办物资的宦官。4.敕:皇帝的命令。5.牵向北:唐皇城在长安城北。6.直:同"值"。

唐·白居易

夜　雪

已讶衾枕冷[1]，复见窗户明。
夜深知雪重，时闻折竹声。

注释　1.衾：被子。

长恨歌

汉皇重色思倾国[1]，
御宇多年求不得。
杨家有女初长成，
养在深闺人未识。
天生丽质难自弃，
一朝选在君王侧。
回眸一笑百媚生，
六宫粉黛无颜色[2]。
春寒赐浴华清池[3]，
温泉水滑洗凝脂。
侍儿扶起娇无力，
始是新承恩泽时。
云鬓花颜金步摇[4]，
芙蓉帐暖度春宵。
春宵苦短日高起，
从此君王不早朝。
承欢侍宴无闲暇，
春从春游夜专夜。

注释　1.汉皇：此指唐玄宗李隆基。倾国：美色，美人。2.粉黛：此借指宫中的妃嫔。3.华清池：在今陕西临潼东南骊山上。4.步摇：一种垂缀珠玉的头钗。

后宫佳丽三千人,
三千宠爱在一身。
金屋妆成娇侍夜[5],
玉楼宴罢醉和春。
姊妹弟兄皆列土[6],
可怜光彩生门户[7]。
遂令天下父母心,
不重生男重生女。
骊宫高处入青云,
仙乐风飘处处闻。
缓歌慢舞凝丝竹,
尽日君王看不足。
渔阳鼙鼓动地来[8],
惊破霓裳羽衣曲[9]。
九重城阙烟尘生,
千乘万骑西南行。
翠华摇摇行复止[10],
西出都门百余里。
六军不发无奈何[11],
宛转蛾眉马前死。
花钿委地无人收,
翠翘金雀玉搔头[12]。
君王掩面救不得,
回看血泪相和流。
黄埃散漫风萧索,
云栈萦纡登剑阁[13]。

5. 金屋:汉武帝少时曾说"若得阿娇为妇,当以金屋贮之"。此借指杨玉环之得宠。6. 列土:分封土地。7. 可怜:可爱。8. "渔阳"句:指安禄山起兵叛乱。渔阳:泛指安禄山叛军起兵的范阳地区。鼙鼓:军中所用小鼓。9. 霓裳羽衣曲:西域乐舞的一种,传说杨贵妃擅长此舞。10. 翠华:皇帝的车驾。11. 六军:指护卫皇帝的羽林军。12. "花钿"二句:各种精美名贵的首饰都委弃于地。花钿、翠翘、金雀、玉搔头都是女子所佩首饰。13. 云栈:高入云霄的栈道。剑阁:在今四川剑阁北。

峨嵋山下少人行，
旌旗无光日色薄。
蜀江水碧蜀山青，
圣主朝朝暮暮情。
行宫见月伤心色，
夜雨闻铃肠断声。
天旋日转回龙驭[14]，
到此踌躇不能去。
马嵬坡下泥土中，
不见玉颜空死处。
君臣相顾尽沾衣，
东望都门信马归。
归来池苑皆依旧，
太液芙蓉未央柳[15]。
芙蓉如面柳如眉，
对此如何不泪垂。
春风桃李花开夜，
秋雨梧桐叶落时。
西宫南苑多秋草[16]，
宫叶满阶红不扫。
梨园弟子白发新[17]，
椒房阿监青娥老[18]。
夕殿萤飞思悄然，
孤灯挑尽未成眠。
迟迟钟鼓初长夜，
耿耿星河欲曙天。

14."天旋"句：谓时局转变，唐中央政府军收复了长安等地。15. 太液：池名，在长安城东北的大明宫内。未央：未央宫，故址在今西安西北。16. 西宫：指太极宫。南苑：指兴庆宫。17. 梨园弟子：宫内的演艺人员。唐玄宗曾挑选教坊艺人，亲自在梨园教习。18. 椒房：指后妃所居宫殿。阿监：宫中女官。

鸳鸯瓦冷霜华重[19],
翡翠衾寒谁与共。
悠悠生死别经年,
魂魄不曾来入梦。
临邛道士鸿都客[20],
能以精诚致魂魄。
为感君王辗转思,
遂教方士殷勤觅。
排空驭气奔如电,
升天入地求之遍。
上穷碧落下黄泉[21],
两处茫茫皆不见。
忽闻海上有仙山,
山在虚无缥缈间。
楼阁玲珑五云起,
其中绰约多仙子。
中有一人字太真[22],
雪肤花貌参差是[23]。
金阙西厢叩玉扃[24],
转教小玉报双成[25]。
闻道汉家天子使,
九华帐里梦魂惊。
揽衣推枕起徘徊,
珠箔银屏迤逦开[26]。
云鬓半偏新睡觉[27],
花冠不整下堂来。

19. 鸳鸯瓦：两片嵌合在一起的瓦。20. 临邛（qióng）：今四川邛崃。鸿都客：指客游长安的临邛道士。21. 碧落：道家对天界的称呼。22. 太真：杨玉环被度为道士时的道号。23. 参差：仿佛。24. 金阙：金碧辉煌的宫阙。玉扃（jiōng）：玉质的门。25. 小玉：吴王夫差的女儿。双成：西王母的侍女。此均借指侍婢。26. 珠箔（bó）:珠帘。迤逦：连绵不断貌。27. 睡觉（jué）：睡醒。

风吹仙袂飘飘举,
犹似霓裳羽衣舞。
玉容寂寞泪阑干[28],
梨花一枝春带雨。
含情凝睇谢君王[29],
一别音容两渺茫。
昭阳殿里恩爱绝[30],
蓬莱宫中日月长[31]。
回头下望人寰处,
不见长安见尘雾。
唯将旧物表深情,
钿合金钗寄将去。
钗留一股合一扇,
钗擘黄金合分钿[32]。
但教心似金钿坚,
天上人间会相见。
临别殷勤重寄词,
词中有誓两心知。
七月七日长生殿[33],
夜半无人私语时。
在天愿作比翼鸟,
在地愿为连理枝。
天长地久有时尽,
此恨绵绵无绝期。

28. 阑干:纵横貌。29. 凝睇(dì):凝视。谢:致词。30. 昭阳殿:汉殿名,此借指杨贵妃生前所居宫殿。31. 蓬莱宫:传说中海上仙山蓬莱山上的宫殿,此借指杨贵妃所居仙宫。32."钗留"二句:将金钗、钿合一半留给自己,一半寄给对方。擘:分开。33. 长生殿:唐殿名,在骊山华清宫内。

琵琶行

浔阳江头夜送客[1],
枫叶荻花秋瑟瑟。
主人下马客在船,
举酒欲饮无管弦。
醉不成欢惨将别,
别时茫茫江浸月。
忽闻水上琵琶声,
主人忘归客不发。
寻声暗问弹者谁,
琵琶声停欲语迟。
移船相近邀相见,
添酒回灯重开宴。
千呼万唤始出来,
犹抱琵琶半遮面。
转轴拨弦三两声,
未成曲调先有情。
弦弦掩抑声声思[2],
似诉平生不得志。
低眉信手续续弹,
说尽心中无限事。
轻拢慢捻抹复挑[3],
初为霓裳后六幺[4]。
大弦嘈嘈如急雨,
小弦切切如私语。

注释 1.浔阳江:长江流经浔阳的一段,在今江西九江北。2.掩抑:低沉压抑。3.拢、捻、抹、挑:均是弹奏琵琶的指法。4.霓裳:即《霓裳羽衣曲》。六幺:当时京城流行的曲调名。

嘈嘈切切错杂弹,
大珠小珠落玉盘。
间关莺语花底滑,
幽咽泉流冰下难。
冰泉冷涩弦凝绝,
凝绝不通声暂歇。
别有幽愁暗恨生,
此时无声胜有声。
银瓶乍破水浆迸,
铁骑突出刀枪鸣。
曲终收拨当心画[5],
四弦一声如裂帛。
东舟西舫悄无言,
唯见江心秋月白。
沉吟放拨插弦中,
整顿衣裳起敛容[6]。
自言本是京城女,
家在虾蟆陵下住[7]。
十三学得琵琶成,
名属教坊第一部[8]。
曲罢曾教善才伏[9],
妆成每被秋娘妒[10]。
五陵年少争缠头[11],
一曲红绡不知数。
钿头云篦击节碎[12],
血色罗裙翻酒污。

5. 拨:弹奏琵琶所用的拨子。6. 敛容:矜持恭敬貌。7. 虾蟆陵:在长安城东南曲江附近,是当时有名的游乐区。8. 教坊:唐代管理宫廷俗乐的机构。第一部:即技艺最高。9. 善才:教坊中向人传授技艺者。10. 秋娘:泛指貌美的歌伎。11. 五陵年少:指富贵人家的子弟。缠头:歌舞伎演奏完毕,宾客以锦帛等为赠。12. 钿头云篦(bì):镶嵌着花钿的发饰。击节碎:因为歌舞打拍子而被敲碎。

今年欢笑复明年,
秋月春风等闲度。
弟走从军阿姨死[13],
暮去朝来颜色故。
门前冷落鞍马稀,
老大嫁作商人妇。
商人重利轻别离,
前月浮梁买茶去[14]。
去来江口守空船,
绕船月明江水寒。
夜深忽梦少年事,
梦啼妆泪红阑干[15]。
我闻琵琶已叹息,
又闻此语重唧唧[16]。
同是天涯沦落人,
相逢何必曾相识。
我从去年辞帝京,
谪居卧病浔阳城。
浔阳地僻无音乐,
终岁不闻丝竹声。
住近湓江地低湿,
黄芦苦竹绕宅生。
其间旦暮闻何物,
杜鹃啼血猿哀鸣。
春江花朝秋月夜,
往往取酒还独倾。

13. 弟：女伴。阿姨：教坊中管理生活的年长女性。14. 浮梁：今江西景德镇一带,是唐代重要的茶叶贸易地。15. 红阑干：泪水与脂粉一起流下。16. 唧唧：叹息声。

岂无山歌与村笛,
呕哑嘲哳难为听[17]。
今夜闻君琵琶语,
如听仙乐耳暂明。
莫辞更坐弹一曲,
为君翻作琵琶行[18]。
感我此言良久立,
却坐促弦弦转急。
凄凄不似向前声,
满座重闻皆掩泣。
座中泣下谁最多?
江州司马青衫湿[19]。

17. 呕哑嘲哳（zhā）：声音嘈杂难听。
18. 翻作：按照曲调配制歌词。19. 青衫：唐代八、九品官员的官服是青色，白居易当时为从九品，所以着青衫。

花非花[1]

花非花，雾非雾。夜半来，天明去。来如春梦几多时，去似朝云无觅处。

注释　1. 花非花：此诗取前三字为题，近乎无题诗。

赋得古原草送别

离离原上草[1]，一岁一枯荣。
野火烧不尽，春风吹又生。

注释　1. 离离：野草繁茂貌。

远芳侵古道², 晴翠接荒城³。
又送王孙去, 萋萋满别情⁴。

2. 远芳：绵延无际的芳草。3. 晴翠：阳光照耀下碧绿的野草。4. "又送"二句：化用《楚辞·招隐士》中"王孙游兮不归，春草生兮萋萋"句意。王孙：本指贵族后代，此指远行的人。

自河南经乱，关内阻饥，兄弟离散，各在一处。因望月有感，聊书所怀，寄上浮梁大兄、於潜七兄、乌江十五兄，兼示符离及下邽弟妹¹

时难年饥世业空²，
弟兄羁旅各西东。
田园寥落干戈后³，
骨肉流离道路中。
吊影分为千里雁⁴，
辞根散作九秋蓬⁵。
共看明月应垂泪，
一夜乡心五处同⁶。

注释　1. 河南经乱：贞元十五年（799）春，宣武（治所在今河南开封）节度使部下及彰义（治所在今河南汝南）节度使吴少诚相继举兵叛乱，河南一带陷入战乱。浮梁大兄：白居易长兄白幼文，曾任浮梁（今江西景德镇附近）主簿。於潜七兄：白居易堂兄，为於潜（今浙江临安附近）县尉。乌江十五兄：白居易堂兄，曾为乌江（今安徽和县）主簿。符离：今安徽宿州。下邽：在今陕西渭南。2. 时难（nàn）：即战争和饥荒。世业：祖传的家业。3. 干戈：指战争。4. 吊影：形影相吊，孤单。5. 九秋：秋季三个月。蓬：草名，秋季干枯后常随风飘转。6. 五处同：即分散在五处的兄妹同胞都有同样的思乡之心。

惜牡丹花二首（选一）

惆怅阶前红牡丹，
晚来唯有两枝残¹。
明朝风起应吹尽，
夜惜衰红把火看。

注释　1. 残：剩余。

村　夜

霜草苍苍虫切切[1]，
村南村北行人绝。
独出前门望野田，
月明荞麦花如雪[2]。

注释　1. 切切：虫叫声。2. 荞麦：一年生草本植物，籽磨成面粉可食用。

放言五首[1]（选一）

赠君一法决狐疑[2]，
不用钻龟与祝蓍[3]。
试玉要烧三日满，
辨材须待七年期。
周公恐惧流言后[4]，
王莽谦恭未篡时[5]。
向使当初身便死，
一生真伪复谁知。

注释　1. 放言：畅所欲言，不受约束。2. 狐疑：犹豫不决。3. 钻龟与祝蓍（shī）：古代两种占卜方法。4. 周公：名旦，周成王幼时摄政，管叔等散布流言说其欲篡位，周公为之避居于东，后成王迎周公归，周王朝得以大治。5. 王莽：据《汉书·王莽传》，王莽篡位前"爵位愈尊，节操愈谦"。

大林寺桃花[1]

人间四月芳菲尽，
山寺桃花始盛开。

注释　1. 大林寺：在今江西庐山大林峰南，相传为晋代僧人昙诜（shēn）所建。

长恨春归无觅处,
不知转入此中来。

问刘十九 [1]

绿蚁新醅酒[2],红泥小火炉。
晚来天欲雪,能饮一杯无[3]?

注释　1.刘十九:作者友人。2.绿蚁:未过滤的酒上的浮渣,颜色微绿,细小如蚁,故称。醅(pēi):未过滤的酒。3.无:同"否"。

南浦别 [1]

南浦凄凄别,西风袅袅秋[2]。
一看肠一断,好去莫回头。

注释　1.南浦:南面的水滨。2.袅袅:微风吹拂的样子。

后宫词

泪湿罗巾梦不成,
夜深前殿按歌声[1]。
红颜未老恩先断,
斜倚熏笼坐到明[2]。

注释　1.按歌声:按着节拍而歌唱。2.熏笼:香炉上罩的竹笼。

暮江吟

一道残阳铺水中，
半江瑟瑟半江红[1]。
可怜九月初三夜[2]，
露似真珠月似弓[3]。

注释 1. 瑟瑟：此指碧色。2. 可怜：可爱。3. 真珠：即珍珠。

寒闺怨

寒月沉沉洞房静[1]，
真珠帘外梧桐影。
秋霜欲下手先知，
灯底裁缝剪刀冷。

注释 1. 洞房：深邃的房屋。

钱塘湖春行[1]

孤山寺北贾亭西[2]，
水面初平云脚低[3]。
几处早莺争暖树，
谁家新燕啄春泥。
乱花渐欲迷人眼，
浅草才能没马蹄[4]。
最爱湖东行不足，
绿杨阴里白沙堤[5]。

注释 1. 钱塘湖：即今浙江杭州西湖。2. 孤山寺：位于西湖孤山上，南朝陈时建。贾亭：唐贞元中杭州刺史贾全所建。3. 云脚：指出现在雨前或雨后的临近地面的云气。4. 才：刚刚，正好。5. 白沙堤：即白堤，又称断桥堤。

杭州春望

望海楼明照曙霞,
护江堤白踏晴沙。
涛声夜入伍员庙[1],
柳色春藏苏小家[2]。
红袖织绫夸柿蒂[3],
青旗沽酒趁梨花[4]。
谁开湖寺西南路[5],
草绿裙腰一道斜[6]。

注释 1. 伍员：伍子胥。春秋时楚国人，因父兄被楚王杀害，投奔吴国，帮助吴王称霸，后被吴王杀害。2. 苏小：指南齐时钱塘名妓苏小小。3. 红袖：指织绫女子。柿蒂：绫的花纹。4. 青旗：即酒幌。梨花：酒名。相传杭州人常趁梨花开时酿酒。5. 湖寺：指孤山寺。6. 草绿裙腰：孤山寺在湖洲中，草绿时，望如裙腰。

与梦得沽酒闲饮且约后期[1]

少时犹不忧生计，
老后谁能惜酒钱？
共把十千沽一斗[2]，
相看七十欠三年。
闲征雅令穷经史[3]，
醉听清吟胜管弦。
更待菊黄家酝熟[4]，
共君一醉一陶然[5]。

注释 1. 梦得：刘禹锡的字。沽酒：买酒。2. 十千：即十千钱，形容酒的名贵。斗：古代酒的量器。3. 雅令：典雅的酒令。穷：穷尽。4. 家酝：自家酿造的酒。5. 陶然：醉乐貌。

李 绅

李绅（772—846），字公垂，亳州（今安徽亳州）人。元和进士。武宗时官拜宰相，出为淮南节度使。与元稹、白居易等交往较多，是新乐府运动的重要参与者。

悯农二首

春种一粒粟[1]，秋收万颗子。
四海无闲田，农夫犹饿死。

锄禾日当午，汗滴禾下土。
谁知盘中餐，粒粒皆辛苦。

注释　1. 粟：即谷子。

柳宗元

柳宗元（773—819），字子厚，河东（今山西永济）人。贞元九年（793）进士。官拜监察御史。永贞革新失败后，贬永州司马、柳州刺史。柳宗元诗文皆工，与韩愈同为唐代古文运动的主要倡导者，并称"韩柳"，是"唐宋八大家"之一。其诗幽峭明净，韵味深厚，自成一家。有《柳河东集》。

与浩初上人同看山寄京华亲故[1]

海畔尖山似剑铓[2]，
秋来处处割愁肠。

注释　1. 上人：佛教中对有道德之人的称呼，后代称僧人。京华：指京都长安。
2. 剑铓（máng）：剑锋。

若为化得身千亿[3],
散上峰头望故乡。

3. 若为：怎能。

登柳州城楼寄漳汀封连四州刺史[1]

城上高楼接大荒[2],
海天愁思正茫茫。
惊风乱飐芙蓉水[3],
密雨斜侵薜荔墙[4]。
岭树重遮千里目,
江流曲似九回肠。
共来百越文身地[5],
犹自音书滞一乡[6]。

注释　1. 四州刺史：指漳州（治所在今福建漳州）刺史韩泰，汀州（治所在今福建长汀）刺史韩晔，封州（治所在今广东封开县）刺史陈谏，连州（治所在今广东连州）刺史刘禹锡。2. 大荒：泛指偏僻荒远之地。3. 飐（zhǎn）：吹动。4. 薜荔（bì lì）：一种常绿蔓生植物，可附墙壁生长。5. 百越：泛指五岭以南的少数民族。6. 滞：阻隔。即同在百越之地，却各处一方，音讯隔绝。

别舍弟宗一[1]

零落残红倍黯然[2],
双垂别泪越江边[3]。
一身去国六千里[4],
万死投荒十二年[5]。
桂岭瘴来云似墨[6],
洞庭春尽水如天[7]。
欲知此后相思梦,
长在荆门郢树烟[8]。

注释　1. 宗一：柳宗一，柳宗元从弟。2. 黯然：伤感貌。3. 越江：此指柳江。4. 去国：离开国都长安。5. 十二年：指作者写此诗时距永贞元年（805）被贬恰好十二年。6. 桂岭：此泛指柳州附近的山岭。瘴：瘴气，指南方山林中的湿热之气。7. 洞庭：洞庭湖，是柳宗一赴江陵的必经之地。8. 荆门：在今湖北宜都西北。郢（yǐng）：春秋时楚国都城，在今湖北江陵附近。

唐·柳宗元

酬曹侍御过象县见寄[1]

破额山前碧玉流[2],
骚人遥驻木兰舟[3]。
春风无限潇湘意,
欲采蘋花不自由[4]。

注释 1. 酬：酬和。侍御：官名，唐人对殿中侍御史及监察御史的简称。象县：在今广西象州。见寄：以诗相赠。2. 破额山：当在柳州州界，详未考。3. 骚人：诗人，此指曹侍御。木兰舟：船的美称。4. 蘋：即田字草，多年生水生植物。

南涧中题[1]

秋气集南涧，独游亭午时[2]。
回风一萧瑟[3]，林影久参差[4]。
始至若有得，稍深遂忘疲。
羁禽响幽谷[5]，寒藻舞沦漪[6]。
去国魂已游，怀人泪空垂。
孤生易为感，失路少所宜[7]。
索寞竟何事，徘徊只自知。
谁为后来者，当与此心期[8]。

注释 1. 南涧：在今湖南永州。2. 亭午：正午。3. 回风：即旋风。萧瑟：树木被风吹拂发出的声音。4. 参差：高下不齐貌。5. 羁禽：漂泊在外的鸟儿。6. 沦漪（yī）：涟漪。7. 失路：喻不得志，身在困境。8. 期：约定。引申为理解、契合。

溪 居[1]

久为簪组累[2]，幸此南夷谪[3]。
闲依农圃邻，偶似山林客。
晓耕翻露草，夜榜响溪石[4]。
来往不逢人，长歌楚天碧[5]。

注释 1. 溪：指愚溪，在今湖南永州。2. 簪（zān）组：古代官吏的冠饰。3. 南夷：南方少数民族，此指柳宗元所谪居的永州。谪：贬谪。4. 夜榜（bàng）：夜里航船。榜，划船工具。5. 楚天：永州在古楚国境内，故云。

江　雪

千山鸟飞绝[1]，万径人踪灭。
孤舟蓑笠翁[2]，独钓寒江雪。

注释　1. 绝：尽。2. 蓑（suō）笠翁：身穿蓑衣头戴笠帽的渔翁。

渔　翁

渔翁夜傍西岩宿[1]，
晓汲清湘燃楚竹[2]。
烟销日出不见人，
欸乃一声山水绿[3]。
回看天际下中流，
岩上无心云相逐。

注释　1. 西岩：疑即永州西山，在今湖南零陵西。2. 汲：打水。清湘：清澈的湘水。楚竹：永州属古楚国，故云。3. 欸（ǎi）乃：象声词，摇橹声。一说指渔歌。

卢 仝

卢仝（约775?—835），自号玉川子。范阳（今河北涿州）人。年轻时隐居少室山。性格狷介，朝廷曾两度起用他为谏议大夫，均不就。其诗作对当时腐败的朝政与民生疾苦均有所反映，风格奇特，近似散文。有《玉川子诗集》。

走笔谢孟谏议寄新茶[1]

日高丈五睡正浓[2]，军将打门惊周公[3]。口云谏议送书信，白绢斜封三道印。开缄宛见谏议面[4]，手阅月团三百片[5]。闻道新年入山里，蛰虫惊动春风起[6]。天子须尝阳羡茶[7]，百草不敢先开花。仁风暗结珠琲瑻[8]，先春抽出黄金芽[9]。摘鲜焙芳旋封裹[10]，至精至好且不奢[11]。至尊之余合王公，何事便到山人家[12]。柴门反关无俗客，纱帽笼头自煎吃。碧云引风吹不断[13]，白花浮光凝碗面[14]。一碗喉吻润[15]，两碗破孤闷。三碗搜枯肠[16]，唯有文字五千卷。四碗发轻汗，平生不平事，尽向毛孔散。五碗肌骨清，六碗通仙灵。七碗吃不得也，唯觉两腋习习清风生。蓬莱山[17]，在何处？玉川子，乘此清风欲归去。山上群仙司下土[18]，地位清高隔风雨。

注释 1. 走笔：疾书。孟谏议：即孟简，官至谏议大夫。2. 日高丈五：指天已大亮。3. 军将：低级武官。惊周公：惊起睡梦。4. 缄：书信。5. 手阅：亲手收检。月团：即茶饼。6. 蛰虫：藏在泥土中过冬的虫。7. 阳羡茶：产于江苏宜兴。8. 仁风：温和的风，即春风。琲瑻：即蓓蕾，这里指茶芽。9. 黄金芽：最早发出的一些茶芽，颜色微黄。10. 焙芳：烘焙茶叶。封裹：把焙干的茶叶包裹起来。11. 不奢：指茶叶数量不多。12. 山人：卢仝自称。13. 碧云：形容汤色碧绿。14. 白花：指茶汤的沫饽。15. 喉吻润：喉中感到滋润。16. 枯肠：比喻才思枯窘。17. 蓬莱山：古代传说中的三神山之一。18. 司下土：大地，指人间。

安得知百万亿苍生命，堕在巅崖受辛苦！便为谏议问苍生，到头还得苏息否[19]？

19. 苏息：困乏后得到休息。

李 涉

李涉，生卒年不详，自号清溪子，洛阳（今河南洛阳）人。宪宗时任太子通事舍人，不久被贬。文宗大和中，任国子博士。擅长七言，通俗晓畅。有《李涉诗》。

润州听暮角[1]

江城吹角水茫茫，
曲引边声怨思长。
惊起暮天沙上雁，
海门斜去两三行[2]。

注释 1. 润州：今江苏镇江。角：军中乐器。2. 海门：镇江焦山东北有两岛对峙，谓之海门。

施肩吾

施肩吾（780—861），字东斋，自号栖真子。睦州分水（今浙江建德）人。长庆中，隐于洪州西山（今江西新建）学仙修道，诗奇丽。

幼女词

幼女才六岁，未知巧与拙。
向夜在堂前，学人拜新月[1]。

注释 1. 拜新月：古代妇女有七夕拜月乞巧的习俗。

元 稹

元稹（779—831），字微之，洛阳（今河南洛阳）人，世居京兆（今陕西西安）。官中书舍人、翰林承旨学士、同中书门下平章事等职。卒于武昌节度使任。与白居易同是新乐府运动的倡导者，并称"元白"。元诗众体兼备，尤以乐府最为警策，其悼亡诗流传甚广。有《元氏长庆集》。

遣悲怀三首

谢公最小偏怜女[1]，
嫁与黔娄百事乖[2]。
顾我无衣搜荩箧[3]，
泥他沽酒拔金钗[4]。
野蔬充膳甘长藿[5]，
落叶添薪仰古槐[6]。
今日俸钱过十万，
与君营奠复营斋[7]。

注释 1. 谢公：指东晋宰相谢安。谢安最喜欢她的侄女谢道韫。此比元稹之妻韦丛受到父亲韦夏卿的特别钟爱。最小：韦丛是韦夏卿的小女儿。偏怜：偏爱。2. 黔娄：春秋时齐国的贫士，此为元稹自指。乖：不顺利。3. 荩箧（jìn qiè）：竹草编的衣箱。4. 泥（nì）：即软语相求。5. 甘：吃得很香甜。藿：豆叶。6. 落叶添薪：意谓备炊烧火依赖于古槐的落叶。7. 奠：祭品。斋：此指延请僧道超度灵魂。

昔日戏言身后意[1]，
今朝皆到眼前来。
衣裳已施行看尽[2]，
针线犹存未忍开。
尚想旧情怜婢仆[3]，
也曾因梦送钱财。
诚知此恨人人有，
贫贱夫妻百事哀。

注释 1. 身后：死后。2. 行看尽：眼看快完了。3. 婢仆：此指侍奉过韦氏的仆人。

闲坐悲君亦自悲，
百年都是几多时。
邓攸无子寻知命[1]，
潘岳悼亡犹费词[2]。
同穴窅冥何所望[3]，
他生缘会更难期。
唯将终夜长开眼，
报答平生未展眉[4]。

注释 1. 邓攸：西晋人，战乱中舍子保侄，后终生无子。元稹和韦氏婚后亦无子。2. 潘岳：西晋人，中年丧妻，有《悼亡诗》三首。3. 窅（yǎo）冥：幽深貌。4. 未展眉：指韦氏生前一直过着清贫的生活。

行 宫[1]

寥落古行宫，宫花寂寞红。
白头宫女在，闲坐说玄宗。

注释 1. 行宫：皇帝外出巡行时暂住的宫殿。

菊 花

秋丛绕舍似陶家[1]，
遍绕篱边日渐斜。
不是花中偏爱菊，
此花开尽更无花。

注释 1. 秋丛：一丛一丛的秋菊。似陶家：像陶渊明的家。陶一生爱菊。

唐·元稹

闻乐天授江州司马[1]

残灯无焰影幢幢[2],
此夕闻君谪九江。
垂死病中惊坐起,
暗风吹雨入寒窗。

注释　1. 乐天：白居易的字。江州：今江西九江。2. 幢幢(chuáng)：灯影昏暗摇曳之状。

重赠乐天

休遣玲珑唱我诗[1],
我诗多是别君词。
明朝又向江头别,
月落潮平是去时。

注释　1. 玲珑：乐人名。

连昌宫词[1]

连昌宫中满宫竹,
岁久无人森似束[2]。
又有墙头千叶桃,
风动落花红蔌蔌。
宫边老翁为余泣,
小年进食曾因入[3]。
上皇正在望仙楼[4],

注释　1. 连昌宫：在河南郡寿安县（今河南宜阳）西，唐高宗时建。2. 森似束：竹丛高且密貌。3. 小年：少年。4. 上皇：指唐玄宗李隆基。望仙楼：在骊山华清宫。

太真同凭阑干立[5]。
楼上楼前尽珠翠，
炫转荧煌照天地。
归来如梦复如痴，
何暇备言宫里事。
初过寒食一百六[6]，
店舍无烟宫树绿。
夜半月高弦索鸣，
贺老琵琶定场屋[7]。
力士传呼觅念奴[8]，
念奴潜伴诸郎宿[9]。
须臾觅得又连催，
特敕街中许燃烛。
春娇满眼睡红绡，
掠削云鬟旋装束。
飞上九天歌一声[10]，
二十五郎吹管逐[11]。
逡巡大遍凉州彻[12]，
色色龟兹轰录续[13]。
李谟压笛傍宫墙[14]，
偷得新翻数般曲。
平明大驾发行宫，
万人歌舞途路中。
百官队仗避岐薛[15]，
杨氏诸姨车斗风[16]。
明年十月东都破[17]，

5. 太真：杨贵妃做女道士时的名字。6. 寒食：冬至后的一百零五天为寒食节，唐俗在此前后三天禁火。7. 贺老：贺怀智，玄宗时以善弹琵琶而著名的艺人。定场屋：即压场。8. 力士：高力士，玄宗宠信的宦官。念奴：天宝中名娼，善歌。9. 诸郎：年轻贵族。10. 九天：此指宫禁。11. 二十五郎：指邠王李承宁，排行二十五，善吹笛。12. 逡巡：节奏舒缓。大遍：指成套的乐曲。凉州：唐流行乐曲名。彻：完。13. 色色：各种各样。龟兹（qiū cí）：西域古国名，在今新疆库车一带。轰录续：此指热闹地连续演奏。14. 李谟：善吹笛，相传曾在宫外桥上听到玄宗新曲，即记谱奏出。压笛：即按笛。15. 岐薛：指玄宗弟岐王李范、薛王李业。二人皆卒于开元间，此作者误用。16. 杨氏诸姨：指杨贵妃的三个姐姐。斗风：形容车行轻快。17."明年"句：指安禄山攻陷洛阳事。

御路犹存禄山过。
驱令供顿不敢藏[18],
万姓无声泪潜堕。
两京定后六七年[19],
却寻家舍行宫前。
庄园烧尽有枯井,
行宫门闭树宛然。
尔后相传六皇帝[20],
不到离宫门久闭。
往来年少说长安,
玄武楼成花萼废[21]。
去年敕使因斫竹[22],
偶值门开暂相逐[23]。
荆榛栉比塞池塘[24],
狐兔骄痴缘树木[25]。
舞榭欹倾基尚在[26],
文窗窈窕纱犹绿[27]。
尘埋粉壁旧花钿[28],
乌啄风筝碎珠玉[29]。
上皇偏爱临砌花,
依然御榻临阶斜。
蛇出燕巢盘斗栱[30],
菌生香案正当衙[31]。
寝殿相连端正楼[32],
太真梳洗楼上头。
晨光未出帘影黑,

18. 供顿:供应食宿。19. 两京:西京长安和东都洛阳。20. 六皇帝:指玄宗之后的肃宗、代宗、德宗、顺宗和宪宗,实为五个皇帝。21. 玄武楼:在大明宫北面,德宗时建。花萼:花萼楼,在兴庆宫西南隅,玄宗时所建。22. 斫:砍。23. 相逐:跟着进去。24. 栉比:像梳齿那样密集排列着。25. 缘:爬上。26. 攲(qī)倾:歪倒倾斜。27. 窈窕:幽深貌。28. 花钿:妇女的发饰。29. 风筝:悬在屋檐下的铃铎。碎珠玉:此形容发出的声音。30. 斗、栱:均为我国木结构建筑中的支承构件。31. 衙:正门。32. 端正楼:楼名,在骊山华清宫。

至今反挂珊瑚钩。
指似旁人因恸哭[33],
却出宫门泪相续。
自从此后还闭门,
夜夜狐狸上门屋。
我闻此语心骨悲,
太平谁致乱者谁?
翁言野父何分别,
耳闻眼见为君说。
姚崇宋璟作相公[34],
劝谏上皇言语切。
燮理阴阳禾黍丰[35],
调和中外无兵戎。
长官清平太守好,
拣选皆言由相公。
开元之末姚宋死,
朝廷渐渐由妃子。
禄山宫里养作儿[36],
虢国门前闹如市[37]。
弄权宰相不记名,
依稀忆得杨与李[38]。
庙谟颠倒四海摇[39],
五十年来作疮痏[40]。
今皇神圣丞相明[41],
诏书才下吴蜀平[42]。
官军又取淮西贼[43],

33. 指似：同"指示"。34. 姚崇、宋璟：姚崇和宋璟均是开元时比较贤明的宰相。相公，对宰相的尊称。35. 燮（xiè）理阴阳：即辅佐皇帝治理好国家。燮理，调和。36. "禄山"句：指杨贵妃收安禄山为养子事。37. 虢国：即虢国夫人，杨贵妃的姐姐。38. 杨与李：指杨国忠和李林甫。39. 庙谟：国家的重要决策。40. 疮痏（wěi）：此指安史乱后国家的残破局面。41. "今皇"句：指唐宪宗及丞相裴度等奋力平乱，治理国家。42. 吴蜀平：指平定江南东道节度使李锜和西川节度使刘辟乱事。43. 淮西贼：指叛乱的淮西节度使吴元济。

此贼亦除天下宁。
年年耕种官前道,
今年不遣子孙耕。
老翁此意深望幸⁴⁴,
努力庙谟休用兵。

44. 深望幸:希望皇帝临幸东都。

离思五首(选一)

曾经沧海难为水,
除却巫山不是云¹。
取次花丛懒回顾²,
半缘修道半缘君³。

注释　1. 除却:除去。巫山:在今四川境内。此用宋玉《高唐赋》中巫山云雨的典故。2. 取次:经过,接近。花丛:喻美人。3. 缘:因为。君:指所爱之人。

杨敬之

杨敬之,字茂孝,虢州弘农(今河南灵宝)人。元和进士。文宗时累迁屯田、户部二郎中,贬连州刺史,后官至国子祭酒。《全唐诗》存其诗二首。

赠项斯¹

几度见诗诗总好,
及观标格过于诗²。

注释　1. 项斯:字子迁,晚唐诗人。2. 标格:人格,风采。

平生不解藏人善,
到处逢人说项斯。

贾 岛

贾岛(779—843),字浪仙(一作阆仙),范阳(今河北涿州)人。早年出家为僧,后还俗。屡应进士举不第。曾任长江主簿。其诗多写冷僻枯寂之境,为寒苦之词,注重炼字,与孟郊有"郊寒岛瘦"之称。有《长江集》。

剑 客

十年磨一剑,霜刃未曾试。
今日把似君[1],谁为不平事?

注释 1. 把似:持与,拿给。

题李凝幽居

闲居少邻并[1],草径入荒园。
鸟宿池边树,僧敲月下门。
过桥分野色,移石动云根[2]。
暂去还来此,幽期不负言[3]。

注释 1. 邻并:一起居住的邻居。 2. 云根:古人认为云生于山石间。 3. 幽期:一起隐居的约定。

唐·贾岛

忆江上吴处士[1]

闽国扬帆去[2],蟾蜍亏复团[3]。
秋风生渭水,落叶满长安。
此地聚会夕,当时雷雨寒。
兰桡殊未返[4],消息海云端。

注释 1. 处士:隐居的人。2. 闽国:闽地,今福建及浙江南部一带。3. 蟾蜍:传说月中有蟾蜍,此借指月亮。4. 兰桡(ráo):木兰做的桨,此代指船。

暮过山村

数里闻寒水,山家少四邻。
怪禽啼旷野,落日恐行人。
初月未终夕,边烽不过秦[1]。
萧条桑柘外,烟火渐相亲。

注释 1. 边烽:边境的烽火。

寻隐者不遇

松下问童子,言师采药去。
只在此山中,云深不知处。

李德裕

李德裕（787—850），字文饶，赵郡（今河北赵县）人。武宗时拜太尉，封卫国公，颇有政绩。后因牛李党争，贬潮州司马，再贬崖州司户参军，卒于任所。有《会昌一品集》。

登崖州城作[1]

独上高楼望帝京，
鸟飞犹是半年程。
青山似欲留人住，
百匝千遭绕郡城[2]。

注释 1. 崖州：今海南琼山南。2. 百匝千遭：即峰峦叠嶂，重重叠叠。

许 浑

许浑（788—860），字用晦，润州丹阳（今江苏丹阳）人。所居近丁卯桥，人称"许丁卯"。大和进士，任监察御史，后出为睦、郢二州刺史。存诗皆近体，又以律诗为最多，用词圆妥，对仗工整。有《丁卯集》。

秋日赴阙题潼关驿楼[1]

红叶晚萧萧，长亭酒一瓢[2]。
残云归太华[3]，疏雨过中条[4]。
树色随关迥[5]，河声入海遥。
帝乡明日到[6]，犹自梦渔樵。

注释 1. 阙：长安。潼关：在今陕西潼关境内。2. 长亭：古时道路每十里设长亭，供行旅停息。3. 太华：华山。4. 中条：中条山，在今山西永济东南。5. 迥：远。6. 帝乡：指长安。

唐·许浑

金陵怀古[1]

玉树歌残王气终[2],
景阳兵合戍楼空[3]。
松楸远近千官冢[4],
禾黍高低六代宫[5]。
石燕拂云晴亦雨[6],
江豚吹浪夜还风。
英雄一去豪华尽,
唯有青山似洛中[7]。

注释　1. 金陵：即今江苏南京。2. 玉树：即《玉树后庭花》，被认为是亡国之音。3. 景阳：指陈后主所建景阳宫。4. 松楸（qiū）：指坟墓上栽的树。5. 禾黍：周大夫行经周宗庙宫室故地，见满目禾黍，感伤王朝颠覆而作《黍离》。此指对六朝兴衰更替的感慨。6. 石燕：传说零陵有石燕，遇风雨则飞翔，风雨止则还为石。7. 洛中：洛阳。洛阳与金陵都有群山环绕。

咸阳城西楼晚眺[1]

一上高城万里愁,
蒹葭杨柳似汀洲[2]。
溪云初起日沉阁[3],
山雨欲来风满楼。
鸟下绿芜秦苑夕[4],
蝉鸣黄叶汉宫秋。
行人莫问当年事,
故国东来渭水流。

注释　1. 咸阳：秦都城，唐时隔渭河与长安城相望。故址在今陕西咸阳东。2. 蒹葭（jiān jiā）：芦苇一类的水草。汀洲：水边的小洲。3. "溪云"句：作者自注："(咸阳城)南近磻溪，西对慈福寺阁。"4. 芜：杂草丛生。

谢亭送别[1]

劳歌一曲解行舟[2],
红叶青山水急流。
日暮酒醒人已远,
满天风雨下西楼[3]。

注释　1. 谢亭：故址在今安徽宣城,是著名的送别之地。2. 劳歌：送别时唱的歌。3. 西楼：指谢亭。

客有卜居不遂薄游汧陇因题[1]

海燕西飞白日斜,
天门遥望五侯家[2]。
楼台深锁无人到,
落尽东风第一花。

注释　1. 薄：聊且。汧陇：汧水和陇州,指今陕西西部、甘肃东部一带。2. 天门：喻京城。五侯：东汉桓帝同日封宦官五人为侯,时称五侯。

李　贺

李贺（790—816）,字长吉,福昌昌谷（今河南宜阳）人。因避父讳,未得应进士科考。曾为奉礼郎,郁郁不得志,年仅二十七而卒。其诗善于熔铸词采,驰骋想象,意境新奇诡谲,极富浪漫色彩。有《李长吉歌诗》。

李凭箜篌引[1]

吴丝蜀桐张高秋[2],

注释　1. 李凭：唐著名箜篌演奏艺人。箜篌引：乐府相和歌旧题。2. 吴丝：吴地出产的蚕丝。蜀桐：蜀地的梧桐。二者都是制造乐器的优质材料。张：弹奏。

空山凝云颓不流[3]。
江娥啼竹素女愁[4]，
李凭中国弹箜篌[5]。
昆山玉碎凤凰叫[6]，
芙蓉泣露香兰笑。
十二门前融冷光[7]，
二十三弦动紫皇[8]。
女娲炼石补天处[9]，
石破天惊逗秋雨[10]。
梦入神山教神妪[11]，
老鱼跳波瘦蛟舞。
吴质不眠倚桂树[12]，
露脚斜飞湿寒兔[13]。

3. 颓不流：停住不动。4. 江娥啼竹：传说帝舜死后，二妃痛哭不已，泪洒青竹成斑竹。素女：传说中的霜神，会弹瑟，其音甚悲。5. 中国：即国中，此指唐都长安。6. 昆山：昆仑山，出产美玉。7. 十二门：指唐长安城。古长安城共十二门。8. 二十三弦：此以弦数指箜篌。紫皇：道教中称天上至尊之神。此代指皇帝。9. "女娲"句：传说女娲曾炼五色石修补苍天。10. 逗：引。11. 神妪：据《搜神记》载，有神妪能弹箜篌，闻人弦歌辄起舞。妪，老年妇女的通称。12. 吴质：即吴刚，神话传说中在月中砍桂树的人。13. 寒兔：传说月中捣药的玉兔，此指月亮。

雁门太守行[1]

黑云压城城欲摧，
甲光向日金鳞开[2]。
角声满天秋色里[3]，
塞上燕脂凝夜紫[4]。
半卷红旗临易水[5]，
霜重鼓寒声不起。
报君黄金台上意[6]，
提携玉龙为君死[7]。

注释 1. 雁门：在今山西西北部。2. 甲光：铠甲在阳光照射下，像鱼鳞一样闪着光芒。3. 角：古代军中的号角。4. 凝夜紫：据说边塞土呈紫色。5. 易水：在今河北易县。6. 黄金台：战国时燕昭王为招揽贤士所筑的高台。7. 提携：拿着。玉龙：指宝剑。

苏小小墓[1]

幽兰露,如啼眼。无物结同心,烟花不堪剪。草如茵,松如盖。风为裳,水为佩。油壁车[2],夕相待。冷翠烛[3],劳光彩。西陵下[4],风吹雨。

注释 1. 苏小小:南朝时钱塘名妓。2. 油壁车:用青色油布蒙着车厢的车子。3. 翠烛:即俗称的鬼火。4. 西陵:在钱塘江之西,今杭州孤山西泠桥一带。

梦 天

老兔寒蟾泣天色[1],
云楼半开壁斜白。
玉轮轧露湿团光[2],
鸾佩相逢桂香陌[3]。
黄尘清水三山下[4],
更变千年如走马。
遥望齐州九点烟[5],
一泓海水杯中泻。

注释 1. "老兔"句:意谓秋月凄清。传说月中有兔和蟾蜍,此均指月亮。2. 玉轮:即月亮。轧:碾。3. 鸾佩:雕着鸾凤的玉佩,此借以指仙女。陌:道路。4. 黄尘:指陆地。清水:指海洋。三山:神话传说海上有蓬莱、方丈、瀛洲三仙山。5. 齐州:即中州,此泛指九州,即中国。

天上谣

天河夜转漂回星[1],
银浦流云学水声[2]。

注释 1. 回:转动。2. 银浦:即天河。

玉宫桂树花未落[3],
仙妾采香垂佩缨[4]。
秦妃卷帘北窗晓[5],
窗前植桐青凤小。
王子吹笙鹅管长[6],
呼龙耕烟种瑶草[7]。
粉霞红绶藕丝裙[8],
青洲步拾兰苕春[9]。
东指羲和能走马[10],
海尘新生石山下[11]。

3. 玉宫：月宫。桂树：传说月宫中有桂树。4. 仙妾：仙女。5. 秦妃：指秦穆公女儿弄玉，善吹箫，相传后驾凤飞去。6. 王子：王子乔，好吹笙。鹅管：笙上的玉管。7. 烟：烟云。瑶草：仙草。8. 粉霞：粉红的丝衣。绶：带子。9. 青洲：此指神仙所居之地。兰苕：泛指各种香草。10. 羲和：传说中驾日车的神。11. 海尘：大海和陆地。

浩 歌[1]

南风吹山作平地,
帝遣天吴移海水[2]。
王母桃花千遍红[3],
彭祖巫咸几回死[4]？
青毛骢马参差钱[5],
娇春杨柳含细烟。
筝人劝我金屈卮[6],
神血未凝身问谁[7]？
不须浪饮丁都护[8],
世上英雄本无主。
买丝绣作平原君[9],
有酒惟浇赵州土。

注释 1. 浩歌：放歌，高歌。2. 天吴：传说中的水神。3. 王母：神话中的西王母，传说她的仙桃三千年开一次花。4. 彭祖：传说中的长寿者。巫咸：传说中的神巫。5. 骢马：毛色青白相间的马。参差钱：马毛色青白相杂，像许多铜钱参差交错在一起。6. 金屈卮(zhī)：一种有曲柄的金属酒杯。7. 神血未凝：形神分离貌。8. 浪饮：纵酒。丁都护：刘宋高祖时的勇士丁旿，官都护。一说当时人。9. 平原君：战国时赵国公子，以好客和礼贤下士著称。

漏催水咽玉蟾蜍[10],
卫娘发薄不胜梳[11]。
看见秋眉换新绿[12],
二十男儿那刺促[13]。

10. 漏：古代的计时装置。催：催促。玉蟾蜍：刻漏装置中以蟾蜍张口来作为承接滴水的受水口。11. 卫娘：汉武帝的皇后卫子夫，以发美得宠。不胜梳：意即年老发衰。12. 秋眉：衰眉。新绿：形容年轻人的眉毛。13. 那刺促：即青年人应奋发进取，不能受役于人。

秋 来

桐风惊心壮士苦,
衰灯络纬啼寒素[1]。
谁看青简一编书[2],
不遣花虫粉空蠹？
思牵今夜肠应直,
雨冷香魂吊书客[3]。
秋坟鬼唱鲍家诗[4],
恨血千年土中碧[5]。

注释 1. 络纬：蟋蟀。2. 青简：青竹简。简，古代用来写字的竹片。3. 香魂吊书客：此泛指前代诗人的魂魄来慰问自己。书客：诗人自指。4. 鲍家诗：指南朝宋鲍照的诗。5. "恨血"句：典出《庄子》："苌弘死于蜀，藏其血，三年化为碧。"

秦王饮酒[1]

秦王骑虎游八极,
剑光照空天自碧。
羲和敲日玻璃声[2],
劫灰飞尽古今平[3]。
龙头泻酒邀酒星[4],
金槽琵琶夜枨枨[5]。

注释 1. 秦王：本指秦始皇，但篇中并未涉及秦代故事。故一说借指唐德宗李适。2. 羲和：传说中为太阳驾车的神。3. 劫：佛教中的历时性概念，指宇宙间毁灭和再生的漫长周期。4. 龙头：铜铸的龙形酒器。酒星：一名酒旗星，传说主管宴饮。5. 枨枨（chéng）：形容琵琶声。

洞庭雨脚来吹笙[6],
酒酣喝月使倒行。
银云栉栉瑶殿明[7],
宫门掌事报一更[8]。
花楼玉凤声娇狞[9],
海绡红文香浅清[10],
黄鹅跌舞千年觥[11]。
仙人烛树蜡烟轻,
清琴醉眼泪泓泓[12]。

6. 雨脚：密集的雨点。7. 栉栉：云朵层层排列的样子。瑶殿：宫殿的美称。8. 宫门掌事：看守宫门的官员。9. 花楼玉凤：指歌女。娇狞：形容歌声娇柔而有穿透力。10. 海绡：鲛绡纱，相传是南海鲛人所织。红文：红色花纹。11. 黄鹅跌舞：疑为舞名，或舞者形姿。千年觥：举杯祝寿千岁。12. 清琴：即青琴，传说中的神女。这里指宫女。

南园十三首[1]（选二）

男儿何不带吴钩[2],
收取关山五十州[3]。
请君暂上凌烟阁[4],
若个书生万户侯[5]？

注释 1. 南园：李贺在家乡的读书之处。2. 吴钩：吴地出产的弯刀，此泛指宝刀。3. 五十州：指当时因藩镇割据不受朝廷控制的州郡。4. 凌烟阁：唐悬挂功臣画像的地方。5. 若个：哪个。

寻章摘句老雕虫[1],
晓月当帘挂玉弓。
不见年年辽海上[2],
文章何处哭秋风[3]？

注释 1. "寻章"句：生命在一天天的苦读和赋作中流逝。雕虫，即赋诗作文，语出扬雄《法言》。2. 辽海：辽东地区，唐时此地战争频繁。3. 哭秋风：即悲秋，战国宋玉的《九辩》是悲秋的名篇，此借以指文才出众。

金铜仙人辞汉歌[1]

茂陵刘郎秋风客[2],
夜闻马嘶晓无迹。
画栏桂树悬秋香,
三十六宫土花碧[3]。
魏官牵车指千里,
东关酸风射眸子[4]。
空将汉月出宫门[5],
忆君清泪如铅水。
衰兰送客咸阳道[6],
天若有情天亦老。
携盘独出月荒凉,
渭城已远波声小[7]。

注释 1. 金铜仙人:汉武帝曾在长安建章宫前铸铜仙人,手托承露盘,以求仙露。2. 茂陵刘郎:指汉武帝刘彻。茂陵,是汉武帝陵墓所在地。3. 三十六宫:泛指汉长安宫殿。土花:苔藓。4. 酸风:凄楚的冷风。5. 将:共。6. 客:即铜人。咸阳:秦都城,位于渭水北岸。7. 渭城:在今咸阳城东,此借指长安。波声:指渭水波声。

马诗二十三首(选一)

大漠沙如雪,燕山月似钩。
何当金络脑[1],快走踏清秋。

注释 1. 络脑:即马络头。

唐·李贺

老夫采玉歌

采玉采玉须水碧[1],
琢作步摇徒好色[2]。
老夫饥寒龙为愁,
蓝溪水气无清白[3]。
夜雨冈头食蓁子[4],
杜鹃口血老夫泪[5]。
蓝溪之水厌生人,
身死千年恨溪水。
斜山柏风雨如啸,
泉脚挂绳青袅袅。
村寒白屋念娇婴[6],
古台石磴悬肠草[7]。

注释 1. 水碧：碧玉名。2. 步摇：妇女的首饰。3. 蓝溪：在今陕西蓝田,以产玉著称。4. 蓁子：即榛子,可食。5. 杜鹃口血：传说杜鹃为蜀望帝杜宇所化,啼血哀鸣。6. 白屋：穷人住的简陋的房屋。7. 石磴：石台阶。悬肠草：又名思子蔓、离别草等,这里用作生死离别的象征和见证。

致酒行

零落栖迟一杯酒[1],主人奉觞客长寿[2]。主父西游困不归[3],家人折断门前柳。吾闻马周昔作新丰客,天荒地老无人识。空将笺上两行书,直犯龙颜请恩泽[4]。我有迷魂招不得[5],雄鸡一声天下白。少年心事当拿云[6],谁念幽寒坐呜呃[7]。

注释 1. 零落栖迟：潦倒游息。2. 奉觞：举杯敬酒。客长寿：敬酒时的祝词。3. 主父：主父偃,汉武帝时人。北游燕赵,西至长安,久不得用。后为武帝所信任,官至齐相。4. "吾闻"四句：马周为唐太宗时人,少孤,家贫。曾客新丰（在临潼附近）,受到旅店主人冷淡的待遇。后客中郎将常何家,代其上书,为太宗激赏,拜官封爵。5. 迷魂招不得：指失意远游。6. 拿云：喻高昂的志趣。7. 幽寒：比喻处境困厄。坐：徒然,空。呜呃(è)：悲哀气短貌。

杨生青花紫石砚歌

端州石工巧如神[1],
踏天磨刀割紫云[2]。
佣刓抱水含满唇[3],
暗洒苌弘冷血痕[4]。
纱帷昼暖墨花春,
轻沤漂沫松麝薰[5]。
干腻薄重立脚匀[6],
数寸光秋无日昏。
圆毫促点声静新[7],
孔砚宽顽何足云[8]!

注释 1. 端州:今广东肇庆,以产砚著称。2. 割紫云:相传最高处的端石呈紫色。3. 佣:把石块磨治整齐。刓(wán):在石面上雕刻成型。唇:砚唇,盛水处。4. 苌弘:周灵王时大夫,传说其死后血化为碧。5. 轻沤漂沫:谓蘸少许水磨墨。沤、沫,水中的细泡。6. 干:不渗水。腻:细润。薄:砚体平扁。重:坚实。立脚匀:指磨墨时砚台不侧不倾。7. 圆毫:笔。促点:稍沾即起。8. 孔砚:孔子所用的砚。宽顽:古朴粗大。

苦昼短

飞光飞光[1],劝尔一杯酒。吾不识青天高,黄地厚。唯见月寒日暖,来煎人寿[2]。食熊则肥,食蛙则瘦。神君何在,太一安有[3]?天东有若木[4],下置衔烛龙[5]。吾将斩龙足,嚼龙肉,使之朝不得回,夜不得伏。自然老者不死,少者不哭。何为服黄金,吞白玉[6]?谁似任公子[7],云中骑碧驴?刘彻茂陵多滞骨[8],嬴政梓棺费鲍鱼[9]。

注释 1. 飞光:时光。2. 煎人寿:消损人的寿命。3. 神君、太一:神灵名。4. 若木:古代神话传说西方日落处有若木。5. 烛龙:传说天之西北有幽冥无日之国,有龙衔烛以照明。6. 服黄金、吞白玉:相传服金者寿如金,服玉者寿如玉。7. 任公子:传说中骑驴升天的仙人。8. 刘彻:汉武帝,信神仙,求长生。死后葬茂陵。9. 嬴政:秦始皇。据《史记》载,秦始皇死于巡游途中,李斯等秘不发丧,棺中装鲍鱼以掩盖尸体的腐臭。

将进酒

琉璃钟[1],琥珀浓,小槽酒滴真珠红[2]。烹龙炮凤玉脂泣[3],罗帏绣幕围香风。吹龙笛,击鼍鼓[4];皓齿歌,细腰舞。况是青春日将暮,桃花乱落如红雨。劝君终日酩酊醉,酒不到刘伶坟上土[5]!

注释 1.琉璃钟:形容名贵的酒杯。2.琥珀浓、真珠红:皆喻酒色。3.烹龙炮凤:指珍稀的菜肴。4.鼍(tuó)鼓:以鼍龙的皮蒙的鼓。鼍,鼍龙,即扬子鳄。5.刘伶:晋名士,以不拘礼法、放达纵酒闻名。

张 祜

张祜(785?—849?),字承吉,南阳(今河南邓州)人。元和、长庆间以诗名重于时,然为权贵所抑,后隐居以终。以宫词著名,诗风略近杜牧而骨力不逮。有《张处士诗集》。

宫词二首(选一)

故国三千里[1],深宫二十年。
一声何满子[2],双泪落君前。

注释 1.故国:故乡。2.何满子:唐教坊曲名。

赠内人[1]

禁门宫树月痕过[2],
媚眼唯看宿鹭窠。
斜拔玉钗灯影畔,
剔开红焰救飞蛾[3]。

注释 1. 内人：指宫女。 2. 禁门：宫门。 3. 红焰：指灯芯。

集灵台二首[1]（选一）

虢国夫人承主恩[2],
平明骑马入宫门[3]。
却嫌脂粉污颜色,
淡扫蛾眉朝至尊。

注释 1. 集灵台：即骊山华清宫内的长生殿。 2. 虢国夫人：杨贵妃的姐姐。 3. 平明：天亮时。

题金陵渡[1]

金陵津渡小山楼,
一宿行人自可愁。
潮落夜江斜月里,
两三星火是瓜州[2]。

注释 1. 金陵渡：在今江苏镇江附近。 2. 瓜州：在长江北岸，与镇江隔江相对。

刘 皂

刘皂,生卒年不详。咸阳(今陕西咸阳)人,久客并州。《全唐诗》存其诗五首。

长门怨三首[1](选一)

官殿沉沉月欲分[2],
昭阳更漏不堪闻[3]。
珊瑚枕上千行泪,
不是思君是恨君。

注释　1. 长门:汉武帝的陈皇后失宠后所居处。2. 沉沉:深邃貌。3. 昭阳:即昭阳殿,汉宫殿名。此指后妃寝宫。

旅次朔方[1]

客舍并州已十霜[2],
归心日夜忆咸阳。
无端更渡桑干水[3],
却望并州是故乡。

注释　1. 朔方:北方。2. 舍:居住。并州:在今山西太原一带。十霜:即十年。3. 桑干:桑干河,即今永定河。

皇甫松

皇甫松（800—888），字子奇，自号檀栾子，睦州新安（今浙江淳安）人。散文家皇甫湜（shí）之子，工诗词。

采莲子（选一）

船动湖光滟滟秋[1]，
贪看年少信船流[2]。
无端隔水抛莲子，
遥被人知半日羞。

注释 1. 滟滟（yàn）：水光摇曳晃动貌。2. 信船流：任船随波逐流。

韩琮

韩琮，生卒年不详。字成封，长庆进士。宣宗时为湖南观察使。有诗名，多清新之制。

暮春浐水送别[1]

绿暗红稀出凤城[2]，
暮云楼阁古今情。
行人莫听宫前水，
流尽年光是此声。

注释 1. 浐水：源出蓝田西南秦岭，与灞水合流绕大明宫而过，入渭河。2. 凤城：京城。

朱庆馀

朱庆馀，生卒年不详。名可久，以字行，越州（今浙江绍兴）人。宝历进士，授秘书省校书郎，迁协律郎。绝句清丽婉约，情致细腻。有《朱庆馀诗》。

宫　词

寂寂花时闭院门，
美人相并立琼轩[1]。
含情欲说宫中事，
鹦鹉前头不敢言。

注释　1. 琼轩：廊台的美称。

闺意献张水部[1]

洞房昨夜停红烛[2]，
待晓堂前拜舅姑[3]。
妆罢低声问夫婿，
画眉深浅入时无？

注释　1. 张水部：指张籍，曾任水部员外郎。2. 停红烛：停放着红烛，即燃着红烛。3. 舅姑：即公公和婆婆。

刘 叉

刘叉,生卒年不详。自号彭城子,元和时人。刚直任侠,曾为韩愈门客。其诗风格峻怪,才气纵横,多悲慨不平之声,但也有险怪晦涩之弊。有《刘叉诗集》。

冰 柱

师干久不息[1],农为兵兮民重嗟。骚然县宇[2],土崩水溃,畹中无熟谷[3],垄上无桑麻。王春判序[4],百卉茁甲含葩[5]。有客避兵奔游僻,跋履险阨至三巴[6]。貂裘蒙茸已敝缕,鬓发蓬舥[7]。雀惊鼠伏,宁遑安处,独卧旅舍无好梦,更堪走风沙!天人一夜剪瑛瑶[8],诘旦都成六出花[9]。南亩未盈尺,纤片乱舞空纷拿[10]。旋落旋逐朝暾化[11],檐间冰柱若削出交加。或低或昂,小大莹洁,随势无等差。始疑玉龙下界来人世,齐向茅檐布爪牙。又疑汉高帝,西方来斩蛇[12]。人不识,谁为当风杖莫邪[13]。铿锵冰有韵,的砾玉无暇[14]。不为四时雨,徒于道路成泥柤[15]。不为九江浪,徒为汩没天之涯[16]。不为双井水,满瓯泛泛烹春茶[17]。不为中山

注释 1.师干:军队。2.县宇:指全国。3.畹:古代地积单位。4.序:时序,季节。5.甲:种子萌芽后所戴的种壳。6.险阨:险要阻塞之地。7.舥(pā):联舟为桥。此形容鬓发蓬乱状。8.瑛瑶:玉。9.诘旦:清晨。10.纷拿:繁多而纷乱貌。11.朝暾(tūn):刚出的太阳。12.“又疑”二句:相传汉高祖刘邦斩白蛇起兵。13.莫邪:宝剑名。14.的砾(lì):鲜明的样子。15.柤(zhā):木栏杆。16.汩没:湮没。17.瓯:杯。

唐·刘叉

浆[18]，清新馥鼻盈百车。不为池与沼，养鱼种芰成霪霪[19]。不为醴泉与甘露[20]，使名异瑞世俗夸[21]。特禀朝泐气[22]，洁然自许靡间其迩遐[23]。森然气结一千里，滴沥声沉十万家。明也虽小，暗之大不可遮。勿被曲瓦，直下不能抑群邪。奈何时逼，不得时在我目中，倏然漂去无余岁[24]。自是成毁任天理，天于此物岂宜有忒赊[25]。反令井蛙壁虫变容易，背人缩首竞呀呀。我愿天子回造化，藏之韫椟玩之生光华[26]。

18. 中山浆：传说古时中山人狄希能造千日酒，饮后千日始醒。19. 芰：菱。20. 醴泉：又名甘泉。泉水略有淡酒味。21."使名异瑞"句：使这些特异的祥瑞征兆为世俗夸赞。22. 泐气：清澈之气。23. 迩遐：远近。24. 岁：同"些"，少。25. 忒赊：此指特加恩泽。26. 韫椟（yùn dú）：藏在柜子里。

偶　书

日出扶桑一丈高[1]，
人间万事细如毛[2]。
野夫怒见不平处[3]，
磨损胸中万古刀。

注释　1. 扶桑：传说中的神树名。2. 细如毛：不值一提，不屑一顾。3. 野夫：作者自称。

徐 凝

徐凝，生卒年不详，睦州（今浙江建德）人。与白居易、元稹均有交往，后归隐睦州，以布衣终。《全唐诗》存其诗一卷。

忆扬州

萧娘脸薄难胜泪[1]，
桃叶眉长易得愁[2]。
天下三分明月夜，
二分无赖是扬州[3]。

注释 1. 萧娘：对所恋女子的泛称。2. 桃叶：晋王献之爱妾。此指所思念的人。3. 无赖：爱怜之极的昵称。

杜 牧

杜牧（803—853），字牧之，京兆万年（今陕西西安）人。大和间进士，曾任司勋员外郎，终中书舍人。杜牧工诗赋及古文，以诗的成就最高，尤长七律及绝句，与李商隐并称"小李杜"。艺术上不务奇丽，风格豪健俊爽，骨气遒劲，流丽而有远致。有《樊川文集》。

河 湟[1]

元载相公曾借箸[2]，
宪宗皇帝亦留神[3]。

注释 1. 河湟：湟水与黄河交汇处，指安史乱后被吐蕃侵占的河西、陇右地区。2. 元载相公：即唐代宗时的宰相元载。借箸：筹划，典出《史记·留侯世家》，张良曾借用刘邦的筷子比画，为之说明道理。3. 宪宗：即唐宪宗李纯，在位时常有收复河湟之志。

旋见衣冠就东市[4],
忽遗弓剑不西巡[5]。
牧羊驱马虽戎服,
白发丹心尽汉臣。
唯有凉州歌舞曲[6],
流传天下乐闲人。

4.“旋见”句：指元载被赐死事。衣冠就东市：用东汉晁错就刑时还穿着朝服的典故。东市,此指刑场。5.遗弓剑：此指宪宗的死亡。6.凉州歌舞曲：指从河湟地区传来的歌舞。

过勤政楼[1]

千秋佳节名空在[2],
承露丝囊世已无[3]。
唯有紫苔偏称意,
年年因雨上金铺[4]。

注释　1.勤政楼：唐玄宗开元前期所建,是处理政务、举行重大典礼的地方。2.千秋佳节：八月五日为玄宗生日,时定这一天为千秋节。3.承露丝囊：千秋节时士庶间互赠的礼品。4.金铺：宫门上安装门环的金属底托。

念昔游三首（选一）

十载飘然绳检外[1],
樽前自献自为酬[2]。
秋山春雨闲吟处,
倚遍江南寺寺楼。

注释　1.飘然:不受束缚。绳检:规范。2.自献自为酬:自斟自饮。

过华清宫绝句三首[1]（选二）

长安回望绣成堆[2]，
山顶千门次第开。
一骑红尘妃子笑[3]，
无人知是荔枝来。

注释　1. 华清宫：故址在今陕西临潼东南骊山上。2. 绣成堆：谓从长安至骊山一带山川秀美，望去宛如锦绣。3. 一骑（jì）红尘：形容快马奔驰，尘土飞起。

新丰绿树起黄埃[1]，
数骑渔阳探使回[2]。
霓裳一曲千峰上[3]，
舞破中原始下来。

注释　1. 新丰：在今陕西临潼东北。2. "数骑"句：指唐玄宗曾派璆琳打探安禄山是否有反意，璆琳受安重贿，回来盛赞安忠心。3. 霓裳：即《霓裳羽衣曲》。

沈下贤[1]

斯人清唱何人和[2]，
草径苔芜不可寻。
一夕小敷山下梦[3]，
水如环佩月如襟。

注释　1. 沈下贤：即中唐著名文人沈亚之，字下贤。2. 清唱：指沈的诗歌。3. 小敷山：在今浙江湖州，是沈的旧居。

长安秋望

楼倚霜树外,镜天无一毫[1]。
南山与秋色[2],气势两相高。

注释 1. "镜天"句:秋空清澄如镜,纤尘不生。2. 南山:即终南山,在长安城南。

将赴吴兴登乐游原一绝[1]

清时有味是无能[2],
闲爱孤云静爱僧。
欲把一麾江海去[3],
乐游原上望昭陵[4]。

注释 1. 吴兴:郡名,在今浙江湖州。乐游原:在唐长安城南。2. 清时:清明有为之时。3. 把:持。麾(huī):旌旗之类。此指赴任湖州刺史。4. 昭陵:唐太宗陵墓,在今陕西礼泉九嵕山。

润州二首[1](选一)

向吴亭东千里秋[2],
放歌曾作昔年游。
青苔寺里无马迹,
绿水桥边多酒楼。
大抵南朝皆旷达,
可怜东晋最风流[3]!
月明更想桓伊在[4],
一笛闻吹出塞愁。

注释 1. 润州:今江苏镇江。2. 向吴亭:在丹阳南。3. 可怜:可美。风流:指不拘礼法,不同流俗。4. 桓伊:东晋时人,官至刺史,善吹笛,时称"江南第一"。

题扬州禅智寺

雨过一蝉噪,飘萧松桂秋。
青苔满阶砌,白鸟故迟留。
暮霭生深树,斜阳下小楼。
谁知竹西路[1],歌吹是扬州。

注释 1. 竹西路:扬州在禅智寺西南方向,故云。

江南春绝句

千里莺啼绿映红,
水村山郭酒旗风。
南朝四百八十寺[1],
多少楼台烟雨中。

注释 1."南朝"句:南朝皇帝及贵族崇信佛教,在金陵(今南京)广建佛寺。此句以约数写其多。

题宣州开元寺水阁,阁下宛溪,夹溪居人[1]

六朝文物草连空[2],
天淡云闲今古同。
鸟去鸟来山色里,
人歌人哭水声中[3]。
深秋帘幕千家雨,
落日楼台一笛风。

注释 1. 宣州:在今安徽宣城。开元寺:始建于东晋,唐更名为开元寺。宛溪:在宣州城东。夹溪:溪的两岸。2. 文物:历史文化遗迹。3. 人歌人哭:意谓人们世代居住于此。语本《礼记·檀弓下》:"歌于斯,哭于斯,聚国族于斯。"

惆怅无因见范蠡[4],
参差烟树五湖东[5]。

九日齐山登高[1]

江涵秋影雁初飞,
与客携壶上翠微[2]。
尘世难逢开口笑[3],
菊花须插满头归[4]。
但将酩酊酬佳节[5],
不用登临恨落晖。
古往今来只如此,
牛山何必独沾衣[6]?

4. 范蠡(lí):春秋时越国大夫,辅佐越王勾践灭吴复国后泛舟五湖隐退。5. 五湖:指太湖。

注释 1. 九日:重阳节。齐山:今安徽贵池东南。2. 翠微:指青翠掩映的山腰深处。3. "尘世"句:典出《庄子》:"人上寿百岁,中寿八十,下寿六十,除病瘦死丧忧患,其中开口而笑者,一月之中不过四五日而已矣。" 4. "菊花"句:重阳节有赏菊饮酒的习俗。5. 酩酊:大醉。6. 牛山:在今山东临淄。相传齐景公游至牛山,面对其国城而流涕。

齐安郡中偶题二首[1](选一)

两竿落日溪桥上,
半缕轻烟柳影中。
多少绿荷相倚恨,
一时回首背西风。

注释 1. 齐安郡:治所在今湖北武汉新洲区。

齐安郡后池绝句

菱透浮萍绿锦池，
夏莺千啭弄蔷薇[1]。
尽日无人看微雨，
鸳鸯相对浴红衣[2]。

注释 1. 啭：婉转地叫。2. 红衣：指鸳鸯的羽毛。

早　雁

金河秋半虏弦开[1]，
云外惊飞四散哀。
仙掌月明孤影过[2]，
长门灯暗数声来[3]。
须知胡骑纷纷在，
岂逐春风一一回。
莫厌潇湘少人处[4]，
水多菰米岸莓苔[5]。

注释 1. 金河：水名，在今内蒙古呼和浩特南。虏弦开：指北方少数民族向中原地区侵扰。2. 仙掌：西汉时长安建章宫铸铜仙人伸掌托承露盘，此代指唐长安宫殿。3. 长门：汉宫名，此代指唐长安宫殿。4. 潇湘：泛指湖南一带。5. 菰（gū）米：一种水生草本植物的果实。莓苔：一种水边植物。菰米和莓苔籽都是雁的食物。

赤　壁[1]

折戟沉沙铁未销[2]，
自将磨洗认前朝。
东风不与周郎便[3]，
铜雀春深锁二乔[4]。

注释 1. 赤壁：在今湖北蒲圻西北长江南岸，相传是三国吴蜀联军火烧魏军处。2. 戟：古代一种兵器。3. 周郎：即周瑜。4. 铜雀：铜雀台，曹操所建。二乔：东吴乔公的两个女儿，皆有国色。大乔嫁与孙策，小乔嫁与周瑜。

唐·杜牧

泊秦淮[1]

烟笼寒水月笼沙，
夜泊秦淮近酒家。
商女不知亡国恨[2]，
隔江犹唱后庭花[3]。

注释 1. 秦淮：即秦淮河，经金陵（今江苏南京）入长江。2. 商女：乐妓。3. 后庭花：即《玉树后庭花》，南朝陈后主所制乐曲，被认为是亡国之音。

题桃花夫人庙[1]

细腰宫里露桃新[2]，
脉脉无言几度春[3]。
至竟息亡缘底事[4]？
可怜金谷坠楼人[5]。

注释 1. 桃花夫人：春秋时息国国君夫人息妫。据传楚王闻其美貌而出兵灭息。2. 细腰宫：指楚宫，传楚王好细腰。3. 脉脉（mò）：即默默。指息妫到楚宫后一直不与楚王说话。4. 至竟：究竟。缘：因为。底事：什么事。5. 金谷坠楼人：用晋石崇宠妾绿珠在石获罪后坠楼殉情的典故。

题乌江亭[1]

胜败兵家事不期，
包羞忍耻是男儿。
江东子弟多才俊[2]，
卷土重来未可知。

注释 1. 乌江亭：在今安徽和县东北的乌江浦，旧传是项羽兵败自刎处。2. 江东子弟：此指跟随项羽作战的将士。

寄扬州韩绰判官[1]

青山隐隐水迢迢，
秋尽江南草未凋。
二十四桥明月夜[2]，
玉人何处教吹箫？

注释　1.判官：唐时节度使、观察使的属官。2.二十四桥：扬州名胜，相传古有二十四美人吹箫于此。

题木兰庙

弯弓征战作男儿，
梦里曾经与画眉。
几度思归还把酒，
拂云堆上祝明妃[1]。

注释　1.拂云堆：在今内蒙古包头西北，堆上有明妃祠。明妃：即王昭君。

赠别二首

娉娉袅袅十三余[1]，
豆蔻梢头二月初[2]。
春风十里扬州路，
卷上珠帘总不如。

注释　1.娉娉袅袅：形容女子体态轻盈美好。2.豆蔻：植物名，其花含苞待放者，又称"含胎花"，常比喻处女。

多情却似总无情，
唯觉樽前笑不成。

蜡烛有心还惜别，
替人垂泪到天明。

南陵道中[1]

南陵水面漫悠悠，
风紧云轻欲变秋。
正是客心孤迥处[2]，
谁家红袖凭江楼[3]？

注释 1.南陵：县名，今属安徽。2.孤迥：孤独、凄清。3.红袖：代指女子。

遣　怀

落魄江湖载酒行[1]，
楚腰纤细掌中轻[2]。
十年一觉扬州梦，
赢得青楼薄幸名[3]。

注释 1.落魄：指仕宦不得意。2.楚腰：细腰美女。相传楚灵王好细腰，国中多饿人。掌中轻：传说汉成帝皇后赵飞燕体轻，能为掌上舞。3.青楼：旧指精美华丽的楼房，也指妓女居处。薄幸：薄情。

叹　花

自是寻春去校迟[1]，
不须惆怅怨芳时。
狂风落尽深红色，
绿叶成阴子满枝。

注释 1.校：同"较"。

山　行

远上寒山石径斜，
白云生处有人家。
停车坐爱枫林晚[1]，
霜叶红于二月花。

注释　1. 坐：因为，由于。

秋　夕

银烛秋光冷画屏，
轻罗小扇扑流萤。
天阶夜色凉如水[1]，
坐看牵牛织女星。

注释　1. 天阶：指皇宫中的石阶。

金谷园[1]

繁华事散逐香尘[2]，
流水无情草自春。
日暮东风怨啼鸟，
落花犹似堕楼人[3]。

注释　1. 金谷园：西晋豪富石崇的别墅，故址在今河南洛阳西北。2. 香尘：相传石崇曾将沉香碾为粉末撒于象牙床上，让歌伎踩踏。3. 堕楼人：指石崇宠姬绿珠。孙秀求绿珠不得，矫诏杀石崇，绿珠则自堕楼而亡。

陈 陶

陈陶（803?—879?），字嵩伯，江北人。举进士不第，漫游江南、岭南。后隐居洪州西山。诗工乐府。有《陈嵩伯诗集》。

陇西行四首[1]（选一）

誓扫匈奴不顾身，
五千貂锦丧胡尘[2]。
可怜无定河边骨[3]，
犹是春闺梦里人。

注释 1. 陇西：今甘肃、宁夏陇山以西一带。2. 貂锦：汉代御林军穿貂裘锦衣，此借指唐军将士。3. 无定河：黄河中游支流，在今陕西北部。

赵 嘏

赵嘏（806?—852），字承祐，山阳（今江苏淮阴）人。会昌四年（844）登进士第，官渭南尉。工七律，笔法清圆熟练，时有警句。有《渭南集》。

长安秋望

云物凄凉拂曙流[1]，
汉家宫阙动高秋[2]。
残星几点雁横塞，
长笛一声人倚楼。

注释 1. 云物：即云雾一类。拂曙：拂晓。2. 汉家宫阙：此借指唐宫。

紫艳半开篱菊静[3],
红衣落尽渚莲愁[4]。
鲈鱼正美不归去[5],
空戴南冠学楚囚[6]。

3. 紫艳：篱菊的色泽。4. 红衣：红莲的花瓣。渚：水中的小块陆地。5."鲈鱼"句：西晋张翰于秋风中想起故乡鲈鱼莼羹的美味，便辞官回家。6. 南冠：楚人戴的帽子。《左传·成公九年》："晋侯观于军府，见钟仪，问之曰：'南冠而絷者谁也？'有司对曰：'郑人所献楚囚也。'"后以"南冠"称囚犯。

雍 陶

雍陶，生卒年不详。字国钧，成都（今四川成都）人。大和进士，历任监察御史、简州刺史等。诗多纪游之作，清新明丽，独具风韵。

题君山[1]

风波不动影沉沉，
碧色全无翠色深[2]。
应是水仙梳洗处[3]，
一螺青黛镜中心[4]。

注释 1. 君山：又名湘山或洞庭山，在今湖南洞庭湖中。2. 碧色：指水色。翠色：指山色。3. 水仙：水中仙子，此指湘君姊妹。4. 青黛：女子画眉用的深青色材料。

温庭筠

温庭筠（812—870?），本名岐，字飞卿，太原祁（今山西祁县）人。性放浪不羁，屡举进士不第。咸通时为国子助教。辞藻华丽，诗词并工。词与韦庄并称"温韦"；诗与李商隐齐名，号"温李"。长于吊古感今之作，体物工细，感慨良深。有《温庭筠诗集》。

过陈琳墓[1]

曾于青史见遗文，
今日飘蓬过此坟。
词客有灵应识我[2]，
霸才无主始怜君[3]。
石麟埋没藏春草[4]，
铜雀荒凉对暮云[5]。
莫怪临风倍惆怅，
欲将书剑学从军。

注释 1. 陈琳：汉末广陵人，"建安七子"之一。曾在曹操幕中任职，军国文书多出其手。墓在今江苏邳州。2. 词客：此指陈琳。3. 霸才：盖世卓绝的才能，此兼指陈琳和自己。4. 石麟：墓前石雕的麒麟。5. 铜雀：即铜雀台，是曹操宴饮聚会之地。

经五丈原[1]

铁马云雕共绝尘[2]，
柳阴高压汉营春[3]。
天清杀气屯关右[4]，
夜半妖星照渭滨[5]。
下国卧龙空寤主[6]，
中原得鹿不由人[7]。

注释 1. 五丈原：在今陕西岐山西南。诸葛亮率兵伐魏，病死于此。2. 云雕：画有虎熊及鹰隼等的旗帜。绝尘：行军迅速貌。3. 汉营：指汉将周亚夫驻军的细柳营。此亦喻指诸葛亮的营垒。4. 关右：泛指函谷关或潼关以西地区。5. 妖星：犹灾星，古人多指彗星或流星。相传诸葛亮临死之夜，有大星坠于渭水之南。6. 下国：蜀国。卧龙：即诸葛亮。寤主：开导辅佐君主。7. 中原得鹿：即争夺中原取得最后胜利。

象床宝帐无言语[8],
从此谯周是老臣[9]。

8. 象床宝帐:诸葛亮祠庙中神龛里的陈设。9. 谯周:诸葛亮死后,力主投降的谯周得后主宠信,并得到魏国的信任和封赏。

瑶瑟怨

冰簟银床梦不成[1],
碧天如水夜云轻。
雁声远过潇湘去[2],
十二楼中月自明。

注释　1. 冰簟(diàn):冰凉的竹席。2. 潇湘:水名,在今湖南境内。

碧涧驿晓思

香灯伴残梦,楚国在天涯。
月落子规歇[1],满庭山杏花。

注释　1. 子规:杜鹃鸟。

商山早行[1]

晨起动征铎[2],客行悲故乡。
鸡声茅店月,人迹板桥霜。
槲叶落山路[3],枳花明驿墙[4]。
因思杜陵梦[5],凫雁满回塘[6]。

注释　1. 商山:在今陕西商州东南。2. 征铎:悬挂在车马上的铃铎。3. 槲(hú):一种落叶乔木。4. 枳(zhǐ):即枳壳树,灌木或小乔木。春季开白花。明:耀眼。5. 杜陵:在长安城南,汉宣帝陵墓所在地。温庭筠在长安时曾寓居于此。6. 凫:野鸭。回塘:堤岸曲折的池塘。

送人东归

荒戍落黄叶[1],浩然离故关。
高风汉阳渡[2],初日郢门山[3]。
江上几人在,天涯孤棹还。
何当重相见,樽酒慰离颜。

注释 1. 戍:边防的营垒、城堡。2. 汉阳渡:在今湖北汉阳。3. 郢门山:在今湖北江陵。

苏武庙[1]

苏武魂销汉使前[2],
古祠高树两茫然。
云边雁断胡天月[3],
陇上羊归塞草烟。
回日楼台非甲帐[4],
去时冠剑是丁年[5]。
茂陵不见封侯印[6],
空向秋波哭逝川[7]。

注释 1. 苏武:汉武帝时出使匈奴,被扣留十九年,至昭帝时才得以返回长安。2. 魂销:心情激动得仿佛要失去知觉。汉使:汉昭帝时派至匈奴的使者。3. 雁断:音讯断绝。4. 甲帐:汉武帝曾聚天下珍宝设甲帐,为神居处。5. 丁年:即壮年。6. 茂陵:汉武帝陵,此代指汉武帝。封侯印:汉宣帝时苏武受封关内侯。7. 逝川:流逝的时间。典出《论语·子罕》:"子在川上曰:'逝者如斯夫!'"

李商隐

李商隐（812—858），字义山，号玉谿生。怀州河内（今河南沁阳）人。开成间进士。曾入泾原节度使王茂元幕。因受牛李党争影响，仕途困顿失意，抑郁而终。诗与杜牧齐名，合称"小李杜"。擅长七言律绝，音韵和谐，深情绵邈，温婉含蓄，秾丽精工。有《李义山诗集》。

锦 瑟[1]

锦瑟无端五十弦，
一弦一柱思华年[2]。
庄生晓梦迷蝴蝶[3]，
望帝春心托杜鹃[4]。
沧海月明珠有泪[5]，
蓝田日暖玉生烟[6]。
此情可待成追忆，
只是当时已惘然[7]。

注释 1.锦瑟：装饰得非常华美的瑟。瑟，古代一种弦乐器。2.柱：系弦的支柱。华年：青少年时期。3.庄生：即庄周。曾梦中化蝶，不知是自己梦为蝴蝶，还是蝴蝶梦为自己。4.望帝：即古蜀国国君杜宇，传说死后魂魄化为杜鹃，悲鸣不已。5.珠有泪：相传南海有鲛人，其眼能泣珠。6.蓝田：山名，在今陕西蓝田，出产美玉。7.惘然：怅惘失意。

重过圣女祠

白石岩扉碧藓滋[1]，
上清沦谪得归迟[2]。
一春梦雨常飘瓦，
尽日灵风不满旗[3]。
萼绿华来无定所，
杜兰香去未移时[4]。
玉郎会此通仙籍[5]，
忆向天阶问紫芝[6]。

注释 1.白石岩扉：指圣女祠的门。2.上清：道教传说中神仙所居的最高天界。3.不满旗：谓灵风轻微，不能把旗全部吹展。4.萼绿华、杜兰香：皆仙女名。5.玉郎：天上掌管神仙名册的仙官。通仙籍：取得登仙界的资格。此指入仕。6.问：求取。紫芝：道教中的仙草。此喻指朝中官职。

唐·李商隐

霜 月[1]

初闻征雁已无蝉,
百尺楼高水接天。
青女素娥俱耐冷[2],
月中霜里斗婵娟[3]。

注释 1.霜月:深秋的月亮。2.青女:主霜雪的女神。素娥:即嫦娥。3.婵娟:美好的姿态。

蝉

本以高难饱[1],徒劳恨费声。
五更疏欲断[2],一树碧无情。
薄宦梗犹泛[3],故园芜已平。
烦君最相警[4],我亦举家清。

注释 1.高:高洁。2.疏欲断:指蝉鸣力竭声疏,几欲断绝。3.薄宦:意谓自己官职卑微。梗犹泛:像水中四处飘荡的桃梗一样。典出《战国策·齐策》。4.君:指蝉。警:警告,提醒。

乐游原[1]

向晚意不适[2],驱车登古原。
夕阳无限好,只是近黄昏。

注释 1.乐游原:在长安城南,地势甚高,是唐代登临游览胜地。2.向晚:傍晚。意不适:心情不舒畅。

北齐二首

一笑相倾国便亡[1],

注释 1."一笑"句:指北齐后主高纬沉迷声色,荒淫亡国。一笑:暗用周幽王为博褒姒一笑而烽火戏诸侯亡国事。

何劳荆棘始堪伤[2]。
小怜玉体横陈夜[3],
已报周师入晋阳[4]。

2. 何劳荆棘：据《晋书·索靖传》，靖知天下将乱，指洛阳宫门铜驼叹道："会见汝在荆棘中耳。" 3. 小怜：高纬宠妃冯淑妃，名小怜。横陈：横卧。4. 晋阳：今山西太原，为北齐军事中心。

巧笑知堪敌万机[1],
倾城最在著戎衣[2]。
晋阳已陷休回顾,
更请君王猎一围[3]。

注释　1. 巧笑：《诗经·卫风·硕人》："巧笑倩兮，美目盼兮。"万机：君主每日处理的繁复政事。2. "倾城"句：意谓冯淑妃的倾城之美尤在着戎装之时。3. "更请"句：据《北齐书》载，北齐军情告急，后主将返，淑妃还请再猎一围。

夜雨寄北

君问归期未有期,
巴山夜雨涨秋池[1]。
何当共剪西窗烛[2],
却话巴山夜雨时。

注释　1. 巴山：此泛指巴蜀一带的山。2. 何当：何时。剪：剪去烛花，使烛光更明亮。

宿骆氏亭寄怀崔雍崔衮[1]

竹坞无尘水槛清[2],
相思迢递隔重城[3]。
秋阴不散霜飞晚[4],
留得枯荷听雨声。

注释　1. 骆氏亭：或指灞陵附近姓骆的处士所筑池亭。崔雍、崔衮（gǔn）：李商隐曾受知于二崔之父。2. 竹坞(wù)：长满绿竹的水边高地。水槛（jiàn）：临水的栏杆。3. 迢递：遥远貌。4. "秋阴"句：因秋雨连绵，连降霜的日子都迟了些。

风　雨

凄凉宝剑篇[1]，羁泊欲穷年[2]。
黄叶仍风雨，青楼自管弦。
新知遭薄俗[3]，旧好隔良缘。
心断新丰酒[4]，销愁斗几千？

注释　1. 宝剑篇：初唐郭震曾向武则天呈《宝剑篇》抒怀才不遇之情。2. 羁泊：羁旅漂泊。穷年：终生。3. 薄俗：浇薄的风俗。4. 新丰：旧址在今陕西临潼东北，产美酒。

哭刘蕡[1]

上帝深宫闭九阍[2]，
巫咸不下问衔冤[3]。
黄陵别后春涛隔[4]，
湓浦书来秋雨翻[5]。
只有安仁能作诔[6]，
何曾宋玉解招魂[7]？
平生风义兼师友[8]，
不敢同君哭寝门[9]。

注释　1. 刘蕡(fén)：李商隐同时人，因正直敢言遭宦官忌恨，贬柳州司户，后病故。2. 九阍：九重宫门。3. 巫咸：传说中的神巫。4. 黄陵：山名，在今湖南湘阴。5. 湓浦：在今江西九江。书：书信。此指告知刘蕡死讯的信函。6. 安仁：西晋作家潘岳，长于作哀诔。诔(lěi)：祭文的一种。7. 招魂：战国宋玉作有《招魂》一篇。8. 风义：即风谊，情谊。9. 哭寝门：典出《礼记·檀弓上》："师，吾哭诸寝；朋友，吾哭诸寝门之外。"此指不敢只把刘蕡当作朋友，还把他当作老师。寝门，内室的门。

杜司勋[1]

高楼风雨感斯文[2]，
短翼差池不及群[3]。
刻意伤春复伤别[4]，
人间惟有杜司勋。

注释　1. 杜司勋：即杜牧，曾任司勋员外郎。2. 风雨：兼指自然界的风雨及政治黑暗。3. 差池：犹参差，指尾翼参差不齐。不及群：不如同辈。此句是作者自谦语。4. 伤春、伤别：指杜牧所写《惜春》《赠别》等诗。

隋宫[1]

紫泉宫殿锁烟霞[2],
欲取芜城作帝家[3]。
玉玺不缘归日角[4],
锦帆应是到天涯[5]。
于今腐草无萤火[6],
终古垂杨有暮鸦[7]。
地下若逢陈后主[8],
岂宜重问后庭花[9]?

注释 1. 隋宫:指隋炀帝在江都(今江苏扬州)等地所建行宫。2. 紫泉:此指长安。3. 芜城:扬州,因鲍照《芜城赋》而得名。4. 玉玺:皇帝玉印。日角:指人的额骨饱满突出,此指李渊。5. 锦帆:指杨广的游船。6. "于今"句:古人认为腐草会化为萤火虫。隋炀帝曾命人大量搜集萤火虫,夜间游玩时放出。7. 垂杨:隋炀帝曾在大运河两旁广植杨柳。8. 陈后主:即南朝陈亡国之君陈叔宝。9. 后庭花:相传隋炀帝在江都曾梦中与陈后主相遇,令后主妃张丽华舞《玉树后庭花》。

筹笔驿[1]

猿鸟犹疑畏简书[2],
风云长为护储胥[3]。
徒令上将挥神笔[4],
终见降王走传车[5]。
管乐有才真不忝[6],
关张无命欲何如[7]?
他年锦里经祠庙[8],
梁父吟成恨有余[9]。

注释 1. 筹笔驿:旧址在今四川广元北。诸葛亮出师,曾在此驻军筹划。2. 简书:此指诸葛亮军中的文书。3. 储胥:军营。4. 上将:指诸葛亮。5. 降王:指蜀后主刘禅。传车:古时驿站备用的长途运载车辆。刘禅降魏后,全家迁到魏都洛阳。6. 管乐:管仲和乐毅。管仲辅佐齐桓公成为春秋五霸之一;乐毅是战国时燕国的统帅。不忝:无愧,不逊色。7. 关张无命:关羽守荆州,被孙权所杀;张飞则被部下谋害。无命:不能长寿。8. 他年:往年。锦里:今成都,有武侯祠。9. 梁父吟:本为挽歌,传诸葛亮隐居时好吟。

无题二首（选一）

昨夜星辰昨夜风，
画楼西畔桂堂东[1]。
身无彩凤双飞翼，
心有灵犀一点通[2]。
隔座送钩春酒暖[3]，
分曹射覆蜡灯红[4]。
嗟余听鼓应官去，
走马兰台类转蓬[5]。

注释 1. 画楼、桂堂：皆富贵人家的屋舍楼阁。2. 灵犀：旧说犀角中有白纹如线直通两头，感应灵敏。此喻两心相通。3. 送钩：古时宴席上一种游戏。4. 分曹：分组。射覆：古时一种游戏，将东西覆盖于器皿之下令对方猜。5. 兰台：即秘书省。蓬：蓬草。

无题四首（选二）

来是空言去绝踪，
月斜楼上五更钟。
梦为远别啼难唤，
书被催成墨未浓。
蜡照半笼金翡翠[1]，
麝熏微度绣芙蓉[2]。
刘郎已恨蓬山远[3]，
更隔蓬山一万重。

注释 1. 金翡翠：用金线绣成的翡翠鸟图案。2. 麝熏：麝香的芳香。3. 刘郎：相传东汉刘晨、阮肇在天台山采药而遇仙女，居留半载。后再入天台，仙女已不复相见。

飒飒东风细雨来，
芙蓉塘外有轻雷。
金蟾啮锁烧香入[1]，
玉虎牵丝汲井回[2]。
贾氏窥帘韩掾少[3]，
宓妃留枕魏王才[4]。
春心莫共花争发，
一寸相思一寸灰。

注释 1. 金蟾（chán）：一种蟾蜍状香炉。啮（niè）：咬。锁：香炉的鼻钮，可以开闭以放香料。2. 玉虎：玉饰虎状辘轳。丝：绳索。3. 贾氏窥帘：《世说新语》载，贾充女偶于帘后窥见其父僚属韩寿，爱其俊美，遂至私通，后被贾充发觉，遂以女妻之。掾（yuàn）：僚属。4. 宓妃留枕：相传曹植曾求甄氏为妃，曹操却将其许给曹丕。甄氏死后，曹丕将她的遗物玉带金镂枕送给曹植。后植过洛水，梦见甄氏对他说本欲托心。宓妃，传说中的洛神，诗中借指甄氏。

落 花

高阁客竟去，小园花乱飞。
参差连曲陌[1]，迢递送斜晖[2]。
肠断未忍扫，眼穿仍欲稀。
芳心向春尽，所得是沾衣[3]。

注释 1. 参差：花瓣乱飞的样子。曲陌：曲折小路。2. 迢递：遥远的样子。3. 沾衣：既指花零落飘飞沾人衣，又指惜花人观落花伤感而泪落沾衣。

为 有

为有云屏无限娇[1]，
凤城寒尽怕春宵[2]。
无端嫁得金龟婿[3]，
辜负香衾事早朝[4]。

注释 1. 云屏：用云母石做装饰的屏风。2. 凤城：京城。3. 金龟婿：指显贵的夫婿。唐代三品以上的官员佩金饰的龟袋。4. 衾：被子。

无 题

相见时难别亦难，
东风无力百花残。
春蚕到死丝方尽[1]，
蜡炬成灰泪始干[2]。
晓镜但愁云鬓改[3]，
夜吟应觉月光寒。
蓬山此去无多路[4]，
青鸟殷勤为探看[5]。

注释 1. 丝：谐音"思"。2. 蜡炬：蜡烛。3. 晓镜：晨起揽镜梳妆。云鬓改：意谓青春逐渐逝去。云鬓，形容妇女浓密如云的秀发。4. 蓬山：即蓬莱山，相传为海外三仙山之一，此指对方居处。5. 青鸟：传说中为西王母传递信息的神鸟。

咏 史

北湖南埭水漫漫[1]，
一片降旗百尺竿[2]。
三百年间同晓梦，
钟山何处有龙盘[3]？

注释 1. 北湖：今南京玄武湖。南埭：水上之闸。北湖南埭，统指玄武湖。2. 一片降旗：指东吴孙皓降晋。3. 钟山：今紫金山。龙盘：旧传钟山有龙盘，指有帝王之气。

日 射

日射纱窗风撼扉，
香罗拭手春事违[1]。
回廊四合掩寂寞[2]，
碧鹦鹉对红蔷薇。

注释 1. 香罗：指罗帕。春事违：错过春景，喻青春虚掷。2. 四合：四面围拢。

齐宫词

永寿兵来夜不扃[1],
金莲无复印中庭[2]。
梁台歌管三更罢[3],
犹自风摇九子铃[4]。

注释　1. 永寿：永寿宫，齐废帝为潘妃所建。此代指齐宫。夜不扃(jiōng)：夜里未关宫门。2. 金莲：传齐废帝凿金为莲花以贴地，令潘妃行其上。3. 梁台：指萧梁宫禁之地，即齐宫旧址。4. 九子铃：据传齐废帝曾剥取庄严寺九子铃装饰潘妃宫殿。

南　朝

地险悠悠天险长，
金陵王气应瑶光。
休夸此地分天下，
只得徐妃半面妆[1]。

注释　1. 徐妃：指梁元帝的皇妃徐昭佩。半面妆：徐妃因为梁元帝一眼有疾，每次只梳妆半面脸，帝见则大怒而出。

马嵬二首[1]（选一）

海外徒闻更九州[2]，
他生未卜此生休。
空闻虎旅传宵柝[3]，
无复鸡人报晓筹[4]。
此日六军同驻马，
当时七夕笑牵牛。

注释　1. 马嵬：即唐马嵬驿，在今陕西兴平西，是杨贵妃被缢死处。2. 更九州：相传除中国之外还有九州。此借指仙境。3. 虎旅：护卫玄宗入蜀的军队。宵柝(tuò)：夜间巡逻用以敲击的铜器。4. 鸡人：宫中掌管报时的人。筹：更筹。

如何四纪为天子[5],
不及卢家有莫愁[6]。

5. 四纪：古人以十二年为一纪，唐玄宗在位四十五年，约为四纪。6. 莫愁：古洛阳女子，嫁与卢家为妇。此借指普通女子。

代赠二首(选一)

楼上黄昏欲望休,
玉梯横绝月如钩[1]。
芭蕉不展丁香结[2],
同向春风各自愁。

注释　1. 横绝：横断。2. 丁香结：指丁香的花蕾丛生如结。

瑶　池

瑶池阿母绮窗开[1],
黄竹歌声动地哀[2]。
八骏日行三万里[3],
穆王何事不重来[4]？

注释　1. 瑶池：传说中西王母居处。阿母：即西王母。绮（qǐ）窗：饰有花纹的窗户。2. 黄竹：地名。传说穆王游黄竹之丘，遇风雪，见路有冻人，作诗三章哀之。3. 八骏：传说中穆王所乘的八匹骏马。4. 重来：传说西王母曾宴周穆王于瑶池，临别时相约三年后再来。

韩冬郎即席为诗相送，一座尽惊。他日余方追吟"连宵侍坐徘徊久"之句，有老成之风，因成二绝寄酬，兼呈畏之员外 [1]（选一）

十岁裁诗走马成 [2]，
冷灰残烛动离情 [3]。
桐花万里丹山路 [4]，
雏凤清于老凤声 [5]。

注释 1. 韩冬郎：即诗人韩偓，小名冬郎。畏之员外：即韩偓之父韩瞻。2. 裁诗：作诗。走马成：形容才思敏捷，犹如跑马一样迅畅。3. 冷灰：烛芯的灰烬。4. 桐：梧桐，传说中凤凰所栖之树。丹山：即丹穴山，传说中产凤凰之地。5. 雏凤：此借指韩偓。老凤：指韩瞻。

板桥晓别 [1]

回望高城落晓河 [2]，
长亭窗户压微波。
水仙欲上鲤鱼去 [3]，
一夜芙蓉红泪多 [4]。

注释 1. 板桥：指唐代汴州（治所在今河南开封）城西的板桥店。2. 晓河：破晓时分的银河。3. "水仙"句：用琴高乘赤鲤入水的典故，喻行者将去。4. 红泪：暗用薛灵芸与父母离别赴魏宫，途中泣红泪事。

夕阳楼 [1]

花明柳暗绕天愁，
上尽重城更上楼。

注释 1. 夕阳楼：位于唐荥阳（今河南郑州）。

唐·李商隐

欲问孤鸿向何处，
不知身世自悠悠。

春　雨

怅卧新春白袷衣[1]，
白门寥落意多违[2]。
红楼隔雨相望冷[3]，
珠箔飘灯独自归[4]。
远路应悲春畹晚[5]，
残霄犹得梦依稀。
玉珰缄札何由达[6]，
万里云罗一雁飞[7]。

注释　1. 白袷（jiá）衣：白布夹衫。2. 白门：在今江苏南京，常代指男女欢会之所。3. 红楼：华美的楼房，多指女子的住处。4. 珠箔：珠帘。5. 畹（wǎn）晚：暮春时景色暗淡的样子。6. 玉珰：玉制的耳坠。缄札：书信。7. 云罗：像丝织品纹样般的云。

晚　晴

深居俯夹城[1]，春去夏犹清。
天意怜幽草，人间重晚晴。
并添高阁迥[2]，微注小窗明[3]。
越鸟巢干后[4]，归飞体更轻。

注释　1. 深居：幽居。此指作者在桂林的居所。夹城：两重城墙中间的通道。2. 并：更。迥：远。3. 注：指夕阳照射。4. 越鸟：作者所在的桂林属古百越之地，因称鸟为越鸟。

安定城楼[1]

迢递高城百尺楼[2],
绿杨枝外尽汀洲。
贾生年少虚垂泪[3],
王粲春来更远游[4]。
永忆江湖归白发,
欲回天地入扁舟[5]。
不知腐鼠成滋味,
猜意鹓雏竟未休[6]。

注释 1. 安定：唐郡名，即泾州，在今甘肃泾川北。2. 迢递：楼高貌。3. 贾生：即贾谊，曾上书汉文帝，指出时政"可为痛哭者一，可为流涕者二，可为长太息者六"。后终未得重用。4. 王粲：东汉末人，因不得用，曾于春日登当阳城楼，作《登楼赋》以抒其怀。5. 回天地：此指建立大功业。扁（piān）舟：小船，此用范蠡乘扁舟归隐典。6. "不知"二句：此处用《庄子》中的寓言，魏相惠施猜疑庄子想取代自己的相位，庄子以鹓雏自比，而以鸱（猫头鹰）比惠施，以腐鼠比魏相位，以表明自己的志向。鹓（yuān）雏：凤凰一类的鸟。

天　涯

春日在天涯，天涯日又斜。
莺啼如有泪，为湿最高花。

龙　池[1]

龙池赐酒敞云屏，
羯鼓声高众乐停[2]。
夜半宴归宫漏永[3]，
薛王沉醉寿王醒[4]。

注释 1. 龙池：在兴庆宫内，是玄宗和诸王、后妃游宴的场所。2. 羯鼓：出自羯族的一种乐器，相传唐玄宗特爱羯鼓。3. 宫漏：宫中的计时器。4. 薛王：指玄宗弟之子李琄。寿王：玄宗子李琄。杨玉环本为寿王妃，后为玄宗所夺。

唐·李商隐

泪

永巷长年怨绮罗[1],
离情终日思风波。
湘江竹上痕无限[2],
岘首碑前洒几多[3]。
人去紫台秋入塞[4],
兵残楚帐夜闻歌[5]。
朝来灞水桥边问[6],
未抵青袍送玉珂[7]。

注释 1.永巷:汉宫幽闭有罪宫嫔之地。2.湘江竹上痕:指娥皇、女英二妃因舜死而恸哭于湘水边,泪水沾竹成斑。3.岘首碑:指晋羊祜碑。羊祜守襄阳,有政绩,死后百姓建碑于岘山,望者莫不流涕。4.紫台:即宫阙。此用昭君出塞典故。5."兵残"句:指项羽被围垓下,夜闻汉军四面皆楚歌,于是悲歌泣下。6.灞水桥:在长安东灞水上,唐人常以此为饯行之地。7.青袍:指寒士。玉珂:马鞍上的玉石类饰物,此代指达官贵人。

流 莺

流莺漂荡复参差[1],
渡陌临流不自持[2]。
巧啭岂能无本意[3]?
良晨未必有佳期。
风朝露夜阴晴里,
万户千门开闭时。
曾苦伤春不忍听,
凤城何处有花枝[4]。

注释 1.参差:不整齐貌。此写莺飞之状态。2.渡陌:飞过田野。不自持:不能自主。3.啭:鸟婉转的叫声。4.凤城:此指京城长安。

嫦 娥

云母屏风烛影深[1],
长河渐落晓星沉。
嫦娥应悔偷灵药[2],
碧海青天夜夜心。

注释　1. 云母屏风：以云母石饰制的屏风。2. 偷灵药：传说后羿求不死之药于西王母，嫦娥偷食以奔月。

无题二首

凤尾香罗薄几重[1],
碧文圆顶夜深缝[2]。
扇裁月魄羞难掩[3],
车走雷声语未通。
曾是寂寥金烬暗,
断无消息石榴红。
斑骓只系垂杨岸[4],
何处西南待好风[5]。

注释　1. 凤尾香罗：一种织有凤纹的薄罗。2. 碧文圆顶：指有青碧花纹的圆顶罗帐。3. 扇裁：指以团扇掩面。月魄：月亮。4. 斑骓：毛色青白相杂的骏马。这里用乐府《神弦歌·明下童曲》"陆郎乘斑骓……望门不欲归"句意，指意中人离自己并不远。5. "何处"句：化用曹植《七哀诗》中"愿为西南风，长逝入君怀"的诗意。

重帷深下莫愁堂[1],
卧后清宵细细长[2]。
神女生涯原是梦[3],
小姑居处本无郎[4]。
风波不信菱枝弱,
月露谁教桂叶香。

注释　1. 重帷：重重幕帐。莫愁：泛指少女。2. 卧后：醒后。清宵：寂静的夜晚。3. "神女"句：用楚王梦遇巫山神女事。4. "小姑"句：南朝乐府民歌《神弦歌·清溪小姑曲》："小姑所居，独处无郎。"

直道相思了无益[5],
未妨惆怅是清狂[6]。

5.直道：即使。了：完全。6.清狂：痴情。

贾　生[1]

宣室求贤访逐臣[2],
贾生才调更无伦。
可怜夜半虚前席,
不问苍生问鬼神[3]。

注释　1.贾生：即贾谊，西汉著名政治家、文学家。曾多次上书直陈朝弊，因谗被贬长沙王太傅。2.宣室：西汉未央宫前殿正室。逐臣：指贾谊。贾谊曾被贬至长沙，数年后方被召回。3."可怜"二句：据《史记·屈原贾生列传》，汉文帝向贾谊"问鬼神之本。贾生因具道所以然之状。至夜半，文帝前席"。可怜：可惜。虚：徒然。前席：听话入神时，不自觉地在坐席上挪动，以接近谈话者。苍生：百姓。

谒　山[1]

从来系日乏长绳[2],
水去云回恨不胜[3]。
欲就麻姑买沧海,
一杯春露冷如冰[4]。

注释　1.谒：谒见，拜见。2.系：捆。3.胜：承受。4."欲就"二句：诗人欲"买沧海"留住时光，却忽然见沧海又变成一杯冰冷的春露。麻姑：女仙名，自称曾在短时间内三见沧海变为桑田。

李群玉

李群玉（约813—约860），字文山，澧州（今湖南澧县）人。应进士举不第。后游长安，进诗于宣宗，授弘文馆校书郎。不久弃官回乡。其诗风格清丽，含思深婉。有《李群玉诗集》。

黄陵庙[1]

小姑洲北浦云边，
二女啼妆自俨然[2]。
野庙向江春寂寂，
古碑无字草芊芊。
风回日暮吹芳芷[3]，
月落山深哭杜鹃。
犹似含颦望巡狩[4]，
九疑如黛隔湘川[5]。

注释 1. 黄陵庙：在今湖南湘阴北洞庭湖畔。古人曾在这里为舜的妃子娥皇、女英修建祠庙。2. 啼妆：古代妇女的一种妆容，似悲啼。3. 芷：白芷，香草名。4. 含颦：愁眉不展。巡狩：皇帝出外巡行。此指帝舜。5. 九疑：山名，亦名苍梧山，传说是舜死之地。黛：古代女子用来画眉的青黑色的颜料。

放 鱼

早觅为龙去[1]，江湖莫漫游。
须知香饵下[2]，触口是铦钩[3]！

注释 1."早觅"句：相传鲤鱼跃过龙门则化为龙。2. 香饵：诱鱼上钩的食物。3. 铦：锋利。

无 可

无可，生卒年不详，唐代诗僧，范阳（今河北涿州）人。贾岛从弟。工诗，多为五言，亦擅书法。

秋寄从兄贾岛

暝虫喧暮色，默思坐西林[1]。
听雨寒更彻，开门落叶深。
昔因京邑病，并起洞庭心[2]。
亦是吾兄事[3]，迟回共至今。

注释 1. 西林：即西林寺，无可曾居于此。2. 洞庭心：指泛舟归隐之心。3. 吾兄事：指贾岛执迷宦海之事。

崔 珏

崔珏，生卒年不详，字梦之，清河（今属河北）人。大中进士，由幕府拜秘书郎，为淇县令，官至侍御。其诗构思奇巧，笔意酣畅，华美异常。

和友人鸳鸯之什[1]（选一）

翠鬣红毛舞夕晖[2]，
水禽情似此禽稀。
暂分烟岛犹回首，
只渡寒塘亦共飞。

注释 1. 什：即诗篇。《诗经》雅、颂十篇为一什。2. 鬣（liè）：毛。

映雾乍迷珠殿瓦，
逐梭齐上玉人机[3]。
采莲无限兰桡女[4]，
笑指中流羡尔归。

3. 梭：织布的梭子。 4. 兰桡：小舟的美称。

薛 逢

薛逢，生卒年不详，字陶臣，蒲州（今山西永济）人。会昌进士。历官侍御史、尚书郎等职，官终秘书监。长于七律，吊古伤时，写景抒情，呈晚唐衰飒气象。

宫 词

十二楼中尽晓妆[1]，
望仙楼上望君王[2]。
锁衔金兽连环冷，
水滴铜龙昼漏长[3]。
云髻罢梳还对镜[4]，
罗衣欲换更添香。
遥窥正殿帘开处，
袍袴宫人扫御床[5]。

注释 1. 十二楼：仙人所居之楼，此处泛指宫中华丽的宫殿。 2. 望仙楼：唐武宗会昌五年（845）所建。 3. 水滴铜龙：龙形的铜壶滴漏，为古代计时装置。 4. 罢梳：梳罢。 5. 袍袴宫人：指穿短袍绣袴的宫女。

马 戴

马戴,生卒年不详,字虞臣,曲阳(今江苏东海)人。会昌进士。在太原幕府任掌书记,因直言获罪,贬龙阳尉。后得赦回京,官终太学博士。诗擅长五律,内容多身世之叹。

落日怅望

孤云与归鸟,千里片时间[1]。
念我何留滞,辞家久未还。
微阳下乔木,远烧入秋山[2]。
临水不敢照,恐惊平昔颜。

注释　1. 片时:顷刻,形容鸟飞之快。2. 远烧:形容夕阳像野火在远处燃烧。

楚江怀古三首[1](选一)

露气寒光集,微阳下楚丘[2]。
猿啼洞庭树,人在木兰舟[3]。
广泽生明月[4],苍山夹乱流。
云中君不见[5],竟夕自悲秋[6]。

注释　1. 楚江:这里是指湘江。2. 微阳:微弱的阳光,这里指夕阳。楚丘:泛指湘江一带的山丘。3. 木兰舟:用木兰做的小船,形容舟之华美。4. 广泽:广阔的水泽,当指洞庭湖。5. 云中君:云神。屈原《九歌》中有《云中君》一篇,此亦指屈原。6. 竟夕:整夜。

崔橹

崔橹，荆南（今湖北荆州一带）人。大中进士，一说广明进士，曾官棣州司马。有《无机集》。

三月晦日送客[1]

野酌乱无巡[2]，送君兼送春。
明年春色至，莫作未归人。

注释　1. 晦日：阴历每月的最后一天。2. 野酌：郊外宴饮。乱无巡：指随意喝，没有次序。

华清宫三首[1]（选一）

门横金锁悄无人，
落日秋声渭水滨。
红叶下山寒寂寂[2]，
湿云如梦雨如尘。

注释　1. 华清宫：唐宫殿，在今陕西临潼东南骊山上。2. 下山：指红叶飘落山下。

曹　邺

曹邺，字邺之，桂州阳朔（今属广西）人。大中进士。曾官太常博士、祠部郎中等职。诗多古体，笔法简净质朴，通俗生动。有《曹祠部集》。

官仓鼠

官仓老鼠大如斗，
见人开仓亦不走。
健儿无粮百姓饥[1]，
谁遣朝朝入君口[2]？

注释　1. 健儿：指兵士。2. 君：指官仓鼠。

高　骈

高骈（821—887），字千里，幽州（今北京）人。家世为禁卫。历任安南都护、荆南节度使、盐铁转运使等职。后拥兵扬州，割据一方，终为部将所杀。

山亭夏日

绿树阴浓夏日长，
楼台倒影入池塘。
水精帘动微风起[1]，
满架蔷薇一院香。

注释　1. 水精帘：形容质地精细而色泽莹澈的珠帘。

于濆

于濆（832—?），字子漪，籍贯不详。咸通进士，终泗州判官。与刘驾、曹邺等为友，皆不满拘守声律和轻浮艳丽的诗风。其诗颇多反映当时社会矛盾之作。有《于濆诗集》。

古宴曲

雉扇合蓬莱[1]，朝车回紫陌[2]。
重门集嘶马[3]，言宴金张宅[4]。
燕娥奉卮酒[5]，低鬟若无力。
十户手胼胝[6]，凤凰钗一只。
高楼齐下视，日照罗衣色。
笑指负薪人，不信生中国[7]。

注释 1. 雉扇：野鸡毛制成的宫扇。合：掩映。蓬莱：唐宫殿名。2. 朝车：上朝时所乘的车。紫陌：指京城的道路。3. 重门：指贵族的住宅。4. 言：语助词。金张：汉朝著名的官僚世族的姓氏，后常借指贵族豪门。5. 燕娥：燕地美女。6. 手胼胝：过久的劳累使得手上长了厚茧。7. 中国：即国中。

罗隐

罗隐（833—910），字昭谏，杭州新城（今浙江富阳）人。屡举进士不第，曾入镇海节度使钱镠幕，后任司勋郎中等职。后梁开平二年（908），钱镠表授吴越国给事中。罗隐工诗善文，尤精小品，多讽刺现实之作。有《罗昭谏集》。

偶题

钟陵醉别十余春[1]，
重见云英掌上身[2]。

注释 1. 钟陵：地名，今江西进贤。2. 云英：钟陵妓名。掌上身：相传汉代赵飞燕身轻，能作掌上舞。后形容女子体态轻盈美妙。

唐·罗隐

我未成名君未嫁,
可能俱是不如人?

西　施

家国兴亡自有时[1],
吴人何苦怨西施。
西施若解倾吴国,
越国亡来又是谁?

注释　1.时：时运,时会。

自　遣

得即高歌失即休[1],
多愁多恨亦悠悠[2]。
今朝有酒今朝醉,
明日愁来明日愁。

注释　1.休：作罢,算了。2.悠悠：安闲自在的样子。

鹦　鹉

莫恨雕笼翠羽残[1],
江南地暖陇西寒[2]。
劝君不用分明语,
语得分明出转难[3]。

注释　1.翠羽残：指笼中鹦鹉的翅膀已被剪掉。2."江南"句：旧传鹦鹉本生活于气候较寒冷的陇西一带。3.出转难：反而难以说出。

蜂

不论平地与山尖，
无限风光尽被占。
采得百花成蜜后，
为谁辛苦为谁甜？

皮日休

皮日休（834?—883?），字袭美，一字逸少，竟陵（今湖北天门）人。尝隐居鹿门山，自号鹿门子、醉吟先生。官著作郎，迁太常博士。黄巢军入长安，任翰林学士。工诗文，与陆龟蒙齐名，并称"皮陆"。多讽刺小品，笔锋犀利，发人深省。有《皮子文薮》。

橡媪叹[1]

秋深橡子熟，散落榛芜冈[2]。
伛伛黄发媪[3]，拾之践晨霜。
移时始盈掬，尽日方满筐。
几曝复几蒸，用作三冬粮。
山前有熟稻，紫穗袭人香。
细获又精舂，粒粒如玉珰[4]。
持之纳于官，私室无仓箱。
如何一石余，只作五斗量。
狡吏不畏刑，贪官不避赃。

注释 1. 橡媪（ǎo）：捡拾橡子充饥的老妇人。2. 榛芜冈：草木杂生的山冈。3. 伛伛（yǔ）：腰弯背驼的样子。黄发：老年人。4. 玉珰：玉耳饰，此形容米粒的饱满晶莹。

农时作私债[5]，农毕归官仓。
自冬及于春，橡实诳饥肠。
吾闻田成子，诈仁犹自王[6]。
吁嗟逢橡媪，不觉泪沾裳。

注释　5. 作私债：即放私债，指贪官狡吏们把官仓的粮食作为私债借出，以中饱私囊。6. "吾闻"二句：春秋时齐相田成子，粮食以大斗借出，小斗收进，收买人心，后终于夺取了齐国王位。

春夕酒醒

四弦才罢醉蛮奴[1]，
醽醁余香在翠炉[2]。
夜半醒来红蜡短，
一枝寒泪作珊瑚。

注释　1. 蛮奴：诗人自称。皮日休为襄阳人，属古楚地，称"荆蛮"。2. 醽醁（líng lù）：酒名，相传醽湖之水能酿美酒。

陆龟蒙

陆龟蒙（？—881？），字鲁望，自号江湖散人、甫里先生等。苏州吴县（今属江苏）人。咸通中举进士不第，遂隐居甫里，以处士终。诗文与皮日休齐名，并称"皮陆"。其诗以写景为多。有《笠泽丛书》。

和袭美春夕酒醒

几年无事傍江湖，
醉倒黄公旧酒垆[1]。
觉后不知明月上[2]，
满身花影倩人扶[3]。

注释　1. 黄公旧酒垆：原为晋竹林七贤饮酒处，此指作者与皮日休放达纵饮。2. 觉：睡醒。3. 倩：请，央求。

白　莲

素花多蒙别艳欺[1]，
此花端合在瑶池[2]。
还应有恨无人觉，
月晓风清欲堕时。

注释　1. 素花：白色的花。别艳：其他颜色艳丽的花。2. 端合：真应该。瑶池：传说中西王母居处。

新　沙[1]

渤澥声中涨小堤[2]，
官家知后海鸥知。
蓬莱有路教人到[3]，
应亦年年税紫芝[4]。

注释　1. 新沙：海水涨潮后新出现的沙洲。2. 渤澥（xiè）：渤海的别称。3. 蓬莱：传说中的海上三仙山之一。4. 紫芝：灵芝的一种，传说仙人种紫芝为食。

怀宛陵旧游[1]

陵阳佳地昔年游[2]，
谢朓青山李白楼[3]。
唯有日斜溪上思，
酒旗风影落春流。

注释　1. 宛陵：今安徽省宣城。旧游：这里指旧日游览之地。2. 陵阳：山名，在今宣城城北。3. 谢朓：南齐诗人，为宣城太守。李白游宣城时，有"谁念北楼上，临风怀谢公"句。

韦 庄

韦庄（836?—910），字端己，京兆杜陵（今陕西西安）人。乾宁进士，授校书郎、右补阙等。后入蜀为西川节度使王建掌书记。前蜀建国，官至吏部侍郎兼平章事。工于诗词，多怀古伤世、离情感旧之作。词与温庭筠齐名，并称"温韦"。七绝清新秀朗，情致深婉。有《浣花集》。

金陵图[1]

谁谓伤心画不成，
画人心逐世人情。
君看六幅南朝事，
老木寒云满故城。

注释　1. 金陵：即今江苏南京，东吴、东晋、宋、齐、梁、陈六朝先后在此建都。

台　城[1]

江雨霏霏江草齐，
六朝如梦鸟空啼。
无情最是台城柳，
依旧烟笼十里堤。

注释　1. 台城：故址在今南京北玄武湖边，是六朝皇宫所在地。

秦妇吟

中和癸卯春三月[1]，
洛阳城外花如雪。

注释　1. 中和癸卯：即唐僖宗中和三年（883）。

东西南北路人绝,
绿杨悄悄香尘灭。
路旁忽见如花人,
独向绿杨阴下歇。
凤侧鸾敧鬓角斜[2],
红攒黛敛眉心折。
借问女郎何处来?
含嚬欲语声先咽[3]。
回头敛袂谢行人[4],
丧乱漂沦何堪说!
三年陷贼留秦地,
依稀记得秦中事。
君能为妾解金鞍,
妾亦与君停玉趾[5]。
前年庚子腊月五[6],
正闭金笼教鹦鹉。
斜开鸾镜懒梳头,
闲凭雕栏慵不语。
忽看门外起红尘,
已见街中擂金鼓。
居人走出半仓惶,
朝士归来尚疑误。
是时西面官军入,
拟向潼关为警急;
皆言博野自相持[7],
尽道贼军来未及。

2.凤侧鸾敧:形容簪钗散乱。3.嚬:同"颦",皱眉。4.敛袂:整理衣袖。5.玉趾:对人脚步的敬称。6.庚子:即广明元年(880),十二月五日僖宗出奔,黄巢入长安。
7.博野:县名,在今河北中部。

须臾主父乘奔至[8],
下马入门痴似醉。
适逢紫盖去蒙尘[9],
已见白旗来匝地[10]。
扶羸携幼竞相呼,
上屋缘墙不知次,
南邻走入北邻藏,
东邻走向西邻避;
北邻诸妇咸相凑[11],
户外崩腾如走兽。
轰轰昆昆乾坤动,
万马雷声从地涌。
火迸金星上九天,
十二官街烟烘炯[12]。
日轮西下寒光白,
上帝无言空脉脉[13]。
阴云晕气若重围[14],
宦者流星如血色[15]。
紫气潜随帝座移[16],
妖光暗射台星拆[17]。
家家流血如泉沸,
处处冤声声动地。
舞伎歌姬尽暗捐[18],
婴儿稚女皆生弃。
东邻有女眉新画,
倾国倾城不知价;

8. 主父：此为妻对夫的敬称。9. 紫盖：指帝王车驾。10. 白旗：黄巢军的旗帜。匝地：遍地。11. 相凑：相聚集。12. 烘炯：火盛貌。13. 上帝：指天帝。14. 晕：日月周围的光圈。15. 宦者：官星名。16. 紫气：指帝王、圣贤出现时的祥瑞之气。帝座：古星名。17. 台星：即三台六星,官星名。18. 捐:消散。

长戈拥得上戎车,
回首香闺泪盈把[19]。
旋抽金线学缝旗,
才上雕鞍教走马。
有时马上见良人[20],
不敢回眸空泪下。
西邻有女真仙子,
一寸横波剪秋水,
妆成只对镜中春,
年幼不知门外事。
一夫跳跃上金阶,
斜袒半肩欲相耻[21]。
牵衣不肯出朱门,
红粉香脂刀下死。
南邻有女不记姓,
昨日良媒新纳聘。
琉璃阶上不闻行[22],
翡翠帘间空见影。
忽看庭际刀刃鸣,
身首支离在俄顷。
仰天掩面哭一声,
女弟女兄同入井[23]。
北邻少妇行相促,
旋拆云鬟拭眉绿[24]。
已闻击托坏高门[25],
不觉攀缘上重屋。

19. 盈把:满手。20. 良人:古代女子对丈夫的称呼。21. 相耻:加以侮辱。22. 琉璃:此为对台阶的美称。23. 女弟女兄:即妹妹和姐姐。24. 眉绿:画眉毛的青黛色。25. 击托:敲打。

唐·韦庄

须臾四面火光来,
欲下回梯梯又摧。
烟中大叫犹求救,
梁上悬尸已作灰。
妾身幸得全刀锯[26],
不敢踟蹰久回顾。
旋梳蝉鬓逐军行,
强展蛾眉出门去。
万里从兹不得归,
六亲自此无寻处。
一从陷贼经三载,
终日惊忧心胆碎。
夜卧千重剑戟围,
朝餐一味人肝脍[27]。
鸳帏纵入岂成欢?
宝货虽多非所爱。
蓬头垢面犹眉赤[28],
几转横波看不得。
衣裳颠倒言语异,
面上夸功雕作字。
柏台多士尽狐精[29],
兰省诸郎皆鼠魅[30]。
还将短发戴华簪,
不脱朝衣缠绣被;
翻持象笏作三公[31],
倒佩金鱼为两史[32]。

26. 全刀锯:从刀锯之下保全了生命。27. 脍:细切的肉。泛指切割。《庄子·盗跖》:"脍人肝而铺之。" 28. 眉赤:西汉末有赤眉军起义。此指黄巢军。29. 柏台:御史台,御史大夫的公署。30. 兰省:秘书省,有校书郎等郎官。31. 象笏:象牙做的朝板。三公:古代中央三种最高官衔的合称。32. 金鱼:唐三品以上官员佩戴金鱼袋。两史:御史大夫与御史中丞。

朝闻奏对入朝堂,
暮见喧呼来酒市。
一朝五鼓人惊起,
呼啸喧争如窃语。
夜来探马入皇城,
昨日官军收赤水;
赤水去城一百里,
朝若来兮暮应至。
凶徒马上暗吞声,
女伴闺中潜生喜。
皆言冤愤此时销,
必谓妖徒今日死,
逡巡走马传声急,
又道官军全阵入;
大彭小彭相顾忧[33],
二郎四郎抱鞍泣[34]。
沉沉数日无消息,
必谓军前已衔璧[35];
簸旗掉剑却来归,
又道官军悉败绩。
四面从兹多厄束[36],
一斗黄金一升粟。
尚让厨中食木皮[37],
黄巢机上刲人肉[38]。
东南断绝无粮道,
沟壑渐平人渐少。

33. 大彭:时溥。小彭:秦彦。二人都是彭城(今徐州)人,黄巢的部下。34. 二郎:即黄巢,因为他排行第二。四郎:黄巢的弟弟黄揆。35. 军:指官军。衔璧:帝王兵败投降,向胜利者衔璧请罪。36. 厄束:艰难窘迫。37. 尚让:黄巢的宰相。38. 机:几案。刲:割肉。

唐·韦庄

六军门外倚僵尸[39]，
七架营中填饿殍[40]。
长安寂寂今何有？
废市荒街麦苗秀[41]。
采樵斫尽杏园花，
修寨诛残御沟柳。
华轩绣毂皆销散[42]，
甲第朱门无一半。
含元殿上狐兔行，
花萼楼前荆棘满[43]。
昔时繁盛皆埋没，
举目凄凉无故物。
内库烧为锦绣灰[44]，
天街踏尽公卿骨[45]。
来时晓出城东陌，
城外风烟如塞色。
路旁时见游奕军[46]，
坡下寂无迎送客。
霸陵东望人烟绝，
树锁骊山金翠灭。
大道俱成棘子林，
行人夜宿墙匡月[47]。
明朝晓至三峰路[48]，
百万人家无一户。
破落田园但有蒿，
催残竹树皆无主。

39.六军：保卫京师的禁军。40.七架：未详。《长安志》有七架亭，在禁苑中，去宫城十三里。恐不是此诗所云七架营。饿殍：饿死者。41.秀：作物抽穗开花。42.华轩绣毂：指富贵者所乘的华美车子。43.含元殿、花萼楼：皆唐宫建筑。44.内库：内藏库，唐太宗在禁城内置库，后世皇帝以之为私有库藏。45.天街：禁城内的街道。46.游奕军：游弋巡逻之兵。47.墙匡：围墙，墙垣。48.三峰：即华山。三峰路，即去华山的大路。

路旁试问金天神[49],
金天无语愁于人。
庙前古柏有残蘖[50],
殿上金炉生暗尘。
一从狂寇陷中国,
天地晦冥风雨黑;
案前神水咒不成,
壁上阴兵驱不得[51]。
闲日徒歆奠飨思[52],
危时不助神通力。
我今愧恧拙为神[53],
且向山中深避匿;
寰中箫管不曾闻[54],
筵上牺牲无处觅[55]。
旋教魔鬼傍乡村[56],
诛剥生灵过朝夕。
妾闻此语愁更愁,
天遣时灾非自由。
神在山中犹避难,
何须责望东诸侯!
前年又出杨震关[57],
举头云际见荆山[58]。
如从地府到人间,
顿觉时清天地闲。
陕州主帅忠且贞[59],
不动干戈唯守城。

49. 金天神：华山之神。50. 蘖(niè)：树木砍去后留下的树桩子。51. 阴兵：神兵鬼兵。52. 歆：享用。奠飨：置酒食以祭祀。53. 愧恧(nù)：惭愧。54. 寰中：宇内,天下。55. 牺牲：用于祭祀的牛、羊等物。56. 魇鬼：迷信中幽隐暗昧、阴阳不分之气,乘睡魇人,名为魇鬼。57. 杨震关：即潼关。58. 荆山：在今河南灵宝境内。59. 陕州主帅：指陕虢观察使王重盈。

蒲津主帅能戢兵[60],
千里晏然无戈声[61]。
朝携宝货无人问,
夜插金钗唯独行。
明朝又过新安东[62],
路上乞浆逢一翁。
苍苍面带苔藓色,
隐隐身藏蓬荻中。
问翁本是何乡曲[63]?
底事寒天霜露宿[64]?
老翁暂起欲陈辞[65],
却坐支颐仰天哭[66]。
乡园本贯东畿县[67],
岁岁耕桑临近甸[68];
岁种良田二百廛[69],
年输户税三千万。
小姑惯织褐绁袍[70],
中妇能炊红黍饭[71]。
千间仓兮万丝箱,
黄巢过后犹残半。
自从洛下屯师旅,
日夜巡兵入村坞;
匣中秋水拔青蛇[72],
旗上高风吹白虎[73]。
入门下马若旋风,
罄室倾囊如卷土[74]。

60. 蒲津主帅：指河中节度使王重荣。戢兵：藏兵。61. 晏然：安宁，安定。62. 新安：地名，今河南新安。63. 乡曲：乡里。64. 底事：何事，为什么。65. 暂：同"暂"。66. 却坐：退坐。支颐：用手托下巴。67. 东畿：畿是京都四周的地区。怀、郑、汝、陕四州为东畿。68. 甸：天子五百里内田。69. 廛：古代城市平民的房地。70. 褐：粗布。绁：较粗的丝绸。71. 中妇：指妻子。72. 秋水：比喻剑光冷峻清澈。青蛇：宝剑名。73. 白虎：指旗上的图案。74. 罄室：倾家。

家财既尽骨肉离,
今日垂年一身苦[75]。
一身苦兮何足嗟,
山中更有千万家,
朝饥山上寻蓬子,
夜宿霜中卧荻花!
妾闻此父伤心语,
竟日阑干泪如雨。
出门惟见乱枭鸣,
更欲东奔何处所?
仍闻汴路舟车绝[76],
又道彭门自相杀[77];
野色徒销战士魂,
河津半是冤人血。
适闻有客金陵至,
见说江南风景异。
自从大寇犯中原,
戎马不曾生四鄙[78];
诛锄窃盗若神功,
惠爱生灵如赤子。
城壕固护教金汤[79],
赋税如云送军垒。
奈何四海尽滔滔,
湛然一境平如砥[80]。
避难徒为阙下人[81],
怀安却羡江南鬼。

75. 垂年:垂老。76. 汴路:到开封去的路。77. 彭门:即徐州。78. 四鄙:周边地区。79. 金汤:金城汤池,比喻坚固的城池。80. 湛然:平静。砥:细的磨刀石,喻平直。81. 阙下:指京城。

愿君举棹东复东，
咏此长歌献相公⁸²。

82. 相公：指镇海节度使同平章事周宝。周驻守润州，保持了江南的太平。

黄 巢

黄巢（？—884），曹州冤句（今山东菏泽）人。乾符二年（875）领导农民起义，后在长安建大齐政权，年号金统。公元884年，兵败自刎。《全唐诗》录其诗三首。

题菊花

飒飒西风满院栽，
蕊寒香冷蝶难来。
他年我若为青帝[1]，
报与桃花一处开。

注释 1. 青帝：传说中的司春之神。

不第后赋菊

待到秋来九月八[1]，
我花开后百花杀[2]。
冲天香阵透长安，
满城尽带黄金甲[3]。

注释 1. 九月八：此泛指秋菊盛开的时节。2. 杀：凋谢。3. 黄金甲：此谓黄色的菊花就像是穿着金色铠甲的兵士一样。

聂夷中

聂夷中,生卒年不详,字坦之,河南中都(今河南沁阳)人。懿宗咸通十二年(871)登进士第,授华阴尉。诗作多伤俗悯时,朴质深刻,富于现实主义特征。《全唐诗》存其诗一卷。

伤田家

二月卖新丝,五月粜新谷[1]。
医得眼前疮,剜却心头肉[2]。
我愿君王心,化作光明烛。
不照绮罗筵[3],只照逃亡屋。

注释　1.粜(tiào):出卖粮食。2.剜却:用刀挖去。3.绮罗筵:豪华精美的筵席。

司空图

司空图(837—908),字表圣,自号知非子,河中虞乡(今山西永济)人。官至知制诰、中书舍人。其诗多表现闲适生活情趣,有《司空表圣诗集》。旧传《二十四诗品》系其所撰,今人多非之。

退居漫题七首(选二)

花缺伤难缀[1],莺喧奈细听。
惜春春已晚,珍重草青青。

注释　1.缀:连接。

燕语曾来客，花催欲别人。
莫愁春又过，看著又新春。

钱　珝

钱珝，生卒年不详，字瑞文，吴兴（今浙江湖州）人。钱起的曾孙。乾宁初官中书舍人，后贬为抚州司马。工诗，尤擅绝句。

未展芭蕉

冷烛无烟绿蜡干[1]，
芳心犹卷怯春寒[2]。
一缄书札藏何事[3]，
会被东风暗拆看。

注释　1."冷烛"句：尚未抽叶的芭蕉茎干直立，像碧绿的蜡烛。2.芳心：指卷在蕉叶最里层的蕉心。3.一缄：一封。书札：书信。

张 乔

张乔，生卒年不详，字伯迁，池州青阳（今属安徽）人。咸通进士，与许棠、郑谷等东南才子称"咸通十哲"。后在九华山隐居。诗清雅巧思，风格似贾岛。

书边事

调角断清秋[1]，征人倚戍楼。
春风对青冢[2]，白日落梁州[3]。
大漠无兵阻，穷边有客游。
蕃情似此水[4]，长愿向南流。

注释 1. 调角：犹吹角。 2. 青冢：指王昭君墓。 3. 梁州：当指凉州，在今甘肃境内。 4. 蕃情：指吐蕃族人民的心愿。

高 蟾

高蟾，生卒年不详，河朔（今河北一带）人。约唐僖宗中和初前后在世。性倜傥，尚气节，官至御史中丞。工诗，气势雄伟。

下第后上永崇高侍郎[1]

天上碧桃和露种，
日边红杏倚云栽[2]。
芙蓉生在秋江上，
不向东风怨未开。

注释 1. 下第：指科举考试没有考中。永崇：长安坊名。高侍郎：指高湜，咸通十二年（871）为礼部侍郎。 2. 天上碧桃、日边红杏：均喻新中进士者。

章 碣

章碣,生卒年不详,睦州桐庐(今浙江桐庐)人,诗人章孝标之子。屡举进士不第,后流落江湖,不知所终。其诗多七律,颇有愤激之音。《全唐诗》存其诗一卷。

焚书坑[1]

竹帛烟销帝业虚[2],
关河空锁祖龙居[3]。
坑灰未冷山东乱[4],
刘项元来不读书[5]。

注释　1. 焚书坑:在今陕西临潼骊山,相传是秦始皇当年焚书坑儒之地。2. 竹帛:古人所用书写材料,此借指书籍。3. 关河:函谷关及黄河等险固地势。祖龙:指秦始皇。4. 山东:殽函以东,即战国时秦以外六国故地。5. 刘项:刘邦和项羽。元来:即原来。

薛 媛

薛媛,生卒年不详,晚唐濠梁(今安徽凤阳)人,南楚材妻。

写真寄夫[1]

欲下丹青笔,先拈宝镜寒。
已惊颜索寞[2],渐觉鬓凋残。
泪眼描将易,愁肠写出难。
恐君浑忘却[3],时展画图看。

注释　1. 写真:画像。2. 索寞:寂寥、无生气的样子。3. 浑:全。

曹　松

曹松，生卒年不详，字梦徵，舒州（今安徽潜山）人。曾依建州刺史李频，七十余岁中进士，授校书郎。诗学贾岛，取境深幽，工于铸炼。

己亥岁二首[1]（选一）

泽国江山入战图[2]，
生民何计乐樵苏[3]。
凭君莫话封侯事，
一将功成万骨枯。

注释　1. 己亥岁：即唐僖宗乾符六年（879）。2. 泽国：泛指长江以南地区。3. 乐樵苏：以打柴割草平安度日为快乐。樵，打柴。苏，割草。

崔道融

崔道融（?—约907），荆州（今湖北江陵）人。曾任永嘉令，累官右补阙。避地入闽。其诗风格多样，尤擅五绝。有《东浮集》。

溪居即事

篱外谁家不系船，
春风吹入钓鱼湾。
小童疑是有村客，
急向柴门去却关[1]。

注释　1. 却关：打开门闩。

韩偓

韩偓（842—914?），字致尧（一作致光），自号玉山樵人，京兆万年（今陕西西安）人。官翰林学士、中书舍人、兵部侍郎等，后寓居南安而终。诗以香艳著，称"香奁体"。后期诗歌感时伤乱，托兴深远。有《玉山樵人集》行世。

故 都[1]

故都遥想草萋萋，
上帝深疑亦自迷。
塞雁已侵池籞宿[2]，
宫鸦犹恋女墙啼[3]。
天涯烈士空垂涕[4]，
地下强魂必噬脐[5]。
掩鼻计成终不觉，
冯驩无路学鸣鸡[6]。

注释 1. 故都：指唐京城长安。2. 池籞（yù）：宫苑池塘上编竹条，牵以成网，使禽鸟不能出入。3. 女墙：宫城上的墙垛。4. 烈士：此为作者自指。5. 地下强魂：指被朱温利用并杀害的宰相崔胤。噬脐：以人不能咬到自己的肚脐比喻追悔不及。6. "掩鼻"二句：意谓朱温篡唐的阴谋已经部署完成，自己无法出奇计使昭宗脱险。掩鼻计：楚王有新宠，夫人郑袖骗其掩鼻见王，又进谗言说美人厌恶楚王体味，终使其失宠。学鸣鸡：战国齐孟尝君夜不得过函谷关，一门客学鸣鸡骗开关门助其脱险。冯驩，名又作冯谖，孟尝君的门客，此作者自比。

自沙县抵龙溪县，值泉州军过后，村落皆空，因有一绝[1]

水自潺湲日自斜，
尽无鸡犬有鸣鸦。
千村万落如寒食[2]，
不见人烟空见花。

注释 1. 沙县、龙溪、泉州：俱在今福建境内。泉州军：指割据福建中部的藩镇武装。2. 如寒食：像寒食节禁烟火那样不见炊烟。

惜 花

皱白离情高处切，
腻红愁态静中深[1]。
眼随片片沿流去，
恨满枝枝被雨淋。
总得苔遮犹慰意[2]，
若教泥污更伤心。
临轩一盏悲春酒，
明日池塘是绿阴[3]。

注释 1.皱白、腻红：指代花朵。2.犹慰意：稍稍慰藉人意。3."明日"句：明日残红去尽，只剩下绿阴映入池塘。

春 尽

惜春连日醉昏昏，
醒后衣裳见酒痕。
细水浮花归别涧，
断云含雨入孤村。
人闲易有芳时恨[1]，
地迥难招自古魂[2]。
惭愧流莺相厚意[3]，
清晨犹为到西园。

注释 1.芳时恨：指春归引起的怅恨。2.迥：偏远。3.相厚意：指殷勤相顾。

唐·吴融

已凉

碧阑干外绣帘垂,
猩色屏风画折枝[1]。
八尺龙须方锦褥[2],
已凉天气未寒时。

注释　1.猩色:猩红色。画折枝:指花鸟画中画花卉只画连枝折下的部分。2.龙须:草名,可以织席。

寒食夜

恻恻轻寒剪剪风[1],
小梅飘雪杏花红。
夜深斜搭秋千索[2],
楼阁朦胧细雨中。

注释　1.恻恻:凄恻。剪剪:形容风轻微而带寒意。2.秋千索:秋千的绳索。古时寒食节,女子有荡秋千的习俗。

吴 融

吴融(?—903),字子华,越州山阴(今浙江绍兴)人。昭宗龙纪进士。曾任侍御史、左补阙、中书舍人等职。官终翰林承旨。其诗多流连光景、酬答吟唱之作。

金桥感事[1]

太行和雪叠晴空,
二月春郊尚朔风。

注释　1.金桥:在今山西长治。

饮马早闻临渭北[2],
射雕今欲过山东[3]。
百年徒有伊川叹[4],
五利宁无魏绛功[5]?
日暮长亭正愁绝,
哀笳一曲戍烟中[6]。

2. 饮马：晋楚战争中，楚军曾扬言"饮马于河（黄河）而归"。这里比喻反叛藩将李克用的军事野心。3. 射雕：北齐斛律光曾射落雕鸟，这里喻李克用实力强大。山东：太行山以东地区。4. "百年"句：周平王迁都洛阳时，大夫辛有在伊水附近看到一个披发的人在野外祭祀，于是预言这地方必将沦为戎人居住，后果应验。5. 魏绛：春秋时晋悼公的大夫，认为"和戎"有"五利"。晋悼公采用了他的主张，国家大治。6. 笳：胡笳。戍烟：戍楼的烽烟。

途中见杏花

一枝红艳出墙头，
墙外行人正独愁。
长得看来犹有恨，
可堪逢处更难留。
林空色暝莺先到，
春浅香寒蝶未游。
更忆帝乡千万树[1]，
淡烟笼日暗神州[2]。

注释　1. 帝乡：指京城长安。2. 暗神州：弥漫神州大地。

金昌绪

金昌绪，生卒年不详。余杭（今浙江杭州）人，大中以前在世。《全唐诗》存《春怨》一首。

春　怨

打起黄莺儿，莫教枝上啼。
啼时惊妾梦，不得到辽西[1]。

注释　1.辽西：辽河以西，即今辽宁西部，唐时东北边陲重地。

鱼玄机

鱼玄机（860—874），初名幼微，字蕙兰，长安（今陕西西安）人。本为李亿妾，后在长安咸宜观出家为女道士。工诗，与许多文士交往甚密。后因妒杀侍婢被处死。有《唐女郎鱼玄机诗》。

江陵愁望寄子安[1]

枫叶千枝复万枝，
江桥掩映暮帆迟。
忆君心似西江水[2]，
日夜东流无歇时。

注释　1.江陵：唐代府名，治所在今湖北江陵。子安：李亿的字。2.西江：指长江。

赠邻女

羞日遮罗袖,愁春懒起妆。
易求无价宝,难得有心郎。
枕上潜垂泪,花间暗断肠。
自能窥宋玉[1],何必恨王昌[2]。

注释 1. 宋玉:宋玉《登徒子好色赋》谓有邻女在墙头偷看他三年。2. 王昌:魏晋时人,风神俊美,为时人所赏。

杜荀鹤

杜荀鹤(846—904),字彦之,号九华山人,池州石埭(今安徽石台)人。诗名早著而屡试不第,隐居九华山十五年。后登进士第,任知制诰、翰林学士等职。诗多反映现实之作,朴质自然,通俗浅近。有《杜荀鹤文集》。

春宫怨

早被婵娟误[1],欲妆临镜慵。
承恩不在貌,教妾若为容[2]?
风暖鸟声碎,日高花影重。
年年越溪女[3],相忆采芙蓉。

注释 1. 婵娟:形态美好貌。2. 若为容:怎么打扮。3. 越溪女:指西施浣纱时的女伴。

山中寡妇

夫因兵死守蓬茅[1],
麻苎衣衫鬓发焦[2]。

注释 1. 蓬茅:蓬蒿和茅草做的屋。2. 麻苎(zhù):可以制粗麻布的一种植物。

唐·杜荀鹤

桑柘废来犹纳税[3]，
田园荒后尚征苗[4]。
时挑野菜和根煮，
旋斫生柴带叶烧[5]。
任是深山更深处，
也应无计避征徭[6]。

焦：枯黄。3. 柘（zhè）：树名，叶子可喂蚕。废：荒废，毁坏。4. 苗：此指田赋。5. 斫（zhuó）：砍。6. 征徭：赋税和劳役。

再经胡城县[1]

去岁曾经此县城，
县民无口不冤声。
今来县宰加朱绂[2]，
便是生灵血染成[3]。

注释　1. 胡城县：旧治在今安徽阜阳北。2. 朱绂（fú）：系官印的红色丝带。3. 生灵：百姓。

赠质上人[1]

枿坐云游出世尘[2]，
兼无瓶钵可随身[3]。
逢人不说人间事，
便是人间无事人。

注释　1. 上人：对得道高僧的尊称。2. 枿（niè）坐：枯坐。3. 瓶钵：云游和尚喝水吃饭的用具。

小 松

自小刺头深草里[1],
而今渐觉出蓬蒿[2]。
时人不识凌云木[3],
直待凌云始道高。

注释　1. 刺头：指长满松针的小松苗。2. 蓬蒿：泛指杂草。3. 凌云木：指长得高大的松树。

郑 谷

郑谷（851?—?），字守愚，袁州宜春（今江西宜春）人。历官右拾遗、左补阙、都官郎中。其诗多写景咏物、送别酬谢之作，清婉晓畅。有《云台编》。

席上贻歌者

花月楼台近九衢[1],
清歌一曲倒金壶。
座中亦有江南客,
莫向春风唱鹧鸪[2]。

注释　1. 九衢（qú）：指都市中四通八达的街道。2. 鹧鸪：即《鹧鸪曲》。据说鹧鸪有南飞的特性，其鸣声似"行不得也哥哥"。《鹧鸪曲》效鹧鸪之声，曲调哀婉清怨。

淮上与友人别[1]

扬子江头杨柳春[2],
杨花愁杀渡江人。

注释　1. 淮上：此指瓜洲渡（运河入长江处）。2. 扬子江：长江流经扬州与镇江的部分。

唐·郑谷

数声风笛离亭晚[3],
君向潇湘我向秦[4]。

3. 离亭：古人常于驿亭送别，故称。4. 潇湘：今湖南一带。秦：今陕西一带。

鹧鸪[1]

暖戏烟芜锦翼齐[2],
品流应得近山鸡。
雨昏青草湖边过[3],
花落黄陵庙里啼[4]。
游子乍闻征袖湿，
佳人才唱翠眉低。
相呼相应湘江阔，
苦竹丛深春日西。

注释　1. 鹧鸪：产于我国南部，形似雌雉，体大如鸠。2. 暖：鹧鸪习性畏霜露。烟芜:烟雾迷蒙的草地。锦翼：斑斓醒目的羽色。3. 青草湖：在洞庭湖东南。4. 黄陵庙:在湘阴北洞庭湖畔。传说帝舜二妃溺于湘江，后人遂立祠于水侧。

罗虬

罗虬,生卒年不详,台州(今属浙江)人。累举不第。广明乱后,为鄜州李孝恭从事。辞藻富赡,与隐、邺齐名,世号"三罗"。有《比红儿诗》百首,盛传于世。

比红儿诗[1](选一)

薄罗轻剪越溪纹[2],
鸦翅低垂两鬓分[3]。
料得相如偷见面,
不应琴里挑文君[4]。

注释　1. 红儿:雕阴(今陕西富县北)官妓杜红儿,传为罗虬所杀。2. 越溪纹:喻花纹像越女浣纱的溪水一样美丽。3. 鸦翅:指少女鬓发。4. 挑:挑逗。文君:卓文君,相传文君新寡,相如以琴曲挑之,二人遂私奔。

崔涂

崔涂(854—?),字礼山,江南人。僖宗光启四年(888)进士。长期羁旅各地。诗多以漂泊生活为题材,情调苍凉。

孤雁

几行归塞尽,片影独何之。
暮雨相呼失[1],寒塘欲下迟[2]。
渚云低暗度,关月冷相随。
未必逢矰缴[3],孤飞自可疑。

注释　1. 相呼失:指失群的孤雁在暮雨中独飞悲鸣。2. 欲下迟:指孤雁想落下寒塘栖息而又迟疑不决。3. 矰缴(zēng zhuó):一种在绳上系箭射鸟的工具。矰,短箭。缴,系箭的丝绳。

春 夕

水流花谢两无情,
送尽东风过楚城[1]。
蝴蝶梦中家万里[2],
子规枝上月三更[3]。
故园书动经年绝[4],
华发春唯满镜生[5]。
自是不归归便得,
五湖烟景有谁争[6]?

注释 1. 楚城:泛指旅途经过的楚地。2. 蝴蝶梦:在梦中变成蝴蝶。《庄子》中说庄周梦中变成蝴蝶,醒后感到迷茫。3. 子规:杜鹃鸟,啼声凄切。4. 书:家书。动:动辄,经常。经年绝:长年断绝。5. 华发:白发。6. 五湖:相传春秋时越国大夫范蠡功成身退,泛舟五湖。这里指诗人的家乡在浙江桐庐一带。

秦韬玉

秦韬玉,生卒年不详,京兆(今陕西西安)人。屡应进士举不第,后经大宦官田令孜推荐,中和二年(882)特赐进士及第,官工部侍郎。《全唐诗》存其诗一卷。

贫 女

蓬门未识绮罗香[1],
拟托良媒益自伤。
谁爱风流高格调,
共怜时世俭梳妆[2]。
敢将十指夸针巧[3],

注释 1. 蓬门:蓬草做的门,此指贫苦人家。绮罗:华丽的丝绸。2. 怜:爱。时世:当世,当今。俭梳妆:即"俭妆",晚唐盛行的一种妆饰。3. 针巧:指刺绣技艺高超。

不把双眉斗画长[4]。
苦恨年年压金线[5],
为他人作嫁衣裳。

4. 斗：比，争。 5. 压金线：用金线绣成华贵的衣饰，此泛指刺绣。压，一种刺绣的手法。

唐彦谦

唐彦谦，生卒年不详。字茂业，号鹿门先生，并州晋阳（今山西太原）人。咸通进士。曾任兴元节度副使、阆州刺史等职。擅长五言古诗，风格颇清浅显豁。有《鹿门集》。

采桑女

春风吹蚕细如蚁，
桑芽才努青鸦嘴[1]。
侵晨探采谁家女，
手挽长条泪如雨。
去岁初眠当此时[2]，
今岁春寒叶放迟。
愁听门外催里胥[3]，
官家二月收新丝。

注释　1. 努：突出，冒出。 2. 初眠：蚕蜕皮期间不食不动称"眠"，蚕要吐丝须经过四眠，第一次称为初眠。 3. 里胥：一里之长，又称里正。

垂　柳

绊惹春风别有情，
世间谁敢斗轻盈。

楚王江畔无端种，
饿损纤腰学不成[1]。

注释　1.饿损纤腰：暗用楚王好细腰，宫中多饿死的典故。

王　驾

王驾，生卒年不详。字大用，自号守素先生，河中（今山西永济）人。大顺进士，官至礼部员外郎。有诗名，今存诗六首。

社　日[1]

鹅湖山下稻粱肥[2]，
豚栅鸡栖半掩扉[3]。
桑柘影斜春社散[4]，
家家扶得醉人归。

注释　1.社日：古代祭祀土地神的节日，分春社与秋社。2.鹅湖山：在今江西铅山境内。3.豚栅：猪栏。鸡栖：鸡窝。扉：门。4.桑柘：桑树和柘树。

雨　晴

雨前初见花间蕊[1]，
雨后兼无叶里花。
蛱蝶飞来过墙去，
却疑春色在邻家。

注释　1.花间蕊：指刚开的花朵。

古 意

夫戍萧关妾在吴[1],
西风吹妾妾忧夫[2]。
一行书信千行泪,
寒到君边衣到无?

注释 1. 戍:守。萧关:古关名,故址在今宁夏固原东南。吴:今江苏南部一带,春秋时属吴国。2. 西风:秋风。

齐 己

齐己(860—约937),自号衡岳沙门,益阳(今属湖南)人。唐末五代诗僧。出家后长期居于道林寺,后栖庐山东林寺。诗多登临题咏,有《白莲集》。

早 梅

万木冻欲折,孤根暖独回[1]。
前村深雪里,昨夜一枝开。
风递幽香去[2],禽窥素艳来[3]。
明年如应律[4],先发映春台[5]。

注释 1. 孤根:指梅树。回:回复生机。2. 递:传送。3. 素艳:从素朴淡雅中显出的美丽。4. 应律:与岁时节令相符。《吕氏春秋》将音律对应十二个月。5. 映春台:此处泛指南面向阳的小山坡。

张　泌

张泌，生卒年不详，字子澄，唐末时登进士第。唐亡前后，主要活动在武安军节度使马殷统治的湖湘桂一带。工诗词，用字工炼，描绘细腻。

寄　人

别梦依依到谢家[1]，
小廊回合曲阑斜。
多情只有春庭月，
犹为离人照落花。

注释　1. 谢家：指所思慕的女子家。

翁　宏

翁宏，生卒年不详。字大举，桂州（今广西桂林）人。《全唐诗》存其诗三首。

春　残

又是春残也，如何出翠帏[1]。
落花人独立，微雨燕双飞。
寓目魂将断[2]，经年梦亦非。
那堪向愁夕，萧飒暮蝉辉。

注释　1. 翠帏：翠色的帷帐，此指女子居处。2. 寓目：触目。

花蕊夫人

花蕊夫人（约883—926），青城（今四川都江堰西）人。前蜀主王建淑妃徐氏，又称小徐妃。其姊大徐妃生后主王衍，后二妃与后主均为后唐庄宗所杀。

述国亡诗

君王城上竖降旗，
妾在深宫那得知？
十四万人齐解甲[1]，
宁无一个是男儿[2]！

注释　1. 解甲：脱下铠甲，即投降。2. 宁无：难道没有。男儿：指有丈夫气概。

无名氏

金缕衣

劝君莫惜金缕衣[1]，
劝君须惜少年时。
有花堪折直须折[2]，
莫待无花空折枝。

注释　1. 金缕衣：用金线织成的华美衣服。代指一切华贵的东西。一说金缕衣为古曲调名。2. 堪：可以。

劳劳亭

旧山西北是关东，
且向长安共举春。
一树春花一送目，
不知今夜属何人？

注释：1.旧山：指故乡。关东：与自己关系，寄情尤难回首。

劳劳亭

天下伤心处有？
劳劳送客亭人情。
春风晓得离别苦，
一个枝头不发生。

注释：1.天下：指今安徽北部。2.劳劳亭：十六国时夏国建造都於云，发成夺南朝所造的今3.图关：即函谷关，此情主人公离乡所在地。